W0218135

Für Benee Knauer,
in ewiger Dankbarkeit für deine Freundschaft, Anleitung und Unterstützung und dafür, dass du immer an diese Geschichte geglaubt hast. Du bist wirklich einzigartig.
Vielen Dank, liebste Freundin.

SEJAL BADANI

Das Geheimnis der Erzählerin

ROMAN

Aus dem Amerikanischen von Volker Lehmacher

TINTE & FEDER

Die amerikanische Ausgabe erschien 2018 unter dem Titel
»The Storyteller's Secret« bei Lake Union Publishing, Seattle.

Deutsche Erstveröffentlichung bei
Tinte & Feder, Amazon Media EU S.à r.l.
38, avenue John F. Kennedy, L-1855 Luxembourg
August 2019

Die Übersetzung dieses Buches wurde durch Amazon Crossing ermöglicht.

Umschlaggestaltung: semper smile, München, www.sempersmile.de
Umschlagmotiv: © Kathy Collins / Getty; © Zachary Scott / Getty;
© Huhehoda / Shutterstock
Lektorat: Rainer Schöttle
Korrektorat: Manuela Tiller/DRSVS
Gedruckt durch:
Amazon Distribution GmbH, Amazonstraße 1, 04347 Leipzig /
Canon Deutschland Business Services GmbH, Ferdinand-Jühlke-Straße 7,
99095 Erfurt /
CPI books GmbH, Birkstraße 10, 25917 Leck

ISBN: 978-2-91980-885-4

www.tinte-feder.de

Prolog

SOMMER 2000

Eine von fünf Schwangerschaften endet in einer Fehlgeburt. Gut achtzig Prozent der betroffenen Frauen verlieren das Kind in den ersten zwölf Wochen. Mit dreißig Jahren liegt das Risiko einer Fehlgeburt bei etwa zwölf Prozent und steigt mit jedem weiteren Jahr stetig an.

Die Zahlen kenne ich längst auswendig. Vor fünf Jahren haben wir die Entscheidung getroffen, dass wir ein Baby wollen. Seitdem habe ich so ziemlich alles gelesen, was ich zu dem Thema finden konnte. Unzählige Stunden habe ich im Internet und in Bibliotheken verbracht und nach neuen Erkenntnissen gesucht, alle neuen Studien gelesen und mich über neue Medikamente informiert, in der Hoffnung, dass etwas davon die Aussichten auf eine erfolgreiche Schwangerschaft steigern könnte. Doch letztendlich blieb es immer dabei: Für jedes Baby, das zur Welt kam, blieb ein anderer Traum unerfüllt. Für jede Mutter, die ihr Kind stolz in den Schlaf wiegt, verzehrt sich eine andere Frau nach dem Schrei eines Neugeborenen. Für jedes Paar, das sich jetzt Familie nennt, bleibt einem anderen der Wunsch verwehrt.

Ich drehe das Ultraschallbild hin und her, erst auf die Seite, dann auf den Kopf. Unscharfe Linien in Schwarz und Weiß, das ist alles, was ich von meinem Kind habe. Ich denke mir die Farben dazu, stelle mir vor, wie es sich in der Flüssigkeit anfühlen mag. Bestimmt warm, wie in einem entspannenden Bad. Sicherlich wird das allmorgendliche Rattern und Quietschen meines Pendlerzugs da drinnen zu einer Symphonie, die das Kind sanft in den Schlaf lullt. Ich bete, dass die Angst, die meinen ganzen Körper durchdringt, nicht bis in die Gebärmutter vordringt. Dass mein Baby wohlbehütet in einer Welt des reinen Glücks liegt und sich unschuldig auf die Zukunft freut.

»Jaya.« Die Tür zu meinem Büro öffnet sich einen Spalt. Elizabeth, die Praktikantin, steckt den Kopf rein. »Telefon für dich, es ist Patrick.« Fragend blickt sie auf die beiden blinkenden Lichter an meinem Apparat. »Ich habe versucht durchzustellen, aber du bist nicht drangegangen.«

»Tut mir leid, ich war gerade in eine Story vertieft«, erkläre ich. Sie sieht den leeren Bildschirm, sagt aber nichts. Wenn ich ehrlich bin, habe ich sie einfach nur nicht gehört. Weder das Klingeln des Telefons noch ihr Klopfen an der Tür. »Du kannst jetzt durchstellen.« Ich warte, bis sie die Tür hinter sich geschlossen hat, dann nehme ich ab. »Patrick?«

»Hallo Kleines.«

Es ist unglaublich, wie vertraut eine Stimme sein kann. Wir kennen uns schon lange, sind schon seit der Uni ein Paar und inzwischen acht Jahre verheiratet. In der Zeit habe ich gelernt, jede Nuance seiner Stimme zu deuten. Jetzt etwa sagt mir seine knappe Begrüßung, dass er noch im Büro sitzt, wahrscheinlich vor dem Computer, den Hörer an die Schulter geklemmt. In Anbetracht des fortgeschrittenen Nachmittags wird er inzwischen wohl bei der fünften Tasse Kaffee sein. Während des Studiums hatte er es kurzzeitig mal geschafft, den Konsum einzuschränken, doch im ersten Jahr bei einer der führenden

Kanzleien in New York war er schnell wieder rückfällig geworden. Inzwischen lag er bei sechs bis acht Tassen pro Tag.

»Bringst du was vom Chinesen mit?« Im Hintergrund höre ich Tippen, dann raschelnde Papiere. »Oder doch wieder Burger und Fritten? Wär doch mal was Neues«, stichelt er.

Burger hatten wir diese Woche schon vier Mal. Seit Beginn der Schwangerschaft, also inzwischen vierzehn Wochen, habe ich kaum Appetit auf etwas anderes. Bei der Schwangerschaft davor waren es Pizza und Pasta, in der ersten Schwangerschaft war mir durchgehend so schlecht, dass ich gar nichts essen wollte.

»Patrick …« Meine Finger klammern sich so fest an das Bild, dass es fast schmerzt. »Ich …«, setze ich erneut an, unsicher, wie ich es sagen soll.

Das Tippen stoppt. Ich höre ihn scharf die Luft einziehen. »Jaya?« Ich kann geradezu hören, wie ihm das Herz bricht. Ich muss gar nichts sagen. Er versteht mich auch so. »Hast du die Ärztin angerufen?«

»Noch nicht«, flüstere ich.

»Wann hat die Blutung angefangen?« Seine Stimme ist fest und sicher, hat diesen charakteristischen Ton, den ich auch gerne seine Verhandlungsstimme nenne. Das hier ist unser Tanz, wie einstudiert. Nicht, weil wir wollten, sondern weil es nicht anders geht. Mit jedem Wort wird er kraftvoller, bestimmter, während ich in mich zusammensinke.

Ich hätte nie gedacht, dass wir je an diesem Punkt ankommen würden. Aber das Leben läuft nur selten nach Plan. Ausgenommen bei Patrick, natürlich. Er hat für alles einen Plan und sein Leben hält sich daran. Erst das Studium, Jura selbstverständlich, dann eine rasante Karriere als Prozessanwalt. Er ist wie geschaffen für diese Rolle. Sein klassisch gutes Aussehen, seine tiefe Stimme und sein scharfer Intellekt spielen perfekt zusammen, wenn er vor abgestumpften Richtern und unentschlossenen Jurys steht. Inzwischen hat man ihn zu einem der jüngsten Partner in der Geschichte seiner Kanzlei gemacht. Und nichts davon ist Glück oder Zufall, alles folgt seinem Lebensplan.

Ich hingegen habe mich für den Journalismus entschieden. Die Sprache hat mich schon immer fasziniert, insbesondere das geschriebene Wort. Dazu kommt mein Faible für die Suche nach Hintergründen, nach Fakten und Daten, die schon fast zur Obsession werden kann. Es passte alles. Nur meine Mutter war enttäuscht, sie hatte eher eine Karriere in Richtung Medizin für mich vorgesehen.

»Vor zwei Stunden«, gebe ich kraftlos zu.

Jetzt werde ich sehen, mit wem ich rede – mit dem trauernden Vater, dem mitfühlenden Ehemann oder dem effizienten Juristen.

»Wir treffen uns dort«, sagt er knapp und beherrscht.

Der Anwalt also. Vielleicht gut so, auf die Art kann er sich um die medizinischen Fakten kümmern, die Fehlgeburt sachlich analysieren und sie damit auf eine Art annehmen, wie ich es nie konnte. Eine Art der Stärke, die ich ihm nicht selten geneidet habe.

»Ja, bis nachher.« Ich lege auf, ohne weitere Worte. Mein Blick wandert wieder zu dem Bild in meiner Hand. Ich kann mich nicht von ihm trennen, stecke es behutsam in die Tasche meines Hosenanzugs.

Meine Hand gleitet über den Bauch, still bete ich um ein Zeichen, dass alles gut ist. Dass wir uns nur unnötig Sorgen machen und sich der Besuch bei der Ärztin als völlig überflüssig herausstellen wird. Ich sage mir, dass mein Kind sicher behütet in mir ruht, Kraft sammelt für den langen Weg zur Geburt. Ich warte, spüre, lausche in mich hinein. Doch kein Zeichen kommt. Ich spüre nichts. Schließlich gebe ich mir einen Ruck, schalte den Computer aus und stehe auf. Auf dem Weg hinaus betätige ich den Lichtschalter und lasse nur einen tiefschwarzen Raum zurück.

* * *

Die Anästhesie wirkt noch nach, ich muss mehrmals blinzeln, um den Blick klar zu bekommen. In einer Ecke des Zimmers spricht Patrick mit der Ärztin, die den Abort vorgenommen hat. »Eine Woche mindestens«, erklärt sie ihm gerade. »Und in der Erholungsphase ist es wichtig, dass sie nichts hebt und keinerlei Anstrengung ausgesetzt ist.«

»Wie lange ...«, setze ich an. Ich muss gegen die Schwäche ankämpfen, um verständliche Worte hervorzubringen. »Wie lange, bis wir es wieder versuchen können? Wie viele Monate diesmal?«

Patrick und die Ärztin tauschen einen Blick. Anscheinend haben sie bereits darüber gesprochen. »Schatz, wir sollten erst mal sehen, dass du wieder zu Kräften kommst«, beschwichtigt Patrick. Er tritt zu mir und streicht mir sanft über das Haar.

»Bitte, ich will es wissen. Wie lange?« Ich fühle mich noch elend und jedes Wort ist eine Qual, als würde ich Glassplitter hochwürgen.

Nach der letzten Fehlgeburt waren es sechs Monate Wartezeit gewesen. Patrick hatte eigentlich noch länger warten wollen, aber ich war zu ungeduldig. Ich sehnte mich so sehr nach einem Kind, das ich mit meiner Liebe überschütten könnte. Ohnehin dauerte die Vorbereitung auf die Schwangerschaft mehrere Monate. Injektionen, Medikamente, minutiöse Bestimmung des Ovulationszyklus. Ganz zu schweigen von den mentalen Aspekten, die nach einer Fehlgeburt verarbeitet werden müssen, die Schuldgefühle und Vorwürfe, die man sich macht, die Suche nach allem, was man falsch gemacht haben könnte.

»Während der Ausschabung ist es zu einer Perforation des Uterus gekommen«, erklärt die Ärztin mit Blick auf das Klemmbrett mit dem Operationsbericht. Dann blickt sie zu mir auf. »Das ist eine sehr seltene Komplikation, die aber durchaus auftreten kann.«

Mein ganzer Körper ist wie elektrisiert. Hektisch schaue ich zu Patrick, der jedoch konzentriert einen Punkt an der Wand anstarrt. Er hält meine Hand, mehr Gefühle gibt er nicht preis. Meine Hand liegt reglos in seiner.

»Sie konnten das Loch aber schließen? Es wird alles wieder in Ordnung kommen?« In mir tobt eine Vielzahl überwältigender Gefühle. Die Sorge kämpft mit der Trauer, zusammen schnüren sie mir die Kehle zu.

»Ja, es war nur ein kleiner Durchstich«, beschreibt die Ärztin sachlich. Emotionslos spricht sie von meiner Zukunft, als ob es nur eine Frage rein wissenschaftlicher Fakten und Statistiken sei. »Die Regeneration sollte ohne jegliche Komplikation erfolgen.«

»Was genau soll das bedeuten?«, frage ich weiter.

»Ein Jahr Wartezeit, mindestens«, erklärt sie mit einer Endgültigkeit, die ich so nicht akzeptieren kann. »Wir werden natürlich laufend überprüfen, dass alles ordentlich verheilt, aber in der Regel ist das die Zeitdauer, die wir empfehlen.«

»Es muss doch noch andere Möglichkeiten geben«, versuche ich zu beharren, spüre, wie die Verzweiflung mich am ganzen Körper taub werden lässt, sich wie eine Schlinge um mich legt. Nach drei Fehlgeburten und einer Welle der Emotionen suche ich nach einem Rettungsring, irgendetwas, das mir Hoffnung spenden kann. »Vielleicht gibt es Medikamente, um den Heilungsprozess zu beschleunigen?«

»Jaya«, setzt Patrick an und fährt sich mit der Hand durchs Haar. Er seufzt tief auf. »Lass uns das später besprechen, ja?«

Ehe ich etwas sagen kann, wendet sich Patrick an die Ärztin, flüstert ihr ein paar Worte zu. Sie nickt und verlässt das Zimmer.

Ich blicke ihr nach, verdrehe die Decke meines Krankenbetts zwischen den Fingern. Abgesehen davon wird man mir kaum ansehen, welche Emotionen in mir toben.

»Wie geht es dir?« Jetzt, wo wir allein sind, setzt sich Patrick zu mir aufs Bett.

Stechender Schmerz zuckt durch meinen Unterleib, quer durch das Becken. Nach jeder Fehlgeburt haben wir nach Ursachen gesucht und zahllose Gründe gefunden, warum mein Körper das Kind nicht hatte austragen können. Aber nicht einer davon hat mir auch nur ansatzweise geholfen, das Problem zu lösen.

»Es sollte doch nur eine ganz gewöhnliche Ausschabung sein.« Innerlich rechne ich, wie lange es dauern wird, mit Regenerations- und Vorbereitungsphasen, bis zur nächsten tatsächlichen Schwangerschaft. Um keine Hilflosigkeit aufkommen zu lassen, versuche ich das Problem aktiv anzugehen. »Lass uns einen anderen Arzt aufsuchen, eine zweite Meinung einholen. Vielleicht muss es ja gar nicht ein ganzes Jahr sein.«

»Schatz«, hält Patrick mich auf und wartet, bis ich ihn ansehe. »Du musst selbst erst wieder gesund werden. Das sollte jetzt das Wichtigste sein, alles andere kann später kommen.«

»Lass uns eine Liste mit möglichen Ärzten aufstellen, damit wir den besten finden«, fahre ich fort, höre ihn kaum, so beschäftigt bin ich mit meinen eigenen Gedanken. Pläne erstellen hilft immer, um nicht direkt mit der Realität konfrontiert zu werden. »Mein Vater kennt bestimmt jemanden.«

»Ich will keinen anderen Arzt«, sagt Patrick leise.

»Wie? Aber warum?« Er schweigt, ich setze mich im Bett aufrecht.

»Weil ich mir nicht mehr sicher bin, ob ich es überhaupt noch versuchen will.«

Jaya

DREI MONATE SPÄTER
2000

Eins

Als ich fünf Jahre alt war, flehte ich meine Mutter an, mir einen Hund zu erlauben. Mir war vollkommen egal, was für einen. Ich wollte nur etwas in meine Arme schließen, eng an mich drücken und liebhaben können. Drei Tage später überraschte meine Mutter mich mit einem Welpen an der Leine. Es war einfach großartig. Ich nahm mein Hündchen überallhin mit, er schlief jeden Abend bei mir im Bett. Einige Monate später lief der Hund aus dem Garten und kam nie wieder zurück. Ich saß stundenlang weinend in meinem Bett, während meine Mutter an der Tür stand und mir schweigend dabei zusah. Irgendwann fiel ich schließlich erschöpft in einen tiefen Schlaf. Am nächsten Morgen bemerkte ich, dass sie mir wohl die Decke übergezogen und das Licht ausgeschaltet hatte. Über meinen Verlust haben wir aber bis heute nie ein Wort gesprochen.

* * *

Mein Blick ruht auf dem Wasser, das in kleinen Wellen gegen die Felsen schlägt. In der Entfernung ertönt ein Schiffshorn von einem der zahlreichen Boote, welche den Hudson hinab navigieren. Ich ziehe die Jacke enger um mich. Das zusätzliche

Gewicht, das ich während der Schwangerschaft angesetzt hatte, ist längst wieder verschwunden, was sich in der Kälte unangenehm bemerkbar macht. Die eisige Luft dringt durch die Wolle und lässt mich zittern.

Ich nehme die Sonnenbrille ab und betrachte die Sonne hinter dichten Wolken. Es ist erst Oktober, doch die Temperaturen sind schon stark gefallen, Vorboten des nahenden Winters. Die Kälte und der Schnee machen mir nichts aus. Sie bieten mir eine gute Ausrede, meinen Körper vor der Welt zu verstecken, begraben unter zahlreichen Schichten Kleidung. Es war nicht immer so, dass ich das Alleinsein der Gesellschaft anderer Menschen vorzog, aber ich hätte auch nie gedacht, dass mein Leben einmal an diesem Punkt hier ankommen würde.

Ich stecke die Hände wärmesuchend unter die Oberschenkel und lehne mich auf der Bank zurück. Die Hintergrundkulisse allgegenwärtiger Autohupen, ergänzt um die gelegentlichen Schiffshörner, stellt eine willkommene Ablenkung vom Echo der Trauer dar, das ständig in meinem Kopf nachklingt.

»Tut mir leid, ich bin spät dran.«

Ich wende mich nicht um. »Kein Problem, alles gut«, erkläre ich, obwohl wir beide wissen, dass gar nichts gut ist. Ich frage mich, ob es überhaupt je wieder gut werden kann. »Wie war die Arbeit?«

»Gut.«

So weit ist es also mit uns gekommen. Zwei Menschen, die sich papageiengleich in leeren Floskeln verlieren. Patrick setzt sich neben mich, der Wind bläst ihm die braunen Haare aus der Stirn. Er trägt den Schal, den ich ihm vor zwei Jahren geschenkt habe. Irgendwie war es mir immer leichtgefallen, Kleidung für ihn zu kaufen. Ich wusste, welche Schuhe er am liebsten mag, welche Marke er bei Krawatten bevorzugt, wie seine Anzüge geschnitten sein müssen. Unsere Einblicke in die Gewohnheiten und Vorlieben des jeweils anderen gehen weit über das Maß einer normalen Beziehung hinaus. Aber egal, wie gut wir einander kennen, hilft uns das nicht, unsere Trauer zu überwinden.

»Gut.« Ich blicke wieder starr auf das Wasser, frage mich, ob in diesen unergründlichen Tiefen vielleicht Antworten verborgen liegen. »Das ist gut.«

Er legt seine Hand auf meine, unsere Finger verschränken sich ganz automatisch ineinander. Vorsichtig blicke ich zu ihm auf. Seit dem Abort sind drei Monate vergangen. Drei Monate, in denen wir kaum miteinander geredet haben.

»Erinnerst du dich noch an die Uni, als wir uns das erste Mal gesehen haben?« Er wartet gar nicht erst auf eine Antwort. »Ich sehe es noch vor mir, wie du in den Seminarraum kamst, die Haare hochgesteckt, einen Bleistift als Haarnadel. Du hattest zerrissene Jeans an, dazu ein Sweatshirt mit der Aufschrift ›Aus Fehlern lernt man. Außer beim Fallschirmspringen‹.«

»Hach, was habe ich dieses alte Ding geliebt.« Der Pullover war eins meiner Lieblingsstücke gewesen, ich habe ihn erst weggeworfen, als wir nach der Uni zusammengezogen sind. Bis dahin hatte sich das Loch im Ärmel bereits bis zur Schulter ausgeweitet. »Was man von dir und dem Fallschirmspringen wohl nicht sagen konnte.«

»Ich war ja auch selbst schuld, dir die Wahl des zweiten Dates zu überlassen«, schmunzelt er. Ich spüre einen kurzen Druck seiner Finger, den ich ganz unbewusst erwidere. Die Wärme der Berührung tut gut. »Wenn ich damals gewusst hätte …«

»Wärst du nicht mitgekommen?« Ich blicke ihn neugierig an. Ich weiß, dass er damals Angst gehabt hatte. Trotzdem hatte er nie geklagt und war ohne Widerrede mit mir ins Flugzeug gestiegen.

»Hätte es dann denn ein weiteres Date gegeben?«, fragt er zurück.

»Fallschirmspringen war damals mein Ein und Alles«, gebe ich zu. Mein erstes Mal war eigentlich eine Wette im ersten Jahr an der Uni gewesen. Ich war damals noch brav und unerfahren, da war so eine verrückte Sache einfach ideal, um aus dem Alltagstrott auszubrechen. Schnell wurde es wie eine Droge für mich, ein natürliches High ohne Nebenwirkungen. »Schwer zu sagen. Du hättest dich zumindest ordentlich ins Zeug legen müssen, um mich zu überzeugen.«

»Dann bin ich froh, dass ich mitgegangen bin«, antwortet er. Ich nicke, verstehe, was er mir damit sagen will. Dass er die Zeit nicht bereut, die er mit mir verbracht hat. »Du warst schon lange nicht mehr«, erinnert er mich.

Das stimmt. Schon nicht mehr, seit wir das erste Mal aktiv versucht haben, schwanger zu werden. Nach der ersten Fehlgeburt wollte er über meine Gefühle reden, flehte mich schließlich fast an, mit ihm zu sprechen. Ich konnte ihm aber nicht mehr sagen, als dass es nichts gab, worüber ich sprechen müsste. Ich war so darauf konzentriert, wieder schwanger zu werden. Ich war mir sicher, dass alle Wunden, was auch immer sie sein mochten, heilen würden, sobald ich den ersten Fehlschlag korrigiert hatte. Aber jede weitere Fehlgeburt ließ den Spalt zwischen uns nur noch größer werden.

»Vielleicht solltest du es wieder aufnehmen«, schlug er sanft vor. »Du hast es so geliebt.«

»Aber manchmal reicht es nicht, etwas nur zu lieben, oder?« Wir wissen beide, dass ich nicht mehr über das Fallschirmspringen spreche. Er gibt meine Hand frei. Ich lasse es zu, obwohl ich mich nach seiner Berührung sehne. »Hast du schon eine Wohnung gefunden?«

Unsere Trennung war in Abschnitten verlaufen. Nach dem Abort war er ins Gästezimmer umgezogen. Über die Wochenenden hatte er immer mehr Zeit mit seinen Kumpels verbracht oder war zu seiner Familie nach Florida geflogen. Als ich fragte, ob wir uns gerade trennen, gab er zu, dass er nach einer eigenen Wohnung sucht. An dem Tag zerbrach ein weiterer Teil von mir. Aber ich sagte nichts.

»Ja.« Seine Antwort ist kaum mehr als ein Flüstern. »Nur zwei Blocks von dir entfernt. Eine einfache Wohnung, nur ein Schlafzimmer. Ist auch nur zur Untermiete, für ein halbes Jahr, bis ich was Langfristiges finde.«

Ein Teil von mir will an dem Wunschdenken festhalten, dass er meinetwegen eine Wohnung in der Nähe gesucht hat. Rational betrachtet ist es aber reine Bequemlichkeit. Von unserem Appartement aus kann er zu Fuß zur Arbeit, und alle unsere Lieblingsorte liegen in der Umgebung. Ich frage mich, ob ich ihn wohl beim Essen in unserem Stammlokal sehen werde oder Zeitung lesend in unserem Café, in dem die Bagels immer frisch aus dem Ofen kommen und der Chef genau weiß, wie wir sie am liebsten haben. Patrick nimmt seine immer leicht getoastet mit viel Frischkäse, ich hingegen …

»Jaya?« Seinem Ton nach war ich länger weg, als ich dachte.

»Entschuldige.« Ich massiere mir die Schläfen, hoffe, dass ich damit wieder klarer denken kann. »Ich war einen Augenblick in Gedanken verloren.« Ich wende mich ab, will ihn nicht sehen lassen, dass diese Aussetzer immer häufiger auftreten. »Was meintest du gerade?«

»Hast du deinen Eltern davon erzählt?« Er zögert einen Augenblick, es auszusprechen. »Also von unserer Trennung?«

»Ja.« Ich massiere meinen angespannten Nacken, ehe ich mich ihm zuwende. »Ich habe sie letzte Woche angerufen.« Während ich an das Telefonat denke, wandert mein Blick zu einem Schiff, das gemächlich an uns vorbeizieht. »Mein Vater wollte wissen, wie ich mich fühle. Mom hat nichts gesagt, wie immer.«

»Jaya«, setzt Patrick wieder an, doch ich wische sein Mitgefühl nur abweisend weg.

»Ich fahre am Wochenende hin. Dann werde ich ihnen alles erklären.«

»Soll ich mitkommen?« Er sieht mich eindringlich an. »Damit sie es besser verstehen?«

Für meinen Vater ist Patrick wie der Sohn, den er nie hatte. Meine Mutter hat ihn auch freundlich angenommen und schien mit unserer Verbindung immer einverstanden, doch auch gegenüber Patrick bewahrt sie ihre Distanz, wie eigentlich bei jedem.

»Das wird auch nichts bringen.« Es ist nett gemeint, er will mir helfen, die Last von mir nehmen. Aber wir wissen beide, dass es keine Rolle spielt. Meine Mutter wird wie immer ihren Abstand wahren. »Sie wird ohnehin nicht darüber reden wollen.«

An der Spannung seiner Mundwinkel erkenne ich, dass er seine Worte zurückhält. Diese Distanz zwischen uns ist irgendwie aufgekommen, als wir das erste Mal versucht haben, schwanger zu werden. Die folgenden Jahre der missglückten Schwangerschaften mitsamt der schier endlosen begleitenden Fruchtbarkeitsbehandlungen haben mich immer ungeduldiger gemacht, während er gleichzeitig immer verschlossener wurde. Jedes unserer Gespräche drehte sich darum, wie wir ein Kind zeugen können, was wir noch machen sollen. Als ich das erste Mal schwanger wurde, war die ganze Spannung wie weggeblasen. Wir haben zusammen gefeiert und von der Zukunft geträumt, unsere Familie geplant. Zwölf Wochen später endete die Schwangerschaft. Meine erste Fehlgeburt. Ich brach zusammen und er zog sich zurück. Die Trauer schien mein ganzes Leben einzunehmen, ich konnte keinen Platz mehr für ihn, für unser Miteinander finden. Und damit begann ein Kreislauf, der sich durch die nächsten zwei Fehlgeburten zog.

Er steht auf und zieht den Schal enger. Die Bewegung scheint mir fast symbolisch, sie schnürt uns beiden den Atem ab. »Ich komme am Wochenende und hole den Rest meiner Sachen.«

»Ich werde da sein.« Obwohl er natürlich noch einen Schlüssel hat, nicke ich, als ob ich einem Fremden Zutritt gestatte.

»Wir sehen uns dann.«

Ich will ihn bitten zu bleiben, kann die Worte aber nicht hervorbringen. Mein Mund ist wie ausgetrocknet. Tränen steigen auf, brechen aber nicht hervor. Er steht auf und ich blicke ihm nach, bis er um die Ecke verschwunden ist. Erst dann gestatte ich mir, nach vorne zusammenzubrechen. Mein Blick geht wieder auf den Fluss. Als die Dunkelheit einbricht und die Stadt mit ihren Lichtern nach mir ruft, mache ich mich auf den langen Weg heim.

Zwei

Als ich sieben Jahre alt war, wollte ich Radfahren lernen. Meine Mutter kaufte mir ein Fahrrad mit Stützrädern, die ich aber gleich abmontierte. Meine Füße reichten kaum bis auf die Pedale. Jeden Tag versuchte ich es wieder, jeden Tag fiel ich wieder hin. Einmal war es besonders schlimm, da musste ich ins Krankenhaus. Meine Stirn wurde mit zehn Stichen genäht. Danach sperrte meine Mutter das Rad in die Garage. Als ich mit ihr darüber diskutieren wollte, sagte sie nur, ich solle entweder warten, bis ich alt genug bin, oder es ganz aufgeben. Natürlich habe ich nicht auf sie gehört und das Rad heimlich wieder rausgeholt. Nur einen Tag später stürzte ich wieder, diesmal bei rasanter Fahrt bergab. Ich brach mir den Arm und schlug mir die Lippe auf. Das Fahrrad wurde an ein Nachbarskind verschenkt.

Als ich meine Mutter fragte, warum sie das getan habe, meinte sie nur: »Jaya, manchmal ist es besser, Dinge sein zu lassen, wenn sie einem Schmerzen bereiten.«

* * *

Ich stehe vor der Tür des Hauses, in dem ich meine Kindheit verbracht habe, in einem der typischen ausufernden Vororte, die rund um die Stadt herum wuchern. Unsicher, ob ich ihn einfach ins Schloss stecken oder doch klingeln soll, spiele ich mit dem Schlüssel. Schließlich stecke ich ihn wieder ein und drücke die Klingel, zweimal.

»Mein Baby«, begrüßt mich mein Vater und zieht mich in eine innige Umarmung.

»Hallo Dad«, bringe ich hervor. Meine Stimme klingt dumpf, weil ich in seine Kleidung sprechen muss. Ich spüre unsere beiden Körper von seinem Lachen vibrieren. Aus dem Haus dringt der charakteristische Geruch nach Zwiebeln und Knoblauch, unterlegt vom Duft einer ganz eigenen Kombination von Gewürzen.

»Mom steht schon den ganzen Tag in der Küche, nehme ich an?«

»Sie hat nur nach einer Ausrede gesucht.« Er legt mir den Arm um die Schulter und lenkt mich in Richtung Küche. »Sie hat alle deine Lieblingsgerichte gemacht.« Er zögert einen Augenblick, ehe er fortfährt. »Wie geht es dir, Kleines?«

Ich bin ihm dankbar für den Versuch, lächle aber nur, ohne wirklich auf das Thema einzugehen. »Alles gut, Dad.«

Mein Vater hat den Großteil meiner Kindheit bei der Arbeit verbracht. Selbst wenn er zu Hause war, oblag meine Erziehung stets meiner Mutter, ebenso wie der Rest des Haushalts. Dementsprechend ist es auch nur meiner Mutter zuzuschreiben, was für eine Art Beziehung wir inzwischen haben – zwei Fremde, die nur durch die Blutsverwandtschaft verbunden sind.

Sie kommt aus der Küche und trägt eine lächerliche Schürze, eine von jener Art, die aller Welt verkündet, dass der Koch immer recht hat. Wie zuvor schon Dad nimmt auch sie mich in den Arm, es bleibt bei ihr aber bei einem flüchtigen Drücken.

»Du kommst gerade recht zum Essen«, erklärt sie und blickt in den Flur. »Wo sind deine Sachen? Ich dachte, du bleibst übers Wochenende.«

Sie trägt ihr hellbraunes Haar mit einer Spange zurückgesteckt. Ihre dunkelgrünen Augen bilden einen interessanten Kontrast zu ihrer hellen, olivfarbenen Haut. Meine ganze Kindheit stand ich im Schatten ihrer natürlichen Schönheit, für die sie in unserem gesamten Bekanntenkreis gerühmt wird. Sie selbst tut jegliche Komplimente stets mit einem Schulterzucken ab, bevorzugt dezente, einfache Kleidung und trägt nur minimales Make-up, wenn überhaupt.

Ich halte meine übergroße Handtasche hoch. »Ich bleibe nur über Nacht. Hier ist alles drin, was ich brauche.« Bemüht, das Thema zu wechseln, hebe ich den Deckel von einem Topf und schnuppere. »Hm, das duftet aber gut.«

Sie antwortet nicht direkt. Als sie dann endlich spricht, ist ihre Stimme so leise, dass ich sie kaum verstehen kann. »Du brauchst deine Familie. Jetzt, wo Patrick dich verlassen hat …«

»Patrick hat mich nicht verlassen.« Meine Stimme klingt schärfer, als ich beabsichtigt hatte. »Wir haben beide zusammen beschlossen, dass wir eine Auszeit brauchen.«

Aber das stimmt so natürlich nicht. Es war keine Entscheidung gewesen, sondern ein Ergebnis. Das Ergebnis unserer gemeinsamen Jahre, in denen ich mehr und mehr ins Klagen verfallen war, während er sich immer weiter zurückgezogen hatte, bis er meine Tränen nicht mehr hörte.

»Weil ihr keine Babys haben könnt?«, fragt meine Mutter und überrascht mich damit. Sie legt die Hände zusammen.

Meine Eltern waren frisch vermählt aus Indien in die USA emigriert. Ich bin hier zur Welt gekommen, nachdem Dad sein Medizinstudium abgeschlossen und seine berufliche Laufbahn begonnen hatte. Geschwister habe ich keine. »Du warst unser Traum und Segen«, erklärte mir mein Vater immer, wenn ich ihn fragte, warum ich keine Brüder und Schwestern habe. »Es wäre den anderen Familien gegenüber nicht fair gewesen, wenn wir noch mehr gewollt hätten.«

Aber meiner Mutter habe ich diesen angeblichen Segen nie angemerkt. Die einzige Emotion, die ich in meiner Kindheit von ihr kennenlernte, war Enttäuschung. Ich sah es an der Art, wie ihre Lippen sich strafften, als ich im Finale des Buchstabierwettbewerbs der fünften Klasse ein Wort falsch hatte. An ihrem strengen Blick, als ich in den Cheerleader-Proben den Einzug ins Team knapp verpasste. An dem abwesenden Blick, mit dem sie mich jetzt gerade betrachtet, als sehe sie innerlich eine Zusammenfassung der Belege meiner Unfähigkeit, ein Kind zu zeugen.

»Ja«, antworte ich schließlich. Ihr Gesicht zuckt, aber sie bleibt still. Ich schlucke den Knoten runter, der sich in meiner Kehle bildet. Aus irgendeinem irrationalen Grund sehne ich mich immer noch nach ihrer Liebe und Unterstützung, obwohl ich es eigentlich besser wissen müsste. »Wegen der Babys.«

»Lena«, unterbricht mein Vater und wirft meiner Mutter einen vielsagenden Blick zu, während er mir über den Rücken streicht. »Jaya ist doch eben erst angekommen. Gönn ihr doch eine Minute Ruhe, lass uns erst mal essen.«

Er holt Teller und Löffel und deckt den Tisch für drei. Meine Mutter und ich sehen ihm dabei zu, ohne uns vom Fleck zu rühren. Er trägt die Speisen aus der Küche zum Esstisch und zieht zwei Stühle herbei. Meine Mutter setzt sich an den Kopf des Tisches, Dad und ich jeweils zu ihrer Seite.

»Wie fühlst du dich?«, fragt Dad, durch und durch der fürsorgliche Arzt.

»Alles bestens«, lüge ich freundlich. »Mein Körper erholt sich gut.« Ich habe meine Eltern nie ins Vertrauen gezogen und habe nicht vor, jetzt damit anzufangen. Also behalte ich die Aussetzer für mich, die mich verfolgen, und erzähle auch nicht davon, dass ich die Schmerzen des Aborts immer noch spüren kann, als tägliche Erinnerung an meinen Verlust.

»Wo wirst du wohnen?« Meine Mutter hat die Hände vor sich gefaltet und den Kopf wie in Trauer gesenkt. Ihr Essen hat sie noch nicht angerührt.

»Patrick hat schon eine Wohnung gefunden«, erkläre ich, meine Worte gezielt frei von Emotionen und auf die Fakten beschränkt. »Zur Untermiete, für sechs Monate. Eine kleine Wohnung mit nur einem Schlafzimmer, nahe von unserer alten Wohnung.«

»Und du willst allein in eurer Wohnung bleiben?« Sie blickt schnell zu Dad, dann wieder zu mir, ehe sie fortfährt. »Jaya, du wirst wieder hier einziehen.«

Allein der Gedanke, wieder zu meinen Eltern zu ziehen, zurück in den Käfig, in dem ich meine Kindheit verbracht habe, zurück unter die missbilligenden Augen meiner Mutter, verursacht eine Gänsehaut. »Es geht schon, Mom«, lehne ich beschwichtigend ab.

Ich erwarte, dass sie jetzt das Thema wechselt, wie sie es in ähnlichen Situationen in der Vergangenheit stets getan hat. Und ich kann mir nicht ernsthaft vorstellen, dass sie mich wirklich länger hierhaben will.

»Komm mir nicht mit ›Es geht schon‹«, sagt sie jedoch bestimmt und überrumpelt mich damit. »Du kannst uns und dir selbst über alles andere gerne etwas vormachen, aber so viel gib bitte zu: Dir geht es nicht gut.«

Die Düsternis kriecht auf mich zu. »Ich will nicht darüber sprechen«, erkläre ich. Geradezu verzweifelt versuche ich, das Gespräch zu beenden. »Und ganz bestimmt nicht mit dir.« Meine Worte sind verletzend, aber das rührt von der Erschöpfung durch die angesammelten Fehlgeburten her. Ich habe nicht mehr die Kraft, Rücksicht auf sie zu nehmen.

Wortlos steht sie auf, schiebt ihren Stuhl ordentlich an den Tisch und verlässt den Raum. Ich höre sie die Treppe zu ihrem

Zimmer hinaufgehen. In der Stille schäme ich mich für meine Worte.

»Tut mir leid.« Mein Magen knurrt vor Hunger, aber ich ignoriere ihn. Ich atme tief durch, um die Emotionen in den Griff zu bekommen, die in mir toben und hervorbrechen wollen. Ich sehe zu Dad auf und erkenne Trauer und Schmerz in seinem Blick. »Ich hatte nicht gedacht, dass sie weiter darüber reden würde.«

»Deine Mutter hat dich sehr lieb.«

Ich kann mein Lachen kaum zurückhalten. »Mom hat eine seltsame Vorstellung von Liebe. Füttern und rechtzeitig zur Schule bringen.«

Noch während ich die Worte ausspreche, bereue ich sie auch schon. Ich hatte zwar wirklich nie eine enge und innige Beziehung zu meiner Mutter, aber sie hat gut für mich gesorgt. Ich konnte mich immer darauf verlassen, dass ich mein Lieblingsessen erhielt, jeden Morgen wartete frische Kleidung auf mich, ordentlich gebügelt, und sie hat bei keiner Schulveranstaltung je gefehlt und mir immer gespannt zugesehen. Über die Jahre habe ich mir eingeredet, dass dies Liebe sei. Meine Mutter war für mich da, immer körperlich anwesend in jeder nur denkbaren Hinsicht. Was fehlte, war die emotionale Bindung.

»Sie kann nicht erwarten, dass ich mich jetzt öffne und sie in mein Leben einlasse.«

»Deine Mutter hat immer getan, was sie konnte«, sagt Dad bedächtig.

»Ich weiß, Dad.« Irgendwie spüre ich, dass es besser wäre, das Gespräch zu beenden, und hole Tupperware raus. »Lass uns das Essen in den Kühlschrank stellen.«

»Jaya.« Er wartet, bis ich ihn ansehe. »Auch sie leidet.« Zorn steigt in mir auf. Schon immer hat mein Vater ihre Partei ergriffen. »Wir haben Nachricht aus Indien bekommen«, fährt er fort. »Sieh es ihr nach, wenn sie gerade nicht ganz klar denken kann.«

»Indien? Was für Nachrichten denn?«

Meine Mutter hatte noch nie von ihrer Vergangenheit, von ihrem Leben in Indien reden wollen. Wir waren auch nie dort gewesen. Als Kind hatte ich immer neugierig nach dem Land ihrer Kindheit gefragt, doch immer nur dieselbe Antwort erhalten. »Die Zukunft ist wichtig, Jaya, die Vergangenheit liegt hinter uns.« Die Eltern meines Vaters waren schon vor meiner Geburt gestorben und als Einzelkind war ihm nicht viel Familie verblieben, die er in Indien hätte besuchen können. Ich erinnere mich noch schwach an die wenigen Besuche der Brüder meiner Mutter, die aber inzwischen auch in England und Australien leben.

»Dad?«, frage ich nach, während er besorgt die Treppe hinaufschaut.

Er bedeutet mir, ihm in sein Büro zu folgen. Auch wenn es sein Büro ist, hat meine Mutter Stunden damit zugebracht, es einzurichten. Angefangen mit dem dunkel gebeizten Parkettboden aus Hartholz, bedeckt von einem ägyptischen Läufer, über die Paneele aus Kirschholz und die Details aus geschnitzter Eiche bis hin zu der antiken Tischleuchte, die den Raum erhellt.

Sie hatte damals solchen Spaß daran, sein Büro zu dekorieren, dass ich sie gefragt habe, ob wir danach mein Zimmer neu gestalten wollen. Ich war damals zehn Jahre alt und sehnte mich nach jeglicher Art der Verbindung. Nach einiger Vorbereitung präsentierte meine Mutter mir ein Dutzend Farbmuster für die Wandfarbe sowie haufenweise Zeitschriften mit möglichen Einrichtungsstilen. Dann ließ sie mich allein zurück und sagte, ich solle mir selbst etwas aussuchen. Diese Zurückweisung hatte mich hart getroffen, also warf ich ihre Farbmuster weg und strich die Wände schwarz, das Mobiliar ebenfalls. Meine

Grufti-Phase dauerte ein ganzes Jahr an, doch hat sie nie ein Wort darüber verloren.

Aus der Schublade seines Schreibtischs zieht Dad jetzt einen zerknüllten Brief hervor. Ich schaue ihn an, während er den Brief liest. Er sieht so müde und bekümmert aus. Was auch immer in meinem Leben geschehen war, ich hatte mich immer darauf verlassen können, dass Dad vor Leben und Energie sprüht, während meine Mutter still und behutsam ist, vorsichtig bei jedem Schritt. Seine Leichtigkeit bietet einen krassen Kontrast zu ihrer Bodenständigkeit. Und doch war er nie von ihrer Seite gewichen.

»Deine Mutter hat ihn weggeworfen, ohne mir davon zu erzählen. Ich habe ihn zufällig im Papierkorb gefunden.« Seine Hand zittert, als er mir den Brief reicht. »Er ist von ihrem Bruder. Er bittet sie, heimzukommen. Ihr Vater, Deepak, dein Großvater, ist schwer krank.«

Liebste Lena, kleine Schwester,
ich hoffe, dieser Brief erreicht Dich wohlbehalten. Ich schreibe, weil unser Vater schwer erkrankt ist. Ravi, ein Diener aus unserer Kindheit, fürchtet, dass er nicht mehr lange zu leben hat. Ravi sagt auch, dass Vater etwas für Dich habe. Ich würde Dich nie bitten, zu einem Ort zurückzukehren, an den Du so viele schmerzhafte Erinnerungen hast, aber ich würde gegen meine Pflicht als Sohn verstoßen, wenn ich Dich nicht über den Zustand unseres Vaters informieren würde. Samir, Jay und ich haben uns schon vor Jahren von ihm verabschiedet, als wir Indien verließen. Wie auch immer Du entscheidest, wir stehen zu Dir und lieben Dich.
Dein Bruder
Paresh

Ich muss gar nicht erst fragen. »Sie wird nicht fahren.«

»Nein, wird sie nicht.« Er lehnt sich in seinem Bürosessel zurück, das Leder quietscht unter seinem Gewicht. »Und nichts, was ich sage, kann sie dazu bewegen.« Erschöpft reibt er sich die Augen mit Daumen und Zeigefinger. »Aber ich sehe auch, wie sehr sie diese Entscheidung beschäftigt. Ich fürchte, dass sie es für den Rest ihres Lebens bereuen wird.«

* * *

Ich liege im Bett meines alten Kinderzimmers, betrachte den Mond, der seine Schatten an die Decke wirft. Die Uhr piept leise, als sie zur nächsten Stunde umspringt. Drei Uhr nachts. Ich bin erschöpft und sehne mich nach Schlaf, der aber nicht kommen will. Ich wende mich nach links, dann nach rechts. Ich stütze mich auf die Unterarme und klopfe das Kissen auf, streiche es glatt, versuche es erneut. Als auch das nicht hilft, werfe ich das Kissen auf den Boden und versuche, nur auf der Matratze zu schlafen.

Ein Geräusch von unten lässt mich aufschrecken. Ich lausche und höre Schritte, dann, wie der Kühlschrank geöffnet wird. Mein Vater hat schon immer heimliche Snacks zu später Stunde geliebt. Da ich ohnehin keinen Schlaf finden kann, stehe ich auf, wickele den Morgenmantel um mich und gehe leise die Treppe hinab. Auf den letzten Stufen sehe ich schon den Lichtspalt, der unter der Küchentür durchdringt. Sachte drücke ich die Holztür auf und sehe meine Mutter am Küchentisch, das Gesicht in die Hände gesenkt. Sie hört die Tür und schreckt plötzlich auf. Einen Augenblick sehen wir einander überrascht an.

»Ich dachte, es wäre Dad, der sich noch etwas zu essen holt«, murmele ich und trete ganz automatisch einen Schritt zurück.

»Ich wollte noch ein Glas Milch«, sagt meine Mutter. Ich kann weder Glas noch Milch sehen. »Magst du auch etwas?« Ohne eine Antwort abzuwarten, steht sie auf und zieht einen Stieltopf hervor, um Milch aufzuwärmen. Während die Milch auf dem Herd steht, öffnet sie eine Schachtel Kekse und stellt sie auf den Tisch. »Du hast so viel Gewicht verloren seit der Sache mit den Babys …« Sie unterbricht sich, als ob sie sich selbst bei etwas Verbotenem ertappt hätte.

»Es ist wirklich in Ordnung.« Unsicher ruht mein Blick im Raum zwischen uns.

»Ich habe heute Morgen lange geschlafen.« Sie knetet ihre Hände, den Kopf gesenkt. »Davon kommt mein Schlafrhythmus immer durcheinander.« Sie rettet die Milch, kurz bevor sie überkocht, und füllt sie in zwei Tassen, die sie zu den Keksen auf den Tisch stellt. Als sie sieht, dass ich immer noch stehe, winkt sie mich heran. »Komm, trink, solange sie noch warm ist.«

Ich setze mich. Sie wartet, dass ich einen Bissen von den Keksen nehme, erst dann setzt sie sich zu mir. Immer die perfekte Gastgeberin, aufmerksam auf jedes Detail, wie eine tadellos ausgebildete Zofe. Die Stille ist fast greifbar. Ich höre mein eigenes Kauen, dann spüle ich den Keks mit warmer Milch hinunter. Sie sieht mich dabei an, beobachtet jede meiner Bewegungen. Schließlich wird es mir zu viel und ich breche das Schweigen. »Dad hat mir von deinem Vater erzählt.« Ich zögere einen Augenblick, ehe ich fortfahre. »Warum hast du mir denn nichts davon gesagt?«

»Das ist nicht wichtig.« Ihre Züge verhärten sich, während ihr Körper in sich zusammenzusinken scheint.

»Es geht um deinen Vater.« Schockiert versuche ich diese Frau zu verstehen, die ich kaum zu kennen scheine. »Natürlich ist es wichtig.«

»Lass es gut sein, Jaya.«

Dieselbe Stimme, die ich nur zu gut aus meiner Kindheit kenne. Eine Stimme, die keinen Platz für Diskussionen lässt. Automatisch drücke ich den Rücken durch, die Härchen an meinem Nacken stellen sich auf.

»Er stirbt und du willst ihn nicht sehen?« Ihre Augen verengen sich, aber ich bin zu müde, um solche Warnzeichen zu beachten. »Warum?«

»Sei vorsichtig, wenn du von Dingen sprichst, von denen du nichts weißt«, sagt sie.

»Dann erzähl mir davon.« Als Kind war ich immer neidisch auf andere Kinder, die Geschichten von ihren Großeltern erzählt haben. Ich bettelte darum, meinen Großvater und die Stief-Großmutter zu besuchen, von denen ich nicht mehr wusste, als dass sie existierten. Aber auf alle Fragen und Bitten wurde ich nur mit einem schlichten Nein abgespeist, und das war stets das letzte Wort. Jetzt, wo mir meine eigene Familie mit eigenen Kindern verwehrt scheint, greife ich nach der einzigen Familie, die mir geblieben ist. »Warum sprichst du nie von ihnen? Warum haben wir sie nie besucht?«

»Das geht dich nichts an.«

»Das geht mich sehr viel an.« Die Dunkelheit dreht sich um mich. Ich blinzele, um Kopf und Blick frei zu halten, aber für einige Sekunden wird alles schwarz. Ich schließe die Augen und atme tief ein und aus. Als ich die Augen wieder öffne, hält meine Mutter den Kopf gesenkt, den Blick starr auf die Tischplatte. Ich massiere mir das Gesicht. »Er ist auch Teil meiner Familie«, erinnere ich sie. »Warum hasst du ihn nur so sehr?«

»Du würdest es nicht verstehen.« Sie spricht leise, die Worte bedacht und mit betont gleichmäßigem Tempo. »Lass es bitte darauf beruhen.« Dann steht sie auf und will gehen.

»Meine ganze Kindheit über hast du kaum zwei Sätze mit mir geredet.« Sie sieht vorsichtig zu mir, zuckt aber zusammen, als sie meinem Blick begegnet. »Wir haben noch nie einen deiner Brüder besucht. Und jetzt ignorierst du sogar deinen Vater?« Meine Worte werden verletzend, absichtlich. Ihr Dinge vorzuwerfen, die mich früher immer störten, hilft mir dabei, mich von meinem eigenen Schmerz abzulenken. »Wer bist du eigentlich?« Sie schreckt zurück, als ob ich sie körperlich angegangen wäre. Tränen steigen ihr in die Augen. Sofort werde ich von Schuldgefühlen übermannt.

»Mom«, flüstere ich, doch sie hebt die Hand, um mir Einhalt zu gebieten.

»Nach meiner Hochzeit hat meine Stiefmutter von mir verlangt, nie wieder nach Indien zurückzukehren.« Ihre Unterlippe bebt. »Und mein Vater hat sie darin bestärkt.«

»Aber was für ein Vater würde so was nur machen?«, frage ich, von der Enthüllung geschockt.

»Ein Vater, der weiß, dass es so zum Besten ist.« Sie bedeckt ihr Gesicht mit einer erschreckend zerbrechlich wirkenden Hand und atmet einmal tief durch, ehe sie mich wieder ansieht.

»Mom?« Ich versuche vergebens, mir aus dem Wenigen, was ich über ihre Familie weiß, einen Reim darauf zu machen, warum ihr Vater auf einem solchen Versprechen hätte bestehen können. »Erklär es mir, bitte.«

Zu lange hat sie mir die Antworten verweigert. Immer und überall werde ich im Dunkeln gehalten. Mir kommt es wie eine Analogie zu meinem Körper vor, der mir auch jeglichen Hinweis vorenthält, warum ich kein Kind bekommen kann. Oder auch dazu, dass ich den Mann verloren habe, den ich über alles liebe, und nicht weiß, warum. Ich habe nie verstanden, weshalb meine Mutter immer alles und jeden auf Distanz halten musste, einschließlich ihrer eigenen Tochter. Was muss passiert sein, dass sie immer solche Angst vor jeglicher Nähe zu haben scheint?

Jetzt bitte ich sie um nicht mehr als einen winzigen Brocken der Wahrheit. Die Journalistin in mir sehnt sich nach der Geschichte, warum ein Vater seiner Tochter ein solches Versprechen abverlangen könnte. Die Tochter in mir will verstehen, warum meine Mutter ein solches Versprechen geben konnte. Aber ebenso schnell, wie die Hoffnung aufkeimt, erstirbt sie auch wieder. Auch heute gibt es keine Ausnahme. Ich sehe ihr schon an, wie sie sich sperrt, noch ehe sie den Kopf schüttelt.

»Mein Versprechen war der Preis, den ich dafür bezahlt habe, dass ich geboren wurde. Mehr musst du nicht wissen.« Mit müder Stimme wünscht sie mir eine gute Nacht.

Drei

Ich richte mich auf dem Sofa auf und reibe mir den steifen Nacken. Anscheinend bin ich wieder im Wohnzimmer eingeschlafen. Die Stunden gehen ineinander über, die Nächte verfließen mit den Tagen. Seit unserem Streit vor zwei Tagen habe ich nicht mehr mit meiner Mutter gesprochen und ich gehe davon aus, dass es dabei bleiben wird.

Ich wische einige Käsekrümel vom Hemd und trete dabei eine leere Dose um. Also sammele ich schnell die diversen Überreste vergangener Mahlzeiten ein und werfe sie in den Mülleimer. Ich blicke mich um und beschließe, den Rest des Zimmers aufzuräumen, als plötzlich meine Beine unter mir nachgeben. Ich greife nach der Tischplatte, um mich festzuhalten, als alles um mich herum schwarz wird. Vor meinem geistigen Auge tanzen die Bilder der Kinder, die ich nicht zur Welt bringen konnte. Jegliche Kraft verlässt mich, ich spüre mich an der Wand hinabrutschen, bis ich auf dem Küchenboden sitze.

In letzter Zeit sind die Anfälle immer häufiger geworden. Ich habe keine Erklärung für die Zeit, die ich verliere, wenn die Trauer mich überkommt und mich der realen Welt entzieht. Wenn ich wieder zu mir komme, scheinen nur Augenblicke vergangen zu sein, doch an den Gesichtern der anderen Menschen sehe ich, dass für den Rest der Welt die Zeit weitergelaufen ist.

Ich habe Angst vor dem, was mit mir geschieht. Natürlich habe ich schon einen Arzt befragt, der auch wirklich jeden Test mit mir vorgenommen hat, den es nur gibt. Weitergeholfen hat es nicht, alle Ergebnisse haben gezeigt, dass ich komplett gesund bin. Die Diagnose des Arztes hat mich zum Lachen gebracht, aber ich weiß, es ist nicht sein Fehler. Wie soll man auch ein gebrochenes Herz behandeln?

Die letzte Schwangerschaft hatte am längsten gedauert. Wir hatten nicht vorschnell handeln wollen, daher wollten wir das Geschlecht des Kindes erst gar nicht wissen. Aber nachdem wir die magische Zwölf-Wochen-Grenze einmal überschritten hatten, konnte ich einfach nicht widerstehen. Nach der Arbeit habe ich bei einem Laden angehalten und einen Haufen geschlechtsneutrale Babykleidung und Spielsachen gekauft, um das Kinderzimmer damit zu füllen. Die nächsten Wochen habe ich damit verbracht, alles zu dekorieren, bis das Zimmer einfach perfekt aussah.

Ich atme tief durch, wieder und wieder, bis der Nebel sich verstreut. Meine Arme sind um den Bauch geschlungen, mein Kinn ruht auf den Knien. Ich bin komplett frei von jeglichen Gedanken, mein Blick geht ins Nichts. Völlig leer sehe ich keine Bilder der Babys, verschwende keinen Gedanken an Patrick. Und auch keinen an den Brief des Großvaters, den ich nie kennengelernt habe. Nicht einmal an das Schweigen meiner Mutter, das meine Kindheit begleitet hat.

»Jaya?« Mit einem Ruck richte ich mich auf. Patrick steht in der Küchentür. Seine Stirn ist besorgt gerunzelt, als er sich zu mir hinabbeugt. Die Wohnungsschlüssel hängen ihm von einem Finger. »Ist irgendwas passiert?«

»Nein, alles in Ordnung.« Ich hasse es, dass er mich in diesem verletzlichen Moment überrascht hat. Ich springe schnell auf und schiebe mich an ihm vorbei ins Wohnzimmer. »Ich hatte gar nicht mitbekommen, dass du schon da bist.«

»Ich habe gerufen.« Er greift nach meiner Hand. Obwohl ich mich eigentlich nach seiner Berührung sehne, entziehe ich mich. »Du hast es nicht gehört, oder?«

Ich greife die Lehne des Sofas mit beiden Händen und bete still um Kraft. Mein Blick schweift über die Wohnung, ich versuche sie aus seinen Augen zu sehen. Auf dem Tisch liegen Zeitungen, noch zusammengerollt, neben Stapeln dreckiger Teller. Ein komplett anderes Bild als früher. Damals war es mir so wichtig erschienen, dass alles fein säuberlich am richtigen Ort steht.

»Ich habe deine Sachen zusammengesucht, soweit es ging.« Stunden habe ich damit verbracht, die Erinnerungen an unser gemeinsames Leben in Meins und Seins zu unterteilen. »Falls ich etwas übersehen habe, bediene dich bitte. Ich werde mir einen Kaffee holen, während du packst.« Urplötzlich sehne ich mich danach, allein zu sein.

»Ich hatte gehofft, dass wir reden könnten.« Einst waren diese Räume unser gemeinsames Heim, jetzt steht er wie ein Fremder hier. Er wartet, dass ich ihm auch wirklich zuhöre. »Ich will nicht, dass du es von jemand anderem hörst. Ich habe mich in letzter Zeit ein paar Mal mit Stacey getroffen.«

Damit hatte ich jetzt nicht gerechnet und ich weiß nicht, was ich damit anfangen soll. Verwirrt gehe ich seine Worte im Kopf durch, sicher, dass ich mich verhört habe. Beiläufig registriere ich, wie sich die Tür der Nachbarswohnung öffnet und wieder schließt. Vor dem Fenster hupen die Taxis in ihrem täglichen Kampf um eine kleine Schneise durch den dichten Verkehr. Zahlreiche Eindrücke drängen auf mich ein, alles scheint seine Worte verdrängen zu wollen.

»Jaya?«

Er tritt schnell auf mich zu. Instinktiv weiche ich zurück. Mein Rücken stößt gegen die Tür. Ich mustere sein Gesicht – einst mir so vertraut wie mein eigenes – und sehe einen Fremden. Ich hatte immer nur darüber nachgedacht, wie wir uns voneinander entfernen, doch nie war mir in den Sinn gekommen, dass er sich in gleichem Maße jemand anderem annähern könnte. Vor allem nicht Stacey, die wir seit der Uni kennen und die ich bisher als alte Freundin bezeichnet hätte. Wütend, sowohl auf meine eigene Naivität als auch auf seinen Verrat, weigere ich mich, seinem Blick zu begegnen. Einen Augenblick meine ich, meinen Schmerz in seinen Augen gespiegelt zu sehen, reiße mich dann aber zusammen.

»Ich dachte, es ist besser, wenn ich es dir sage.« Als ich schweige, fährt er fort. »Es war nicht mehr als ein Drink nach der Arbeit, aber es waren auch Kollegen von deiner Zeitung in der Bar. Sie haben uns zusammen gesehen und es könnte zu Gerede kommen.«

Die Dunkelheit, die inzwischen einen festen Platz in meinem Bewusstsein belegt hat, drängt sich wieder vor, will sich wieder ihre Zeit einfordern. Ich kämpfe dagegen an, um keine Schwäche vor ihm zu zeigen.

»Das erklärt wahrscheinlich, warum sie mich nie zurückruft.« Meine Kehle ist wie zugeschnürt. Der Kopf rast, mein Körper fühlt sich taub an. »Irgendwie kann ich es ja verstehen. Was soll man da auch sagen, wie soll man der Freundin erklären, warum man mit ihrem Mann schläft?«

»So ist das nicht.« Er windet sich unbehaglich, fährt sich mit der Hand durchs Haar. Bei ihm ein typisches Zeichen für Nervosität und Unruhe. Ich höre Spuren von Schmerz und Bedauern in seiner Stimme, aber ich bin zu zornig, um darauf einzugehen. »Wir haben wirklich nur geredet.«

»Geredet?«, frage ich verwirrt. »Worüber denn?« Er bleibt still, also wiederhole ich meine Frage: »Worüber?«

»Über das Leben. Über unsere Träume und Hoffnungen.« Seine Worte sind gut gewählt, als wenn er vor einer Jury steht, die überzeugt werden muss.

Die Erfahrung der gemeinsam verbrachten Jahre sagt mir, dass er etwas zurückhält. Es macht mir Angst. »Etwa auch über die …«, setze ich an, unterbreche aber, bevor ich das Wort Babys aussprechen kann.

»Ja.« Er weiß offensichtlich noch, wie ich denke.

Mir stockt der Atem, meine Knie geben nach. In all den Jahren zusammen haben wir nie mit unseren Freunden darüber geredet. Es war eine Art Tabu geworden, ich hatte das Thema immer als zu persönlich, geradezu heilig für unsere Beziehung angesehen. »Liebst du sie?« Mein Magen dreht sich, ein bitterer Geschmack steigt auf.

»Nein«, antwortet er ruhig. »Natürlich nicht.«

»So, wie ich Stacey kenne, wird sie auf gegenseitige Gefühle bestehen.« Hinter dem Rücken schließe ich die Hand um die Türklinke, ich suche nach Halt. Es wäre vielleicht sicherer, einfach zu gehen und erst wieder zurückzukommen, wenn er fertig ist, doch meine Beine verweigern mir den Dienst. »Stacey will schon seit Langem heiraten, hat nur bisher nie den richtigen Partner gefunden.« Erinnerungen an lange Gespräche kommen auf. »Kleines Häuschen, weißer Gartenzaun, zwei Komma fünf Kinder. Sie hat schon öfters erwähnt, dass ihre biologische Uhr tickt.« Die Ironie entgeht mir nicht. Wir stehen hier und besprechen seine neue Liebe wie etwas Alltägliches. »Ich bin mir sicher, dass die Schwangerschaft bei ihr keine Probleme machen wird. Ihr Problem war immer nur, den passenden Partner zu finden.«

Sein Gesicht wird schlaff, zum ersten Mal seit der ersten Fehlgeburt sehe ich bei ihm wahre Trauer und Enttäuschung.

Ich frage mich, ob die meisten Ehen so enden – mit einem ruhigen Gespräch darüber, durch wen man ersetzt wird.

Es gibt noch so viel, was ich sagen könnte – Staceys Unsicherheit über ihre Karriere in der Kanzlei, ihre Neurosen, die Liebe ihres Lebens, die sie verlassen hat, als sie nach der Uni wegen der Arbeit nach New York gezogen ist. Aber ich behalte es für mich. Er wird schon alles noch rausfinden. So läuft es doch in Beziehungen, oder? Zuerst ist alles schön und romantisch, dann schleichen sich die ersten schlechten Eigenschaften ein, bis man dann irgendwann die ganze Person kennt.

»Aber warum?« Ich weiß, ich tue nur mir selbst weh, aber ich muss es wissen. »Wenn du nichts für sie empfindest, warum dann …«

Er zögert. Ich fürchte schon, dass er nicht antwortet. »Weil sie zuhört. Weil sie spricht.« Schmerzhafter Kummer durchzuckt mich. Ich lasse den Kopf hängen, aber es ist zu spät. Er hat es gesehen. »Jaya«, setzt er an, streckt die Hand nach mir aus. Aber ich entweiche.

Als wir uns kennengelernt haben, hat sich mir eine neue Welt eröffnet. Zum ersten Mal spürte ich bedingungslose Liebe und Akzeptanz. Mit Patrick habe ich ein Glück erlebt, von dem ich nie zuvor wusste, dass es existieren könnte. Ich war mir sicher, meinen Märchenprinzen gefunden zu haben. Doch leider bin ich keine Prinzessin. Wir sind nur zwei Menschen, deren Beziehung vom Licht in die Schatten gewandert ist.

»Du solltest jemanden haben, der dich glücklich macht.« Mein Herz bricht, als ich ihn freigebe. In meinen Worten steckt all die Liebe, die ich je für ihn empfunden habe. »Du verdienst es.«

Ungeschickt brauche ich einen Augenblick, um die Tür aufzuziehen, ehe ich gehen kann. Ich höre, wie er mir nachruft, aber es spielt keine Rolle mehr. Er kann nicht länger das Leuchtfeuer sein, nach dem ich mich orientiere.

Vier

»Du darfst nicht gehen. Bitte.« Meine Mutter hält die Hände wie zum Gebet gefaltet.

Die Entscheidung, nach Indien zu reisen, ist mir leichtgefallen. Die Tage nach dem Gespräch mit Patrick konnte ich an nichts anderes denken als seine Worte: »Sie spricht.« Die beiden Worte hallten in meinem Kopf nach, egal, wohin ich ging. Die Flucht schien mir die einzige Lösung. Durch die Fehlgeburten hatte ich mich selbst verloren, meinem verzweifelten Wunsch nach einem Kind hatte ich alles untergeordnet, sogar mich selbst.

Als ich meine Chefin um eine Auszeit bat, schlug sie mir vor, dass ich meine Erfahrungen in einem Blog beschreiben könnte, das ihre Freundin betreibt. Ich nahm dankbar an, glücklich darüber, weiterhin schreiben zu können.

Nachdem meine Pläne gefasst waren, erzählte ich meinen Eltern davon. Ich sah die Tränen in den Augen meiner Mutter, als sie mich anflehte, nicht zu gehen. Ihre Verzweiflung war so echt, dass mein Entschluss einen Augenblick ins Wanken geriet. Aber ich hatte meinen eigenen Kummer zu verarbeiten und konnte mich nicht um ihre Sorgen kümmern.

»Dann erklär mir, was dir solche Angst macht«, versuchte ich es ein letztes Mal.

»Ich bitte dich darum. Geh nicht.« Selbst jetzt konnte oder wollte sie mich nicht ins Vertrauen ziehen. »Bitte, das muss ausreichen.«

»Es tut mir leid.« Wir behielten beide unsere Geheimnisse. Ich erzählte ihr nicht, dass ich nicht mehr wusste, wer ich eigentlich bin. Dass mir meine Wurzeln entrissen wurden und ich ohne Halt schwanke. Die Reise nach Indien soll mir helfen, meiner Realität zu entfliehen, in der ich sonst verrückt werden würde. »Ich muss es tun. Für mich selbst.« Sie ließ den Kopf hängen. »Und für dich«, flüsterte ich in die Stille. Ihr Kopf zuckte zu mir, ich drückte ihr kurz die Hand, dann ging ich.

* * *

All das ist jetzt einige Tage her, inzwischen sitze ich im Flugzeug und befinde mich schon im Landeanflug. Zum wiederholten Male ziehe ich den zerknitterten Brief meines Onkels hervor, streiche ihn glatt und lese mir noch einmal die wenigen Sätze durch. Dann falte ich ihn ordentlich und stecke ihn zurück in die Tasche. Ganz automatisch gleitet dabei die Hand über meinen flachen Bauch. Mein Blick wandert aus dem kleinen, ovalen Fenster, der Flieger hat aufgesetzt und rollt auf das Terminal zu. Ich bin mitten in Indien gelandet. Ich ziehe mir eine leichte Jacke über Hemd und Jeans und nehme mir meinen Rucksack und die Computertasche.

Das erschöpfte Paar neben mir versucht seine Kinder ruhig zu halten. Ein Anflug von Eifersucht überkommt mich, als die Mutter das kleinste Kind tröstend in den Arm nimmt. Übelkeit steigt in mir auf, ich ziehe mir das Hemd über die Nase und atme durch den Stoff, versuche mir einzureden, dass es nur am allgegenwärtigen Gestank nach Curry und übervollen Windeln liegt, der das ganze Flugzeug auszufüllen scheint.

Endlich kommt Bewegung in die Menge. Ich folge den anderen Passagieren, vorbei an den geschäftigen Flugbegleitern, hinein in die drückende Hitze des übergroßen Terminals. Die hohe Luftfeuchtigkeit drückt mir sofort auf die Lungen, meine Kleidung klebt fast augenblicklich an mir wie eine zweite Haut. Andere Reisende rempeln mich an, ohne sich zu entschuldigen, auf ihrem Weg zur Gepäckausgabe oder zum Anschlussflug. Entlang der hohen Decke über mir erstrecken sich enorme Stahlrohre. Wilde Schwalben flattern ungehindert umher.

Ein Gewirr fremdartiger Stimmen hallt in der großen, offenen Fläche wider. Entlang dreckverkrusteter Wände schlafen Bettler, ausgezehrte Reisende eilen über einen schmutzigen, verschrammten Boden. Männer in orangenen Westen und weißen Hosen schieben Handkarren voller Koffer und Reisetaschen. Ein aufdringlicher Gestank nach Zigaretten und frischem Schweiß erfüllt die Halle. Über quäkende Lautsprecher werden wieder und wieder Passagiere ausgerufen, deren Flug bald starten wird.

Ich erlaube mir einen Augenblick, um einfach nur die Eindrücke aufzunehmen. Natürlich habe ich vorher Bilder gesehen, aber nichts hätte mich darauf vorbereiten können, wie das Heimatland meiner Eltern wirklich ist. Der Kontrast zu dem Land, in dem ich selbst aufgewachsen bin, ist extrem. Unsicher, wohin ich soll, suche ich nach Schildern und werde direkt von einer Gruppe Kinder umringt.

»Memsahib, du kaufen? Dir gefallen!« Dünne Finger halten Waren hoch, preisen sie wie Schätze an. Die Kinder sind dürr und knochig, ihre Kleidung abgetragen. Die kleinen Gesichter blicken mich hoffnungsvoll flehend an, während sie den vermeintlichen Wert ihres billigen Krimskrams anpreisen.

Als New Yorkerin bin ich an Bettler gewöhnt. Schuldig wie jeder andere gebe ich dort meine Standardantwort, schüttle den Kopf und gehe weiter. Nur hatte ich bisher noch nie Kinder als Bettler vor mir. Der Anblick ihrer erbarmungswürdigen kleinen Gesichter, einige von ihnen kaum alt genug, um allein laufen zu können, bereitet mir Bauchschmerzen. Ich blicke mich um, will sehen, wie andere Reisende reagieren. Niemand sonst scheint wirklich Notiz von ihnen zu nehmen. Der dumpfe Druck in meinem Herzen, inzwischen mein ständiger Begleiter, versetzt mir einen Stich.

Ich räuspere mich und ziehe mein Portemonnaie hervor. »Ja, gerne.«

Mit großen Augen nehmen sie mein Geld und beeilen sich, fortzukommen. Ich schaue ihnen nach, wie sie zum nächsten Reisenden eilen und von dort zu einem weiteren ziehen, bis ich sie irgendwann in der Menge verliere.

Ich stecke die billigen Plastikhalsketten in meine Handtasche und folge den Schildern zur Gepäckausgabe. Mit jedem Schritt fort von meinem Flugzeug dringe ich tiefer in das Herz von Indien ein. Ich betrachte die Gesichter, die mich umgeben. Natürlich erkenne ich niemanden. Trotzdem weiß ich, dass ich aussehe wie sie, ohne je hier gewesen zu sein.

* * *

Ich rolle meine Koffer Richtung Ausgang, hin zu einem Schild mit Aufschrift »Transport«. Der Himmel ist von Smog verhüllt. Eine Wolke schiebt sich vor die Sonne, die drückende Hitze lässt dadurch aber kaum nach. Eine große Passagiermaschine hebt über dem Terminal ab und verschwindet in den Wolken. Auf den ersten Blick scheint es hier nicht anders als in den vielen anderen Städten, die ich bereits bereist habe. Autos bilden eine lange Schlange, um Reisende abzuholen. Sicherheitskräfte in orangefarbenen Westen mahnen mit Trillerpfeifen, den Verkehr fließen zu lassen.

Ich reihe mich in die Schlange an einem Taxistand ein. Vor mir wuselt eine Familie, hinter mir wartet ein Geschäftsreisender. Als ich dran bin, greift der Fahrer mein Gepäck und lädt es in den kleinen Kofferraum seiner Motorrikscha. Er ist ein großer, junger Mann mit einer Zigarette, die ihm unterhalb seines Schnurrbartes aus dem Mundwinkel baumelt.

Als er nach meinem Ziel fragt, nenne ich ihm den Namen des Dorfes, den ich auswendig gelernt habe. Mein Großvater lebt immer noch in demselben Haus, in dem meine Mutter ihre Kindheit verbracht hat. Es ist schon seltsam, dass ich nie zuvor von diesem Ort gehört hatte. Mein Vater hatte erst Kontakt zu Onkel Paresh aufnehmen und ihm von meinen Reiseplänen erzählen müssen, um die Adresse zu bekommen.

Der Fahrer zieht die Rikscha in den fließenden Verkehr, ich betrachte diese neue Welt, die sich vor mir eröffnet. Ich will keinen Moment verpassen. Wie eine Touristin schaue ich neugierig durch das offene Fenster, nahe dem Flughafen säumen Baustellen die modernen Asphaltstraßen. Im Verlauf der Fahrt weichen die ordentlichen Straßen schnell Schotterwegen und unbefestigten Straßen aus gepresster Erde. Die geschäftige Betriebsamkeit, welche mich schon am Flughafen beeindruckt hatte, zieht sich durch die menschengefüllten Straßen. Ich drehe mich um und lache überrascht auf, als Kühe ungehindert durch die Menschenmengen spazieren.

»Hat Ihr Land keine Kühe?«, fragt der Fahrer, der meinem Blick gefolgt ist.

»Keine frei laufenden«, erkläre ich. »Ist das normal hier?« Ich weiß zwar, dass Kühe hier als heilig gelten, aber ich hätte nie gedacht, dass sie einfach so frei durch die Straßen spazieren.

»Ja. Genau wie Schweine, Hunde oder andere Tiere, die gerne frei laufen wollen.« Er sieht mich über den Rückspiegel an. »Sind Sie hier für Religion?« Mir fällt auf, dass er ein goldenes Kreuz an einer Halskette trägt.

Wir waren nie eine religiöse Familie. Auch als ich noch klein war, haben wir uns kaum an religiösen Aktivitäten beteiligt. Einmal fragte ich meine Mutter, warum, und in einem dieser seltenen Momente, in denen sie etwas von sich preisgab, hatte sie mir erklärt, dass sie als Kind aufgehört hatte, an die Götter zu glauben.

»Nein, nicht aus religiösen Gründen«, antworte ich.

»Aber warum dieses Dorf? Es gibt schöne Städte in Madhya Pradesh«, erklärt er. »Viel schöner, die gefallen Ihnen bestimmt besser.«

Wir kreuzen durch das Zentrum der kleinen Stadt und gelangen auf eine zweispurige Straße, gesäumt von sonnenverbrannten Feldern. In der Entfernung sieht man Schafe grasen. Knochendürre Frauen, mit Saris um die Hüften gezogen und zwischen den Beinen verknotet, tragen Wassereimer auf ihren Köpfen. Schreiende Babys hängen ihnen dabei an den Hüften, von Tragschlingen gehalten, die den Babys gleichzeitig auch der einzige Schutz vor der Mittagssonne ist. Ein kleiner Lastwagen zieht an uns vorbei, den Anhänger vollgeladen mit Tierfutter.

Fasziniert nehme ich jedes Detail unserer Fahrt auf, sehe Landschaften und Szenerien, die ich bisher nur aus dem Fernsehen kannte. Die allgegenwärtige Armut um uns herum steht in einem harschen Kontrast zu den Erinnerungen meiner Jugend. »Ich bin wegen meiner Mutter hier«, erkläre ich schließlich leise. »Und für mich selbst.« Den Rest der Fahrt verbringe ich schweigend, den Blick aus dem Fenster, in meinen eigenen Gedanken.

* * *

Eine gute Dreiviertelstunde fahren wir durch trostlose Felder, bar jeglicher Vegetation, bis wir an ein Dorf kommen, eine

Zusammenstellung baufälliger Hütten mit vereinzelten kleinen Häusern. Wie schon am Flughafen sind auch hier die Straßen mit Menschen gefüllt. Der Fahrer manövriert die Rikscha über die holprigen Straßen, während die zahlreichen Dorfbewohner uns nachschauen. Ein kleines Mädchen in Hosen und Tunika winkt mir schüchtern zu, ehe es wegrennt.

Wir kreuzen eine weitere unbefestigte Straße aus gepresster Erde. Die Häuser und Hütten stehen hier weiter auseinander, Felder und brachliegendes Land erstrecken sich zwischen ihnen. Nach einem guten Kilometer ohne weitere Häuser oder Hütten biegt der Fahrer zu einem einstöckigen Haus ein, das in einem besseren Zustand zu sein scheint als die meisten anderen, an denen wir vorbeigekommen sind. Die weiße Farbe blättert nur an wenigen Stellen ab und gibt den Zementbau darunter zu erkennen. Eine Reihe ebenfalls aus Zement geformter Stufen führen zu einer Veranda, auf der eine herrenlose Hängematte frei in der trockenen Luft schwingt. Topfpflanzen verzieren den weitläufigen, ordentlich gepflegten Rasen. Die traditionell-altertümlich wirkende Straße aus gepresster Erde steht in einem starken Kontrast zu der fast schon modernen Bauweise des Hauses.

Der Fahrer hilft mir, mein Gepäck auszuladen. Seine Augen werden groß und er verbeugt sich tief, als ich ihm ein ansehnliches Trinkgeld gebe. Ich blicke ihm nach, bis seine Rikscha in der Entfernung verschwunden ist. Dann atme ich einmal tief durch, nehme meine Taschen und gehe die Stufen zur Tür hinauf, hin zu dem Haus, in dem meine Mutter die ersten achtzehn Jahre ihres Lebens verbracht hat.

Ich klopfe an. Niemand antwortet.

»Hallo?« Ich rufe erst vorsichtig, dann lauter. In der Entfernung bellt ein Hund. Ich sehe keine Tiere und frage mich, ob ich es mir nur eingebildet habe. Ich klopfe erneut, trete dann zurück. So langsam bin ich mir unsicher, ob es eine gute Idee war, an diesen fremden Ort zu kommen, fernab von allem, was ich bisher kannte.

»*Yaha kaun heh?*«, ruft eine heisere Stimme aus der Entfernung.

»Hallo?« Diesmal bin ich mir sicher, dass es keine Einbildung war. Ich eile die Stufen hinab, auf die Stimme zu.

»*Amisha?*«, ruft die Stimme fordernd.

Ich laufe weiter in Richtung der Stimme, biege um die Ecke des Hauses und stoße beinahe mit einem alten Mann zusammen. Er geht leicht gebückt, die Haare auf seinem Kopf sind dunkelgrau. Er trägt ein traditionelles, langes Baumwollhemd, das ihm bis zu den Knien reicht. Darunter sehe ich eine passende lockere Hose, seine Füße stecken in abgetragenen Ledersandalen. An seiner Seite wedelt ein großer Labrador-Mischling eifrig mit dem Schwanz.

»Namaste.« Ich kenne mich nicht wirklich in den Gebräuchen der Hindus aus, weiß aber genug, um zur Begrüßung meine Hände zu falten und mich leicht zu verbeugen. Ich zögere etwas, unsicher, ob er meine Sprache spricht. Ich zeige auf das Haus und spreche betont langsam: »Meine Mutter, Lena, ist hier aufgewachsen.« Seine Augen werden zu schmalen Schlitzen, während er mich mustert. »Ich bin gerade aus Amerika gekommen. Wir haben einen Brief bekommen, dass mein Großvater Deepak krank ist.«

Er schnappt überrascht nach Luft, ich schweige sofort. Seine Hand streckt sich zu mir aus, fällt aber wieder zurück, bevor er mich wirklich berührt. Tränen steigen ihm in die Augen und rollen über seine alten Wangen.

»Du bist gekommen«, flüstert er, seine Aussprache etwas unnatürlich altmodisch und formell. Man sieht, wie er mit den Emotionen kämpft. Sein ganzer Körper zittert, während die Tränen immer schneller laufen. »Du bist endlich gekommen.«

Verwirrt blicke ich die Tür an, dann wieder ihn. »Sind Sie mein Großvater? Deepak?«

Er schüttelt den Kopf. »Nein, ich bin Ravi. Ein Diener im Heim deiner Großeltern.« Er macht eine kurze Pause, um zu verschnaufen. Beim Anblick seines Gesichtes verknotet sich mir der Magen. »Es tut mir so leid.« Bei den nächsten Worten verschlägt es mir die Sprache. »Du kommst zu spät. Vorgestern haben wir Deepaks Asche verstreut.«

Fünf

»›Die verkörperten Wesen jedoch sind verwirrt‹«, zitiert Ravi. Er schließt die Tür zum Haus meiner Großeltern auf und entzündet Öllampen, eine nach der anderen. »›Unwissenheit bedeckt ihr wahres Wissen. Wenn aber jemand mit dem Wissen erleuchtet ist, durch das Unwissenheit zerstört wird, dann enthüllt sein Wissen alles, ebenso wie die Sonne am Tage alles erleuchtet.‹«

»Das hört sich schön an. Ich habe es noch nie zuvor gehört.« Ich kann kaum erwarten, ihn nach meinem Großvater und dessen Tod zu fragen, lasse ihm aber seine Zeit, bis er bereit ist.

»Es ist aus der Gita. Man nennt sie auch das Buch der Poesie.« Er zeigt zu den Lampen. »Verwendet in Zeiten der Feier und der Trauer.«

»Meine Onkel … Sind sie gekommen?«, frage ich, obwohl ich schon aus Pareshs Brief weiß, dass dem nicht so ist.

Ich kann die Antwort in seinem Gesicht lesen, ehe er auch nur ein Wort sagt. »Niemand ist gekommen.«

»Das tut mir leid.« Die Worte hören sich selbst in meinen eigenen Ohren leer an. »Meine Mutter … Sie sagte, dass sie nicht kommen kann.« Auch wenn er ein langjähriger Diener meiner Großeltern war, ist er für mich kaum mehr als ein Fremder, daher will ich nicht näher darauf eingehen.

»Dein Großvater wusste das, aber er hat dennoch gehofft. Ich glaube, das war es, was ihn am Leben erhielt, bis sein Körper akzeptierte, was sein Geist nicht wahrhaben wollte.«

Er zündet weitere Lampen an, ich gehe in der Zeit durch den Raum. Meine Hand gleitet behutsam über antike Möbel. Ein kunstvoll geformter Sessel aus dunklem Marmor steht in einer Ecke des Raums, neben einer golden bemalten Urne. Die Wände sind in einer warmen Elfenbeinfarbe gestrichen, der Boden von einem teuren Teppich bedeckt. Ravis Hund folgt ihm treu, während er die letzten Lampen anzündet.

»Wie heißt er?«, frage ich.

»Ich nenne ihn Rokie. Es scheint ihn nicht zu stören.« Er lächelt zurück und deutet auf eine große Rajasthan-Schaukel, verziert mit edlen Steinen, welche die Mitte des Raumes einnimmt. »Nimm bitte Platz.«

»Vielen Dank.« Ich lasse mich auf den weichen Samtkissen nieder, erschöpft nach der langen Reise. »Ihr Englisch ist sehr gut.«

»Ich bin in einer Zeit aufgewachsen, in der die Briten darauf bestanden, dass wir ihre Sprache lernen. Es schien mir oft wie eine Verschwendung, doch jetzt« – er deutet auf mich – »bin ich dankbar dafür.«

»Wie ist er gestorben?«, frage ich schließlich. Ich kann schwer um einen Mann trauern, den ich nie getroffen habe, aber dennoch spüre ich eine Art Zorn, dass der langen Liste meiner Verluste ein weiterer Name hinzugefügt wurde. Und jetzt, wo er tot ist, werde ich nie die Antworten finden, derentwegen ich gekommen bin.

»Friedlich.« Er reibt Rokies Kopf, der Hund bellt einmal zustimmend, dann lässt er sich nieder.

»Es ist schade, dass ich nicht rechtzeitig gekommen bin.«

»Vielleicht bist du es doch.«

Ich blicke ihn fragend an, er nimmt nur ein großes Kissen von einem der Sofas, legt es auf den Boden und lässt sich darauf nieder. Peinlich berührt, dass ich den alten Mann auf dem Boden sitzen lasse und es mir selbst hier gemütlich mache, springe ich auf. »Bitte setzen Sie sich doch hier hin.«

»Deine Großmutter, Amisha, hat immer gesagt: ›Ravi, wenn du dem Boden nahe bist, kannst du die Geheimnisse der Erde hören.‹ Dann lachte sie immer, kletterte auf die Schaukel, auf der du jetzt sitzt, und sagte: ›Erzähl mir, was sie so sagt.‹« Mit einer Handbewegung bringt er mich dazu, mich wieder niederzulassen, während er es sich auf seinem Kissen bequem macht.

»Sie haben meine Großmutter also gekannt?« Bisher hatte mir kaum jemand je von meiner Großmutter erzählt. Ich weiß nur, dass sie jung gestorben ist. Wenn von ihr die Rede war, schien stets eine dunkle Wolke im Hintergrund zu drohen. Wenn einer meiner Onkel bei einem Besuch von ihr gesprochen hat, war es immer im Flüsterton und ohne wirklich Einzelheiten preiszugeben. Das Gesicht meiner Mutter wirkte dabei immer, als sei es hinter einem Schleier verschwunden. Sie wechselte dann stets das Thema, sodass bald kaum noch jemand von ihr sprach. »Ich weiß eigentlich nur, dass sie vor langer Zeit gestorben ist.«

»Das stimmt, auch wenn es mir oft vorkommt, als sei es erst gestern gewesen.« Ravi fischt eine Brille aus seiner Hemdtasche und reinigt sie mit dem Hemdzipfel. »Mein Enkel sagt immer, dass diese Gläser besser seien als die Augen, die mir mehr als achtzig Jahre gut gedient haben.« Er setzt die Brille auf und blinzelt. »Und wenn ich auf einmal wieder klar sehen kann, fürchte ich, dass er recht hat.«

»Was war sie für ein Mensch?« Vorhin hat er ihren Namen gerufen, als ob sie noch hier wäre, nicht nur in seiner Erinnerung. »Amisha?«

»Sie hatte ein gütiges Gesicht und ein starkes Herz. Als ich deine Stimme hörte, dachte ich, der Wind trage mir ihren Klang zurück.« Er schließt die Augen. »Ich war mir so sicher, dass sie direkt hinter mir steht. Aber als du erneut gerufen hast, wusste ich, dass ich mich geirrt habe.« Er öffnet die Augen wieder und zwinkert mir zu. »Ich bin trotzdem gekommen, damit du dich nicht heiser schreist.«

»Ich habe bisher nur ein einziges Bild von ihr gesehen«, gebe ich zu.

Das Foto hatte ich als Kind gefunden. Es steckte in einem Schuhkarton, vergraben unter alten Quittungen und ausgeschnittenen Gutscheinen. Das Bild zeigte eine Frau, die etwas in der Entfernung sucht, die Augen gegen den Blitz des Apparates abgeschirmt. Als ich meine Mutter danach fragte, nahm sie das Bild ohne ein Wort und verschwand damit in ihrem Zimmer. Ich habe das Foto nie wiedergesehen.

»Deine Großmutter glaubte, dass Fotografien die wahre Natur des Menschen verschleiern und nicht mehr als eine Illusion lassen.« Nachdenklich hält er inne. »Wobei ich mir sicher bin, dass sie anders gedacht hätte, wenn sie gewusst hätte, dass dieses Foto alles sein wird, was uns zum Andenken an sie bleibt.« Ein Vogel fliegt an einem der staubbedeckten Fenster vorbei. Rokie wacht auf und knurrt dem Schatten nach. Wir sehen ihm nach, wie er aufspringt und aus der offenen Tür eilt. »Wie geht es deiner Mutter?«

Seine Frage hat einen seltsam intensiven Ton, es hört sich fast verzweifelt an. Ich verstehe nicht, will aber nicht zu viel an einen Fremden verraten. Ich gebe ihm die Antwort, die er anscheinend sucht. »Sie ist glücklich.«

Ravis Gesicht strahlt auf. »Deine Großmutter würde sich darüber sehr freuen.«

»Waren Sie mit ihr befreundet?«, frage ich neugierig.

»Ich war ein Hausdiener, aber deine Großmutter hatte ein so großes Herz, dass sie mich ihren Freund genannt hat.« Seine Stimme bricht. Er senkt den Blick, wagt nicht, in meine Augen zu sehen. Er schluckt mehrmals und rollt seine Finger ein. Sein Gesicht scheint blutleer, wie das eines geplagten Mannes.

»Geht es Ihnen gut?« Ich bin mir sicher, dass er etwas verbirgt, aber als er meinem Blick begegnet, legt sich eine Maske über sein Gesicht.

»Ja«, flüstert er nur. Er sammelt sich einen Augenblick und räuspert sich dann, um die Stimme wieder klar zu bekommen. »Das war eine ihrer vielen Gaben, das Talent, über die Gegebenheiten des Lebens hinwegzusehen und die Person als Menschen anzunehmen.« Sein Körper strafft sich, während er peinlich berührt zu Boden blickt. »Ich bin ein Dalit.« Er erklärt es, als ob es ein Geständnis wäre, für das er eine Strafe erwartet.

»Ein Unberührbarer?«

Er nickt. »Im Kastensystem der Hindus werden wir oft als minderwertig angesehen. Oft werden wir geschlagen oder missbraucht, für den kleinsten Anlass.« Ich schlucke meine Reaktion hinunter, froh darüber, dass ich es als Journalistin gewohnt bin, meine Emotionen zu zügeln und zuzuhören. »Oft ist schon unsere Geburt nur ein Unfall und viele Angehörige meiner Kaste sterben, ehe sie erwachsen sind.«

Wir haben das indische Kastensystem im Unterricht besprochen, aus Lehrbüchern gelernt, mit Texten und Bildern. Dem alten Glauben der Hindus nach wurde jeder Mensch in eine Kategorie eingeteilt, die seinen Wert bestimmt, ganz nach dem Status, in den er geboren wurde. Die Unberührbaren gehörten der untersten Kaste an und wurden oft als wertlos angesehen.

Damals stieg Zorn in mir auf. Ich konnte dieses System nicht nachvollziehen und fragte zuerst meinen Lehrer, dann meinen Vater. Er gab mir die einzige Antwort, die er kannte – dass die Geschichte immer und immer wieder erwiesen hat, dass man nur schwer ändern kann, was die Menschen als Wahrheit betrachten. Wir diskutierten damals, ganz theoretisch, wie unfair das alles ist. Jetzt sitze ich hier und höre Ravis Worte und schäme mich dafür, wie naiv ich war und dass ich die wahren Ausmaße dieses Systems nie begriffen hatte.

»Das tut mir leid.« Ich will etwas ausdrücken, aber die Worte kommen selbst mir unzureichend vor.

»Das muss es nicht«, erwidert er nur zu meiner Überraschung. »Nur dadurch, dass ich ungewollt war, als Last der Gesellschaft abgelehnt, konnte ich deine Großmutter kennenlernen.« Sein Gesicht wird sanft, als er von ihr spricht. »Und dafür würde ich hundert Lebenszeiten als Unberührbarer akzeptieren.« Er lächelt, als er sieht, wie sehr mich seine Geschichte berührt. »Deine Großmutter war ihrer Zeit voraus. Sie führte den Haushalt und gestattete es meiner Familie, für sie zu arbeiten. Sie hat uns damit gerettet.«

Aus seinen Worten klingt Verehrung, gepaart mit einer Wärme, die im Kontrast zu der Kälte steht, mit der er von meinem Großvater spricht. Ich frage mich, welche Geschichte dahinterstecken mag. Aber ehe ich weiter nachfragen kann, erhebt er sich von seinem Kissen und bedeutet mir, mit ihm zu kommen.

»Komm, ich zeige dir ihren Palast.«

* * *

Ravi führt mich durch das Haus, zeigt mir die anderen Zimmer. Er erklärt stolz, dass es eins der ersten Häuser mit Elektrizität gewesen sei. Was ihm wie Luxus erschien, war für mich immer selbstverständlich gewesen. Das Haus ist auch kaum größer als ein durchschnittliches Ferienhäuschen in Amerika. Mit jedem Schritt versuche ich mir vorzustellen, wie meine Mutter als Kind durch die Räume eilt, im Flur spielt, zum Essen in der

Küche sitzt, in einem der Betten schläft. Ich frage mich, wie sie sich wohl in der Nacht vor ihrer Hochzeit gefühlt haben muss und ob sie das Haus ihrer Kindheit vermisst hatte. Ich versuche mir auszumalen, was in ihr vorgegangen sein muss, als ihr Vater verlangte, dass sie nie wieder zurückkommt. Es gelingt mir nicht.

Zuletzt zeigt Ravi mir ein Schlafzimmer mit einem einfachen Bett – nicht mehr als eine dünne Matratze auf einem Gestell mit Metallfedern. Für ihn scheint es wie ein königlicher Schatz. Er übergibt mir auch ein rostiges Schlüsselbund und verspricht, am Morgen zurückzukehren. Eigentlich hatte ich ein Hotel in der nächsten Stadt gebucht, aber ich freue mich, im Haus meiner Mutter bleiben zu können, einen Einblick in den Teil ihres Lebens zu bekommen, den sie nie mit mir teilen wollte.

Als die Erschöpfung über mich kommt, lege ich mich auf das Bett und starre durch das Moskitonetz an die vier kahlen Wände. Doch die Gedanken an meine Mutter halten mich wach. Bis tief in die Nacht drehe und wende ich mich und kann keinen Schlaf finden. Mein Blick ruht in der Dunkelheit, ich warte darauf, dass sich die Geheimnisse ihrer Kindheit wie durch Zauberhand entschlüsseln. Minuten oder vielleicht auch Stunden später überkommt mich dann doch der Schlaf, ohne dass ich eine Antwort auf meine Fragen erhalten hätte.

Zum Sonnenaufgang beginnt ein Hahn zu krähen. Ich strecke eine Hand aus und suche ganz instinktiv nach dem Wecker, um ihn auszustellen, ehe ich registriere, dass es sich um ein echtes, lebendes Tier handelt. Mit einem leidenden Wimmern ziehe ich mir das dünne Kissen über den Kopf, doch so leicht will der Hahn mich nicht erlösen.

Ein kurzes Klopfen an der Tür kündigt Ravi an, der auch sofort eintritt. »Missfällt dir der Gesang unserer Tiere?« Im Hintergrund kräht der Hahn weiter. Er scheint noch nicht alle Toten aufgeweckt zu haben. Ravi balanciert geschickt ein Tablett mit einer Tasse und einem Teller mit Frühstück. »Selbst aus dem Wohnzimmer konnte ich deinen Protest noch vernehmen.« Er schiebt die Tür mit dem Fuß weit genug auf, dass Rokie durchpasst. »Gute Manieren würden eigentlich verlangen, dass ich frage, ob du geziemend gekleidet bist, aber da ich beinahe blind bin, spielt das wohl kaum noch eine Rolle.«

»Ich war zu müde, um mich umzuziehen.« Ich gleite durch die Öffnung im Moskitonetz und greife nach dem Tablett, atme den Duft ein, der von den Speisen aufsteigt. »Das wäre nicht nötig gewesen, aber es riecht herrlich. Vielen Dank.«

»Du bist ihre Enkelin.« Ravi sagt es in einem bestimmten Ton, als ob das alles erklärt. »Chai und Ghatiya, ein anständiges Frühstück.« Gelbe Würmchen aus frittiertem Mehl liegen auf dem Teller neben einer Tasse mit Milchschaum bedecktem Chai.

»Ich habe so was noch nie probiert.« Vorsichtig nehme ich einen Schluck. Eine feine Mischung von frischem Ingwer mit Milch wärmt mir den Mund. »Es schmeckt köstlich.« Ich summe beinahe vor Zustimmung.

»Du kannst unserer Ziege für die Milch danken.« Ravi lächelt, als er meinen fragenden Blick sieht. »Sie lebt im Feld hinter dem Haus und hat die Milch diesen Morgen frisch abgeliefert.«

Ich betrachte das schaumige Gebräu mit anderen Augen, nehme dann noch einen Schluck. »Ich freue mich darauf, sie kennenzulernen.«

»Deine Großmutter hat immer darauf bestanden. Der einzig richtige Beginn des Tages.« Ravi legt eine Hand auf den alten Steinstuhl, der an einem zu ihm passenden Tisch steht. »Wenn du fertig gefrühstückt hast, werde ich dir zeigen, wo du duschen kannst. Damit du die Ziege nicht verschreckst, wenn du ihr vorgestellt wirst.« Er lächelt über seinen Scherz. »Später können wir weiterreden.«

Ich blicke ihm nach, als er das Zimmer verlässt, und nehme einen Bissen von dem Frühstück. Der Hahn scheint endlich zufrieden und schweigt. In der plötzlichen Stille kann ich nicht anders als daran denken, wie ich Patrick von alldem berichten soll, was ich bisher erlebt habe. Als wir uns kennenlernten, war ich eher introvertiert, still und zurückgezogen, wahrscheinlich eine Folge des Vorbilds, das meine Mutter für mich abgegeben hatte. Patrick half mir, über meinen Schatten zu springen, einfach nur dadurch, dass er mir interessiert zuhörte. Er war der Mensch, dem ich alles erzählen konnte, ob gut oder schlecht. Bis mir nichts Gutes mehr blieb, was ich ihm erzählen konnte. Bis uns der Sturm von Hoffnung und Frustration so durcheinanderwirbelte, dass nichts mehr blieb. Ihm meine Sorgen zu klagen hätte bedeutet, all die Schmerzen noch einmal zu erleben und sie dem einzigen Menschen aufzuerlegen, der sie auch schon hatte ertragen müssen. Ich hatte nicht die Kraft, auch noch seine Trauer zu spüren, also schien es mir sicherer, nicht mehr darüber zu reden.

Die Erinnerungen an die Vergangenheit kreisen um mich, erinnern mich an eine Zeit, als unsere Ehe noch stärker war als die Umstände. Ich lasse die Jahre wie Ausschnitte aus einem Film an mir vorüberziehen, bis hin zu dem Tag, an dem er mir von Stacey erzählt hat. Und mit der Erinnerung kommen auch die Schmerzen zurück.

Ich schiebe das Tablett von mir und trete ans Fenster. Von draußen erklingen die Stimmen von Kindern, in ein Spiel vertieft. Ich wische den Staub von der Fensterbank und zerre am Riegel, bis er nachgibt. Dann ziehe ich das Fenster auf und sehe den Kindern zu, die mit einem fast platten Ball auf einem staubigen Feld spielen. Hinter ihnen sehe ich weitere Felder und

Häuser, die diesem hier gleichen. Ihre kleinen Stimmen werden lauter mit ihrem Gelächter.

Schnell schließe ich das Fenster wieder und lasse den Riegel einrasten. Mit dem Rücken zur Wand atme ich tief ein. So sicher ich mir auch war, dass ich hatte kommen wollen, so frage ich mich jetzt doch, was ich mir dabei gedacht habe. Ich bin allein, an einem Ort, an dem es nichts mehr für mich gibt, und niemanden, der sich darum kümmert.

* * *

»Das hier ist die Dusche?«, frage ich ungläubig und starre in den altertümlichen Waschraum.

Die Wände sind mehr Provisorien, geformt aus aufgeschichteten roten Backsteinen. Die Äste eines Baumes mit breiten Blättern dienen als Dach. In der Mitte des Außenbades befindet sich ein kleiner Abfluss, von einer Ecke des Waschraums zur nächsten ist kaum genug Platz für eine einzelne Person.

»Hier sind deine drei Eimer Wasser«, erklärt Ravi und zeigt auf zwei Eimer am anderen Ende der Mauer. »Die beiden sind zum Einseifen gedacht, aber pass auf, das Wasser ist heiß.« Der Inhalt des dritten, erklärt er, sei zum Abspülen gedacht und nur lauwarm. Dazu reicht er mir ein Stück Seife. »Sandelholz. Gut für Körper und Haar.« Ravi wendet sich ab, als ihm noch etwas einfällt. »Ach ja. Nimm dich vor den Geckos in Acht, sie können sehr neugierig sein.«

»Moment, was? Geckos?«

»Ja.« Er schirmt sich die Augen ab und sucht in den Bäumen. »Es gibt hier recht viele davon und sie werden ziemlich mutig, wenn jemand badet.« Er lächelt, als er mein Staunen sieht. »Schon so mancher ist auf diesen alten Kopf gefallen. Wahrscheinlich dachten sie, es sei ein Nest. Viel Spaß.«

Während ich mich abreibe, behalte ich die Blätter über mir misstrauisch im Blick. Die Seife gleitet über meine Arme, dann über den Bauch und folgt dabei den feinen Schwangerschaftsstreifen, die mir als Andenken geblieben sind. Früher hätte ich nie gedacht, dass ein einziges Missgeschick das ganze Leben aus der Bahn werfen kann. Jetzt weiß ich, wie naiv ich damals gewesen bin.

Statt meine Haare zu waschen, lasse ich nur warmes Wasser über Kopf und Schultern laufen, um meinen verspannten Nacken zu lockern. Danach trockne ich mich mit dem sehr dünnen Handtuch ab und schlüpfe in ein Sommerkleid. Meine nassen Haare binde ich zu einem Pferdeschwanz zusammen.

Kurze Zeit später schwinge ich gemütlich in der Hängematte auf der Veranda und schlürfe von dem Zitronensorbet, das Ravi für mich frisch zubereitet hat. Die Eiswürfel schmelzen schnell in der Hitze. »Ich habe ein Zimmer in einem Hotel in der nächsten Stadt gebucht.«

Ravi schnitzt derweil mit seinem Messer an einem kleinen Ast. Er bearbeitet die Enden des Holzstücks, bis er an einer Seite feine Borsten herausgearbeitet hat. Dann reicht er es mir. »Für deine Zähne.«

Ich drehe das Stückchen Holz in der Hand, inspiziere es neugierig. Es ist etwa so lang und dick wie ein Strohhalm, mit den Borsten an einem Ende sieht es aus wie ein winziger Besen. Aber in den Mund werde ich es mir bestimmt nicht stecken. »Danke, aber ich habe eine Zahnbürste dabei.«

Ich will ihm den Zahnbesen zurückreichen, doch er nimmt ihn nicht an. »Das hier ist besser. Du wirst sehen.« Als ich ihm das Stück Holz weiter hinhalte, sieht er fast beleidigt aus. »Ich bin nahezu blind und habe es extra für dich gemacht.«

Da ich seine Gefühle nicht verletzen will, lege ich es neben mir ab. Seine Lippen bilden ein schmales Lächeln, er hat seinen Willen gekriegt und diese Runde gewonnen. »Wie kann ich hier eine Motorrikscha rufen?«, komme ich zum Thema zurück. Ich hoffe, am Nachmittag noch in mein Hotel zu kommen.

»Das ist nicht nötig.« Er nimmt einen weiteren Ast auf und fängt wieder an zu schnitzen. »Das hier ist dein Zuhause.«

»Ich will keine Umstände bereiten.«

»Das hier war ihr Zuhause. Solange du es wünschst, wird es dein Zuhause sein.« Ravis Stimme wird brüchig und leise. Er wendet sich mir zu und will etwas sagen, als plötzlich sein Blick von einer Bewegung hinter mir angezogen wird. Ich drehe mich um, sehe aber nur die Wand.

»Ravi?«, frage ich. Ich sehe, wie Trauer in seine Augen steigt. »Ist alles in Ordnung?«

»Manchmal glaube ich, sie zu sehen«, erklärt er leise. »Wie sie auf der Veranda steht, mich scherzend ermahnt, dass ich meine Pflichten nicht ernst genug nehme. Wobei es eigentlich ihre Pflichten gewesen wären, aber sie war immer so mit Schreiben beschäftigt. Sie hatte immer diesen ganz besonderen Glanz in den Augen, wenn sie eine Geschichte erzählt hat. Nur dann lebte sie wirklich voll und ganz.« Er hebt die Hand und macht ihre Gesten nach. »Sie erzählte mit dem ganzen Körper, mit schwungvollen Gesten. Man konnte nicht anders, als ihr zuzuhören, auch wenn man eigentlich keine Zeit hatte.« Er schüttelt den Kopf, als sein Geist wieder in die Gegenwart kommt. »Du bist zu weit gereist, um dir nostalgische Gedanken eines alten Mannes anzuhören.«

»Sie hat Geschichten erzählt?« Augenblicklich fühle ich eine Verbindung, die ich bei meiner Mutter nie verspürt habe. Ich habe mich schon immer gefragt, von wem ich meine Liebe zur Sprache geerbt haben könnte.

»Ja.« Seine Hand ballt sich zur Faust. »Sie war so jung, der Tod schien ihr nichts anhaben zu können. Sie schrieb Tag und Nacht, stunden-, tagelang. In ihren Geschichten fand sie wahres Glück.« Sein Daumen massiert die Fläche der anderen Hand, während er die Augen schließt und den Kopf schüttelt. »Ich bitte um Vergebung. In meinem Alter scheint man mehr in der Vergangenheit zu leben als in der Gegenwart.«

»Gibt es noch Geschichten von ihr?« Ich denke an den Brief, der mich überhaupt erst hierhergebracht hat. »Mein Onkel sagte, dass mein Großvater etwas für meine Mutter hat. Vielleicht ihre Geschichten?« Ich halte den Atem an, hoffe so sehr, dass dem so ist. Dass er mir die Geschichten einer Frau geben kann, die ich sonst nie kennengelernt habe. Als er den Kopf schüttelt, muss ich gegen die Enttäuschung ankämpfen.

»Sie sind alle weg.« Er lässt das Messer auf den Boden fallen, es rollt klappernd eine Stufe hinab. Rokie wird von dem Laut aufgeschreckt und bellt kurz. »Sie hat sie alle weggegeben und versprochen, nie wieder zu schreiben.«

»Aber warum?«

»Sie waren ihr größter Schatz, alles, was sie geben konnte.« Statt Antworten bringen seine Worte nur noch mehr Fragen.

»Aber was wollte mein Großvater meiner Mutter dann geben? Wissen Sie das vielleicht?«

»Ja.« Die Wärme weicht aus seinem Gesicht, bei dem Thema verhärten sich seine Züge. »Ich weiß es. Aber ehe ich es verraten kann, muss ich erst eine Geschichte erzählen.«

»Eine Geschichte?«

»Eine Geschichte, die deine Großmutter mir in den Monaten vor ihrem Tod in allen Details erzählt hat. Die Geschichte von ihr, deinem Großvater und deiner Mutter.« Er holt tief Luft und Tränen steigen ihm in die Augen. »Eine Geschichte, die ich bis heute habe geheim halten müssen.«

»Aber warum jetzt?«, frage ich, von seiner starken Reaktion überrascht.

»Weil dein Großvater jetzt gestorben ist.« Er zögert, wählt seine Worte sorgfältig. Er lehnt sich zurück, wie um

Distanz zwischen seinen alten, gebrochenen Körper und seine Ausführungen zu bringen.

»Er hat meiner Mutter das Versprechen abgenommen, nie wieder nach Indien zurückzukehren«, eröffne ich ihm. Ravis Augen weiten sich überrascht, dann senkt er traurig den Blick. »Sie meinte, das wäre der Preis, den sie dafür zahlen muss, dass sie geboren wurde.«

»Das wusste ich nicht.« Ravi sieht niedergeschlagen aus, doch seine Lippen straffen sich vor Zorn. »Es war vielleicht das Beste für sie, nie wieder den Ort zu sehen, der ihr solches Leid bereitet hat. Aber es war nicht an ihm, ein solches Versprechen zu verlangen.«

»Wieso Leid?«, frage ich vorsichtig. Der Schmerz, der aus seinen Worten klingt, warnt mich. Mein Instinkt empfiehlt mir, nicht weiterzufragen, sein Angebot auszuschlagen, die Geheimnisse meiner Mutter in der Vergangenheit zu lassen. Aber der Teil von mir, der gebrochen ist und sich nach Linderung für meinen ständigen Schmerz sehnt, will die Wahrheit hören.

»Die Geschichte wird alle deine Fragen beantworten«, erklärt er schließlich. »Aber um sie zu hören, musst du hierbleiben.«

Ich erinnere mich daran, was ich hinter mir gelassen habe: ein Leben, das in Scherben liegt. »Ich bleibe.«

Erleichterung huscht über sein Gesicht. »Gut. Das hier war ihr Zuhause, ebenso das deiner Mutter. Es ist dein Geburtsrecht.«

Damit steht Ravi auf und bedeutet mir, ihm zu folgen. Auf dem Weg die Straße hinab wandern wir an einigen Lehmhütten vorbei, auch an gelegentlichen Bungalows, die dem Haus meiner Großeltern nicht unähnlich sind. Die Straße geht von gepresster Erde zu echtem Asphalt über. Große Landstreifen sind von Vegetation erfüllt, während andere brachliegen. Die sonnenverbrannten Blätter der Bäume hängen still und reglos in der trockenen Luft. An den unteren Ästen sehe ich diverse

Früchte, oft schon von Vögeln angeknabbert. Wir kommen an einer alten, außer Funktion gesetzten Windmühle vorbei, ehe es betriebsamer wird. Wir sehen die ersten Zeichen modernen Lebens, die Läden und Marktstände der kleinen Stadt oder des großen Dorfes, von Menschenmengen erfüllt, die geschäftig auf den Straßen unterwegs sind. Vor allem die Zahl der Menschen hier lässt mich noch mit den Maßstäben hadern.

Den ganzen Weg über schweigt Ravi, abgesehen von dem einen oder anderen zu Rokie gemurmelten Wort. Der Hund folgt ihm gehorsam. Ich selbst bleibe ein paar Schritte zurück, sowohl nervös als auch gespannt, endlich mehr über die Kindheit meiner Mutter zu erfahren. Um meine Nerven zu besänftigen, sehe ich mir die Gegend an, nehme die Eindrücke des Dorfes in mich auf. Die Bewohner blicken mir argwöhnisch nach, erkennen, dass ich eine Fremde hier bin.

Ravi führt uns zu einem flachen, länglichen Gebäude aus braunem Sandstein, das abseits der kleinen Stadt steht und offenbar nicht mehr genutzt wird. Direkt angeschlossen steht ein kleineres Haus in ähnlicher Bauart. Ravi zieht einen Schlüssel hervor, sperrt das Tor auf und fordert mich auf, ihm zu folgen. Direkt hinter dem Eingang bleibt er stehen und beobachtet meine Reaktion.

Ich trete nur einen Schritt über die Schwelle. »Ein Garten?«, murmele ich, von der Schönheit überwältigt. Ehrfurchtsvoll schreite ich zwischen Reihen vielfältiger duftender Blumen und anderen Pflanzen umher. Ich bücke mich zu einer weißen Blume, die einen gelben Kranz um die schwarze Mitte aufweist, und rieche an ihr. »Das ist unglaublich.«

»Safranmalven, wenn ich mich nicht irre«, erklärt Ravi. »Deine Großmutter hat viel Zeit darauf verwendet, mir alle Namen beizubringen, aber ich fürchte, nach all den Jahren wird die Erinnerung trügerisch.«

Ich weise auf eine Reihe Büsche nahe den Malven. »Rote Kassie, die Blütezeit beginnt gerade.«

»Ich sehe, du kennst dich mit Pflanzen aus«, lobt Ravi, während ich den intensiven Duft der pinkfarbenen Blüten genieße.

»Meine Mutter ist gerne im Garten, manchmal helfe ich ihr dabei.« Die Gartenarbeit war eine der wenigen Gelegenheiten, bei denen ich Zugang zu meiner Mutter gefunden habe. Wir hockten dann nebeneinander und kümmerten uns still jeder um die eigenen Pflanzen und Büsche. »Aber dies hier ist unglaublich.« Ich lasse die Hand um mich schweifen, bewundere die zahlreichen Pflanzen und Blumen, von denen einige gerade erst zu blühen beginnen. Es ist faszinierend, hier eine solche Pracht vorzufinden, nachdem wir eben erst durch ein Dorf gekommen sind, das von staubigen Straßen und trockenen Lehmhütten gekennzeichnet ist.

»Der Garten stammt aus einer anderen Zeit, er ist eine Erinnerung an deine Großmutter«, erklärt Ravi. »Komm.« Er führt uns zu einer Bank, die unter einer Buche steht. Die blätterreichen Äste spenden Schatten und schützen uns vor der erbarmungslosen Sonne.

»Setz dich, dann kann ich dir ihre Geschichte erzählen.«

Amisha

INDIEN, UNTER BRITISCHER HERRSCHAFT
30ER- UND 40ER-JAHRE DES 20. JAHRHUNDERTS

Sechs

Amisha kicherte. Die ganze Reihe Kühe zog klingelnd an ihr vorbei. Ihre Mutter hatte jedes Rind mit Glöckchen verziert und dazu Blüten der weißen Karanda in die Schwänze der Tiere geflochten. Zehn Kühe waren die abgesprochene Mitgift, Amishas Eltern hatten nur die besten Exemplare ausgesucht, um sie ihrer Tochter mitzugeben.

»... und die Kühe tanzen zur Musik«, sang Amisha unter dem sternenbedeckten Nachthimmel. Ihre Freude war ansteckend. Sie wiegte sich elegant zum Klang der Trommeln, die vor dem Shamiana-Pavillon gespielt wurden. Durch das doppelte Dach des Hochzeitszelts glitzerte das Mondlicht vielfarbig durch die Patchworkschichten der Vorhänge. Hinter dem Schleier glommen noch die letzten verkohlten Holzstücke des Feuers, das Amisha und Deepak sieben Mal umrundet hatten.

Amisha strahlte glücklich, während ihr frisch angetrauter Gemahl ihr zusah. Deepak, der nur wenige Meter entfernt stand, lächelte zurück. Sein freudiger Ausdruck wurde aber schnell zur Grimasse, als seine Mutter Chara ihn schroff zurechtwies. »Es ist nicht schicklich, die Braut so offen anzustarren.«

Die Feier ging bis tief in die Nacht und verlagerte sich auf die Straßen. Die Frauen trugen ihre elegant verzierten

Hochzeits-Saris, die Männer waren in modische Salwar Kamiz gekleidet. Die kunstvoll genähten Seidenhemden reichten bis zu den Knien, darunter verborgen trugen die Männer eng anliegende Hosen. Nachdem sich alle an dem in Curry eingelegten Gemüse satt gegessen hatten, tanzten sie zu den Liedern der fahrenden Zigeuner.

Als die Sonne sich anschickte, die Sterne wieder zu verdrängen, bereiteten Amishas Eltern und Brüder sich auf den Aufbruch vor. Als sie ihren Abschied nahmen, bedeutete dies die endgültige Trennung von Amisha, die bisher ihr ganzes Leben mit ihnen verbracht hatte. Sie war erst fünfzehn Jahre alt, wurde jetzt aber als Frau angesehen. Die Aussicht darauf, allein hierzubleiben, erfüllte sie mit Grauen. Die anderen Gäste sammelten ihre schlafenden Kinder ein, hoben sie auf ihre offenen Karren. Die Männer führten die beiden Ochsen, welche die Gefährte, kaum mehr als Holzkisten auf Rädern, zogen. Die Frauen gingen hinter den Karren. Sie würden den größeren Teil des Tages unterwegs sein, bis sie zu Hause ankamen. Aber das war nun einmal der Lauf der Welt. Die Tochter war erfolgreich an ihre neue Familie übergeben, wie von der Tradition erfordert.

»Mummy«, rief Amisha und rannte in die ausgestreckten Arme ihrer Mutter. Sie verbarg das Gesicht an der Schulter, während ihr zarter Körper von Schluchzen geschüttelt wurde.

Amishas Vater legte ihr die Hand auf die Schulter, sie drehte sich um und schloss ihre Arme um ihn. »Dies hier ist jetzt dein Zuhause. Mach deinen Gemahl zu einem glücklichen Mann«, erklärte er, die Stimme brechend. »Und kümmere dich gut um deine neue Familie.« Wahrscheinlich würden Monate, vielleicht gar Jahre vergehen, ehe sie sich wiedersahen. Ihre Familie lebte zwar nur zwei Dörfer weiter, doch die Reise war aufwendig und beschwerlich.

Chara legte den Arm um Amishas Schultern, als sie weiterweinte. Dann nickte Chara Amishas Eltern zu, um ihnen zu zeigen, dass sie gehen können. Die Tochter war dem Gemahl übergeben, alle Rituale vollzogen, jetzt würde sie mit Deepak und den übrigen Mitgliedern seiner Familie in ihrem neuen Heim leben. Chara würde von nun an Amishas neue Mutter sein und sie würde nie wieder frei über ihr eigenes Leben verfügen können.

* * *

»Du bist sehr schön«, sagte Deepak, während er die Tür zum Schlafzimmer hinter ihnen schloss.

Durch die Tür hörte Amisha, wie Chara dem Diener auftrug, Decken und Kissen für ein behelfsmäßiges Bett auszulegen. Deepaks Eltern und seine beiden jüngeren Schwestern würden im kleinen, offenen Raum neben dem Wohnzimmer schlafen. Als einziger Sohn bekam Deepak das Schlafzimmer. Amisha schluckte nervös und hob den schmuckbehangenen Kopf an, um seinem Blick zu begegnen. Sie standen nur wenige Zentimeter voneinander entfernt, und dies war das erste Mal, dass sie einander in Ruhe sehen konnten. Die Verlobung war von ihren Eltern arrangiert worden. Sein Finger glitt über das Gehänge aus Perlen und Diamanten, das ihr in die Stirn hing.

Erst diesen Morgen hatten Amishas Mutter und ihre älteren Cousinen sorgfältig die Goldkette eingeflochten, welche die Haare geteilt hielt. Sie hatten ihr goldene Ringe an die Ohren gehängt und zwei lange Ketten um den Hals gelegt. Amishas Tante hatte ihr Dutzende identischer goldener Armreifen übergestreift. »Pass gut auf sie auf«, hatte die Tante gesagt. »Dies sind Geschenke von deiner Familie.«

»Schöne Dinge, die helfen, den Menschen schön scheinen zu lassen«, sagte Amisha jetzt bescheiden.

»Eine schöne Frau verleiht allen Dingen Schönheit«, gab Deepak auf gleiche Art zurück.

Amisha musterte ihn, während seine Finger am Saum ihres rosenfarbigen Saris entlangstrichen. Obwohl er vier Jahre älter war als sie, also schon neunzehn, schien er nervös wie ein Schuljunge. Er war gut aussehend, aber, noch viel wichtiger, auch gütig, wie Amisha an seinem Blick erkannte. Sie war dankbar dafür.

Deepak reichte ihr ein mit Samt ausgelegtes Schmuckkästchen. Sie klappte es vorsichtig auf und sah darin ein Mangalsutra – die traditionelle Goldkette, besetzt mit Perlen aus schwarzem Onyx, die der Mann seiner Ehefrau in der Hochzeitsnacht überreichte und die für ihre lebenslange Verbindung stand.

»Das ist zu viel.« Die Kette war von schlichter Form, doch Amisha erkannte sofort, wie viel sie wert sein musste. Das glänzende Gold war rein und die Steine von hoher Qualität. In ihrem Dorf hatte Amisha noch nie ein solches Mangalsutra gesehen. Sie hielt die Kette in der Hand und gab sich ein stillschweigendes Gelöbnis, sie nie abzunehmen.

»Ich musste in die Stadt reisen, um sie in einem Geschäft zu finden.« Deepak strich ihr Haar zur Seite, um ihr die Kette umzulegen. »Und doch wünschte ich, ich hätte etwas noch Wertvolleres für jemanden, der so außergewöhnlich ist.« Er lächelte schüchtern. »Ich habe noch nie gesehen, dass eine Frau während der Hochzeit für ihren Mann getanzt hätte. Du bist besonders.«

Amisha versuchte ungeschickt, sich zu erklären. »Ich liebe es zu tanzen, ich wollte niemanden damit kränken.«

»Mich hast du damit gewiss nicht gekränkt.«

»Es gab einmal einen Vogel, der wollte gerne allein fliegen, weit weg von allen anderen«, sprach Amisha leise. Deepak legte ihr den Schmuck Stück für Stück ab, bis nur noch das Mangalsutra übrig war. Sie wollte ihre Gefühle mit ihrem neuen Gemahl teilen, und am besten konnte sie dies mit einer

Geschichte. Sie wollte, dass er ihre Sorgen und ihre Unsicherheit verstand, aber auch von ihrer Freude wusste, dass ihre Eltern ausgerechnet ihn als Gemahl ausgewählt hatten.

»Warum wollte er das?«, fragte Deepak und hielt inne, um ihr in die Augen zu sehen.

»Er hatte Angst, dass er nie seinen eigenen Platz finden würde, wenn er immer der Gruppe folgte«, fuhr sie fort, den Blick schweifend, als ob sie dem Flug des Vogels folgte. »Also flog er allein, viele Kilometer weit und viele Tage lang. Als er sein Ziel erreichte, fühlte er sich so besonders und mutig. Aber als er sich umsah, erkannte er, dass die anderen Vögel dasselbe Ziel schon vor Tagen erreicht hatten.« Deepak zog die Ringe von ihren Fingern. Amisha spürte zum ersten Mal Erregung, als seine Finger über ihre strichen. »Am Ende war er also doch nichts Besonderes. Und ebenso geht es mir.«

»Der Vogel war ein Narr«, sagte Deepak bestimmt.

»Aber er wollte doch nur seinen eigenen Platz in dieser Welt finden«, versuchte sie zu erklären. Deepak wollte nichts davon hören.

»Der Weg des Vogels war von vornherein vorbestimmt. Er hat nur seine Zeit verschwendet, weil er anders sein wollte.«

Sein Tadel ließ ihre Erregung verebben. Amisha ärgerte sich über sich selbst. Ihre Mutter hatte sie gewarnt, hatte ihr geraten, ihre Geschichten für sich selbst zu behalten. In der Stille fuhr Deepak fort, sie zu entkleiden. Langsam band er den Sari auf, bis sie nur noch in Bluse und Unterkleid vor ihm stand. Er sog den Duft nach Rosenwasser und Weihrauch ein, der von ihrem Sari ausging, ehe er ihn sanft auf dem Boden ablegte.

»Danke.« Amisha verbannte die Geschichte aus ihren Gedanken, um sich auf die Gegenwart zu konzentrieren.

»Wofür?« Er blickte sie verwirrt an.

»Dafür, dass du meinen Sari sorgsam behandelt hast.« Sie hatte sich vor den Kopf gestoßen gefühlt, dass er ihre Geschichte so schnell abgetan hatte. Doch in dieser Nacht war es wichtiger, eine Verbindung zu finden, als kleinlichen Empfindsamkeiten nachzuhängen. Sie deutete auf ihren Sari und versuchte erneut, ihm ihre Gefühle und Sorgen verständlich zu machen. »Dieser Sari ist alles, was mir von meinem Zuhause geblieben ist.«

»Dies hier ist jetzt dein Zuhause«, antwortete Deepak mit angespannter Stimme. Er bemerkte, dass ihr der Tonfall nicht entgangen war, und strich ihr entschuldigend über die Wange. »Ich bin froh, dass wir verheiratet sind. Ich hatte gehofft, dass du auch so empfinden würdest.«

»Das tue ich.« Sein Geständnis hatte sie überrascht, sie versuchte, sanft zu antworten. »Ich hoffe nur, dass du mich ebenso sorgsam behandelst wie meine Kleider.« Ihre Mutter und die älteren Cousinen hatten ihr zwar im Detail berichtet, was in der Nacht der Eheschließung passiert, aber sie war immer noch nervös. Noch nie hatte ein Mann sie intim berührt und sie war sich nicht sicher, ob sie gut genug für ihn sein würde.

»Ich habe Angst«, verriet Deepak ihr, zog sie nah an sich und küsste sie auf den Kopf.

»Du bist der Mann.« Amisha spürte seinen Körper gespannt zittern, sah, dass auch er unsicher war. Es war nicht nur für sie das erste Mal. Seine Nervosität wärmte ihr das Herz. »Ich bin es, die Angst haben sollte.«

»Ich will dir keine Schmerzen bereiten.« Er legte seine Stirn gegen ihre und ließ seine Hand durch ihr Haar streichen.

Amisha schluckte schwer, um ihre eigene Nervosität zu überwinden. Die Eltern einer Tochter versuchten, den besten Partner für sie zu finden. Sie bewerteten den Jungen nach dem Status seiner Eltern, ihrem Ruf in der Gemeinschaft und dem, was über sie erzählt wurde. Sobald die Hochzeit beschlossen war, konnten sie nur noch hoffen, dass der Sohn Anstand besaß und ihre Tochter gut behandeln würde.

Amisha begann, sein Hemd aufzuknöpfen. Deepak trat einen Schritt zurück und löste die übrigen Knöpfe, zog dann seine Tunika aus. Halb bekleidet streckte sie ihre Hand nach ihm aus. Überrascht hob er sie auf und trug sie die letzten Schritte zum Bett.

»Es ist neu«, erklärte er stolz. »Für unsere Hochzeit gekauft.«

Er legte sie ab und folgte ihr auf das Bett, blickte auf die Ellbogen gestützt zu ihr hinab. Zögerlich legte er seine Lippen auf ihre. Amisha öffnete sie leicht, wie ihre Mutter und Tanten es ihr beigebracht hatten. Vorsichtig hob er ihr Unterkleid an und schloss die Augen. Sie betrachtete ihn noch einen Augenblick unsicher, dann tat sie es ihm gleich. Als er in sie eindrang, wandte sie sich ab, akzeptierte aber, dass sie von nun an zu ihm gehörte.

Nachdem er fertig war, rollte Deepak sich auf den Bauch und schlief schnell ein. Amisha wartete, bis sie ihn schnarchen hörte, dann stieg sie behutsam aus dem Bett. Ohne einen Laut kleidete sie sich an und suchte nach Papier und Stift. In einer Ecke des Raumes ließ sie sich dann nieder und begann zu schreiben.

Sie spürte es mehr, als sie es hörte. Deepak erwachte und beobachtete, wie ihr Stift über das Blatt glitt.

Sie hob den Kopf und ihre Blicke trafen sich. In seinen Augen sah sie Verwirrung und Ablehnung. Ohne ein Wort an seine frisch angetraute Frau drehte Deepak sich zurück und schlief schnell wieder ein. Unter dem Licht des abnehmenden Mondes schrieb Amisha weiter und fand Trost an dem einzigen Ort, der ihr geblieben war – in den Worten, die aus ihrem Herzen aufstiegen.

* * *

Als Amisha erwachte, stand Chara über ihr. Amisha blickte neben sich und sah nur ein leeres Bett. »Zeit für die Arbeit«, erklärte Chara. »Kleide dich an und zieh das Bett ab, die Laken müssen gewaschen werden.«

»Ja, Mummy.« Amisha stopfte die Laken in den gewebten Korb und balancierte ihn auf ihrem Kopf. Auf dem Weg zur Haustür kam sie an Deepak und seinem Vater vorbei, die im Schneidersitz auf dem Boden saßen und ihr Frühstück einnahmen. Deepak tauschte einen Blick mit ihr aus, sagte aber nichts.

»Es darf kein Blut in den Laken bleiben«, befahl Chara. Ihr kräftiger Körper war in einen teuren Sari gehüllt. Die Haare steckte sie mit geschickten Fingern in einen engen Dutt. Als sie damit fertig war, verschränkte sie ihre massigen Arme vor der massiven Brust, wobei die teuren Schmuckstücke klackerten. Der große rote Bindi an ihrer Stirn nahm die gesamte Fläche zwischen den Augenbrauen ein. »Die Laken sind für den ganzen Haushalt, nicht nur dafür, dass du bei meinem Sohn liegen darfst.«

»Natürlich, Mummy.« Amisha bemühte sich, einen Hauch falscher Unterwerfung in ihre Stimme zu legen.

Chara runzelte die Stirn. »Du hast Glück, dass wir dich in unser Haus aufgenommen haben, Tochter. Wir hatten Mitleid mit dir und haben trotz unseres Status zugelassen, dass du meinen Sohn heiraten darfst.«

Deepaks Familie gehörte die Mühle, welche das Dorf mit Nahrung versorgte. Ihr Haus war aus Zement gebaut, anders als die Gebäude aus Lehm oder Ziegeln, in denen Amisha aufgewachsen war. In der Nacht, als ihre Verlobung besiegelt wurde, hatte Amishas Mutter ihr gesagt, welch ein Glück sie doch hätte, dass die Götter auf sie hinablächeln würden.

»Dein Sohn ist gütig wie du, Mummy«, erwiderte Amisha. Es war selten, dass man einen freundschaftlichen Bund mit der Schwiegermutter schloss, aber sie hatte zumindest auf normalen Anstand und Respekt gehofft. »Ich habe so ein Glück, dass er letzte Nacht solch starkes Mitleid mit mir hatte. Sogar zwei Mal.«

Chara trat einen Schritt drohend auf sie zu. »Du wagst es, so mit mir zu sprechen?«

Amisha biss sich auf die Zunge. Ein Geschmack nach Kupfer breitete sich in ihrem Mund aus. »Ich bitte um Verzeihung.« Ihre Mutter hatte sie davor gewarnt, Widerworte zu geben. Amisha beeilte sich, die Stufen hinab und zum Fluss hin zu kommen.

Am Fluss angekommen rieb sie die Laken mit einem Seifenstein. Als nur noch klares Wasser abfloss, sammelte sie die Laken ein und machte sich an den Heimweg. Sie nahm extra den langen Weg und erlaubte sich, das erste Mal durch ihr neues Dorf zu spazieren. Gelegentlich hielt sie an, um spielenden Kindern zuzusehen, deren Mütter sich daneben unterhielten. Andere Dorfbewohner kamen vom Markt, die Körbe mit Gemüse und Kleidung gefüllt.

Aus der Entfernung sah Amisha einige britische Offiziere über den Dorfplatz kommen. Von ihrem Vater wusste sie, dass sich im Nachbardorf ein Büro des Raj befand. In ihrem eigenen Dorf hatte Amisha selbst mitbekommen, wie die Offiziere Inder nach Gutdünken für kleinste Verstöße schlugen. Als die Briten näher kamen, senkte sie daher den Kopf und wartete, bis sie vorbeigezogen waren. Dann atmete sie erleichtert auf, nahm ihren Korb und rannte nach Hause.

»Du hast dir Zeit gelassen, neue Tochter.« Chara stand auf der obersten Stufe und versperrte Amisha den Durchgang. Amisha spürte die Sonne heiß auf sich herabbrennen, während Chara ihr die nächsten Aufgaben auflistete. »Du wirst die Mahlzeiten für die Familie vorbereiten, die Wäsche im Fluss waschen und das Haus sauber halten.« Chara warf einen Blick auf das Haus. »Deepak arbeitet in der Mühle. Schätze dich glücklich, wenn du ihn gelegentlich siehst.«

»Ja, Mummy.« Amisha wusste, dass sie in der Hierarchie ihres neuen Heims keine hohe Rolle einnahm. Sie hatte ihren neuen Eltern zu dienen, wie auch ihrem Gemahl. »Ich danke dir.«

Amisha ging an Chara vorbei zur hinteren Veranda, auf der sie das Laken zum Trocknen aufhängte. Danach kümmerte sie sich darum, das Haus zu reinigen. Am Abend fiel sie erschöpft ins Bett und kämpfte mit dem Schlaf. Einige Stunden später kam auch Deepak ins Zimmer. Ohne ein Wort ging er zu Bett und schlief sofort ein. Von seinem Schnarchen begleitet blickte Amisha aus dem Fenster, bis der Nachthimmel in den Tag überging.

Sieben

Amisha stand auf der Veranda, gegen die Mauer gelehnt, und kritzelte wie wild. Im Augenblick brachte sie ein Streitgespräch zwischen einem Frosch und einem Mungo aufs Papier. Der Besen lag immer noch unbenutzt neben ihr. Der Frosch bestand darauf, dass er kein Leckerbissen sei und der Aufmerksamkeit eines so beeindruckenden Tieres, wie es der Mungo war, gar nicht würdig. Amisha wischte einige lose Haarsträhnen aus dem Gesicht und ging zum Gegenargument des Mungos über. Just in dem Augenblick sah sie in der Entfernung aber, wie Chara mit einer Freundin vom Tempel zurückkehrte. Schnell versteckte Amisha den Schreibblock und spritzte sich etwas Wasser ins Gesicht, damit es aussah, als ob sie von der schweren Arbeit verschwitzt wäre. Dann nahm sie den Besen und begann, die Veranda zu fegen.

»Amisha, wir nehmen das Sharbat im Haus ein.« Chara fächelte sich mit einem seidenen Fächer Luft zu, auf den Bilder eines Sonnenuntergangs gemalt waren. »Und beeil dich. Wir wollen doch nicht, dass unser Gast vor Hitze ohnmächtig wird.« Im Vorbeigehen warf Chara ihr den empfindlichen Fächer zu, damit sie ihn wegräumte.

In der Küche goss Amisha zwei Gläser Mangosaft ein und schüttete einige Leckereien auf einen Teller. Im Wohnzimmer hatten die beiden Frauen sich auf einem Sofa niedergelassen. Amisha bediente sie und wandte sich dann zum Gehen. »Ich werde jetzt die Veranda fertig fegen.«

»Die Tochter eines solch angesehenen Hauses hat keine eigene Magd?« Charas Freundin inspizierte die Leckereien und entschied sich für Halwa, eine Süßspeise aus gekochten Möhren, gesüßter Milch und gehackten Nüssen. Angewidert schnalzte sie mit der Zunge, als Wasser von Amishas Stirn tropfte.

»Eine Magd?« Amisha hielt inne und wandte sich an Chara. »Wovon spricht die Tante da, Mummy?«

»Bei all der Arbeit hier im Haus bin ich noch gar nicht dazu gekommen, jemanden für sie zu finden.« Chara hielt den Blick auf ihr Getränk und ignorierte Amisha. »Man glaubt ja gar nicht, wie viel ich hier noch im Haushalt übernehmen muss, während Amisha sich ausruht.«

Charas Freundin nahm einen großen Schluck von ihrem Saft, ehe sie sich direkt an Amisha wandte. »Du lebst hier schon mehr als einen Monat. Es ist an der Zeit, dass du deinen eigenen Diener erhältst.« Da Mägde, Dienstboten und Haushaltsgehilfen nur einige Rupien im Monat kosteten, hatten die meisten Haushalte drei oder vier davon. Selbst Amishas eigene Familie hatte zwei Diener beschäftigt. In ihrem neuen Heim gab es nur einen Diener, daher musste Amisha viele Aufgaben selbst übernehmen.

Sie sah Chara direkt an, weigerte sich, die Augen abzuwenden. »Ich bin mir sicher, Mummy wollte das auch schon vorschlagen, oder etwa nicht?«

»Ja, natürlich.« Chara war gezwungen zuzustimmen. Wenn sie Amisha die Hilfe verweigerte, würde sie als übermäßig grausam angesehen werden. Und wenn es in Zukunft zu einem Zerwürfnis zwischen Chara und Amisha käme, würden die

Damen der Gesellschaft möglicherweise aus Mitleid Amishas Partei ergreifen. Sich in die Angelegenheiten anderer Menschen einzumischen, war ein beliebter Zeitvertreib unter Nachbarn. »Du kannst dir jemanden wählen, der dir gefällt, oder ich kann jemanden für dich suchen.« Offensichtlich wollte sie das Thema schnell abschließen. »Denk nur daran, wenn du dir jemanden aussuchst: Wähle weise. Dein Diener wird in alle deine Geheimnisse eingeweiht sein.«

* * *

Amisha schwang den Korb mit dem Essen, als sie auf die Mühle zukam. Deepak und ihrem Schwiegervater das Essen zu bringen, war der Höhepunkt ihres Tages. Abgesehen vom Waschen der Wäsche am Fluss war dies die einzige Gelegenheit, aus dem Haus zu kommen.

Sie wischte sich mit dem Saum ihres Saris den Schweiß von der Stirn. Die Temperaturen waren auf neue Höchstwerte gestiegen, Erleichterung war nicht in Sicht. Im Inneren der Mühle fand sie den Verwalter, gekleidet in ein gestärktes, braunes Baumwollhemd mit passender Hose, der gerade mit einem ärmlich aussehenden Jungen sprach. Amisha lehnte sich an die Wand und wartete. In ihrem Kopf ging sie schon wieder eine neue Geschichte durch, als der Verwalter plötzlich laut wurde und damit ihre Aufmerksamkeit erregte.

»Ravi, wie oft muss ich es dir noch sagen?« Er bedrohte den Jungen mit einem langen Lineal. »Verschwinde hier, ehe ich dich rauswerfen lasse.«

»Bitte, mein Herr«, erwiderte der ausgemergelte, dunkelhäutige Junge unerschrocken. »Ich kann des Nachts die Böden fegen. Die Toiletten putzen. Was immer es auch zu tun gibt, mein Herr. Ich muss Geld verdienen.« Dazu fiel Ravi auf die Knie und flehte mit gefalteten Händen.

»Geld verdienen?« Der Verwalter spuckte dem Jungen ins Gesicht. »Ein Unberührbarer, der in der Mühle arbeitet?« Sein Lachen hallte von den Wänden wider. Amisha spürte eine Gänsehaut aufkommen. »Du bist nicht mehr als Dreck, du bist es nicht wert, Geld zu verdienen.«

Amisha schätzte, dass der Junge vielleicht zwölf oder dreizehn Jahre sein müsste. Seine hungrigen, verzweifelten Augen sprachen aber von einer Lebenserfahrung, die weit über sein tatsächliches Alter hinausging. Seine Angst erfüllte den Raum. Amisha wollte sich schon abwenden, aber irgendetwas an der Art, wie er trotz der Demütigung nicht aufgab, fesselte sie.

»Ihr habt recht, mein Herr«, stimmte Ravi eifrig nickend zu. »Ich kann die Toiletten putzen, wenn die Mühle geschlossen ist, damit ich niemanden damit beleidige. Ich arbeite auch für ganz wenig Geld, mein Herr. Bitte.«

»Raus, verschwinde.« Der Verwalter schubste Ravi, sodass dieser hinfiel. Ravi beeilte sich, vom Boden aufzustehen und sich wieder hinzuhocken. »Dich hier arbeiten zu lassen, würde die Lebensmittel beschmutzen, die an diesem Ort hergestellt werden.« Amisha suchte im Gesicht des Verwalters nach einer Spur des Mitgefühls, konnte aber nichts finden. »Verschwinde, ehe ich dich schlage.«

Amisha trat einen Schritt vor und machte den Verwalter damit auf sich aufmerksam. Sofort wurde sein Ausdruck deutlich respektvoller. Er wandte sich von Ravi ab und nahm freundlich lächelnd den ausgestreckten Korb entgegen. »Ich werde dies sofort dem Sahib bringen.«

»Vielen Dank.« Aus dem Augenwinkel sah sie, wie Ravi aufgab und zur Tür hinaustrottete. »Wer war das denn?«, fragte sie den Verwalter.

»Ein Unberührbarer«, antwortete er schnaubend. »Und zwar ein unverschämter, der das Wort ›Nein‹ nicht kennt.« Er schüttelte den Kopf, angewidert. »Jede Woche kommt er und bettelt um Arbeit.« Der Duft des Essens stieg zu ihm auf. »Es riecht wunderbar. Deepak Sahib wird sich freuen.« Damit ließ er Amisha zurück, um den Korb abzuliefern.

Amisha eilte sofort nach draußen. Hier schirmte sie ihre Augen gegen das unbarmherzige Brennen der Sonne ab und suchte nach dem Jungen. Er war noch nicht weit gekommen, sie lief ihm nach und rief seinen Namen.

Ravi blieb stehen und starrte in ihre Richtung. Als sie ihn erreicht hatte, legte er seine Hände zusammen und verbeugte sich ehrerbietig. »Ja, Shrimati?«, fragte er, wobei er die ehrerbietige Ansprache für verheiratete Frauen nutzte.

Der kurze Lauf hatte Amisha völlig außer Atem gebracht, also stand sie nur keuchend vor ihm, die Hände auf den Oberschenkeln, den Kopf hängend, und sog tief Luft ein.

»Ist alles in Ordnung, Shrimati?« Er war größer als sie, musste daher auf ein Knie gehen und den Kopf schräg legen, um ihr Gesicht sehen zu können. Als sie nicht direkt antwortete, blickte er zur Mühle, dann zurück zu ihr. »So weit war das doch auch wieder nicht, Shrimati.«

Amisha starrte ihn mit zornig verkniffenen Augen an. Ihre Reaktion brachte ihn dazu, einen Schritt zurückzuweichen. »Versuch du doch mal, in diesen Sachen zu laufen«, murmelte sie nur. »Es ist, als ob man ein Schaf trägt, weil man die Wärme einer Wolldecke haben will.« Sie atmete noch einige Male tief durch, um ihren Atem unter Kontrolle zu bringen und wieder normal sprechen zu können. »Warum willst du in der Mühle arbeiten?«

Die Frage schien ihn zu verwirren, er antwortete aber trotzdem. »Ich würde überall arbeiten, Shrimati. Die Mühle ist nur einer von vielen Orten, aus denen ich heute schon hinausgeworfen wurde.«

Amisha erinnerte sich daran, dass Chara ihr erlaubt hatte, sich selbst einen Diener zu suchen. Jemanden, dem sie vertrauen konnte. Wenn sie sich jemanden im Dorf suchte, würde dieser Jemand sicher Chara schon länger kennen und in erster Linie zu ihr halten. Ravi hingegen wohnte nicht im Dorf. Sie kaute auf der Lippe, ihre Handflächen begannen zu schwitzen und ihr Herz flatterte. Der Plan war kühn und sie fürchtete, dass Charas Zorn schrecklich sein würde.

»Und du würdest wirklich jede Arbeit übernehmen?«

»Mit wem spreche ich hier, wenn ich fragen darf?«, fragte er. Sie konnte Frustration in seiner Stimme hören.

Immer wieder blickte er sich nervös um. Er hatte eindeutig Angst, mit einer Frau einer höheren Kaste gesehen zu werden. Amisha wusste, dass Unberührbare nicht selten schon für geringere Vergehen geschlagen wurden.

»Ich bin die Schwiegertochter des Besitzers der Mühle«, erklärte sie schnell. In ihrer Stimme klang keinerlei Stolz mit, es war ein reiner Fakt. Ihre Stellung in der Gesellschaft spielte für sie keine große Rolle. Als seine Augen groß wurden, fügte sie schnell hinzu: »Arbeite für mich.« Sie hatte gefürchtet, sich nicht zu trauen, den Vorschlag zu machen, wenn sie nur einen Augenblick länger gezögert hätte.

»Das ist ein grausamer Scherz«, sagte Ravi und wandte sich ab, seine Abscheu vor ihrem vermeintlichen Witz war nur zu offensichtlich.

»Siehst du mich lachen? Nein? Dann solltest du es auch nicht tun.« Sie war sich selbst nicht sicher, wo das Gefühl herkam, doch sie spürte eine Bindung zu dem Jungen, der nur darum kämpfte, mehr zu sein, als sein Schicksal ihm vorbestimmt hatte. Amisha konnte sich niemanden vorstellen, der besser geeignet wäre, ihr Vertrauter zu werden. »Nimm mein Angebot an oder nicht. Aber entscheide dich schnell, weil ich sonst jemand anderen fragen muss.«

»Ich bin ein Unberührbarer.« Ravi trat mit seinem Fuß gegen einen Erdhaufen, wandte den Blick beschämt ab. »Das muss ich wahrscheinlich dazusagen.«

»Danke für die Belehrung. Ich bin eine Frau.« Ihr Schicksal war wie ein steter Schatten, der über ihr lag. Sie blickte zur Sonne hinauf. »Gut, damit sollten jetzt unsere jeweiligen Rollen wohl klargestellt sein.«

»Aber auch die Tochter des Herren der Mühle«, argumentierte Ravi. »Meine Eltern und Verwandten sind Vagabunden. Unser Schicksal ist es, Bettler zu sein.« Man sah ihm an, wie sehr das Thema ihn erregte. »Ganz gleich, wie sehr wir es auch ändern wollen.«

»Schwiegertochter«, korrigierte Amisha ihn. »In einer Hinsicht teilen wir dasselbe Schicksal: Die Umstände bestimmen unser Leben.« Er blickte sie jetzt neugierig an und sie hielt seinem Blick stand. »Meine Schwiegermutter behandelt mich auch nicht besser als einen beliebigen Diener.«

»Aber wäre es denn überhaupt erlaubt, dass ich in einem so erhabenen Haus arbeite?«, wandte Ravi ein. Er schien akzeptiert zu haben, dass er mit Wortklaubereien nicht gegen sie ankam.

Jetzt war es an Amisha, vom Thema abzulenken. »Vielleicht sollte ich dir die Geschichte des hübschen Sängers erzählen.«

»Es wäre mir lieber, wenn Sie es nicht täten«, murmelte Ravi.

Sie ignorierte ihn. »Dieser Sänger, der wollte zu einer Gesangstruppe gehören, die im ganzen Land für ihre wundervollen Melodien und ihre atemberaubenden Kostüme bekannt war. Als die Truppe ihn ablehnte, klagte er den Göttern sein Leid.« Während Amisha ihre Geschichte spann, untermalte sie die Worte ganz unbewusst mit weitschweifigen Gesten. »Daraufhin traf er einen alten Mann. Dieser bot ihm an, einen Laib Brot gegen eine Flöte zu tauschen. ›Sie wird dir alles geben, was immer du begehrst‹, erklärte der alte Mann.

Überglücklich stimmte der Sänger zu, in der Sicherheit, bald zu der Gesangstruppe zu gehören. Aber als er sich abwenden wollte, warnte der alte Mann ihn noch: ›Wenn du je der Musik entsagst, wirst du alles verlieren.‹«

»Shrimati, die Geschichte ist sehr schön, aber hat sie auch einen Punkt?« Ravi ließ den Arm über die Landschaft schweifen. »Ich habe noch eine Menge weiterer edler Orte, aus denen ich mich heute hinauswerfen lassen muss.«

Amisha hob nur eine Augenbraue und fuhr mit ihrer Geschichte fort. »Der junge Mann fand die Truppe, und in einem neuen Versuch spielte er ihnen ein Lied auf seiner neuen Flöte vor. Es fand nicht den Anklang, den er gehofft hatte. Doch schon bald fiel eine Stimme aus den Hügeln in sein Lied ein. Ihr Klang war melodisch und fein und in perfekter Harmonie mit dem Spiel der Flöte. Alle hielten inne, um den beiden zu lauschen. Und schließlich trat eine Frau aus den Wäldern, doch sie hatte das Gesicht eines Trolls und den Körper einer Riesin.«

Ravi war inzwischen von der Geschichte gepackt und lauschte aufmerksam.

»Ihre Stimme hingegen war von den Göttern im Himmel gesegnet. Der junge Mann erschauderte jedoch bei ihrem Anblick. Wie könnte er mit solch einer Kreatur zusammen auftreten? Sein Spiel brach ab. Und wie der alte Mann gewarnt hatte, verlor er damit jegliche Fähigkeit, Musik zu machen, und verfiel in eine tiefe Depression.«

»So ein Narr«, sagte Ravi.

»In seiner Verzweiflung bat er die Frau um Vergebung. Zusammen erreichten sie mehr Ruhm, als die Gesangstruppe ihn je gehabt hatte.« Zum Ende der Geschichte lächelte Amisha zuversichtlich.

Ravi zuckte mit den Schultern und starrte sie verwirrt an. »Und was soll mir diese Geschichte sagen?«

»Dass wir einander nicht vorschnell beurteilen sollten«, erklärte Amisha, schockiert, dass er es nicht verstanden hatte. »Lass uns einen Pakt schließen. Ich werde mir kein Urteil über dich erlauben, wenn du im Gegenzug auch nicht über mich urteilst.«

»Shrimati …«, setzte Ravi an, doch Amisha unterbrach ihn.

»Ich brauche einen Dienstboten, jemanden, der mir im Alltag hilft.« Sie würgte jegliche Widerworte ab, ehe er sie aussprechen konnte. »Ich wäre ein Narr, wenn ich denken würde, jemand Besseren zu finden als den, der hier vor mir steht und zur Arbeit bereit ist.« Sie zwinkerte ihm zu. »Und der Verwalter würde bestimmt rot vor Wut werden, oder?«

Amisha sah die Emotionen in ihm streiten. Verzweiflung und Hoffnung versuchten Angst und Misstrauen zu verdrängen. Er musterte sie unsicher, konnte aber keine Spur der Heimtücke in ihr finden. Überwältigt warf er sich ihr schließlich vor die Füße. »Ich nehme an, Shrimati, und habe keine Worte für meine Dankbarkeit. Heute hat eine Fremde mir mehr Vertrauen geschenkt und größere Hilfe geboten als je ein anderer Mensch in meinem Leben bisher.« Auf den Knien vor ihr faltete er die Hände und verbeugte sich tief. »Vielen Dank, Shrimati, ich verspreche, diese Schuld über Lebzeiten zurückzuzahlen.«

Amisha trat erschrocken zurück und bedeutete ihm aufzustehen. »Auch wenn ich dich bezahle, bedeutet das nicht, dass du mir gehörst. Wir sind von gleichem Alter, also werden wir zusammenarbeiten. Mummy sagte, dass du meine Geheimnisse hüten wirst. Ich habe aber keine Geheimnisse, also werde ich dir stattdessen meine Geschichten erzählen, ja?«

Etwas verwirrt stimmte er nickend zu. »Ja.«

Sie seufzte erleichtert auf. »Sehr gut. Und falle bitte nicht mehr vor mir auf die Knie. Es gibt genug wichtige Leute hier, für die du dir das aufsparen kannst. Ich befürchte, ich gehöre nicht dazu.«

* * *

Amisha warf einen vorsichtigen Blick um die Ecke der Mauer, die Küche und Essbereich voneinander trennte. Chara verteilte Linsensuppe mit weißem Reis an Deepak und seinen Vater. Nervös kaute Amisha ihre Nägel, während sie überlegte, wie sie das Thema ansprechen konnte.

»Amisha«, rief Chara mit dröhnender Stimme, um das Geklapper der Töpfe und Pfannen zu übertönen, in denen der Dienstbote weitere Speisen zubereitete. »Bring uns Naan.«

Am liebsten hätte Amisha sich einfach weiter versteckt. Sie hatte Ravi jetzt zwar angestellt, nur wusste noch niemand davon. Und seither quälte sie sich, wie sie es Chara beibringen sollte.

»Amisha, bist du taub?«, schrie Chara.

»Ich komme, Mummy.«

Sie warf noch einen schnellen Blick um die Ecke. Chara servierte gerade Deepak und seinem Vater gekochte Okra. Das war ihr tägliches Ritual, Chara trug das Essen auf, Amisha brachte warmes Naan, das separat auf einem kleinen Feuer zubereitet wurde. Der Diener reichte ihr die Stahlplatte, Amisha nahm sie mit einem schnellen dankbaren Nicken entgegen. Dann atmete sie tief durch und sammelte allen Mut, den sie aufbringen konnte.

»Ich habe einen Diener gefunden«, erklärte Amisha, den Blick fest auf die Wand gerichtet, während sie ins Esszimmer trat. »Er wird morgen anfangen.«

»Einen Diener?« Deepak unterbrach sein Essen und blickte sie an.

Sie sprachen kaum, wenn er zu Hause war. Manchmal kam er in der Nacht zu ihr, in der Hoffnung, ein Kind zu zeugen, doch danach schlief er immer direkt ein. Amisha hatte schnell eingesehen, dass sie eine Ehe wie jede andere führte. Mehr zu hoffen wäre töricht gewesen.

»Ja.« Amisha blickte ihm tief in die Augen und fand das Selbstvertrauen, nach dem sie gesucht hatte. »Mummy sagte, ich solle einen haben.«

»Und wer ist es?« Chara servierte weiter das Essen, achtete kaum auf sie.

»Sein Name ist Ravi, er hat in der Mühle nach Arbeit gesucht«, erklärte Amisha schnell. »Dort gab es nichts für ihn, also habe ich ihm die Stelle hier angeboten.«

»Ravi?« Chara wandte den Blick zu ihrem Ehemann. »Kennst du ihn?«

Deepaks Vater antwortete nicht gleich. Stattdessen musterte er Amisha verkniffen. Amisha wich seinem Blick aus. In ihrer Zeit in seinem Haus hatte Amisha kaum mit ihm gesprochen, was aber durchaus normal war. Jeglicher Kontakt lief über Deepak oder Chara.

»Ein Unberührbarer«, sagte er schließlich.

Amisha hörte Chara nach Luft schnappen, Sekunden, ehe die Stahlplatte mit dem Essen auf sie zuflog. Instinktiv zog sie den Kopf ein. Mit großem Getöse landete die Platte an der Wand, das Essen überall im Zimmer. »Du wagst es, einen Unberührbaren in mein Haus zu bringen?«, schrie Chara hysterisch.

»Ich dachte, er könnte hinten arbeiten«, versuchte Amisha stammelnd zu erklären. Verzweifelt suchte sie nach einer Erklärung, die Chara akzeptieren konnte. »Er würde das Haus gar nicht betreten müssen.«

»Du musst von Sinnen sein.« Chara wischte abweisend mit der Hand in ihre Richtung. »Ich schäme mich, jemanden wie dich in meiner Familie zu haben. Die Ehe mit meinem Sohn wird sofort annulliert.«

Erschrocken taumelte Amisha zurück. Sie legte die Hand über den Mund und konnte kaum die Tränen zurückhalten. Sie suchte nach Worten, um den Schaden zu beheben, fand sie aber nicht. So stand sie einfach nur da und harrte der Dinge, die ihr Schicksal besiegeln würden.

»Amisha. Warum hast du ihn eingestellt?«, fragte Deepak. Sein Blick lag bohrend auf ihr.

Nervös antwortete Amisha vorsichtig. »Seine Familie ist arm, sie brauchen Geld. Er hat überall nach Arbeit gesucht. Es schien so leicht für uns, ihm zu helfen.«

»Du kanntest seinen Status?«, fragte Deepak weiter.

»Er hat es mir gesagt.« In Panik zwirbelte Amisha den Saum ihres Hemdes. »Ich dachte, es würde uns nicht schaden, wenn wir etwas Menschlichkeit zeigen.« Als Kind hatte Amisha sich immer geweigert mitzumachen, wenn die Kinder die Unberührbaren mit Steinen beworfen hatten, während diese von Tür zu Tür gingen und um Essen bettelten. Für viele Kinder war das ein lustiger Zeitvertreib, ihr erschien es aber nur grausam. »Mahatma Gandhi sagt, dass sie Harijans sind, Kinder Gottes.«

»Wann hast du die Zeit, die Worte Gandhis zu lesen?«, forderte Chara zu erfahren. »Ist das der Grund, warum du deinen Pflichten nie nachkommst?«

»Mummy«, unterbrach Deepak mit erhobener Hand. Ein schneller Blick zu seinem Vater gab ihm die Unterstützung, die er benötigte. Er überlegte einen Moment, ehe er sprach. »Er wird das Essen nicht berühren.«

»Nein, wird er nicht«, stimmte Amisha schnell zu. Mit angehaltenem Atem erwartete sie sein Urteil. Seit der Nacht ihrer Hochzeit hatte Deepak keine öffentliche Zuneigung mehr gezeigt. Amisha hatte einige Male versucht, eine Beziehung zu ihm aufzubauen, doch er war immer zu schnell eingeschlafen.

»Er wird dir nur bei deinen Aufgaben helfen und sich von allem anderen fernhalten«, fuhr Deepak fort.

»Natürlich«, stammelte Amisha.

»Dann wird diese Ehe nicht annulliert«, entschied Deepak. Amisha wäre vor Erleichterung fast zusammengebrochen. Seine nächsten Worte waren an Chara gerichtet. »Du hast Amisha aufgetragen, einen Diener zu finden, und das hat sie getan. Ich bin mir sicher, dass du ihn nicht besser behandeln wirst als unseren anderen Diener.« Jetzt wandte er sich wieder an Amisha, sein Ton wurde schärfer. »Wir werden deinen Entschluss tragen, aber in der Zukunft sei weiser in deinen Entscheidungen.«

»Ja, das werde ich.« Amisha hielt Tränen der Dankbarkeit zurück. Deepak hatte sie gerettet. In diesem Moment hätte sie ihm alles gegeben. »Ganz bestimmt.«

Zornig stürmte Chara aus dem Haus und schrie dem Diener dabei noch zu, dass bei ihrer Rückkehr alles sauber zu sein hätte. Mit gesenktem Blick sah Amisha heimlich zu ihrem Gemahl. Zum ersten Mal in ihrer Ehe empfand sie wahre Zuneigung. Auf dem Weg in die Küche dankte sie still den Göttern für den Mann, den sie für sie ausgewählt hatten.

Acht

Unruhig rückte Amisha auf dem teuren Widderkopf-Sessel hin und her, den Deepak vor einigen Monaten gekauft hatte. Es war ein extravagantes Möbelstück, komplett aus Knochen gefertigt und mit delikat gearbeiteten Mustern von Pfauenfedern verziert, ebenso wie der dazugehörende Schreibtisch. Deepak benutzte beide, um hier seine Schreibarbeiten zu erledigen. Das Geschäft lief so gut, dass er sich diesen Luxus erlaubt und stolz Chara und Amisha präsentiert hatte.

Sie kratzte die beiden letzten Wörter wieder aus und ersetzte sie mit Synonymen. Die letzte Zeile des Verses war meist zugleich auch die schwierigste. In ihrem Kopf hörte es sich stets so eloquent an, doch dann brauchte sie oft Wochen, um ihre Ideen adäquat zu Papier zu bringen. Das Gedicht erzählte vom starken Regen und der Pracht der darauf folgenden Flut. Als sie endlich zufrieden war, legte sie Stift und Papier beiseite. Mit jeder neuen Geschichte und jedem Gedicht war es wieder dasselbe. Die Worte kamen immer zum ungünstigsten Zeitpunkt und nagten an ihr, bis sie ihren Gedanken die Freiheit geschenkt hatte.

»Shrimati.« Ein kurzes Klopfen, dann trat Ravi mit gesenktem Kopf ein. »Eure Schwiegermutter wird bald eintreffen.«

Ravi arbeitete jetzt schon ein Jahr für sie, und Chara hatte noch einen weiteren Dienstboten eingestellt. Die beiden anderen Diener nutzten die Situation oft aus, um Ravi ihre Arbeit zu übertragen. Er erledigte alles, ohne zu klagen, sogar mit Freuden, da er einer ehrlichen Arbeit nachgehen konnte. Chara hatte sich anfangs geweigert, mit Ravi zu sprechen. Selbst jetzt würdigte sie ihn kaum eines Blickes. Sie hatte auch Amisha wochenlang ignoriert, nachdem Ravi bei ihnen angefangen hatte, dann hatte sie als kleine Rache ihre Arbeitslast verdoppelt.

Amisha sprang vom Stuhl auf, beide Hände an ihren übergroßen Bauch gelegt. »Entschuldige, mein Kleiner«, sagte sie zu ihrem noch ungeborenen Kind. »Ravi, ich habe noch nicht mit dem Kochen angefangen. Sie wird mir den Kopf abreißen.«

Ravi zuckte angesichts der hastigen Bewegung zusammen. »Ich mag mich nicht mit dem Körper einer Frau auskennen, aber ich bezweifle, dass solcher Sport für das Kind gut ist.«

Amisha strich sich beruhigend über den Bauch. Als sie sich anfangs täglich übergeben musste, hatte sie gehofft, dass sie schwanger wäre. Dann blieb ihre Regelblutung aus und Chara bestätigte ihren Verdacht. Danach war die Schwangerschaft sehr entspannt verlaufen, abgesehen von einigen Müdigkeitsanfällen in der Anfangszeit. Amisha selbst war erstaunt gewesen, dass die unerwarteten Freuden der Schwangerschaft ihren Drang zum Schreiben noch weiter verstärkt hatten. Es schien, als ob ihr Kopf nur so vor Geschichten schwämme, ihr blieb einfach nicht die Zeit, alles niederzuschreiben.

»Du machst dir zu viel Sorgen, mein Freund.« Sie tätschelte leicht den Bauch. »Er ist stark. Ich mache mir eher Sorgen um Mummys Gesundheit. Du siehst ja, wie leicht sie in Rage gerät, wenn auch nur das kleinste Detail nicht stimmt.« Sie hob nachdenklich eine Augenbraue. »Bei einer Frau ihres Alters kann das zu Herzproblemen führen.«

»Es ist bereits geschehen«, sagte Ravi.

»Was?«, fragte sie verwirrt nach.

»Das Essen. Wir sind früh mit dem Saubermachen fertig geworden, also habe ich direkt das Abendessen vorbereitet«, erklärte er.

In letzter Zeit hatte Ravi mehr und mehr ihrer Pflichten übernommen. Ganz zu Anfang der Schwangerschaft hatte sie ihn dabei ertappt, dass er die Wäsche erledigte, ehe sie dazu kam. Oft blieb er auch lange hier und machte sauber, während sie sich zu einem Nickerchen hinsetzte. In letzter Zeit hatte er auch angefangen, heimlich in der Küche auszuhelfen, wenn Chara bei Freunden zum Essen eingeladen war. Amisha plagten dabei stets Schuldgefühle, da sie ja eigentlich Deepak versprochen hatte, dass Ravi das Essen nicht anfassen würde. Aber Ravi konnte einfach besser kochen als sie. Selbst die anderen Diener, die ihn anfangs noch gemieden hatten, nahmen seine Hilfe jetzt gerne an.

»Ein anderer Diener hat geholfen, und wir haben darauf geachtet, genug Naan anbrennen zu lassen, damit niemand einen Verdacht schöpft«, erklärte er grinsend.

»Und das Curry mit dem Blumenkohl und den Kartoffeln?«, fragte Amisha gemäß den Anordnungen, die Chara für das Abendessen gegeben hatte.

»Fertig, mit etwas zu viel Salz und zu wenig Gewürzen, wie immer, wenn du …« Amisha Lachen schnitt den Rest seines Satzes ab, also lächelte er nur.

»Danke, danke, ich danke dir«, sagte sie. »Ich konnte mich einfach nicht losreißen und die Zeit ist wie im Flug vergangen.« Sie verspürte das plötzliche Bedürfnis, ihn zu umarmen, beherrschte sich aber. Schon als sie noch ein Kind war, hatte ihre Mutter sie oft ermahnen müssen, dass Umarmungen nur für Verwandte und wichtige Gäste vorbehalten waren. Es hatte seine Zeit gedauert, bis sie es sich gemerkt hatte. Also drückte sie nur anerkennend Ravis knochige Schulter. »Du hast mir wieder einmal mein Leben gerettet, mein Freund.«

Amisha faltete ihr Papier sorgfältig. Dann zog sie eine metallene Kiste unter dem Bett hervor, legte das Blatt Papier zu einem Stapel anderer Gedichte und Geschichten und schob die Kiste dann wieder unter das Bett, wo sie vor Blicken geschützt war.

»Worum ging es diesmal?« Ravi hielt ihr die Tür auf und folgte ihr in die Küche.

»Den Regen, dem eine zauberhafte Flut folgt.« Sie sprach leise genug, dass niemand sonst sie hören würde. Ravi war der Einzige, dem sie anvertraute, dass und worüber sie schrieb.

»Die Flut kann töten«, bemerkte Ravi sachlich.

»Ja, Ravi.« Sie seufzte tief auf, wie sie es in seiner Gegenwart oft zu tun pflegte. »Aber sie kann auch reinigen und allen Unrat fortschwemmen, um Raum für neues Wachstum zu schaffen.«

»Hm.« Ravi ließ sich ihre Worte durch den Kopf gehen. »Ist es fertig?«

»Für meine geringen Maßstäbe bin ich zufrieden, doch ist es gut, wenn es verborgen bleibt.« Sie stupste seine Schulter mit ihrer an. »Wenn jemals jemand mein Gekritzel liest, wirst du dich schämen, mein Freund zu sein.« Durch das Fenster erhaschte sie einen Blick auf Chara, welche die Treppe hinaufstieg. »Da wir gerade von Naturkatastrophen sprachen … Also, ich meine natürlich, oh, schau, Mummy kommt nach Hause, lass uns nach dem Essen sehen.«

Neun

Traditionell ganz in Weiß gekleidet nahm Amisha die nächste Beileidsbekundung entgegen, während die Schreie ihres dritten Sohnes das Haus erfüllten. Er war erst zwei Wochen alt und ihre geschwollenen Brüste reagierten sofort auf seinen Ruf. Deepak, der ihn gar nicht zu hören schien, sprach weiter mit den Gästen.

Chara war friedlich im Schlaf gestorben und Amisha hatte wirklich und ehrlich um sie getrauert. Über die Jahre hatten sie gelernt, miteinander klarzukommen. Und mit jedem weiteren Enkel, den sie ihr schenkte, war Chara sanfter geworden.

»Du hast deinen Wert bewiesen«, sagte Chara, als sie den dritten Sohn in ihren Armen hielt. Amisha lag im Bett, noch erschöpft von der Anstrengung, und sah ihrer Schwiegermutter zu, wie diese das Baby hielt. »Drei Enkel sind den Preis wert, den wir gezahlt haben, als wir dich in unserem Haus aufnahmen.« Chara wiegte das Neugeborene in ihren Armen, während die Hebamme einen nassen Lappen auf Amishas Stirn legte. »Du bist wahrlich gesegnet. Ein Sohn wird dich nie verlassen.«

»Eine Tochter wäre mir ebenso viel wert gewesen«, sagte Amisha nur schwach.

»Sei nicht töricht.« Chara hätschelte das Baby und bedachte es mit Koselauten. »Eine Tochter, auch wenn sie dir geboren ist, gehört nie wirklich dir.«

Amisha hatte neben Chara gestanden, als deren zwei Töchter den Bund der Ehe eingegangen waren. Der Tag ihrer eigenen Hochzeit war ihr noch gut im Gedächtnis gewesen, als sie Chara mitfühlend die Hand auf die Schulter legte. Als Chara sich zu ihr umwandte und in Amishas Armen weinte, schlossen die beiden Frauen einen stillschweigenden Pakt und wurden eins in ihrer Trauer.

Chara betonte oft, wie flüchtig die Liebe einer Tochter sei. Die Zeit mit ihrer Familie war für ein Mädchen stets nur die Vorbereitung auf ihr Leben in einer anderen Familie. Die Mutter sah ihre Tochter als Ebenbild ihrer selbst – eine Fremde in jedem Heim, das sie bewohnte. Nur wenn ein Sohn zur Welt kam und aufgezogen und vermählt wurde, hatte die Frau ihren Platz in der Gesellschaft gesichert. Denn dann konnte sie selbst auf die Braut hinabblicken, die als Fremde in ihr Heim eintrat. Nur dann war sie endlich die Herrin des Heims, deren Wort zählte.

Amisha riss sich aus den Erinnerungen und schaute den Gästen nach, die den langen Weg zur Einäscherungsstelle antraten. Amisha und das Baby mussten der Zeremonie fernbleiben. Die Brahmanen lehrten, dass der Tod das Neugeborene traumatisieren und in ihm den Wunsch zur Rückkehr in den Himmel wecken könnte.

Kaum, dass der letzte Gast gegangen war, eilte Amisha in den Hinterraum. Ihr jüngster Sohn hatte sich inzwischen in den Schlaf geweint. Als Deepak ihr folgte, nahm Amisha seine Hand und legte sie auf den Kopf des Babys. Die beiden älteren Söhne standen feierlich daneben.

»Wir verlieren ein Leben«, sagte Amisha, welche die Trauer ihres Gemahls für ihn trug. »Aber ein neues ist entstanden. Ihr

Körper wird dem Wind übergeben, doch ihre Seele bleibt. Sie wird für immer durch dich und ihre Töchter leben.« Sie legte die Arme um ihre beiden Söhne. »Lass deine Söhne zu deiner Kraft werden.«

Deepak zog sie eng an sich. Überrascht schlang Amisha ihre Arme um seine Hüfte. Sie gab sich dem Moment hin und sog das Gefühl in sich auf, in seinen Armen zu liegen. Soweit sie sich erinnern konnte, war es das erste Mal, dass Deepak sie wirklich umarmt hatte. Sie waren jetzt schon Jahre verheiratet und doch kam er ihr oft wie ein Fremder vor. Ihre Gespräche waren meist darauf beschränkt, was zu Hause geschehen war. Die Söhne waren das Bindeglied, das ihre Verbindung sicherte.

Als Deepak sich einige Sekunden später löste, gab sie ihn sofort frei. Schweigend sah sie zu, wie er seine beiden älteren Söhne zu sich nahm. Gemeinsam schlossen sie sich Deepaks Vater an, der vor der Tür gewartet hatte, und folgten dem Zug der Trauernden.

Amisha blieb allein zurück in ihrem Haus und verabschiedete sich wortlos von der Ersatzmutter, die Jahre ihres Lebens bestimmt hatte. Sie sah zu ihrem Hausaltar und beugte den Kopf vor der Statue des Vishnu, dem Hüter des Universums, und dankte ihm für ihre drei Söhne und die Bedeutung, die sie ihrem Leben verliehen. Ihr Herz sehnte sich nach mehr, nach der Kameradschaft einer verwandten Seele. Sie wünschte sich heimlich eine Tochter.

* * *

Deepak saß im Schneidersitz auf dem Boden zwischen ihren beiden Söhnen und aß zu Abend. Amisha zog immer wieder die Schnur, die sie an Pareshs behelfsmäßiger Wiege befestigt hatten, um ihn im Schlaf zu halten. Sechs Monate waren seit Charas Tod vergangen. In dieser Zeit war Deepaks Vater seiner

Frau in das nächste Leben gefolgt. Jetzt war Deepak allein für das Einkommen der Familie zuständig, Amisha für den Haushalt.

Sie hatten erst kürzlich elektrische Leitungen im Haus verlegen lassen, aber in der Küche kochten sie immer noch mit offenem Feuer. »Ravi«, sagte Amisha, als er mit einem Stapel warmem Weizenbrot aus der Küche kam. »Nimm dir und den anderen etwas mit, ihr solltet essen, solange es noch warm ist.«

Nach Charas Tod hatte Amisha Ravi zum Hauptdiener ernannt. Er war jetzt für die anderen Diener verantwortlich und organisierte ihre jeweiligen Aufgaben. Bina, eine Cousine von Ravi, war ihr neuster Zugang. Sie war mit einer Hasenscharte zur Welt gekommen und hatte daher wenig Hoffnung auf eine Ehe oder auch nur darauf, mit Betteln etwas Geld zu verdienen. Als Ravi Amisha fragte, ob sie im Haus gelegentliche Aufgaben übernehmen könnte, stellte Amisha sie direkt als reguläre Dienstmagd ein. Deepak hatte das Haus vergrößern lassen, daher gab es auch mehr zu tun.

»Ich habe beschlossen, das Geschäft zu erweitern«, erklärte Deepak zwischen zwei Bissen. »Ich bin in Kontakt mit einem Farmer in Indore.« Amisha blickte erschrocken auf. Indore lag eine gute Stunde Fahrt entfernt.

Deepak entging ihre Reaktion nicht. »Ich weiß, es ist ein weiter Weg, aber er hat neue Ideen und ist einer Partnerschaft gegenüber aufgeschlossen.«

Er war im Umgang mit anderen Menschen schon immer sehr reserviert gewesen, nicht nur bei Amisha. Wahrscheinlich lag es daran, dass ihm als ältestem Kind und zugleich einzigem Sohn der Familie von Geburt an vorbestimmt gewesen war, eines Tages die Geschäfte seines Vaters zu übernehmen. Jeglicher Gedanke an die Universität oder eine andere Laufbahn außerhalb der Mühle wäre undenkbar gewesen. Dies hier war sein Zuhause, sein Erbe, und Amisha wusste, dass er es in Ehren halten würde. Das Glitzern der Erregung in seinen Augen kam daher überraschend.

»Und was ist mit dem Raj?«, fragte sie. Die Briten unterhielten eine größere Station in Indore. Für ein Geschäft dieser Größe würde Deepak ihre Genehmigung benötigen.

»Ist schon erledigt«, antwortete Deepak schnell.

»Es scheint, als ob du an alles gedacht hast.« Die Reise nach Indore würde immer ein langer, einsamer Weg werden. Man hörte ständig von Banditen, die Reisende und ihre Karren des Nachts überfielen. Wenn sie nicht wollte, dass Deepak so spät noch unterwegs war, würde er die Nacht in der Stadt verbringen müssen und erst am nächsten Tag heimkehren. Und während er fort war, würde Amisha ihren Kindern sowohl Mutter als auch Vater sein. Seine Entscheidung würde zu ihrer Last werden.

»Es wird gut sein für unsere Familie«, sagte Deepak und schaute zu den Jungen. »Gut für ihre Zukunft.« Damit war die Diskussion beendet. Den Rest des Essens nahm Deepak schweigend ein, während Amisha ihm dabei zusah.

Zehn

»Ravi!« Amisha stand auf den Stufen der Veranda und rief ihn wiederholt, stetig lauter und dringlicher werdend. »Ravi!«

»Nur einen Moment, dann werden alle Ravis dieser und der nächsten Stadt hier erscheinen.« Ravi kam um die Ecke des Hauses, einen Korb mit Kleidern in der Hand. »Was sollen wir ihnen dann sagen?«

»Sag ihnen einfach, dass mein Ravi nicht schnell genug auf mich gehört hat, und entschuldige dich bei ihnen in deinem Namen.« Sie schnappte sich den Korb und führte ihn die Stufen hinauf. »Ich habe Neuigkeiten. Du wirst es nicht glauben.«

»Ich werde es ganz gewiss nicht glauben, solange ich die Neuigkeiten nicht zu hören bekomme.« Er nahm den Korb wieder zurück und begann, die Kleidung zu sortieren.

»Die britische Schule«, sagte sie. Schon seit Monaten bauten sie an dem Gebäude außerhalb des Dorfes. Fast jeden Tag kam Amisha an der Baustelle vorbei und betrachtete den Fortschritt neugierig. Noch nie zuvor hatte sie solch einen Bau gesehen. »Heute habe ich gehört, wie einer der britischen Lehrer einem Vater gesagt hat, dass alle Schüler willkommen sind.« Amisha half Ravi dabei, die Kleider zum Trocknen auszulegen. »Sie wollen uns ihre Kultur vermitteln. Hier, in unserem kleinen Dorf, werden sie uns Englisch lesen und schreiben beibringen.«

Deepak war jetzt schon seit Monaten auf Reisen. In der Zeit hatte Amisha begonnen, die Lokalzeitungen zu lesen. Viele Artikel handelten von dem Krieg, der in der ganzen Welt tobte. Sie war verwirrt, dass derselbe Raj, der ihr Land besetzt hielt, mit Amerika zusammen kämpfte, um die Welt vor jemandem zu retten, den sie Hitler nannten. Sie hatte alle Details über die tragischen Geschichten und die Entbehrungen gelesen und erfahren, dass die wenigen Siege der Alliierten einen hohen Preis gekostet hatten.

Auf Abendgesellschaften lauschte Amisha den Geschichten der Männer, wenn sie darüber sprachen, wie ganze Regimenter und Bataillone indischer Soldaten in diesem Krieg mitkämpften, geleitet von britischen Offizieren. Die Männer waren sich uneins darüber, ob die indischen Soldaten wirklich eingesetzt werden sollten. Viele von Deepaks Freunden unterstützten den Raj ohne Zögern, andere waren aber darüber erzürnt, dass die Rechte und Meinungen der Inder komplett ignoriert wurden.

Jedoch berührten weder der Krieg noch die steigende Zahl von Aufständen im Kampf um die Freiheit der indischen Nation ihr Leben direkt. Ihr Dorf lag abgeschieden und mitten in einem Staat, der über eine Unterorganisation des Raj, der Central India Agency, eng mit den Briten kooperierte. Der hiesige Dorfvorsteher war ein von der Regierung ernannter Beamter mit Namen Vikram. Da Vikram gleichzeitig auch einer der reichsten Männer der Region war, unterhielt er natürlich enge Beziehungen zum Raj.

»Der Herr Vikram hat die Schule gutgeheißen.« Amisha vermutete, dass er sich damit mit dem Empire gut stellen wollte. »Vielleicht hofft er, dass wir so von ihnen lernen können.«

»Und wer soll die Schule besuchen?«, fragte Ravi. Als Amisha auf sich selbst zeigte, konnte er seine Überraschung nicht verbergen. »Du?«

»Sie werden doch bestimmt nichts dagegen haben, wenn eine erwachsene Frau lernen will, oder?« Ravis zweifelnder Blick ließ ihre Zuversicht schnell schwinden. So genau hatte sie es noch gar nicht bedacht. »Meinst du nicht, dass ich das schaffen kann?«

Die reichen Familien in den Dörfern schickten ihre Töchter gerne zur Volksschule, in den Städten konnten einige von ihnen sogar die Universität besuchen. Amisha hingegen war nur zur Grundschule gegangen, danach brauchte man ihre Hilfe im Haushalt.

Schon damals war sie von einem kaum zu zügelnden Wissensdurst erfüllt gewesen. Abends hatte sie sich heimlich die Lehrbücher ihrer Brüder ausgeborgt und bei Kerzenlicht gelernt, während alle anderen schliefen. Zwischen ihren Arbeiten verbrachte sie viel Zeit mit Schreiben. Als ihre Brüder jedoch mit Lehrbüchern auf Englisch nach Hause kamen, scheiterte Amisha. Sosehr sie sich auch anstrengte, sie konnte sich die Buchstaben nicht allein ergründen, geschweige denn ganze Wörter oder Sätze lesen.

»Dank dir darf ich, ein Unberührbarer, im Haushalt eines reichen Mannes arbeiten, Shrimati. Ich glaube, es gibt nichts, was du nicht schaffen kannst.« Er unterbrach das Falten der Kleidung kurz, um sie anzusehen. »Aber warum Englisch, Shrimati? Du hast nie zuvor davon gesprochen.«

»Immer mehr Zeitungen werden in dieser Sprache veröffentlicht, und ich … schaffe es nicht, sie mir selbst beizubringen. Ich habe es versucht.« Es war ihr peinlich; was zählte, waren aber nicht die Enttäuschungen der Vergangenheit, sondern nur die Zukunft. »Stell dir nur vor, wenn meine Jungs sehen, wie ihre Mutter auf Englisch schreibt.« Der Gedanke begeisterte sie. »Ich könnte ihnen sogar beim Lernen helfen.« Stillschweigend sandte sie ein Stoßgebet zu den Göttern und hoffte, dass sie erhört werden würde. »Eines Tages werden sie vielleicht sogar die albernen Geschichten lesen wollen, die ich bis dahin auf Englisch geschrieben haben werde.«

Immer wieder spürte Amisha den überwältigenden Drang zu schreiben. Wenn sie eine Geschichte fertiggestellt hatte, gab ihr das eine große Zufriedenheit. Dann las sie die Wörter erneut und war erstaunt, dass sie von ihr stammten. Wenn eine Geschichte ihr Ende gefunden hatte, gab ihr das ein Gefühl, etwas geleistet zu haben. Aber schon wenige Tage später würde die nächste Geschichte darauf drängen, erzählt zu werden. Manchmal fingen sie mit einem Mann an, der sich auf der Suche befand, oder ganz am Anfang des Lebens mit der Geburt eines Babys. In ihren Geschichten kamen die Figuren und ihre Welten zum Leben. Und solange das wahre Leben der Autorin ihr gestattete, sich die Zeit zu nehmen, fand die Reise auch stets ein gutes Ende.

»Dann tu es einfach«, schloss Ravi.

Amisha sah ihn überrascht an. »Solltest du mir nicht von all den Hindernissen erzählen, die sich mir stellen werden? Und all die Gründe aufzählen, warum ich es besser sein lasse?« Amisha konnte nicht widerstehen, ihn zu necken. »Komm, lass mich deinen Kopf fühlen, du musst Fieber haben.«

»Ich bin kerngesund, Shrimati«, versicherte Ravi ihr. »Erkläre dem mächtigen Raj, was du mir eben erklärt hast. Nur ein Lehrer ohne Herz würde dich dann noch abweisen.«

* * *

Amisha wärmte den Tigerbalsam auf, ehe sie Deepaks Füße damit massierte. Das Mondlicht schien durch das Fenster in ihr Schlafzimmer. Die Kinder waren endlich schlafen gegangen, nach einer ausgedehnten Kissenschlacht mit ihrem Vater. Auch sie waren außer sich vor Freude gewesen, ihn nach sieben Tagen Abwesenheit wiederzusehen. Amisha hatte sie ins Bett gebracht und war dann Deepak ins Schlafzimmer gefolgt.

»Wir werden dieses Jahr gutes Geld verdienen«, erzählte Deepak. »Du kannst den Brahmanen schon ankündigen, dass wir zu Diwali ein Mahl spenden werden, das den Göttern selbst gerecht würde.«

Im Dorf gab es die Tradition, dass die reichsten Familien zum Neujahrsfest Speisen für die Bettler spenden. Amisha und Deepak hatten selbstverständlich ihren Teil dazu beigetragen und gemeinsam mit den anderen wohlhabenden Familien Hunderte von Mahlzeiten bereitgestellt. Die Priester sprachen zuerst ihren Segen über den Speisen, in einer ausgedehnten Zeremonie, in der auch um gutes Karma für die edlen Spender gebeten wurde.

»Lakshmi lächelt auf dich hinab«, sagte Amisha. Lakshmi, die Göttin von Wohlstand und Reichtum, war ihnen wirklich wohlgesinnt. »Dein Erfolg ist ein Segen für unsere Familie.« Amisha schluckte, um ihre Nervosität zu unterdrücken. Hundertmal war sie das Gespräch im Kopf durchgegangen, hatte sich zurechtgelegt, wie sie ihm die Idee mit der Schule erklären konnte, aber jetzt, wo es ernst wurde, zögerte sie. »Ich wollte mit dir sprechen. Über mein Schreiben.«

Erst zweimal in all den Jahren, die sie nun verheiratet waren, hatte Amisha versucht, ihm von den Geschichten zu erzählen, die sie schrieb. Zögerlich hatte sie ihm beschrieben, wie wichtig das geschriebene Wort für sie war, doch er hatte sie einfach nur unterbrochen, ihr versichert, dass sie eine gute Frau und eine wunderbare Mutter war. Damit war das Gespräch für ihn beendet.

»Das kann warten.« Er zog seine Füße aus ihrem Schoß und legte sie flach auf das Bett. Als sie ihren Mund öffnete, bedeckte er ihn sanft mit seinem eigenen. Mit geschickten Fingern knöpfte er Bluse und BH auf und schob ihr Unterkleid über die Hüfte hoch.

»Bitte«, unterbrach Amisha. Sie wusste, dass sie in einer empfänglichen Phase war. Während die anderen Frauen im Dorf darüber klagten, wie schwierig es war, schwanger zu werden, hatte Amisha solche Probleme nie gekannt. »Ich will nicht …« Sie kämpfte gegen die aufsteigende Beklemmung an, suchte nach den richtigen Worten.

»Was?« Deepak hielt in seinen Liebkosungen inne und blickte auf sie herab.

Sie musste an die Schule denken. Es schien ihr wie gestern, dass ihr größter Wunsch eine Tochter gewesen war, doch jetzt, mit der Gelegenheit, welche die Schule ihr bot, wollte sie damit noch warten. Sie schluckte schwer. »Mein Körper ist noch nicht bereit für ein weiteres Kind.«

»Meine Jungs halten dich so auf Trab?«, fragte Deepak grinsend.

Er wartete die Antwort gar nicht ab, sondern fuhr fort, sie zu streicheln und zu berühren. Als er in sie eindrang, wandte Amisha das Gesicht ab und betete – mehr blieb ihr auch nicht übrig. Sie betete, dass ihr Körper seinen Samen nicht annehmen würde. Während er sich in ihr bewegte, starrte sie aus dem Fenster. Still bat sie die Seele des wartenden Kindes, zu einer anderen Frau zu gehen. Geh und finde eine Mutter, der du willkommen bist, sagte sie dem Kind.

Während Deepak in sie stieß, schloss sie die Augen. Bilder der neu errichteten Schule erschienen und verblassten wieder. Es war albern gewesen, davon zu träumen. Sie spürte, wie er sich versteifte, und gab ihren Traum auf. Doch Sekunden vor dem Erguss zog Deepak sich aus ihr zurück. Er griff sich das Laken und seufzte auf, als sein Körper die willkommene Erlösung in die Falten der Baumwolle spendete.

»Warum?«, fragte Amisha erschrocken. Sie rollte sich unter ihm hervor und legte das befleckte Laken in eine Ecke, ehe sie ihre Kleider ordnete.

»Du hast mir drei Söhne geschenkt«, antwortete er. »Wenn du bereit bist für ein weiteres Kind, sag es mir. Dann sehen wir, ob ich es hinbekomme.« Damit kreuzte er seine Arme unter dem Kissen und schloss die Augen. Schon Minuten später war er eingeschlafen.

Elf

Am nächsten Morgen brachte Amisha Deepak zum Zug. Von dort ging sie auf direktem Weg zur neuen Schule. Sie stand einfach nur vor dem Gebäude, hörte zu, wie die indischen Arbeiter ihre Lieder sangen, während sie die letzten Handgriffe an der Schule anbrachten.

»Amisha.« Sujata, eine Freundin aus dem Dorf, trat neben sie. Ihre Taschen waren schwer und voller Gemüse; sie kam gerade vom Markt.

Amisha umarmte sie herzlich. Sie hatten eben erst das Wochenende zusammen verbracht, Amisha half Sujata, sich um ihren kranken Schwiegervater zu kümmern. »Wie geht es ihm?«

»Besser«, antwortete Sujata. »Noch einmal vielen Dank für deine Hilfe.«

Amisha machte nur eine abweisende Handbewegung. »Ich bin froh, dass er wieder gesund wird.«

Sujata warf einen schnellen Blick auf die Schule. »Hoffen die Briten, dass wir britisch werden, wenn sie uns unterrichten?«

Amisha zog eine Grimasse. Sie wollte jede Diskussion vermeiden und blieb daher diplomatisch. »Vielleicht ist das ja nur ihre Art, Dankbarkeit zu zeigen.« Über Gespräche im Dorf hatte sie mitbekommen, dass die Klassen sich schnell füllten. »Die Kinder, die hier zur Schule gehen, können in England die Universität besuchen. Das ist eine Gelegenheit, weiterzukommen.«

»Mein Mann sagt, dass die Weißen uns mit einer Hand locken, während die andere uns schlägt.« Sujatas Ehemann war nicht allein mit dieser Meinung, das Bild wurde häufig von jenen genutzt, die gegen die Schule waren. »Du wirst dich doch hoffentlich nicht hereinlegen lassen?«

»Nein.« Amisha hatte selbst Offiziere gesehen, die Inder für kleinere Verstöße mit dem Stock schlugen. »Mich legt man nicht rein.«

Aus dem Augenwinkel sah sie einen der britischen Offiziere auf die Arbeiter an der Schule zugehen. Er sprach mit ihnen, sie lachten. Dann trat er einen Schritt zurück und betrachtete den Fortschritt der letzten Arbeiten.

Nachdem Sujata sich verabschiedet hatte, blieb Amisha allein zurück, versuchte den Mut aufzubringen, in die Schule einzutreten und sich nach den Möglichkeiten zu erkundigen, am Unterricht teilzunehmen. Als sie Ravi davon vorgeschwärmt hatte, klang alles noch so einleuchtend und perfekt. Jetzt fragte sie sich, was sie sich bloß dabei gedacht hatte. Selbst wenn sie Zugang zum Unterricht finden würde, Deepak würde dem nie zustimmen.

»Wenn ich es nicht besser wüsste, würde ich Sie für eine Aufseherin von der Baustelle halten.«

Amisha drehte sich erschrocken um. Der britische Offizier, ein großer Mann, war unbemerkt neben sie getreten. Instinktiv wich sie zwei Schritte zurück und neigte den Kopf zur Begrüßung. »Namaste.«

»Namaste.« Sein rechter Arm war eingegipst, daher neigte er nur den Kopf, ohne die Hände zusammenzulegen.

»Sie sind verletzt«, bemerkte Amisha, ohne über ihre Worte nachzudenken. »Waren Sie im Krieg?« Peinlich berührt senkte sie den Blick, beschämt, so direkt gesprochen zu haben. »Verzeihen Sie mir, ich wollte nicht …«

»Ist schon in Ordnung.« Er wartete, bis sie wieder zu ihm sah, dann hob er den eingegipsten Arm leicht an. »Ich würde gerne behaupten, dass es eine heldenhaft erworbene Kriegsverletzung sei, aber leider bin ich nur von einem Baum gefallen.« Jetzt war es an ihm, reumütig zu blicken. »Ein paar Freunde und ich, wir haben etwas mit Fallschirmen rumgealbert …«

»Es gibt nicht viele Bäume hier in unserem Dorf«, sagte Amisha und achtete darauf, ihre Stimme leise zu halten und kein Aufsehen zu erregen.

Er schien erfreut darüber, das Gespräch fortsetzen zu können, und beugte sich verschwörerisch zu ihr. »Der Baum stand auch nicht hier, sondern in einem Vorort von London.« Sein Gesicht verzog sich leicht bei der Erinnerung. »Die Jungs lachen bestimmt jetzt noch darüber.«

Amisha blickte sich um, die Straße war leer, soweit sie sehen konnte. Es wäre nicht gut für ihren Ruf, wenn jemand das Gespräch mitverfolgte. »Ich bin übrigens nicht die Aufseherin«, antwortete sie auf seine erste Frage.

Er lachte laut. »Das ist gut zu wissen, ansonsten wäre ich wohl arbeitslos.«

»Das ist Ihr Gebäude?« Amisha war verwundert, warum ein Mann von solch hoher Stellung Zeit darauf verschwenden würde, mit einer einfachen indischen Frau zu sprechen. »Sind Sie Lehrer?«

»Um genau zu sein, gehört das Haus seiner Majestät, dem König. Ich bin nicht mehr als ein bescheidener Diener.« Er folgte ihrem Beispiel und sah gelegentlich nach, ob jemand sie beobachtete. Amisha fand es erfrischend, dass ein Brite ihre Kultur weit genug verstand, dass er sich Sorgen um den Ruf einer Inderin machte. »Ich bin der Schulvorsteher. Ich unterrichte nicht selbst, aber wir haben sehr gute Lehrer an der Schule. Haben Sie Kinder?«

»Ja, drei Jungs.« Ihr Blick wanderte wieder zu dem Gebäude. Die Schule war aus gebrannten Ziegeln gebaut, auf einem steinernen Fundament. Die Arbeiter waren auf das Dach geklettert und verlegten jetzt die letzten Dachziegel. »Aber ich frage nicht für meine Söhne.«

»Nicht?«

»Nein, ich bin …« Amisha zögerte, sich selbst eine Schriftstellerin zu nennen. Sie hatte Geschichten geschrieben, seitdem sie schreiben konnte, doch noch nie jemandem ihre Werke präsentiert. »Ich schreibe.« Unwillkürlich musste sie daran denken, wie Deepak darauf reagiert hatte. Sie blickte zum Himmel und schluckte. »Also, nur Kleinigkeiten. Nichts Wichtiges.« Sie blickte scheu zu ihm, unsicher, ob er sie gleich auslachen würde. Sie war verwirrt und erstaunt, als sie feststellte, dass er nur interessiert zuhörte. »Aber ich kann nur auf Hindi schreiben, und …«

»Und Sie würden gerne Englisch lernen«, schloss er ihren Satz ab.

»Ja.« Erleichtert wagte sie endlich, ihn offen anzusehen. Er war der erste Mensch, der ihr Verlangen zu verstehen schien, ohne dass sie es erst lange erklären musste. »Ich habe es schon selbst versucht, aber ich schaffe es nicht, mir die Sprache beizubringen.« Plötzlich wieder eingeschüchtert zog Amisha ihren Sari enger um die Schultern. Sie war sich plötzlich ihres Aussehens übermäßig bewusst. Sie trug ihr Haar heute offen, hatte es aber gekämmt, bis es wellig auf die Schultern fiel. Ihre olivfarbene Haut war nahezu ohne Make-up, aber zumindest hatte sie kleine goldene Ohrreifen angelegt.

»Ich werde einen Platz für Sie reservieren lassen«, sagte er. »Im Englischunterricht.«

»Wie bitte?« Sie konnte nicht glauben, dass es so einfach sein sollte. Es musste doch bestimmt Formulare auszufüllen geben, die Bezahlung musste besprochen werden. »Aber … ich bin doch schon eine erwachsene Frau.«

»Unser König und die Königin freuen sich über jeden Menschen, der lernen will.«

So rechtfertigte der Raj die Besatzung. Sie waren hier, um den Armen und Hilflosen zu helfen. In diesem Moment war es Amisha aber egal, ob es nur ein vorgeschobener Grund war, der ihr diese traumhafte Chance bot.

»Ich danke Ihnen.« Sie stieß erleichtert die Luft aus und stellte überrascht fest, dass sie den Atem angehalten hatte. Dann musste sie lachen, vor Freude über das unerwartete Glück. Der britische Offizier schien amüsiert, man sah, wie er ein Grinsen zurückhielt und stattdessen nur erheitert eine Augenbraue hob. Amisha ließ sich nicht beirren, sie fühlte sich stark wie nie zuvor. »Und ich weiß nicht einmal Ihren Namen.«

»Stephen«, sagte er und fügte nach kurzer Pause seinen Rang hinzu. »Ich bin Leutnant.«

»Sind Sie schon lange in Indien?« Sie wusste, dass es schon lange an der Zeit war, heimzukehren, doch sie konnte sich noch nicht losreißen. Sie wollte nicht, dass das Gespräch so schnell endete.

Er wandte den Blick ab, ehe er antwortete. »Fast sechs Monate.« Amisha stellte sich vor, dass es auch schlimm für ihn sein musste. Die Vorstellung, so lange von ihrer Familie, ihren Kindern getrennt zu sein, war schrecklich. »Darf ich auch Ihren Namen erfahren?«

»Amisha.«

»Einfach nur Amisha?«, hakte er nach. »Kein Nachname?«

Sie war sich nicht sicher, warum sie zögerte. »Lassen wir es vorerst bei Stephen und Amisha«, erklärte sie leise. Wie es traditionell Brauch war, hatte sie nach der Hochzeit den Mittel- und Nachnamen ihres Mannes angenommen.

Er dachte einen Augenblick nach, ehe er nickte. »Gut, bleiben wir bei Amisha und Stephen. Leben Sie hier im Dorf?«

»Ja.« Sie war so von ihrem Gespräch gefesselt, dass sie für einen Moment ihr Leben und ihre Verpflichtungen vergessen hatte. Ihr Zuhause lag nur ein paar Minuten entfernt, und doch, wenn sie hier vor dieser Schule stand und über das Lernen sprach, fühlte sie sich wie in einer anderen Welt. »Meinem Mann – seiner Familie«, korrigierte sie sich schnell, »ihnen gehört die Mühle im Dorf.«

Seine Augen weiteten sich, als er nun erkannte, wen er vor sich hatte. »Ihre Familie sorgt also für unser Getreide hier.« Er war sichtlich beeindruckt. »Vikram hat in höchsten Tönen von Ihrem Unternehmen und Ihrem Ehemann gesprochen.«

»Das war zu gütig von ihm.« Seine Worte erinnerten sie überdeutlich an ihre Pflichten. Sie warf einen Blick in Richtung des Hauses. »Ich muss gehen.«

»Natürlich.« Er trat respektvoll zwei Schritte zurück, obwohl er gar nicht so nah bei ihr stand, dass er den Weg hätte freigeben müssen. »Aber wir sehen uns am ersten Schultag?«

»Ja«, stimmte sie nickend zu, obwohl sie noch unsicher war, wie sie das hinbekommen sollte. »Wir sehen uns im Unterricht.«

Er nickte ihr höflich zu, dann ging er davon. Als er die Schule erreichte, sah er noch einmal zu ihr zurück. Der Blick entging ihr zwar nicht, doch sie war schon vollkommen in Gedanken an die Schule, den Unterricht und ihre Zukunft versunken.

Zwölf

»Aber ich will doch nur einen Block«, versuchte Amisha mit ihrem zweiten Sohn zu verhandeln, während sie um das Papier in seiner Hand kämpften. Sie hatte in der Schublade keine anderen Schreibmaterialien mehr gefunden. »Ein guter Junge teilt gerne.«

»Hm.« Der sechsjährige Jay biss sich auf die Unterlippe und wog seine Optionen ab. »Aber er gehört mir.«

»Und ich habe ihn für dich auf dem Markt gekauft.« Amisha griff erneut nach dem Schreibblock.

»Weil du willst, dass ich in der Schule gut mitarbeite«, gab Jay zurück. Er rutschte ein Stück zurück und versteckte das Papier hinter seinem Rücken.

»In der Schule sollten sie dir beibringen, dass du deine Mutter ehren sollst. Also hör auf, ungehorsam zu sein.« Sie wackelte dramatisch mit dem Finger vor seinem Gesicht und trat zwei Schritte drohend auf ihn zu.

»Sie bringen uns bei, was Ehre ist, deshalb habe ich auch immer die besten Noten. Für dich.« Sie kam näher, er rannte schnell hinter das Sofa und quietschte laut, als sie ihn erwischte und durchkitzelte. »Vier Stück Schokolade für meinen Block«, schlug er zwischen zwei Lachanfällen vor.

»Zwei«, gab Amisha zurück, amüsiert und von seinem Verhandlungsgeschick beeindruckt. Sie gab den Jungs gerne ein Stück Milchschokolade in die Schule mit, als Leckerei nach dem Mittagessen. Jay, der versessener auf Süßigkeiten war als seine Brüder, bettelte immer nach Extrastückchen. »Nicht zu viel, sonst werden deine Zähne zu Schokolade.« Er stimmte zu und gab ihr den Block. Sie drückte ihm einen Kuss auf die Stirn und stand auf. »Danke, Beta.«

»Wofür brauchst du ihn denn?« Er strich seine Weste glatt und knöpfte sie wieder ordentlich zu. Zu der Weste trug er eine kurze braune Hose und ein weißes Hemd, dieselbe Schuluniform wie Samir, der heute schon früher aufgebrochen war, um mit seinen Freunden zusammen zur Schule zu gehen. »Es ist doch nur ein Schreibblock für die Schule.«

»Weil ...« Amisha wollte, dass ihre Söhne unter dem Gedanken der Gleichberechtigung von Mann und Frau aufwuchsen. Es war aber schwer, den Gedanken zu vermitteln, da man wirklich nur selten Mädchen in den höheren Schulklassen sah. »Ich brauche ihn für meine Arbeit.«

»Welche Arbeit denn, Mummy?« Jay ließ seine Knöpfe in Ruhe und sah sie verwundert an.

»Jay«, sagte Amisha, ging vor ihm auf die Knie und nahm seine kleine Hand in ihre. »Männer und Frauen sind gleich gemacht.« Sie suchte nach den richtigen Worten, damit er sie verstehen würde. »Du hast zwei Arme und zwei Beine, ich habe zwei Arme und zwei Beine.« Sie schüttelte ihre Arme, er musste lachen. »Du hast zwei Augen, eine Nase und einen Mund. Genau wie ich.« Sie öffnete den Mund weit und machte ein übertriebenes »Aaaah«. Er kicherte und bedeckte ihren Mund mit seiner Hand. »Du hast ein Herz, ich auch.« Sie küsste seine Finger und legte sie auf seine Brust. »Du hast ein Gehirn und ich habe ein Gehirn.« Sie tippte ihm sanft gegen die Stirn. »Wir sind also gleich.« Sie wartete einen Augenblick, ob er sie verstanden hatte.

»Du kannst also alles machen, was Papa auch kann?«, fragte er unschuldig.

»Ich denke schon.« Sie strich seine gerunzelte Stirn glatt. »Zumindest würde ich es gerne versuchen.«

»Und warum solltest du das nicht dürfen?«

»Das weiß ich auch nicht.« Sie legte ihr Kinn auf seinen Kopf und streichelte sein raues, schwarzes Haar. Vom Gesicht her war er ihr Ebenbild, doch seine Augen kamen eindeutig nach Deepak. Da fiel ihr eine Geschichte ein, mit der sie das Problem vielleicht erklären könnte. »Es war einmal ein kleines Mädchen, das wollte gerne mit den Jungs zusammen Ball spielen. Aber sie wollten sie nicht mitmachen lassen.« Sie stellte sicher, dass er gut zuhörte, bevor sie fortfuhr. »Also ging sie nach Hause und schnitt sich alle Haare ab.«

»Warum hat sie das denn gemacht?«

»Damit sie vorgeben konnte, ein Junge zu sein.« Jay stand auf, nahm sich einen Ball und ließ ihn auf den Boden prellen. »Daraufhin durfte sie mitspielen und war so gut, dass ihre Mannschaft auch gleich das Turnier gewann.«

»Haben die Jungs es herausgefunden?« Er ließ den Ball weghüpfen und blickte seine Mutter aufmerksam an.

»Ja«, sagte Amisha. »Und sie durfte danach nicht mehr weiter mitspielen. Aber von da an konnte ihre Mannschaft nicht mehr gewinnen, also haben sie überlegt, ob die Regeln nicht vielleicht geändert werden müssen.«

»Aber Mummy, Mädchen können Sport doch gar nicht«, erklärte Jay verwirrt.

»Ja, vielleicht sind sie nicht so gut darin, aber wenn man es ihnen nie erlaubt, wird man auch nie herausfinden, was sie können.« Sie tippte ihm spielerisch auf die Nase, um die Stimmung zu lockern. »Ich bin so froh, dass ich drei so kluge

Jungen habe.« Sie zog ihm den Gurt seiner Schultasche über die Schulter. »Vielleicht wirst du eines Tages helfen, unsere Welt zu verändern. Was meinst du?«

»Ich glaube, es ist mir am liebsten, wenn du weiter meine Mummy bist.« Er küsste sie auf beide Wangen und gab ihr eine enge Umarmung. Amisha hielt ihn fest, bis er sich aus ihren Armen wand. Er klemmte seine Schultasche unter den Arm und griff sich schnell den Schulblock. »Aber den bekommst du trotzdem nicht.« Lachend rannte er zur Tür hinaus.

Amisha blickte ihm schmunzelnd nach und fragte sich, ob das vielleicht ein Zeichen sein sollte, das ihr riet, doch besser nicht zur Schule zu gehen. In dem Augenblick aber hörte sie Ravi durch die Hintertür eintreten.

»Shrimati, deine Tasche«, sagte er und hielt ihr eine neue Tasche entgegen – nicht unähnlich denen der Jungs. »Wenn du nicht bald gehst, kommst du noch zu spät.«

»Was?« Überrascht sah sie die Tasche an. Ravi hatte das Haus früh morgens verlassen, er meinte, dass er noch Besorgungen auf dem Markt machen müsste. Sie war davon ausgegangen, dass er Gemüse kaufen wollte. »Eine Tasche?«

»Eine Schultasche.« Er zog die Tasche auf und hielt sie ihr hin. »Hier sind Schreibblöcke und Stifte. Ich musste eine Rupie dafür bezahlen, dass der Zimmerer sie mir auf die Schnelle anspitzte.« Er nahm zwei Radierer hoch. »Für all die Fehler, die du sicherlich machen wirst.« Dann drehte er die Tasche um und zeigte ihr die Nähte. »Sie mag nicht die feinste Qualität sein, aber es verhindert, dass die Stifte runterfallen, also beschwer dich nicht.« Als er endlich aufblickte, sah er Tränen in ihrem Gesicht. »Stimmt etwas nicht? Ist etwas mit dem Baby?«

»Nein, Paresh geht es gut.« Sie bemühte sich, die Fassung zurückzugewinnen. »Ich danke dir.«

»Habe ich etwas falsch gemacht?«, fragte er und beobachtete sie vorsichtig.

»Ich glaube nicht, dass du das überhaupt könntest«, sagte Amisha bewegt. »Es ist alles gut«, versicherte sie, als er sie zweifelnd ansah. Es kam ihr jetzt alles so töricht vor, also lachte sie einfach über seine Reaktion. »Es ist alles perfekt, wirklich.«

»Dann solltest du jetzt gehen.« Er machte eine Geste zur Tür hin.

»Was ist mit den Kindern?« Ihr Heim und ihre Kinder waren ihre ganze Welt. Sie erinnerte sich an das Gespräch mit Jay und fragte sich, ob sie überhaupt das Recht hatte, mehr zu wollen.

»Ihnen wird es an nichts fehlen«, sicherte Ravi ihr zu. »Ich hole sie von der Schule ab und lasse sie hier das übliche Chaos anrichten, wie jeden Tag. Und Bina macht ihnen das Abendessen.« Als sie immer noch zögerte, zuckte er nur mit den Schultern. »Vielleicht hast du ja recht. Vielleicht ist es besser, wenn die Kinder nicht sehen müssen, wie ihre Mutter sich weiterbildet. Das könnte ihnen einen Schock für den Rest ihres Lebens geben.« Er nahm einen Korb mit schmutziger Wäsche und reichte ihn ihr. »Komm, der Fluss wartet auf uns, wir haben noch viel Kleidung zu waschen.«

»Ravi, du weißt, ich habe noch nicht mit Deepak darüber gesprochen«, erklärte sie zögerlich. Deepak war schon seit Wochen nicht mehr daheim gewesen. »Vielleicht gefällt es ihm nicht.«

»Dann solltest du warten.« Er wischte ihre Pläne ganz beiläufig beiseite. »Was sind schon ein paar Tage oder Wochen, die du auf seine Rückkehr warten musst?«

Seine Worte hatten den gewünschten Effekt. »Du meinst wirklich, dass ich es schaffen kann?« Amisha blickte ihn besorgt an. Seine Meinung bedeutete ihr mehr, als sie selbst bisher auch nur geahnt hatte.

»Ich denke, du bist es dir selbst schuldig«, sagte Ravi einfach. »Wie würdest du dich fühlen, wenn du es nicht einmal versuchst?«

Sie gab ihm den Wäschekorb zurück und griff sich die Schultasche. »Ich gehe. Sieh nur: Ich gehe!« Damit trat sie über die Schwelle und ließ die Sonne ihren Weg leiten.

* * *

Die Tasche klatschte gegen den maßgeschneiderten Sari, als sie zur Schule lief. Die Straße war noch von Pfützen gesäumt, es hatte in der Nacht geregnet. Ein Haufen Ferkel quietschte entzückt, als sie essbare Reste in den Abfällen fanden, welche die Dorfbewohner sorglos auf die Straße geworfen hatten.

Sie winkte einigen anderen Frauen des Dorfes zu, blieb aber weit genug von ihnen entfernt, dass sie nicht in ein Gespräch verstrickt würde. Sie eilte weiter auf die Schule zu und wurde erst langsamer, als sie Stephen am Eingang erkannte. Er nickte ihr höflich zu, doch Amisha meinte eine Spur Erleichterung in seinem Lächeln erkennen zu können.

»Ich hatte schon befürchtet, dass Sie nicht kommen würden«, begrüßte Stephen sie und hielt ihr die Tür auf.

»Ich muss mich entschuldigen«, erklärte Amisha, der es unangenehm war, dass sie ihn aufgehalten hatte. »Mein Sohn Jay musste noch zur Schule, und ich hatte keinen Schreibblock, und, nun, er ist schon ein Schelm und wollte nicht teilen, aber mein Freund Ravi ist so gedankenvoll, er hat extra vom Markt …«

»Sie sind nicht zu spät«, beruhigte Stephen sie und sah sie mit einem entspannten Lächeln an. »Bereit für die erste Stunde?«

»Ja.« Amisha versuchte, überzeugend zu klingen.

»Sehr gut.« Stephen bedeutete ihr, ihm zu folgen. »Ich bringe Sie zum Unterrichtsraum.«

»Der Verband ist ab«, murmelte Amisha, als sie nebeneinander den Gang entlangschritten. Der Flur war schmal, doch sie achtete darauf, genug Distanz zu wahren, dass sie einander nicht berührten. »Ist der Arm verheilt?«

»So gut wie neu«, antwortete er, zog den Ärmel hoch und zeigte seinen Ellbogen. Die bleiche Haut war runzlig und ausgetrocknet. »Sieht nur immer noch aus wie einer der Äste des Baums, in dem ich hängen geblieben bin.« Er lachte und hielt kurz an, um sich zu ihr zu drehen. »Ich bin wirklich froh, dass Sie hier sind. Ich war mir nicht sicher, ob Sie kommen würden.«

Amisha zögerte. Jetzt die Wahrheit zu unterschlagen, wäre schon fast eine echte Lüge. Ihre Selbstzweifel zuzugeben hingegen fühlte sich nach Versagen an. »Ich wäre auch fast nicht gekommen.« An der Wand des Schulflurs waren zahlreiche bunte Bilder aufgehängt, die jenen ihrer Jungs nicht unähnlich sahen. »Ich hatte gefürchtet, dass meine Wünsche mit meinen Verpflichtungen in Konflikt kommen könnten.«

»Aber das werden sie nicht?« Er steckte eine Hand in die Hosentasche und verlagerte das Gewicht auf die Hacken. Seine ganze Aufmerksamkeit war auf sie gerichtet, beiläufig strich er sich einige Haarsträhnen aus dem Gesicht.

»Ich habe das Glück, Menschen um mich zu haben, die mich unterstützen und es mir ermöglichen, meinem Impuls zu folgen.« Sie dachte an Ravi, dann besorgt an Deepak, schob die Bedenken aber beiseite. »Ansonsten hätte ich nicht kommen können.«

»Das ist wirklich großes Glück. Wahre Güte findet man nur selten, Sie sollten diese Menschen in großen Ehren halten.«

»Ja«, stimmte Amisha zu und betrachtete ihn vorsichtig. Er schien es wirklich ernst zu meinen. »Da sprechen Sie mir aus der Seele.«

»Dann haben wir schon die erste Gemeinsamkeit gefunden.«

Er ging weiter, Amisha folgte ihm. Ihr fiel auf, dass er betont kleine Schritte machte – fast so, als ob er sich absichtlich dem begrenzten Bewegungsradius ihres Saris anpasste. Sie bogen in einen anderen Flur ab und blieben vor einer offenen Tür stehen. Ein Geruch nach Desinfektionsmittel und Kreide lag in der Luft.

»Da wären wir also.«

Amisha blickte durch die offene Tür in den Klassenraum. Es saßen hauptsächlich Jungen hier, doch sie sah auch einige Mädchen. Sofort überkam sie wieder ihr ursprüngliches ungutes Gefühl. »Das sind ja alles noch Kinder«, flüsterte sie.

»Es sind Teenager«, korrigierte Stephen. »Ich habe mir die Klassenlisten angesehen. Diese hier würde wohl am besten passen.«

»Verglichen mit ihnen bin ich so alt.« Amisha war zwar gerade erst Mitte zwanzig, trug aber schon die Erfahrung vieler Jahre. Sie schwankte oft. Manchmal kam sie sich selbst noch wie ein Kind vor, das andere Kinder großzieht, und manchmal schien es ihr, als ob sie schon ein langes Leben hinter sich hätte, ohne je ihren eigenen Platz gefunden zu haben. Aber die Mädchen mit ihren Pferdeschwänzen, die so brav vor ihr saßen, wirkten so jung, unschuldig und hoffnungsvoll.

»Ach was, überhaupt nicht«, versuchte Stephen zu beschwichtigen. Doch Amisha ließ sich nicht überzeugen.

»Ich kann das nicht.« Bedauern schwang in jedem Wort mit. Sie warf einen letzten Blick in das Klassenzimmer und spürte Enttäuschung. Die Kinder trugen westliche Schuluniformen – kleine Briten, abgesehen von der Hautfarbe. Sie in ihrem Sari hingegen hätte gut ihre Mutter sein können. »Ich bin eine Frau, die auf einem Spielplatz zu lernen versucht.« Sie musste anderen Regeln folgen und konnte das Spiel nicht gewinnen. Frustriert schüttelte sie den Kopf. »Ich weiß nicht, was ich mir dabei gedacht habe.«

»Sie wollten nur lernen«, gab Stephen zurück.

Amisha nahm ihn kaum wahr. Sie wandte sich ab und ließ damit nicht nur das Klassenzimmer hinter sich, sondern auch die freudige Aufregung, die sie eben noch verspürt hatte. »Ich sollte gehen.« Sie schlug den erstbesten Weg ein, hoffte, dass der Flur zum Ausgang führte.

Stephen folgte ihr, als sie schon um die Ecke in den nächsten Flur bog, der auf eine Tür im hinteren Teil des Gebäudes zuführte. »Amisha, warten Sie«, rief er ihr nach und beeilte sich, zu ihr aufzuschließen.

Sie wollte nichts hören, gar nichts mehr, nur noch weg von hier. Verzweifelt zog sie die Tür auf. Sie führte ins Freie, aber nicht auf die staubige Straße, mit der sie gerechnet hatte. Sie blickte in einen Innenhof, in dem Reihen blühender Blumen und üppiger Büsche ihre Pracht entfalteten. Hohe Bäume spendeten Schatten, während kleine angelegte Wasserfälle meditativ über Steinhaufen plätscherten, hin zu einem kleinen Teich in der Mitte, der die Mittagssonne reflektierte. Am Rand waren Bänke und Tische aufgestellt, an denen die Schüler ihre Mahlzeiten einnehmen konnten. Hohe Gräser und Sträucher boten etwas Privatsphäre. Zwischen den Blumen und Bäumen schlängelten sich Wege, über die man in die Pracht des Gartens eintauchen konnte.

»Ein Garten?« Die reichhaltige Fülle der Schönheit hatte sie überrascht und aus dem Takt gebracht. »Es ist wie ein Regenbogen, so bunt.« Die Blumen wiegten sich sanft in der leichten Brise und erinnerten Amisha an ihre Hoffnungen und Träume, an alles, was sie nicht haben konnte.

»Ja.« Er achtete nur auf sie und schien die traumhafte Umgebung kaum wahrzunehmen. »Amisha …«

»Es muss herrlich sein, eine solche Schönheit genießen zu können, wann immer man will«, flüsterte Amisha. In ihrem kleinen Dorf gab es niemanden, der es sich leisten konnte, einen echten Garten zu unterhalten. Sie atmete trockene, staubige Luft ein, die sie an das in diesem Landstrich vorherrschende

Klima erinnerte. »Ich habe so etwas noch nie gesehen.« Dann schwieg sie, auch wenn es so viel gab, was sie gerne sagen würde.

»Gehen Sie nicht«, bat Stephen. »Wir können einen anderen Weg finden.«

»Diese Schule und ich, wir passen nicht zusammen«, murmelte Amisha. Sie lächelte ihm entschuldigend zu und hoffte, dass er sie verstand. »Es war dumm von mir.«

»Doch, es kann passen.« Er trat einen kleinen Schritt näher. »Die Schule passt zu jedem, der lernen will.«

»Warum bestehen Sie so sehr darauf?« In ihr tobten die Emotionen. Hoffnung, die sie hierhergebracht hatte. Frustration, dass diese Hoffnung enttäuscht wurde. Scham, dass sie sich die Hoffnung erst gemacht hatte. Schmerz, dass ihr Traum nicht zu verwirklichen war. »Was kümmert es Sie?«

»Sie wollen lernen. Das ist ein nobles Anliegen.« Er griff einen niedrig hängenden Ast und brach ihn ab. Seine Stimme war leise. »Spielt es da wirklich eine Rolle, wie alt man ist?«

»Es spielt eine große Rolle.« Es war das erste Mal, dass sie einem Mann Widerworte gegeben hatte. »Es war nicht klug von mir, das Angebot anzunehmen.« Sie wollte an ihm vorbei, doch er hielt sie mit seinen Worten auf.

»Ich habe beobachtet, wie Sie wieder und wieder zur Schule gekommen sind.« Seine Hand fasste den abgebrochenen Ast kräftiger. »Sie haben mich dabei sehr an meinen Bruder erinnert.«

Amisha blickte ihn überrascht an. Es war ihr nie aufgefallen, dass jemand sie bei ihren Besuchen bemerkt hatte. »Ihren Bruder?«, fragte sie verwirrt. »Auf welche Art?«

»So, wie Sie immer vor dem Gebäude standen und zugesehen haben, wie es langsam wuchs«, erklärte Stephen. »Selbst aus der Entfernung konnte man die Hoffnung in Ihrem Gesicht erkennen.« Sein Blick war in die Ferne gerichtet. »Mein Bruder, er war genauso. Er wollte immer mehr erreichen und ermutigte jeden, seinen Träumen zu folgen. Er hat mich damit manchmal fast in den Wahnsinn getrieben.« Er lachte, schien aber geplagt von den Erinnerungen.

»Er wollte?«, fragte sie. Die Vergangenheitsform war ihr nicht entgangen.

»Er ist im Krieg gefallen.« Eine Maske legte sich über sein Gesicht und verbarg jegliche Emotionen. »Ich dachte, ich könnte Ihnen helfen. Auch im Gedenken an ihn.«

»Es tut mir sehr leid«, sagte Amisha, die eine seltsame Verbindung spürte. »Ich bin dankbar für den Versuch.« Sie blickte auf die erblühenden Blumen. »Ich fürchte nur, dass manche Dinge einfach nicht sein können.« Schnell wischte sie eine Träne weg und hoffte wider besseres Wissen, dass er es nicht bemerkt haben mochte.

Dreizehn

Auf dem Weg nach Hause ging Amisha langsam und niedergeschlagen, die Tasche schlug ihr immer wieder gegen die Oberschenkel. Sie kämpfte mit den Tränen, wusste aber, dass Weinen ihr Problem nicht lösen würde. Die Jahre hatten sie gelehrt, dass das Leben viele Enttäuschungen bereithält, ohne eine Entschuldigung oder Erklärung dafür zu bieten. Vielleicht, überlegte sie, war es ja wirklich ihr Fehler. Sie hatte mehr gewollt, als das Schicksal ihr zugedacht hatte, und damit den Rückschlag erst ermöglicht. Als sie über die Schwelle ihres Hauses trat, traf sie auf Ravi, der den weinenden Jay im Arm hielt. Erschrocken eilte sie zu ihnen und zog Jay auf ihren Schoß. Dabei fiel ihr die geschwollene Stelle an seiner Handfläche auf.

»Was ist passiert?«, fragte sie entsetzt.

»Ich habe meinem Lehrer deine Geschichte erzählt«, erklärte er. Amisha wischte ihm die Tränen vom Gesicht. »Er hat gesagt, dass sie unangemessen sei, und dann hat er mir mit dem Lineal auf die Hand geschlagen und mich nach Hause geschickt.« Er blickte aus tränenerfüllten Augen zu ihr auf. »Warum ist die Geschichte unangemessen, Mama?«

Amisha fühlte sich plötzlich von Schuld übermannt. »Ich weiß es auch nicht, Beta.« Sie zog ihn eng an sich. Die Tränen, die sie vorher nicht für sich selbst weinen wollte, flossen nun für ihr Kind. Sie wiegte ihn auf ihrem Schoß, bis er sich beruhigt hatte und in ihren Armen einzuschlafen begann. »Magst du dich etwas hinlegen?«

»Darf ich vorher noch einen Kakao haben?« Der Schmerz war sofort vergessen und Hoffnung glänzte in seinen Augen.

»Ja, natürlich.« Sie konnte es ihm nicht abschlagen. »Einen Kakao, dann ein bisschen schlafen.« Sie sah mit schmerzendem Herz zu, wie Bina ihn in die Küche führte. Sie wartete, bis sie außer Hörweite waren. »Ravi, das ist alles mein Fehler. Ich hätte ihm die Geschichte nicht erzählen dürfen.«

»Nein«, widersprach Ravi. Seine Hand krampfte sich um die Schüssel Kurkuma-Paste, die er gegen die Schwellung auf Jays Hand geschmiert hatte. »Es war nur eine Geschichte.«

»Wenn du das wirklich glaubst, dann bist du wohl auch ein Narr.« Sie fühlte sich leer und ausgehöhlt. Ihr Magen schmerzte bei dem Gedanken daran, was ihrem Sohn passiert war. »Wir sind beide Narren.« Aus der Küche hörte sie Jay laut lachen, doch selbst das linderte ihre Sorgen kaum.

»Warum bist du schon wieder zu Hause, Shrimati?« Ravi blickte auf Amishas Schultasche. »Wir dachten, dass du noch Stunden fort sein würdest.« Als Amisha schwieg, senkte er die Stimme. »Was ist passiert?«

»Wie ich sagte, Ravi, wir sind beide Narren.« Amisha steckte die Schultasche in eine Schublade und ging schweigend zu ihrem Sohn in die Küche.

* * *

Es war der Vorabend der ersten Vollmondnacht und Amisha hatte einen Entschluss gefasst. Sie schlief schlecht, die Sache mit Jays Bestrafung und der geschwollenen Hand verfolgte sie bis in ihre Träume. Der Legende zufolge war die Vollmondnacht aber eine besondere Zeit, zu der die Götter die Wünsche der Menschen erhörten. Amisha hatte Paresh bei Ravi untergebracht und Samir und Jay waren zum Spielen bei Freunden. Jetzt war sie selbst unterwegs zum Dorftempel.

Unterwegs sah sie eine Gruppe Menschen, die vom Tempel kamen. Die Brahmanen hatten gerade die abendliche Puja zur Vorbereitung des Vollmondes abgeschlossen, die Luft war noch schwer und duftete intensiv nach Rosenweihrauch und Kokosnusswasser. Amisha streifte ihre Schuhe ab und stieg die Marmorstufen zu dem offenen Tempel hinauf.

»Amisha«, begrüßte der Priester sie. Er war in einen orangefarbenen Lungi gekleidet, eine Art Wickelrock, und trug einen weißen Schal über dem nackten Oberkörper. Als sie eintrat, unterbrach er seine Arbeit. »Wir haben Sie schon lange nicht mehr hier gesehen.«

»Nein.« Wenn sie ehrlich war, zog sie das Gebet an ihrem kleinen Hausschrein dem Besuch des Tempels vor, aber das wollte sie ihm nicht so direkt sagen. »Ich könnte eine Ausrede liefern, aber ich bin mir sicher, dass sie Ihnen nicht ...« Lächeln und scherzende Worte erstarben, als der Priester den Humor in ihren Worten offensichtlich nicht erkannte.

»Wenn Sie die Götter nicht ehren, warum sollten sie dann Ihre Wünsche beachten?« Sein strenger Ausdruck machte klar, dass er eine Erklärung erwartete, keine hohlen Phrasen.

Statt einer Antwort reichte ihm Amisha die Stahlplatte mit den Früchten und Nüssen, die sie als Opfergabe gesammelt hatte. Dann griff sie nach der Glocke, die von der Decke des Tempels hing. Mit dem Schwengel schlug sie gegen das Metall der Glocke, drei Mal, einmal für jeden ihrer Söhne. Dann lauschte sie dem Hall des Läutens, das den Raum erfüllte. Man sagte, dass der Klang der Glocke lange genug bleibt, um Geist und Körper von allen anderen Gedanken zu befreien.

Amisha sank vor der antiken Bronzestatue des Shiva auf die Knie. »Schütze und behüte meine Söhne.« Sie senkte den Kopf tief in Verehrung. »Du hast mich mit Söhnen gesegnet, aber vergiss nie, dass sie auch deine Kinder sind und unter deinem Schutz stehen.« Sie warf eine Handvoll Rosenblüten über die Statue des Gottes der Zerstörung und des Neubeginns.

Dann ging sie weiter zur Bronzestatue der Göttin Parvati, Gefährtin des Shiva und Göttin der universellen Energie. Als Kind hatte Amisha die Geschichte der Parvati geliebt, ihre Mutter hatte sie wieder und wieder erzählen müssen.

»Parvati stieg auf den Gipfel des Berges Kailash, auf dem Shiva in ständiger Meditation saß«, erzählte ihre Mutter dann immer. »Dort wollte sie dem göttlichen Wesen ihre Ehrerbietung darbringen.« Amisha hörte der Geschichte stets gespannt zu, obwohl sie sie schon so oft gehört hatte, dass sie sie längst auswendig kannte. »Shiva zeigte sich beeindruckt von ihrem festen Glauben und ihrer enthaltsamen Art, also bat er sie, seine Frau zu werden. Seither passen sie zusammen auf uns auf.«

»Ich habe eine Bitte«, sagte sie nun zu der Statue. Amisha war immer davon beeindruckt gewesen, wie die Göttin kein Hindernis gescheut hatte, um ihr Ziel zu erreichen. »Ich habe meiner Familie gegenüber versagt«, erklärt sie leise mit einem schnellen Blick durch den Tempel, um sicherzustellen, dass sie auch bestimmt allein war. »Ich habe versucht, mehr zu sein, als mir erlaubt ist.«

Ihre enttäuschten Hoffnungen, zusammen mit Jays Bestrafung, ließen ihr keine Ruhe. Sie hatte ihre Geschichten immer als Teil ihres Wesens angenommen. Dabei hatte sie aber den Fehler gemacht anzunehmen, dass kein Schaden von ihnen kommen könnte. Jetzt wusste sie es besser.

»Ich flehe dich an, befreie mich von meinem Leid.« Sie betete darum, zu sein wie alle anderen. »Ich sollte mehr auf meine Pflichten achten.« Sie senkte ihre Stimme noch weiter. »Ich danke dir für alles, womit du mich gesegnet hast. Aber ich bitte dich, lass es genug sein. Beende mein Verlangen nach mehr.« Sie ließ den Kopf hängen, verbarg sich vor sich selbst und vor ihrem Bedürfnis, mehr zu erreichen, als das Leben für sie vorgesehen hatte.

Vierzehn

Einige Tage nach Amishas Besuch im Tempel schien Jay den Vorfall in der Schule schon vollkommen vergessen zu haben. Amisha hingegen lebte mit der ständigen Erinnerung an das, was nie sein konnte. Sie gewöhnte sich einen anderen Heimweg an, der nicht mehr an der Schule vorbeiführte, und akzeptierte, dass sie nie lernen würde, auf Englisch zu schreiben.

»Eine Geschichte, Shrimati?« Bina saß auf dem Boden und knetete das Weizenmehl für die Samosas.

»Wir haben schon lange keine mehr gehört.« Ravi blickte von den Kartoffeln auf, die er gerade schälte, um sie später mit Erbsen und Gewürzen für die Füllung zu mischen.

»Sie scheinen mich verlassen zu haben«, gab Amisha vor. In Wahrheit plagten ihre Geschichten sie immer noch, aber sie versuchte es zu ignorieren und hoffte, dass ihre Gebete bald erhört würden. »Vielleicht ist es so zum Besten.«

»Wirklich?« Ravi warf ihr einen zweifelnden Blick zu. »Die Geschichten sind einfach verschwunden wie die Sonne vom Himmel?«

»Die Sonne verschwindet nicht, Ravi«, belehrte Amisha ihn. »Unsere Erde umkreist sie.« Sie hatte in einem Buch davon gelesen und wollte ihm gerade die Details erklären, als sie ihn grinsen sah. Er wusste genau, dass ihre Geschichten noch in ihr steckten. »Obwohl, ja«, sagte sie und änderte ihre Strategie. »Sie sind verschwunden wie die Sonne. Diese Theorie solltest du jedem erzählen, den du triffst. Sie werden dich für deine Intelligenz bewundern.«

Ravi wollte gerade zu einer Erwiderung ansetzen, als es an der Tür klopfte. »Erwarten wir noch Gesellschaft?«, fragte Ravi. Samir und Jay waren in der Schule, Deepak mal wieder auf Reisen. Im Haus war es still.

»Nein«, antwortete Amisha, gerade als es zum zweiten Mal klopfte. »Vielleicht eine Nachbarin, die auf ein Glas Lassi kommt.« Sie wischte sich die Hände ab, streichelte schnell Paresh über den Kopf, der mit einigen Stahlschüsseln spielte, und eilte zur Tür.

Sie drehte den Schlüssel im Schloss und zog die Tür auf. Auf der Veranda stand Stephen, höchstoffiziell in seine britische Uniform gekleidet. Er legte die Hände zusammen und verbeugte sich leicht. »Namaste.«

»Namaste«, antwortete Amisha erschrocken. Sie blickte ängstlich hinter ihn, sah aber sonst niemanden. Ein Vertreter des Raj mitten am Nachmittag an ihrer Haustür, das würde Gerüchte auslösen. »Was machen Sie denn hier?«, fragte sie mit gesenkter Stimme.

»Darf ich eintreten?« Auch er blickte sich schnell um, ob sie jemand beobachtete.

»Ja, natürlich. Entschuldigen Sie bitte.« Sie trat beiseite und gab ihm den Weg frei. »Setzen Sie sich doch bitte«, fügte sie hinzu, mit einer Geste zu der neuen Sofaschaukel mit der roten Auflage, die sie mitten im Wohnzimmer aufgestellt hatten. »Kann ich Ihnen etwas anbieten? Vielleicht Chai? Oder Lassi?«

»Nein danke.« Stephen stand zurückgelehnt, das Gewicht auf seinen Hacken. Er war größer als Deepak und füllte das Wohnzimmer komplett aus. Er blickte sich um, nahm alles schnell auf. »Ich will auch gar nicht lange bleiben. Ist Ihr Gemahl vielleicht zu sprechen?«

»Er ist auf Reisen.« Amisha zwang sich, ruhig zu bleiben, plötzlich besorgt wegen des Besuches. »Sind Sie hier, weil ich in der Schule zu unhöflich gesprochen habe?« Falls er eine förmliche Entschuldigung wollte, würde sie ihm diese gerne geben. Nur durfte Deepak nie davon erfahren. »Ich weiß nicht, was da über mich gekommen ist. Es muss die Aufregung und Enttäuschung gewesen sein, aber ich war nicht recht bei Sinnen. Ich entschuldige mich vielmals, dass ich meine Worte schlecht gewählt habe.« Sie hoffte, diesmal angemessen reagiert zu haben, doch ihre Hände krampften sich besorgt ineinander.

»Nein, Amisha«, beruhigte er sie schnell, ihre Entschuldigung schien ihn sogar verlegen zu machen. »Kein Wort an dem Tag war falsch gesprochen.«

»Aber warum sind Sie dann hier?« Die Spannung löste sich langsam aus ihrem Magen, hinterließ aber einen bitteren Geschmack. Seine Anwesenheit machte sie unruhig. Sie hatte schon oft britische Soldaten im Dorf gesehen, aber Stephen war der erste Brite, der je ihr Haus betreten hatte.

»Ich habe einen Vorschlag hinsichtlich der Schule«, erklärte er.

»Oh.« Amisha war überrascht und wusste nicht so recht, was sie sagen sollte. Nach ihrem letzten Treffen war sie davon ausgegangen, ihn nie wiederzusehen. »Das ist sehr freundlich von Ihnen, aber ich glaube nicht, dass sich da etwas machen lässt.« Sie wollte nicht schon wieder Hoffnung schüren, um dann doch erneut enttäuscht zu werden. »Ich habe mich damit abgefunden.«

»Hören Sie doch erst mal, was ich Ihnen zu sagen habe«, bat er sie. »Ich habe große Mühe auf mich genommen, alles zu arrangieren, da wäre es nur höflich, wenn Sie meinen Vorschlag zumindest anhören würden.«

Schockiert durch seine dreiste Direktheit schwieg Amisha und ließ ihn ausreden.

»Mein Vorschlag ist, dass Sie an der Schule unterrichten, einige Tage die Woche. Die Klasse, die Sie beim letzten Mal gesehen haben. Bringen Sie ihnen etwas über das Schreiben selbst bei, Geschichten oder Gedichte.« Er blickte sie an und gab ihr einen Moment, den Vorschlag sacken zu lassen. »Als Bezahlung für diese Arbeit würde ich Ihnen persönlich Nachhilfe in Englisch erteilen.« Er beeilte sich, den Vorschlag abzuschließen, dann schwieg er.

Amisha stand wie festgefroren, konnte es nicht glauben. »Aber ich bin keine Lehrerin«, brachte sie den ersten Einwand hervor, der ihr in den Sinn kam.

Er schien beruhigt und lächelte aufmunternd. »Jeder Mensch ist Schüler und Lehrer zugleich.« Er fuhr sich mit der Hand durchs Haar. Auf einmal kam er Amisha gar nicht wie ein bedrohlicher Militärkommandant vor, sondern vielmehr wie ein junger Mann, der sich bemühte, reifer zu erscheinen, als er eigentlich war. »Das habe ich an der Universität gelernt.«

»Aber Sie wissen doch nicht einmal, was ich schreibe.« Amisha begann, auf und ab zu gehen.

»Dann werde ich die ersten Tage im Unterricht sitzen und mit den Schülern zusammen lernen.« Sein Grinsen wurde breiter.

»Aber warum?« Sie versuchte, sich einen Reim auf seine Initiative zu machen, konnte es sich aber nicht erklären. »Was für einen Grund kann es geben, dass Sie mir diesen Vorschlag machen?«

»Das ist ganz einfach«, antwortete er direkt, als ob er den Satz einstudiert hätte. »Ich gebe nie auf und ich hoffe, dass Sie ebenso sind.« Einen Moment legte sich ein Schatten über sein Gesicht, er verdrängte ihn aber schnell. Wahrscheinlich hatte er eben wieder an seinen Bruder gedacht. »Sie wollen lernen und ich möchte helfen.«

»Und Sie werden mich unterrichten?« In der Küche begann Paresh zu wimmern. Amisha wollte schon zu ihm gehen, hörte dann aber, wie Bina ihn beruhigte. »Ein Vertreter des Raj?«

»Ja, das werde ich.«

Seine Stimme war von Dringlichkeit erfüllt, sie fragte sich, warum. »Ist es Ihnen wirklich so wichtig?«

»Ich bin nur für begrenzte Zeit hier.« Er trat ans Fenster. Sie fragte sich, was er wohl denken musste, wenn er ihre Straßen sah, von Müll gesäumt und ohne jegliches Grün. Er sank leicht in sich zusammen, korrigierte seine Haltung aber schnell, ehe er fortfuhr. »Ihnen zu helfen könnte vielleicht die einzig sinnvolle Tat sein, die ich in Indien vollbringe.«

»Ich könnte eine Enttäuschung werden«, murmelte Amisha. Jahre der Konditionierung blieben nicht ohne Folgen. »Man sagt, dass Frauen ein eher kleines Gehirn besitzen.« Die Theorie war verbreitet. Amisha glaubte nicht dran, war aber neugierig, wie er dazu stand. »Schließlich brauchen wir es auch nur selten.«

»Wenn dem so ist, dann helfe ich Ihnen gerne bei der Evolution«, scherzte er. »Der Raj ist schließlich hier, um die Wunder der modernen Zivilisation zu bringen.« Er musterte sie kurz, schien ihr Dilemma zu erfassen. »Dürfte ich vielleicht eine Ihrer Geschichten lesen?«

Sie blickte nervös zum Schlafzimmer, in dem sie ihre Werke versteckt hielt. »Alles ist nur auf Hindi.«

»Dann kann ich auch gleich überprüfen, ob Sie als Lehrerin geeignet sind«, entkräftete er ihr Argument amüsiert.

Sie holte schnell eins ihrer Gedichte und reichte es ihm. Während er las, stellte sie sich hinter ihn, gelegentlich zeigte er auf das eine oder andere Wort, damit sie es ihm vorlas. Als er fertig war, lächelte er. Allein dieser Anblick ließ ihr Herz höherschlagen.

»Es ist wundervoll«, sagte er.

Amisha biss sich auf die Lippe, um ihren Jubel zurückzuhalten. »Ich bin in den Tempel gegangen.« Die Hoffnung stieg wieder in ihr auf, noch sträubte sie sich aber dagegen. »Ich habe die Götter gebeten, mir meinen Drang zum Schreiben zu nehmen.« Sie sah Unverständnis und versuchte, ihm ihre Situation zu erklären. »Mein Sohn wurde von seinem Lehrer bestraft, sehr streng sogar, wegen einer Geschichte, die ich ihm erzählt habe. Meine Gedankenlosigkeit hat ihm Schmerzen eingebracht.«

»Das tut mir sehr leid«, sagte Stephen mitfühlend. Amisha sah ihm an, dass er es wirklich so meinte. Schlimmer noch, seine nächsten Worte nahmen ihr jede Möglichkeit, Ausreden zu finden. »Aber Sie tragen keine Schuld daran. Schuldig wären Sie nur, wenn Sie das Angebot abweisen, andere Kinder an Ihrem Talent teilhaben zu lassen.«

Seine Worte bewegten etwas in ihr. Es war das erste Mal, dass jemand sagte, dass sie Talent habe. Amisha musste fast über die Ironie lachen. Ihr Talent im Schreiben war ihr größter Beitrag zu einer Gesellschaft, die es nicht wertschätzen würde. Das war ihr klar, daher hatte sie sich ja vor den Göttern zu Boden geworfen und sie angefleht, dieses Geschenk von ihr zu nehmen. Aber der Drang zu schreiben schaffte es immer wieder, ihr Herz vor Aufregung flattern zu lassen.

Vielleicht war ihre Schriftstellerei keine Last, die sie tragen musste, sondern wirklich ein Geschenk, das bewunderns- und schützenswert war. Ihre Geschichten brachten sie an Orte, die sie im echten Leben nie würde besuchen können. Ohne ihre Geschichten wäre sie für immer an dieses Dorf gefesselt.

»Ich war dumm«, gab sie zu.

»Dumm wäre nur, diese Gelegenheit auszuschlagen«, versuchte Stephen sie weiter zu überzeugen, als hätte er ihre Gedanken gelesen.

Amisha tigerte weiter durch das Zimmer, hielt gelegentlich an, um beliebige Stellen an Wand oder Boden anzustarren. Sie suchte nach einer Antwort, versuchte einen Entschluss zu fassen. »Ja«, sagte sie schließlich, als ihr keine Argumente dagegen mehr einfallen wollten.

»Ja?«, wiederholte er, nach Bestätigung suchend.

Sie nickte, gab ihr Wort, ohne es mit Deepak besprochen zu haben. »Ich werde die Schüler unterrichten und Sie werden mich unterrichten.« Amisha lächelte, ihr Lächeln wurde zu einem Lachen, als die Freude aus ihr hervorbrach. »Ich muss Sie aber warnen – wenn die Eltern dieser armen Kinder mit Fackeln und Heugabeln kommen, um gegen meine Lehren zu protestieren, werde ich sie direkt zum Leiter der Schule verweisen«, scherzte sie.

»Dann hoffe ich, dass diese Lehren zumindest hängen bleiben«, sagte er, offensichtlich erleichtert.

Sie blickten einander einige Momente wortlos an, ehe Amisha wieder ruhiger das Wort ergriff. »Ich hätte nie gedacht, Sie wiederzusehen.«

»Dann kennen Sie mich noch nicht gut genug«, erwiderte er leise. Er warf einen Blick auf seine Uhr. »Wir sehen uns im Unterricht?«

»Wir sehen uns im Unterricht.« Sie lächelte glücklich und folgte ihm bis vor die Tür. In diesen wenigen Minuten hatte er ihr mehr gegeben als irgendein Mensch zuvor. »Und vielen Dank«, hauchte sie. Sie wollte mehr sagen, fand aber nicht die Worte.

Er hielt inne und blickte ihr tief in die Augen. »Es ist mir eine Freude«, sagte er sanft, dann wandte er sich um und zog die Tür hinter sich zu.

Amisha lehnte sich gegen die geschlossene Tür und spürte, dass auch er noch auf der anderen Seite stand. Leise lauschte sie, bis sie sich entfernende Schritte hörte.

Ravi entdeckte Amisha so an die Tür gelehnt und hob fragend eine Augenbraue. »Braucht die Tür Hilfe, damit sie geschlossen bleibt?«

»Ich werde unterrichten, in der Schule«, erklärte Amisha und klatschte überglücklich in die Hände. »Und Stephen, ein britischer Offizier, wird mir Englisch beibringen.«

Ravi lächelte nur und ging zurück zur Küche. »Also scheint die Sonne letztendlich doch wieder hervorgekommen zu sein.«

Fünfzehn

Amisha schlüpfte aus ihren Sandalen und ging vor dem behelfsmäßigen Hausschrein auf die Knie. Hinten im Schrein standen Miniaturstatuen von Shiva und Parvati, zwischen ihnen Ganesha, ihr Sohn.

Sie atmete tief ein und zündete die kleine Kerze an, traditionell aus einem Baumwolldocht in geschmolzenem Ghee geformt. »Deepak kehrt heute zurück.« An der Flamme entzündete Amisha zwei Weihrauchstäbchen und legte sie auf eine Stahlplatte. Dann drehte sie die Platte im Uhrzeigersinn, ein altes Ritual der Respektbekundung. »Bitte verleihe mir deinen Mut, Parvati, und führe meine Worte. Gib mir deine Kraft und gib mir Ehre. Heute werde ich Deepak fragen, ob ich in der Schule unterrichten darf.«

In ihrem Kopf war Amisha das Gespräch mit Stephen immer wieder durchgegangen. Auch als sie Ravi davon erzählte, fühlte sich alles noch unnatürlich an. »Ich bitte dich, mir zu vergeben, dass ich gebeten hatte, meine Geschichten von mir zu nehmen«, sprach sie weiter. »Gib mir deine Zustimmung, meinem Herzen zu folgen, ohne damit meiner Familie zu schaden, die sich auf mich verlässt.«

Amisha sah sich den Rest des Hauses an, überall fand sie Anzeichen für die Anwesenheit ihrer Kinder. Die Schuhe der beiden Älteren lagen verstreut am Eingang, Jays Bilder bedeckten die Küchenwand. Pareshs Spielzeug lag überall im Haus verteilt. Ihr Entschluss wankte wieder. »Gestatte mir, Gefäß für die Geschichten zu sein, die du mir anvertraust. Ich verspreche, sie nie wieder zu missachten.«

Jetzt warf sie einen Blick aus dem Fenster, sah andere Frauen des Dorfes mit ihren Kindern spazieren gehen und sich dabei unterhalten. Diener trugen Körbe mit Wäsche zum Fluss. Das Leben ging weiter, auch wenn sie gerade darum betete, dass ihres sich ändern möge.

»Bitte gebt Deepak die Güte und Weisheit, dies für mich zu wollen. Ich bitte euch um sein Verständnis.« Dann klingelte sie mit der kleinen Glocke, bis der Klang ihre Angst vertrieben hatte.

* * *

»Die Geschäfte laufen gut.« Deepak streifte die Schuhe ab und ließ sich zum Abendessen nieder. Er nahm einen Schluck Buttermilch, während er wartete, dass Amisha ihm seinen Teller brachte. »Mein Partner ist ein intelligenter Mann«, erzählte er mit offensichtlicher Begeisterung.

»Es war weise von dir, mit ihm zusammenzuarbeiten.«

Amisha war froh, dass Deepak sein Unternehmen erweiterte, auch wenn es bedeutete, dass er noch seltener zu Hause war. Aber wenn sie ehrlich war, bemerkte sie seine Abwesenheit kaum noch. Wenn er hier war, arbeitete er bis spät abends in der Mühle. Danach zog er mit den anderen Männern durchs Dorf. Wenn er zu Hause war, widmete er sich den Jungen. Die wenige Zeit, die er mit Amisha teilte, verbrachten sie im

Schlafzimmer. Doch Amisha hatte akzeptiert, dass ihre Ehe den gleichen Bahnen folgte wie die aller anderen Frauen.

Sie beobachtete Deepak still, während dieser sein Mahl beendete. Sie reichte ihm warmes Wasser und ein Handtuch, damit er seine Hände waschen konnte, sowie eine Tasse mit Bockshornkleesamen für die Verdauung. In der Zwischenzeit kratzte sie die Reste zusammen und stapelte die dreckigen Teller. Bina würde die Reste morgen früh an die Kühe verfüttern.

»Wenn du einen Augenblick Zeit für mich hast, würde ich gerne etwas mit dir besprechen.«

»Ich habe noch ein paar Minuten, ehe wir zu Bett gehen. Sprich, was bedrückt dich?«

Amisha warf einen Blick zu den Kindern, die tief und fest schliefen. Paresh hatte sich in seiner Ecke zusammengerollt, Jay lag wärmesuchend eng an seinen älteren Bruder gekuschelt.

»Es geht um die englische Schule«, eröffnete Amisha und sprach innerlich ein stilles Stoßgebet um Hilfe und Unterstützung. »Die in der Nähe des Marktes.«

»Vikram hat mir davon erzählt.« Deepak hatte inzwischen mehr Kontakt zu Vikram. Jetzt, wo ihr Einkommen und Ansehen stiegen, war Deepak häufig bei ihm eingeladen, zu einer handgerollten Zigarette oder einer frisch gepressten Limonade. Als Deepak sich jetzt zurücklehnte und auf die Unterarme stützte, spannte sich das enge Baumwollhemd über seinen schmalen Körper. »Ich meine, der Bau sei inzwischen fertiggestellt.«

»Ja, das ist er.« Amisha knetete nervös die Hände. »Ich war dort und habe es mir angesehen. Sie unterrichten auch Schreiben auf Englisch.« Sie stockte, wusste nicht, wie sie es am besten erklären sollte. Sie versuchte sich vorzustellen, wie er reagieren könnte, musste dabei aber feststellen, dass sie ihren Ehemann dafür nicht gut genug kannte.

»Und du willst, dass die Jungs diese Schule besuchen?« Die Idee schien ihm nicht völlig abwegig, was Amisha Mut machte.

»Nein«, sagte sie schnell. »Die Jungen sind glücklich an ihrer Schule. Sie würden nur ihre Freunde und die bekannten Gesichter vermissen.« Die Sache mit Jays Hand hatte sie unterschlagen, auch wenn sie sich deswegen schuldig fühlte. »Ich glaube nicht, dass sie die Schule gerne wechseln würden.« Sie dachte an Stephens Worte und schöpfte aus ihnen Kraft. »Ich dachte eigentlich an mich selbst.«

»Du willst zur Schule gehen?«, fragte Deepak überrascht.

»Der Schulleiter hat mir eine Stelle als Lehrerin angeboten«, führte Amisha mit sanfter Stimme aus, in der Hoffnung, er würde zustimmen, ohne alle Details zu erfragen.

»Amisha, du willst arbeiten gehen?« Seine Stimme wurde streng.

»Nicht für Geld«, beschwichtigte sie ihn schnell. Noch nie hatte sie mit Deepak über ihre Wünsche und Träume gesprochen, daher fand sie jetzt auch nicht die passenden Worte, um ihm ihre Gefühle verständlich zu machen. »Für meine Zeit als Lehrerin erhalte ich im Gegenzug Unterricht, um Englisch schreiben zu lernen.«

»Aber was willst du damit anfangen?« Er schüttelte schon ablehnend den Kopf, stand auf und wischte die letzten Krümel von seinem Hemd.

»Es ist einfach etwas, was ich gerne lernen würde.« In ihrer Verzweiflung verfiel sie ins Flehen. »Und ich kann den Kindern bei ihren Hausaufgaben helfen, wenn du auf Reisen bist. Sie bleiben jetzt schon nach dem Unterricht in der Schule, um Hilfe zu bekommen.«

Überrascht von den Neuigkeiten nickte Deepak. »Es tut mir leid, dass ich das nicht mitbekommen habe. Ich werde mich sofort um einen Nachhilfelehrer kümmern.«

Er nahm wohl an, dass das Thema damit erledigt sei, und verließ die Küche. Amisha beeilte sich, ihm nachzurufen: »Ich mache alles, was du willst, aber bitte gestatte es mir, bitte!«

Sie lehnte sich gegen die Wand, die Hände flehend vor sich gefaltet. Sie hatte gewusst, dass er sie nicht verstehen würde. In seinem Weltbild gab es nur die traditionelle Rolle der Frau, die erst ihren Vater zu unterstützen hatte, dann ihren Ehemann und schließlich ihre Söhne. Der Wert einer Frau definierte sich ausschließlich über den Erfolg oder Misserfolg ihres Mannes.

»Warum nur musst du immer anders sein?« Deepak war stehen geblieben, wandte sich aber nicht zu ihr um.

»Was?« Amishas Hände zitterten. Sie vergrub die Finger tief in ihrem Sari, um sie zu beruhigen.

»Am Tag unserer Hochzeit hast du getanzt, selbst als keine Musik mehr erklang«, führte Deepak aus. »Du hast mir deine Hand gereicht, als ob du mich in dein Haus aufnehmen würdest, nicht umgekehrt.«

»Ich war jung«, entschuldigte Amisha sich, verwirrt, warum er jetzt darauf zu sprechen kam. Für sie schien ihre Hochzeit schon ein halbes Leben zurückzuliegen. »In jener Nacht schienst du nicht verärgert.«

Aber Amisha wusste, dass der Mann, der vor ihr stand, nicht mehr der Junge war, den sie geheiratet hatte. Zeit und Tradition hatten sie zu dem geformt, was sie jetzt waren – zwei Personen, die nur ihre gemeinsamen Kinder verbanden.

»Dann hast du Ravi in unser Haus gebracht«, fuhr Deepak fort, ohne ihre Worte überhaupt zu beachten. Er lachte leise, doch Amisha lief es dabei eiskalt über den Rücken. »An dem Tag habe ich dir gesagt, dass er niemals die Lebensmittel würde berühren dürfen, von denen wir essen. Und doch wissen wir beide sehr genau, wer uns das Essen bereitet.«

»Er ist nicht anders, als wir es sind«, argumentierte Amisha. »Die Unberührbaren sind Menschen wie wir und werden zu

Gott zurückkehren wie wir.« Sie hatten noch nie zuvor darüber gesprochen. Und obwohl es für sie um viel ging und sie sich immer noch unsicher war, worauf er hinauswollte, genoss Amisha das Gespräch beinahe. Es kam viel zu selten zu einem solchen Austausch zwischen ihnen. »Es ist doch kein Verbrechen, dass er seinen Lebensunterhalt verdienen will.«

»Nein. Ebenso wenig wie dein Wunsch zu lernen, ja?«

»Mahatma Gandhi spricht von der Intelligenz der Frauen«, wandte Amisha ein. »Er sagt, dass wir nicht schwächer sind und auch nicht so angesehen werden sollten.« Seine Reden waren wohlbekannt, jede Zeitung druckte sie ab. »Es gibt viele Berichte von Frauen, die ihn im Kampf gegen die Briten unterstützen.«

»Und doch nutzt du seine Worte, um den Besuch einer britischen Schule zu rechtfertigen?« Sein harscher Ton zeigte schon, was er davon hielt. Er ließ ihr aber gar keine Zeit zum Antworten. »Meine Mutter hat mich ja vor dir gewarnt. ›Ein gefangener Geist‹, sagte sie immer. Sie war sich sicher, dass du versuchen würdest auszubrechen, ohne Rücksicht darauf, wen du damit verletzt.«

»Deine Mutter kannte mich nicht.« Mit jedem weiteren Wort kam sie den Tränen näher. »Es war nicht fair von ihr, so was über mich zu sagen.« Amisha sah ein, dass sie hier nicht gewinnen konnte. Egal, was sie sagte, er würde ihre Worte gegen sie wenden. »Du lebst deinen Traum, baust das Geschäft weiter auf. Ich hatte nur auf das gleiche Glück gehofft.« Amisha wandte sich ab. »Ich wollte nie jemandem schaden.«

»Und was ist mit den Kindern?«

Jetzt war es an Amisha, dem Gespräch den Rücken zuzuwenden. »Bina und Ravi kümmern sich um Paresh. Samir und Jay sind den Tag über in der Schule. Und es wären ja nur ein paar Stunden die Woche.«

»Und was würden die Leute im Dorf sagen, wenn sie hören, dass meine Frau wieder in die Schule geht?«

Sie wandte sich ihm wieder zu. Sie wussten beide, dass die geringsten Gerüchte sie zu Ausgestoßenen der Gesellschaft machen konnten. Und das würde nicht nur den Verlust ihres sozialen Status bedeuten, auch ihre Geschäfte würden darunter leiden. Deepak war mit seinem Leben glücklich und erwartete von ihr, dass sie damit auch zufrieden war. Die Kinder waren gesund und die Geschäfte liefen gut.

Amisha spürte Hilflosigkeit aufkommen. Warum wurden ihre Wünsche als Bedrohung ihres Lebensstandards angesehen, während er seinen Ideen ohne jegliche Konsequenzen folgen konnte? Während sie noch überlegte, was ihr noch an Argumenten bliebe, seufzte er tief auf. Er sah einfach nur erschöpft aus.

»Wenn es dir so wichtig ist. Aber vernachlässige darüber nicht deine Pflichten.«

Die Erleichterung kam wie eine Welle über sie, obwohl seine Enttäuschung ihr zeigte, dass sie mehr verlangte, als ihr zustand. »Ich danke dir.« Sie legte die Hände zusammen und lächelte glücklich zu ihm. Deepak stand auf, ohne das Lächeln zu erwidern. Sie schluckte einmal hart und fragte dann: »Aber warum?«

»Während ich auf Reisen bin, hast du dich immer gut um Heim und Familie gekümmert«, erklärte er. »Und dafür bin ich dir dankbar.« Er ging an den Jungen vorbei zu der Öllampe in der hinteren Ecke des Zimmers, pustete sie aus und hüllte den Raum damit in Dunkelheit. Dann ging er ins Schlafzimmer und schloss die Tür hinter sich.

Amisha trat leise aus der Küche. Sie schob Jay behutsam näher an seinen Bruder, damit sie neben Pareshs behelfsmäßigem Bettchen liegen konnte. Ihre Augen gewöhnten sich schnell an die mondbeschienene Dunkelheit. Sie lauschte dem gleichmäßigen Atem ihrer Söhne und dachte an ihre Zukunft. Demütig und dankbar fiel sie schließlich in einen tiefen Schlaf, fest eingehüllt in ein angenehm wohliges Gefühl.

Sechzehn

Amisha machte sich früh auf den Weg. Vor der Schule verweilte sie und betrachtete die zahlreichen Schüler, die an ihr vorbei ins Gebäude eilten. Ein kleiner Junge sah zu ihr auf, sie bemühte sich um ein freundliches Lächeln. Die Lehrer sammelten die Kinder der verschiedenen Altersstufen ein und schickten sie in die entsprechenden Klassenzimmer.

Als die Massen sich auflösten, ging auch sie hinein und suchte nach dem Büro der Rektorin. Sie klopfte vorsichtig an die Tür mit dem Schild »Miss Roberts« und trat ein, als eine Stimme sie dazu aufforderte. Eine streng dreinblickende Frau saß hinter einem kleinen, braunen Schreibtisch und musterte sie ausdruckslos.

»Mein Name ist Amisha«, begann Amisha unsicher. »Ist Leutnant Stephen nicht hier?«

»Dritte Tür im Flur. Er ist aber gerade in einem Elterngespräch.« Die Frau trat um den Tisch und baute sich mit verschränkten Armen vor Amisha auf. Sie war traditionell westlich gekleidet, mit langem Rock und Bluse, doch Amisha entgingen nicht die goldenen Armreifen an ihrem rechten Handgelenk, die bei den Frauen im Dorf so beliebt waren. »Sie sind also hier, um unsere Schüler zu unterrichten?«

»Der Leutnant hat mich darum gebeten«, verteidigte sich Amisha. Sie war sich nicht sicher, womit sie sich den Zorn dieser Frau zugezogen hatte.

»Und welche Qualifikationen haben Sie als Lehrerin?«

»Keine.« Sie fühlte sich plötzlich wie bloßgestellt und hielt sich ihre Tasche schützend vor den Bauch.

»Und wieso meinen Sie dann, hier unterrichten zu können?« Die Frau lehnte sich gegen den Schreibtisch und überkreuzte die Beine, indem sie einen Stiefel über den anderen schlug. »Was könnten Sie denn beitragen? Wir haben einen herausragenden Ruf als Privatschule erster Klasse.«

Amisha konnte auch nicht mehr sagen, als dass Stephen sie darum gebeten hatte. Aber das war der Frau natürlich auch klar. Ihre verächtliche Einstellung war vermutlich nichts Persönliches, sondern einfach nur die Art, wie die meisten Briten sich Indern gegenüber verhielten.

Amisha richtete sich auf und sammelte alle Kraft, die in ihr steckte. Trotzdem fühlte sie sich immer noch winzig klein vor dieser wuchtigen Engländerin. »Ich will hier unterrichten, weil man mich darum gebeten hat.« Sie dachte an ihre Geschichten und daran, was diese ihr bedeuteten. »Was genau ich unterrichten werde, weiß ich auch nicht«, gab sie zu. Wie sie sich hier vor dieser Frau erklären musste, fühlte sie sich gleich wieder viel jünger, fast wie ein kleines Mädchen, mehr Schülerin als Lehrerin. »Ich werde ihnen beibringen, wie sie alles in Worte fassen, was in ihren jungen Herzen verborgen ruht. Wenn ihre Geschichten sie in ferne Länder versetzen, werde ich sie zu dieser Reise ermutigen.«

Amisha bot der unnachgiebigen Frau ein Lächeln an. »Und ich werde sie daran erinnern, dass sie auf diesen Reisen, die sie durch ihre Geschichten unternehmen, allen Menschen, die sie unterwegs treffen, höflich und respektvoll begegnen sollen. Denn auch, wenn ihre Art zu leben uns fremdartig und seltsam erscheinen mag, steht es uns nicht an zu urteilen. Vielmehr sollten wir danach streben, zu verstehen und zu lernen.« Sie ignorierte die sich weitenden Augen der Oberlehrerin. »Und sie anhalten, nie zu vergessen, dass man Respekt nur bekommt, wenn man selbst respektvoll handelt.«

* * *

Amisha stand hinter ihrem Schreibtisch, während die Kinder ihre Plätze einnahmen. Die Schüler trugen Hemden mit hellblauen Kragen, bei den Mädchen ergänzt um einen braunen Rock, die Jungen trugen kurze Hosen. Nachdem alle ihren Platz gefunden hatten, setzten sie sich aufmerksam und aufrecht hin, Papier und gespitzte Bleistifte schreibbereit vor sich. Amisha zählte kurz durch, es waren fünf Mädchen und zwölf Jungen.

»Guten Morgen«, begrüßte sie die Klasse, an der Tafel stehend, mit Kreide in der Hand. Die Schüler murmelten ihre Antwort. Die Kreide quietschte durch die folgende Stille, als Amisha ihren Namen an die Tafel schrieb. »Mein Name ist Amisha.«

»Madam?«, fragte ein Junge aus der ersten Reihe, der auf ihren Namen an der Tafel zeigte. »Wird dieser Unterricht auf Hindi abgehalten?«

»Nein, natürlich nicht«, korrigierte Amisha ihren Fehler und wischte den in Hindi geschriebenen Namen schnell weg. Weiße Kreidereste blieben an ihrer Hand zurück. »Wir werden Englisch sprechen und am Anfang noch auf Hindi schreiben, bis alle sicher genug sind.« Sie erwähnte nicht, dass es zu ihrer Schande vor allem sie selbst war, die noch nicht auf Englisch schreiben konnte. Schnell wechselte sie das Thema. »Ich freue mich sehr, euch unterrichten zu dürfen.« Ihr Blick schweifte über ihre Schüler. Sie schätzte die Kinder auf etwa dreizehn bis fünfzehn Jahre. »Ich habe selbst auch drei Kinder«, erzählte sie der Klasse.

»Gehen sie auch hier auf die Schule?«, frage ein Mädchen aus einer hinteren Reihe zaghaft.

»Nein, sie sind auf einer anderen Schule.« Amisha zog ihren Stuhl so, dass sie näher an den Schülern sitzen konnte. »Ich liebe meine Jungs wirklich sehr. Und ich habe etwas Wichtiges von ihnen gelernt«, eröffnete sie der Gruppe in entspanntem Gesprächston. »Immer, wenn ich versuche, ihnen etwas für ihr Leben beizubringen, ignorieren sie mich. Ich ermahne sie: ›Wenn ihr Ferkel jagt, werdet ihr in den Schlamm fallen.‹ Und doch kommen sie dreckig nach Hause. ›Wenn ihr zu viele Süßigkeiten esst, bekommt ihr Bauchschmerzen.‹ Und doch jammern sie und sagen: ›Mama, warum hast du uns nur so viele Süßigkeiten essen lassen?‹«

Die Kinder lachten, Amishas Nervosität löste sich. »Mit der Zeit habe ich festgestellt, dass es mein Fehler war. Ich habe sie nicht richtig unterrichtet. Also habe ich meine beiden älteren Söhne zu mir genommen und ihnen etwas eingestanden.« Die Schüler lehnten sich vor, gespannt auf das Geheimnis. »Ich habe ihnen gesagt: ›Ich bin noch nie zuvor Mutter gewesen, noch nie – bis ich euch hatte. Ebenso wie ihr lernt, gute Söhne zu sein, lerne ich, eine gute Mama zu sein.‹«

»Das haben Sie wirklich gesagt?«, fragte eine andere Schülerin.

Amisha nickte, begeistert, dass die Schüler auf ihre Erzählungen eingingen. »Ja, das habe ich. Und sie waren überrascht. Kinder glauben wohl, ihre Mutter wäre schon als Mama zur Welt gekommen.« Sie schmunzelte, als die Klasse lachte. »Also habe ich ihnen etwas vorgeschlagen: Sie würden mir helfen, eine bessere Mama zu werden, und ich würde ihnen helfen, gute Söhne zu sein.« Amisha stand auf und ging zwischen die Reihen der Tische. »Und ich würde euch jetzt gerne dasselbe

Angebot machen. Ich habe noch nie zuvor Schüler unterrichtet. Wenn ihr mir helft, eine gute Lehrerin zu werden, will ich euch helfen, gute Geschichtenerzähler zu werden.«

Die Klasse brach in lautes Gemurmel aus, doch es war zustimmend. Amisha war zufrieden. »Sehr schön, ich danke euch.« Damit machte sie sich für die erste Lektion bereit. »Also, was meint ihr, wo kommen unsere Geschichten her?«

»Aus unserem Gehirn«, rief ein Schüler.

»Von anderen Geschichten, die wir gehört haben«, sagte ein anderer.

»Aus unseren Träumen«, meinte ein Mädchen.

Amisha blickte sich um, wer die Antwort mit dem Traum gegeben hatte. Es war ein junges Mädchen in einer der hinteren Reihen. Ihre Haut war dunkel, ihr schwarzes Haar in zwei Zöpfe gebunden. »Wie heißt du, Beti?«

»Neema.«

»Neema, kannst du uns erklären, was du mit deiner Antwort meinst?« Einige der Jungen stöhnten auf, Amisha brachte sie mit einem Blick zum Schweigen.

Neema zögerte einen Augenblick, ehe sie antwortete. »In unseren Träumen sehen wir Sachen, die wir nicht kennen. Und diese Träume können wir zu Geschichten machen.«

»Aber wie kann man denn über etwas schreiben, das man nicht kennt?«, rief ein älterer Junge herausfordernd.

Neema antwortete selbst, ehe Amisha eingreifen konnte. »Ein Traum ist vielleicht nicht mehr als ein Fenster zu dem Unbekannten.« Sie spielte nervös mit dem Papier. »Zu einem anderen Leben vielleicht.«

Amisha nickte zustimmend. »Und wenn man keine Träume hat, dann ist man vielleicht gezwungen, die Träume anderer Menschen zu leben?« Sie hoffte, den Rest der Klasse in den Gedanken mit einzubinden. »Wer von euch liest gerne Märchen?« Überall in der Klasse gingen die Hände hoch, nur zwei Jungen zogen eine Grimasse. »Sehr schön. Und eine noch bessere Frage: Wer von euch schreibt selbst gerne Geschichten?« Etwa die Hälfte der Klasse hob die Hand.

»Das ist gut.« Amisha war letzte Nacht verschiedene Ideen für den Unterricht durchgegangen, bis sie sich für eine bestimmte Geschichte entschieden hatte. »Ein Mann baut sich ein Haus. Seine Freunde warnen ihn, sagen, sein Entwurf ist unsicher, doch er will nicht hören. Eines Tages kommt ein Erdbeben und sein Haus stürzt ein. Er sieht, dass ein Vogel, der in einem Baum nahebei gelebt hatte, mit ihm zusammen in dem eingestürzten Haus gefangen ist.«

Amisha sah sich die Gesichter der Schüler an und war zufrieden, dass diese interessiert zuhörten. »Beide bekommen nur durch ein kleines Loch Luft. Der Mann muss jetzt entscheiden, wer von ihnen beiden die Luft bekommen soll.« Sie wartete kurz, damit auch wirklich alle aufpassten. »Eure Aufgabe ist jetzt zu schreiben, was als Nächstes passiert.«

»Aber wie ist die richtige Antwort?«, rief ein Junge aus der hintersten Reihe.

»Es gibt keine richtige Antwort«, antwortete Neema, ehe Amisha etwas sagen konnte. »Es geht um Entscheidungen und Konsequenzen.«

»Sehr gut.« Amisha blieb vor dem Tisch des Mädchens stehen. Ihr Gesicht war sauber geschrubbt, ein kleiner Diamant blinkte an einem Nasenring, dazu trug sie zwei Ohrringe, ebenfalls mit passenden Diamanten besetzt. »Wusstest du eigentlich, dass dein Name ›frei‹ bedeutet?«, fragte Amisha sanft. Das Mädchen nickte. »Es ist ein schöner Name.«

»Danke, Madam«, antwortete Neema, den Blick gesenkt.

Amisha spürte, wie unangenehm es ihr war, und wechselte das Thema. »Du hast auch deine Hand gehoben, als ich gefragt habe, wer selbst schreibt?« Das Mädchen nickte. »Wie viele Geschichten hast du schon geschrieben?«

»Ein paar.«

»Ich würde sie gerne lesen. Und danke, dass du bei mir im Unterricht bist.« Damit ging Amisha zum nächsten Tisch weiter.

* * *

»Es scheint, als ob heute alles gut gelaufen ist«, sagte Stephen, während sie gemeinsam den Flur hinabschritten. In stillschweigender Übereinkunft waren sie unterwegs in den Garten. Die Klassen hatten noch einige Stunden Unterricht, also würden sie dort ungestört sein. »Ihre Schüler sahen nach dem Unterricht sehr glücklich aus.«

»Vielleicht waren sie nur froh, dass die Stunde um war«, scherzte Amisha. Tatsächlich war sie froh gewesen, wie gut die Schüler ihre Ideen angenommen und wie rege sie sich beteiligt hatten.

Draußen angekommen stellte Amisha fest, dass die zuvor knospenden Blumen inzwischen in voller Blüte standen. Sie ließ die Blütenblätter einer weiß-goldenen Blume durch die Finger gleiten und bewunderte ihre Schönheit. Stephen pflückte die Blume, sog ihren Duft ein und reichte sie Amisha. »Riechen Sie nur.«

Amisha hielt die Blume an ihre Nase, doch sie konnte nichts erkennen, keinen Duft welcher Art auch immer. Sie wollte nicht dumm erscheinen, also nickte sie höflich. »Sehr nett.«

»Wirklich?« Er nahm die Blume zurück und roch erneut an ihr. »Erstaunlich. Ich konnte gar nichts riechen.« Er lachte über ihren erschrockenen Blick.

»Sie wussten, dass die Blume keinen Duft abgibt?« Sie konnte einfach nicht ernst bleiben, als sie sein kindlich schelmisches Grinsen sah. Glücklich über die entspannte Stimmung ging sie zum eigentlichen Grund ihres Hierseins über. »Sollen wir mit dem Unterricht anfangen?«

»Jetzt direkt?«, fragte er und musterte sie dabei.

»Ich habe den ganzen Morgen Kinder beim Lernen beobachtet und kann es kaum erwarten, meine eigenen Lektionen zu erhalten«, gab sie zu.

»Sollen wir uns hierhin setzen?«, schlug Stephen vor und leitete sie zu einer Bank ganz hinten im Garten, die hinter einer Baumgruppe und einer Reihe Büsche verborgen lag.

»Der Duft der Blumen wird hoffentlich meine Unwissenheit überdecken«, sagte Amisha, während sie sich hinsetzte.

Sie hatte gestern kaum Schlaf gefunden. Sie war gleichzeitig nervös gewesen wegen des ersten Unterrichts, den sie halten sollte, und aufgeregt, weil sie endlich würde lernen können. Außerdem hatte sie ständig darüber nachgedacht, warum jemand in Stephens Position sich die Zeit nehmen sollte, sie persönlich zu unterrichten. Als der Hahn am Morgen krähte, war Amisha bereits wach.

»Man sollte nie so über sich selbst sprechen.« Stephen nahm auf derselben Bank Platz, allerdings weit genug von ihr, um dem Anstand gerecht zu werden.

»Dann unterrichten Sie mich gut, damit ich nicht mehr so denken muss.«

Stephen nahm einen kleinen Block hervor und schrieb das Alphabet in Großbuchstaben auf. Dazu las er jeden Buchstaben beim Aufschreiben laut vor. Amisha hörte gut zu. Sie konnte Englisch ja bereits sprechen, daher fiel es ihr leichter, die Buchstaben mit den dazu passenden Lauten zu assoziieren.

»Jetzt sind Sie dran.«

Zögerlich nahm sie Block und Stift und blickte auf die von ihm geschriebenen Buchstaben. Sie bewunderte, wie ausdrucksvoll seine Handschrift war. Er war Leutnant in einer der fortschrittlichsten Armeen der Welt, und doch saß er hier und verschwendete seine Zeit, um ihr etwas so Simples wie das Alphabet beizubringen.

»Warum tun Sie das hier eigentlich für mich?«, fragte sie.

»Keine Ablenkung bitte, wir sind hier im Unterricht.« Er tippte gegen den Stift und drängte sie dazu, anzufangen.

»Aber es tobt doch ein Krieg …« Nervös zeichnete Amisha die Linien nach, die den Buchstaben »A« formten. Ihre Augen flogen hin und her zwischen seinem Buchstaben und dem, was sie selbst schrieb. Sie sah oft Jay dabei zu, wie er schreiben übte. Jetzt ahmte sie die Bewegungen ihres Sohnes nach und zeichnete eine gerade Linie, dann eine zweite parallel dazu. Sofort bemerkte sie den Fehler und radierte die Linien wieder aus. Diesmal begann sie ihr »A« an der Spitze des Buchstabens.

»Ach, wirklich? Das muss ich irgendwie übersehen haben«, gab er süffisant zurück, den Blick konzentriert auf ihre Schrift gerichtet.

»Dann ist es ja gut, dass ich es erwähnt habe.« Amisha spürte seinen Blick auf ihrer Hand. Sie versuchte, präzise Linien zu ziehen und schnell zum nächsten Buchstaben weiterzugehen. »Vielleicht braucht Ihr König Sie ja, um für ihn zu kämpfen?«

»Ist er denn nicht auch Ihr König?«, fragte Stephen und blickte zu ihr auf.

Amisha wählte ihre Worte vorsichtig. Bisher hatte sie dieses Thema noch nie mit einem Mann besprochen. Sie hatte Angst, einfältig zu klingen. »Ich denke, dass er wohl ein guter Mensch ist und nur das Beste will. Aber Indien ist nicht sein Land und die Inder sind keine Puppen, mit denen man spielt.«

»Meinen Sie, dass wir das machen? Also wir, die Briten?«

Amisha hatte Gandhis Reden über den gewaltfreien Widerstand gehört. Daher antwortete sie mit einer Gegenfrage. »Meinen Sie, irgendein Land hat das Recht, ein anderes zu beherrschen?« Sie bereute ihre Worte, kaum, dass sie sie ausgesprochen hatte. Stephen war immerhin ein britischer Soldat, der darüber hinaus durch diesen Unterricht ihr gegenüber mehr Güte gezeigt hatte als irgendjemand zuvor. »Entschuldigen Sie, das war nicht fair«, versuchte sie beschämt die Worte zurückzunehmen. »Sie, ein Leutnant, erweisen mir die Ehre, mich zu unterrichten, und ich danke es Ihnen mit solchen Worten. Vergeben Sie mir bitte.«

»Sagen Sie nicht so was«, unterbrach er dringlich. »Bitte.« Amisha wollte antworten, doch er stand plötzlich auf. Sie blickte ihn verwirrt an. »Es ist mir wichtig, dass Sie Ihre Gedanken nicht zurückhalten, wenn wir zusammen sind, zusammen lernen.« Frustration klang aus seiner Stimme. »Denn wenn wir jedes Wort abwägen, wie können wir dann zusammen arbeiten?«

Sie spürte, dass es ihm wirklich wichtig war, und versuchte sich zu erklären. »Aber ich sollte trotzdem nicht respektlos werden.«

»Aber ist Respekt nicht etwas, das verdient werden sollte?«, fragte er einfach nur.

Sie hatte keine Antwort, daher starrte sie einfach nur die Blumen um sie herum an. Innerlich wunderte sie sich jedoch zum ersten Mal in ihrem Leben, warum sie sich diese Frage noch nie selbst gestellt hatte.

Jaya

Siebzehn

Die Sonne war untergegangen, die Luft wurde langsam etwas kühler. Ravi beugt sich hinab, um Rokie am Kinn zu kraulen. Man hört Ravis Knochen dabei knacken. Wir hatten den Tag hier auf dieser Bank verbracht, bis er erst in den Nachmittag, dann in den Abend überging. Rokie hatte geduldig neben uns gelegen, während ich wie gebannt Ravis Worten lauschte.

Als ich meine Reise nach Indien plante, hatte ich gehofft, meinen Großvater zu treffen und mehr über meine Mutter zu erfahren, auch wenn es vielleicht nur ein paar Kleinigkeiten aus ihrer Jugend waren. Ich hätte nie gedacht, die Lebensgeschichte einer Frau zu hören, über die meine Mutter in meiner ganzen Kindheit kaum zwei Sätze gesprochen hatte. Es hieß immer nur, dass sie früh gestorben sei, alles andere war irrelevant.

»Ich wünschte, ich hätte sie kennengelernt.« Meine Mutter war ein Mensch, der strikte Regeln brauchte und nie wagte, auch nur minimal von der Norm abzuweichen. Amisha, meine Großmutter, schien hingegen jemand gewesen zu sein, der die Dinge gerne hinterfragte. Ich frage mich, wie meine Mutter wohl geworden wäre, wenn sie von ihrer leiblichen Mutter großgezogen worden wäre. »Kennt meine Mutter diese Geschichte?«

Die Dämmerung wirft schon tiefe Schatten unter den Ästen des Baums, trotzdem entgeht mir nicht, wie Ravi eine einzelne Träne wegwischt. »Nein«, haucht er stimmlos. »Wie gesagt, hatte ich deiner Großmutter versprochen, ihre Geschichte zu erzählen, doch war es mir bisher nicht möglich.« Er räuspert sich mehrmals, um seine Stimme klar zu bekommen.

»Ist alles in Ordnung?«, frage ich.

»Amisha hätte diese Geschichte selbst erzählen sollen.« Sein Blick ist in die Ferne gerichtet, seine gebrechlichen Hände sind aneinandergelegt. »Mehr denn je wünschte ich, dass sie hier wäre, um all die Einzelheiten auszufüllen, die meinem alten Hirn entglitten sind.«

»Was geschah danach?« Ich sehe, dass er müde wird, und will ihn eigentlich nicht drängen, bin aber zu begierig, mehr zu hören.

»Beti, ich bin ein alter Mann.« Er reibt die Hände aneinander und massiert sich die Handflächen. »Diese alten Muskeln sind müde. Wenn ich meinem Geist nicht die Ruhe gönne, die er fordert, könnte mein Körper sich gegen mich erheben und den Dienst verweigern.« Er richtet sich auf und lächelt schwach. »Und dann müsstest du kommen und mir das Essen am Bett servieren, damit ich den Rest der Geschichte erzählen kann.« Er schließt die Augen und lehnt sich auf der Bank zurück.

»Das war das erste Mal, dass ich Geschichten aus dem Leben meiner Großmutter gehört habe«, sinniere ich. Es ist faszinierend, auf diese Art mehr über das Land meiner Vorfahren zu erfahren. Bisher war Indien für mich immer nur ein rein geografischer Fleck gewesen, der Ort, von dem meine Eltern gekommen sind. Eine besondere Beziehung habe ich nie verspürt, hatte selbst ja keine Erinnerungen an das Land und auch nicht das Verlangen, mehr darüber zu erfahren. Vielleicht nicht erstaunlich, wenn man die distanzierte Art bedenkt, mit der meine Mutter ihre eigene Vergangenheit behandelte. »Meine Mutter hat nie von ihr gesprochen.«

»Deine Mutter wusste auch nur, was andere Menschen wollten, dass sie wissen sollte. Das ist auf eine Art Teil ihrer Geschichte.«

»Aber wusste sie denn überhaupt, dass es auch eine andere Geschichte gibt?« Ich versuche, die komplizierten Puzzleteile gedanklich zusammenzufügen. Ravi schüttelt den Kopf. »Und ihre Brüder? Die müssen doch mehr gewusst haben.«

»Du bist die Einzige, die gekommen ist.« In seinen Worten liegt weder Zorn noch Verbitterung. »Amishas Söhne haben uns vor vielen Jahren verlassen und sind nie zurückgekehrt. Und ihr Vater …« Er unterbricht sich, sucht nach Worten. »Ihr Vater hat jahrelang auf sie gewartet.« Er sieht zu mir auf. »Mit der Zeit hat er eingesehen, was wir alle akzeptieren müssen. Wer uns verlässt, hat dafür einen Grund, der stärker ist als die Gründe zum Bleiben.«

Ich denke an die wenigen Dinge, die ich über ihre Jugend weiß. Meine Mutter wurde von ihrer Stiefmutter erzogen, die keine eigenen Kinder haben konnte. Im Alter von achtzehn Jahren wurde sie verheiratet und hat Indien sofort nach der Hochzeit verlassen. Das sind Fakten, die Dad mir verraten hat, als ich ihn so lange nervte, bis er mir zumindest ein paar Informationen gab.

Ravi scheint genau zu verstehen, was in mir vorgeht, wie gespannt ich bin zu hören, wie die Geschichte weitergeht. »Hab Geduld, Beti. Die Geschichte wird dir alle ihre Geheimnisse enthüllen.« Damit richtet er sich behutsam auf und tritt mit über die Jahre eingeübten Schritten über den alten, überwachsenen Pfad den Weg nach Hause an.

* * *

Als ich zwölf Jahre alt war, bat ich meine Mutter, mit mir zusammen eine Mutter-Tochter-Halloween-Party zu veranstalten. Sie dachte so lange darüber nach, dass ich schon davon ausging, dass sie ablehnen würde. Dann stimmte sie aber wider Erwarten zu, ich war wie elektrisiert vor Freude. Sofort schnappte ich mir einen Schreibblock und sprang neben sie auf das Sofa. Geduldig hörte sie meinen Plänen zu, brachte aber keine eigenen Ideen ein. Im Detail ließ ich mich über das Essen, die Dekoration und die Musik aus, die wir brauchen würden.

»Kostüme!«, rief ich aufgeregt. Den wichtigsten Teil hätte ich beinahe vergessen. Also fuhr meine Mutter mit mir zu einem Geschäft. Hier fanden wir zwei Kostüme aus dem *Zauberer von Oz.* Ich bekam das kleinere Kostüm, die gute Hexe Glinda, Mom trug das Kostüm der bösen Hexe des Westens. Ich liebte ihren spitzen Hut und das lange Kinn, das zu dem Outfit gehörte.

Am Tag der Party stand ich früh auf, um alles vorzubereiten. Doch als ich ins Wohnzimmer kam, war schon alles bereit. Mom hatte die Wände mit Kreppband geschmückt, überall falsche Spinnweben und Plastikspinnen angebracht. An verschiedenen Stellen in unserem Wohnzimmer sprangen Mumien aus ihren Särgen. Es war einfach perfekt. Ich war so aufgeregt, dass ich sie dankbar umarmte. Da sie sich sofort versteifte, zog ich mich schnell wieder zurück.

»Das Frühstück ist fertig«, sagte sie nur und verschwand in der Küche.

Am Abend begrüßten wir unsere Gäste, Musik dröhnte aus den Lautsprechern. Dad sah amüsiert zu, wie sich das Haus mit Müttern und Töchtern füllte, alle herausgeputzt. Mom lachte sogar und ging komplett in der Stimmung der Feier auf. Dies war einer der seltenen Momente meiner Kindheit, an denen sie ihr übliches Verhalten ablegte und wahre Freude zeigte. Ich platzte fast vor Glück, blieb immer nahe bei ihr, um diesen

Moment mit ihr zu teilen. Zweimal legte sie sogar ihren Arm um mich und zog mich zu einer Umarmung an sich heran.

»Ihr beide seht so hinreißend aus«, lobte eine ihrer Freundinnen unsere Kostüme. »Die gute und die böse Hexe, ja?«

»Genau«, nickte ich, so glücklich wie noch nie zuvor. »Ich bin die gute Hexe!« Die Begeisterung hatte mich so mitgerissen, dass mir nicht auffiel, wie meine Mutter sich wieder versteifte und ihr Lachen verstummte. »Mom ist die böse Hexe. Ihr Fluch wird über uns alle kommen, aber ich bin ja da, um alles wiedergutzumachen.«

»Entschuldigt mich bitte einen Augenblick«, sagte meine Mutter leise.

Sie nahm die Hand von meiner Schulter und ging ohne ein weiteres Wort nach oben. Ich sah ihr nach, verwirrt und verletzt. Zehn Minuten später kam sie zurück, jetzt in Jeans und T-Shirt. Den Rest der Party verbrachte sie in sich gekehrt und im Hintergrund, sprach kaum noch. An jenem Abend weinte ich mich leise in den Schlaf und schwor mir, mich nie wieder von meinen Gefühlen leiten zu lassen, wenn es um meine Mutter ging.

Achtzehn

Ich hatte das Fenster in der Nacht offen gelassen, damit etwas kühle Luft ins Zimmer kam. Jetzt ist früher Morgen. Der durch das offene Fenster eindringende Wind bringt wieder warme Luft mit. Der Windhauch ist stark genug, mir einzelne Haarsträhnen ins Gesicht zu blasen. Draußen begrüßt der Hahn erneut die ersten Sonnenstrahlen und ich höre, wie Leben ins Dorf kommt. Ich bleibe noch liegen und lege eine Hand auf meinen Bauch. Dazu schließe ich die Augen und stelle mir die Babys vor, die ich in mir getragen habe, wenn auch nur für eine viel zu kurze Zeit. Egal, wie sehr ich sie gewollt hatte, sie waren fort und würden nie wiederkommen.

Unruhig ziehe ich das Moskitonetz auf und erhebe mich. Draußen vor dem Fenster sehe ich spielende Kinder, während Gruppen von Frauen sich zum Fluss aufmachen, um Wasser zu holen oder Wäsche zu waschen. Die noch leeren Wasserkrüge tragen sie auf dem Kopf.

Männer in weißen Unterhemden stehen auf dem Balkon und putzen ihre Zähne mit selbst gemachten Zahnbürsten, spucken die Reste über das Balkongitter direkt auf die Straße. Danach spülen sie den Mund mit Wasser und frischer Minze aus, gurgeln kurz. Fasziniert betrachte ich ihr Morgenritual. Auf dem Tisch steht immer noch die Zahnbürste, die Ravi für mich geschnitzt hat, weiterhin unbenutzt.

»Was ist hier nur passiert, Mom?«, frage ich mich laut. »Was mag deinen Vater dazu gebracht haben, dir solch ein Versprechen abzunehmen?«

Ich versuche, mir meine Mutter als Kind vorzustellen, das sich nach der Liebe einer Mutter sehnt. Ich denke an meine eigene Kindheit. Auch wenn meine Mutter immer distanziert war, sie hatte nie etwas verpasst. Sie war immer für mich da gewesen. Egal, was in meinem Leben auch gut oder schlecht gelaufen war, meine Eltern waren eine Konstante gewesen. Was nur hatte meine Mutter von ihren eigenen Eltern entzweit?

»Guten Morgen«, grüßt Ravi, der mit einem schnellen Klopfen eintritt und mich aus meinen Gedanken reißt. »Du bist ja noch nicht fertig«, erkennt er enttäuscht. »Willst du den ganzen Tag verschlafen?«

»Aber die Sonne ist doch noch nicht einmal ganz aufgegangen.« Ich nicke zum Fenster, doch er ignoriert mich.

»Aber sie ist aufgegangen.« Ravi stellt ein Tablett auf den Tisch und legt eine weitere handgearbeitete Zahnbürste neben mein Frühstück. »Ich werde wiederkommen, wenn du bereit bist.«

»Einen Moment, bitte«, halte ich ihn zurück und hoffe, dass seine Gesellschaft mir helfen wird, die morgendliche Trägheit abzuwerfen. »Bitte, das Frühstück sieht so lecker aus, aber es ist zu viel für mich allein. Wollen Sie nicht mit mir zusammen frühstücken?«

»Nein.« Er lehnt einfach nur ab, ohne einen Grund zu nennen.

»Sie haben schon gegessen?« Ich kann mir das kaum vorstellen, auch so hatte er wohl schon in der Dunkelheit vor Sonnenaufgang aufstehen müssen.

»Ich werde zu Hause essen.«

»Sie weigern sich, mit mir zu essen?« Ich nehme das Tablett auf und reiche es ihm. »Dann esse ich auch nicht.«

»Dann wirst du verhungern.« Er nimmt das Tablett und geht zur Tür.

Neugierig stelle ich mich ihm in den Weg. »Sie würden mich also lieber hungern lassen, als mit mir zusammen zu essen?«

»Es gehört sich nicht, dass ich hier esse, wir hier zusammen.« Sein Blick geht starr auf einen Punkt an der Wand oberhalb meines Kopfes.

»Dann essen wir halt im Wohnzimmer.« Ich nehme ihm das Tablett wieder ab und gehe vor.

»Nein, ich meine, hier, in diesem Haus. Ich kann hier nicht mit dir essen«, erklärt er schwach.

»Aber warum?« Ich versuche, seine Gedanken nachzuvollziehen. »Wieso bringen Sie mir all diese Speisen und bestehen dann darauf, wieder zu gehen?« Von den Tassen steigt ein Geruch auf, der mir das Wasser im Mund zusammenlaufen lässt. Wie gerufen knurrt mein Magen.

»In einem solchen Palast erwartet man von mir, dass ich höchstens hinter dem Haus esse«, erklärt er. »Ich bin ein Unberührbarer.«

»Ich weiß.« Aus meinem eigenen beschränkten Wissen und dem, was ich aus seiner Geschichte gelernt habe, versuche ich seine Handlungsweise nachzuvollziehen. Ich stelle das Tablett auf dem Tisch neben der Schaukel ab. »Aber Sie haben mir auch erzählt, dass meine Großmutter Sie in dieses Haus eingeladen hat und Sie als ihren Freund bezeichnet hat. Sie haben doch sicherlich mit ihr zusammen hier gegessen.«

»Das war eine Ausnahme.« Er versucht zur Haustür zurückzuweichen, vor der Rokie auf der Veranda spielt.

»Dann erweisen Sie mir die Ehre, dieselbe Ausnahme auch für mich zu machen«, rufe ich ihm nach. Er hält inne und wendet sich wieder mir zu. »Ich verstehe ja, wie die Gepflogenheiten sind, und will bestimmt nicht respektlos sein, aber Sie haben meiner Großmutter bereits diese Ehre erwiesen und ich würde mich sehr freuen, wenn wir es ebenso halten könnten.«

Er mustert mich, scheint meine Worte abzuwägen, die wider Erwarten etwas in ihm bewegt haben.

»Bitte«, sage ich nur mit einladender Geste zu der Schaukel. Ich warte. Um seine alten Lippen formt sich langsam ein Grinsen, dann tritt er vor und setzt sich zögerlich hin. Ich hole zwei Teller aus der Küche und setze mich ihm gegenüber auf einen Stuhl. Zusammen decken wir die verschiedenen Schüsseln auf dem Tablett auf.

»Das riecht hervorragend.« Er lädt sich den Teller voll, sodass kaum noch etwas für mich übrig bleibt. »Du solltest auch davon probieren«, fordert er mich mit vollem Mund und einer Geste zu meinem leeren Teller auf, »ehe nichts mehr da ist.«

Lächelnd nehme ich mir, was noch übrig ist. Den Rest des Frühstücks verbringen wir schweigend.

* * *

Nach dem Essen frage ich Ravi, wo ich ins Internet gehen und internationale Anrufe tätigen kann. Er empfiehlt mir ein Café, das etwa zwanzig Minuten Fahrt entfernt liegt. Während die Motorrikscha über Steinchen und durch Schlaglöcher rumpelt, stelle ich mir Deepak vor, der denselben Weg nehmen musste. In Amishas Geschichte sprach sie von kargen und trostlosen Straßen, und mir scheint, dass sich in den Jahrzehnten seitdem wenig geändert hat. Die unbefestigte Straße zieht sich viele Kilometer durch sonnenverbrannte Felder, wir kommen nur an wenigen anderen Reisenden vorbei.

Endlich erreichen wir eine kleine Stadt mit modernen Geschäften. Die Straßen hier sind aus Asphalt, mit

Straßenlaternen an den Ecken. In den Schaufenstern grüßen elegant gekleidete Schaufensterpuppen, gekleidet sowohl im westlichen als auch im traditionellen indischen Stil. Wir umkurven Geschäftsleute und Studenten, Mütter und Kinder, welche die Straßen säumen. Aus einem der Läden dröhnt ein Bollywood-Song.

Der Fahrer hält vor einem Café an. »Ist große Stadt, wie Amerika, ja?« Mit offensichtlichem Stolz weist er auf das Café. »Sie können hier machen Anruf, kein Problem.«

Die Tische vor dem Café sind von jungen Erwachsenen und ihren Laptops besetzt. Ich muss lachen, so sehr ähnelt die Szenerie einem beliebigen Café in New York. Im Inneren begrüßt mich eine junge Kellnerin und fragt in perfektem Englisch, was sie mir bringen kann. Zwischen dem Café und Ravis Dorf liegen vielleicht nur einige Kilometer, doch es scheint Welten entfernt zu sein.

Ich bestelle einen Chai mit Sojamilch und suche mir eine leere Telefonzelle hinten im Café. Ich atme tief durch, ehe ich die Nummer wähle, die ich seit meiner Kindheit auswendig kenne. Auf der anderen Seite des Ozeans klingelt das Telefon mehrfach, ehe meine Mutter abhebt.

»Mom«, setze ich an, dann halte ich inne. Emotionen, die tief begraben in mir schlummerten, steigen wieder auf und schnüren mir die Kehle zu. Ich wohne, esse und schlafe jetzt in dem Haus, in dem auch sie als Kind gelebt hat, und doch habe ich keinen genaueren Einblick in das, was in ihr vorgehen mag. »Wie geht es dir?« Meine Unsicherheit lässt meine Worte hölzern und gestelzt wirken.

»Jaya?« Ihre Stimme hört sich traurig an. »Bist du das?« Ich höre sie am anderen Ende der Welt tief durchatmen. »Geht es dir gut?«

»Dein Vater ist gestorben«, eröffne ich ihr ruhig. »Noch vor meiner Ankunft.«

Die Stille ist beinahe ohrenbetäubend, ehe ich wieder ihren Atem höre. »Dann hält dich auch nichts mehr dort«, sagt sie schließlich, kaum mehr als ein Flüstern. Ihre Stimme klingt hart, und wäre nicht dieses minimale Stocken in ihren Worten, hätte man glauben können, dass ihr der Mann wirklich gleichgültig gewesen sei. »Du solltest wieder nach Hause kommen.«

»Er ist friedlich gestorben. Sie haben seine Asche verstreut«, erzähle ich ihr, als ob sie nichts gesagt hätte. »Ich habe den Diener getroffen, Ravi. Er erzählt mir die Geschichte deiner Mutter.«

»Ich kenne ihn nicht«, sagt sie abrupt. Ihre Stimme klingt angespannt, unsicher, fast ängstlich. »Und es gibt keine Geschichte zu erzählen.«

»Mom …«

»Dein Leben ist hier, Jaya. Deine Arbeit, dein Zuhause. Patrick …«

»Er ist nicht länger Teil meines Lebens«, unterbreche ich sie.

Was ich verschweige, ist der Teil, in dem ich beinahe unter der Last der Fehlgeburten zusammengebrochen wäre, in dem es mich so sehr mitgenommen hat, meinen Ehemann an eine andere Frau zu verlieren. Ich behalte auch für mich, dass die Geschichte meiner Großmutter für mich eine willkommene Flucht vor meiner eigenen Misere darstellt. Es ist das erste Mal seit Monaten, dass ich frei durchatmen kann. Doch nichts davon erzähle ich meiner Mutter, denn das ist unsere Art. Ich habe einfach nie gelernt, anders zu sein.

»Unsere Ehe ist vorbei.« Ich lasse ihr gar keine Zeit, etwas einzuwenden. »Ich kann nicht zurückkommen. Zumindest jetzt noch nicht«, erkläre ich. »Bitte, lass es damit gut sein.«

Ich kann vor meinem inneren Auge sehen, wie sie sich in der folgenden Stille zurückzieht, von der Situation löst. Sie wird sich äußerlich aufrichten und innerlich verschließen, wie immer, wenn sie sich auf eine Enttäuschung vorbereitet. Aber es gibt einen Unterschied zwischen Resignation und Distanziertheit. Daher überrascht sie mich jetzt auch so sehr. »Dein Vater tigert schon durch die Küche und will mit dir sprechen. Aber ich habe noch Fragen für eine Stunde oder mehr, also wird er sich gedulden müssen.«

Darauf war ich nicht vorbereitet, mir fehlen spontan die Worte. Genau das ist die Seite an meiner Mutter, die ich meine ganze Kindheit über vermisst habe. Diese seltenen Momente, an denen sie aus sich heraustrat und Scherze machte, bis sich alle vor Lachen bogen, und sie dann noch stundenlang lächelte. Aber ich schaffe es nicht, dem Angebot zu trauen, verschließe mich meinerseits. Ein ganz automatischer Selbstschutzmechanismus, um nicht erneut enttäuscht zu werden.

»Jaya.« Ich höre den Schmerz in ihrer Stimme und stelle mir vor, wie sie das Telefon umklammert und gegen die Tränen ankämpft. »Ich habe dich so lieb, Beti.«

Ich bin so verblüfft, dass ich nicht weiß, was ich sagen soll. Ich kann mich nicht daran erinnern, dass sie mir je zuvor gesagt hätte, dass sie mich liebt. Als ich keine Worte finde, reicht sie das Telefon an meinen Vater weiter. Dieser ist nicht zu halten und hat Tausende Fragen an mich, über das Dorf, über meine Pläne. Aber das ganze Telefonat über gehen mir die Worte meiner Mutter nicht aus dem Kopf. Jahrelang habe ich mich nach diesen einfachen Worten gesehnt. Und jetzt, wo sie sie endlich ausgesprochen hat, weiß ich nicht, wie ich damit umgehen soll.

Nachdem wir uns verabschiedet haben, klappe ich den Computer auf und schreibe schnell einen Gruß an den Redakteur des Blogs, für das ich schreiben werde. Meine Finger liegen auf der Tastatur, ich überlege, worüber ich meinen ersten

Beitrag schreiben werde. Dann atme ich einmal tief durch und beginne zu tippen.

Indien. Ein fremdes Land, eine halbe Welt entfernt. Vierundzwanzig Stunden unterwegs, um mein eigenes Heim gegen das Zuhause meiner Mutter einzutauschen. Ich war noch nie zuvor hier, und wenn ich ehrlich bin, hat es mich auch nie gereizt. Man sagt, man ist immer da zu Hause, woran das Herz hängt. Und so musste erst mein Herz brechen, damit ich bereit war, die Nabelschnur zu durchtrennen und mich aus meiner Wohlfühlzone zu verabschieden.

Jetzt stecke ich hier in einem kleinen Dorf, in dem Glück ein Ball auf einem dreckigen Feld ist. Oder die Gesellschaft anderer Menschen, ein gemeinsames Mahl. Gefunden wird es in alltäglichen Ritualen, in Geschichten, die hinter den vorbeiziehenden Wolken warten. Das Glück findet man im Leben selbst. Bisher habe ich nie verstanden, wie so was aussehen kann. Bisher habe ich mein Leben immer gelebt, wie man es von mir erwartete. Habe mir Schritt für Schritt das perfekte Leben aufgebaut, habe Stufe um Stufe die soziale Leiter erklommen und Stück für Stück alle Pflichten erfüllt, welche gesellschaftliche Normen und Konventionen von mir erforderten. Der Sinn des Lebens lag untrennbar in den persönlichen Errungenschaften. Doch Perfektion ist nur eine Illusion und Erfolg eine Last.

Indien. Hier habe ich die Geschichte einer Frau gehört, die ihrer Zeit voraus war und sich selbst darin verlor. Die darum kämpfte, sich selbst zu finden und gleichzeitig alle Erwartungen der Gesellschaft zu erfüllen. Ich kenne das Ende noch nicht, also weiß ich nicht, ob es ihr gelingen wird. Aber ihre Geschichte zwingt mich dazu, mein eigenes Leben zu hinterfragen. Habe ich die richtigen Entscheidungen getroffen? Und wenn ja, warum eigentlich? Mein ganzes Leben hatte ich jede Freiheit, mich selbst zu definieren und zu entwickeln, und doch bin ich immer nur blind den Pfeilen gefolgt, die für mich aufgemalt wurden. Doch wann immer wir nach mehr greifen, riskieren wir zu fallen.

Ich bin nach Indien gekommen, um einen sterbenden Mann zu treffen. Meinen Großvater, einen Mann, den ich nie zuvor gesehen oder gesprochen hatte. Aber der wahre Grund war eine Flucht. Ich habe drei Fehlgeburten erlitten. Und mit den Babys habe ich auch mich selbst verloren. Egal, wohin ich mich wandte, egal, wo ich auch suchte, ich konnte keinen Weg finden, die Wunden zu schließen.

Vor meiner ersten Schwangerschaft habe ich es immer als selbstverständlich genommen, dass ich Kinder haben werde. Sie waren nur der nächste logische Schritt in einem perfekten Leben, das ganz nach Plan verlief. Die erste Fehlgeburt habe ich noch als Ausrutscher abgetan. Eine Zwischenprüfung, für die man nicht gelernt hat, die aber auch keine Auswirkung auf die Endnote hat. Beim nächsten Versuch war ich mir sicher, dass ich der Aufgabe gewachsen war.

Die ersten neun Monate sind nicht mehr als der erste Beweis, dass man würdig ist, Mutter zu sein. Mit der zweiten Fehlgeburt zerbrach etwas in mir. Ich trauerte um das verlorene Kind. Alles erinnerte mich an den Verlust, wie die Phantomschmerzen nach einer Amputation. Wo ich auch hinblickte, überall sah ich Kinder, die mich an meine eigene Leere erinnerten. Die letzte Fehlgeburt löschte dann alles aus, was noch in mir verblieben war.

Mit den Kindern verlor ich auch meine Ehe. Als Reporterin habe ich mehr als einmal sachlich über Familien berichtet, die schwere Zeiten erlebten. Kranke Kinder und die Belastung, die dies für die Familie bedeutet. Fünfzig Prozent aller Ehen enden in einer Scheidung. Der Prozentsatz ist bedeutend höher, wenn ein krankes oder behindertes Kind im Spiel ist. Aber was ist mit jenen von uns, die nie ein Kind hatten? Wie hoch ist die Chance, dass unsere Ehe die Wirren übersteht, die enttäuschte Hoffnung, Trauer und Resignation mit sich bringen? Wie kann man einen Partner tragen, wenn man selbst nicht mehr stehen kann? Meine Ehe wurde ein weiteres Opfer des Schicksals. Ich kann noch so viele Studien über Schwangerschaft und Geburt lesen, in mir bleibt es leer. Ich frage mich, ob das der Preis dafür ist, dass ich zu viel gewollt hatte.

Ich lese mir alles noch einmal Wort für Wort durch. In dem Text erwähne ich nirgendwo meine Mutter oder ihr Schweigen, doch von ihr habe ich gelernt, wie wichtig es ist, Geheimnisse zu wahren. Die Konditionierung steckt zu tief in mir. Ich wähle »Löschen«, schalte den Laptop aus und stecke ihn in meine Tasche. Dann lehne ich mich zurück und schließe die Augen. Meine vertraute Wolke der Dunkelheit lauert nie weit entfernt, versucht mich wieder in sich zu ziehen, doch ich kämpfe gegen die Aussetzer an. Ich werfe den Becher mit dem Rest Chai in den Müll und winke eine Motorrikscha heran, um wieder zum Haus meiner Großmutter zu fahren.

Amisha

Neunzehn

»Ein-fach.« Amisha betonte Silbe für Silbe. »Kom-pli-ziert.« Stolz schaute sie auf und sah Stephen an, der die bereits von ihr vorgelesenen Wörter markierte. Schweigend blickte er zu ihr, neugierig.

»Was ist?«

»Wie mache ich mich?«, fragte sie seufzend.

»Sind jetzt schon Komplimente notwendig?« Er hielt die lange Liste mit Wörtern hoch, die noch darauf warteten, vorgelesen zu werden. »Wir haben bisher erst zwei Wörter geschafft, es warten noch fast hundert.«

»Aber immerhin habe ich schon zwei geschafft.« Amisha zeigte auf das Papier. »Und eins davon war wirklich schwer, um nicht zu sagen sogar kompliziert!«, erklärte sie und schmunzelte über ihr eigenes Wortspiel.

»Nein, das war noch gar nichts.« Er überflog die Liste schnell und zeigte auf ein anderes Wort. »Versuchen Sie das hier mal.«

Ihre Augen wurden schmal vor Konzentration. »Stra-pa-zi-ös«, stammelte sie.

»Exakt. Das passt doch zu Ihnen.« Er reichte ihr die Liste zurück, mit einem selbstgefälligen Lächeln. »Also, machen wir weiter.«

»Nein«, meinte sie. »›Strapaziös‹, das ist eine Eigenschaft, die nicht nur auf mich gut passt.« Sie musste sich das Lächeln verkneifen. »Ist es eigentlich Teil der britischen Kultur, nie zu ermutigen, oder ist das Ihre ganz persönliche Eigenschaft?«

»Ach, Sie brauchen etwas zum Ansporn?« Stephen lehnte sich zurück, gestützt auf die Unterarme. »Ich habe noch eine Liste mit hundert Wörtern in meinem Büro. Um die Aufgabe zu schaffen, müssen Sie sieben Wörter die Minute lesen, bisher sind wir bei einem Wort in sieben Minuten. Also, wir sollten uns lieber etwas beeilen.«

»Es ist ein wahres Wunder, dass Sie nicht an vorderster Front eingesetzt werden.« Amisha warf einen Blick auf die nächsten Wörter, versuchte einzuschätzen, wie schwer sie waren. »Man sollte meinen, Ihre Talente würden da Früchte tragen.« Damit ihm keine Zeit für eine Antwort blieb, begann sie wieder vorzulesen, diesmal schneller als zuvor. Zufrieden und ein wenig stolz hörte Stephen zu. Bei besonders schwierigen Wörtern las sie die Buchstaben einzeln vor und nutzte ihre Kenntnisse der gesprochenen Sprache, um die richtige Aussprache zu finden.

Sie lernten jetzt schon über einen Monat zusammen. Ursprünglich hatten sie eine halbe Stunde ausgemacht, immer nach Amishas Unterricht. Da sie diese Zeit aber regelmäßig überschritten, hatte Stephen vorgeschlagen, dass sie vielleicht fest mehr Zeit einplanen sollten und sich drei oder vier Mal die Woche treffen könnten. Begeistert hatte Amisha direkt zugestimmt.

»Fertig.« Amisha strahlte vor Stolz, als sie am Ende der Liste angekommen war. Jedes Mal, wenn sie ein Übungsblatt abschloss, überkam sie ein Erfolgsgefühl, das sie nie zuvor gekannt hatte.

»Gut.« Stephen nahm ihr das Papier aus der Hand. »Ich gehe die nächsten Seiten holen.«

»Wenn meine Schüler etwas schaffen, versuche ich sie mit Lob zu ermutigen«, deutete Amisha lächelnd an. In Wahrheit wollte sie ihm aber danken. Ohne ihn wäre sie nie so weit gekommen. Sie wusste nur nicht genau, wie sie es ausdrücken sollte.

»Sie meinen die Schüler, die Sie hier unterrichten?« Er schüttelte den Kopf. »Es freut mich zu hören, dass Sie nett zu den Kindern sind. Aber das war ja zu erwarten, Sie können ihre Denkweise bestimmt gut nachvollziehen – so ähnlich, wie Sie ihnen sind, in Herz und Verstand und Freude an Komplimenten.« Amisha sah an seinen Augen, wie viel Spaß es ihm machte, sie zu ärgern. Fast musste er kichern, als er ihre Mundwinkel frustriert zucken sah.

»Gehen Sie bitte die nächsten Seiten holen.« Es war ihre ganz eigene Art, miteinander zu spielen, erkannte Amisha. Das war ihr völlig fremd, noch nie hatte sich ein Mann ihr gegenüber so verhalten. Als Kind hatte sie natürlich ihre Brüder und deren Freunde geneckt, aber das war lange her.

»Ich habe auch Hausaufgaben vorbereitet.«

»Hausaufgaben?« Sie stand auf, damit sie ihn direkt ansehen konnte. Ihr Instinkt, geprägt durch Jahre der Konditionierung, befahl ihr, den Blick zu senken, doch sie widerstand dem Impuls. Sie wusste selbst nicht, wieso. »Ich habe keine Zeit für Hausaufgaben.«

»Wirklich nicht? Das ist aber schade. Aber ist nicht so schlimm, wir machen ja auch hier gute Fortschritte. Mit der Geschwindigkeit sind Sie in ein paar Jahren so weit, Ihre erste Geschichte zu übersetzen.« Die Herausforderung war offensichtlich.

»In ein paar Jahren?« Unsicherheit drang durch die Wand, die sie in seiner Gesellschaft zu ihrem eigenen Schutz errichtet hatte. Amisha trat einen Schritt zurück, fort von ihm und seinen Worten. Jahre, das könnte ebenso gut ein ganzes Leben sein. Die Geschichten drängten jetzt in ihr, geschrieben zu werden, in dieser neu entdeckten Sprache.

»Amisha.« Stephen trat wieder näher zu ihr. Ihre Reaktion war ihm nicht entgangen. »Sie machen fantastische Fortschritte.« Man sah ihm an, dass er es ehrlich meinte. Alles Necken und Rumalbern war wie fortgewischt. »Es geht sogar besser, als ich gehofft hatte. Ich bin mir sicher, dass es nicht mehr lange dauern wird, dann fließen Ihre Geschichten nur so auf das Papier, und Sie werden mich nicht mehr benötigen.«

»Sie werden bestimmt froh sein, wieder zu ernsten Angelegenheiten übergehen zu können.« Amisha konnte sich nach wie vor nicht erklären, warum er ihr half. Ravi hingegen freute sich stets für sie und riet ihr, nicht unnötig ihr Glück zu hinterfragen.

»Versprechen Sie mir bitte eines.« Sein Blick wanderte über den wolkenlosen Himmel. »Eine Geschichte, geschrieben in Englisch. Das wäre mein Wunsch als Abschiedsgeschenk.«

Noch nie zuvor hatte jemand sie um eine Geschichte gebeten. Mehrfach hatte sie vergeblich versucht, Deepak von ihrer Leidenschaft zu erzählen. Dieser hatte das Gespräch aber immer schnell auf andere Themen gelenkt, zu den Kindern, dem Haus oder ihrem Unternehmen. Schon bald hatte sie es aufgegeben.

»Warum?«

»Damit ich mich stets daran erinnern kann, was für ein fantastischer Lehrer ich bin.«

Der Scherz reichte, um die aufgestaute Spannung zu brechen. Stephen floh schnell ins Innere der Schule, um die nächsten Übungsblätter zu holen, verfolgt von Amishas Lachen.

* * *

Amisha traf früh bei der Schule ein. Paresh hatte sie die Nacht über wachgehalten, er hatte sich einen Magen-Darm-Infekt eingefangen. Deepak war wie immer unterwegs, daher war Amisha froh, als Bina und Ravi anboten, über Nacht zu bleiben. Ravi kümmerte sich um Samir und Jay, während Bina hinter dem Haus die mit Schweiß und Magensäure verdreckte Kleidung und Bettwäsche wusch. Am Morgen waren alle Symptome der Krankheit verschwunden. Amisha war sich trotzdem unsicher, ob sie ihn allein lassen sollte, doch Paresh spielte munter und nuckelte dabei an einem Kulfi-Eis. Sie war erleichtert, als er ihr ein breites Grinsen schenkte und ihr zum Abschied zuwinkte.

In der Schule angekommen las Amisha noch vor dem Unterricht den Stapel Geschichten, den ihre Schüler eingereicht hatten. Diesmal hatte sie ihnen eine einfache Aufgabe gestellt. Eine Zauberfee gewährte ihnen zwei Wünsche, ganz egal, was. Es konnten kleine Sachen sein oder Dinge, die das Leben veränderten. Doch im Gegenzug verlangte die Fee, dass der Beschenkte eine Sache aufgab, die ihm wichtig war.

Viele der Kinder wünschten einfach nur, dass ihre Familien mehr Geld hätten. Andere boten Kleidungsstücke im Austausch gegen Spielwaren oder Gemüse im Austausch gegen Schokolade. Amisha fürchtete, dass diese Kinder die Aufgabe nicht komplett verstanden hatten. Sie nahm sich gerade die nächste Geschichte vor, als Neema eintraf.

»Guten Morgen, Madam«, sagte sie. Ihre Haare waren zu einem Pferdeschwanz gebunden, die Kleidung frei von Falten, wahrscheinlich mit einem traditionellen Bügeleisen geglättet, das noch auf dem Herd oder über einem Feuer erhitzt wurde.

»Du bist früh hier.« Amisha hob den Stapel Papier hoch. »Ich lese gerade eure wundervollen Geschichten.«

»Haben Sie meine schon gelesen?«

Amisha blätterte durch den Stapel, bis sie Neemas Geschichte weit unten fand. »Werde ich jetzt gleich lesen.«

»Sie ist nicht wirklich gut«, entschuldigte Neema sich vorab.

»Das kann ich mir schwer vorstellen.« Amisha musste sich ein Lächeln verkneifen, als das Mädchen nervös auf und ab ging. Die Geschichte begann mit der Einleitung, in der eine junge Fee dem Mädchen erklärte, dass es zwei Wünsche frei habe. Ohne zu zögern antwortete das Mädchen und wünschte sich unbegrenzt viele Bücher und genug Zeit, sie alle zu lesen. Die Fee winkte einmal mit ihrem Zauberstab und erfüllte den Wunsch. Vor dem Mädchen erschien ein Regal, und immer, wenn sie ein Buch aus dem Regal nahm, tauchte ein neues auf. Jetzt fragte die Fee, was das Mädchen ihr im Austausch geben würde. Wieder zögerte sie nicht und bot ihr ihre bereits geplante Hochzeit.

»Die Hochzeit aufzugeben war ein großes Opfer«, meinte Amisha mit einem Seitenblick auf Neema.

»Für die Fee, ja«, antwortete Neema im Flüsterton. »Aber nicht für das Mädchen, das sie nie hatte haben wollen.« Sie zog das Haargummi ab und ließ ihre schwarzen Haare über die Schultern fallen. Die Haare glänzten von dem Öl, das man präventiv gegen Läuse einzureiben pflegte. »Aber alle Mädchen träumen von ihrer Hochzeit, oder? Daher nahm die Fee an, dass sie ein großes Opfer erbracht hätte.«

»Ist es nicht ein bisschen früh für dich, dir solche Gedanken über die Hochzeit zu machen?« Amisha erinnerte sich noch genau daran, wie ihr Vater ihr eröffnet hatte, dass sie jetzt verlobt sei. Amishas Mutter und Brüder hatten gefeiert, Amisha selbst hingegen hatte sich im Toilettenhäuschen eingeschlossen und stundenlang geweint.

»Ich bin fünfzehn Jahre alt, meine Hochzeit wurde bereits arrangiert.« Neema schaute zur Uhr, dann zur Tür und wich Amishas Blick aus.

Eigentlich hätte das Amisha nicht groß überraschen sollen; sie selbst war ja auch nicht älter gewesen. Sie wusste, dass

Mädchen in jedem Alter verheiratet wurden. Eine arme Familie konnte ein neugeborenes Mädchen für einen Sack Reis abgeben. Fünfzehn Jahre wurde in manchen Dörfern schon als alt angesehen. Amisha fragte sich, ob auch diese Tradition sich mit der Zeit ändern würde. Doch bisher hatte niemand das bestehende System durchbrechen können, nicht einmal die Briten.

»Freust du dich auf deine Hochzeit?«, fragte Amisha.

»Das erwartet man von mir, oder?« Ihre schmalen Augen und gespannten Lippen zeigten, wie zornig sie der Gedanke machte. Amisha konnte nicht anders, sie fühlte Stolz bei diesem Ausbruch der Emotionen. »Aber es ist ohnehin nur eine Geschichte.« Neema ließ sich auf ihren Stuhl fallen und holte Stifte und Papier aus der Tasche. »Ich habe ja gesagt, dass die Geschichte nicht gut ist.«

»Neema, deine Geschichte ist wirklich beeindruckend.« In ihrem Alter hätte Amisha vielleicht eine sehr ähnliche Geschichte geschrieben. Aber nach der Heirat kamen die Kinder, und die würde sie gegen keinen Wunsch der Welt eintauschen. »Du hast die Aufgabe sehr gut erfasst und dich hervorragend ausgedrückt, sowohl in Worten als auch Bildern. Ich bin beeindruckt.«

Neema schien sichtlich bewegt von Amishas Worten und brauchte einen Augenblick, bis sie antworten konnte. »Mein Verlobter wünscht sich eine gebildete Frau. Mein Vater sagt, dass ich viel Glück habe.«

»Neema?«, fragte Amisha zögerlich. Sie wusste, dass es ihr nicht anstand, weiter zu fragen, sie war nur ihre Lehrerin. Wie jeder andere wusste Amisha natürlich, dass Neema ihrem Schicksal folgen musste. »Wünschst du dir, das Mädchen aus der Geschichte zu sein?«

Neema blickte stumm auf ihre Füße, ehe sie schließlich antwortete. »Wenn dem so wäre, dann wäre ich töricht, oder etwa nicht?«

Zwanzig

»Navaratri«, wiederholte Amisha und hoffte, dass er sich doch an das Wort erinnern würde. »Der Festtag direkt vor Diwali?«

»Das Wort lauter zu wiederholen wird nicht bewirken, dass ich es verstehe«, erklärte Stephen.

Sie machten eine Unterrichtspause und schlenderten gemeinsam durch den Garten. Es war ein herrlicher Tag. Der Staub, der normalerweise in der Luft lag, war heute nur als schwache Ahnung zu spüren. Wolken verdeckten die brennenden Strahlen der Sonne, ließen gerade genug durch, um Amishas Arme und Nacken zu wärmen.

»Wir tanzen. Die Frauen tragen ihre kostbarsten Juwelen, an den Fußgelenken haben wir Ringe mit kleinen Glöckchen.« Amisha hob ihren Sari an, zeigte ihm ihre Fußringe. »Zwanzig bis dreißig gläserne Reifen an unseren Handgelenken, farblich passend zu unserer Chaniya Choli.«

»Gut, so weit klar, ihr klingelt also, wenn ihr geht«, scherzte er. Ihre Augen verengten sich warnend, also beherrschte er sich und wurde wieder ernst. »Was ist Chaniya Choli?«

»Unsere feinste Kleidung.« Sie warf ihm noch einen zurechtweisenden Blick zu, nur um sicherzugehen, dass sie auch wirklich streng wirkte. »Das Set besteht aus einer Bluse mit kurzen

Ärmeln, einem Seidenrock, der bis zu den Knien reicht, und einer dünnen Stola. Alle Teile sind aufeinander abgestimmt.« Da ihre Eltern nicht wirklich wohlhabend gewesen waren, hatte sie sich nur sehr einfache Chaniya Choli leisten können. Also hatte Amisha sich Glaskugeln gekauft und angenäht, damit das Gewand farbenprächtiger wurde. »Dazu kleben die Frauen sich Bindi mit kleinen Diamanten auf die Stirn.« Amisha zeigte auf die Stelle zwischen ihren Augenbrauen.

»Damit wird gezeigt, dass man verheiratet ist.«

»Ja, genau.« Sie erinnerte sich daran, wie sie Deepak sieben Mal um das Feuer gefolgt war, wie er seinen Daumen in die rote Paste getunkt und ihre Stirn markiert hatte. Wie groß der Punkt war, spielte keine Rolle, wichtig war nur, dass jetzt jeder wusste, dass sie zu ihm gehörte. »Man zeigt, dass man verheiratet ist«, wiederholte Amisha nachdenklich.

»Aber Sie tragen keinen«, bemerkte Stephen mit Blick auf ihre Stirn.

»Nein.« Amisha wandte den Blick zu Boden. Nach ihrer Hochzeit hatte sie einen kleinen Bindi getragen, nach Pareshs Geburt hatte sie aber damit aufgehört. »Nicht mehr.«

»Warum?«, wollte Stephen wissen.

Amisha zögerte, aus Angst, dass sie töricht erscheinen könnte. »Manchmal vergesse ich einfach, ihn anzulegen.« Sie blickte zu Stephen, um seine Reaktion zu sehen. Er lächelte. Es machte sie verlegen. »Verheiratete Frauen tragen Rot, junge Mädchen wählen die Farbe ihres Bindis selbst, Witwen tragen keinen mehr.«

»Also zeigt nicht der Bindi allein, sondern vielmehr der rote Bindi an, dass man verheiratet ist, ja?«, fragte Stephen. Amisha nickte zustimmend. Stephen hatte bestimmt schon oft Frauen mit Bindi im Dorf gesehen. »Woher kommt diese Tradition eigentlich?«

Amisha fasste sich wieder an die Stelle zwischen den Augenbrauen. »Die Stelle symbolisiert das dritte Auge. Wenn man einen Bindi sieht, wird man an den größeren Sinn des Lebens erinnert, das oberste Ziel der Selbstverwirklichung. In den Tempeln steht er immer noch dafür. Das dritte Auge ist auf das Göttliche gerichtet, der Bindi verkörpert Pietät, erinnert uns daran, nie den Blick für die Götter zu verlieren.« Sie erinnerte sich an Chara. Chara hatte immer darauf bestanden, dass Amisha einen Bindi trägt. »Aber ich glaube, die eigentliche Bedeutung ist schon vor langer Zeit verloren gegangen.«

»Das passiert häufiger, als man denkt.« Erstaunt wandte sie sich ihm zu. »Indien will, dass die Briten gehen, dabei wird aber zu gerne vergessen, warum wir eigentlich erst gekommen sind: um zu helfen.«

Einen Augenblick herrschte Stille, während Amisha seine Worte verarbeitete. »Hat man Ihnen das in der Schule beigebracht oder glauben Sie das wirklich?«

»Sowohl als auch«, erklärte er, ohne zu zögern. »Wieso, was glauben Sie denn?«

Sie waren wieder beim selben Thema angelangt. Amisha dachte an die Berichte über Aufstände, Inder, die gegen Briten kämpften. Zwischenfälle dieser Art häuften sich, die Zeit der friedlichen Herrschaft des Raj in Indien schien sich dem Ende zuzuneigen. Seit 1858 herrschten die Briten offiziell. Schon zuvor hatten Inder versucht, sich gegen die Kolonialisierung zu wehren, der große Aufstand war aber niedergeschlagen worden. Jetzt, unter dem Einfluss Gandhis, fanden sie wieder eine gemeinsame Stimme und riefen nach Unabhängigkeit.

England wollte diesen Ruf nicht erhören. Nicht umsonst nannte man Indien das Kronjuwel des britischen Empire. Indien hatte eine viel zu große Bedeutung für das Königreich, auch über die rein wirtschaftliche Seite hinaus; das Land zu verlieren wäre ein schwerer Schlag. Daher kämpften die Briten gegen jegliche aufständischen Tendenzen an, indem sie sowohl die personelle als auch die militärische Präsenz verstärkten. Man hatte sogar Mahatma Gandhi mehrfach verhaftet und eingesperrt, um die Rebellion so ihrer Stimme zu berauben.

Bei Abendgesellschaften hörte Amisha immer gut zu, wenn Deepak und die anderen Männer über die Situation Indiens sprachen. Jetzt aber, hier mit Stephen, wollte sie nicht über die Differenzen sprechen, die zwischen seinem Volk und ihrem bestanden. Stattdessen brachte sie das Gespräch wieder auf die Feierlichkeiten zurück. »Navaratri«, setzte sie erneut an. Er musste doch zumindest von dem Feiertag gehört haben. »Man nennt das Fest auch ›die Neun Nächte der Lichter‹.«

Er akzeptierte stillschweigend, dass sie über das andere Thema nicht sprechen wollte. »Gehen Sie einfach mal davon aus, dass ich gar nichts weiß, und erklären Sie von Anfang an.«

»Wollen Sie es wirklich wissen?« Amisha brannte darauf, es ihm in allen Details zu erzählen. Es war eine Zeit, in der Freunde und Familie gemeinsam durch die Nacht tanzten. Eine der seltenen Gelegenheiten, zu denen das ganze Volk von Freude erfüllt war. Während der Zeit des Navaratri war Amisha froh, Inderin zu sein. »Ganz sicher?«

»Ich würde mich nicht trauen, Nein zu sagen«, erwiderte er ernsthaft.

Ihr Spaziergang hatte sie zu dem hintersten Baum geführt. Stephen hielt hier an, lehnte sich an den Stamm. Er trug die typische khakifarbene Hose, verschränkte die Beine jetzt. Dazu hatte er die Ärmel seines Hemdes hochgerollt, sodass Amisha die Härchen an seinen Unterarmen glitzern sah. Sie ließ sich im Gras nieder und war sich sicher, dass er ihr folgen würde.

»Es ist unser Neujahrsfest. In jedem Haus werden Diyas angezündet.« Das Öl in den Tonlampen würde ständig nachgefüllt werden, damit die kleinen Flammen das ganze Fest über rund um die Uhr brannten. »Neun Tage lang tanzen wir.« Am liebsten hatte Amisha den ersten Tag, an dem die Leute den Göttern Süßigkeiten und Blumen opferten. »Navaratri ist der Beginn des Festes und Diwali das Ende«, erklärte sie mit steigender Begeisterung. »Der Himmel wird von Feuerwerk erleuchtet, alle Türen und Fenster werden mit Mangoblättern und Blumen bedeckt.« Amisha hob eine Blume in voller Blüte auf, die zu Boden gefallen war. Sie sog den Duft ein und reichte sie dann an Stephen weiter, der es ihr gleichtat. »Wir überreichen geliebten Menschen Geschenke und Leckereien und beten um spirituelle Erleuchtung und Kraft.«

»Welche Art von Kraft?« Man sah ihm an, dass er ernsthaft interessiert war.

Amisha rief sich ins Gedächtnis zurück, wofür sie gebetet hatte. Neemas Geschichte kam ihr in Erinnerung. »Wir beten, dass wir die Kraft haben, alles anzunehmen, was das Leben uns bietet, das Gute und das Schlechte.«

Stephen betrachtete einen Augenblick den Himmel, ehe er sie wieder ansah. Er schluckte, und Amisha fragte sich, ob er wohl gerade an seinen Bruder dachte. »Und zu wem beten Sie?«, fragte er schließlich.

Das war nicht die Frage, die sie erwartet hatte. »Zu Ganesha und seinen Eltern.« Ganesha war der Entferner aller Hindernisse. Allein die Tatsache, dass sie hier saß und von Stephen lernte, zeigte, dass ihre Gebete Früchte getragen hatten.

»Der Elefantengott?«, fragte Stephen.

»Ja.« Sie war beeindruckt, dass er diesen Teil kannte. »Er ist der Sohn des Shiva. Kennen Sie die Geschichte?«

Zu Amishas Überraschung nickte Stephen. »Der Vater schnitt ihm aus Versehen den Kopf ab und ersetzte ihn durch den Kopf des ersten Tieres, das des Weges kam.«

»Als Entschuldigung verlieh er seinem Sohn die Macht, alle Hindernisse zu entfernen, die das Leben stellen kann«, schloss Amisha ab.

»Und damit den Pfad zur Erleuchtung zu bereiten. Vielleicht sollte ich zu Ihrer Religion konvertieren.«

Amisha schreckte auf, sah dann aber, dass er nur scherzte. »Suchen Sie denn nach Erleuchtung, Leutnant?« Sie stieß ihn mit dem Ellbogen an, bereute die familiäre Geste aber sofort. Peinlich berührt faltete sie die Hände im Schoß.

»Manche Leute würden sagen, dass ich es nötig hätte.« Sein Lächeln half ihr, die Verlegenheit zu überwinden. Plötzlich unruhig geworden, erhob er sich und ging im Garten umher.

»Der Tempel im Dorf würde Sie bestimmt willkommen heißen.« Sie wollte schon sagen, dass man dort nicht über die Herkunft der Menschen urteilte, aber dann kamen ihr Ravi und Bina in Erinnerung.

»Ha, ein Vertreter des Raj im Tempel?« Stephen schüttelte den Kopf leicht. »Ich befürchte, dieser Garten ist der einzige Ort, an dem ich zur Erleuchtung finden werde.«

Amisha wusste nicht, was sie darauf erwidern sollte, also schwiegen sie eine Weile zusammen. Schließlich ergriff sie wieder das Wort. »Während des Festes werden auch die Göttinnen geehrt.« Amisha wartete, bis sich Stephen wieder zu ihr in den Schatten gesetzt hatte, natürlich in angemessener Entfernung. »Die drei mächtigsten Göttinnen, die Göttin der Macht, die Göttin des Reichtums und die Göttin des Wissens und der Gelehrsamkeit. Neun Tage tanzen wir, drei Tage erweisen wir jeder von ihnen die Ehre.« Sie hob ein kleines Stöckchen auf und begann, englische Buchstaben in die lockere Erde zu kratzen. »Gibt es auch Feste für die Göttinnen in England?«

Er lehnte sich zurück, gestützt auf die Unterarme. »In der Bibel gibt es keine Göttinnen.«

»Keine Göttinnen?« Amisha war schockiert. »Aber mit wem sind die Götter denn dann zusammen?«

»Zusammen? Im Sinne von ›das Bett teilen‹?«

Amisha spürte Hitze aufsteigen, am Nacken entlang und bis in die Wangen. Stephen schien sich sichtlich über ihr Erröten zu amüsieren.

»Soweit wir wissen, schläft Gott mit niemandem«, erklärte er. »Und es gibt nur einen Gott, nicht mehrere.«

»Oh«, meinte Amisha nur und verarbeitete die Informationen schweigend.

»Sie scheinen überrascht.« Er warf einen schnellen Blick auf die Uhr. Sie hatten noch eine gute Stunde, bis die Schüler aus den Klassen kommen würden. »Hat man in Ihrer Schule nicht über fremde Religionen unterrichtet?«

Beim Thema Schule entwich sie seinem prüfenden Blick. »Ich habe nur sechs Jahre die Schule besucht, dann musste ich im Haushalt helfen.«

»Sechs Jahre?« Stephen berechnete die Zeit. »Also haben Sie die Schule im Alter von elf Jahren verlassen?«

»Ja«, bestätigte Amisha. Sie konnte sich vorstellen, was er jetzt dachte. Sie war schließlich nur ein ungebildetes Mädchen aus dem schäbigen Dorf, er war Teil des mächtigen Raj. Jetzt fragte er sich bestimmt, warum er hier seine Zeit verschwendete. Plötzlich beschämt, spürte sie ihr bisheriges Hochgefühl verpuffen. Sie suchte nach einer Ausrede, um gehen zu können, und war sich sicher, dass diese auch ihm willkommen wäre. »Sie haben gewiss noch viel Arbeit vor sich. Ich habe Ihnen schon zu viel Zeit gestohlen mit meinem Geschwätz.«

Sie wollte aufstehen, als seine Hand sich schnell auf ihre legte. Nur für einen Augenblick, so kurz, dass sie sich fragte, ob sie es sich nur eingebildet hatte. Auf keinen Fall lange genug, dass jemand es bemerkt hätte. Weder die Götter, zu denen

Amisha betete, noch die Schulmitarbeiter, deren Augen überall sein konnten. Aber es war lange genug, um sie daran zu erinnern, wer er wirklich war – ein Mann, dem sie genug bedeutete, dass er es auf sich nahm, sie zu unterrichten.

»Es tut mir leid. Das muss schrecklich gewesen sein«, sagte Stephen mitfühlend.

»So schlimm war es nicht.« Amisha musste gegen den Kloß ankämpfen, der sich vor Dankbarkeit in ihrer Kehle gebildet hatte. »Ich habe immer heimlich die Lehrbücher meiner Brüder stibitzt und in ihnen gelesen«, erinnerte sie sich nostalgisch. »Schon kurz danach habe ich meine ersten Geschichten verfasst.«

»Jemandem mit solchen Talenten sollte die Welt zu Füßen liegen.«

Überwältigt von seinen Worten stand Amisha abrupt auf, um die Emotionen zu verstecken, die sie zu überwältigen drohten. Mit einer schnellen Geste forderte sie ihn auf, ihr zu folgen. »Kommen Sie, ich bringe Ihnen die Schritte für den Navaratri-Tanz bei.«

»Oh nein.« Er folgte, hielt aber die Arme vor der Brust verschränkt. »Die letzte Frau, die mir tanzen beibringen wollte, war meine Gouvernante.« Er stand unbewegt und unnachgiebig. »Ich tanze nicht.«

Amisha suchte den Boden nach passenden kurzen Ästen ab. Sie reichte ihm zwei und suchte weiter, bis sie auch zwei für sich selbst gefunden hatte. »Jeder tanzt.« Der Tanz war der wichtigste Teil einer jeden Feier, gleich welcher Art. Hochzeiten, Festtage, alles. Für Amisha war es die Zeit, zu der Männer und Frauen zusammenkamen, ohne Gedanken an die Rollen der Geschlechter verschwenden zu müssen. Sie hatte zwar noch nie gesehen, dass Briten sich an ihren Festen beteiligten, aber sie hatte Stephen beobachtet, in ihrem Garten, als

Person. »Sie bringen mir Englisch bei, also bringe ich Ihnen das Tanzen bei.«

»Der Unterschied ist nur, Sie wollen Englisch lernen«, beklagte sich Stephen. »Ich will aber nicht tanzen lernen.«

Amisha ignorierte seine Weigerung, griff die spitzen Enden seiner Stöcke und richtete sie korrekt aus. Dann stellte sie sich ihm gegenüber auf, hielt einen Stock in jeder Hand und wies ihn an, ihrem Vorbild zu folgen. »Folgen Sie einfach meinen Bewegungen.« Als er immer noch nicht reagierte, wackelte sie verärgert mit den Stöcken, bis er schließlich mit einem betonten Seufzer nachgab.

»Zufrieden?«, fragte er.

»Ja.« Amisha musste sich das Lachen verkneifen, so komisch war sein Anblick mit den beiden Ästchen in der Hand. »Schwingen Sie jetzt einen Stock nach vorne und schlagen Sie meinen, so in der Art etwa«, erklärte sie, demonstrierte es und folgte mit dem anderen Stock. »Gut gemacht«, lobte sie. »Und sehen Sie, Lob und Ermutigung, so einfach geht das!«

»Lob dafür, dass ich Ihren Stock mit meinem schlagen kann? Ich werde mich daran erinnern und Sie mit Lob überschütten, wenn wir mit Bauklötzen spielen«, gab Stephen trocken zurück.

Amisha ignorierte ihn. »Also, das machen wir jetzt fünf Mal, und nach dem letzten Schlag drehen Sie sich einen vollen Kreis und gehen zum nächsten Tänzer über. Sehen Sie, so«, erklärte Amisha weiter und wirbelte im Kreis. Ihr Haar flog um sie, der Sari löste sich, sie trat auf den Saum und geriet ins Straucheln.

»He, Vorsicht!« Instinktiv griff er nach ihr. Er bekam sie unter den Armen zu fassen, seine Finger streiften leicht die Seiten ihrer Brüste, als er sie auffing und ihr half, wieder auf die Füße zu kommen. »Ist alles in Ordnung?«

»Ja«, murmelte Amisha. »Vielen Dank.« Sie spürte seinen warmen Atem an ihrer Wange. Verlegen löste sie sich aus seinen Armen. Die Wärme, die seine Berührung ausgelöst hatte, kämpfte mit den verinnerlichten Erwartungen, denen sie in ihrer Gesellschaft zu entsprechen hatte. »Es tut mir leid. Ich habe mich mitreißen lassen.«

»Sie brauchen sich nicht zu entschuldigen«, versicherte er. Er wartete einen Augenblick, bis sie wieder zu ihm aufsah. »Vielleicht ist es doch wichtig, dass ich die Schritte zu dem Tanz lerne.«

Einundzwanzig

»Heute werden wir unsere erste Geschichte auf Englisch schreiben.« Amisha reichte jedem Schüler ein Heftchen, nachdem sie die Aufgabe in einfachem Englisch an die Tafel geschrieben hatte.

Letzte Nacht hatte Amisha Jay zum ersten Mal bei seinen Englisch-Hausaufgaben helfen können. Danach war er ihr auf den Schoß gekrabbelt und hatte ihr gedankt. In ihrer Kehle hatte sich ein dicker Kloß gebildet, also nahm sie ihn nur ganz eng in die Arme und kitzelte ihn danach durch. Als er lachend wegrannte, fiel ihr Blick auf den kleinen Hausschrein. Sie hatte den Göttern dankbar zugenickt.

Im Unterricht setzte sie jetzt ihre begrenzten zeichnerischen Fähigkeiten ein, um ein Bild der Erde an die Tafel zu malen, die Meere blau und die Erde grün. »Wer kann mir sagen, wo wir herkommen?«

Die Idee zu der Aufgabe war ihr am vorigen Abend gekommen. Sie hatte noch mit Ravi und den Jungs zusammengesessen, über Karma gesprochen und darüber, wie das Universum jedem seine Rolle im Leben zuteilt. Jay hatte voller Unschuld gefragt, welche Verbrechen Ravi denn in seinem letzten Leben begangen haben musste, dass er in diesem als Unberührbarer wiedergeboren wurde. Amisha wollte ihn schon zurechtweisen, doch Ravi meinte nur, dass es schon gut sei. Aber eine Antwort auf die Frage konnten sie beide nicht geben.

Auch die Schüler mussten raten. »Von den Göttern?«, fragte einer.

»Durch Evolution. Wir kommen von den Affen«, meinte ein anderer.

»Und wie verbringen wir unser Leben?« Amisha sah, dass sie die Frage nicht recht verstanden. »Sobald wir zur Welt gekommen sind, werden wir immer noch von dem kontrolliert, der uns geschaffen hat?« Die Schüler schüttelten verneinend ihre Köpfe. »Aber wie treffen wir dann unsere Entscheidungen?«

»Wir hören auf unser Herz«, antwortete Neema zögerlich. Es hörte sich fast mehr nach einer Frage an. Amisha nickte ermutigend.

»Wir vertrauen auf unser Bauchgefühl«, sagte ein Junge aus den vorderen Reihen. »Wir machen, was sich richtig anfühlt.«

»Wir hören also auf unsere Seele?«, fragte Amisha den Jungen. Er nickte. »Gut gemacht, ihr alle.« Amisha wartete, bis sie wieder die volle Aufmerksamkeit der Klasse hatte. »Herz und Seele nutzen Emotionen. Sie denken nicht immer über richtig und falsch nach, sondern sagen nur, was sie brauchen oder wollen. Woher bekommen wir also unsere Richtung vorgegeben?«

»Von unserem Gehirn«, rief eine Stimme hinten aus der Klasse.

»Richtig. Unser Gehirn gibt uns eine Richtlinie, aus der wir entnehmen können, was akzeptabel ist, wenn wir etwas erschaffen, beschützen oder zerstören. Aber woher bekommt das Gehirn seine Informationen?« Amisha blickte in den Raum, die Klasse war jetzt zögerlicher mit den Antworten. Die Kinder blickten einander fragend an.

Dann aber meldete sich ein Schüler ganz vorne. »Von allem, was wir gelernt haben, was man uns beigebracht hat. Von unserem Wissen.«

»Sehr gut. Wir haben also unser Herz, das uns sagt, was wir wollen, die Seele, die uns sagt, was wir brauchen, das Gehirn, das uns sagt, was richtig und falsch ist. Aber können wir damit alles machen, was wir wollen? Können wir unsere Entscheidungen ganz frei treffen?« Die Schüler murmelten verneinend. »Und warum nicht?«

»Wegen unseren Eltern«, rief ein Schüler zur allgemeinen Erheiterung.

»Wegen dem Raj«, flüsterte ein Mädchen vorne.

»Regeln«, sagte Neema.

Amisha war begeistert, dass die Schüler sich so intensiv in das Thema einbrachten. »Also, hier ist die Aufgabe. Ich möchte, dass ihr eine Geschichte schreibt, in der ihr etwas erschafft, das ihr wollt, etwas zerstört, das ihr nicht braucht, und etwas beschützt, das euch wichtig ist. Aber für jeden dieser drei Fälle sollt ihr erklären, was euer Herz, eure Seele und euer Geist dabei zu verstehen geben.«

* * *

Amisha räumte gerade das Klassenzimmer auf, als Stephen eintrat. Er blickte zur Tafel. »Die Erde?«

»Ihre Aufgabe für den Unterricht.« Amisha wischte das Bild von der Tafel.

»Moment«, unterbrach Stephen die Bewegung. Er hatte nur kurz ihre Hand mit dem Schwamm berührt, doch sie trat sofort zurück. Er überflog schnell die Notizen neben dem Bild. »Herz, Verstand und Seele?«

Sie war sich nicht sicher, ob er ihre Lektionen gutheißen würde. »Es schien mir ein lohnenswertes, wichtiges Thema zu sein.«

Er nickte zustimmend und Amisha spürte den Stolz eines kleinen Sieges in sich. »Das ist es auch.« Er steckte die Hände in die Taschen seiner khakifarbenen Hose. »Ich wünschte, ich hätte als Kind solche Aufgaben bekommen. Dann wäre ich heute bestimmt ein weiserer Mann.« Er lehnte sich gegen die Tafel und dachte über die erste Aufgabe nach. »Was würde ich wohl erschaffen ... Vielleicht einen wirklich schnellen Rennwagen?« Er lächelte, als Amisha mit den Augen rollte.

»Sie sind heute aber guter Laune«, stellte sie fest. »Liegt das an den Feiertagen? In Ihrem Land wird jetzt Weihnachten gefeiert, oder?«

»Ja.« Er sah ihr zu, wie sie ihre Sachen einsammelte, dann begaben sie sich in stillschweigender Übereinkunft zusammen in ihren Garten. Stephen hielt ihr die Tür auf, ehe er ihr nach draußen folgte. Draußen im Garten griff er nach einem Ast und zog sich daran hoch. »Meine Mutter wird nach Indien kommen.«

»Das sind ja tolle Neuigkeiten!« Er sprach nur selten von seiner Familie. Amisha hatte angenommen, dass er sich über den Besuch freuen würde, und war über sein langes Gesicht erstaunt. »Das sind keine tollen Neuigkeiten?«

Er zuckte mit den Schultern und griff nach einem anderen Ast. »Meine Mutter ist ein sehr eigener Mensch.«

»So was sollte man nicht von seiner Mutter sagen«, schalt Amisha ihn, lächelte aber, um die Kritik abzuschwächen. Sie streckte den Arm aus und zupfte ein Blatt von dem Ast, an dem er sich festhielt. »Immerhin hat sie Sie zur Welt gebracht.«

Stephen ließ den Ast los und landete auf beiden Füßen. »Ich glaube nicht, dass sie da viele Wahlmöglichkeiten hatte.« Er setzte sich auf ihre Bank und machte Platz für Amisha.

Sie folgte ihm. Über die letzten Monate hatte sie sich daran gewöhnt, nahe bei Stephen zu sitzen, solange niemand sie beobachtete. Ohne Absicht hatten sie ihre ganz eigenen Regeln aufgestellt, die nur innerhalb der Mauern der Schule galten. Erst wenn sie nicht mehr bei ihm war, machte sie sich Sorgen über ihr eigenes Verhalten. Sie dachte dann wieder an Deepak und ihre Ehe und fühlte sich schuldig. Sie schwor sich dann selbst, sich zurückzuhalten und sich entsprechend den gesellschaftlichen Konventionen zu verhalten. Aber kaum waren sie und Stephen zusammen, war ihr Umgang miteinander so leicht und natürlich, dass es ihr schwerfiel, distanziert zu bleiben.

»Ihre Mutter ist keine herzliche Person?« Amisha spielte mit den Steinchen vor ihren Füßen.

Sein kurzes Lachen war eher ein Schnauben, freudlos und leer. »Mein Bruder und ich existierten eher so nebenbei.«

»Und Ihr Vater?« Sie wollte sich nicht in Angelegenheiten mischen, die sie nichts angingen, war aber neugierig, wollte mehr über ihn erfahren. »Stehen Sie ihm sehr nahe?«

»Das ist wohl eine Frage der Definition«, antwortete er. Er suchte nach den richtigen Worten und blickte in den Himmel. »Dank ihm bin ich hier. Seine alten Kumpel aus Studienzeiten belegen inzwischen wichtige Positionen in der Regierung.«

»Dann sind Sie hier nicht glücklich.« Eigentlich war das Amisha schon klar gewesen. Er hatte es ja schon bei ihrem ersten Treffen indirekt gesagt. Aber ein Teil von ihr hatte gehofft, dass zumindest ihr Unterricht ihm ebenso viel Spaß machte wie ihr.

»Ich bin nicht unglücklich«, formulierte er vorsichtig. Er blickte ihr einen Moment in die Augen, dann wandte er den Blick ab und beobachtete nachdenklich einen Punkt über ihrem Kopf. »Es ist nur so, dass ein Krieg tobt und meine Freunde alle ihr Leben riskieren müssen.«

»Und warum kämpfen Sie nicht?«

Er stand auf, konnte nicht ruhig sitzen bleiben. Sein Adamsapfel hüpfte, als er kräftig schluckte. »Ich habe doch erzählt, dass mein Bruder gestorben ist?« Sie nickte, also fuhr er fort. »Er ist im Kampf gefallen, er war bei der Royal Air Force. Direkt danach wurde ich nach Indien überstellt statt an die Front. Mein Vater hat seinen Einfluss spielen lassen und den respektabelsten Job für mich gesucht, an dem ich halbwegs sicher war.«

Sie spürte mitfühlende Tränen aufsteigen. »Ihr Bruder war älter als Sie?«

»Nur zwanzig Monate.« Er lachte kurz auf. »Ich habe ihm mein Leben lang nachgeeifert und ihn gleichzeitig gehasst.« In Erinnerungen schwelgend entspannte sich seine Haltung, sein Gesicht wirkte weicher. »Er liebte es, mir Streiche zu spielen. Und ich bin immer darauf reingefallen.«

»Sie müssen ihn sehr geliebt haben.« Es war keine Frage, aber Stephen antwortete trotzdem.

»Ja. Und daran hat sich bis heute nichts geändert«, korrigierte er. Beiläufig trat er einen Kiesel in den nächsten Busch. »Ich denke mal, die Gefühle bleiben über den Tod hinaus bestehen.« Er schüttelte den Kopf über sich selbst. »Ich weiß nicht, ob ich ihm das alles je gesagt habe. Und jetzt ist es zu spät.«

Amisha wollte ihm Trost spenden, ihm erklären, dass die Zeit alle Wunden heilt. Aber sie war sich nicht sicher, ob das wirklich stimmte. Also litt sie nur schweigend mit ihm. »Und Ihr Vater? Wie kommt er damit zurecht?«

»Ich weiß es nicht«, gab Stephen betroffen zu. »Er ist nie da, wenn ich anrufe.«

»Aber er muss ein guter Mensch sein«, folgerte Amisha mit Bestimmtheit.

»Wie kommen Sie darauf?« Stephen sah sie überrascht an.

»Weil Sie ein guter Mensch geworden sind«, erklärte Amisha. Als sein Blick auf ihren traf, wandte sie die Augen nicht ab. Normalerweise hätte dieser Blickkontakt sie nervös gemacht und sie hätte sich unbehaglich gefühlt; jetzt fühlte sie aber nur Nähe und Vertrautheit.

»Wenn er eine Alternative gesehen hätte, wäre ich nicht hier.« Das Geständnis war ihm sichtlich unbehaglich. »Für ihn war es einfach nur das kleinere Übel, dass ich hier bei den Braunen leben muss.«

Amisha zuckte bei der abwertenden Bezeichnung leicht zusammen, die von den Briten nur zu gerne verwendet wurde. »Und sehen Sie das auch so?« Ein bisschen fürchtete sie sich vor der Antwort. Wie könnte sie weiter bei ihm Unterricht nehmen, wenn er auch nur ansatzweise die Ansichten seines Vaters teilte?

»Vor dem Krieg ist mein Bruder viel gereist.« Im Inneren des Gebäudes kam jetzt Lärm auf, als der Unterricht endete und die Schüler sich aus den Klassen in die Flure ergossen. Bis in den Garten waren ihre Stimmen zu hören. Stephen unterbrach seine Erzählung, bis wieder eine gewisse Ruhe eingekehrt war. »Indien stand natürlich auch auf seinem Reiseplan. Nach seiner Rückkehr hat er mir erzählt, wie anders es hier ist und dass dies vielen Menschen Angst macht. Aber fließt nicht dasselbe Blut in den Adern aller Menschen auf dieser Welt? Sind wir nicht alle gleich, wenn man von den Variationen der Hautfarbe und den Unterschieden der Kultur absieht?«

Amisha nickte erleichtert. »Er scheint ein weiser Mann gewesen zu sein.«

»Ja, das war er. Erzählte von seinen Reisen und allem, was er gelernt hatte, und boxte mich dann in den Magen und meinte, dass ich das ja ohnehin nie selbst sehen würde, weil ich zu verweichlicht sei, um von zu Hause wegzugehen.« Mit den Erinnerungen kam offensichtlich auch die Trauer um den Verlust wieder hervor. »Nannte mich immer das kleine Muttersöhnchen.«

Amisha spürte seinen Schmerz und litt mit ihm. »Sind Sie das denn?«

Der Gedanke allein schüttelte ihn. »Auf keinen Fall, dafür stehe ich meiner Mutter gar nicht nah genug.« Er musterte Amisha kurz, ehe er sich weiter öffnete. »Sie ist immer sehr zurückhaltend. Eigentlich das genaue Gegenteil von Ihnen.« Das Lob überraschte Amisha, damit hatte sie nicht gerechnet. Mit dem Fuß zerlegte er den kleinen Berg Kiesel, den sie vor sich angehäuft hatte. »Ich bin mir sicher, dass Ihre Kinder immer genau wissen, woran ihre Mutter gerade denkt.«

»Worüber sie sich Sorgen macht«, verbesserte Amisha. »Ich bete ständig darum, dass ihre Dummheiten sie nicht umbringen.«

»Ihre Kinder wissen bestimmt, wie sehr ihre Mutter sie liebt«, führte Stephen weiter aus. »Und dass sie ihr wichtiger sind als alles andere auf der Welt.«

»Ich wäre auch keine gute Mutter, wenn meine Kinder je meine Liebe und Loyalität infrage stellen würden.«

Amisha war ihre Zeit mit den Jungen wichtig, daher wartete sie mit ihren Schreibübungen und dem Bewerten der Hausaufgaben immer, bis die Kinder eingeschlafen waren. Eine Angewohnheit, die dazu geführt hatte, dass sie häufiger den Sonnenaufgang gesehen hatte, als eigentlich geplant.

»Genau das ist der Unterschied zwischen Ihnen und meiner Mutter«, sagte Stephen. »Ihnen ist es wichtig, was Ihre Kinder wissen und denken.«

Sie wusste nicht genau, wie sie mit diesem Kompliment umgehen sollte, und wechselte das Thema. »Was haben Sie denn für die Zeit geplant, in der Ihre Mutter hier ist?«

»Den Taj Mahal, Neu-Delhi, Bombay.«

»Also eine Tour durch Britisch-Indien?«, scherzte Amisha.

»Was würden Sie denn stattdessen empfehlen?«

Amisha zog eine einzelne Blume von einem Busch ab und reichte sie Stephen. »Zeigen Sie ihr Kaschmir. Oder vielleicht den Mount Abu.«

»Den Mount Abu?«

»Ein schwieriger, gewundener Bergpfad«, erklärte Amisha und demonstrierte die Windungen mit ihren Händen. »Er führt auf einen Gipfel, der von einem prachtvollen Tempel eingenommen wird, ganz aus Marmor erbaut.« Vor langer Zeit war sie einmal mit ihrer Familie dorthin gereist, anlässlich einer Hochzeit. Sie erinnerte sich jetzt noch gut daran, wie verzaubert sie von dem Anblick gewesen war. »Oder zeigen Sie ihr den Dhal in Srinagar, das ist ein majestätischer See, umgeben von Wiesen voller Blumen, vor denen die, welche Sie gerade halten, in Schande verblassen würde.« Sie lächelte, die Erwähnung füllte sie mit angenehmen Erinnerungen.

»Erzählen Sie weiter«, ermutigte Stephen sie.

»Kaschmir ist der Himmel auf Erden.« Amisha hatte gehört, dass die Vertreter des Raj und ihre Frauen Kaschmir als ihr privates Rückzugsgebiet nutzten. »Man kann sich keinen schöneren Ort vorstellen, Leutnant. Die Berge umgeben offene Täler, der Traum eines jeden Malers. Üppige grüne Wälder und Landschaften, die einem Tränen in die Augen treiben.« Amisha hatte nur einmal die Reise gemacht. Sie hatten es sich kaum leisten können und mussten bei einem Freund der Familie übernachten, auf dem Fußboden. Abends hörten sie die Musik aus dem nahe gelegenen opulenten britischen Hotel. »Die Sonne verwöhnt die Knospen der Blumen, während in der Entfernung die Bergspitzen schneebedeckt glitzern«, schwärmte sie. »Aber das ist noch nichts im Vergleich mit den Menschen.« Sie erinnerte sich an Einheimische, die jeden Reisenden willkommen geheißen hatten, auf ihren Hausbooten und in ihren Herzen.

Stephen lauschte verzaubert, wie sie in Erinnerungen schwelgte.

»Es ist einfach atemberaubend.« Zu gerne wäre Amisha noch einmal dorthin gereist, aber die Kosten waren astronomisch und Deepak konnte nicht so lange von seinen Geschäften fernbleiben. »Als wir dort waren, hat mein Vater gesagt, dass es solche Schönheit nicht öfter geben darf, weil die Menschen nur schätzen, was selten ist.«

Amisha war damals sechs Jahre alt gewesen, als ihr Vater die Familie mit auf die Reise genommen hatte. Sie war ihrem Vater so ähnlich – beide hatten sie die prächtige Vielfalt geliebt, die sie umgab. Jetzt noch hatte sie das Bild vor Augen, wie sie mit ihm am Ufer des Sees gestanden hatte. Sie waren komplett in der Schönheit der Landschaft aufgegangen, hatten bewundernd auf die Berge geblickt, die den Feldern voller Blumen als Kulisse dienten.

»Führen Sie sie dorthin, Leutnant, zeigen Sie Ihrer Mutter die Schönheit unseres Landes, die auch mit dem Glanz Ihrer englischen Schlösser mithalten kann.« Noch nie zuvor hatte sie mit jemandem über die Reise gesprochen, die sie so geprägt hatte. Es war die einzige Erinnerung ihrer Kindheit, in der sie wirklich Zeit mit ihrem Vater verbracht hatte. Wie die meisten Männer war auch er stets bei der Arbeit oder mit Amishas Brüdern unterwegs gewesen, sodass Amisha zumeist mit ihrer Mutter zusammen gewesen war.

Wie aus eigenem Antrieb hob sich Stephens Hand und strich eine Strähne ihres Haares beiseite, die sich an ihrer Lippe gefangen hatte. Er hielt die Berührung einen Moment und blickte ihr tief in die Augen, ehe er die Strähne zwischen seine Finger gleiten ließ und hinter ihr Ohr steckte.

Amisha schloss die Augen, als die Finger ihr Ohrläppchen streiften, die feinfühlige Haut berührten und über den goldenen

Ohrring strichen. Die Berührung war so einfach und unschuldig, doch zugleich so intim, dass Tränen in ihr aufstiegen. Sie spürte ihr Herz schneller schlagen, während Schuldgefühle sich in ihr ausbreiteten, weil sie sich nicht abgewandt hatte. Sie sagte sich selbst, dass Stephen sich nichts dabei gedacht hatte, aber für sie verstieß diese winzige Berührung gegen alles, was ihr ein Leben lang beigebracht worden war. Doch trotz all der Konditionierung konnte sie sich einfach nicht lösen.

»Ihr Vater hatte recht«, sagte Stephen sanft. »Solche Schönheit ist selten.«

ZWEIUNDZWANZIG

Amisha und Ravi kehrten die Veranda, als eine Gruppe britischer Offiziere vorbeizog. Sie waren in Zivil gekleidet, trugen aber immer noch ihre berüchtigten Schlagstöcke an der Hüfte.

»Was bedrückt dich, Shrimati?«, fragte Ravi, ohne seine Bewegung zu unterbrechen.

»Wieso fragst du?« Amisha nahm ihr Kehren wieder auf, sie hatte eine Pause gemacht und den Briten nachgeblickt.

»Du siehst unglücklich aus«, antwortete Ravi.

Amisha wandte sich ihm zu, die Augenbraue fragend erhoben. »Du machst dir Gedanken darüber, ob ich glücklich bin?«

Ravi zuckte mit den Schultern und kehrte weiter. »Meist nicht, aber wenn deine bedrückte Stimmung mehr Arbeit für mich bedeutet, macht das wiederum mich unglücklich.« Ravi hatte einen kleinen Haufen zusammengefegt, während Amisha ihren Teil Staub und Blätter eigentlich nur von einem Ende der Veranda zum anderen geschoben hatte. »Daher mache ich mir Gedanken über deine Stimmung, damit sich meine eigene Lage verbessert.«

Peinlich berührt betrachtete Amisha das Ergebnis ihrer Arbeit. »Tut mir leid.« Sie stützte sich auf ihren Besen. »Ich war in Gedanken bei dem Leutnant«, gab sie zu.

»Wann kehrt er zurück?«, fragte Ravi.

»Bald.« Wann genau, wusste Amisha auch nicht. Sie ging davon aus, dass die Lehrer an der Schule es wussten, scheute sich aber, nachzufragen. Nach außen hin hatten sie zwar akzeptiert, dass Amisha an der Schule unterrichtete, sie waren aber nicht daran interessiert, sie als eine der ihren anzunehmen.

»Inwiefern unterscheidet sich der Leutnant denn von ihnen?«, fragte Ravi mit Seitenblick zu den Briten. Diese hatten sich inzwischen an ein Spielfeld gestellt, auf dem eine Gruppe Kinder Cricket spielte. Wenn einer der Jungen einen guten Schlag landete, klatschten und jubelten sie zusammen mit dem Team.

»Ich weiß nicht, wie ich es beschreiben soll.« Amisha suchte nach den passenden Worten. »Wenn wir im Garten sind, kann ich mit ihm über alles sprechen.« Er behandelte sie ebenbürtig. Wenn sie bei ihm war, fühlte sie sich sicher. Das wiederum gab ihr die Freiheit zu erkunden, wer sie wirklich war. »Es macht mich glücklich«, erklärte sie. Ihr wurde bewusst, dass sie die Bedeutung des Wortes zuvor wohl überhaupt nicht richtig gekannt hatte.

Ravi hörte ihr zu, ohne sie zu unterbrechen. Als er ihr glückliches Gesicht sah, musste auch er lächeln. »Es muss schwer für dich sein, auf ihn zu warten.«

»Wie kannst du so was sagen, ohne mich dafür zu verachten?«, bemerkte sie vorsichtig.

»Du hast schon Geschichten erzählt, lange, bevor wir uns kennengelernt haben. Und ich weiß, dass du sie nie hast mit jemandem teilen können.« Mit diesem Jemand meinte er natürlich Deepak, sagte es aber nicht so direkt. »Man hat mich dafür verachtet, dass ich mehr wollte, als einem Menschen meines Standes zusteht. Ich wurde verhöhnt und beschimpft. Doch du hast mich verstanden und als Menschen angenommen. Wie könnte ich da je über dich urteilen?«

Amisha schluckte schwer gegen den Kloß in ihrem Hals an. »Ich danke dir.« Sie brachte ihre Emotionen unter Kontrolle und dachte an eine Geschichte, mit der sie ihre Gefühle würde erklären können, sowohl Ravi als auch sich selbst gegenüber. »Soll ich dir die Geschichte vom König und dem Prinzen erzählen?«

»Da du wohl gerade meine Aufgaben verdoppelt hast, wäre ich für etwas Unterhaltung bei der Arbeit sehr dankbar.« Ravi streckte die Hand nach Amishas Besen aus, den diese ihm nur zu gerne reichte. Dann ließ sie sich in einem Sessel nieder und ging die Geschichte in ihrem Kopf durch.

»Es war einmal ein König, der beherrschte sein Land mit eiserner Hand. Seine Gesetze waren streng, wie auch die seiner Ahnen vor ihm.« Sie legte sich die Worte Satz für Satz zurecht. »Dieser König hatte nur einen Sohn, den Prinzen. Als es an der Zeit für den Prinzen war, das Land zu erben und den Thron zu besteigen, erinnerte er sich an die Mahnung seines Vaters, das Land ebenso zu regieren, wie dieser es vor ihm getan hatte.«

Auf der anderen Straßenseite war jetzt einer der Offiziere in das Spiel der Kinder eingetreten. Das Lachen der Jungen unterbrach die Geschichte kurz. Amisha und Ravi beobachteten die Szene schweigend.

»Doch der Prinz war blind und seine Zunge verformt, daher war seine Sprache oft undeutlich und schwer zu verstehen«, nahm Amisha die Geschichte wieder auf. »Er fragte sich, wie er mit diesen Einschränkungen würde herrschen können.« Amisha schloss ihre Augen und stellte sich den Prinzen und seine Sorgen vor. Die Erwartung an ihn, jemand zu sein, der er nicht war. »Er wandte sich an einen Freund und klagte ihm seine Sorgen. Sein Freund sagte: ›Geh und sprich mit den Menschen. Wenn du sie nicht sehen kannst, berühre sie. Statt ihnen zu befehlen, höre zu, was dein Volk zu sagen hat.‹«

»Ein weiser Freund.« Ravi stellte seinen Besen zur Seite und achtete ganz auf die Geschichte.

»Der Prinz folgte seinem Rat. Er nahm die Kinder in den Arm. Dabei spürte er Haut und Knochen, wo wohlgenährte Bäuche sein sollten. Er legte die Hand an das Gesicht der Frauen und seine Finger waren nass vor Tränen. Die Menschen waren hungrig und arm.« Wie die Worte so aus ihr flossen, fühlte selbst Amisha sich tief berührt. »Die Worte der Väter waren von Gram erfüllt. Sie wollten ein besseres Leben für ihre Kinder. Schulen und Musik. Stöcke mit Farbe, damit die Kinder Bilder malen könnten. Bücher voller Poesie, mit denen sie abends einschlafen konnten.«

»Und was machte der Prinz?«, fragte Ravi, jetzt von der Geschichte gefesselt.

»Er beschloss, nicht wie die früheren Könige zu herrschen. Mithilfe seines Freundes regierte der Prinz mit seinem Herzen und seine Gebrechen wurden zu seiner Stärke.« Amisha dachte an ihren eigenen Platz im Leben und die Einschränkungen, mit denen sie leben musste. »Und die Menschen liebten ihn dafür.« Unruhig blickte sie zum Haus, dann zurück zu dem Spiel, das sich gerade aufzulösen begann. »Der Leutnant gibt mir das Gefühl, wichtig zu sein, egal, wer oder was ich bin.« Wenn sie bei ihm war, glaubte sie selbst daran, dass sie intelligent und wertvoll war. Durch die Möglichkeiten, die er ihr eröffnete, glaubte sie, dass alles möglich sei. »Doch wenn er nicht hier ist, frage ich mich, ob es alles nur eine Illusion ist.«

Ravi nickte verständnisvoll. »Ich hoffe, dass er bald zurückkehrt. Für dich.«

* * *

Die Schüler rutschten in ihren Sitzen hin und her, während sie warteten. Neema hatte sich freiwillig gemeldet, ihre Geschichte als Erste vorzulesen. Sie stand jetzt aber schon minutenlang da und starrte ihre Worte an. Ihre Finger hielten das Papier so fest umklammert, dass Amisha fürchtete, es könnte reißen.

»Beti«, sagte sie behutsam, »magst du vielleicht anfangen, deine Geschichte vorzulesen?«

»Ja, Madam.« Mit zitternder Stimme las Neema die Geschichte vor, die sie für ihre Aufgabe geschrieben hatte.

Ein junges Mädchen, frisch verheiratet, ging neben ihrem Ehemann nach Hause. Er brauchte einen Stock zum Gehen, ihre jungen Beine hingegen wollten nur tanzen. Doch die Musik fehlte und nur das Pochen des Stocks ertönte. Ein Tag und eine Nacht waren vergangen seit der Hochzeit. Als die Nacht einbrach, suchte das Mädchen den Schutz des Mondes. Sie fiel auf die Knie und ihre Tränen wässerten den Boden, der ihm gehörte.

Da kam ein Blitz und sie sah ihr vorheriges Leben und das jetzige, doch als sie in die Zukunft blickte, war das Bild leer. »Führe mich zu sein, wer ich sein will«, bat sie, doch nur Stille antwortete. Sie sammelte ihre eigenen Kräfte und gab sich selbst Rat. »Ich will die Welt erkunden«, flüsterte sie. Sie sah auf Sterne und Himmel und stellte sich eine andere Welt vor als die ihre. Sie dankte der höheren Macht, die sie erschaffen hatte. Dann legte sie die Hand über das Herz und fragte es, was es sich wünschte. »Glücklich sein«, hörte das Mädchen. Dann legte sie die Hand auf den Bauch und hauchte dieselbe Frage. »Frei sein«, hörte das Mädchen.

Das Mädchen blickte zum Mond, seine Strahlen das einzige Licht in der Dunkelheit. Sie legte die Fingerspitze an die Stirn und lauschte im Rhythmus des Blutes auf die Antwort, die verborgen lag. Ein weiterer Blitz, und sie nickte. Jetzt wusste sie, was sie tun musste, um zu schützen, was ihr so wichtig war.

Sie sagte dem Haus Lebwohl, in dem sie ihr Leben hatte verbringen sollen. Mit jedem Schritt zur Eigenständigkeit wurde ihr Herz leichter und ihre Seele sicherer. Als sie an die Klippe kam, blickte sie hinab. Die Umarmung des Abgrunds rief. Und ihr letzter Schritt gab ihr Freiheit.

»Neema«, sagte Amisha, um sie zurückzuhalten, als die Klasse sich leerte. Nach ihr hatten noch andere Schüler ihre Geschichten vorgetragen. Manche hatten globale Themen wie den Hunger oder Krieg als Thema gewählt, andere hatten sich mit Sachen befasst, die ihnen persönlich am Herzen lagen. Einer der Jungs hatte eine Geschichte über den Kampf von Gut gegen Böse geschrieben, symbolisiert durch streitende Monster. Aber keine andere Geschichte hatte in Amisha so viele Fragen aufgeworfen wie der Text, den Neema vorgetragen hatte. »Das war eine beeindruckende Geschichte.«

»Danke«, erwiderte sie schüchtern. Neema sammelte ihre Bleistifte mit den abgekauten Radierern ein und stopfte sie in ihre Schultasche.

»Du hast wirklich Talent zum Schreiben.« Amisha bewegte sich auf unsicherem Terrain und wählte ihre Worte vorsichtig. »Bist du glücklich hier in der Schule?«

Das Mädchen blickte sich im leeren Klassenzimmer um. »Mein Verlobter lädt gerne Angehörige des britischen Militärs in sein Heim ein.« Neemas Finger spielten an ihren

Diamantohrringen. Entweder hatte sie Amishas Frage nicht mitbekommen oder sie ignorierte sie absichtlich. »Er will, dass ich sie unterhalten kann, ohne sie zu langweilen. Dafür ist Bildung im englischen Stil wichtig.«

»Aber was willst *du?*« Amisha griff nach der Hand des Mädchens, doch Neema entzog sich ihr. Die Geschichte hatte Amisha Angst gemacht. Sie war sich nicht sicher, ob sie ein Warnzeichen war oder nur die überbordende Fantasie eines jungen Mädchens.

»Das spielt keine Rolle.« Neema ließ die Schultern sinken und ballte die Hände zu Fäusten. »Was bringen Träume, wenn das Schicksal schon geschrieben steht?« Sie nahm ihre Bücher und zog die Tür auf.

»Neema«, versuchte Amisha sie noch einmal zurückzuhalten, aber ohne Erfolg. Neema war schon fort.

Jaya

Dreiundzwanzig

Mein Vater hatte schwer gearbeitet, um sich einen Namen als Arzt zu machen. Von frühester Kindheit an waren alle davon ausgegangen, dass ich ihm folgen und eines Tages die Praxis übernehmen würde. Meine Zukunft als Ärztin war schon sicher, ehe ich überhaupt alt genug war, um zu verstehen, was das bedeutete. Je älter ich wurde, desto weniger Interesse hatte ich an Medizin, dafür immer mehr an den sprachlichen Fächern. Als ich dann ins Alter kam, mich für ein Studienfach zu entscheiden, erklärte ich meinen Eltern, dass ich Journalismus studieren wollte. Ich befürchtete, dass mein Vater sehr enttäuscht sein würde, aber er meinte nur, dass er mich verstehe. Dankbar wollte ich schon aufstehen, als meine Mutter sprach.

»Die Entscheidung für die Medizin ist bereits gefallen«, erklärte sie.

»Nein«, widersprach ich. »Ich will Reporterin werden.«

»Jaya …«

»Es ist mein Leben«, bestimmte ich, ehe sie mehr sagen konnte. »Ich habe das Recht zu tun, was mich glücklich macht.«

»Für das Glück gibt es keine Garantie«, korrigierte sie mich. »Du wirst Ärztin werden.«

Mein Vater bat mich, sie kurz allein miteinander sprechen zu lassen. Etwa eine halbe Stunde später kamen sie wieder zu mir und erklärten, dass sie sich hinter meine Entscheidung stellten. Ich dankte meinem Vater und ging, ohne ein Wort zu meiner Mutter zu sagen. Bis heute hat sie nie wieder über den Tag oder meine Entscheidung gesprochen.

* * *

Morgens spazieren Ravi und ich durch das Dorf, abends fährt er mit der Geschichte fort, während wir essen. Heute sind wir in einem punjabischen Restaurant eingekehrt. Anders als die scharf gewürzten, gedünsteten vegetarischen Gerichte, die Ravi mir normalerweise zubereitet, ist die punjabische Küche für ihre Sahnesoßen und viel Butter bekannt. Ich verschlinge den Pilaw und die Gemüsegerichte geradezu.

»Die Menschen hier sind alle so großzügig und herzlich«, sage ich und weise zu einer Gruppe Kinder, die sich nahe bei uns halten.

»Du bist die Attraktion des Tages.« Ravi nimmt sich Naan und wischt seinen Teller damit ab. »Wir haben nicht oft Fremde hier.«

»Fremde haben wir viele«, wirft der Besitzer des Restaurants ein, während er Mango-Lassi in unsere Gläser nachfüllt. Gesicht und Hände des alten Mannes sind von zahlreichen Falten gezeichnet. Seine lockere, weiße Baumwollhose trägt er mit einem kurzärmligen zugeknöpften Hemd, seine Haut ist beinahe so dunkel wie seine Haare. »Aber wir haben nur selten Gäste von Ravi Sahib bei uns.«

»Ich dachte, allein sein Charme würde die Menschenmassen anziehen«, stichele ich mit einem Grinsen zu Ravi.

»Er ist zu beschäftigt, sich um das Haus und die anderen Besitztümer des verstorbenen Sahibs zu kümmern.« Der Wirt stellt einen Teller vor uns ab, der mit Nachspeisen gefüllt ist. »Dazu stellt er noch Leute an, die sich um den Garten und die Mühle kümmern. Die Mühle wird zwar schon seit Jahren nicht mehr genutzt, aber nicht einmal eine Spinne würde es wagen, ihren Fuß in das Gebäude zu setzen.«

»Sie bezahlen den ganzen Unterhalt?« Von unserer gemeinsamen Zeit weiß ich, dass er kein eigenes Einkommen hat. »Aber es gibt niemanden mehr, der Ihnen die Kosten erstatten könnte!«

»Deine Familie hat mich fürstlich bezahlt, als ich für sie gearbeitet habe«, sagt er, als ob das alles erklären würde. Er isst seine Nachspeise mit zwei Bissen und taucht dann seine Serviette in das Wasserglas, um sich die Hände zu reinigen. »Ich trage die Verantwortung für alles, was sie hinterlassen haben, ebenso, wie man früher für mich die Verantwortung getragen hat.«

Der Wirt neigt respektvoll den Kopf vor Ravi. »Selbst nach ihrem Tod ist er immer noch der treuste Diener. Ihre Mutter sollte stolz auf ihn sein«, erklärt er mir.

»Sie kannten meine Mutter?« Ich habe bisher noch niemanden getroffen, der sie auch nur erwähnt hätte. Es scheint fast, als ob sie hier nie existiert hätte.

Er wechselt schnell einen Blick mit Ravi. »Nur vom Sehen«, antwortet er ausweichend. Er verbirgt offensichtlich etwas. »Aber Sie sehen ihr sehr ähnlich.« Er nickt uns beiden zu und wendet sich ab.

»Warum kennt hier niemand meine Mutter?«, frage ich Ravi, nachdem der Wirt fort ist. »Sie ist doch hier aufgewachsen und doch scheint sie jedem eine Fremde zu sein.«

Ravi antwortet nicht, sondern nimmt ein Stück Halwa und reicht es mir. Da das Restaurant zur Straße hin offen ist, suchen bereits die ersten Fliegen auf unserem Tisch nach den süßen

Leckereien. Ich schlage mit meiner gefalteten Serviette nach ihnen, locke damit aber nur noch mehr an.

»Sie ist meist für sich geblieben«, sagt Ravi schließlich. »Sie ging nur selten unter Leute.«

»Nicht einmal in den Garten?«, frage ich, ungläubig, dass sie sich das hat entgehen lassen.

»Sie kannte seine Bedeutung nicht.« Wie so oft, wenn er von ihr erzählt, sind seine Augen gequält und seine Worte bedacht. »Dein Großvater ließ die Schule schließen, nachdem deine Großmutter gestorben war. In jenen Jahren sind große Teile des Gartens verkommen.« Trauer liegt in seinem Blick, schnell reibt er sich das Gesicht. »Erst nach dem Tod seiner zweiten Frau erlaubte er mir, mich um den Garten zu kümmern.«

»Und jetzt steht er wieder in voller Blüte.« Er schweigt, muss aber auch nichts dazu sagen. Bestimmt hatte er sich jedem Baum, jedem Busch, jeder einzelnen Blume mit Liebe gewidmet. Ich frage mich, wie meine Großmutter nur solche Loyalität inspirieren konnte. »Ich wusste gar nicht, dass die Schule ihm gehörte. Wie kam das denn?«

Er schüttelt den Kopf. Er muss auch gar nichts sagen, ich weiß schon – die Geschichte wird mir bald alle Geheimnisse enthüllen. In den vergangenen Tagen habe ich gelernt, dass es nichts bringt, ihn zu drängen.

»Waren Sie eigentlich schon so stur, als meine Großmutter noch lebte?« Er lächelt. »Und wo mein Großvater nun tot ist, wem gehört jetzt eigentlich die Schule?«

»Deiner Mutter.« Ich starre ihn sprachlos an. »Deine Onkel haben ihren Anspruch auf Haus und Mühle aufgegeben. Dein Großvater hat deiner Mutter die Schule vererbt, sie kann damit tun, was sie will. Er meinte, sie gehört rechtlich ihr.«

»Weiß meine Mutter das?« Weder vor meiner Reise noch während unseres Telefonats hatte sie je etwas davon erwähnt.

»Das weiß ich nicht.« Er schüttelt den Kopf langsam, man merkt ihm an, dass seine Kraft für heute zu Ende geht. »Das Amt sagt, dass sie auf keinen der Briefe geantwortet hat.« Müde sinken seine Schultern nach vorne. »Wenn das Erbe nicht innerhalb von sechzig Tagen nach Deepaks Tod beansprucht wird, wird die Regierung alles an den Höchstbietenden versteigern.« Er schluckt. »Und dann sind die Erinnerungen an deine Großmutter, ihr Erbe, für immer verloren.«

* * *

Ich stehe auf der Veranda und schaue in die dunkle Nacht. Ein voller Mond steht an einem sternenbedeckten Himmel, ein Anblick, der sich mir in Manhattan kaum bietet. Nach dem Abendessen ist Ravi nach Hause zurückgekehrt, ich bin aber noch zu aufgekratzt, um schlafen zu gehen.

Während ich an den schmucklosen Wänden entlanggehe, verarbeite ich Ravis neuste Eröffnungen. Ich lasse die Hand über die diversen Möbelstücke gleiten und stelle mir vor, wie es gewesen sein muss, als meine Mutter und Großmutter noch hier gelebt haben. In der Geschichte wird immer wieder deutlich, wie sehr Amisha ihr Heim und ihre Familie geliebt hat. Warum nur wollen ihre Kinder dann nichts mehr mit dem zu tun haben, was ihr einst so viel bedeutet hat?

Meine Gedanken schweifen zu meinem eigenen Zuhause, das jetzt leer steht. Es zu verlassen, war einfacher, als ich gedacht hatte. Nach dem Einzug hatten Patrick und ich Stunden damit verbracht, die kostspieligen Räume zu dekorieren, die in gewisser Weise unseren Erfolg symbolisierten, unsere Karrieren, den ordnungsgemäßen Verlauf unseres Lebens. Wir kauften Möbel und Kunstwerke und arrangierten sie mal hier, mal dort, bis alles perfekt war. Alles musste perfekt sein, damit wir ein perfektes Heim für unser perfektes Leben vorweisen konnten.

Damals war uns das so wichtig vorgekommen. Erst als ich mich nach einem Kind sehnte, das unsere perfekte Ordnung durcheinanderwirbeln würde, wurde mir klar, dass nicht die Adresse oder das Dekor ein Heim ausmachen, sondern die Menschen, die darin leben.

Ich suche meinen Computer und nehme ihn mir auf den Schoß. Meine Hände gleiten über die Tastatur, in mir macht sich eine Ruhe breit, die ich nur beim Schreiben empfinde. Ich bin schon zu müde, um meine Worte zu zensieren, und tippe einfach drauflos.

> *Meine Laufbahn hat als Reporterin im Wirtschaftsressort angefangen. Das passte gut, denn ich liebe Zahlen, die Belege für Fakten liefern. Bald schon war ich jedoch so abgestumpft, dass ich nichts mehr glaubte, und wurde zum Sportteil befördert. Ich war nie ein echter Sportfan gewesen, daher erforderte es beachtliche Professionalität, mir in Umkleidekabinen sportstatistische Werte von euphorischen Männern vortragen zu lassen, wobei sie wohl davon ausgingen, ich sei ebenso begeistert wie sie selbst davon, mit welcher Geschwindigkeit jemand den Cut Fastball diesmal geworfen hatte, im Vergleich zu den zwanzig Mal zuvor. Nach sechs Monaten flehte ich geradezu darum, in die Redaktion Wissenschaft und Technik versetzt zu werden. Mein Redakteur bot mir stattdessen das Literatur-Ressort an. Bücher sind mir, wenn ich mir das Wortspiel erlauben darf, gelegentlich solche mit sieben Siegeln. Eigentlich liebe ich das geschriebene Wort über alles, doch habe ich nie den Reiz von Romanen verstanden.*

Aber auch hier: Professionalität. Mit der Zeit lernte ich die Romane sogar zu schätzen, als ich erkannte, dass jede Fiktion auch ein Stückchen Wahrheit birgt. Und jetzt stellt euch vor, wie überrascht ich war, herauszufinden, dass meine Großmutter – eine Frau, die lange vor meiner Geburt gestorben ist – sich danach sehnte, Schriftstellerin zu werden. Nur die Hoffnung, dass ihre Geschichten eines Tages geschätzt würden, gab ihr Auftrieb.

Doch Hoffnung ist ein trügerischer Begriff und kommt leicht über die Lippen – versucht nur einmal »Hippopotomonstrosesquippedaliophobie« auszusprechen, und ihr werdet euch zur »Hoffnung« zurücksehnen. Hoffnung. Ein einfaches Wort für solch ein komplexes Konzept. Mein analytischer Geist weist die reine Idee zurück und als Autorin konnte ich nie den Reiz des Ungreifbaren verstehen. Und doch war die Hoffnung alles, was meiner Großmutter blieb, wie so vielen anderen Menschen, die gegen Not und Elend kämpfen müssen. Meine Großmutter wünschte sich nichts mehr, als Geschichten auf Englisch schreiben zu können, einer Sprache, die ihr fremd war. Mir, der Enkelin, die mit allen nur denkbaren Privilegien aufgewachsen ist, scheint es ein so einfacher Traum. Ich habe mich entschieden, Autorin zu werden. Wenn mir etwas wichtig erscheint, schreibe ich es nieder, denn das geschriebene Wort ist sicherer als die gesprochene Sprache. Und noch nie habe ich fürchten müssen, für die Ausübung meiner Tätigkeit verfolgt zu werden. Nie hätte ich auch nur einen Gedanken daran verschwendet, wie es ist, um Erlaubnis fragen zu müssen, oder ob ich vielleicht schon mehr hatte, als andere sich gewünscht hätten. In meinem Leben ist es selbstverständlich, dass Träume in Erfüllung gehen. Was immer es auch ist, es ist möglich.

Es ist ernüchternd, die Geschichte dieser Frau zu hören, die zwei Generationen vor mir gelebt hat und ihr Leben auf eine Art führen musste, die ich mir an meinem eigenen Leib nicht einmal vorstellen kann. Ich bin erschüttert von meiner eigenen Naivität. Es schmerzt mich, zugeben zu müssen, dass mein persönlicher Blick sich so getrübt hatte, dass ich nur noch Schatten wahrnehmen konnte. In der Rückschau versuchen wir uns wohl alle nur vor dem zu schützen, was wir nicht verarbeiten können. Aber so ist das mit Ausreden. Der Schmerz meiner Großmutter scheint schlimmer, als ich mir vorzustellen in der Lage bin, doch ihre Stärke inspiriert mich. Verglichen mit ihr bin ich schwach. Mein Leben lang war ich stolz auf meine Fähigkeiten und habe mich für stark gehalten, jetzt erkenne ich demütig, wie viel mir fehlt. Als Frau und als Mensch dieser Welt kann ich nur versuchen, besser zu werden. Was genau das bedeuten soll, ist selbst mir noch ein Rätsel, aber ich bin bereit, die ersten Schritte auf dieser Reise zu gehen, voller Erwartung. Und vielleicht werde ich unterwegs ja das eine oder andere lernen.

Vielleicht gibt es ja doch noch Hoffnung für mich.

Der Text ist fertig. Ich bewege den Mauszeiger auf »Senden«, zögere dann aber doch. Der Schmerz der letzten fünf Jahre ist ein gut gehütetes Geheimnis. Als ich jemanden brauchte, habe ich mich nicht Patrick anvertraut, sondern mich vor ihm verschlossen. Unser Leben war perfekt, als alles nach Plan verlief. Als der Plan nicht mehr aufging, zerbrach alles.

Aber ich bin des Versteckens müde. Ich lese mir den Eintrag noch einmal durch und klicke dann auf »Senden«. Bevor ich meine Entscheidung bereuen kann, schalte ich schnell den Computer aus und gehe zu Bett.

Vierundzwanzig

Ich streiche mit einem feinen Kamm durch mein Haar, um nach Läusen zu suchen. Die letzten Tage habe ich mich ständig gekratzt und Ravi meinte, dass ich mir da etwas eingefangen haben könnte. Die eng stehenden Zähne des Kamms kratzen über meine Kopfhaut, als ich plötzlich ein kleines, braunes Insekt finde. Ich pikse es mit einem Zahnstocher auf und mache weiter. Als ich mein ganzes Haar durchgekämmt habe, sind noch drei weitere dazugekommen.

»Ekelhaft«, murmele ich.

»Ganz allgemein oder geht es um etwas Besonderes?« Ravi tritt zu mir auf die Veranda hinter dem Haus. Er sieht den kleinen Kamm und nickt verständnisvoll. »Also haben unsere kleinen Freunde dich in Indien willkommen geheißen.«

»Sie unsere kleinen Freunde zu nennen ist schon Teil des Problems.« Humorlos zeige ich auf meinen Kopf. »Kennen Sie vielleicht Geheimtricks, wie ich sie wieder loswerde?«

»Ich bringe dir nachher Kamillenpaste mit. Damit ersticken sie.«

»Ich kann es kaum erwarten.« Ich ziehe meine Haare zurück und binde sie in einen engen Zopf. Ich habe schon früh geduscht und mir ein langes Sommerkleid angezogen, für heute steht eine Tour durch die umliegenden Dörfer und Städte auf dem Programm. Als Ravi meinte, dass auch er erst einige wenige Male aus dem Dorf herausgekommen sei, habe ich darauf bestanden, dass er mich begleitet. Als wir ins Haus treten, hören wir jemanden an der Haustür klopfen. »Erwarten Sie jemanden?«, frage ich Ravi.

»Ich habe keine Freunde«, gibt dieser einfach nur zurück.

»Ach ja, deshalb werden wir im Dorf auch ständig von Leuten angehalten, die uns grüßen und Hallo sagen wollen.« Ich rolle die Augen und gehe zur Tür.

Auf der Veranda steht ein kleines Mädchen, höchstens sechs Jahre alt, und zappelt ungeduldig. Ihre Haare trägt sie in zwei langen Zöpfen, ihr kurzes Kleid mit den bauschigen Ärmeln reicht ihr bis kurz über die zerkratzten Knie. An den Füßen trägt sie hübsche goldene Sandalen, die von einem flachen Ring an ihren Zehen gehalten werden. Ihre beiden sonnengebräunten Arme sind mit Armreifen aus Plastik verziert.

»Hallo«, begrüße ich sie überrascht und blicke zu Ravi, der mir aber nur mit einem Schulterzucken anzeigt, dass er auch nicht weiß, worum es geht. »Suchst du jemanden?«

»Sind Sie Shrimati Jaya?«

»Ja, ich bin Jaya. Und wer bist du?« Ich fordere sie auf, einzutreten, doch sie bedeutet mir, ihr zu folgen.

»Wir haben einen Anruf für Sie, Shrimati. Im Geschäft meines Vaters.« Damit springt sie von der Veranda und landet auf beiden Füßen. »Bitte kommen Sie schnell, die Verbindung könnte unterbrochen werden.«

»Ich warte hier«, meint Ravi nur, als ich zu ihm zurückblicke.

Ich muss mich beeilen, um mit ihrem schnellen Gang Schritt zu halten. »Wer ist denn dran?«

»Ein Mann aus einem anderen Land, mein Vater hat mit ihm gesprochen.«

Das kann eigentlich nur mein Vater sein. Besorgt beschleunige ich meinen Schritt. »Woher wusstest du, wo du mich findest?«

»Das weiß doch jeder hier.« Sie blickt schüchtern und traut sich kaum, mich anzusehen. »Sie sind doch aus den amerikanischen Staaten, oder?«

»Aus den Vereinigten Staaten oder aus Amerika, ja.« Ich lächle über ihren Enthusiasmus. »Das bin ich.«

»In unserem Laden haben wir noch nie einen Anruf aus den amerikanischen Staaten bekommen.« Sie zeigt eine Reife, die über ihr Alter weit hinausgeht. »Die Verbindung ist aber sehr schwach, kommen Sie schnell.«

In meinen hohen Schuhen kann ich nicht mit ihr mithalten, also ziehe ich sie aus und laufe barfuß. Der Erdboden der unbefestigten Straße fühlt sich seltsam an. Noch vor einem Monat hätte ich jeden ausgelacht, der mir erzählt hätte, dass ich barfuß durch ein indisches Dorf laufen würde. Und doch kann ich mir keinen Ort der Welt vorstellen, an dem ich jetzt lieber wäre.

Die trockene Luft streicht durch mein Haar. Wir lassen die Häuseransammlung hinter uns und kommen in die Ausläufer des nächsten Dorfes. Hier halten wir auf eine Reihe Geschäfte zu, deren Schaufenster zur Straße blicken. Einige Leute schauen uns nach, aber die meisten ignorieren uns.

»Hier«, sagt das Mädchen und hält mir die Tür auf. Der Laden sieht etwas moderner aus als die anderen in der Reihe.

Als wir über die Schwelle treten, schlägt uns eine Welle kalter Luft aus einer Klimaanlage entgegen. Im Inneren des Ladens, der opulent dekoriert ist, sehe ich Glasvitrinen mit Goldschmuck, vierundzwanzig Karat. Auf dem Tresen werden Ohrstecker mit kleinen Diamanten in einem Drehständer präsentiert, daneben stehen Ständer mit Ringen verschiedener

Designs, mit Schließmechanismen gesichert. Ein elegant gekleideter Mann tritt auf uns zu, um mich zu begrüßen.

»Namaste. Ich bin Sanjay, der Besitzer dieses Ladens.« Er neigt den Kopf, die Hände gefaltet. Anders als die meisten anderen Dorfbewohner trägt er Anzughosen und ein Hemd westlicher Machart. Die obersten Knöpfe stehen offen und lassen ein Goldkettchen mit Om-Anhänger erkennen.

»Namaste.« Ich rieche Weihrauch, der in einem kleinen Hausschrein abgebrannt wird. »Danke, dass Sie Ihre Tochter zu mir geschickt haben.«

Er strahlt, als ich sie lobend erwähne. »Das Büro ist hier durch.« Er führt mich zu einer Hintertür, die in einen kleinen Raum führt. »Der Herr am Apparat hat nach Ihnen persönlich gefragt.« Er schließt die Tür hinter mir, um mir etwas Privatsphäre zu geben.

Der Raum riecht modrig und ist überfüllt. Ein kleiner Tisch steht zwischen Regalen, die von Schmuckkästchen überfließen. Auf einem Regalbrett sehe ich eine offene Tüte mit Granatapfelkernen. Der Hörer des Telefons liegt schwer in meiner Hand.

»Hallo?« Ich warte einen Augenblick und wiederhole. »Hallo? Ist da jemand?«

»Jaya?« Durch das statische Rauschen höre ich Patricks Stimme.

Eine Welle der Emotionen überrollt mich. Seit meiner Ankunft hier habe ich mich strikt geweigert, an ihn zu denken. Jetzt steigt sofort die Erinnerung auf, wie er mich des Nachts gehalten hat, sein warmer Atem an meinem Nacken. Wie er mir begeistert von neu entdeckten Informationen erzählte, die seinen Fall entscheiden könnten. Wie er mich liebevoll dafür auslachte, dass ich schon den Schrank voller Babysachen hatte. Wie in einem Film sehe ich plötzlich die Szene vor mir, wie er mich gefunden hat, auf dem Boden des Badezimmers, zusammengerollt, nach der ersten Fehlgeburt. Er hatte mich damals aufgehoben und ins Bett getragen. Dort lagen wir uns im Arm und weinten zusammen. Es war das erste und letzte Mal, dass wir gemeinsam getrauert haben.

»Patrick?« Ich halte das Telefonkabel fest. »Kannst du mich verstehen?« Mehr Rauschen, dann ist die Leitung tot. Enttäuscht lasse ich meinen Kopf gegen die Stuhllehne sinken. Weitere Erinnerungen drängen sich auf.

Nach der zweiten Fehlgeburt wünschte ich mir nichts mehr, als mich auf Patrick zu stützen – mich in seine Arme zu geben und zu warten, dass seine Kraft auf mich übergeht. Doch ich habe nie den ersten Schritt gemacht. Patrick stand an meiner Seite und trug seinen eigenen Schmerz. Er vergoss Tränen, die mir nicht kommen wollten. Er trauerte, während mein Gram mir keine Ruhe ließ. Für ihn war die Lösung, wieder zum Alltag zurückzukehren. Doch mit jedem Schritt zurück zu unserem alten Leben entfernte er sich weiter von mir, bis ich am Ende allein zurückblieb, ohne Antworten, mit denen ich die Leere hätte füllen können.

Aber unsere Vergangenheit besteht nicht nur aus schmerzlichen Erinnerungen. Vor den Fehlgeburten war alles anders, da waren wir wie seelenverwandt. Im Laufe unserer Beziehung hatten wir gelernt, einander beizustehen.

Als wir gerade frisch in unsere erste gemeinsame Wohnung eingezogen waren, hatten wir einen großen Streit darüber, was wir im Fernsehen schauen wollten. Zu der Zeit war mir das so wichtig erschienen, wie ein Symbol, als ob wir alle Aspekte unserer Beziehung infrage gestellt und nicht nur darüber gestritten hätten, welche Sendung wir sehen wollten. Mir kam es vor, als ob unsere Beziehung zum Scheitern verurteilt wäre, wenn wir nicht einmal hier einen Kompromiss finden konnten. In dem Moment dachte ich nicht an all die Stunden, die wir zusammen verbracht hatten, wie wir in seiner oder meiner

Wohnung zusammengelebt hatten, uns aneinandergekuschelt und erfolgreich zusammen ferngesehen hatten. Der Konflikt wurde damals schließlich gelöst, indem Patrick mich zu Boden gerungen und geküsst hatte, bis ich mich beruhigte. Statt fernzusehen haben wir den Rest des Abends im Bett verbracht.

Ich löse mich aus der Vergangenheit und frage mich, warum Patrick angerufen hat. Vielleicht will er ja doch noch einmal versuchen, unsere Ehe zu retten? Vielleicht gibt es ja zwischen all dem Schmerz der letzten Jahre doch noch einen Weg zurück zu dem glücklichen Paar, das wir einst waren. Ich nehme den Hörer auf, will zurückrufen. Dabei fällt mein Blick auf meinen Ehering, der immer noch golden an meinem Finger glitzert. Während ich wähle, spiele ich mit dem Ring, drehe ihn hin und her. Ich hatte schon so oft mit dem Gedanken gespielt, ihn abzunehmen, doch irgendwie brauchte ich etwas, das mir als Anker dienen kann, auch wenn es nur in meinem Kopf war.

Die Verbindung wird hergestellt, über Kontinente hinweg. Ich erinnere mich an unser letztes Gespräch, an die Sache mit Stacey, die er mir gestanden hat. Muss daran denken, wie er ihre Hand hält, sie küsst. Ein bitterer Geschmack steigt in mir auf. Er meldet sich, doch ich lege auf, ohne etwas zu sagen. Ich schließe die Augen und warte, bis der Schmerz vergeht. Dann stehe ich auf und gehe nach Hause.

Amisha

Fünfundzwanzig

Amisha wischte gerade die Tische sauber. Sie hatte es sich zur Angewohnheit gemacht, nach dem Unterricht die Klasse aufzuräumen, damit die anderen Lehrer nichts finden konnten, was sie ihr vorwerfen könnten. Sie war gerade beim letzten Tisch angekommen, als sie jemanden hinter sich hörte.

»Frohe Weihnachten«, sagte Stephen, als sie sich zu ihm umdrehte. Er schloss die Tür und stellte einen großen Sack ab.

»Sie sind zurück.« Amisha eilte auf ihn zu, beherrschte sich aber im letzten Augenblick und blieb kurz vor ihm stehen.

»Ja, bin ich. Haben Sie mich vermisst?«, neckte er sie. Er sah müde aus. Seine für gewöhnlich so penibel gepflegte Kleidung war zerknittert und unordentlich, die Krawatte saß locker. Unter seinen Augen hatte er dunkle Ringe.

»Ja.« Amisha kümmerte sich nicht darum, ob es angemessen oder gesellschaftlich akzeptabel war. Ihr Freund war zurück und sie wollte ihn nicht anlügen. »Das habe ich, sehr sogar.«

Amisha hatte sich wirklich sehr nach ihm gesehnt. Sie hatte viel Zeit mit ihren Schülern verbracht, aber immer, wenn sie sich der Schule näherte, war ihr bewusst geworden, wie einsam sie sich ohne ihn fühlte. Sie vermisste ihre Gespräche, seine Gesellschaft. Während Stephen unterwegs war, hatte sie versucht, mit Deepak zu reden. Eine ähnliche Verbindung aufzubauen wie zu Stephen. Doch ihr Ehemann hatte sich immer schnell desinteressiert abgewandt.

Stephen schwieg und suchte ihren Blick. Sofort bekam Amisha Angst, dass sie zu weit gegangen sein könnte. Beschämt trat sie zwei Schritte zurück.

»Es tut mir leid«, stammelte sie, jeglicher Enthusiasmus war gewichen. Sie wollte ihm erklären, warum sie so überschwänglich reagiert hatte, doch er winkte nur ab.

»Ich habe meine Mutter gezwungen, bis tief in die Nacht wach zu bleiben und mit mir über die belanglosesten Dinge zu sprechen.« Er trat näher zu ihr. »Einfach nur, damit die Zeit nicht zu lang wird, bis ich wieder zurückkehren kann.«

Amisha musste schlucken, der Atem stockte ihr einen Augenblick. Sie hörte und verstand, was er nicht aussprach, denn sie fühlte ebenso. Auch wenn sie nur kurze Zeit getrennt gewesen waren, hatten sie einander mehr vermisst, als es für bloße Freunde schicklich war.

Er streckte seine Hand aus, ließ sie Zentimeter von ihrer entfernt in der Luft schweben. Er wartete, gab ihr die Chance, Nein zu sagen, doch sie konnte nicht. Sie sehnte sich nach einer Verbindung, auch wenn es nur für einen Moment wäre. Er konnte es in ihren Augen sehen, ihre Zustimmung, wenn auch mit Schuldgefühlen vermischt. Nur einen Moment schloss er seine Hand um ihre, hielt sie für eine Sekunde, dann gab er sie wieder frei.

Amisha musste an Chara denken. Allein bei dem Gedanken, dass Amisha Stephens Gesellschaft genießen könnte, hätte ihre Schwiegermutter einen Anfall bekommen und sie gemaßregelt, weil sie Schande über sich selbst und die Familie gebracht hätte. Amisha versuchte, die Situation objektiv zu betrachten. Das Klügste wäre wohl, ihre Gefühle zu unterdrücken und sich abzuwenden, doch nur dieses eine Mal wollte sie ihre eigene Entscheidung treffen, selbst bestimmen, was richtig und was falsch war. Solange sie niemanden damit verletzte. Fragen nagten an ihr, an die sie früher nie auch nur zu denken gewagt hätte. Doch die einzige sichere Antwort war, sich gar nicht erst auf diese Fragen einzulassen.

»Frohe Weihnachten«, sagte Stephen erneut und reichte ihr den Sack, den er an der Tür abgestellt hatte. »Ich habe Ihnen ein Geschenk mitgebracht.«

»Was?« Amisha nahm den Sack an, dankbar für die Ablenkung. »Das wäre doch nicht nötig gewesen.« Der Sack wog schwer in ihren Händen. »Ich feiere Weihnachten doch gar nicht.« Das letzte Mal, dass Amisha ein Geschenk erhalten hatte, war zu ihrer Hochzeit gewesen, der Schmuck, den ihre Verwandten ihr für die Aussteuer überreicht hatten.

»Ach, gut, dann nehme ich es halt wieder mit.« Er beugte sich zu ihr vor, sie wich aber schnell zurück.

Sie lachte und hielt den Sack eng umschlungen. »Das gehört jetzt mir«, kicherte sie geflüstert. »Vielen Dank.« Aus ihrer Schublade zog Amisha jetzt ihrerseits ein Päckchen hervor. »Frohe Weihnachten.« Zögerlich reichte sie ihm das eingepackte Geschenk.

Sie hatte ihm einst von Navaratri erzählt, dafür wollte sie aber im Austausch von ihm wissen, was sein liebstes Fest sei. Ohne zu zögern nannte er Weihnachten und erzählte ihr davon. Als er von dem Brauch der Geschenke schwärmte, wusste Amisha sofort, dass sie ihm etwas schenken wollte. Sie hatte auf dem Markt Seidenpapier gekauft und es mit Safran gefärbt. Das Geschenk sorgfältig darin einzuwickeln hatte einige Übung erfordert.

»Für mich?« Stephens Augen weiteten sich, als sie ihm das Geschenk entgegenstreckte.

»Nein, für mich. Ich mag Geschenke so gerne, dass ich mir selbst etwas besorgt habe«, murmelte Amisha entnervt, genoss aber eigentlich ihre Neckereien.

»Ich habe ein Geschenk bekommen …«, wiederholte er und nahm es an.

Sie war sich nicht sicher gewesen, wie er reagieren würde, aber seine kindhafte Freude hatte sie nicht erwartet. »Ja«, sagte sie nur und war zufrieden, dass sie auf ihren Instinkt gehört hatte.

»Bei uns ist es Tradition, dass man das Geschenk schüttelt, ehe man es aufmacht«, erklärte Stephen. Amisha lachte, als er das Päckchen kräftig schüttelte. Sie folgte seinem Beispiel und schüttelte den Sack, in einem fruchtlosen Versuch zu erraten, was darin verborgen lag. Er lachte laut auf. »Schütteln Sie nicht so stark, sonst zerbricht es noch.«

»Packe ich es jetzt aus?«, frage Amisha, unsicher, was die Tradition in seiner Kultur vorsah. Hier in Indien war es Brauch, das Geschenk direkt auszupacken und sich überschwänglich bei dem Geber zu bedanken, doch sie hatte auch von Ländern gehört, in denen man die Geschenke erst auspackte, wenn man allein war, und dann ein Dankesschreiben schickte.

»Nein, wir warten bis nächstes Jahr Weihnachten«, belehrte Stephen sie. »Ich freue mich schon auf den Brief, in dem Sie mir schreiben, was drin war. Ich werde ihn dann wohl irgendwo an der Front lesen können.«

Seine Worte verfehlten die Wirkung nicht, jedoch ganz anders, als er beabsichtigt hatte. Ihr war klar, dass er nur scherzte, sie für ihre Förmlichkeit necken wollte, doch ihr Gehirn sprang auf einen anderen Aspekt an. Die letzten zwei Wochen ohne ihn waren schlimm gewesen, sie hatte ihn mehr vermisst, als sie selbst für möglich gehalten hatte. Der Gedanke, ihn nie wiederzusehen, warf sie komplett aus der Bahn. Einen Augenblick hatte sie Probleme, Luft zu bekommen.

Der plötzliche Stimmungswechsel war ihm nicht entgangen, er wurde sofort wieder ernst. »Das war nur ein Scherz, Amisha«, beteuerte er. »So schnell gehe ich nirgendwohin.«

Auch wenn er eigentlich nie hatte hier sein wollen, erinnerte Amisha sich, sprach es aber nicht aus. Sie hatte auch so schon genug widersprüchliche Emotionen, die in ihr tobten. Als ihr Tränen in die Augen stiegen, sah sie den Schmerz in seinen. Sie ärgerte sich über ihre dumme Reaktion und zwang sich, alle Gefühlsregungen zu unterdrücken. Äußerlich zeigte sie nur ein gezwungenes Lächeln, während sie weiter um Fassung rang.

»Natürlich«, murmelte sie und fühlte sich albern. »Ich hoffe, Sie nehmen meine Entschuldigung an, ich wollte nur …« Sie suchte nach Worten, konnte aber keinen klaren Gedanken fassen. »Der Krieg ist gefährlich und Sie sind mein Freund«, sagte sie und hoffte, dass dies als Erklärung ausreichte.

»Öffnen Sie das Geschenk«, bat er sie behutsam und bot ihr damit einen Ausweg.

Vorsichtig löste sie das Band und zog ihr Geschenk aus dem Sack. Er enthielt einen Tontopf, gefüllt mit Erde, aus der ein kleiner Setzling schaute. »Ein Baum?« Amisha starrte das Geschenk ungläubig an.

»Er kommt aus England«, erklärte Stephen mit gedämpfter Stimme. »Ein *Fagus sylvatica*, auch als Rotbuche bekannt.« Er lächelte ihr zu. »Die Buche ist ein typisch englischer Baum, man nennt sie auch die Königin der britischen Bäume.«

»Wie haben Sie es geschafft, die Pflanze hierherzubekommen?« Sie hielt den Topf mit beiden Händen.

»Das hat mich einen kleinen Gefallen gekostet.« Er berührte leicht eins der dicken Blätter, das geformt war wie eine Handfläche. »Sie ist eingetroffen, während ich auf Reisen war. Es sollte eine Überraschung sein.« Er blickte erst den Baum an, dann wieder zu ihr. »Ich wollte Ihnen etwas schenken, das aus meiner Heimat kommt, damit Sie einen Teil davon hier haben. Der Baum kann über tausend Jahre alt werden.«

»Er wird also noch hier sein, lange nachdem wir beide bereits gegangen sind.« Amisha strich mit dem Finger über das Blatt, das er eben in der Hand gehabt hatte. »Es ist ein wundervolles Geschenk, ich weiß nicht, wie ich etwas so Prächtiges je vergelten kann.«

»Das ist auch gar nicht nötig, und wenn doch, ist es durch das Gegengeschenk schon vollkommen vergolten.« Stephen zog an der Schleife und riss das Papier auf. Er zog ein kleines Büchlein aus der Verpackung. Oben auf den Umschlag hatte Amisha seinen Namen geschrieben, in sauberen westlichen Buchstaben, dazu ihren eigenen Namen unten am Rand, etwas kleiner. Er sah sie fragend an, doch sie lächelte nur und forderte ihn auf, das Buch aufzuschlagen.

In dem Buch fand er eine handgeschriebene Geschichte, wieder in denselben präzisen Buchstaben. Ohne seine Augen von dem Buch abzuwenden zog sich Stephen einen Stuhl heran und las die Geschichte laut vor.

Es war einst ein junger Mann, der seinen Bruder verloren hatte. Untröstlich drohte der junge Mann dem Himmel die schlimmste Vergeltung, wenn er nicht seinen Bruder ein letztes Mal sehen könnte. Als niemand ihm antwortete, begann er alles zu zerstören, was den Göttern wichtig war.

»Es reicht«, riefen die Götter. »Warum nur willst du so dringend mit ihm sprechen?«

»Ich muss ihm etwas erzählen, was ich ihm nicht mehr sagen konnte«, erklärte der junge Mann. Er wollte dem Bruder alles mitteilen, was in seinem Herzen lag. All die Dinge, die er seinem Bruder nie gesagt hatte.

»Wir werden dir fünf Minuten gönnen«, sagten die Götter und stimmten seiner Forderung zu. »Aber im Austausch dafür werden wir danach deine Stimme nehmen. Bist du mit diesen Bedingungen einverstanden?«

Der junge Mann ließ sich sofort auf den Handel ein. Als der verlorene Bruder zu ihm trat, setzte der junge Mann an, ihm alles zu sagen, was in seinem Herzen steckte. Der verlorene Bruder jedoch hob nur die Hand und gebot ihm zu schweigen.

»Ich weiß es alles bereits«, erklärte der verlorene Bruder. »Ich weiß, wie sehr du mich geliebt hast.« Er ließ den Kopf hängen, von seinen Gefühlen überwältigt. »Ich wusste immer, in welchen Ehren du mich gehalten hast. Und unsere Erinnerungen werden auf immer ein Teil von dir sein.«

Der junge Mann starrte seinen verlorenen Bruder ungläubig an. »In meinem Herzen«, fuhr der verlorene Bruder fort, »habe ich es immer gewusst. Denn wir sind Brüder. Und unsere Herzen sind eins.«

Der verlorene Bruder sprach alles aus, was der junge Mann hatte sagen wollen, und sicherte damit, dass sein kleiner Bruder seine Stimme behalten konnte. Sie schlossen einander in die Arme und hielten sich fest umschlungen. Dann erklärten die Götter, dass die geschenkte Zeit um sei. Doch jetzt, als er Abschied nehmen sollte, kamen dem verlorenen Bruder die Tränen. Nun war es an seinem kleinen Bruder, die Hand zu erheben und ihm Einhalt zu gebieten.

»Wir nehmen nicht Abschied«, sagte er und überraschte seinen verlorenen Bruder damit, der von Angst vor der Einsamkeit erfüllt war. »Wir sagen nur ›Auf Wiedersehen‹.«

Und auch wenn er durch diese Worte nun seine Stimme auf immer verloren hatte, gab er seinem Bruder damit das Einzige, was diesem gefehlt hatte: Hoffnung.

Amisha versuchte, den Raum zu Ende aufzuräumen, schielte aber immer wieder heimlich zu Stephen, um seine Reaktion zu sehen. Als er endlich zur letzten Seite gekommen war, sah er auf. Ihre Blicke trafen sich. »Wie haben Sie das nur gemacht?«

Die Idee zu der Geschichte war Amisha in der Nacht gekommen, nachdem Stephen ihr das erste Mal von seinem Bruder erzählt hatte. Als die Feiertage nahten, hatte Amisha beschlossen, sie niederzuschreiben. Sie wollte ihm damit vermitteln, dass sein Bruder gewusst haben muss, wie viel er ihm bedeutete. Es hatte Wochen gedauert, die einfache Geschichte auszuformulieren, aber sie war hartnäckig geblieben. Jede Nacht hatte sie daran gesessen, nachdem Deepak zu Bett gegangen war. Obwohl sie nicht wirklich etwas Verbotenes tat, fühlte sie sich schuldig, schließlich nutzte sie ihre Zeit für ein Geschenk an einen anderen Mann.

»Gefällt es Ihnen?«

»Mehr, als ich in Worten ausdrücken kann«, erklärte Stephen mit zugeschnürter Kehle.

Amisha verspürte ein ungewohntes Gefühl der Leichtigkeit. Aus Angst, etwas zu sagen, was sie beide beschämen könnte, wies sie auf den Baum. »Es ist nichts verglichen mit diesem Geschenk.« Sie schloss den Topf in die Arme. »Ich würde ihn gerne einpflanzen. Darf ich?«

»Hier?« Er schien überrascht. Seine Hand glitt schnell über seine Augen, um die Feuchtigkeit wegzuwischen, die sich dort angesammelt hatte. »Ich dachte, Sie würden ihn mit nach Hause nehmen.«

»Das kann ich nicht.« Sie blickten einander in die Augen. Es war das erste Mal, dass sie offen angesprochen hatte, dass ihre Beziehung inzwischen etwas war, was geheim gehalten werden musste. Sie sah, dass er verstand, und wandte ihren Blick ab. Sie hatte Angst davor, was das bedeutete. »Er gehört in unseren Garten«, sagte sie schließlich und versuchte es heiter klingen zu lassen.

Er nahm ihr die Pflanze ab und ging mit ihr zusammen in den Garten. Hier suchten sie nach dem idealen Ort, bis Amisha einen Platz nahe der Bank fand, auf der sie für gewöhnlich saßen. Amisha kniete sich hin und begann mit den Händen zu graben. Die Dreckspuren auf ihrer Baumwollhose bemerkte sie gar nicht, so versessen war sie darauf, seinem Geschenk einen würdigen Platz zu verleihen.

»Moment, ich helfe«, meinte Stephen, der einen kleinen Spaten gefunden hatte. Sobald das Loch groß genug war, lehnte er sich wieder auf die Hacken zurück und sah ihr zu. Vorsichtig hob sie den Setzling aus seinem Topf und pflanzte ihn in das ausgehobene Loch. Stephen füllte jetzt rund um den Setzling die Erde wieder auf, dann klopften sie alles mit ihren Händen fest, damit der Baum sicher Wurzeln schlagen konnte.

»Fertig«, erklärte Amisha zufrieden. »Jetzt hat unser Baum ein Zuhause.«

»Ja.« Stephen blickte auf den Setzling hinab, dessen Leben gerade erst begonnen hatte. »Einen Platz, den Sie noch in vielen Jahren besuchen können und bei dem Sie immer an die Zeit denken werden, die wir hier zusammen verbracht haben.«

* * *

»Amisha.« Stephen stand an der Tür zu ihrer Klasse, die Schüler waren bereits gegangen. »Könnten Sie bitte in mein Büro kommen? Neemas Vater ist hier, er würde gerne mit uns sprechen.«

Neema war jetzt schon eine Woche nicht zum Unterricht erschienen. Amisha hatte sich Sorgen gemacht und Stephen darauf angesprochen, aber die Schule hatte auch nichts von ihr gehört. Gespannt darauf, mehr zu erfahren, folgte sie Stephen mit schnellem Schritt zu seinem Büro. Er ließ ihr den Vortritt in den kleinen Raum und folgte ihr, zog die Tür hinter ihnen zu.

»Dies ist Amisha«, stellte Stephen sie den Eltern vor. »Sie ist Neemas Lehrerin.«

Der indische Mann legte die Hände aneinander. »Namaste«, sage er und fuhr zu Amisha gewandt fort: »Wie ich dem Leutnant gerade sagte, hat Neema sich leider bei einem Unfall verletzt.«

»Geht es ihr gut?«, fragte Amisha schnell, voller Sorge für das junge Mädchen.

»Ich bin nur hier, um Ihnen mitzuteilen, dass Neema nicht länger diese Schule besuchen wird.« Der Vater überging Amishas Frage und reichte Stephen ein Bündel Geldscheine. »Mein Sohn wird natürlich bleiben. Das sollte reichen, um sein Schulgeld bis zum Ende des Jahres zu begleichen.« Er erhob sich und wollte gehen, wandte sich dann aber doch noch einmal Amisha zu. »Sie hat oft von Ihrem Unterricht gesprochen, Shrimati. Sie hat es sehr genossen, von Ihnen zu lernen.«

»Ich habe noch einige ihrer alten Arbeiten, die ich gerne mit ihr durchgehen würde«, hielt Amisha ihn auf. Sie erkannte, wie Stephens Blick streng wurde, ihre Sorge um das Mädchen war ihr jetzt aber wichtiger. »Vielleicht könnte ich sie besuchen, um ihr meine Besserungswünsche zu überbringen und mit ihr über ihre Arbeiten zu reden?«

»Das wird nicht nötig sein«, sagte der Vater schnell. »Ich werde Ihre freundlichen Genesungswünsche aber überbringen.«

»Vielen Dank, dass Sie gekommen sind«, mischte sich Stephen ein, während er neben Amisha trat. »Lassen Sie es uns wissen, wenn wir irgendetwas für Neema tun können.«

Er begleitete den Vater noch nach draußen. Als er zurückkehrte, sah er Amisha in seinem Büro auf und ab gehen. Noch ehe er etwas sagen konnte, sprach Amisha.

»Ich weiß, Sie sind zornig, aber ich musste es versuchen.«

»Es stand uns nicht an.« Sie wollte Einspruch erheben, doch er ließ sie gar nicht erst zu Wort kommen. »Die Schule muss im Umgang mit den Familien unserer Schüler sehr vorsichtig sein.« Er rieb sich den Nacken, eindeutig frustriert über die komplexen Umstände. »Der Raj kann keinen Inder dazu zwingen, sein Kind auf unsere Schule zu schicken. Wenn die Eltern das Gefühl bekommen, dass wir unsere Position als Lehrer ihrer Kinder ausnutzen, um Einblick in ihr Familienleben zu erlangen, oder gar versuchen, es zu beeinflussen, werden sie ihre Kinder von der Schule nehmen.«

»Also müssen wir alles hinnehmen?« Die Erklärung war zwar logisch nachvollziehbar, trotzdem machte Amisha sich Sorgen.

»Es tut mir leid.« Sie konnte in seinem Gesicht sehen, dass er es ehrlich meinte. »Aber es gibt nichts, was wir tun können.«

»Das ist nicht gut genug«, widersprach Amisha, besorgt um das Mädchen.

»Es muss genug sein«, gab Stephen zurück. »Es tut mir wirklich leid, ich weiß, wie viel sie Ihnen bedeutet.«

Jaya

Sechsundzwanzig

Als ich sechzehn Jahre alt war, wurde bei einem unserer Nachbarn Krebs festgestellt. Es war ein schwerer Fall mit schlechten Aussichten, also stand ihm eine schwere und leidensreiche Zeit bevor. Seine Frau war eine junge Mutter mit drei Kindern, das älteste gerade fünf Jahre alt. Die ganze Nachbarschaft schloss sich zusammen und erstellte einen Hilfsplan, um die Familie jeden Tag mit Mahlzeiten zu versorgen. Obwohl wir die Familie kaum kannten, trug sich auch meine Mutter ein und brachte einmal die Woche Essen vorbei. Nach den ersten Monaten verebbte die Hilfsbereitschaft der meisten Nachbarn, der Alltag kehrte wieder ein. Eines Tages kam meine Mutter mit einem großen Stapel Kochbücher zurück, alles typisch amerikanische Gerichte. Die nächsten Monate versuchte sie sich jeden Abend an einem anderen neuen Rezept anstelle dessen, was sie gewöhnlich für uns kochte. Bevor wir selbst aßen, stellte sie immer heimlich einen Teil des Essens bei der Familie ab, ohne einen Namen dabei zu hinterlassen. Auch sprach sie nie darüber, weder mit uns noch mit anderen Menschen.

Der Mann gewann schließlich den Kampf gegen den Krebs und erholte sich, die Familie lud die ganze Nachbarschaft zu einem Fest ein. Während der Party hielt die Frau eine kurze

Ansprache, um für das Essen zu danken, das ihnen über die schwere Zeit geholfen hatte. Sie wusste nicht, von wem es kam, und hoffte, dass der oder die Menschen sich zeigen würden. Ich blickte zu meiner Mutter, die aber nur zu Boden blickte und ihr Glas fest umklammert hielt. Die Frau fragte noch einmal, doch niemand antwortete.

»Falls jemand weiß, wer es war, bitte richtet ihnen unseren Dank aus«, sagte die Frau schließlich.

Später, bei uns zu Hause, wünschte meine Mutter mir eine gute Nacht und wollte direkt zu Bett gehen.

»Ich verstehe das nicht«, meinte ich. »Du hättest doch etwas sagen können. Du hast dir so viel Arbeit gemacht und noch nicht einmal Lob dafür angenommen.«

Zu der Zeit war es mir vorgekommen, als ob meine Mutter sich mehr um diese fremde Familie gekümmert hätte als um mich. Sie hatte gelernt, wie man Speisen zubereitet, die der Familie schmecken würden, hatte sie selbst abgeliefert, heimlich. Aus den Augen der Tochter, die ihr Leben lang nach Aufmerksamkeit gehungert hatte, war es eine schreckliche Verschwendung, auf die Anerkennung und Dankbarkeit zu verzichten.

»Aber es ging nicht um mich«, sagte sie einfach nur. Sie schüttelte den Kopf und knetete ihre Hände. »Sie brauchten Hilfe, also habe ich geholfen. Mehr nicht.«

Dann ging sie zu Bett und ich starrte ihr nach, fragte mich, warum allein der Gedanke, dass jemand herausfinden könnte, was sie getan hatte, ihr solche Angst bereitet hatte.

* * *

Als ich heute Morgen erwachte, musste ich an Patrick denken. Als wir noch in der Kennenlernphase waren, haben wir kaum miteinander gestritten. Die wenigen Male, bei denen wir nicht einer Meinung waren, haben wir uns einfach ausgesprochen. Ich wäre nie auch nur auf den Gedanken gekommen, bei einem Telefonat aufzulegen. Aber diese Zeiten sind lange vorbei. Ich hebe meine Hand hoch und sehe, wie die Sonnenstrahlen sich im Gold des Ringes spiegeln. Als er ihn damals über meinen Finger schob, schworen wir, uns ein Leben lang zu lieben. Ich drehe den Ring an meinem Finger, einmal, und ziehe ihn dann ab. Er geht nur bis zum ersten Gelenk, dann bleibt er hängen. Ich ziehe, aber er steckt fest. Erleichtert schiebe ich ihn wieder zurück und stehe auf.

Ich kleide mich schnell an und folge den Menschen auf der Straße hin zum Marktplatz. Laut und lebendig diskutieren die Straßenhändler an ihren Karren mit gesprächigen Kunden. Ich streife an den Ständen entlang und bewundere die Auswahl, die von frischem Obst und Gemüse bis hin zu Kleidung und Büchern reicht. An einem Stand bleibe ich stehen und bewundere einen herrlichen Schal.

»Selbst gemacht«, erklärt die junge Frau hinter dem Stand, eigentlich nur einem rollbaren Holzkasten, und hält mir einen Seidenschal entgegen. Die Basis bildet ein elegantes Rot, in das feine Muster aus hellgrüner Farbe gemischt sind, abgeschlossen von einem Saum aus Indigo-Blau. Es wäre ein ideales Geschenk für Mom, sie könnte ihn an kühlen Nächten tragen. Ein solcher Schal würde in den USA mindestens hundert Dollar kosten. »Nur fünf Rupien!«

Ich kaufe drei. Ich gehe zum nächsten Stand weiter, hier hält mir ein Junge rote und grüne Paprika entgegen. »Frisch! Sehen Sie, nicht braune Stellen!« Seine langen Fingernägel zeigen schwarze Ränder, wahrscheinlich hat er das Gemüse am Morgen noch selbst geerntet. »Sie kaufen? Sehr gut, sehr gut!«

»Ja, ich kaufe.«

Ich habe beschlossen, mich heute bei Ravi zu revanchieren. Ich gehe die Auswahl im Karren durch und nehme noch reife Tomaten und Zwiebeln. Nachdem ich bezahlt habe, hält mir die alte Frau vom Nachbarkarren eine Babyrassel unter die Nase.

»Für Baby«, preist die zahnlose Frau grinsend an, die bestimmt um die neunzig Jahre alt sein mag. »Hier gut Spielzeug!«

Ihr Karren ist gefüllt mit billigem Plastikspielzeug und Bauklötzen aus Ton. Auf die Bauklötze sind in bunten Farben Buchstaben des indischen Alphabets gemalt. »Nein. Kein Baby.« Ich wende mich schnell ab, als sie ansetzen will, mich zu überreden.

Die anderen Verkäufer sind ebenso aufdringlich, versuchen mich zu ihren Waren zu lenken. Ich kann schwer widerstehen und kaufe noch einen Sari für Mom und ein Seidenhemd für Dad, dazu eine ganze Reihe anderer Dinge. Ich erinnere mich noch gut daran, wie ich früher immer andere Leute dafür ausgelacht habe, ohne Sinn und Verstand unnütze Sachen zu kaufen. Ich war immer der Meinung, dass solche billigen Sachen nur Geldverschwendung seien. Jetzt muss ich an Neema denken, an meine Großmutter und an all die Menschen hier, die nur irgendwie versuchen, ihren Lebensunterhalt zu bestreiten. Es scheint reiner Zufall, dass sie hier stehen und nicht ich.

Aus reiner Gewohnheit suche ich ein Hemd aus, das Patrick stehen würde, und muss mich zurückhalten. Ich ärgere mich, beinahe wieder in alte Gewohnheiten verfallen zu sein. Genau in dem Augenblick kommt Rokie von irgendwoher und springt mich an, wirft mich dabei fast um.

»Entweder gefällt dir meine Kochkunst nicht, oder du willst für mich kochen«, merkt Ravi scharfsinnig an, der nur einige Schritte hinter dem Hund folgt.

»Das Essen schmeckt immer fantastisch, aber ich werde heute kochen.« Mein Unwohlsein ist inzwischen komplett vergangen, ich nehme Rokie in den Arm und kuschele mit ihm, während er mich ableckt. »Ich war schon einkaufen«, erkläre ich und halte den fast vollen Korb hoch.

»Das kann ich sehen, und ich bin fast blind.« Er schaut sich meine Einkäufe durch und fragt, wie viel ich dafür bezahlt habe. Als ich es ihm verrate, lacht er herzlich auf. »Damit ist unser Dorf für die nächsten sechs Monate versorgt.«

»Es sind Geschenke, für zu Hause.«

Er lächelt freundlich. »Du kannst genauso stur aussehen wie deine Großmutter.« Er stützt sich auf seinen Gehstock. »Aber es ist gut, dass du so viel dafür bezahlt hast. Kein Preis ist zu hoch für ein Geschenk, das von Herzen kommt.« Wir gehen an den übrigen Händlern vorbei, Ravi führt mich auf einem gewundenen Pfad. »Komm, ich zeige dir, wo ich wohne. Du kannst dort für mich kochen.«

* * *

Wir verlassen den Markt. Auf dem Weg zu seinem Haus werden die Gebäude immer kleiner und baufälliger. Wir biegen in eine Gasse ein, die keine zwei Meter breit ist, die Straßen sind hier von feuchtem Schlamm und Kuhmist bedeckt. Am Straßenrand finden sich Abflussgitter, verstopft mit Mangoschalen und Resten von Roti. Ein Rudel wilder Hunde wühlt durch die Müllhaufen auf der Suche nach Nahrung. Mit jedem Schritt wird mir die Armut weiter bewusst, von der ich viel gehört, die ich bisher aber noch nicht selbst so deutlich gesehen habe. Die Kinder, die über die Straße rennen, tragen kaum Kleidung. Ihre Körper sind knochendürr und die Gesichter sehen älter aus, als die Kinder sind. Viele sind schon von Stressfalten gezeichnet. Ich habe mir nie Sorgen machen müssen, wo ich schlafen soll, wo mein nächstes Essen herkommt oder was ich anziehen soll. Was für mich selbstverständlich war, wäre für diese Kinder reinster Luxus.

Ravi bleibt vor einer armseligen Hütte mitten im Slum stehen. Sein Heim ist Teil einer Reihe, teilt sich die linke und rechte Wand mit anderen, nicht weniger bemitleidenswerten Hütten. Das Dach hat Löcher an mehreren Stellen, braunes Wasser tropft vom Rand des Daches auf die Straße. »Mein Zuhause.« Stolz hält er mir die alte Tür auf. »Willkommen.«

Mein Blick schweift über die beiden Zimmer, aus denen sein Haus besteht. Ich zucke leicht zusammen, als ich die dreckigen Böden und verkrusteten Wände sehe. Es gibt noch ein drittes Zimmer, die Küche. Hier steht ein Kerosinkocher auf dem Boden, daneben ein Topf voll mit dreckigem Geschirr.

»Ravi, das ist …« Ich suche nach Worten, die ihn und sein Haus nicht beleidigen, finde aber nichts. »Hier leben Sie also?« Das Haus, in dem ich aufgewachsen bin, und selbst mein eigenes Apartment in New York sind Paläste verglichen mit seiner Behausung. Es schmerzt, ihn hier leben zu wissen, doch ich verberge meine Reaktion, um ihn nicht zu beleidigen.

»Ja. Und ich heiße dich hier willkommen«, antwortet er.

Ravi holt mit einer alten Tasse Wasser aus einem Eimer und füllt damit Rokies Schüssel. Der Hund schlurft herbei, schleckt das Wasser auf und schlendert dann zu seiner Decke auf dem Boden. Dort streckt er sich und legt sich hin.

»Wann haben Sie ihn bekommen?«

»Das ist jetzt zehn Jahre her«, erinnert sich Ravi. »An dem Tag war ich unterwegs ins Dorf. Er ist denselben Weg gegangen. Seitdem sind wir zusammengeblieben.«

Ich muss darüber lächeln, wie einfach ihre Verbindung zustande gekommen ist. Sowohl Ravi als auch der Hund sind in dem bescheidenen Heim glücklich, auch wenn es mir schwerfällt, das zu verstehen. Ich habe alle meine materiellen Güter immer als gegeben hingenommen, aber jetzt sehe ich, wie stolz Ravi auf das Wenige ist, das er besitzt. Ich muss zugeben, ich kann mich nicht daran erinnern, wann ich das letzte Mal auf etwas so stolz gewesen bin. Ich bin von mir selbst enttäuscht, dass ich nie wie er versucht habe, mich zu Höherem anzutreiben.

»Aber warum leben Sie nicht in dem Haus meiner Großmutter?«, frage ich schließlich.

Eine Maus eilt entlang der dünnen Mauer und verschwindet in einem Loch in der Ecke. Rokie wacht kurz auf und bellt ihr furchterregend nach, dann schläft er wieder ein.

»Es gehört deiner Familie. Und ohnehin, meine Freunde würden mich vermissen.« Er macht eine Geste in die grobe Richtung der Maus, die in ihrem Loch verschwunden ist. »Wer würde ihnen sonst den Lebensunterhalt sichern?«

»Und was ist mit Ihrer Familie?« Als wir uns kennengelernt haben, hatte er einen Enkel erwähnt.

»Mein Sohn und seine Frau leben bei meinem Enkel und seiner Familie. Es ist nicht weit von hier.« Ravi schlüpft aus den Sandalen und reibt sich die Sohlen der Füße. »Die Frau meines Sohnes ist für mich wie eine leibliche Tochter.« Er lächelt bei dem Gedanken an seine Familie. »Ich bin wahrlich gesegnet, dass das Schicksal es so gut mit mir meint. Sie will ständig, dass ich zu ihnen ziehe, weil sie um mich besorgt sind. Aber jedes Mal sage ich ihnen: ›Noch nicht, Tochter, jetzt noch nicht.‹«

»Aber warum?«, frage ich verwirrt. »In der Familie wären Sie doch versorgt.«

»Ja, aber wer würde sich dann um Amishas Heim und ihren Garten kümmern?«, fragt er mit einem sanften, verträumten Ausdruck. Dann weist er wieder auf sein Haus. »Ich bin glücklich hier.«

»Und Ihre Frau?« Man sieht dem Haus an, dass eine weibliche Hand fehlt. In einer Ecke steht eine Öllampe, ein zerrissener Afghanen-Teppich liegt über einer Bodenmatte ausgebreitet. Neben dem Bett liegt Ravis Kleidung, fein säuberlich gefaltet, dreimal dieselbe Kombination von Hemd und Hose, die er auch aktuell trägt.

Ich weiß gar nicht mehr, wie viel Kleidung ich über die Jahre weggeworfen habe. Ein Hemd, das nicht mehr in Mode war, eine Hose, die einen Knopf verloren hatte, oder einen Rock, der etwas abgetragen wirkte. Willkommene Ausreden, meinem Kleiderschrank etwas Abwechslung zu gönnen. Ravi hingegen scheint sich mit Hingabe um seine geringen Besitztümer zu kümmern.

»Ich habe ihre Asche schon vor vielen Jahren über dem Fluss verstreut.« Er nimmt seine Brille ab und reibt sich das nun traurig aussehende Gesicht. »Schon davor mussten wir die Asche eines Sohnes verstreuen. Er ist gestorben, als er drei Jahre alt war.« Seine Hände strecken sich wärmesuchend zur Öllampe.

Die Sonne steht noch hoch und wärmt kräftig, trotzdem überkommt mich ein kalter Schauer, während ich ihn beobachte. »Ist alles in Ordnung mit Ihnen?«

»Mein Sohn sagt, ich habe nicht genug Fleisch auf meinen alten Knochen.« Er beugt sich vor und pustet in seine Hände, um sie aufzuwärmen. »Ich lache ihn aus. Aber wenn ich auch an warmen Tagen die Kälte spüre, fürchte ich, dass er recht haben könnte.«

»Waren Sie beim Arzt?«, frage ich besorgt. Auch wenn wir uns erst seit einigen Tagen kennen, fühlt es sich viel länger an. Vielleicht, weil wir so viel Zeit miteinander verbringen, vielleicht auch wegen der Geschichte, die er mir erzählt. Auf jeden Fall ist er mir ans Herz gewachsen.

Er lächelt nur, zeigt ohne Worte, dass er meine Besorgnis zu schätzen weiß. »Ich habe deiner Großmutter ein Versprechen gegeben. Und es gibt keine Krankheit, die mich daran hindern kann, es zu erfüllen.« Sein Blick geht starr zu einem Punkt über meinem Kopf, seine Augen werden glasig. Wahrscheinlich ist er in seiner Erinnerung wieder bei ihr. »Und wenn meine Zeit dann gekommen ist, wird auch der beste Arzt mich nicht retten können.« Er schüttelt den Kopf, der Kälteanfall scheint überwunden. »Für heute werde ich dein Essen genießen und mir vielleicht einen zweiten Teller gönnen.«

»Ich muss nur warnen, ich bin keine gute Köchin«, erwidere ich, seltsam berührt von seiner Erklärung.

»Dann werde ich es umso mehr genießen, denn auch deine Großmutter war das nicht. Es zeigt nur noch mehr, wie ähnlich ihr euch seid.«

Ich wasche das Gemüse in einem löchrigen Sieb, während Ravi den alten Kerosinkocher anwirft. Nach dem Waschen schneide ich das Gemüse und schiebe die Stücke in eine Pfanne. Ravi fügt kleine Prisen diverser Gewürze hinzu, dann ein mir unbekanntes Gemisch aus einem Behälter ohne Etikett.

»Was ist das?«, frage ich mit einem Nicken in Richtung der Gewürze. Sie kommen mir bekannt vor, sehen jenen ähnlich, die meine Mutter stets benutzt.

»Senfkorn.« Er nimmt eine Handvoll schwarzer Samen, zeigt dann auf ein rotes Pulver. »Chilipulver, und das hier«, fährt er fort und hebt ein gelbes Pulver hoch, »ist Kurkuma.« Er zerdrückt eine Knoblauchzehe und etwas Ingwer und rührt alles in der Pfanne zusammen, fügt dann die gehackten Zwiebeln hinzu. In der Pfanne beginnt es zu brutzeln. Er sieht zufrieden aus. »Das Essen ist bald fertig.«

»Ich bin so froh, dass Sie mich für Sie kochen lassen«, stichele ich. Der Geruch der Gewürze füllt den Raum und lässt mir das Wasser im Munde zusammenlaufen. Ich habe noch nie über alltägliche Sachen wie einen Kühlschrank oder fließendes Wasser nachgedacht und frage mich, ob ich all das je wieder als alltäglich ansehen werde.

»Hat deine Mutter es dir nicht beigebracht?«

Als Kind habe ich meiner Mutter gerne beim Kochen zugesehen. Sie schien immer dann am glücklichsten, wenn sie etwas für uns zubereitete. Aber immer, wenn ich helfen wollte, hat sie mich fortgescheucht und mir gesagt, dass ich mich mit etwas anderem beschäftigen soll. »Nein, sie hat lieber allein gekocht.« Aber irgendwoher muss ihre Liebe zum Kochen ja gekommen sein. »Meine Mutter ist aber eine hervorragende Köchin. Wer hat es ihr beigebracht?«

Es dauert etwas, ehe er antwortet. Er rührt weiter in der Pfanne, die er eigentlich eben fortstellen wollte. »Ihre Stiefmutter«, erklärt er schließlich leise. »Sie hat darauf bestanden, dass deine Mutter es lernt.«

»Aus Gründen der Tradition oder …«, frage ich und hoffe, dass er nickt.

Ravi schüttelt jedoch den Kopf. »Lena musste für die Familie kochen, alle drei Mahlzeiten am Tag.«

»Das macht sie auch heute noch.« Ich habe noch nie gesehen, dass unser Essen nicht perfekt zubereitet oder präsentiert gewesen wäre. Ich war immer davon ausgegangen, dass es ihr Spaß macht. Enttäuschung macht sich in mir breit. »Sie kocht jeden Tag.«

»Hat dein Ehemann gekocht?«, fragt er, als ich nicht weiter ausführen will.

»Nein.« Ich bin dankbar, dass er das Thema gewechselt hat. »Mein Mann, oder genauer: Exmann …«, korrigiere ich mich und breche ab. Ich rutsche etwas unruhig hin und her, spüre meinen Magen sich unangenehm verkrampfen. Es ist das erste Mal, dass ich ihn so genannt habe. Ich atme einmal tief durch und massiere mir die Nase an der Wurzel zwischen den Augen, um den Faden wieder aufzunehmen. »Wir haben meist auswärts gegessen«, erkläre ich schließlich.

»Du bist geschieden?«, fragt Ravi mitfühlend, nachdem er meine Reaktion gesehen hat.

»Noch nicht, aber bald.« Allein der Gedanke an die letzten Jahre bereitet mir Kopfschmerzen. »Wir haben in unserer Ehe viele Rückschläge hinnehmen müssen.« Die Dunkelheit kreist wieder um mich. Es ist schon Tage her, dass ich das letzte Mal einen Aussetzer hatte. Ich hatte gehofft, dass die Anfälle mit meiner Flucht komplett verschwinden würden. »Leider haben wir sie nicht überstanden.« Ich schließe die Augen, zu schwach, um dagegen anzukämpfen.

»Jaya?«, fragt Ravi.

Ich öffne die Augen. Er steht vor mir. Seinem besorgten Blick nach zu schließen ist wieder Zeit um mich vergangen. »Tut mir leid«, flüstere ich. Ich hasse es, die Kontrolle zu verlieren. Es scheint immer dann zu passieren, wenn ich an Patrick oder die Babys denke. »Ich musste mich einen Augenblick sammeln.« Er blickt weiter zweifelnd. Ich versichere ihm, dass alles in Ordnung ist. »Wirklich, es geht mir gut. Ich glaube einfach, dass mein Gehirn manchmal eine kleine Pause braucht.«

»Und hat es geholfen, nach Indien zu kommen?«, fragt Ravi mitfühlend weiter. »Hilft es, zu vergessen?«

»Vielleicht. Der Brief war ein idealer Vorwand.« Ich erinnere mich daran, was er über meine Onkel gesagt hatte. »Damals kam es mir klüger vor zu gehen als zu bleiben.«

»Manchmal ist es wirklich die klügste Antwort.« Er fordert mich mit einer Geste auf, ihm gegenüber auf dem Boden Platz zu nehmen. »Essen wir.«

Siebenundzwanzig

Ich fühle mich schon wie eine Einheimische, wie ich an den Reihen der Häuser vorbeigehe, an den schlammbedeckten Wänden, die nicht weit auseinanderliegen. Vor den Häusern sind die Frauen damit beschäftigt, Wäsche zu waschen oder ihre schreienden Kinder in großen Eimern zu baden. Um uns herum ertönt ein Chor der Vögel im Einklang mit dem Quietschen der vorbeiziehenden Ochsenkarren. Die Männer, meist mit bloßem Oberkörper, treiben die Tiere an, unter der brennenden Sonne schneller zu laufen. Ein frei laufender Hund, vermutlich ein Streuner, bellt mich an, verliert aber das Interesse, als ein Junge einen Haufen triefender Mangoschalen zu dem Kuhmist an den Straßenrand kippt. Ich nehme all die Eindrücke in mich auf, abermals beeindruckt von der Fähigkeit des Menschen, sich an jegliche Umstände anzupassen. Diese Kinder überleben in solch ärmlichen Zuständen und sind dadurch stärker, als ich je sein werde.

Das Amt für Grundbesitz und Steuern befindet sich im nächsten Dorf. Vor dem Gebäude weht die indische Flagge. Halb nackte Kinder rennen durch das Sprinkler-System auf dem Rasen vor dem Haus, das eingeschaltet ist, auch wenn es nur noch wenig Gras gibt, das man bewässern könnte.

Im Inneren des Gebäudes bringen drei große Deckenventilatoren die Luft in Bewegung und wirbeln dabei immer wieder die diversen Papierstapel auf den Tischen auf. Das Büro selbst ist eng und vollgestellt, es gibt kaum genug Platz, sich zu bewegen. An der Wand hängt ein schwarz-weißes Bild von Mahatma Gandhi. Ich sehe einen Mann und eine Frau, beide in Uniform, die an Akten arbeiten. Ein weiterer Mann, gekleidet in ein ähnliches braunes Hemd und kurze Hosen, fragt, ob ich Hilfe benötige.

»Ich bin hier wegen eines Hauses, einer Mühle und einer Schule«, erkläre ich, während ich ihm meine Papiere reiche, um mich auszuweisen. »Ich bin die Enkelin des verstorbenen Besitzers.«

Er sucht die Akte hervor und geht sie durch. »Ihre Onkel haben alle das Erbe ausgeschlagen und damit jeglichen Anspruch auf Haus und Mühle aufgegeben. Das macht Ihre Mutter zur Alleinerbin«, erklärt er, nachdem er meine Daten überprüft hat.

Dazu reicht er mir entsprechende Unterlagen, die auch Briefe meiner drei Onkel enthalten. Ich überfliege die Briefe und den Rest der Akte. Schließlich zieht er einen letzten Brief hervor und reicht ihn mir.

»Diesen Brief haben wir letzte Woche erhalten. Auch ihre Mutter hat das Erbe ausgeschlagen.«

»Wie bitte?« Ich nehme den Brief und lese die beiden Sätze, mit denen meine Mutter jegliche Ansprüche aufgibt und der Regierung die Ermächtigung erteilt, das Erbe nach Belieben zu übernehmen.

»Die Grundstücke werden jetzt per Auktion an den Höchstbietenden versteigert«, erklärt er das weitere Vorgehen. »Das ist aber gut. Damit kann die Mühle wieder den Betrieb aufnehmen. Außerdem haben lokale Einrichtungen schon länger Interesse bekundet, die Schule anzumieten, nur hat Ihr Großvater dem bisher stets widersprochen.« Der Mann reicht mir Anfragen und Gebote von örtlichen Unternehmen. Ich nehme sie mit zitternden Händen an mich. »Sie werden natürlich eine gute Beteiligung erhalten.«

»Warum hat mein Großvater die Schule nie verkauft?«, frage ich und hoffe, dass dieser Mann mir Antworten geben kann.

»Er meinte immer nur, dass es ihm nicht zustehe, über die Schule zu verfügen.« Er sieht ebenso verwirrt aus wie ich. »Sie blieb all die Jahre ungenutzt, jede Anfrage wurde ausgeschlagen.«

Ich muss an den Garten meiner Großmutter denken, wie sie in seiner Pracht wandelte. Die Mühle hatte sowohl meine Großmutter als auch meine Mutter ernährt, als sie noch im Dorf gelebt hatten. Selbst meine eigene Geschichte ist mit ihnen verbunden, auch wenn ich jetzt erst davon erfahre.

Ich streiche mit dem Daumen über die Briefe, die brennend in meinem Schoß liegen. Ich habe immer noch keine Idee, warum meine Mutter und ihre Brüder das Erbe ausgeschlagen haben, aber irgendwie spüre ich, dass diese Gebäude, das Haus und die Schule, für meine Geschichte ebenso wichtig sind wie die Menschen, die in ihnen ihr Leben verbracht haben. Ich bin mir zwar nicht sicher, was ich damit anfangen soll, aber die Entscheidung drängt sich unweigerlich auf.

»Wir haben unsere Meinung geändert. Wir verkaufen nicht. Ich bin hier, um das Erbe und die Gebäude im Namen meiner Familie anzunehmen.«

* * *

»Ravi?« Ich klopfe an und warte. Ich hatte ihm versprochen vorbeizuschauen, nachdem ich aus dem Büro zurück bin.

Ein Junge, größer als ich, öffnet die Tür. Er trägt dieselbe Schuluniform, die ich auch bei anderen Kindern im Dorf gesehen habe – ein weißes Hemd mit einer braunen kurzen Hose, dazu Kniestrümpfe. Seine tief liegenden Augen sitzen hinter einer Brille mit Drahtgestell.

»Namaste.« Ich blicke an ihm vorbei ins Haus. »Ist Ravi da?«

»Sie sind der Gast meines Urgroßvaters aus Amerika?« Als ich nicke, strahlt er über sein ganzes junges Gesicht. »Ich bin Amit, sein Urenkel.« Sein Englisch ist etwas formell, jedes Wort deutlich betont ausgesprochen. »Mein Urgroßvater spricht oft von Ihnen. Es ist mir eine Ehre, Sie kennenzulernen.«

»Du lebst ein paar Dörfer weiter?«, frage ich. Ravi hatte etwas in der Art erwähnt.

»Ja.« Er bittet mich einzutreten. »Kann ich Ihnen Wasser anbieten oder Zuckerrohr-Saft? Ich werde schnell auf den Markt gehen und etwas kaufen.«

»Nein, bitte«, halte ich ihn auf. Seine Nervosität ist rührend. »Wasser reicht vollkommen, danke.« Er nimmt einen Schöpflöffel und füllt ein Glas aus dem Topf mit dem abgekochten Wasser. »Kommst du gerade von der Schule?«

»Ja, ich versuche, so oft wie möglich zu kommen und nach Dada zu sehen«, erklärt er und benutzt dabei das indische Kosewort für Großvater.

Er nimmt im Schneidersitz auf dem Boden Platz und bietet mir einen Klappstuhl an. Ich setze mich einfach mit untergeschlagenen Beinen zu ihm. Er scheint erstaunt, sagt aber nichts dazu.

»In welche Klasse gehst du denn?«, frage ich und nehme einen Schluck von dem lauwarmen Wasser.

»In die achte.« Er errötet leicht. »Wegen meiner Noten hat man mich ein Jahr hochgestuft.« Seine Finger spielen mit den Fäden des Teppichs, auf dem wir sitzen. »Gefällt Ihnen Indien?«

»Ja, sehr.«

Eigentlich war Indien nur der erstbeste Vorwand gewesen, ich wollte nichts als weg. Doch seither habe ich so viel über die Frauen erfahren, die vor mir hier gelebt haben. Ich beginne jedes Ereignis zu verstehen, jedes Detail, das ihr Leben geformt hat. Und damit wiederum lerne ich, mein eigenes Leben zu verstehen.

Vor einiger Zeit habe ich mal ein Interview mit einem New-Age-Guru geführt. Er sprach davon, wie offene Angelegenheiten eines Lebens sich auf die nächsten zwei, sogar drei Generationen auswirken können. Aktionen, die wir in der Gegenwart vornehmen, können helfen, die Fehler der Vergangenheit zu korrigieren. Und selbst, wenn man keine Absolution findet, hilft das Verständnis der Fehler zumindest, diese in Zukunft nicht erneut zu begehen.

»Dein Dada Ravi war sehr freundlich zu mir«, sage ich.

»Er hat mir einst erzählt, dass die Menschen vieles vergessen, aber nie, wer freundlich zu ihnen war.«

»Er ist ein kluger Mann«, stimme ich zu. Wahrscheinlich hatte Ravi dabei an meine Großmutter gedacht. »Vielleicht kommst du auch nach ihm?«

»Wenn es so wäre, dann wäre ich wahrlich gesegnet.« Er nimmt den unteren Saum seines Hemds, um Ravis Ersatzbrille zu reinigen. »Wie viele Kinder haben Sie?«

Die Erinnerung schmerzt, aber seine Frage ist offen und unschuldig, daher bin ich ihm nicht böse. Überall im Dorf sehe ich Frauen in meinem Alter, die schon drei oder vier Kinder haben. Meist tragen sie einen Säugling umgebunden, während der Rest hinter ihnen herläuft. »Leider bin ich nicht so gesegnet wie dein Dada Ravi, ein so tolles Kind wie dich in meinem Leben zu haben.«

»Das ist sehr gütig von Ihnen, so etwas zu sagen.« Amit steht auf und wirft einen Blick auf seine Armbanduhr. »Ich muss wieder los. Meine Schwester …« Er hält inne und scharrt mit dem Fuß. »Sie hat Schwierigkeiten, ihre Bücher allein zu tragen.«

Ich spüle unsere Gläser aus, während Amit seine Sachen zusammensucht. Ich schaue ihm nach, als er geht. Ich muss daran denken, Ravi nach seinen Urenkeln zu fragen.

* * *

»Ich habe beschlossen, die Grundstücke und Gebäude zu behalten.« Ich halte den Hörer dicht an mein Ohr.

»Ich will sie nicht, Jaya. Sie spielen keine Rolle für mich.« Ich versuche meiner Mutter zu erklären, wie viel sie bedeuten, doch sie unterbricht mich. »Ich will nicht, dass sie dich weiter an diesen Ort binden.«

Plötzlich verstehe ich. Sie hat den Brief nur geschrieben, damit es für mich keinen Grund mehr gibt, hierzubleiben. Ich will nicht mit ihr streiten, also wechsele ich das Thema. »Deine Mutter hat Geschichten geschrieben, es war ihr großes Hobby, und sie hatte Talent.« Auch wenn mich Romane und Erzählungen bisher nie groß interessiert haben, brenne ich darauf, ihre Geschichten zu lesen. »Sie wollte unbedingt lernen, auf Englisch zu schreiben. Dafür hat sie in einer britischen Schule unterrichtet, im Austausch dafür hat ein britischer Offizier ihr Nachhilfe in Englisch gegeben.«

»War sie …« Mom unterbricht sich. Ich kann geradezu hören, wie sie darum kämpft, die Informationen zu verarbeiten. Ich gebe ihr Zeit und warte geduldig. »War sie glücklich?«

Seltsam. Dieselbe Frage, die Ravi über meine Mutter gestellt hat. »Ich denke schon.« In der Geschichte waren ihre Kinder ihr Ein und Alles. Obwohl sie in schwierigen Zeiten lebte, hatte sie nie den Blick dafür verloren, was wichtig war. »Sie war eine starke Frau. Du wärst stolz auf sie gewesen.« Ich höre den schweren Atem meiner Mutter, dann ist es still. Ich beschließe, ihr weiter von der Mutter zu erzählen, die sie nie kennengelernt hat. »Sie hatte einen Garten hier, den gibt es noch. Er ist wirklich wundervoll. Angefüllt mit unzähligen verschiedenen Blumen, Büschen und Bäumen, sogar einer Buche aus England. Sie hat viel Zeit in dem Garten verbracht, während sie Englisch gelernt hat.«

»Warum erzählt er dir diese Geschichte?«, haucht sie. »Weshalb sagt er dir all diese Dinge?«

»Ich glaube, das hängt mit dem zusammen, was dein Vater dir geben wollte.« Ich warte einen Augenblick, doch sie sagt nichts dazu. »Willst du es immer noch nicht wissen?«

»Keine Geschichte wird je ändern, was passiert ist.«

Etwas in der Art, wie sie es sagt, lässt mich aufhorchen. »Aber was *ist* denn passiert, Mom?« Ich meine, ihre Stimme schwanken gehört zu haben, ein trauriger Klang ohne nähere Definition. »Mom?«

»Komm bitte nach Hause.« Ich höre, dass ihre Tränen fließen, und muss gegen meine eigenen ankämpfen. »Es gibt so vieles, das ich dir nie erzählt habe.«

»Dann erzähl es mir jetzt«, bitte ich sie. Rund um mich scheint das Café leiser zu werden, aber vermutlich werden die Hintergrundgeräusche nur von dem Lärm in meinem Kopf verdrängt. »Was verbirgst du vor mir?«

»Manche Geheimnisse, Jaya«, erklärt sie leise, »sollten lieber verborgen bleiben.«

Ungewollt muss ich an Patrick denken. In unserer Ehe gab es nie ein Geheimnis, bis wir ein Kind haben wollten. Aus irgendeinem Grund war es mir dann aber ratsamer erschienen, meinem eigenen Urteil zu folgen, als auf Patrick oder die Ärzte zu hören. Ich war mir so sicher, dass ich ganz genau wusste, was gut für uns ist, welche Schritte zum Ziel führen. Ich konnte ihn nicht hören, weil ich nicht hören wollte.

Als unsere Ehe zerbrach und er sich Stacey zuwandte, war ich wütend auf ihn, habe ihm die Schuld gegeben. Jetzt bin ich mir nicht mehr so sicher. Ich sehe jetzt, wie viel ich vor ihm verborgen gehalten habe. Meine Ängste, meine Schmerzen, die Leere, die alles und jeden verdrängte. Es schien mir sicherer, ihm nichts davon zu erzählen. Wie hätte ich ihm auch erklären können, wie verzweifelt ich ein Kind brauchte, um meinem Leben einen Sinn zu verleihen, wenn ich es selbst kaum verstand?

»Nein, Mom«, sage ich und überrasche mich selbst damit, »sollten sie nicht. Du hast Angst, und diese Angst sagt dir, was du hören willst. Aber du schadest dir damit mehr, als du hilfst.«

»Bist du deshalb in Indien, Jaya?«, fragt sie mit sachter Stimme. »Um deinen Ängsten entgegenzutreten? Oder läufst du vor ihnen weg?«

Ich achte nicht auf die Worte, sondern nur auf die Intention. Sie will, dass ich zu ihr zurückkomme. »Ich laufe weg«, gebe ich zu. Sie schnappt hörbar nach Luft und zeigt mir damit, dass sie von meinem Geständnis ebenso überrascht ist wie ich selbst. Ich will ihr erklären, dass ich mich besser fühle. Dass die Geschichte mir hilft, viele Dinge zu verstehen. Dass man nicht jeden Tag eine Last mit sich tragen muss. Dass es Momente gibt, in denen ich mich in der Geschichte verliere und jeglichen Schmerz vergesse, der mich zuvor auszufüllen schien. »Ich wusste nicht, wie ich sonst damit umgehen sollte. Als Patrick und ich uns getrennt haben, fühlte es sich an, als ob nichts mehr von mir übrig sei.«

»Er hat hier angerufen, nach dir gefragt«, sagt sie mitfühlend.

Ein Teil in mir will sich immer noch an die Hoffnung klammern, doch die Fakten sprechen dagegen. Ich muss mich damit abfinden, dass er jetzt Stacey hat und hoffentlich mit ihr glücklich ist. Mit der Zeit wird hoffentlich auch mein Herz das verstehen. Mein Ehering, den ich immer noch nicht vom Finger bekomme, fühlt sich schwer an.

»Ja, er hat auch hier angerufen.« Wahrscheinlich, um irgendwelche letzten Angelegenheiten zu klären, aber das sage ich nicht dazu. Vielleicht drängt Stacey ihn ja, auch in rechtlicher Hinsicht frei zu sein. »Wir haben unseren Frieden geschlossen«, lüge ich. Er war meine erste Liebe und es ist schwer zu akzeptieren, dass es nicht mehr so sein kann, wie es einmal war.

»Warum hört sich deine Stimme dann so schmerzerfüllt an?«, fragt sie.

»Ich hatte keine große Wahl, Mom.« Einen Augenblick schweigen wir beide.

»Ich habe in deinem Blog gelesen.« Ich bin überrascht, dass sie das Thema wechselt. »Deine Texte sind sehr gut.« Auch wenn Mom mit meiner Berufswahl nicht einverstanden gewesen war, hatte sie bisher jeden meiner Artikel gelesen. Sie gibt mir immer noch Rätsel auf.

»Warum wolltest du so dringend, dass ich Ärztin werde?« Ich habe ihr diese Frage noch nie gestellt. Aber jetzt, je mehr ich über meine Großmutter lerne, erscheint sie mir sehr wichtig.

»Weil dein Vater Arzt ist«, erklärt sie, als ob das alles sagen würde. »Und er ist glücklich und erfolgreich. Das wollte ich auch für dich.«

Die Antwort ist so einfach. Zum ersten Mal gelingt es mir, unsere Vergangenheit aus ihrer Sichtweise zu betrachten. Sie war einfach nur eine Mutter, die das Beste für ihr Kind wollte. »Ich liebe meine Arbeit, Mom«, sage ich betroffen. »Es ist alles, was ich je wollte.«

»Dann bin ich dankbar.«

»Mom?« Ich wähle meine nächsten Worte sorgfältig. »Ich möchte, dass du eine Sache weißt. Ganz egal, was die Geschichte mir noch eröffnen wird, du musst wissen, dass ich dich sehr lieb habe. Ich habe dich immer geliebt.«

Ich kann ihre Tränen deutlich hören, ehe sie mir mit stockender Stimme antwortet, dass sie mich auch liebt. Kurz danach höre ich das Freizeichen. Ich lege auch auf und frage mich, ob ich sie erst verstehen muss, um mich selbst zu begreifen. Ich bleibe noch Stunden hier sitzen und lasse diese Gedanken durch meinen Kopf wandern. Als das Café leerer wird und der Barista mich darauf aufmerksam macht, dass sie schließen wollen, kehre ich zu Ravi zurück.

Amisha

Achtundzwanzig

Amisha stand früh auf. Es war Holi, das uralte Fest der Farben, das den Frühlingsanfang symbolisierte und heute im ganzen Land gefeiert wurde. Die Felder standen inzwischen in voller Frucht und die Hoffnung auf eine gute Ernte war hoch. An den Feierlichkeiten beteiligten sich Menschen aller Kasten und Geschlechter, heute waren alle gleich, während sie mit den Farben spielten und sich des Lebens erfreuten. Die Anhänger des Krishna ehrten ihren Gott, indem sie seine Verspieltheit nachstellten. Der Legende zufolge hatte Krishna als Kind die Gopis – die Frauen und Töchter der Kuhhirten – gnadenlos gereizt und veralbert.

Amisha kämmte ihr Haar, bis es glänzte, obwohl sie wusste, dass es schon bald von Farbe bedeckt sein würde. Sie warf einen schnellen Blick auf die kleine Uhr, die Deepak aus der Stadt mitgebracht hatte. Sie war reiner Luxus, doch Deepak hatte darauf bestanden, dass sie sie haben sollten.

»Es ist schon spät.« Amisha warf noch einen letzten Blick in den kleinen Spiegel an der Wand und eilte aus dem Zimmer. Die Familie würde jetzt geschlossen zum großen Freudenfeuer gehen und sich von dort aus den Menschenmassen anschließen, die sich in die engen Straßen des Dorfes drängten und einander mit gefärbtem Wasser und Farbpulver bewarfen. »Sind alle so weit?«

Ganz besonders liebten sie es, wenn die Kinder auf die offenen Dächer kletterten, unter denen die Familien normalerweise schliefen, und von dort oben aus Farbpulver auf die Leute unter ihnen niedergehen ließen. Die Schattierungen der kräftigen Farben fielen vom Himmel wie ein schmelzender Regenbogen, der auf die Menschen herabsinkt. Überall sah man nur fröhliche Gesichter und hörte lachende Stimmen, Haare und Kleidung waren mit den verschiedensten Farbtönen bedeckt. Während Holi wurden alle Sorgen und auch die meisten Vorurteile beigelegt, alle waren nur bemüht, ebenso viel Farbe auszuteilen, wie sie einstecken mussten.

»Ihr beide seht hinreißend aus, wie immer«, lobte Amisha ihre ältesten Söhne und zog sie zu einer schnellen Umarmung an sich, rückte ihnen danach die Kleidung zurecht. Die Jungen schlüpften vor der Haustür in ihre Sandalen. Beide trugen lange, elfenbeinfarbene Hemden und Hosen im gleichen Farbton.

»Meine Freunde spielen schon draußen, Mama.« Jay zeigte zu der Gruppe Kinder, die auf der Straße auf ihn warteten. Samir drängte sich einfach nur aus der Haustür und winkte im Vorbeigehen. »Ich will nicht hinreißend aussehen«, beschwerte sich Jay, der unter ihren Handgriffen zu zappeln begann, »ich will einfach nur spielen gehen.«

»Dann los mit dir.« Als er sich zu lösen versuchte, legte Amisha trotzdem noch einmal die Arme um ihn. »Aber es wäre kein schönes Holi für mich, wenn ich nicht noch eine Umarmung meines liebsten mittleren Sohnes bekäme.« Sie zog ihn trotz seines Widerstrebens an sich, bis er aufgab und ihr einen Kuss auf die Schulter schenkte. »Ich danke dir.« Sie stand lächelnd in der Tür und blickte den beiden Jungen nach, wie sie sich zu ihren Freunden gesellten.

Deepak kam mit einem Glas Buttermilch aus der Küche. Er trug ähnliche Kleidung wie Jay und Samir, eine lange, weiße Tunika über einer eng anliegenden Hose. »Sie sind weg?«

»Ja.« Er selbst war gestern erst angekommen, per Zug spät in der Nacht. Jay und Paresh hatten sich auf ihn geworfen, Samir hatte ihm feierlich die Hand geschüttelt. »Sie sind so froh, dass ihr Vater zu Holi bei ihnen ist.«

Für Amisha hingegen spielte die Abwesenheit ihres Ehemanns keine große Rolle mehr. Mithilfe von Ravi und Bina war es ihr ein Leichtes, den Haushalt zu führen und die Kinder zu versorgen. Wenn Deepak zu Hause war, verbrachte er ohnehin die meiste Zeit bei der Arbeit oder mit den anderen Männern im Dorf. Gemeinsame Aktivitäten der Eheleute waren begrenzt und selten.

»Ich werde ihnen ins Dorf folgen.« Deepak stellte das Glas ab. »Vikram hat den Leutnant eingeladen, das Fest mit uns im Dorf zu feiern«, fügte er beiläufig hinzu. »Er hat mir gestern Abend davon erzählt.«

Stephen hatte Amisha schon vor Tagen von dieser Einladung berichtet, bei einem ihrer Treffen in der Schule. Sie hatte es Deepak gegenüber aber nicht erwähnt. Früher hatte sie gelegentlich versucht, Deepak von ihrer Beziehung zu Stephen zu erzählen, doch er hatte nur gelacht und gefragt, worüber sie denn mit einem britischen Offizier reden könnte. Danach hatte sie die Konversationen im Garten oder die Stunden, die sie miteinander allein verbrachten, nie wieder angesprochen.

Daher hatte sie also Deepak gegenüber auch nicht erwähnt, wie leicht es ihr fiel, mit Stephen über alles zu reden, oder dass sie auch, wenn sie nicht miteinander sprachen, oft daran dachte, was sie zu ihm sagen wollte. Ebenso konnte sie Deepak nichts davon erzählen, wie spannend es für sie war, dass Stephen die Farben von Holi selbst miterleben und ihre Bedeutung erkennen würde. Sie hatte für sich behalten, wie gespannt sie auf das

Leuchten in Stephens Augen war, wenn dieser das Spektakel zum ersten Mal aus erster Hand miterleben würde. Sie war sich sicher, dass er die Feierlichkeiten ebenso genießen würde wie sie selbst, und sie hoffte, dass sie dabei in seiner Nähe sein könnte. Sie wollte das Fest mit dem Mann feiern, der ihr auf eine Art ein Freund geworden war, die sie sich zuvor nie auch nur hatte vorstellen können.

Sie wollte Stephen zeigen, wie am Ende der Nacht, wenn kein Farbpulver und kein gefärbtes Wasser mehr zum Werfen übrig war und alle Arme schwer wurden, sich alle noch einmal zu einem letzten Mahl versammelten. Wie die Bramahnen lachten, wenn die Jains und anderen oberen Kasten die Mahlzeiten verteilten. Für nur eine einzige Nacht waren die Menschen nicht nach ihrem Stand in der Gesellschaft unterteilt. Das war der größte Zauber des Abends, zumindest für Amisha. Allein schon wegen dieses einen Teilaspekts der ganzen Feier wollte sie, dass Stephen alldem beiwohnte. Aber jedes Mal, wenn sie daran dachte, wie sehr sie sich darauf freute, wurde sie auch daran erinnert, dass diese Gefühle nicht erlaubt waren. Sie wollte Zeit mit dem britischen Offizier verbringen, doch dies verstieß gegen jede Regel ihrer Gesellschaft und Kultur.

Jetzt stand sie auf der Veranda und blickte ihrem Mann nach, der den gleichen Weg ins Dorf einschlug wie die Söhne kurz zuvor. Ihre Gefühle für Stephen kamen einem Verrat an Deepak und den Schwüren, die sie einander vor den Göttern und ihren Familien geleistet hatten, gleich. Schweren Mutes wartete sie bis zur letzten Minute, ehe auch sie sich zum Fest aufmachte.

Während die Männer sprachen, beobachtete Amisha Stephen von ihrem Platz bei den Frauen aus. Stephen klopfte einem Mann auf den Rücken und lachte dabei über etwas, was dieser gesagt hatte. Er stand mitten unter Deepaks Freunden, und doch meinte Amisha eine gewisse Distanz spüren zu können. Eine Distanz, die nie bestand, wenn sie mit ihm zusammen war.

Im Vergleich zum Rest des Dorfes waren Deepaks Freunde hochgebildet. Einige von ihnen waren mit Geschäften im Ort betraut, andere waren selbstständige Unternehmer. Sie alle verband der Erfolg. Ihr Wort war bestimmend im Dorf, ebenso wie auch in einigen anderen der Umgebung. Sie gaben die Richtung vor, weil sie mehr Geld verdienten als die anderen. Sir Vikram wurde von seinem persönlichen Chauffeur gebracht und gesellte sich direkt zu ihnen.

»Leutnant«, begrüßte Vikram Stephen und schüttelte seine Hand. »Es ist uns eine große Ehre, dass Sie unsere Feierlichkeiten besuchen.«

»Es ist mir eine Ehre, hier zu sein, Vikram«, gab Stephen zurück. »Ich hätte es schwer bereut, mir ein solches Fest entgehen zu lassen.«

Die Männer gingen wieder zu ihrem Gespräch über, diskutierten ihre jeweiligen Unternehmungen und den allgemeinen Zustand der lokalen Wirtschaft. Amisha hörte ihnen zu und bemerkte, dass sie vermieden, die Unruhen und Unstimmigkeiten anzusprechen, die zwischen den Einheimischen und den Briten herrschten. Sie war froh darüber.

Sujata, eine Freundin, die neben Amisha stand, folgte ihrem Blick zur Gruppe der Männer. Als sie Stephen dort erblickte, sog sie scharf die Luft ein und blickte zu Amisha. »Ein Vertreter des Raj, hier?«

»Ja«, sagte Amisha und löste ihren Blick, wandte sich ganz Sujata zu. »Ein Leutnant aus der Schule.« Obwohl Amisha den anderen Frauen gegenüber nie von ihrer Zeit in der Schule sprach, war es allgemein bekannt, dass sie viel Zeit dort verbrachte. »Er ist gekommen, um Holi mit uns zu feiern.«

Sujata starrte Stephen verstimmt an. »Aber er ist kein Inder. Es steht ihm nicht an, hier zu sein«, kommentierte sie mit unverhohlener Missbilligung. »Die Soldaten sollten dahin zurückkehren, wo sie hingehören.«

»England?« Amisha versuchte, die Lautstärke gering zu halten.

»Die Geißel der Menschheit.«

»Sie sind nicht alle so.« Amisha musste sich anstrengen, ihre Reaktion zu verbergen. Es schmerzte sie, dass Stephen mit solch harschen Worten belegt wurde. »Einige von ihnen wollen wirklich nur das Beste.«

»Du verbringst so viel Zeit an ihrer Schule, dass du sie jetzt verteidigst? Oder wünschst du dir sogar, eine von ihnen zu sein?« Sujata hob die Stimme, die anderen Frauen wurden jetzt auf sie aufmerksam. »Unsere Amisha wünschte sich, sie könnte eine Britin sein!«

Amisha wusste, dass sie jetzt vorsichtig sein musste. Wenn sie sich auf eine Diskussion einließ, würden sie vielleicht ihre Motivation und ihre Gefühle noch weiter hinterfragen. Und wenn sie gar nichts erwiderte, würden sie sich immer weiter erregen, bis sie endlich etwas sagte. Sie warf einen schnellen Blick zu Stephen, der gerade mit Deepak im Gespräch war.

»Ich wünsche mir natürlich auch, dass die Soldaten unser Land verlassen.« Die Lüge kam ihr leicht über die Lippen und sie hoffte, dass es auch überzeugend klang. Sie wandte sich jetzt komplett den Frauen zu, den Männern den Rücken gekehrt. »Aber so ist es nun einmal nicht. Aber wenn wir von ihnen lernen, werden wir eines Tages vielleicht stark genug sein, sie bekämpfen zu können.«

»Und das tust du, Amisha?«, mischte sich eine andere Freundin, Tara, in ihr Gespräch ein. »Du lernst, wie du uns vom Raj befreien kannst? Bhai Deepak ist wohl zu viel auf Reisen«, spottete sie und nannte Deepak dabei »Bruder«, wie es unter Freunden üblich war. »Amisha bekommt vor lauter Freizeit schon Flausen im Kopf.« Sie legte einen Arm um Amisha und zog sie zu einer schnellen Umarmung an sich.

Diese Frauen waren Amishas älteste und beste Freundinnen im Dorf. Viele von ihnen hatten etwa zur selben Zeit geheiratet wie Amisha und so waren sie sich über die Jahre nahegekommen. Aber auch, wenn sie vieles miteinander teilten, hatte keine von ihnen je verstanden, was Amisha am Schreiben fand.

Amisha lachte mit ihnen, erleichtert, dass die Gefahr vergangen war. »Ihr missversteht das. Ich verbringe nur deshalb so viel Zeit in der Schule, damit ich euch hochwohlgeborene Damen nicht so oft sehen muss.«

Unter allgemeinem Gelächter gingen die Frauen zum nächsten Thema über, während sich die Gruppe gemächlich auf das Buffet zubewegte. Jede Familie hatte ein Gericht dazu beigesteuert. Hier teilten die Frauen nun das Essen an die Kinder aus. Holi dauerte meist zwei Nächte, doch die erste Nacht war der Hauptteil der Feier.

Amisha sah zu Stephen und ihre Blicke trafen sich. Er sah ihren Sari bedeckt mit roter und blauer Farbe, dann das Gelb, das Teile ihres Haars bedeckte. Ganz unbewusst machte er einen Schritt auf sie zu, ehe er sich daran erinnerte, wo er war. Sie spürte das Bedauern. Stattdessen hob er nur die Hand leicht und winkte ihr zu. Amisha wollte gerade die Hand heben, um den Gruß zu erwidern, doch dann fiel ihr Blick auf Deepak. Sie erinnerte sich daran, wer und wo sie war, und Reue überkam sie. Ihr Gesicht wurde leer und die Hand blieb, wo sie war.

Dann bat eine der anderen Frauen sie um Hilfe und sie nahm die Gelegenheit dankbar an, sich abzuwenden. Während sie sich darum kümmerte, die restlichen Speisen hervorzuholen, hörte sie Deepak hinter ihr mit Stephen reden. »Meine Frau ist wirklich sehr glücklich an Ihrer Schule.«

»Und wir sind froh, sie bei uns zu haben«, gab Stephen etwas leiser zurück. Seine Stimme klang angestrengt. Amisha wusste, dass er sich Sorgen darum machte, wie sie reagieren würde. »Sie ist uns eine große Hilfe.«

»Sie sind zu gütig.« Deepak lachte freundschaftlich, als ob die beiden sich nicht gerade erst kennengelernt hätten. »Es ist schwer, mir vorzustellen, was meine Frau an einer britischen Schule unterrichten sollte.«

Bedrückt von Deepaks Kommentar mühte sich Amisha, Stephens Antwort zu hören, doch das Klappern der Schüsseln und Töpfe war zu laut. Schon bald gesellten sich die Männer zu ihnen an die Tische mit dem Essen. Stephen blieb im Hintergrund und beobachtete das Vorgehen.

Amisha nahm ihren Platz hinter dem Tisch ein und füllte die Teller. Ihr war es plötzlich etwas peinlich, daher konzentrierte sie sich voll und ganz darauf, die anderen zu bedienen. Stephen kannte sie schließlich als die Frau, die nach dem Unterricht noch forderte, mehr zu lernen. Als die Frau, die ihm Tanzen beigebracht hatte oder die drohte, ihn von der Bank zu stoßen, wenn er zu frech wurde. Die Frau, die Stephen kannte, war nicht durch gesellschaftliche Grenzen gebunden, sondern flog frei durch die Welt, die sie sich mit ihren Worten erschuf.

Nachdem jeder etwas zu essen hatte und auch die Frauen sich setzten, trat Stephen zu ihr. »Ich hoffe, alles ist in Ordnung?«, fragte er mit leiser Stimme. Um kein Aufsehen zu erregen, blieb er auf respektvoller Distanz.

»Ja«, murmelte sie zurück.

Sie schaute zu Deepak, er folgte ihrem Blick. Seine Augen zeigten Verständnis und eine Entschuldigung.

»Es tut mir leid, ich hätte mich nicht in das Fest drängen sollen. Das ist ein Platz für Ihre Familie«, erklärte er. »Ich sollte besser gehen.«

»Ich bin froh, dass Sie hier sind«, gab sie freimütig zu. »Nur … ich darf es nicht sein.«

Amisha stellte sich vor, was er jetzt für ein Bild von ihr haben musste – unterwürfig und fest verankert in den Beschränkungen ihrer Weltanschauung. Jetzt, wo er ihr wahres Selbst gesehen hatte, würde er es bestimmt bereuen, so viel Zeit mit ihr verschwendet zu haben. Ihr Herz schmerzte, also füllte sie sich schnell einen Teller mit gemischten Nüssen und Rosinen und einem Pudding aus Weizen, braunem Zucker und Butter.

»Prasad?«, bot sie ihm an. Als er zögerte, hielt Amisha ihm den Teller hin. »Ich habe es selbst gemacht, aber es schmeckt trotzdem gut.«

Als er danach griff, streiften sich ihre Finger für einen Moment unter dem Teller, spielten umeinander. Ihr Blick traf auf seinen, verwirrt und unsicher.

»Ich bin froh, dass ich gekommen bin«, sagte er leise, damit niemand sonst es mitbekam. »Sie so unbeschwert inmitten Ihrer Familie und Freunde zu sehen, erinnert mich daran, wie viel Glück ich habe, dass Sie mir Ihre Freundschaft schenken.«

»Und ich bin ebenso froh über unsere Freundschaft«, hauchte Amisha kaum hörbar zurück, dankbar, dass er die Grenzen und Möglichkeiten ihrer Interaktion klar definiert hatte. Sie atmete erleichtert auf und sah ihm glücklich zu, wie er von ihrem Prasad probierte und keinen Bissen übrig ließ.

Neunundzwanzig

Amisha war in ihrem Klassenzimmer, als sich die Tür öffnete. Sie hob den Blick und sah Neema im Eingang stehen, das Gesicht von ihrem Sari verhüllt. Sie trug eine Bluse mit langen Ärmeln, der Rock unter dem Sari reichte bis über die Knöchel.

»Neema!« Amisha eilte zu ihr und musste sich zurückhalten, das Mädchen nicht sofort in die Arme zu schließen. »Du warst Monate fort, Beti.« Sanft drückte sie ihre Hand. »Wie geht es dir?«

Neema verzog das Gesicht und nahm ihre Hand schnell zurück. »Es geht mir gut.« Ihre Stimme war kraftvoll, doch fehlte ihr die Überzeugung, mit der sie im Unterricht stets gesprochen hatte. »Mein Vater sagte, dass Sie nach mir gefragt haben.« Sie wandte sich ab, hielt sich immer noch unter ihrem Sari verborgen. »Ich habe ihn so lange angefleht, bis ich kommen durfte.«

»Beti?« Leise schloss Amisha die Tür zum Klassenzimmer. »Was ist denn passiert?«

Als Neema nur abweisend den Kopf schüttelte, sprangen alle mütterlichen Instinkte bei Amisha an. Vorsichtig lüftete sie den Sari über Neemas Gesicht und musste den Schock zurückhalten. Die ganze rechte Seite von Neemas Gesicht war verrunzelt und dunkelbraun von Verbrennungen. Ihre Hand zitterte, als sie sie sanft auf Neemas Wange legte.

»Das spielt keine Rolle.« Neema trat einen Schritt zurück, sodass Amisha sie loslassen musste. Dabei zog sie die Arme eng um ihren Körper. Sie schien niedergeschlagen, völlig gebrochen zu sein.

»Für mich schon«, sagte Amisha, die von ganzem Herzen mit dem Kind litt. »Bitte.«

Tränen flossen über die vernarbten Wangen. Amisha legte ihr den Arm um die Schulter, um sie zu ermutigen. Zwischen Schluchzern begann Neema schließlich abgehackt zu sprechen. »Vor dem Gebet entzünden wir stets ein Feuer, das Agni.« Ihr Sari rutschte weiter hinab und entblößte ihre Schultern, gab den Blick frei auf weitere Verbrennungen an Nacken und oberer Schulter. Amisha musste blinzeln, um ihre Tränen zurückzuhalten und weiter aufmerksam zuzuhören. »Agni ist der Gott, der alle anderen Götter verkörpert. Es ist der Bote der Götter. Wenn das Feuer brennt, wird es zu unserer Verbindung zu den Göttern selbst.«

Das war auch der Grund, warum man vor jedem Gebet Diyas entzündete und warum in den Tempeln rund um die Uhr Dutzende solcher Diyas brannten. Und auch der Grund, warum in Indien die Menschen nach dem Tod eingeäschert wurden. Das Feuer diente der Seele als Tor zum Himmel.

»Das Feuer hätte meine Brücke sein sollen. Um mir die Flucht aus dieser Welt zu ermöglichen«, erklärte Neema unter Tränen, die ihr junges Gesicht hinabliefen.

Amisha war sprachlos. Sie konnte ihre eigenen Tränen kaum zurückhalten, als sie das weinende Mädchen in die Arme schloss. »Du hast dich selbst angezündet?«, fragte sie, wobei kaum mehr als ein Flüstern herauskam.

»Es war die einzige Wahl, die mir verblieben war.«

Neema zerrte an den Knöpfen ihrer Ärmel, um ihre Unterarme zu entblößen. Sie waren noch schwerer verbrannt als das Gesicht. Die Haut war hier tiefschwarz und die Brandnarben reichten bis über ihre Ellbogen hoch zu den Oberarmen. Auch ihr Bauch wies ähnliche Brandmale auf.

»Nun bin ich noch weniger wert als zuvor.« Neema wischte ihre Tränen fort. »Er will mich nicht mehr.« Sie bedeckte ihr Gesicht mit den Händen, als die nächsten Tränen kamen. »Mein Verlobter sagt, ich sei es nicht mehr wert.«

Amisha hielt sie nur in ihren Armen, während ihr junger Körper von Weinkrämpfen geschüttelt wurde. Die Minuten schienen wie Stunden, während das Mädchen sich in Amishas Armen ausweinte. Amisha konnte nichts machen, als sie zu halten, doch ihre Stille füllte die Einsamkeit aus. Als ihr endlich die Tränen ausgingen, trat Neema einen Schritt zurück und richtete mit unsicheren Händen ihre Bluse.

»Neema«, setzte Amisha an. Ihr brach das Herz angesichts dieses jungen Mädchens, dessen Leben für immer verändert war. »Beti …«

»Als mein Körper in Flammen stand, war der Schmerz unbeschreiblich«, erklärte Neema mit Selbstverachtung in der Stimme. »Meine Seele hat gegen den Tod angekämpft. Mein Gehirn verlangte, dass ich nach Hilfe schrie. So haben sie mich gefunden. Weil ich darum gebettelt habe, dass mich jemand rettet.« Ungelenk zog sie die Tür auf, ihr Blick ging in den leeren Flur. »Und nun muss ich mich jeden Tag fragen, warum.«

* * *

Amisha war sehr still, als sie mit Stephen durch den leeren Garten spazierte. Sie bemerkte die Sonne gar nicht, die unbarmherzig auf sie niederbrannte. Stephen hatte vor der Tür zu seinem Büro gestanden, als Neema aus der Klasse gekommen war. Er hatte schweigend gewartet, während Amisha das Mädchen zu einer Rikscha geleitet hatte.

»Können wir etwas gehen?«, hatte Amisha ihn schwach gefragt, nachdem Neema fort war. Er hatte sofort zugestimmt und war ihr nach draußen gefolgt.

»Was ist passiert?«, fragte Stephen nun, da sie allein waren.

»Sie hat sich selbst in Brand gesteckt.« Ihre Stimme brach und die Tränen, die sie vor Neema zurückgehalten hatte, flossen nun über ihre Wangen. »Sie wollte sterben.«

»Mein Gott.« Seine Stimme verriet sowohl Trauer als auch Resignation.

»Sie hat um Hilfe gerufen.« Amisha nahm einen kleinen Stein auf und warf ihn gegen einen Baumstamm. »Sie lebt, ist aber nur noch ein gebrochener Mensch.« Wütend nahm sie einen zweiten Stein und warf auch diesen. »Sie wollte ihrem Schicksal entkommen. Und der Tod schien ihr die einzige Möglichkeit zu sein, dies zu erreichen.« Sie verschränkte die Arme über dem Bauch. »Ich erinnere mich an den Unterricht ... Ich habe ihnen aufgegeben, eine Wahl zu treffen.«

»Amisha, das ist nicht Ihre Schuld.« Stephen griff nach ihr, schloss die Hand aber zu einer Faust, ehe er sie berührte. Sein Arm sank langsam wieder herab, seine Krawatte hing locker von seinem Hals. »Das hat nichts mit Ihnen zu tun.«

»Irgendjemand ist aber verantwortlich«, argumentierte Amisha. »Und wer ist bereit, die Verantwortung zu übernehmen?« Als Stephen nichts sagte, fuhr sie fort. »Ich hätte etwas tun können. Ich hätte sie aufhalten können.« Trauer und Schuld lagen schwer auf ihr. »Ich hätte irgendetwas tun sollen.«

»Aber was?« Er legte eine Hand auf ihre Schulter und drückte sie sanft. Amisha versteifte sich, ließ die Berührung dann aber zu. »Es gibt nichts, was Sie oder irgendjemand sonst hätte tun können, um das Mädchen zu retten. Und wenn Sie eingeschritten wären, hätte das nur zu Ärger geführt«, schloss er frustriert.

Amisha wusste, wie glücklich sie sich schätzen konnte, hier an der Schule zu sein. Und mit diesem Privileg kam auch das Wissen, dass sie vorsichtig sein musste. Sie würde im Unterricht nie so weit gehen, dass Stephen einschreiten müsste. Und doch kam es ihr jetzt wie ein Haufen Ausreden vor. Sie schämte sich, nicht eingegriffen zu haben.

»Ihre Geschichte war bereits der eigentliche Hilferuf«, gab Amisha zu. »Und ich habe nicht darauf gehört.«

»Neemas Eltern hätten nie zugelassen, dass Sie etwas unternehmen«, erinnerte Stephen sie.

Neemas Handlung war schrecklich gewesen, aber nicht das erste Mal, dass so etwas geschehen war. Jeder Mensch hatte in seiner eigenen Welt seinen eigenen Weg zu finden, sich mit seinem Schicksal zu arrangieren. Und wenn dieser Pfad unwegsam war, lief der Mensch Gefahr, ihn allein beschreiten zu müssen, ohne jene, die glaubten, es besser zu wissen.

»Ich hätte ihr erklären können, dass es andere Wege gibt.«

»Aber gibt es die wirklich?« Stephen nahm einen der Steine auf, die Amisha geworfen hatte. »Als Kind habe ich Stunden damit verbracht, Ritter zu spielen, mit Schwert und Schild zu kämpfen. Mein Vater fragte mich, gegen wen ich kämpfe. ›Ich mache mich bereit, gegen das Böse zu kämpfen‹, erklärte ich ihm. Er meinte nur, dass die schlimmsten Kämpfe jene seien, die wir mit uns selbst ausfechten.«

»Was meinte er damit?«

Stephen dachte einen Augenblick nach, legte seine Worte zurecht. »Jeder kämpft seine eigenen Schlachten. Wenn meine Zeit hier mich irgendetwas gelehrt hat, dann ist es, dass man seinen Feind nur selten wirklich kennt. Wenn man Glück hat, steht man mutig und aufrecht, egal, wer gegen einen antritt.« Stephen reichte ihr den Stein. »Neema war verzweifelt. Ich glaube, sie wusste nicht, wie sie sonst noch kämpfen konnte.«

DREISSIG

»Aber ich will doch nur wissen, warum.« In all den Jahren hatte Ravi nie um einen freien Tag gebeten und jetzt wollte er eine ganze Woche haben. »Bist du krank?« Noch ehe er antworten konnte, beugte sich Amisha über den Korb Wäsche, die sie gerade falteten, und legte ihm einen Finger an die Stirn. »Du hast kein Fieber«, erklärte sie.

»Vielleicht war es doch gut, dass man dich nicht auf die Universität gelassen hat.« Er wischte ihre Hand beiseite. Dann reichte er Bina einen Stapel Handtücher, damit sie diese in den Schrank legte. »Du hättest am Ende noch Medizin studieren können, das wäre schrecklich für deine Patienten gewesen.«

»Ja, ja. Ich traue mich nur nicht, mit der ganzen Hand Fieber zu messen, weil du immer so klagst und jammerst, wenn ich dich berühre«, gab Amisha zurück.

»Wenn die Nachbarn sähen, dass du einem Unberührbaren die Hand auflegst, wäre ein Fieber wohl die geringste meiner Sorgen«, meinte Ravi nur. »Und wenn sie wüssten, dass du ihnen Speis und Trank und Leckereien vorsetzt, die von einem Unberührbaren zubereitet wurden, würdest du mein unrühmliches Schicksal wohl teilen.«

Bina hatte die Handtücher weggeräumt und war wieder zurückgekommen. »Nur deinetwegen, Ravi, ist Shrimati als beste Köchin des Dorfs berühmt.«

»Wenn ich eines Tages dem Tod ins Auge blicke, werde ich allen meinen Freunden unser Geheimnis verraten«, versprach Amisha.

»Dann hoffe ich für dich, dass du dein Gehör früher verlierst als dein Leben, denn ihre Wutschreie werden beachtlich sein«, erwiderte Ravi.

»Und ich hoffe für dich, dass du nicht dachtest, so leicht das Thema wechseln zu können, auch wenn dein Versuch gut war«, konterte Amisha grinsend. »Also, zurück zur Frage: Wofür brauchst du die freien Tage?«

»Ich brauche einfach mal etwas Erholung«, druckste Ravi herum. »All die Arbeit hier kann sehr ermüdend sein.«

»Du hast viele Talente, aber Lügen gehört nicht dazu«, urteilte Amisha, die sich nicht daran erinnern konnte, dass er je zuvor die Unwahrheit gesprochen hätte. »Aber man sagt ja, Übung macht den Meister. Also machen wir weiter, und ich sage dir, wann es glaubwürdiger wird.«

»Es ist doch nur eine Woche«, seufzte Ravi frustriert. »Ist das denn wirklich so schwer einzurichten?«

»Mir wird noch ganz schwindelig von all den Kreisen, in denen sich unser Gespräch dreht.« Sie holte einen Haufen Chilischoten hervor und breitete sie zum Trocknen auf einem Teller aus. Sobald sie ordentlich ausgetrocknet waren, würden sie sie zu Pulver zermahlen. »Verrat es mir doch endlich, damit wir damit aufhören können.«

»Er will heiraten«, antwortete Bina für ihn. »Autsch«, fügte sie hinzu, als Ravi ihr einen Schlag mit einem zusammengerollten Handtuch verpasste.

»Heiraten?«, fragte Amisha, die Augen vor Freude weit aufgerissen. »Ernsthaft?«

»Meine Eltern haben darauf bestanden«, erklärte Ravi zögerlich. »Dank dir haben wir ein gutes Einkommen. Und sie wollen Enkelkinder.«

Ravi verbrachte jede wache Minute hier im Haus, erledigte jede Aufgabe, die anfiel. Für seinen Eifer zahlte ihm Amisha den dreifachen normalen Satz. Mit dem Geld war Ravi in der Lage gewesen, ein Haus für sich, seine Eltern und seine Geschwister zu kaufen. Seine Familie hatte noch nie zuvor einen festen Wohnsitz gehabt. Auch wenn es kaum mehr als eine kleine Hütte war, bezeichnete er es Amisha gegenüber als seinen Palast.

»Aber das sind doch wundervolle Neuigkeiten! Warum hast du mir nichts davon gesagt?« Amishas Kopf rauschte, sie ging schon Ideen für Geschenke durch. Eine Feier für die Brautleute und Essen für die Brahmanen. Sie würden neue Möbel brauchen für ihr Haus. Sie musste nur einen Weg finden, dass er ihr dabei nicht in die Quere kommen würde. »Sie muss wunderschön sein.« Sie stupste Bina mit dem Ellbogen an. »Nur das Beste für unseren stattlichen Ravi, oder, Bina?«

Amisha wollte ihn so gerne umarmen, um ihm zu zeigen, wie sehr sie sich für ihn freute. Doch das ging nicht. Nicht, wenn der Zorn eines zufälligen Passanten ihr ganzes Leben zerstören könnte. Selbst wenn sie allein und unbeobachtet waren, nahm sie ihn nie in den Arm. Also begnügte sie sich mit einem Lächeln und klatschte in die Hände, als Dank für seine guten Nachrichten.

»Ich bin wahrlich vom Glück gesegnet«, sagte Ravi und sah tatsächlich zufrieden aus.

»Sie ist es, die sich freuen muss. Jemanden wie dich zu schnappen ist ein guter Fang für jede Frau.«

»Ich habe gebetet …« Ravi zögerte, plötzlich eingeschüchtert. »Ich habe darum gebetet, dass sie dein Herz und deine Großzügigkeit haben mag.«

Amisha hielt in der Bewegung inne und starrte ihn an. Ihr Herz zog sich zusammen. Ihr kamen Charas Worte in Erinnerung, gesprochen vor so vielen Jahren. Finde jemanden, dem du vertrauen kannst. Das Schicksal hatte ihr jemanden geschenkt, der sowohl ihr Vertrauter als auch ihr bester Freund wurde.

»Ich selbst muss mich auch glücklich schätzen«, sagte sie, jetzt vollkommen ernst, »dass ich jemanden wie dich zum Freund habe. Es zeigt, dass ich in meinem letzten Leben etwas richtig gemacht haben muss. Nur wenige haben so viel Glück.«

* * *

An diesem Nachmittag saß Amisha schweigend in der Runde, während Sujata, Tara und die anderen Frauen der Nachbarschaft den aktuellen Dorfklatsch abarbeiteten. Amisha und Ravi hatten Kachori für die Versammlung zubereitet. Es hatte die ganze Nacht gedauert, die runden Bällchen mit ihrer Füllung aus gelbem Moong Daal, schwarzem Pfeffer, rotem Chilipulver und Ingwerpaste zuzubereiten. Ravi hatte dazu eine große Schüssel Chevda zubereitet, Nudeln aus Kichererbsenmehl mit gebratenen Linsen, Erdnüssen und diversen Gewürzen.

Den Nachmittag hatten sie damit verbracht, sich über die besten Kleidungsgeschäfte und die Qualität der Seide auszutauschen. »Man kann eigentlich nur in der Stadt einkaufen«, war die einhellige Meinung.

Tara nahm einen Schluck Kokoswasser. »Amisha, dein Essen ist hervorragend, du hast dich mal wieder selbst übertroffen.«

»Vielen Dank.« Sie verriet ihnen nicht, dass Ravi ihr dabei geholfen hatte. »Es freut mich, dass ich es mit euch zusammen genießen kann.« Sie wollte noch etwas hinzufügen, wurde aber von einem Klopfen an der Haustür unterbrochen. Sie entschuldigte sich und ging zur Tür. Vor ihr stand Neema.

Überrascht winkte Amisha sie hinein. Seit dem Treffen in der Schule waren einige Wochen vergangen. »Wie geht es dir, Beti?«

Neema hielt ihr Gesicht unter dem Sari schützend versteckt. Als sie die anderen Frauen bemerkte, scheute sie zurück. »Es tut mir leid, ich wollte nicht stören. Ich kann ein andermal kommen.«

»Wir wollten ohnehin aufbrechen.« Amishas Freundinnen erhoben sich und sammelten ihre Sachen zusammen. »Es wird Zeit, das Essen für die Kinder zuzubereiten.«

Neema trat beiseite, sowohl um die Frauen durchzulassen, als auch um ihren neugierigen Blicken zu entgehen. Sobald das Haus sich geleert hatte, zog sie einen billig gearbeiteten Umschlag hervor. In eleganter Schrift hatte Neema Amishas Namen daraufgeschrieben. Innen drin befand sich eine gravierte Einladung zu Neemas Hochzeit, die an diesem Wochenende stattfinden würde.

»Ich wollte Ihnen dies persönlich überreichen.«

»Du heiratest?«, fragte Amisha überrascht und ein bisschen erschreckt.

Neema spielte nervös mit den Händen, ihre stark verbrannte Hand im starken Kontrast zu der heilen Haut der anderen. »Wie ein Kind habe ich mit dem Feuer gespielt«, sagte sie mit gesenkter Stimme. »Jetzt muss ich die Konsequenzen akzeptieren, wie eine Erwachsene.« Sie hatte noch mehr zu sagen, musste aber zweimal ansetzen und schwer schlucken, ehe sie weitersprechen konnte. »Sie haben einen neuen Ehemann für mich gefunden, er wohnt drei Dörfer entfernt. Es wird nur eine kleine Zeremonie und sie findet schon in zwei Tagen statt, aber ich hoffe, dass Sie kommen werden.«

»Womit verdient er denn seinen Lebensunterhalt?« Amisha merkte, dass ihre Handflächen feucht wurden. Sie wusste, welche Art von Mann sich bereiterklären würde, eine entstellte Braut aufzunehmen. Jemand, der wusste, dass ihre Brandmale Mitgefühl bei Passanten auslösen würden. Obwohl sie die Antwort fürchtete, fragte sie dennoch und wartete die Antwort ab.

»Er ist ein Bettler«, bestätigte Neema Amishas Befürchtung. »Die Mitgift wird gering sein, dafür hat er zugestimmt, mich aufzunehmen und so gut für mich zu sorgen, wie er kann.«

»Tu es nicht, bleib hier und arbeite für mich.« Tausende Gedanken rasten durch Amishas Kopf. Sie wollte nicht akzeptieren, dass Betteln die einzige Option für Neema wäre. »Du kannst gute Arbeit hier finden.«

»Nein, das kann ich nicht.« Neema blinzelte wiederholt, um die aufsteigenden Tränen zurückzuhalten. »Am ersten Tag unseres Unterrichts haben Sie uns die Geschichte von dem Mann und dem Vogel erzählt.« Ihr Blick war stur zu Boden gerichtet. »Die Geschichte, in der das kleine Loch nur genug Luft für einen durchließ. Und wir mussten entscheiden, was danach geschieht.«

»Ich erinnere mich.« Amishas Herz war schwer vor Trauer. Sie wusste, dass Neema Talent hatte. Neema hätte eine gute Schriftstellerin abgeben können, und doch würde sie ihr Leben als Bettlerin bestreiten müssen.

»Ich war mir damals sicher, dass der Mann sich um sein eigenes Leben kümmern müsste«, sprach Neema weiter. Die meisten Kinder hatten diese Richtung gewählt. »Aber jetzt verstehe ich, dass es alles sein Fehler war. Er hätte den Vogel nehmen und ihm die Luft lassen sollen.«

»Aber was wäre dann mit dem Mann geschehen?«, fragte Amisha.

»Sein Schicksal war an dem Tag besiegelt, als er das Haus baute. Auch wenn das Haus nicht durch das Erdbeben eingestürzt wäre, war es doch nur eine Frage der Zeit, bis etwas passierte. Aber mit seiner letzten Handlung hätte er den unschuldigen Vogel vor den Konsequenzen bewahren können, die sein Fehler nach sich zog.«

»Neema?« Amisha versuchte zu verstehen, inwiefern die Geschichte zu ihrem Angebot passte, ihr Arbeit zu verschaffen.

»Ihr Angebot ist äußerst großzügig, aber ich kann es nicht annehmen«, hauchte Neema. »Der Ruf meiner Eltern in der Gemeinschaft würde Schaden nehmen. Je länger ich mit meinem entstellten Körper bei ihnen leben und hier arbeiten würde, desto mehr müssten sie leiden.« Neema wischte erste Tränen weg. »Ich würde ständig als schlechtes Omen angesehen werden. Mein Bruder ist jung, er hat sein Leben noch vor sich. Ich will nicht, dass seine Zukunft unter der Entscheidung leidet, die ich getroffen habe.« Sie versuchte, schwach zu lächeln. »Immerhin wird es ein Segen sein, meinen Eltern nicht länger eine Last zu sein.« Sie öffnete die Tür. »Ich hoffe sehr, dass Sie zu meiner Hochzeit kommen werden.«

* * *

Amisha eilte zur Schule. Als sie eintraf, wartete Stephen am Eingang auf sie. Ohne ein Wort leitete er sie in sein Büro. »Was ist denn passiert?«, fragte er dort.

»Sie ist verheiratet«, antwortete Amisha. Sie war direkt von der Hochzeit gekommen, die Neemas Eltern abgehalten hatten. Nur direkte Familienangehörige und der Pujari, der die Zeremonie leitete, waren anwesend gewesen. »Ich habe ihr zugesehen, wie sie siebenmal um das Feuer gegangen ist. Dann hat er sie mit sich genommen.« Amisha wollte etwas werfen oder jemanden schlagen. Stattdessen tigerte sie auf dem begrenzten Platz hin und her. »Niemand hat ihr eine Träne nachgeweint. Sie haben sie einfach ziehen lassen.«

»Sie hätten nichts tun können«, versuchte Stephen sie zu besänftigen. Er strich sich mit der Hand über den Nacken.

»Und was ist mit den Briten?« Amisha drehte sich zu ihm. Sie hatte keine neuen Argumente, konnte aber nicht einfach tatenlos danebenstehen, während Neema litt und Ängste um ihre Zukunft ausstehen musste. »Können Sie nicht etwas machen?«

»Amisha …«

»Ich weiß«, sagte sie, konnte seine Antwort ahnen. »Das steht Ihnen nicht an.« Der kleine Raum engte sie ein, schien ihr den Sauerstoff zu nehmen. Sie war wütend und wollte, dass jemand dafür büßte. »Meine Klasse wartet.«

»Vielleicht sollten Sie sich heute freinehmen. Man kann sehen, wie schwer Sie das alles getroffen hat.« Stephen stand zwischen ihr und der Tür. Amisha konnte sein Mitgefühl sehen, es aber nicht annehmen.

»Ich bin nicht diejenige, die den Rest des Lebens bettelnd am Straßenrand verbringen wird.« Amisha drängte sich an ihm vorbei und verließ das Büro. Sie konnte spüren, wie er ihr nachblickte.

Im Klassenraum saßen die Schüler bereits und warteten geduldig auf sie. »Ich bitte um Entschuldigung für die Verspätung.« Amisha wollte die für heute geplante Aufgabe vorlesen, doch in Gedanken war sie immer noch bei Neema. Also klappte sie ihren Notizblock wieder zu und wandte sich an ihre Schüler.

»Heute werden wir etwas anderes probieren«, erklärte sie. Die hintere Tür öffnete sich lautlos, Stephen trat ein, von den Schülern unbemerkt. Amisha ignorierte ihn, während er sich ruhig gegen die hintere Wand lehnte. Stattdessen führte sie den Gedanken aus, der ihr eben gekommen war. »Wir sind eine britische Kolonie. England wird von einem König und einer Königin beherrscht. Ihr alle seid Schüler einer britischen Schule. Aber trotzdem sind wir alle Inder und haben viele Sitten und Gebräuche, die sich von denen der Engländer unterscheiden.« Amisha sah kurz zu Stephen, der sie aber nur schweigend beobachtete.

»Heute hat eure frühere Mitschülerin und Freundin Neema geheiratet.« Sie beherrschte ihre Emotionen, wusste, dass sie vorsichtig vorgehen musste. Ein unangemessener Gefühlsausbruch könnte dazu führen, dass Stephen einschreiten musste. Diese Schüler vor ihr waren aber Teil der Zukunft, sie konnten helfen, die Welt zum Besseren zu verändern. Sie konnten das Ende für Neemas Geschichte umschreiben. All jenen, die anders sein wollten, neue Optionen eröffnen. Optionen, die nicht vom Schicksal und durch die Geburt vorgegeben waren.

»War sie glücklich?«, fragte ein Mädchen aus der hinteren Reihe.

Amisha schloss die Augen. Kaum jemand hier wusste von Neemas Unfall, vielleicht sogar keiner. Ihr Bruder hatte es vor seinen Klassenkameraden geheim gehalten und Neema war seitdem kaum noch aus dem Haus gekommen.

»Sie hat akzeptiert, dass die Ehe der nächste Schritt in ihrem Leben ist.«

»Und was ist unsere Aufgabe?« Ein Junge in den vorderen Reihen kritzelte gelangweilt in seinem Heft.

Amisha dachte kurz nach. »Wir schreiben eine Geschichte, inwiefern sich unser Land ändern würde, wenn wir eine Frau als Herrscherin hätten.« Sie sah, wie Stephen sich aufrichtete und sie angespannt musterte. Sie ignorierte ihn, als ein anderes Mädchen die Hand hob. »Ja, Gita?«

»Meinen Sie, wenn die Königin uns regieren würde?«

»Nein, ich meine nicht die Königin und auch nicht den Raj. Ich meine eine Frau, geboren in Indien, erzogen unter indischen Gesellschaftsnormen und in unserem Glaubenssystem. Stellt euch eine Frau vor, die diese Sitten und Gebräuche, in denen sie erzogen wurde, infrage stellt und schließlich unser Land beherrscht.«

»Wie Gandhi?«

»Gandhi kämpft um unsere Unabhängigkeit«, erklärte Amisha. »Unsere Geschichte geht aber einen Schritt weiter. Ich spreche über eine Frau, die ein unabhängiges Indien regiert. Erzählt mir, wie ihr euch diese Frau vorstellt und wie sie uns eurer Meinung nach regieren würde.«

»Aber wieso ist das denn eine Geschichte?« Einer der älteren Jungen war verwirrt.

»Ist so eine Situation denn etwas, was ihr euch in Wirklichkeit vorstellen könnt?« Ihre Stimme war strenger, als sie beabsichtigt hatte. Alle schwiegen. »Deshalb ist es eine Geschichte. Es ist nicht mehr als eine Möglichkeit, reine Fantasie, etwas, was wir uns ausdenken.«

Stephen verließ den Raum so leise, wie er gekommen war. Amisha fuhr fort und stellte sicher, dass alle Schüler die Aufgabe verstanden hatten, dann gab sie ihnen Zeit zum Schreiben.

Nachdem der Unterricht beendet und die Schüler gegangen waren, las sie die Texte. Sie war stolz darauf, dass sie alle ihr Bestes versucht hatten, sich eine Situation vorzustellen, in der Indien von einer Frau beherrscht wurde. Ihre Geschichten waren ernsthaft, auch wenn einige von ihnen komische Szenen enthielten. Sie steckte alle in einen großen Umschlag und klebte ihn zu, als Stephen eintrat.

»Eine indische Herrscherin?« Seine Hände steckten tief in seinen Hosentaschen.

»Ich war überrascht, Sie in meinem Unterricht zu sehen.«

»Das kann ich mir vorstellen. Wenn ich gewusst hätte, dass hier eine Revolution geplant wird, hätte ich schon früher überlegt, ob mein Lehrangebot eine weise Entscheidung gewesen war.«

»Haben Sie denn Angst vor einer Frau, die herrscht?«, fragte Amisha. Erst als sie bei seiner Antwort erleichtert ausatmete, bemerkte sie, dass sie die Luft angehalten hatte.

»Nein.« Stephen beobachtete sie genau. »Aber ich muss mir Sorgen machen, wenn eine meiner Lehrerinnen den Schülern Flausen über eine indische Herrscherin in den Kopf setzt.«

»Das war nicht mein Ziel.« Amisha überlegte frustriert, wie sie ihm den Gedanken verständlich machen konnte. »Es hatte nichts mit Politik zu tun, nur mit Neema.« Sie zeigte ihm den Umschlag, immer noch stark erregt. »Ich wollte ihr den Umschlag senden, um ihr zu zeigen, dass sie nie aufgeben soll. Dass auch für sie immer noch Hoffnung besteht.«

»Und die Geschichten der Kinder sollen ihr diese Hoffnung geben?« Stephens Stimme war frei von jeder Wertung, doch Amisha fühlte sich trotzdem einfältig und unbedeutend.

»Es war ein alberner Gedanke.« Sie warf den Umschlag auf den Tisch.

»Nein, das glaube ich nicht.« Er nahm den Umschlag und schrieb Neemas Namen darauf. »Ich werde ihn per Kurier zu ihrer neuen Adresse senden.«

»Danke.« Amisha war überrascht, dass er nicht nur verstand, sondern sogar half.

Er beugte sich herab, damit sie auf Augenhöhe waren. »Amisha, es tut mir wirklich leid, was mit ihr passiert ist. Ganz egal, was ich zuvor gesagt habe. Mir ist es wichtig, dass Sie das verstehen.«

»Aber es war alles so unfair.« Amisha ließ den Kopf hängen. »Sie hatte so viel mehr verdient.« Aber Neemas Schicksal war typisch für ihre Zeit und Gesellschaft. So sehr Amisha sie auch hatte fördern wollen, ermutigen wollen, hätte Neema wenig mit ihrem Talent anfangen können.

»Ich weiß«, sagte Stephen nur, ehe sie gemeinsam schwiegen.

EINUNDDREISSIG

Auch Tage nach Neemas Hochzeit musste Amisha immer wieder an das junge Mädchen denken. Sie hatte Stunden mit Stephen in ihrem Garten verbracht und über alles und jedes geredet. Er schien genau zu verstehen, dass sie Ablenkung durch banale Themen brauchte, um nicht an das Mädchen denken zu müssen, dem sie nicht helfen konnte.

»Ihr Bruder …«, sprach Amisha an, als sie nebeneinander spazierten. Sie hatte schon immer mehr erfahren wollen, seit er ihr das erste Mal von ihm erzählt hatte. »Haben Sie viel Zeit miteinander verbracht?«

Stephen antwortete nicht direkt und Amisha fragte sich, ob es vielleicht immer noch zu schwer für ihn war, darüber zu sprechen. Sie wollte ihm schon erklären, dass er nicht zu antworten brauche, als er doch zu erzählen begann. »Wir waren Freunde, und das sagt schon eine Menge über uns aus.« Seine Gedanken trugen ihn zurück in seine Jugendzeit. »Als Kinder haben wir viel gestritten, wie Jungs das halt so tun. Nicht selten gipfelte das in einem Ringkampf, der am Boden mit einem Schlag in die empfindlicheren Körperteile endete. Aber danach haben wir uns immer wieder vertragen.« Als Erwachsene, fuhr er fort, waren sie einander sehr nahegekommen und hatten herausgefunden, dass sie mehr als nur Blut verband. »Und ich bin dankbar dafür.«

»Hatten Sie etwas anderes erwartet?«, fragte Amisha.

»Meine Eltern sprachen nicht viel über Gefühle«, erklärte Stephen, »daher war ich überrascht, dass mein Bruder und ich in der Hinsicht anders waren.«

»Ich bin froh, dass es so war«, sagte Amisha. Sie spürte die Liebe, die er für den verlorenen Bruder auch heute noch empfand. »Die Familie ist wichtig.« Sie erinnerte sich daran, was er über seinen Vater erzählt hatte. »Ihr Vater muss Sie auch sehr lieben, schließlich hat er dafür gesorgt, dass Sie nach Indien kommen und nicht in den Krieg ziehen müssen.«

»Als Soldat in Indien.« Stephen versuchte gar nicht erst, seinen Zorn zu verbergen. »Ob es wirklich der Traum meines Vaters war, dass sein Sohn nur irgendein Hüter der Schätze wird, die unser König zusammengestohlen hat?«

»Denken Sie wirklich so?« Es war das erste Mal, dass Stephen zugegeben hatte, dass Indien nicht seinem eigenen Land gehörte. »Meinen Sie, dass wir die Freiheit verdienen?«

»Wenn ich Ja sage, verrate ich mein Volk. Aber wenn ich Nein sage, verrate ich dann Sie?«, fragte er und brachte sie damit zum Schweigen.

»Nein«, erklärte sie schließlich. »Auch wenn Indien frei wäre, würde das nicht garantieren, dass alle Inder frei sind.« Sie wussten beide, dass sie Neema meinte.

»Und das ist es, was Sie wollen?«, fragte er weiter. »Ihre Freiheit?«

»Was würde ich denn damit anfangen?« Amisha versuchte, ihre ernsten Worte mit einer heiteren Note zu überdecken. »Ich spreche viel, ohne vorher zu denken.« Ehe er tiefer darauf eingehen konnte, wechselte sie das Thema. »Bereuen Sie es, hier zu sein?«

»Nicht mehr.« Stephen blickte ihr direkt in die Augen. »Aber ich vermisse meine Freunde, manchmal auch meine Familie.« Er zögerte. »Sie sehen Ihre Familie auch nicht oft, oder?« Sie hatte ihm schon zu früherer Gelegenheit von ihrer Kindheit und Jugend erzählt.

»Nein«, antwortete sie. »Nachdem eine Frau geheiratet hat, gibt es nur noch wenig Grund, Kontakt zu halten.« Amisha hatte mit der Zeit gelernt, den Impuls zu unterdrücken, obwohl sie ihre Familie oft schrecklich vermisst hatte. Sie war alles gewesen, was sie gehabt hatte, bis sie dann in die Ehe übergeben und vergessen wurde.

»Leben Ihre Leute weit entfernt?«, fragte Stephen.

»Mit dem Zug würde es nicht lange dauern. Aber es ist keine Frage der Entfernung, sondern eine Frage der Prioritäten.«

Deepak war nur selten zu Hause, sie hatte die Kinder, um die sie sich kümmern musste. Da blieb nicht viel Zeit für eine Reise. Und auch, wenn sie die Mutter oft vermisste, die sie zur Welt gebracht und dann fortgegeben hatte, wusste sie auch, dass diese Mutter sie kaum kannte. Ihre Träume, ihre Wünsche, all das waren gut gehütete Geheimnisse.

»Ist das die Wahl, die eine Frau treffen muss?«, fragte Stephen weiter.

»Nein, es ist einfach nur Tradition«, erklärte Amisha. Die Verwunderung in seinem Gesicht überraschte sie. »Ist es in Ihrem Land denn nicht so?«

»Nicht wirklich«, erklärte er. Amisha erinnerte sich daran, dass er von seinen Großeltern erzählt hatte, die während seiner Kindheit ganz nah gewohnt hatten, sowohl die Eltern seines Vaters als auch die seiner Mutter. »Warum muss eine Frau denn nach der Heirat von ihrer Familie getrennt werden?«

Als junges Mädchen hatte Amisha oft mit ansehen müssen, wie ihre Freunde mit der Heirat an Familien abgegeben wurden, die man kaum kannte. Sie waren oft nur einige Jahre oder nur Monate älter als Amisha gewesen und hatten geweint und gefleht, nicht weggegeben zu werden. Darum gebettelt, weiter bei der Familie leben zu dürfen, bei Eltern und Geschwistern, in ihrer vertrauten Welt.

»Damit die Frau selbst Kinder bekommen kann, vorzugsweise Söhne.« Je älter eine Tochter war, desto mehr Mitgift würde die übernehmende Familie verlangen. Eine junge Schwiegertochter könnte sofort damit anfangen, Söhne zu liefern. Große, erweiterte Familien drängten sich in kleine Behausungen. Die Söhne und ihre neuen Familien lebten bei den Eltern und unverheirateten Geschwistern.

»Die dann wiederum dem Vater bei der Arbeit helfen können«, sagte Stephen nickend. Er lebte jetzt schon einige Zeit in Indien und kannte natürlich die meisten Bräuche. »Die Familie versorgen.«

»Eine Heirat und Söhne gebären, das ist alles, was zählt.« Die Drohung einer Scheidung, oder gar verstoßen zu werden, hing immer über der Braut, solange sie ihre Pflicht nicht erfüllte. »Die natürliche Familie der Ehefrau dient keinem Zweck mehr. Sich weiter mit ihr zu beschäftigen wäre Verschwendung von Zeit, die produktiv genutzt werden könnte.« Amisha versuchte, ihre Abscheu gegen das System zu verbergen, doch das Mitgefühl in Stephens Blick zeigte ihr, dass es ihr nicht gut gelang.

»Es tut mir leid«, erklärte Stephen. Er trat auf sie zu, hielt sich dann aber doch zurück.

»So ist das Leben nun einmal.« Amisha schätzte die guten Seiten an ihrer Kultur und ihren Traditionen, wie etwa die bedingungslose Liebe zwischen Kindern und Eltern und den Zusammenhalt der Familie. Es gab aber auch Aspekte, die einfach verkehrt waren und die sie nicht mehr ignorieren konnte. »Es wird bestimmt einen Grund dafür geben, oder?«, fragte sie, wartete aber nicht auf eine Antwort. »Traditionen sind schließlich auch irgendwann mal entstanden. Und bestimmt gab es irgendwo und irgendwann einmal einen guten Grund, warum diese Regeln aufgestellt wurden.«

»Das hört sich sehr philosophisch an«, scherzte Stephen, aber Amisha sah, wie hoch er ihren Gedankengang schätzte. »Aber Sie haben schon recht. Männer können keine Kinder zur Welt bringen, also ergibt es nur Sinn, dass sie ausziehen und den Lebensunterhalt der Familie sichern.«

»Aber was, wenn der Grund für diese Rollenverteilung nicht mehr besteht?« Mit Deepak hätte sie eine solche Diskussion nie führen können und sie genoss jeden Moment. »Was, wenn die Traditionen nur noch als Ausrede genutzt werden, damit sich nichts ändern muss?«

»Sprechen Sie von Ravi und Bina?« Stephen schien ihre Gedanken lesen zu können. Oft hatte sie schon erwähnt, wie frustrierend es war, welchen Beschränkungen ihre Freunde unterworfen waren. »Dass sie immer noch nicht in den Tempel dürfen?«

»Ja, das ist ein Beispiel unter vielen.« Amisha wusste, dass viele Unberührbare um ihr Leben fürchteten. Sie mussten stets aufpassen, nicht den Zorn der Dorfgesellschaft auf sich zu ziehen, da sie die Folgen zu spüren bekommen würden. »Manche Regeln scheinen nur ein Vorwand dafür zu sein, unmenschlich sein zu dürfen. Wenn jeder es macht, dann muss es ja akzeptabel sein.«

»Man muss keine Konsequenzen fürchten, wenn die Gesellschaft das Verhalten stützt«, stimmte Stephen zu.

»Und es würde eine wahrlich starke Persönlichkeit erfordern, sich gegen diese Normen zu stellen.« Amisha dachte an

Gandhi und seine ständigen Reden für die Freiheit. »Ihr König und Ihre Königin haben ja auch ihre eigenen Ausreden, um Indien zu unterdrücken. Vielleicht sind sie auch nicht anders als wir alle.«

»Und ich bin nicht mehr als der loyale, kleine Infanterist«, sagte er und überraschte sie damit, »der brav und ohne zu hinterfragen marschiert, um die Inder unter Kontrolle zu halten.« Er schien sich nicht zum ersten Mal Gedanken über seine Rolle in Indien zu machen. »Aber was würden Sie anders machen? Wenn Sie an meiner Stelle wären?«

Sie stellte sich vor, wie es gewesen wäre, wenn er den Befehl einfach missachtet hätte, nach Indien zu kommen. Allein der Gedanke versetzte ihrem Herzen einen Stich. »Wahrscheinlich nichts. Es ist leicht, von Veränderungen zu sprechen, aber ein einzelner Mann«, antwortete sie mit einer kurzen Pause, »oder eine einzelne Frau kann nicht die Denkweise eines ganzen Volkes ändern.« Es fiel ihr schwer, ihre Gedanken in angemessene Worte zu verpacken. »Ich meinte auch gar nicht, dass Sie nicht hätten kommen sollen.« Sie atmete tief durch und blickte ihn verstohlen an, hoffte, dass er sie auch ohne Worte verstand. Als er schwieg, fuhr sie fort. »Ich würde nichts ändern wollen, weil es bedeuten würde, dass Sie dann nicht hier bei mir wären.« Sie schwieg nach diesem Geständnis, wiederum besorgt, dass sie ihre Grenzen überschritten haben könnte.

»Sie würden also das Schicksal Indiens gegen Nachhilfeunterricht eintauschen?« Stephen versuchte, die Situation zu lockern. »Wenn das bekannt wird, verlieren Sie vielleicht das Recht, sich Inderin zu nennen.«

»Mein Volk kämpft einen Kampf, den niemand kämpfen müssen sollte, einen Kampf um die eigene Freiheit.« Amisha wusste, dass die Antwort ein komplexes Thema stark vereinfachte, daher fuhr sie schnell fort. »Aber mit all diesem Zorn und Hass wird auch das Gute übersehen, das mit dem Bösen zusammen kam.«

»Aber warum kämpfen wir dann überhaupt?«, fragte Stephen. Er deutete auf die Schule und den Garten. »Wir bieten das Beste, was wir besitzen. Bessere Straßen, Schulen. Indien hatte nichts davon.«

Amisha wusste, dass er sie nicht zu überzeugen versuchte, sondern wirklich an ihrer Meinung interessiert war. Das Gefühl ließ ihr Herz höherschlagen. »Aber welchen Preis haben wir dafür bezahlt?« Sie dachte an all die Probleme, die sie nur aus den Zeitungen kannte. Die Unterdrückung und Ablehnung, von denen selbst die stärksten Inder sprachen. »Wir können nur zu uns selbst finden, wenn wir frei sind von Fremden, die uns ihre Vorstellung aufzwingen wollen, die sie von unserem Land haben.«

»Aber machen wir das denn?«, fragte Stephen weiter und ließ sich den Gedanken einen Augenblick still durch den Kopf gehen. »Wird die Unabhängigkeit wirklich dazu führen, dass die Inder sein können, wer sie sein wollen? Wird jemand wie Ravi dann gleichbehandelt werden, nicht mehr als Unberührbarer?«

»Nein«, gab Amisha ehrlich zu. So sehr sie auch hoffte, dass die Unabhängigkeit für Indien auch die Freiheit für jeden Inder bedeuten würde, war ihr klar, dass es immer eine Form der Unterdrückung geben würde. »Aber es ist ein Anfang, oder etwa nicht?« Über ihnen flog ein Schwarm Vögel in Formation, ihr Ruf hallte über den Himmel. »Wenn man unterdrückt wird, gibt es zwei einfache Möglichkeiten. Entweder man bleibt liegen oder man steht auf und fragt, warum.«

»So wie Sie es tun?« Sie sah ihn verwirrt an, also erklärte er seinen Gedanken. »Wir haben einmal darüber gesprochen, warum Sie die Schule besuchen wollen. Sie meinten, dass Sie mehr wollen.« Er legte den Kopf schräg und musterte sie. »Stehen Sie immer für das ein, was Ihnen wichtig ist?«

Amisha blickte ihn an, beeindruckt, dass er sich an ihre Worte erinnerte, während sie das Gespräch schon fast vergessen hatte. »Ich denke, nur ein Narr würde nicht aufstehen, auch wenn es oft nicht die weiseste Wahl ist. Vor allem, wenn die Konsequenzen jenen schaden können, die man liebt. Neema ist aufgestanden und hat sich gewehrt, auf ihre ganz eigene Art. Und es hat sie mehr gekostet, als sie je gedacht hätte.«

»Aber das ist nicht immer so«, wandte er sanft ein. »Sie haben eine Wahl.«

»Wirklich?« Amisha wusste, dass in den Städten die Gleichberechtigung weiter fortgeschritten war, Frauen und sogar Unberührbare hatten dort mehr Rechte. Aber hier in ihrem Dorf schien all dies unendlich weit weg zu sein. »Und wo? In England?«

»Auch in England gibt es noch viel, was nicht ideal läuft. Aber die Frauen werden bei uns im Alltag als dem Mann gleichwertig angesehen.« Er faltete die Hände und legte sie über seinen Kopf. »Wobei es bestimmt auch bei uns viele Männer gibt, denen ein solches Leben wie hier lieber wäre. Die Frau, die im trauten Heim wartet und dem Mann jeden Wunsch von den Lippen abliest, ein wahrer Traum«, scherzte er.

»Ihr Traum?«, fragte Amisha herausfordernd.

»Ich habe ehrlich gesagt noch nie darüber nachgedacht. Die Ehe, das ist etwas, was mir in so ferner Zukunft zu liegen scheint. Aber ich denke, wenn ich eines Tages heirate, dann würde ich eine Frau wollen, die mit mir auf einer Stufe steht.« Er blickte sie direkt an. »Eine, die ich sowohl Freundin als auch Vertraute nennen kann.«

»Das hört sich wundervoll an«, gab Amisha zu. Eigentlich wollte sie das Thema nicht vertiefen, konnte es sich aber nicht verkneifen. »Und wenn Sie an diese zukünftige Frau denken, ist sie dann eine Engländerin?« Sie bereute die Worte, kaum, dass sie sie ausgesprochen hatte.

Die Frage stand einen Augenblick zwischen ihnen. »Ja, ich denke schon«, murmelte Stephen unsicher, offensichtlich beschämt. »Ein Engländer, der eine Inderin heiratet ...?«

»Nein, das würde nie funktionieren, oder?« So was war noch nie vorgekommen. Die Vertreter des Raj waren hier, um die Zivilisation zu bringen, nicht, um sich mit den Indern zu vermischen. »Und Ihre Eltern würden dem nie zustimmen.«

»Nein.« Stephen klang unsicher. Er strich sich mit der Hand durchs Haar und wich ihrem Blick aus. »Was würden Sie denn wollen? Wenn Sie die Wahl gehabt hätten?«

»Ich ... ich weiß nicht.« Jetzt musste Amisha sich abwenden. Es war ihr unmöglich, sich eine romantische Beziehung vorzustellen, in der ihr Mann sie nicht nur wegen ihrer Fähigkeit schätzte, Söhne zur Welt zu bringen und den Haushalt zu führen.

»Sie wissen es nicht?«

Sie begaben sich auf unsicheren Grund, der nur unzureichend von ihrer unsichtbaren Barriere abgegrenzt war. Sie wurden beide von ihrer Kultur definiert. Amisha hatte keine Wahl, musste sich den Konventionen der Gesellschaft beugen. Die wenigen Regeln, gegen die sie sich auflehnte, waren Randerscheinungen, und sie hoffte, dass es ohne Folgen blieb.

»Ich würde mir jemanden wünschen, der an mich glaubt«, antwortete Amisha schließlich.

»Mehr nicht?«, fragte er fasziniert.

»Das ist schon mehr, als ich mir jetzt erhoffen kann. Das ist etwas, was ich mir für meine Tochter wünschen würde, wenn ich je eine haben sollte.«

»Eine Tochter, hm?« Stephen lächelte.

»Aber so, wie die Dinge stehen«, erklärte Amisha zögerlich, »bin ich mir nicht einmal sicher, ob dieses Land überhaupt der richtige Ort für sie wäre.«

Stephen schien verblüfft. »Sie würden nicht wollen, dass Ihre Tochter in Indien aufwächst?«

»Schon, aber nur, wenn Indien zu einem Ort würde, an dem sie ihre eigenen Entscheidungen treffen kann. Es soll ihr Zuhause sein. Wir …«, erklärte sie zögerlich und dachte dabei an Deepak, »würden ihr eine gute Familie sein.« Amisha dachte an die Welt, wie sie jetzt bestand. An all die Entscheidungen, die man nicht selbst treffen durfte. »Aber ich würde wollen, dass sie mehr hat, als ich habe.«

»Mehr?«, fragte Stephen als Aufforderung an sie, weiterzureden.

»Einen Ort, an dem sie sein kann, was immer sie will«, fuhr Amisha fort. »Ich würde ihr wünschen, dass sie einen Ort findet, an dem ihre Träume wahr werden können und es keine Einschränkungen gibt außer denen, die sie sich selbst auferlegt.« Sie dachte einen Augenblick nach. »Aber gibt es so einen Ort überhaupt?«

»In England …«, setzte Stephen an. Doch sie erinnerten sich beide an seine Aussage von vorhin.

»… wäre sie immer braun«, beendete Amisha seinen Satz und benutzte den Begriff, mit dem viele Briten die Inder beschrieben. Er zuckte leicht, korrigierte sie aber nicht.

»Vielleicht Amerika?« Stephen zuckte mit den Schultern, als Amisha ihn fragend anblickte. »Ich war selbst nie da, aber mein Bruder …« Er schluckte. »Er hat mir das Versprechen abgenommen, dass ich mir das Land eines Tages ansehe.«

»Wenn Sie dort waren, erzählen Sie mir davon«, sagte Amisha. Beide ignorierten sie die Tatsache, dass er, sobald er Indien verließ, wohl kaum wieder zurückkehren würde. »Berichten Sie mir, ob es ein Ort ist, an dem meine Tochter glücklich sein könnte.«

»Das werde ich, versprochen.«

Jaya

ZWEIUNDDREISSIG

Ravi sammelt Blumen und Früchte für den Tempel und arrangiert sie sorgfältig auf einem Tablett. Gestern hat er mich gefragt, ob ich gerne den Tempel besuchen würde, zu dem meine Großmutter damals immer gegangen war. Vor Holi war es normal, den Tempel zu besuchen. Natürlich war ich neugierig, den Ort zu sehen, an dem sie gebetet hat, und habe sofort zugestimmt.

»Glauben Sie an die Götter?« Ich bin kein sonderlich religiöser Mensch. Das bisschen Glauben, was mir verblieben war, wurde durch die Fehlgeburten schwer erschüttert. Es ist schwer, sich einen Gott vorzustellen, der so etwas zulässt. Je mehr ich von Ravis Geschichte höre, desto schwerer fällt es mir.

»Ich bin ungläubig in diese Welt gekommen, wo hätte der Glaube herkommen sollen?«, antwortet er leise. »Angehörige meiner Kaste werden immer noch verfolgt und verurteilt, ohne dass sie gegen Gesetze verstoßen hätten.« Er lässt den Kopf hängen, man sieht ihm an, wie sehr es ihn bedrückt. »Die Vergangenheit könnte gut und gerne ruhen, würde nicht die Gegenwart stets an sie erinnern.« Er scheint tief in Gedanken.

»Aber andererseits habe ich auch wieder Menschen erlebt, die ein solches Mitgefühl gezeigt haben, dass ich mich schon frage, ob solche Perfektion auf Erden existieren kann ohne eine höhere Kraft, die sie erschafft.«

»Sie meinen meine Großmutter?«

»Ich meine ihr Herz«, präzisiert er. »Als Mensch hatte sie ihre Fehler, wie jeder von uns. Aber ihr Herz hat immer darum gekämpft, richtig zu handeln, auch wenn sie sich dafür ihrer selbst entsagen musste. Und dadurch war sie für mich perfekt.«

»Sie hatte Glück, einen Freund gehabt zu haben, der eine so hohe Meinung von ihr hatte«, sage ich, von seinen Worten gerührt.

»Durch sie habe ich ein Leben gelebt, das ich nie für möglich gehalten hätte. Ich bin es, der Glück gehabt hat«, antwortet er und schweigt dann.

Ich will weitere Fragen stellen, doch sein Blick geht an mir vorbei ins Leere, wie so oft, wenn er an Amisha denkt. Sein Ausdruck ist dabei stets voller Trauer und Schuld. Einige Sekunden vergehen, dann schüttelt er den Kopf und scheint zu erwachen. Ohne ein Wort gehen wir weiter, Rokie folgt ihm auf dem Fuße.

»Während meines Studiums konnte ich einmal an der Exhumierung eines jahrzehntealten Körpers teilnehmen«, breche ich schließlich das Schweigen. »Er stammte aus einer Zeit, als auf dem Friedhof Weiße noch von Schwarzen getrennt begraben wurden.« Ravi geht weiter still neben mir, hört aber aufmerksam zu. »Auf dem Grabstein stand, wie geliebt der Mann zu Lebzeiten gewesen war, als Kind, Vater, Großvater. Doch nicht ein Wort zu seiner Hautfarbe.«

»Nach seinem Tod war es unwichtig«, sagt Ravi.

»Ja. Weil am Ende doch nur die Knochen übrig bleiben, wie bei jedem Menschen.« Ich frage mich, ob ihnen kurz vor dem Tod bewusst wurde, dass wir alle gleich sind, nicht mehr als Körper, die wieder zu Knochen und Staub werden, und dass nur unsere Handlungen zu Lebzeiten bestimmen, was für eine Art Mensch wir sind. »Was immer uns im Leben auch trennt, spielt keine Rolle im Tod.«

»Deine Großmutter hat einst ein Gedicht verfasst. Es ging darum, dass das Einzige, das wir mitnehmen können, wenn wir sterben, die Menschen sind, die wir in unserem Leben berührt haben. Alles andere ist nur Fassade.« Er bleibt kurz stehen, um mich anzusehen. »Ich glaube, deine Großmutter wäre sehr stolz auf dich gewesen.« Aus seinen Worten klingt Freude gemischt mit Bedauern, wobei ich seine Gefühle nicht völlig verstehe.

»Danke«, antworte ich nur und fühle mich wirklich dankbar. Ich nehme Ravi das Tablett ab, damit er auf seinen Stock gestützt gehen kann. »Meine Mutter erinnert sich nicht an Sie. Wie kann das sein?«

Ravis Stimme wird leiser. »Ich war nicht hier, als deine Mutter aufwuchs«, erklärt er mit unsicheren Worten. »Kurz nach Amishas Tod haben andere Diener meinen Platz im Haus übernommen.« Seine Gesichtszüge werden hart und sein Schritt beschleunigt sich. Ohne sich zu mir umzudrehen, wechselt er das Thema. »Deine Kindheit, wie war sie?«

Ich halte mich zurück und dränge nicht zu sehr. »Mein Dad war immer bei der Arbeit.« Das bedeutet, es waren meist nur Mom und ich. Als Kind dachte ich immer, sie wäre so distanziert, weil sie mich nicht genug liebte. Inzwischen, vor allem durch die Geschichte, bin ich mir nicht mehr so sicher. »Ich hatte ein gutes Leben.« Im Vergleich zu den Kindern, die ich hier auf der Straße sehe, war es sogar traumhaft. »Man hat sich immer gut um mich gekümmert.«

»Und du meintest, Lena sei glücklich?«, fragt Ravi zögerlich.

Ich bin mir immer noch nicht sicher, welch tieferer Sinn hinter seiner Frage steckt, will diesmal aber ehrlich sein. »Sie ist nicht unglücklich.« Sein Gesicht strafft sich, so angestrengt hört er zu. »Mein Dad liebt sie wirklich sehr.« Ich zögere kurz. »Nur stehen wir uns nicht wirklich nahe.«

»Warum?«, fragt er leise.

»Ich weiß auch nicht«, muss ich zugeben. »Sie war nie wirklich böse oder so, nur immer sehr distanziert.«

»Das tut mir leid«, sagt er mit kaum noch vernehmbarer Stimme.

»Das muss es nicht.« Ich lächle, um die Stimmung zu lockern. »Wenn ich eine Sache auf dieser Reise gelernt habe, dann ist es, wie viel Glück ich bisher in meinem Leben hatte. Ich glaube, das war mir früher nie so bewusst.«

Er nickt, während er meine Worte aufnimmt. »Bist du eine gute Reporterin?«, fragt er dann und bringt mich damit zum Lachen.

»Manchmal.« Ich antworte so ehrlich, wie ich kann. »Es ist mir wichtig, dass ich immer mein Bestes gebe.« Meine Arbeit erfüllt mich und verleiht meinem Leben einen Sinn. Bevor der Kinderwunsch so stark wurde, hatte ich meinen Platz in der Welt nie angezweifelt. »Aber ich brauchte eine Auszeit. Hierherzukommen hat mir eine Pause verschafft.«

»Der Verlust, von dem du gesprochen hast«, merkt Ravi.

»Ich hatte drei Fehlgeburten.« Ich wische schnell einige Tränen weg. Die Dunkelheit droht immer noch, ergreift mich aber nicht mehr wie bisher. »Ich wollte so sehr ein Kind zur Welt bringen, Mutter sein.« Damals schien es mir alles zu sein, was ich je wollte. Der Prozess hatte jeden anderen Aspekt unseres Lebens vereinnahmt. »Dass ich nicht dazu in der Lage war, hat mir das Herz gebrochen.«

»Und dein Ehemann?«

»Patrick? Er hat seinen eigenen Weg gefunden, damit klarzukommen.« Nach der ersten Fehlgeburt hatte Patrick sich direkt wieder in die Arbeit gestürzt. Ich konnte kaum einen klaren Gedanken fassen. Erst beneidete ich ihn noch darum, wie leicht er den Verlust verkraftet hatte, doch dann begann ich, es ihm übel zu nehmen. Bisher habe ich aber noch nie darüber nachgedacht, wie er sich gefühlt haben muss, als ich immer tiefer in meiner Trauer versank und für ihn nicht mehr erreichbar war. »Ich hatte einfach nicht die Kraft dafür. Mit dem Verlust der Kinder habe ich auch mich selbst verloren. Und obwohl ich es wirklich versucht habe, ich konnte einfach nicht den Weg zurückfinden.«

Und wenn ich jetzt ein Kind sehe, erinnere ich mich jedes Mal daran, wie sehr Patrick sich eine Familie gewünscht hatte. Wir wollten es beide so sehr, doch konnte ich über meinen Schmerz den seinen nicht mehr erkennen. Rückblickend betrachtet versuche ich mir vorzustellen, was wir hätten anders machen können, um unser Schicksal abzuwenden. Ich war mir immer so sicher über alles, was mit unserer Ehe und unserem Leben zu tun hatte. Jetzt muss ich ein Leben ohne ihn planen, und alles fühlt sich leer an.

»Wir leben getrennt«, eröffne ich ihm. »Ich nehme an, wenn ich zurückkomme, werden wir die Scheidung offiziell machen.«

»Wir sind da«, sagt Ravi nur, die Worte kaum hörbar. Er verlangsamt seinen Schritt und weist auf den Tempel, der direkt vor uns liegt.

Das Gebäude ist atemberaubend. Zehn Säulen aus natürlich gealtertem Marmor tragen ein pyramidenförmiges Dach, in welches kunstvoll komplexe Muster, Formen und Bilder geschnitzt wurden. Die Säulen stehen in gleichmäßigem Abstand, ohne dass der Tempel von Wänden begrenzt würde. Aus dem Inneren dringt Weihrauch, ein schwerer Duft nach

Jasmin erfüllt die Luft. Mehrere Reihen kleiner Pavillons führen zu einem von einer Kuppel bedeckten Schrein, in welchem Hunderte Glocken hängen. Der Tempel selbst ist hoch über dem Boden erbaut, vierzig Stufen führen zu dem torlosen Eingang.

»Es ist …« Mir fehlen die Worte, während ich die Struktur bewundere. Der Tempel scheint uralt. Mir ist, als ob ich geflüsterte Gebete lange vergangener Jahre hören könnte, als die Luft vorbeistreicht. Geister von Ehemännern und ihren Frauen, Spuren von junger Liebe und altem Verlust scheinen mich zu umgeben. »Wann wurde er erbaut?«

»Vor vielen Hundert Jahren.« Auch Ravi blickt, als ob er den Tempel zum ersten Mal sehen würde.

»Kommen Sie oft hierher?« Ich frage mich, warum er mich nicht schon früher hierhin mitgenommen hat.

»Es gab eine Zeit, da war es mir verboten«, antwortet er ehrlich. »Das erste Mal kam ich kurz vor dem Tod deiner Großmutter. Danach hielt ich mich immer etwas entfernt und habe die falsche, vermeintliche Überlegenheit verspottet. Später kam ich, um meinen Zorn und meine Trauer aus mir herauszuschreien. Als es uns dann gestattet wurde, wollte ich nichts mehr mit diesem Ort der religiösen Hoffnung zu schaffen haben, der meine Freundin nicht hatte retten können.«

»Sie haben die Götter gebeten, sie zu retten?«

»Ich habe sie angefleht«, korrigiert er. »Aber meine Gebete wurden nicht erhört. Da war ich mir sicher, dass unsere Götter sich nicht um unsere Wünsche oder unseren Schmerz scheren.«

»Warum hat man schließlich den Unberührbaren den Zutritt gestattet?«, frage ich neugierig.

»Die Reaktion der Welt auf unser Kastensystem war uns peinlich. Dadurch fühlte sich die Regierung gezwungen, Gesetze zu erlassen, die uns gleichwertig machen.« Er sah den Tempel an, dann zurück zu mir. »Aber Gesetze können die Herzen der Menschen nur langsam ändern.« Eine Familie steigt die Stufen hinab, alle tragen Schuhe. »Komm, lass uns Hallo sagen.«

Ich folge Ravis Beispiel und stelle meine Schuhe unten an den Stufen ab. Dutzende andere Paare liegen verstreut umher. »Warum?«, frage ich und deute auf die Schuhe.

»Man sagt, dass die meditative Energie aus dem Boden aufsteigt«, erklärt er. »Nur barfuß kannst du das Göttliche in dir spüren.« Wir steigen die Marmorstufen hinauf. »Und nur barfuß kannst du erkennen, wer sich die Mühe gemacht hat, vor dem Tempelbesuch zu baden.«

Immer mehr Menschen begegnen uns, ziehen die Treppen hinauf oder hinab. Frauen halten ihre Jüngsten fest im Griff, während ältere Jungen und Mädchen frei herumlaufen. Ravi führt mich zu einer Reihe Statuen, die Gottheiten symbolisieren und an einer Wand entlang aufgestellt sind. Eine kleine Messingglocke hängt von der Decke, komplett mit einer passend gefärbten Kordel. »Lass die Glocke läuten, mein Kind. Meine Arme sind zu alt, um sich gen Himmel zu recken.«

Ich nehme den faustgroßen Klöppel und schlage gegen die Innenseite der Glocke. Der durchdringende Klang klingelt mir in den Ohren. Ravi nimmt Früchte und Blumen von seinem silbernen Tablett und legt sie vor der ersten Statue ab, ich erkenne Shiva. Der Brahmanen-Pujari, ein alter Mann in einem orangefarbenen Sari, nimmt Ravis Opfergaben an und quittiert sie mit einem höflichen Nicken. Wie von Pujaris erwartet, hat der Mann allen weltlichen Freuden abgeschworen und folgt nur einem höheren Ruf.

Die Glocke hallt durch den ganzen Tempel und bis hinab ins Dorf. In perfektem Einklang zitiert der Priester Verse eines Liedes. Ravi setzt sich an die Stelle, an der er eben noch gestanden hat, und bedeutet mir, es ihm gleichzutun. Frauen und Männer fallen in den Gesang des Priesters ein, besingen zusammen die Liebe und beten, dass die Zukunft ihnen und ihren geliebten Menschen nur Gutes bringt. Von dem Text beruhigt, schließe ich die Augen und gebe mich der Musik hin.

* * *

»Prasad.« Ravi reicht mir einen Teller voll mit Speisen, von denen auch die anderen versammelten Menschen essen. »Für dich, zum Essen.«

Ich erinnere mich an den Teil der Geschichte, als Amisha Stephen zu Holi Prasad gereicht hat, und nehme den Teller schnell an. Das Gemisch schmilzt auf der Zunge. Schnell leere ich meinen Teller.

»Wird jede Puja gleich durchgeführt?«

Ravi zeigt auf die brennenden Kerzen. »Diese werden zuerst angezündet, danach dann der Weihrauch.« Der Pujari leitet die Gruppe, singt Lieder von Lob und Dankbarkeit.

»Es gibt Tausende göttliche Manifestationen.« Ravi führt mich zu einigen der goldbedeckten Statuen, die sich überall im Tempel finden. »Jeder wählt den Gott aus, der am ehesten zu seiner religiösen Überzeugung passt. Man sagt, dass jeder Gott für seinen eigenen Zweck steht, eine eigene Macht«, erklärt er, sucht dabei nach dem passenden Wort.

»Wie in der griechischen Mythologie«, kommentiere ich.

»Davon weiß ich nichts«, gibt Ravi zu, ohne dass es ihn groß kümmern würde. »Ich bin nicht zur Schule gegangen.«

In der hintersten Ecke sehe ich eine Bronzefigur. Sie balanciert auf einem Fuß, wie im Tanz, ihre Arme sind nach oben gereckt. »Wer ist das hier?« Ihre weißen Kristallaugen ziehen mich in ihren Bann.

»Eine gute Wahl«, sagt Ravi. »Ihr Name ist Durga.« Er tritt neben mich und bewundert die Ikone. »Unter den Hindus ist sie als universelle Quelle aller Macht, Energie und Kreativität bekannt.«

»Sie ist atemberaubend.« Ich ziehe eine Blume aus einem Gesteck und lege sie ihr zu Füßen.

»Ja«, stimmt Ravi zu, während er mich beobachtet. »Sie war auch eine Favoritin deiner Großmutter.« Als ich schweige, erzählt er weiter. »Deine Großmutter war eine starke Frau. Ich glaube, in dir, ihrer Enkelin, liegt dieselbe Kraft.« Er lächelt freundlich. »Aber jetzt wollen wir Holi feiern, wie deine Großmutter es getan hat.«

* * *

Nach der Puja schließen wir uns den Menschen an, die zum Dorfplatz ziehen. Letzte Nacht hat Ravi mir von dem Fest erzählt. Er meinte, dass ich die Farben und den Trubel der alljährlichen Festlichkeiten bestimmt lieben würde, wie eigentlich alle Menschen hier, Erwachsene wie Kinder. Jeder, der vorbeikam, war als Ziel freigegeben. Auf den Straßen hörte man noch viele Stunden nach Sonnenuntergang lachende Stimmen. Und zum Abschluss, wie seit Jahren Tradition, kamen sie alle zusammen, als Dorfbewohner, unabhängig von ihrer Kastenzugehörigkeit, für ein gemeinsames Mahl.

Ravi und ich haben zwei Körbe mit Ballons vorbereitet, mit Farben gefüllt, die wir auf die Passanten werfen können. Als wir näher kommen, sehen wir, dass die Menschen sich in zwei Gruppen aufgeteilt haben, die einander gegenüberstehen. Die Frauen tragen weiße Röcke und Blusen, die Männer weiße Hosen und lange Baumwollhemden. Die meisten von ihnen weisen bereits erste Farbspuren auf. Jeder von ihnen hat zwei Stöcke, mit denen sie die Stöcke des Partners oder der Partnerin schlagen, synchron, und dann zur nächsten Person weitergehen.

Je schneller die Musik wird, desto wilder wird der Tanz, bis die Tänzer schweißgebadet sind.

»Dandiya Raas.« Ravi sieht mir zu, wie ich den Tanz beobachte. »Der Tanz, den deine Großmutter dem Leutnant beigebracht hat.«

Allgemeines Gelächter ertönt, als die ersten Tänzer ihren Schlag verfehlen oder Fehltritte machen und aus der Reihe tanzen. Weitere Dorfbewohner treffen ein und werfen Farbbälle. Bald schon löst sich der Tanz auf und das Treiben auf den Straßen geht in eine wilde Schlacht über, bei der sich alle gegenseitig mit Farbe bewerfen.

»Werden sie später noch einmal tanzen?«, frage ich hoffnungsvoll.

»Später, nach dem Essen. Willst du mittanzen?«

»Ja.« Ich erinnere mich an meine Großmutter und daran, wie sie Stephen die Schritte beigebracht hat. Ich stelle mir vor, wie sie sich durch ihren Garten bewegen und Äste als Stöcke verwenden. Wenn sie länger gelebt hätte, vielleicht hätte ich den Tanz dann von ihr gelernt. Hätte meine Mutter dann einen Bezug zu ihrer Kultur behalten, statt ihr zu entsagen? »Ich würde es sehr gerne probieren.«

Ravi nickt und scheint mit meiner Antwort zufrieden. Ich will gerade etwas sagen, als ich Amit in der Masse sehe. Er kommt auf uns zu, mit einem jungen Mädchen an der Hand. Sie trägt zwei geflochtene Zöpfe, die ihr zu jeder Seite über ihre Ohren fallen. Ihr Haar ist tiefschwarz und die Haut wie dunkles Holz. Ihre beiden Beine sind in Metallschienen eingespannt, die nach oben in einem Gestell enden, das bis zu ihrem Hals reicht und den ganzen Körper einschließt.

»Wer ist denn das?«, frage ich, doch Ravi schweigt. »Ravi?«

»Meine Urenkelin. Misha.«

»Misha, wie in Amisha?«, frage ich vorsichtig.

Er lächelt. »Ja. Sie war das erste Mädchen, das in meiner Familie geboren wurde. Daher hat sie das Glück, nach deiner Großmutter benannt zu sein.« Ich schlucke den Kloß hinab, der sich in meiner Kehle gebildet hat, und fühle mich ganz gerührt angesichts der Ehre, die er meiner Großmutter erweist. »Sie ist jetzt acht Jahre alt.« Amit winkt uns zu, Ravi winkt zurück. »Die Frau meines Enkels konnte lange kein Kind bekommen. Nach vielen Fastenzeiten und vielen Vollmonden wurden wir schließlich mit Amit gesegnet. Wir waren überglücklich und fragten nicht nach mehr, denn was will man noch verlangen, wenn man die Perfektion bereits hat?« Seine Stimme stockte vor Emotionen. »Doch dann kam Misha und strafte uns Lügen.«

Als sie bei uns ankommen, nimmt Ravi sie herzlich in den Arm. Dann stellt er mir seine Urenkelin vor, die mich mit großen Augen anstarrt. »Das ist also meine wunderschöne Urenkelin, Misha.«

Ich beuge mich hinab, bis ich mit ihr auf einer Höhe bin, und strecke meine Hand aus. Sie schaut zu Amit, der zustimmend nickt. Sie reicht mir ihre kleine Hand. »Es freut mich, dich kennenzulernen, Misha. Du bist wirklich so schön, wie dein Urgroßvater immer erzählt.«

Ihr kleines Gesicht erstrahlt bei dem Kompliment. »Vielen Dank.« Sie zeigt auf meinen Korb voll mit Farbkugeln. »Werden Sie mit uns spielen?« Sie trägt auch einen eigenen Korb, in dem aber nur noch eine Handvoll Ballons liegen.

»Nein, Liebes.« Ich schaue in ihren Korb. »Dein Urgroßvater und ich, wir haben diese hier für dich und deinen Bruder gemacht.« Ich reiche ihr meinen Korb, sie starrt ihn an, verwirrt. Sanft schiebe ich ihr den Korb zu. »Bitte nimm sie.«

Ich muss mit den Tränen kämpfen. Misha ist die kleinste Achtjährige, die ich je gesehen habe. Seit ich hier angekommen bin, habe ich viele Kinder gesehen. Manche von ihnen waren

Bettler, denen ich Geld gegeben habe. Ihre Geschichten kannte ich nicht. Da ich aber ohnehin nichts an ihrem Schicksal ändern kann, bin ich auch froh, nicht zu viel zu wissen. Sie hingegen ist von Ravis Fleisch und Blut. Das Kind ist die neue Generation, eine Nachfahrin von Ravi, meinem Freund. Der mich behandelt, als ob wir uns schon ewig kennen würden, auch wenn es eigentlich erst einige Wochen sind.

»Aber denk daran, mit deinem Bruder teilen!«, ermahne ich sie noch.

»Danke«, flüstert Amit mit Seitenblick auf seine Schwester. »Sie haben ihr das beste Geschenk zu Holi gemacht.«

»Und damit hast du aber auch dein Arsenal aufgegeben«, weist mich Ravi zurecht, während Amit und Misha sich wieder den anderen Kindern anschließen und mit ihnen spielen. »Wie willst du jetzt mitspielen?«

»Warum habe ich sie bisher noch nicht kennengelernt, Ravi?«, frage ich und ignoriere seinen Spott. Er verbringt Stunden seines Lebens damit, mir die Geschichte meiner Familie zu erzählen, doch von seiner eigenen Familie weiß ich kaum etwas. Mir ist es peinlich, dass ich ganz selbstbezogen immer nur an mein eigenes Leben gedacht und nie Interesse an seinem gezeigt habe. »Ich würde gerne mehr über Ihre Familie erfahren«, sage ich. »Bitte.«

Er zögert, über sie zu sprechen. »Mein Sohn ist ein guter Arbeiter und er hat eine gute Frau geheiratet. Mein Enkel arbeitet als Gehilfe eines Schneiders. Wie sein Vater arbeitet auch er sehr fleißig, ebenso ist auch er ein guter Mann, der sich gut um seine Familie kümmert.« Immer wieder wird Ravi unterbrochen, wenn er einen vorbeikommenden Bekannten begrüßen muss. »Meine Urenkel spielen mit leichtem Herzen und freien Gedanken.« Er sieht ihnen einen Augenblick zu. »Ich bin dankbar, dass sie das können.«

»Warum habe ich vorher nichts von Misha gehört?«

»Wir haben jeden Tag zusammengesessen und ich habe dir die Geschichte einer Frau erzählt, die du nie kennengelernt hast. Wir haben mit deiner Großmutter gelacht und geweint, wie sie um ihren Platz im Leben kämpfte.« Das erfreute Quieken eines Kindes unterbricht uns kurz, die Schlacht tobt in vollem Gange und die Kinder sind mit allen Farben des Regenbogens bedeckt. »Ich wollte nicht, dass Mishas Geschichte von der Geschichte deiner Familie ablenkt.«

»Aber warum waren Sie so sicher, dass ich davon abgelenkt werden würde?«

Er lächelt, doch es liegt auch Trauer in seinem Blick. »Weil du Amishas Enkelin bist.«

Ich sehe Misha dabei zu, wie sie so schnell läuft, wie sie nur kann, um mit ihrem Bruder mitzuhalten. Die Metallschienen verheddern sich und lassen sie stürzen. Amit, der es sofort mitbekommt, hält an und eilt zurück an ihre Seite, hilft seiner Schwester, mühsam aufzustehen.

»Was ist denn passiert?«

»Polio«, erklärt er, sein Blick folgt meinem. »Man hat uns gesagt, dass wir froh sein können, dass sie überhaupt gehen kann. Andere Kinder bleiben nach dieser Krankheit oft ganz gelähmt zurück.« Ich blicke ihn fragend an. »Sie verbringen dann den Rest ihres Lebens an einen Stuhl gefesselt, wenn sie es sich leisten können.«

»Kann ich irgendwie helfen?«

»Das Angebot ist schon mehr als genug, danke.« Schweigend schauen wir den Kindern zu, wie diese weiter mit Farben werfen. Bald schon mischen auch die Erwachsenen mit, dann gehen ganze Farbwolken von den Dächern nieder. »Es tut mir leid, dass du nicht mitspielen konntest.«

Ich sage nichts dazu. Stattdessen denke ich an meine ungeborenen Kinder. Sie hätten ein privilegiertes Leben geführt.

Krankheiten wie Polio wären ihnen nie auch nur nahe gekommen. Ihre Probleme wären auf den Schulunterricht und ihren Freundeskreis beschränkt geblieben, Sorgen um den Homecoming Dance der Highschool oder die Frage, wo sie im Frühjahr die Ferien verbringen sollen. Es beschämt mich, wie sehr ich bisher auf mein eigenes Leben fixiert war und wie wenig ich davon mitbekommen habe, mit welchem Leid manche Menschen auch heute noch kämpfen müssen.

* * *

»Gibt es in Amerika Unberührbare, Jaya?«, fragt Amit, während er in der Hängematte auf der Veranda schaukelt. Er hatte mich Shrimati genannt, bis ich darauf bestanden habe, dass er Jaya zu mir sagt.

Nach der Feier zu Holi waren Amit und Misha über Nacht bei Ravi und mir im Haus geblieben. Misha hatte ihre Eltern darum angebettelt, diese hatten schließlich zugestimmt, als ich erklärte, dass es mir nichts ausmacht. Am nächsten Morgen verschwanden Ravi und Misha, um sich für den Tag bereit zu machen, während Amit und ich warteten. Wir sehen zusammen den Menschen zu, die vor dem Haus vorbeiziehen. Die Stimmung ist überall immer noch ausgelassen, die Feier, die sich bis spät in die Nacht hingezogen hat, wirkt überall noch nach.

Ich antworte nicht sofort, will seine Gefühle nicht verletzen. »Nein, es gibt keine Unberührbaren.«

»Also werden alle gleich behandelt?« Der Neid steht ihm ins Gesicht geschrieben.

»Das wäre schön.« Ich denke, Amerika hat seine eigenen Probleme mit der Ungleichbehandlung. Auch wir blicken auf eine Geschichte zurück, in der einige von anderen unterdrückt wurden. Wie eigentlich jedes Land, auf die eine oder andere

Weise. »Es gibt auch bei uns Menschen, die anders behandelt werden, oft auch ungerecht.«

Die Information scheint ihn zu überraschen. Ich frage mich, was er bisher für ein Bild von den USA gehabt haben mochte. »Aber wie wird in Amerika bestimmt, wer ein Mensch zweiter Klasse ist?«

Die Frage gibt mir eine Gänsehaut. Allein schon die Grundhaltung, dass es ganz selbstverständlich Menschen zweiter Klasse geben muss, und nicht, dass alle dasselbe Recht auf gleiche Behandlung haben. »Das Gesetz sagt, dass alle gleich sind, aber manchmal werden Menschen behandelt, als ob sie zu einer zweiten Klasse gehören würden.«

»Was für Menschen?«

»Solche, die irgendwie anders sind«, umschreibe ich. »Die Menschen haben oft Angst vor dem, was sie nicht kennen. Manchmal ist es die Hautfarbe oder die Tatsache, wen man liebt. Oder vielleicht, wie viel Geld man verdient. Es gibt verschiedene Gründe.«

»Sind Sie auch schon mal so behandelt worden?«

Ich muss an all die Privilegien denken, die ich immer als selbstverständlich hingenommen habe. Ein Leben voller Chancen, wie es meine Großmutter nie hatte. Und das Ravi jetzt noch nicht hat. »Nein, ich habe viel Glück gehabt. Man hat mich immer behandelt wie alle anderen.«

»Das ist wirklich Glück.« Amit ließ seine Füße baumeln und die Hängematte schwang vor und zurück. Die Bewegung ließ seine Haare in der leichten Brise flattern.

»Bist du …« Ich zögere, die Frage auszusprechen, weil ich die Antwort fürchte. Ich will zwar daran glauben, dass Ravis Urenkel ein Leben ohne Probleme durch die Vorurteile anderer lebt, aber ich weiß, dass es nicht sehr wahrscheinlich ist. »Hat man dich schon mal anders behandelt?«

»Ich bin ein Unberührbarer«, erklärt Amit, als ob das die Frage beantwortet. »Meine Familie behandelt mich und Misha gleich, aber die anderen …« Er lässt den Satz offen enden.

»Stört dich das?«

Er schaut mich nur einen kurzen Moment an, ehe er den Blick abwendet. Man merkt ihm die Spannung an der sich leicht ändernden Körperhaltung und an seinem Gesicht an. Ich frage mich, ob er in all den Jahren der Konditionierung gelernt hat, seine wahren Gefühle zu unterdrücken.

»Dada Ravi hat für eine wichtige Familie gearbeitet«, sagt Amit mit nachdenklichem Blick. »Aus dem Grund werden wir mit mehr Respekt behandelt. Meine Schwester und ich können die beste Schule besuchen. Dada Ravi sagt, dass wir viel Glück haben.« Er sieht stolz und erhaben aus, wie er davon erzählt. Er ist erst zwölf Jahre alt und zeigt schon eine Kraft, um die ich ihn beneide. »Aber ich weiß, dass nicht alle so viel Glück haben wie wir. Ich bin dankbar für alles, was wir haben. Es reicht.« Er lächelt freundlich, aber das scheint nur eine Maske zu sein, die seine Gedanken verborgen hält.

»Seid ihr bereit?«, fragt Ravi, als er zu uns auf die Veranda tritt. »Es wird Zeit, die Pflanzen im Garten zu gießen und zu stutzen.«

Amit lässt sich zurückfallen, während Misha den ganzen Weg über plappert und uns mit Fragen und Geschichten über ihren Tag unterhält. Als wir an der Schule ankommen, fangen Amit und Ravi mit den Klassenzimmern an, während Misha und ich den Garten wählen.

Misha holt eine Gießkanne und geht mit mir, während ich die Rosen stutze. Ich höre sie schwer atmen, doch sie versucht mitzuhalten. Ich passe mich, ohne dass sie es bemerkt, ihrer Geschwindigkeit an, mache unmerklich kleinere Schritte. Als sie weiter schwer atmet, frage ich sie, ob wir vielleicht eine Pause machen sollten. Ohne auf ihre Antwort zu warten, setze ich mich auf die nächste Bank.

Misha zieht sich neben mich und lässt ihre Beine schwingen, wobei ihre Schienen immer wieder gegen die Bank klappern. Sie zeigt auf einen Busch Rosen. »Dada Ravi schneidet immer die Dornen ab, ehe er uns die Blumen gibt.«

»Das ist klug von ihm.« Ich lasse sie das Thema bestimmen und lehne mich zurück, genieße es, einfach nur mit ihr zu plaudern.

»Sie brauchen sie aber. Ansonsten wären sie zu perfekt.« Sie schiebt sich mit beiden Händen von der Bank. Nachdem sie die Balance gefunden hat, geht sie zu einem der Rosenbüsche. Sie beugt sich so weit vor, wie sie kann, und schneidet eine der Rosen ab, achtet dabei auf die Dornen. Sie riecht an der Rose, ehe sie sie mir reicht. »Dada Ravi sagt, wenn etwas zu perfekt ist, kann Gott es nicht loslassen.«

»Das hört sich stimmig an.«

Ihre Worte erinnern mich an die Kinder, die ich nicht haben durfte. Wie eine stolze Mutter stelle ich mir vor, wie perfekt sie gewesen wären. Egal, wer sie gewesen wären, ich hätte sie bedingungslos geliebt, wie Amisha ihre Kinder geliebt hat und Ravi seine Urenkel liebt.

»Wie bei mir.« Misha schnuppert an einer anderen Rose und kräuselt die Nase, als die Blütenblätter sie kitzeln. Sie zupft die Blätter eins nach dem anderen ab und lässt sie auf den Boden rieseln. »Dada Ravi sagt, das ist der Grund, warum ich die Schiene tragen muss.«

Mir stockt der Atem, als ich sie so selbstverständlich Ravis Erklärung akzeptieren höre. Ich erinnere mich an Bilder von mir als Baby mit einem großen schwarzen Punkt an der Schläfe. Mom hatte mir erklärt, dass der schwarze Punkt das Kind vor den Augen Gottes schützt. Denn alle Babys sind perfekt, und wenn ein Gott feststellt, dass er etwas so Perfektes hat ziehen lassen, könnte er es wieder in den Himmel zurückrufen. Der Punkt sollte also einen absichtlichen Mangel zum Schutz des Kindes darstellen.

»Ich glaube, dein Dada Ravi hat völlig recht.« Ich muss gegen die Tränen kämpfen.

»Ich auch.« Sie hat genug Kraft getankt und macht sich wieder auf den Weg durch den Garten. Ihre Metallschienen klappern aneinander. Ich hole die Gießkanne und fülle sie wieder. Zusammen bewässern wir den Rest des Gartens und schneiden die restlichen Pflanzen auf passende Länge zurück.

* * *

Letzte Nacht habe ich den Dandiya Raas gelernt. Das ist ein traditioneller Tanz, den man zu hinduistischen Feiern aufführt. Man hält zwei Stäbe und die Tänzer teilen sich in zwei große Kreise auf, in denen sie einander ansehen. Nach fünf bestimmten Schritten geht man zum nächsten Tänzer über und wiederholt dieselben fünf Schritte. Und wieder mit dem nächsten Partner. Stundenlang kann man so im Kreis tanzen, den Körper zur Musik schweben lassen. Die Schönheit liegt sowohl in der Schlichtheit des Tanzes als auch in seiner Kraft, große Gruppen zu versammeln. Männer, Frauen und Kinder verlieren sich stundenlang in den synchronen Bewegungen.

Ich habe seit Jahren nicht mehr getanzt. Das letzte Mal zu meiner Hochzeit, als ich nicht wollte, dass die Musik endet. Davor habe ich oft in Clubs oder auf Partys getanzt, manchmal sogar ganz spontan im Wohnzimmer. Aber mit dem Alter drängten sich die Gedanken an vermeintlich wichtige Dinge vor die Musik, bis der Rhythmus schließlich verloren war.

Hier in Indien verbringe ich viel Zeit mit einem Mann, der mir ein guter Freund geworden ist. Heute habe ich seine Urenkelin kennengelernt. Als Unberührbare geboren gehört sie zu einer Gruppe Menschen, deren Schicksal schon bestimmt ist, ehe sie auch nur in der Lage sind zu verstehen, was das bedeutet. Die Gesellschaft sieht sie als unwürdig und wertlos an. Aber selbst unter diesen widrigsten Umständen bringt mein Freund seinen Urenkeln stolz bei, die Dinge zu schätzen, die für andere selbstverständlich sind.

Die Geschichte zeigt, dass wir Dinge einordnen müssen, um unseren eigenen Platz im Leben zu bestimmen. Hunderte von Jahren wurden Menschen als weniger wert kategorisiert, nur damit andere sich als wichtig empfinden konnten. Hautfarbe, Geschlecht, Klassenzugehörigkeit, Religion, körperliche Gebrechen, sexuelle Orientierung und Abstammung sind nur einige Beispiele dafür, wie wir versuchen, eine Gruppe von der anderen abzugrenzen. Doch vergessen wir nur zu leicht, dass für jeden Menschen, der erhaben ist, ein anderer unterdrückt wird. Aber was sagt das über uns als Menschen aus, wenn wir andere unterdrücken müssen, um unserem Leben Wert zu verleihen? Wollen wir damit ein Ziel erreichen oder folgen wir nur den ausgetretenen Pfaden, ohne den Kreis je durchbrechen zu können?

Was, wenn wir uns alle als gleich ansähen und stolz auf das sein könnten, was wir sind? Ich weiß, das ist eine Utopie, die wahrscheinlich kaum mehr als ein müdes Lachen hervorbringen wird, aber hier in diesem Dorf, Tausende Kilometer von allem und jedem entfernt, bin ich bereit, das Risiko einzugehen. Vielleicht nur für einen Tag, vielleicht könnten wir nur einmal alle unsere Differenzen beiseitelegen und zueinanderfinden, erkennen, wie gleich wir einander sind. Nur einen Tag all die Variationen übersehen und nur erkennen, dass wir uns alle in unseren Hoffnungen, Träumen, Ängsten, Stärken und Schwächen ähnlich sind. Nur einen Tag zusammenstehen, nicht getrennt, und den Nächsten so behandeln, wie wir behandelt zu werden wünschen.

Die Geschichte zeigt, dass dieser Tag nie kommen wird. Unsere Differenzen helfen uns, uns zu definieren – im Guten wie im Schlechten. Manche sehen sie als Gelegenheit, nach etwas Höherem zu streben. Andere nutzen sie als Ausrede, um jene kleinzuhalten, die uns Angst machen. Wenn wir meine eben erwähnte Liebe zur Musik als Bild behalten, würde ich mir eine Welt wünschen, in der die Musik uns definiert. In der unsere Schritte durch das Steigen und Fallen des Tempos bestimmt werden, in der unsere Herzen und unser Verstand nach dem Takt schwingen. Jeder Mensch hätte seinen Platz auf der Bühne und jede Stimme würde gehört. Die Melodie überbrückt die Differenzen und lässt uns die Gemeinsamkeiten feiern. Und am

Ende sind alle glücklich, zusammen getanzt zu haben.

Mit dem Alter kommt die Weisheit und das Wissen, dass wir nicht durch unser Leben tanzen können. Aber ich hoffe, dass ich einen Weg finden kann, wie nicht meine Schubladen – Tochter, Journalistin, Ehefrau, bald auch Geschiedene – mich definieren. Stattdessen wird jede neue Person eine Gelegenheit für mich bedeuten, aus mir herauszuwachsen. Ich werde mich nicht schämen, den ersten Schritt zu machen. Mit Bescheidenheit werde ich meine eigene Kraft nutzen und am Ende der Reise hoffentlich gelernt haben, selbst klein zu sein, damit andere sich groß fühlen können.

Amisha

Dreiunddreissig

Deepak rutschte auf dem Sofa zur Seite, damit Stephen neben ihm Platz nehmen konnte. »Es war sehr freundlich von Ihnen, unsere Einladung zum Essen anzunehmen«, sagte er und klopfte Stephen auf die Schulter. Amisha war schockiert gewesen, als ihr Ehemann ihr eröffnete, dass er Stephen eingeladen hatte. Die beiden waren sich bei Vikram begegnet. Deepak erzählte ihr weiter, dass der Leutnant höflich dankend angenommen hätte. Sie fragte sich, ob er das nicht inzwischen bereute.

Zusammen mit allen Dienern hatte sie den ganzen Morgen damit verbracht, das Haus für Raksha Bandhan sauber zu machen, die Feier zu Ehren der Beziehung zwischen Bruder und Schwester. Janna, Deepaks jüngste Schwester, sprach mit den Kindern über die Schule und fächelte sich selbst Luft zu. Sie trug einen umwerfenden Sari aus Georgette-Stoff und goldene Armreifen dazu. Janna und Amisha hatten sich nie nahegestanden, aber da sie mit ihrem Mann im nächsten Dorf wohnte, sahen sie sich mehrmals im Jahr.

»Will sie die Maden fernhalten mit ihrem Gefächel?«, flüsterte Ravi Amisha zu, während sie das Essen wieder aufwärmten. Deepak hatte darauf bestanden, dass Ravi und Bina ihre Gäste nicht bedienen würden, daher blieben beide im Hintergrund

und halfen nur, das Essen vorzubereiten. »Man sagt ja, die seien nicht wählerisch, solange es nur nach Kot stinkt.«

Amisha lachte und hielt ihn gleichzeitig an, leise zu sein. »Pass bloß auf, dass sie dich nicht hört.«

Er sagte nichts mehr, lächelte aber weiter. Ravi hatte Janna noch nie leiden können. Seit er für Amisha arbeitete, hatte er sie immer wieder davor gewarnt, dass ihre Schwägerin eine missgünstige und nachtragende Person und eine Intrigantin sei, die Spaß daran habe, andere Menschen zu manipulieren. Mit einem Geschick und einer Effizienz, für die Amisha ihn immer bewunderte, füllte Ravi jetzt das Gemüse in eine Schüssel und die Suppe in eine andere. Dann fügte er noch einen Schuss Zitrone und Ingwerwasser für die Verdauung hinzu. »Essen ist fertig«, rief Amisha aus der Küche.

Deepak ließ Stephen den Vortritt, sie versammelten sich im Essbereich und nahmen auf dem harten Boden Platz. Einen Augenblick später kam Amisha hinzu, sie balancierte drei volle Schüsseln. Beim Eintreten sah sie nur kurz zu Stephen. Deepak war tief im Gespräch mit seinem Schwager, sie diskutierten die Möglichkeiten für eine neue Pflanzung und nahmen Amisha kaum zur Kenntnis. Sie war fast bei ihnen, als ihr Fuß sich im Saum ihres Saris verfing. Sie kam ins Straucheln und stürzte beinahe unter dem Gewicht der voll beladenen Schüsseln. Stephen stützte sich sofort auf einen Arm, um aufzuspringen und ihr zu helfen, doch sie bedeutete ihm mit einem hektischen Kopfschütteln, sich nicht zu rühren. Ihr zu helfen wäre eine schwere Beleidigung für Deepak gewesen. Stephen schien zu verstehen und blieb sitzen, beobachtete sie aber gebannt.

Amisha füllte zuerst Deepaks Teller mit Gemüse in Curry, dann den von Stephen. Sie reichte ihrem Schwager einen Stapel Naan, welche dieser an die anderen beiden Männer weiterreichte. Sobald das Essen serviert war, verteilte sie feuchte Tücher, mit denen sich alle nach dem Essen die Hände abwischen konnten.

»Wir haben kein Besteck zum Essen«, erklärte Amisha Stephen. »Ich hoffe, Sie entschuldigen.«

»Amisha, du machst dir immer Sorgen um nichts. Unser Freund hier wird natürlich essen wie ein Inder.« Deepak nahm ein Stück Fladenbrot zwischen die Finger und schöpfte damit etwas Sakh auf, eine Speise aus gekochtem Gemüse. Stephen folgte seinem Beispiel und begann zu essen. »Essen wie dieses bekommt man bei Ihnen nicht, oder?«, fragte Deepak nach dem ersten Bissen.

»Da haben Sie recht, Deepak. Ich wüsste nicht, wo man in meinem Land jemanden auftreiben könnte, der so gut kocht wie Ihre Amisha.« Er drehte Deepaks Worte gerade genug, um Amisha ein unauffälliges Kompliment für ihre Mühe auszusprechen. Er beugte den Kopf über die Suppe, schaute dabei aber Amisha heimlich über den Rand des Tellers an. Er riss sich los, als Janna zu ihnen in den Essbereich trat.

»Meinen Sie damit, dass Sie noch nie Amishas Kochkunst probiert haben, Leutnant? Das überrascht mich aber«, sagte sie mit einem boshaften Unterton. Sie lehnte gegen den Türrahmen und fächelte sich weiter Luft zu. »Man sagt ja, dass Amisha so viel Zeit bei Ihnen in der Schule verbringt, oder stimmt das etwa nicht?«

Amisha verkrampfte sich innerlich. Sie blickte schnell zu Deepak, um seine Reaktion zu beobachten. Dieser ließ sich jedoch nicht beim Essen stören. »Janna«, sagte sie mit strenger Stimme. »Ich bin in der Schule, um zu lernen und zu unterrichten. Nicht zum Kochen.«

»Ja, und wir sind froh, Amisha bei uns zu haben.« Stephen hatte das Mahl unterbrochen und blickte Janna direkt an, bis diese unbehaglich den Blick abwandte. »Es ist nur schade, dass sie die Einzige ist, die kommt und den Kindern beim Lernen hilft. Sie wären uns jederzeit willkommen, wenn Sie auch mithelfen wollten.«

»Geben Sie nichts auf das Gerede, Leutnant«, mischte sich Jannas Ehemann abwinkend ein. Ohne das rot glühende Gesicht seiner Frau zu sehen, fuhr er fort: »Janna ist zu beschäftigt, Klatsch und Tratsch zu verbreiten, als dass sie jemandem etwas beibringen könnte. Deepak, es ist gut, dass Amisha so beschäftigt ist. So wirst du nicht jeden Tag mit Geschichten über die neusten Skandale im Dorf belästigt.«

* * *

Nach dem Essen versammelten sich alle im Wohnzimmer. Amisha entzündete die Diyas und sprach ein Gebet vor der Statue des Ganesha, während der Rest der Gruppe schweigend stand, die Hände zum Gebet gefaltet.

»Sein Vater machte Ganesha zu einem Gott, als dieser noch ein Kind war«, flüsterte Jannas Ehemann Stephen zu. Dazu zeigte er an Amisha vorbei auf den Hausschrein mit den Statuen. Amisha gab Deepak und Janna ein Zeichen, näher zu kommen.

»Das habe ich irgendwo schon mal gehört«, antwortete Stephen mit einem kurzen Lächeln zu Amisha.

Deepak begann nun mit dem Gebet, in dem er seiner jüngeren Schwester ein Leben voller Glück und Wohlstand wünschte. Das Gebet endete mit seinem Versprechen, sie unter seine Obhut zu nehmen, wenn dies je notwendig sein würde. Daraufhin rezitierte Janna ihren Teil des Gebetes, in dem sie versprach, ihren Bruder immer zu lieben.

»Mögen die Götter dir all das Glück schenken, das du verdienst, Bhai«, schloss Janna. Dann tauchte sie ihren Daumen in eine Schale mit rotem Zinnoberpulver und drückte einen Punkt auf Deepaks Stirn.

Amisha reichte Janna die Rakhi, ein heiliges rot-goldenes Band. Damit wandte sich Janna dann Deepak zu und knüpfte ihm das Band um das Handgelenk. Sobald es fest war, überreichte Deepak Janna einen Stapel Rupien als Dankesgeschenk und schloss damit die Zeremonie ab.

»Was halten Sie von unseren Traditionen, Leutnant? Würden sie die Zustimmung des Raj finden?«, fragte Deepak, während Amisha der Gruppe frischen Chai servierte. Deepak nahm einen tiefen Schluck, während er auf Stephens Antwort wartete. Draußen vor dem Fenster hörte man Kinder mit wilden Hühnern spielen.

Stephen hatte sich während der Zeremonie im Hintergrund gehalten und an die rückseitige Wand gelehnt. Er nahm sein heißes Getränk an und nickte Amisha dankend zu. »Ich denke, dass Ihr Volk großes Glück hat, so offen die Liebe zu den Verwandten zeigen zu können«, antwortete er diplomatisch. »Bei uns ist es selten, dass zwei Geschwister eine solch aufrichtige Zuneigung zueinander verspüren, also würde die Tradition bei uns wohl nicht lange überleben«, scherzte er und wurde mit Gelächter aus der Gruppe belohnt.

»Haben Sie eine Schwester, Leutnant?«, mischte sich Janna in das Gespräch ein.

»Nein, ich habe nicht so viel Glück wie Deepak«, antwortete Stephen. Amisha musste ihr schnaubendes Lachen hinter einem Hustenanfall verbergen. »Ich habe leider keine Schwester.«

»Das ist aber zu schade.« Janna wandte sich Amisha zu. »Es war so gütig von dem Leutnant, dass er jemand von deinem niedrigen Status erlaubt hat, in seiner geschätzten Schule zu lernen. Ich finde, es ist nur angemessen, dass du ihm jetzt deine Dankbarkeit zeigst.«

»Schwester?«, fragte Deepak. »Was willst du damit sagen?«

Amisha sah, dass Deepak sich das Seufzen verkneifen musste. Sie erinnerte sich noch gut daran, dass er nie ein Freund ihrer Eskapaden gewesen war, als sie noch hier im Haus gewohnt hatte. Als jüngste Tochter hatte Janna immer mehr Freiheiten genossen als alle anderen und war regelmäßig auf dem schmalen Grat zwischen akzeptablem Verhalten und grobem Unfug gewandelt. Am Abend vor der Hochzeit ihrer älteren Schwester hatte Janna sich beschwert, dass ihr Gewand nicht elegant genug sei. Als niemand auf ihre Beschwerden einging, schüttete sie rote Henna-Farbe darüber, um ihre Eltern zu zwingen, ihr neue Kleider zu kaufen.

»Leutnant«, fuhr Janna fort, ohne auf Deepak zu achten. »Wir Hindus haben den Brauch, Männer, die sich uns Frauen gegenüber als besonders großzügig erwiesen haben, als Bruder zu bezeichnen. Und Raksha Bandhan ist traditionell die Zeit, um diese Beziehung zu knüpfen.«

»Schwester«, wandte Amisha ein, die Nerven blank, doch bemüht, die Stimme ruhig zu halten. »Wir sollten dem Leutnant nicht unseren Glauben aufzwingen. Er ist ein Gast in unserem Haus und hier, um unsere Bräuche kennenzulernen, nicht, um an ihnen teilzunehmen.« Sie blickte Janna intensiv an und versuchte, ihr rasch klopfendes Herz zu beruhigen.

»Ich bin mir sicher, dass der Leutnant sich über diese Ehre freuen würde«, gab Janna zurück. »Bist du nicht auch meiner Meinung, Bruder?«, fügte sie direkt an Deepak gewandt hinzu.

Deepak ging nicht auf seine Schwester ein, betrachtete nur Stephen. »Es war wirklich sehr großzügig von Ihnen, meiner Frau zu erlauben, an Ihrer Schule zu lernen.« Er stellte seine leere Tasse auf den Tisch, damit die Diener sie abräumen könnten. »Leutnant, es wäre mir eine Ehre, Sie als Bruder in unserer Familie aufzunehmen.«

Amisha konnte nur hilflos zusehen, wie Stephen sich im Raum umblickte. Sie fürchtete seine Antwort, unsicher, welche Optionen ihm blieben.

»Es wäre mir eine Ehre«, sagte Stephen zögerlich, »das Geschenk anzunehmen.«

Einen Augenblick starrte Amisha ihn schockiert an, bis ihr einfiel, dass Leute zusahen. Sie spürte seinen Blick, wusste, dass auch er ihre Reaktion abwartete. »Ich glaube nicht, dass wir noch ein Rakhi haben«, murmelte sie. »Ich habe nur ein gesegnetes Band vom Tempel gekauft.«

»Ach, wir können einfach einen roten Faden nehmen.« Janna zog die Schublade auf, in welcher Amisha ihre Nähsachen aufbewahrte, und fand ein Stück rote Schnur, die sie triumphierend in die Höhe reckte. »Vielleicht etwas dünn, aber das sollte doch gehen.«

Amisha nahm widerstrebend die Schnur entgegen, obwohl alle Instinkte sie drängten, davor zurückzuschrecken. Sie bewegte sich langsam und wie in Trance und bemerkte erst, dass sie kurz vor Stephen stand, als Deepak sie beim Namen rief. Sie blickte erschrocken zu ihm auf und sah, wie er sie neugierig musterte. »Amisha«, sagte er noch einmal, diesmal auffordernd und ermutigend.

»Natürlich.« Ihre letzten Schritte zu Stephen fühlten sich an, als ob sie über heiße Kohlen ginge. Wobei, wenn sie die Wahl gehabt hätte, wären ihr in diesem Augenblick die Kohlen lieber gewesen. »Ihre Hand, bitte«, forderte sie ihn im Flüsterton auf.

Stephen hielt ihren Blick, während er seinen Hemdsärmel aufknöpfte und hochrollte, um das Handgelenk freizugeben. Amisha sah ihre Sorgen in seinen Augen gespiegelt, konnte aber nichts unternehmen, um ihm zu helfen. Nicht jetzt, nicht hier, vor allen Leuten. Mit zitternder Hand legte sie die beiden Enden des Fadens um sein Handgelenk. Sie strich die Haare seines Unterarms beiseite, damit sie sich nicht im Knoten verhedderten. Sie hörte, wie er scharf die Luft einzog, während gleichzeitig ihre Hände zu schwitzen begannen. Sie band mit vorsichtigen Fingern einen Knoten in den dünnen Faden und pikste dabei heimlich mit einem Fingernagel gegen das andere

Ende des Fadens, unter seinem Handgelenk, in der Hoffnung, den Faden damit zu durchtrennen.

Stephen verzog das Gesicht, als ihr Fingernagel statt des Fadens nur seine Haut ritzte. »Entschuldigung«, hauchte sie stimmlos, die volle Konzentration darauf gerichtet, den zierlichen Faden zu binden und ihn gleichzeitig von den umstehenden Verwandten unbemerkt zu beschädigen. Stephen half ihr, indem er seine zweite Hand zu Hilfe nahm, um ihr die feine Schnur festzuhalten. Heimlich steckte er jedoch einen Finger unter den feinen Faden und durchtrennte ihn mit einem unmerklichen Ruck.

Als Folge dessen fiel, gerade als Amisha den Knoten geschlossen hatte, das untere Ende des Bandes auseinander. Mit gespielter Enttäuschung zeigte sie allen Anwesenden den zerrissenen Faden. »Schwester, der Faden, den du gefunden hast, ist zu schwach.« Sie blickte Janna traurig-vorwurfsvoll an. »Es ist wirklich zu schade, dass du nicht die Zeit gefunden hast, selbst ein Rakhi für deinen Bruder zu besorgen, dann hätten wir zwei gehabt.« Amisha atmete endlich aus, nachdem sie die letzten Minuten die Luft fast angehalten hatte. Dabei vermied sie es, Deepak in die Augen zu sehen.

»Ach, machen Sie sich keine Gedanken«, erklärte Stephen mit Blick auf Amisha. »Es scheint, als ob es einfach nur nicht unser Schicksal sei, Bruder und Schwester zu werden.«

Vierunddreissig

Die Regenzeit stand kurz bevor und die Hausverkleidung hatte noch diverse Arbeiten nötig. Fleißig war Ravi mit Hammer und Nagel zugange, um alles für die anstehenden sintflutartigen Regengüsse vorzubereiten. Letztes Jahr war Wasser eingedrungen und hatte die Holzstruktur geschwächt. Ravi und Amisha hatten Stunden damit verbracht, das eintretende Wasser mit Handtüchern und alten Saris einzudämmen und aufzuwischen, während die Jungs vergnügt durch die Pfützen im Haus gerutscht waren.

Dieses Jahr hatte Ravi Nägel beim örtlichen Zimmermann besorgt, der ihm sogar noch kostenlos eine Handvoll gebrauchte Nägel hinzugab, die noch in annehmbarem Zustand waren. Zuversichtlich war Ravi sofort an die Arbeit gegangen, in der Hoffnung, noch vor Einbruch der Nacht fertig zu werden.

Zur Mittagszeit war Amisha herausgekommen und hatte darauf bestanden, dass Ravi eine Pause einlegte und sein Mittagessen, traditionell die schwerste Mahlzeit des Tages, im Haus einnahm. Danach hielt man in Indien für gewöhnlich Mittagsschlaf, um die Zeit zu überbrücken, zu der die Sonne am heißesten brannte.

»Ravi, du wirst weder dem Holz noch dem Hammer viel nützen, wenn dein Körper von der Sonne verbrannt wird. Komm essen, danach kannst du weiterarbeiten.« Amisha stand auf der Veranda und schirmte ihre Augen gegen die Sonne ab.

»Shrimati«, erwiderte Ravi, während er weiter mit dem Hammer hantierte, »ich komme bald. Aber der Regen wird auch bald kommen und wenn ich bis dahin nicht fertig bin, werden wir uns wünschen, dass ich fleißiger gewesen wäre.«

»Also gut.« Amisha nahm sich auch einen Hammer und klopfte damit an zufälligen Stellen gegen das Holz.

»Was soll denn das?« Ravi versuchte ihr den Hammer zu entwinden, ohne sie direkt zu berühren. Sie zog ihn wieder an sich, bis sie schließlich beide den Hammer hin und her zerrten.

»Ich helfe. Ich habe gehört, der Regen wird bald kommen«, äffte sie ihn nach.

Er sah sie ungläubig an. Die Vorstellung, sie hier in der heißen Sonne die Arbeit eines Handwerkergehilfen erledigen zu lassen, war zu viel für ihn. Also legte er Hammer und Nägel beiseite, trat ohne ein Wort ins Haus und ließ sie dabei stehen. Ebenfalls ohne ein Wort, aber zufrieden lächelnd legte auch Amisha ihren Hammer ab und folgte ihm.

* * *

Während des Mittagsschlafs kam der Regen. Bis zum Abendessen war er so stark geworden, dass es unaufhörlich wie aus Eimern zu schütten schien. Ravi sagte nichts, bedachte Amisha aber mit einem Blick, der jede schwächere Frau hätte in sich selbst versinken lassen. Sie zwinkerte ihm zu und lobte ihn für seine Umsicht, früh mit der Arbeit angefangen zu haben.

»Der Regen wird das Holz aufweichen.« Amisha warf einen Blick nach draußen auf den verdunkelten Himmel. »Damit wird das Hämmern viel leichter gehen.«

»Da bin ich wirklich dankbar«, antwortete er sarkastisch. »Ich könnte ja einfach bis zum Ende der Regenzeit warten. Bis dahin wird das ganze Haus unter Wasser stehen, dann brauchen wir gar kein Holz mehr. Und wir können dann ja einfach wie die Fische von einem Zimmer zum nächsten schwimmen.« Er nahm sich eine Plastikfolie und wickelte sie zum Schutz vor dem Regen um seinen Kopf.

»Bist du mir böse?«, fragte Amisha. Durch die Tür sah sie draußen den Regen herabprasseln. Sie war besorgt und kaute nervös auf der Unterlippe, bis diese blutete.

»Böse? Nein, Shrimati, niemals.« Ravi hatte sich ausreichend eingewickelt und trat zur Tür. »Der Regen lässt nach, ich sollte in einer Stunde fertig sein, hoffe ich.«

»Ravi«, sagte Amisha und versuchte, ihn zurückzuhalten. Sie wollte nicht, dass er im strömenden Regen und bei schlechten Sichtbedingungen arbeitete. Aber sie wusste auch, dass er nicht leicht nachgeben würde. Er hatte Deepak versprochen, dass die Arbeit erledigt sein würde, ehe dieser nach Hause zurückkehrte. »Es wird schon dunkel und der Regen macht es noch schwerer, etwas zu sehen.«

»Shrimati, bitte, lass mich tun, was ich zu tun habe.« Er seufzte auf. »Es ist meine Pflicht.«

Amisha nickte schweigend. Deepak hätte die Verzögerung zwar garantiert akzeptiert, doch Ravi hätte es sich selbst nie verziehen, sein Versprechen nicht eingehalten zu haben. Sie schloss die Tür hinter ihm und erlaubte dem sanft trommelnden Regen, ihr Gewissen zu beruhigen, das sie plagte, weil sie ihn zuvor von seinen Aufgaben abgehalten hatte.

* * *

Der Schrei und die folgenden Klagelaute ließen Amisha sofort nach draußen stürzen. Ravi hatte noch Stunden gearbeitet. Der

Regen hatte zwar aufgehört, doch zahlreiche Pfützen zurückgelassen. Die Kinder waren inzwischen eingeschlafen, eingewickelt in dicke Wolldecken, um den kalten Zug abzuhalten, der durch das Haus strich. Alle anderen Diener waren schon nach Hause gegangen.

Amisha hatte Ravi zwei Öllampen gebracht, ebenso eine Thermoskanne voll frischem Chai, der ihn warm halten sollte. Keiner der beiden hatte ein Wort gesagt, doch Amisha wusste, dass Ravi weitermachen würde, bis die Arbeit komplett abgeschlossen war. Ebenso wussten sie auch beide, dass Amisha nicht zu Bett gehen würde, ehe er nicht fertig war.

Amisha rannte die Stufen hinab zu der Stelle, wo Ravi sich das Bein hielt. Blut waberte in einem ungesund großen Schwall aus einer offenen Wunde am Oberschenkel, floss über seine Hände und sammelte sich in einer Pfütze am Boden. »Ravi«, schrie Amisha auf, »was ist passiert?«

»Das Messer.« Die Klinge lag neben ihm am Boden, blutbedeckt. »Ich wollte eine kleinere Holzplanke zurechtschneiden und bin abgerutscht.« Seine Worte kamen gepresst, sein Atem klang gezwungen.

Amisha schnitt schnell ein Stück Stoff von ihrem eigenen Hemd ab. Dann zog sie sein Bein auf ihren Schoß und wickelte den Baumwollstreifen fest um die Wunde.

»Nicht berühren, Shrimati!«, rief Ravi und versuchte, ihr das Bein zu entziehen. »Mein Blut darf dich nicht …«

»Halt den Mund, Ravi.« Angestrengt band sie einen Knoten, um den Blutfluss zu hemmen, doch der Stoff war schon in Sekunden blutdurchtränkt. »Ich muss einen Arzt holen.«

»Kein Arzt wird zu dieser Uhrzeit kommen«, murmelte Ravi, seine Augenlider flatterten und schlossen sich. Er verlor zu viel Blut, zu schnell.

Er musste gar nicht aussprechen, was sie beide wussten. Nicht nur die Uhrzeit war das Problem, kein Arzt würde einen

Unberührbaren behandeln. Das schlechte Gewissen zwang sie gelegentlich dazu, Medizin an Unberührbare auszugeben, aber mehr auch nicht.

»Ich muss es versuchen.« Amisha konnte ihn nicht hier verbluten lassen. Sie eilte in ihr Schlafzimmer und holte alles Geld, das Deepak im Büro aufbewahrte.

»Es lohnt nicht, Shrimati«, stöhnte Ravi, als Amisha mit dem Geld in der Hand zurückkam. »Er wird mich eher sterben lassen, als mit meinem Blut in Berührung zu kommen.«

Amisha wusste, dass er recht hatte. Keine Summe, die sie bieten konnte, würde den Dorfarzt dazu bringen, seine Vorurteile zu überwinden. Ravi kämpfte darum, die Augen offen zu halten. Schon bald würde sein Verstand ihn von den Schmerzen erlösen und ihn in tiefe Dunkelheit führen. Sie riss eine weitere Lage Stoff ab und wickelte sie um die Wunde, diesmal noch enger.

»Du darfst nicht sterben, Ravi«, befahl sie ihm. Geldscheine fielen in die Pfütze und wurden von Blut und Regen durchtränkt. Sie konnte die Tränen kaum zurückhalten. »Verstehst du mich?«, rief sie flehend, doch er sprach nicht mehr.

Verzweifelt sprang sie auf und lief los, die letzte Option ergreifend, die ihr blieb. Sie rannte zu dem einzigen Ort, an dem sie noch auf Hilfe hoffen konnte. Sie wusste nicht, ob er es überhaupt wagen würde, aber sie hatte keine Wahl. Sie würde ihn anflehen, wenn sie müsste, ihm vor die Füße fallen.

Schon bald war sie an der Tür, hämmerte mit den Fäusten dagegen und rief laut, um den dröhnenden Wind zu übertönen. »Stephen!«, schrie Amisha, wieder und wieder.

»Amisha?« Stephen riss die Tür auf, ernst und besorgt, als er sie in diesem Aufzug erblickte. Er ergriff ihre Hand und wollte sie in das Innere des Hauses ziehen, aus dem Regen. »Was ist passiert?«

Amisha wischte über die Tränen. Der Wind blies ihr das wirre Haar ins Gesicht. Ihre Worte waren von Angst durchdrungen. »Bitte hilf uns«, flehte sie ihn an. Ihre Hand lag kraftlos in seiner. »Ravi ist verletzt, und ich weiß nicht …«

Ihre Beine gaben nach, sie stürzte gegen den Rahmen der Tür. Es war Irrsinn gewesen, hierherzukommen. Welche Hoffnung konnte es noch für den Freund geben, der im Sterben lag, wenn er nicht bereits tot war? Was spielten Geld und Einfluss für eine Rolle, wenn man keinen Arzt dazu bringen konnte, ihn zu behandeln?

»Einen Moment.« Er sprang ins Haus und kam sofort wieder, seine Schlüssel in der Hand. »Hier entlang.« Sie eilten zu seinem kleinen Wagen, Amisha stieg zur Beifahrerseite ein, während Stephen bereits den Anlasser betätigte. »Ihr Haus?«, fragte er nur.

»Ja.« Schweigend rasten sie durch die dunklen Gassen, nur die Scheibenwischer durchbrachen unter regelmäßigem Quietschen das angestrengte Schweigen. Der Wagen war kaum stehen geblieben, als auch schon beide heraussprangen und zu Ravi liefen, der nach wie vor an derselben Stelle lag.

»Er lebt noch«, rief Amisha, die zuerst bei ihm war. Ihre Hand lag auf seiner Brust, die sich stoßweise, doch beständig hob und senkte.

»Bringen wir ihn in den Wagen.« Stephen hob Ravi hoch und legte ihn auf die Rückbank. Dann nahm er seinen Gürtel und band damit die Wunde ab, ehe er sich wieder hinter das Steuer fallen ließ.

»Wohin fahren wir?«, rief Amisha, während sie die Beifahrertür aufzog.

»Ich bringe ihn ins Militärhospital«, rief er über die Motorhaube hinweg. »Sie bleiben hier.«

»Ich komme mit.« Sie war schockiert, dass er etwas anderes annehmen würde. »Ich muss bei ihm sein.«

»Ich muss drei Dörfer weit fahren. Was würde Deepak sagen, wenn man uns im Auto sieht?« Der Regen, der kurz abgeschwächt hatte, setzte wieder ein. »Und was würde aus Ihren Kindern werden?«

Amisha hatte keine Antwort parat. Widerwillig trat sie zurück. Sie wollte nicht, dass Ravi allein gehen musste, wenn das Schicksal es so für ihn wollte. Aber die Umstände ließen ihr wenig Wahl. »Passen Sie gut auf ihn auf«, sagte sie, den Blick zu Boden gesenkt.

* * *

Amishas Schritt wurde langsamer, als sie sich dem Tempel näherte. Der dunkle Nachthimmel hing drohend über jeder ihrer Bewegungen. Sie hatte eine Nachbarin gebeten, sich um die Kinder zu kümmern, damit sie zum Gebet gehen konnte. Bisher hatte sie nie viel darauf gegeben, dass man sein Schicksal durch Gebete beeinflussen könnte. Doch jetzt, wo ihr Freund im Sterben lag, würde sie alles dafür geben, dieses Schicksal abwenden zu können. Sie war sich nicht einmal sicher, ob es überhaupt noch in den Händen von Sterblichen lag, ihm zu helfen. Vielleicht konnte nicht einmal Stephen ihn retten.

Die leeren Hallen empfingen Amisha, als sie in das Heiligtum eintrat. Sie schlug die Glocke, die weit in die Nacht hinaus erklang. Die Vögel in den Bäumen erwachten und schrien aus Protest, doch Amisha kümmerte das wenig. Sie konnte nur an Ravi und sein Überleben denken.

Vor einer der Statuen entzündete sie Weihrauch mit Jasmin und ging in die Knie. Der Duft der abbrennenden Stäbchen erfüllte die Luft und umgab sie. Ihre Augen brannten und sie wusste nicht, ob vom Rauch oder von den Tränen.

»Mit dem Leben sollte man nicht spielen«, erklärte sie und starrte in die Gesichter der allmächtigen Götter.

Sie war gekommen, um sie anzuflehen, doch jetzt, wo sie hier war, wollte sie sich nicht mit einfachen Bitten abgeben. Es gab keine Kompromisse, wenn es um das Leben ihres Freundes ging. Glaubensinhalte wie das Schicksal oder der Kreislauf des Lebens interessierten sie nicht. Ravi musste überleben, damit das Leben fair wäre.

»Ich erlaube nicht, dass er stirbt«, drohte sie. Ihre Angst wurde von einer inneren Ruhe verdrängt. »Er gehört euch nicht. Ihr dürft ihn nicht holen, jetzt, wo sein Leben endlich einen Sinn ergibt.« Sie dachte an seine anstehende Hochzeit. »Es steht euch nicht zu, jetzt sein Glück zu rauben.« Sie dachte an seine künftige Frau und seine Eltern. An Bruder und Schwester, die er versorgte. An alle, die ihn bedingungslos liebten.

Sie wischte zornig die Tränen aus dem Gesicht. »Ich weiß, das Leben der Menschen ist für euch ohne Belang, aber er hat sich nie etwas zuschulden kommen lassen, hat nie geklagt, hat sich mit all den Widrigkeiten abgefunden, die ihr ihm in den Weg gelegt habt.« Sie stand auf, kniete nicht mehr vor der Statue, sondern blickte dem Ebenbild ihres Schöpfers Auge in Auge entgegen. »Das ist nicht sein Kampf. Ich habe euch gewarnt. Ich stehe an seiner Seite und wenn ihr seine Seele wollt, müsst ihr erst auch meine holen.« Damit wandte sie sich ab und verließ den Tempel, sicher, dass die Götter ihre Worte vernommen hatten.

Fünfunddreissig

Amisha saß auf dem Sofa und zählte die Minuten. Ihr Körper schwankte vor und zurück, sie war sich der Bewegung kaum bewusst. Minute um Minute verstrich, sie blickte starr in den dunklen Raum. Jegliches Zeitgefühl ging ihr verloren. Als sie schon fürchtete, komplett von ihren Ängsten und Sorgen vereinnahmt zu werden, klopfte es. Sie eilte an den am Boden schlafenden Kindern vorbei und zog die Tür auf. Stephen stand vor ihr.

»Lebt er?«, fragte sie sofort voller Angst. Ihre Hand krallte sich so fest in das Holz der Tür, dass der Schmerz ihr das Gefühl in den Fingern raubte.

»Ja, er lebt.« Stephen rieb sich mit der Hand über das müde Gesicht. »Er wird einige Tage große Schmerzen haben, aber wieder vollkommen in Ordnung kommen.«

»Danke.« Amisha versuchte erfolglos, den Knoten in ihrer Kehle zu lösen. Hinter ihr regte sich Jay, vielleicht, weil er die besorgte Stimme seiner Mutter wahrgenommen hatte. Er murmelte etwas Unverständliches im Halbschlaf. Sie bedeutete Stephen, ihr in den Hinterraum zu folgen, damit sie die Kinder nicht aufweckten.

Stephen füllte den kleinen Raum komplett aus. Er schloss die Tür hinter sich, einen Moment ruhte sein Blick auf dem Bett. Die einzelne Lampe auf dem Schreibtisch ließ ihre Schatten an der Wand tanzen.

»Ich weiß nicht, wie ich Ihnen das je vergüten kann.« Sie standen dicht beieinander, das Zimmer bot nicht viel Platz. Sie blinzelte mehrmals schnell, um den Kopf klar zu bekommen. »Ich weiß nicht, was ich ohne Sie gemacht hätte.«

»Sie müssen mir nicht danken.« Sein Blick glitt zu den Streifen, welche die Tränen auf ihren Wangen hinterlassen hatten. Er legte seine Hand unter ihr Kinn und wischte die Tränenspuren sanft mit dem Daumen weg. »Ich weiß, wie viel er Ihnen bedeutet.«

Amisha schloss die Augen und ließ die Berührung zu. Sie war völlig ausgelaugt von den Ereignissen der Nacht und hatte nicht mehr die Kraft, ihn von sich zu weisen. Stattdessen legte sie einfach nur ihre Hand auf seine. Die Berührung gab ihr ein Gefühl der Geborgenheit. »Ich wusste …«, setzte sie an und brach wieder ab. Er wartete. Seine Geduld war wie Balsam für ihre Seele, nahm ihr die Angst, die schon den ganzen Abend an ihr genagt hatte. »Ich wusste, dass Sie ihm helfen werden.« Sie konnte kaum sprechen. »Sie haben Ravis Schmerzen ernst genommen und meinen Freund gerettet.«

Stephen schob sich näher an sie heran, so nah, wie sie einander noch nie gewesen waren. Sie sah Unsicherheit in seinem Gesicht, die Frage, ob sie ihn wie sonst zurückweisen würde. Ihnen war klar, dass sie einander nicht so nah sein durften. Sie wusste, dass es falsch und verboten war und dass viele andere Menschen darunter würden leiden müssen, wenn es bekannt würde. Doch in diesem Augenblick war ihr alles egal. Sie schmiegte sich enger an ihn. Als ihr Kopf gegen seine Brust sank, schlossen sich seine Arme um sie. Sie gab sich der Umarmung hin, hörte, wie sich sein Atem beschleunigte.

Schließlich ließ sie all den Kummer, der sich über die Nacht angesammelt hatte, aus sich herausfließen. Ihre Tränen tränkten sein Hemd, während ihr ganzer Körper von Schluchzen geschüttelt bebte.

»Alles wird gut.« Er ließ die Hand über ihr Haar gleiten, dann ihren Rücken hinab, um sie zu beruhigen, wieder und wieder. »Er ist jetzt in guten Händen.«

Amisha weinte, bis ihr die Tränen ausgingen. Und auch als keine Tränen mehr kommen wollten, blieb sie bei ihm, in seinen sicheren Armen. Sie hatte diese Nacht so viel Leere und Angst verspürt, doch dank Stephen würde Ravi überleben. Von ihren Gefühlen getragen, legte sie die Finger fest an seinen Rücken. Heute Nacht hatte sie ihn gebraucht und er war für sie da gewesen.

Stephens Hand lag fest auf ihrem Rücken und zog sie eng an ihn heran. Amisha legte ihre Hände auf seine Brust und kreiste mit den Fingern über seinem Herzen. Sie wollte mehr von ihm spüren, sich in ihn graben, seine Seele selbst berühren. Ihre Hand legte sich flach auf seine Brust. Im Einklang mit ihren Bewegungen glitt seine zweite Hand durch ihr Haar. Sie konnte seinen Herzschlag spüren und wusste, dass er hörte, wie schnell ihr Atem ging.

Seine Hand glitt langsam ihren Rücken hinab und griff in ihr langes Hemd. Er hielt inne, zögerte, gab ihr Gelegenheit, ihn zurückzuweisen. Amisha legte ihre Hand auf seine und ließ den Kopf an seine Schulter sinken. Sie atmete tief ein. Sie wollte ihn. Die Erkenntnis kam plötzlich und ohne Vorwarnung, brachte sie aus dem Gleichgewicht. Aber zugleich bedrohte sie auch alles, was ihr wichtig war. Sie hatte kein Recht, ihrem Verlangen nachzugeben. Sie war verheiratet, hatte drei Kinder. Sie hatte eine Verantwortung Deepak gegenüber, Verantwortung für ihre Ehe. Sie durfte nicht an Stephens Seite stehen und würde es nie. Und doch schmerzte sie der Gedanke, ihn abweisen zu müssen.

Sie nahm die Hand von seiner und wartete. Seine Hand schlüpfte unter ihr Hemd, glitt weiter hinab und kam schließlich unter ihrer Hüfte zur Ruhe. Die Hitze seiner Hand strahlte durch ihre Kleidung. Er zog sie jetzt so nah, dass ihre Körper sich direkt aneinander anschmiegten. Sie ruhte zwischen seinen Oberschenkeln und konnte unverkennbar spüren, dass er wie sie empfand.

Amishas Beine zitterten sanft zwischen seinen. Ihre Nägel strichen über seinen Nacken, während seine Hände ihre Seite hinaufglitten, ihrer Form folgten, über die Seite ihrer Brüste und wieder den Rücken hinab. Ihre zweite Hand glitt unter sein Hemd und spürte nackte Haut.

»Amisha«, hauchte Stephen.

»Stephen …« Sie spürte, wie sein Körper sich unter ihrer Berührung versteifte. Wieso hatte ihre Mutter ihr nie von solchen Gefühlen berichtet, wie sie jetzt in ihr aufwogten? Von dem Verlangen, das zwischen ihnen brannte und sie zitternd und voller Begierde zurückließ, sich nach mehr sehnend?

»Es ist alles gut.« Stephen hielt sie eng in seinen Armen, schloss die Augen und schob sie sachte gegen die Wand.

Amisha spürte ihren Körper erschaudern, ein Gefühl, das sie erregte und zugleich verwirrte. Mit Deepak zusammen war ihr immer alles klar gewesen. Sie kannte die Zeichen, wenn sich sein Gesicht verzog, dann der Körper anspannte und einige Sekunden später alles vorbei war. Manchmal war es auch für sie ganz angenehm, gelegentlich hatte sie auch so etwas wie Lust verspürt. Doch noch nie etwas wie das, was sie jetzt empfand. Es war eine völlig neue Empfindung für ihren Körper.

Stephen hielt sie fest umgriffen, drückte sie gegen die kahle Wand. Amisha folgte seinen Bewegungen, suchte seinen Mund mit ihren Lippen. Als sie sich fanden, öffnete sie ihre Lippen leicht und ließ ihn ein. Danach wanderte sein Mund hinab, über die Wangen zu ihrem Nacken. Sie konnte hören, wie er schneller atmete, und merkte, dass ihr Atem ebenso schnell ging. Sie grub die Finger in seine Unterarme und schloss die Augen, als alles um sie herum schwarz wurde.

Als ihr Körper endlich zufrieden war, ließ Amisha den Kopf gegen seine Schulter sinken. Sie fühlte sich nackt, als ob Stephen sie wirklich entkleidet hätte. Ihr war nicht ganz klar, was passiert war, sie versuchte es zu verstehen. Sie hatten nicht wirklich miteinander geschlafen und doch eine Stufe der Intimität erreicht, die sie von Deepak so nicht kannte. Auf einmal war es ihr peinlich, sie zog sich von ihm zurück und ließ den Kopf sinken.

»Mach das nicht«, bat Stephen sie mit abgeschnürter Stimme. »Verschließe dich bitte nicht vor mir.«

»Was gerade passiert ist …« Amisha brach ab, unsicher.

»Ist Ausdruck dessen, was wir füreinander empfinden.«

»Aber du sagtest, es sei nur Freundschaft«, erinnerte sie ihn.

»Ich habe dir nur erzählt, was du hören musstest«, gab er zu. »Damit du dir gestatten kannst, so zu empfinden, wie du es tust.«

»Ich weiß nicht, was ich fühle.« Sie war sicher, dass sie sie beide überzeugen könnte. Der Raum schien plötzlich so unendlich klein. Sie löste sich aus seinen Armen und trat zur Seite.

»Das ist gelogen«, erklärte er, doch seine Stimme klang nicht hart. Ganz im Gegenteil hörte sie Verständnis und seinen eigenen Schmerz. »Wir haben unsere Gefühle viel zu lange unterdrückt.«

»Ich bin verheiratet. Ich darf keine solchen Gefühle haben.« Der Gedanke an die Schande gewann die Oberhand und verhinderte, dass sie ihren Gefühlen weiter nachging. »Was zwischen uns passiert ist …« Amishas Worte verloren sich.

»Wir sind …«

»Nein.« Amisha konnte nicht zulassen, dass er den Satz aussprach. Denn dann könnten die Götter es hören und es wahr werden lassen. Und dazu war sie noch nicht bereit. »Bitte, ich kann nicht.«

Stephen suchte ihren Blick. Er legte die Hand an ihre Wange und küsste sie sanft. »Also gut.«

Amisha sah ihm die Frustration an, während ihre eigenen Schuldgefühle sie erdrückten. Die emotionale Belastung des Abends hatte sie ausgelaugt, zu sehr, als dass sie noch in irgendetwas einen Sinn finden konnte.

»Gute Nacht«, flüsterte er, die Hände um ihr Gesicht gelegt und nur Zentimeter von ihr entfernt. Dann ging er und ließ Amisha allein zurück, die noch lange, nachdem er gegangen war, reglos auf die Tür starrte.

* * *

Ravi erschien durch die Hintertür erneut bei der Arbeit. Nur zwei Tage waren seit seiner Verletzung vergangen. Amisha und die Kinder hatten ihn in seinem Zuhause besucht. Ravis Familie hatte Amisha wie eine Prinzessin behandelt. Sie waren so um sie herumgeschwirrt, dass Amisha hatte lachen müssen. Dann hatte sie erklärt, dass sie aus Respekt vor dem Alter eher Ravis Eltern würde umsorgen müssen und nicht umgekehrt. Sie hatte ihnen schließlich noch einen Stapel Rupien dagelassen, sodass jegliche Medizin für sie erschwinglich war, die Ravi brauchen könnte.

»Ich melde mich zum Dienst«, erklärte Ravi, als Amisha ihn hereinkommen sah. Er hatte einen langen Stock dabei, auf den er sich beim Gehen stützte.

»Du solltest noch im Bett liegen«, schimpfte sie.

»Um was zu tun? Löcher in die Decke zu starren?«, fragte er und rollte mit den Augen.

»Nein, um dich zu erholen«, belehrte Amisha ihn und führte ihn zum Sofa. Er ignorierte sie und schlurfte stattdessen in die Küche, um das Geschirr zu waschen. »Geh nach Hause, Ravi.«

»Nein, mir geht es gut«, gab er zurück.

»Eben wärst du noch fast verblutet und jetzt geht es dir schon wieder gut?« Amisha folgte ihm. Bina und ein anderer Diener hatten die Wäsche mit an den Fluss genommen, sodass Amisha derzeit allein zu Hause war.

»Ja, es ist ein Wunder.« Ravi nahm eine schmutzige Pfanne auf.

»Ein Wunder wäre es, wenn du dich ruhig in dein Bett legen würdest.« Sie riss ihm die Pfanne aus der Hand, doch er nahm sich direkt die nächste.

»Aber wenn ich schlafe, wer wird dann arbeiten?«, fragte Ravi. Er zog die Hose hoch und ließ sich auf dem Boden nieder, um die Pfanne zu schrubben.

»Wir haben auch andere Diener.«

»Aber keiner von ihnen ist so gut wie ich. Und ohnehin muss ich erst mal das Geld abarbeiten, das du meiner Familie gegeben hast.« Sobald die Pfanne sauber war, trennte er Töpfe und Teller voneinander. Da Amisha nicht dazu gekommen war, sauber zu machen, gab es einen hohen Haufen benutzten Geschirrs.

»Gut. Wenn du arbeiten willst, dann arbeite halt. Aber wenn du Schmerzen hast, komm bloß nicht zu mir«, gab Amisha zurück. Die Sorge stand ihr aber ins Gesicht geschrieben.

»Ich werde schweigend leiden«, sagte Ravi, vorsichtig grinsend.

»Selbst wenn es nur ein Jammern oder Wimmern ist, ich werde dich ignorieren«, erklärte Amisha.

»Perfekt.«

* * *

Den Rest des Morgens arbeitete Ravi mit den anderen Dienern, Amisha half ihnen. Sie gab den Kindern ihr Essen und wusch die Kleidung für die Schule. Danach verschwanden alle drei zum Spielen, bis es Bettzeit war. Die Diener gingen auch am frühen Abend, um in ihren eigenen Familien das Essen zu bereiten.

»Vielen Dank.« Ravi hatte den ganzen Tag rastlos gearbeitet, bis alles im Haus erledigt war.

»Dafür, dass ich dich arbeiten lasse?«, fragte Amisha. Ravi drückte die Hand auf die verschlossene Wunde. Sein verzerrtes Gesicht zeigte ihr, dass es noch schmerzte.

»Dafür, dass du mir das Leben gerettet hast.«

»Nein.« Amisha wandte sich ab, wollte es nicht hören. »Sprich nicht davon.«

Ravi humpelte unbeirrt um sie herum, um ihr wieder in die Augen schauen zu können. »Ohne dich wäre ich nicht mehr hier.« Er legte die Hände zusammen. »Dafür bin ich sehr dankbar.«

»Also im Augenblick will ich dich gar nicht hier. Und wenn du weiter solchen Unsinn redest, tue ich dir noch mal weh, damit du still bist.« Amisha konnte sich immer noch in jedem kleinsten Detail an jene Nacht erinnern. Einschließlich der schrecklichen Vorstellung, ihn nie wiederzusehen. Jetzt war sie dankbarer denn je, dass er lebendig war und mit ihr streiten konnte.

»Aber was du für mich getan hast …« Ravi versagten die Worte, so überwältigt war er.

»Du bist mein Freund«, meinte Amisha sachlich, als ob es keiner anderen Erklärung bedurfte.

»Die Menschen haben viele Freunde«, gab Ravi zurück.

»Ich nicht.« Als er sie anstarrte, zuckte Amisha nur mit den Schultern. Als er nichts sagte, begann sie, die Wäsche zu falten. Ihre eigenen Worte hallten in ihr nach und ließen sie unsicher zurück.

»Dein Leutnant hat nicht zugelassen, dass ich sterbe«, sagte Ravi schließlich. »Er hat von mir verlangt, dass ich lebe.«

»Er ist nicht mein Leutnant«, sagte Amisha, obwohl die Worte eine unerwartete Wärme in ihr auslösten. Die Erinnerungen an jenen Abend kamen immer wieder hervor, sosehr sie auch versuchte, sie aus dem Gedächtnis zu verbannen.

»Aber warum er? Als du gingst, dachte ich, du würdest einen Arzt holen.«

»Kein Arzt wäre gekommen.« Sie wollte ihn nicht anlügen. »Und ich konnte dich nicht sterben lassen. In der Zeit, die ich mit dem Leutnant verbracht habe, ist mir klar geworden, wie mitfühlend er sein kann.«

»Du musst ihm wirklich viel bedeuten, wenn er all das für mich getan hat.«

»Das würde er für jeden machen«, sagte Amisha.

»Shrimati«, verriet ihr Ravi, »in der Klinik wollte der Verwalter uns abweisen. Man meinte, dass die Ärzte nur für Mitglieder des Raj seien, nicht für jeden, der von der Straße reinkommt. Der Leutnant drohte, seinen Vorgesetzten zu informieren, wenn man mir nicht hilft. Erst nach dieser Drohung hat man sich um mich gekümmert.«

Amisha versuchte vergeblich, ihre Gefühle hinter einem gleichgültigen Gesichtsausdruck zu verbergen. »Das wusste ich nicht«, gab sie zu.

»Ich habe viel Glück, dass du mich deinen Freund nennst. Und es scheint, er ist dein Glück.«

Sechsunddreissig

Amisha ließ den Kopf in die Kissen sinken, ihre Hände kneteten unablässig die Bettdecke. Wann immer sie sich hinlegte, knurrte ihr sofort der Magen. Sie hatte versucht, sich mit Schreiben abzulenken, doch die Worte wollten einfach nicht kommen. Der Hunger ließ selbst die einfachsten Dinge unmöglich erscheinen.

»Du hast jetzt schon drei Tage nichts mehr gegessen«, sagte Ravi, der ohne zu klopfen in ihr Schlafzimmer eintrat. Er humpelte immer noch, aber dem Bein ging es schon besser. »Und er ist nicht gekommen.«

»Er wird kommen«, versicherte Amisha. Sie hatte Stephen seit der Nacht von Ravis Unfall nicht mehr gesehen. Die Schüler hatten Ferien, daher hatte Amisha auch keinen Unterricht verpasst. »Was ist mit dem Baby?«, fragte sie besorgt. Sie hatte mitbekommen, dass Bina kurz zuvor Paresh gewaschen und angekleidet hatte.

»Er ist schon lange kein Baby mehr. Bina ist mit ihm zum Markt gegangen.« Ravi ließ sich auf dem Stuhl nieder und blätterte durch die Papiere, auf denen Amisha einige missglückte Anfänge für Geschichten niedergeschrieben hatte. »Er wollte Binas Hand nicht mehr halten, er meinte, er sei jetzt ein großer

Junge, wie seine Brüder. Und fünf Minuten später waren sie wieder hier, weil er sich versehentlich Milch über seine Kleider geschüttet hatte.«

»Er wird so schnell groß.« Amisha lächelte über die Geschichte. »Alle meine Babys werden zu schnell groß.« Sie musste an ihre Kinder und deren Vater denken. »Und Deepak hat nicht einmal ein Telegramm geschickt?«, fragte sie nervös.

»Nein, Shrimati.« Ravi beobachtete sie aufmerksam. »Ich glaube, er hat den Feiertag einfach vergessen.«

Erleichtert nickte Amisha. »Vielleicht ist es so am besten.«

Als sie sich wieder hinlegte, war es an Ravi, nervös zu blicken. »Soll ich vielleicht zur Schule gehen?«

Nachdem Ravi ihr von Stephens Verhalten im Krankenhaus erzählt hatte, musste Amisha ihm gegenüber zugeben, dass sie Stephen nähergekommen war, als sie sich selbst eingestehen wollte. Er hörte ihr zu, ohne zu urteilen. Als sie ihm von ihrem Plan für den heutigen Tag berichtete, dem Fest Karva Chauth, tat er alles, um sie dabei zu unterstützen.

Frauen im ganzen Land feierten das Fest. Man verbrachte den Tag mit strengem Fasten, komplett ohne jegliche Nahrung oder auch nur Wasser. Sobald der Mond am Himmel stand, durfte die Frau ihren ersten Schluck Wasser nehmen, der ihr von dem Mann gereicht wurde, für den sie gefastet hatte. Im Austausch für ihr Opfer gewährten die Götter dem Mann ein langes und gesundes Leben.

»Nein.« Amisha wollte nicht zulassen, dass Ravi es einfacher machte. »Er muss aus eigenem Willen kommen.«

»Aber du bist seit dem Unfall nicht mehr in der Schule gewesen«, erinnerte Ravi sie verwirrt. »Wie soll er denn wissen, dass er kommen muss?«

»Wenn er es nicht weiß, dann bin ich eine Närrin.« Die Bilder jener Nacht gingen ihr wieder durch den Kopf. Sie hatte den Moment schon hundert Mal wieder durchlebt und sich jedes Mal gefragt, ob sie etwas hätte anders machen müssen. »Aber ich weiß, wer und was ich bin.« Sie hatte kaum ausgesprochen, als es an die Tür klopfte. Ravi stand augenblicklich auf, sie hörten Bina die Tür öffnen. Schon durch den Ton der gemurmelten Begrüßung wussten sie, dass es Stephen sein musste. Amisha überkam ein Gefühl von Erleichterung und Glück. Es gab so viel, was sie in der Beziehung zu diesem Mann nicht verstand, aber in diesem Fall hatte sie ihn richtig eingeschätzt.

Bina führte Stephen ins Schlafzimmer, er blieb im Eingang stehen. Besorgt blickte er zu Amisha, ehe er sich zu Ravi wandte.

»Sir«, begrüßte Ravi ihn mit einer Verbeugung, die Hände gefaltet. »Namaste.«

»Namaste.« Stephen sah nicht wirklich erfreut aus, Ravi schon wieder auf den Beinen zu sehen. »Wie geht es Ihnen?«

»Ich kann wieder gehen und muss Ihnen dafür danken, Sir«, erklärte Ravi. Neben Stephen sah er so klein aus. »Ich schulde Ihnen viel.«

»Es gibt keine Schuld«, winkte Stephen locker ab. »Versuchen Sie nur, gesund zu bleiben, und machen Sie so was bitte nicht noch mal.« Sein Blick huschte zu Amisha. »Ich bin mir nicht sicher, ob Amisha das verkraften würde.«

»Ich werde es versuchen, Sir.« Ravi bat ihn einzutreten.

»Vikram erwähnte, dass Deepak in Bombay ist?«, fragte Stephen allgemein in den Raum gerichtet.

»Er war schon vor meinem Unfall in Bombay, Sir«, antwortete Ravi und kam Amisha damit zuvor. »Er wird erst in etwa einer Woche zurückkehren.«

»Ich verstehe.« Er trat ins Zimmer ein und ging direkt zu Amishas Bett. »Was ist denn passiert?« Hinter sich hörte er, wie Ravi beinahe geräuschlos das Zimmer verließ. »Soll ich einen Arzt holen?«

»Nein, es geht mir gut.« Sie hatte gehofft, dass er kommen würde, hatte es sogar gebraucht. Ihre Stimme war rau und schwach, weil sie ganze drei Tage weder Nahrung noch Wasser zu sich genommen hatte. »Du bist gekommen.« Ihre Finger spielten mit der Wolldecke, sie musste ihre Gefühle beherrschen.

»Es sind Schulferien, aber ich hatte trotzdem gehofft, dass du zu unserem Unterricht kämst. Als ich nichts von dir hörte, habe ich mir Sorgen gemacht. Nach jener Nacht ...« Seine Stimme verlor sich, seine Augen suchten nach ihren. »Ich habe viel an dich gedacht, war mir aber nicht sicher, ob du mich würdest sehen wollen.«

Seine umsichtige Fürsorge wärmte ihr Herz. »Wenn die Mythen der Hindu stimmen, werden wir jetzt beide hundert Jahre alt werden, denn auch ich habe an dich gedacht.«

Sie zögerte, unsicher, ob sie den uralten Traditionen folgen und das alte Spiel spielen oder ob sie ihm einfach direkt sagen sollte, warum sie wirklich hier im Bett lag und litt. Sie hatte viel aufs Spiel gesetzt, auf seine Ankunft zu warten, ohne nach ihm zu schicken. »Wir haben uns nicht gesehen, seit ...« Ihre Stimme versagte, sie konnte nicht über jene Nacht sprechen.

Die folgenden Tage und Nächte hatte sie kaum einen anderen Gedanken fassen können. Sie hatte sich selbst davon zu überzeugen versucht, dass ihr Verhalten nur eine emotionale Reaktion auf die tragischen Ereignisse jener Nacht gewesen war. Aber die Tage vergingen und die Erinnerung blieb, ihr Verlangen, ihn wiederzusehen, wurde eher noch größer. Schließlich musste sie sich die Wahrheit eingestehen. Dieser Mann war ihr wichtiger als ihr eigenes Schicksal.

Wenn sie bei Stephen war, empfand sie ein Glück, wie sie es nie zuvor gekannt hatte. Ihre Gefühle plagten sie immer noch, aber sie kämpfte nicht mehr gegen sie an. Denn ihre Gefühle für Stephen nahmen Deepak nichts weg. Deepak brauchte jemanden, der sich um sein Haus und seine Kinder kümmerte. Beide Aufgaben führte sie ohne Fragen oder Klagen zu seiner vollsten Zufriedenheit aus.

»Ich habe eine Bitte«, sagte Amisha.

»Das Essen, Shrimati.« Ravi trat ein, in der Hand ein Tablett mit Essen und ein Glas Kokosnusswasser. »Vielleicht könnten Sie helfen, Sir?« Ravi reichte Stephen das Tablett und vermied dabei Amishas strafenden Blick. »Sie hat drei Tage nichts gegessen. Es wäre sehr nett von Ihnen, ihr beim Trinken zu helfen, während ich den Reis bereite.« Als Stephen nickte, verließ Ravi wieder das Zimmer.

Stephen stellte das Tablett mit dem Essen auf den Tisch, nahm nur das Glas Wasser und setzte sich neben Amisha auf das Bett. »Was ist hier eigentlich los, Amisha?«

Sie war zu beschämt, um es direkt zu erklären. Wann immer sie mit Stephen zusammen war, balancierte sie auf einem schmalen Grat zwischen den Kulturen. Ihrer eigenen Kultur nach war alles, was seit Ravis Unfall zwischen ihnen vorgefallen war, unverzeihlich.

Und doch hatte sie nicht das Gefühl, etwas Falsches zu tun. Wann immer sie bei ihm war, fühlte sich jedes noch so kleine Detail richtig an, besser als alles, was sie in ihrem Leben zuvor erlebt hatte. Die Verbindung mit Deepak war festgelegt worden, ohne sie zu fragen. Sie hatte sich in ihrem Leben mit ihm eingerichtet und war ihrer Pflicht ihm gegenüber immer nachgekommen. In ihrer Beziehung zu Stephen hingegen folgte sie das erste Mal ihrem Herzen. Ihre Gefühle für ihn gehörten nur ihr. Und als Karva Chauth kam, war ihr klar, was sie tun musste.

Seit ihrer Hochzeit hatte Amisha jedes Jahr für Deepak gefastet. Jedes Jahr wartete Deepak bei ihr auf den ersten Mond, um ihr Wasser und Nahrung zu reichen, dann aber sofort wieder zur Mühle zurückzueilen. Amisha hatte das nie gestört. Ihr war immer wichtig gewesen, die Tradition einzuhalten. Dass Deepak ihrem Hunger so wenig Bedeutung beimaß, sollte ihr Opfer nicht schmälern.

Als der Feiertag dieses Jahr wieder nahte, war Deepak auf Reisen gegangen und hatte nicht einmal nach ihr gefragt. Ravi hatte am ersten Fastentag noch normal gekocht, aber Amisha hatte nur ihre Kinder versorgt. Als Ravi fragte, warum, meinte sie, dass sie auch dieses Jahr fasten wolle. Nur diesmal nicht für Deepak.

»Shrimati?«, hatte Ravi nachgefragt. Der Mond war bereits aufgegangen an diesem ersten Tag und die Frauen im Dorf genossen ihr erstes Mahl des Tages. »Was hast du vor?«

»Ich warte darauf, dass er kommt.« Amishas Zuversicht war unumstößlich.

»Und wenn er nicht kommt?«

»Dann verhungere ich«, hatte Amisha erklärt, war sich aber sicher gewesen, dass er kommen würde. Sie wusste, dass er rechtzeitig kommen würde. Und sobald er kam, würde sie ihm damit ein langes Leben und Gesundheit sichern. Aber jetzt, wo Stephen neben ihr saß, war es ihr peinlich. Sie hatte Angst, dass er das Ritual nicht verstehen würde, das ihr so viel bedeutete.

»Amisha?«, fragte Stephen erneut, wartete immer noch auf ihre Antwort.

»Unter indischen Frauen gibt es eine Tradition. Einmal im Jahr fastet die Frau einen ganzen Tag und eine ganze Nacht und hofft, dass im Austausch dafür die Götter dem Mann, für den sie gefastet hat, ein langes, glückliches Leben schenken. In der Regel ist das natürlich der jeweilige Ehemann. Nachdem der Mond aufgeht, wartet die Frau auf ihren Mann, der ihr den ersten Schluck Wasser und den ersten Bissen Essen reicht.« Amisha fasste die Bedeutung des Feiertags so gut zusammen, wie sie konnte, und wartete auf seine Antwort.

»Du hast also noch nichts gegessen?« Stephen lehnte sich zurück.

»Nein.« Sie warf einen hungrigen Blick auf das Tablett.

»Drei Tage lang?«

»Ich musste warten, bis mein Mann mich versorgen kommt.«

»Und Deepak ist nicht gekommen?«

»Ich habe nicht für ihn gefastet«, enthüllte Amisha ihr Geheimnis, so gut sie konnte.

Sie wartete scheu auf seine Reaktion. Sie war schon oft in ihrem Leben unsicher oder verängstigt gewesen, aber nichts war mit dem Gefühl vergleichbar, das sie jetzt empfand. Sie zeigte ihm mit ihren Handlungen, wie viel sie für ihn empfand. Dass er ihr ebenso viel, wenn nicht noch mehr bedeutete wie Deepak. Wenn sie ihn in jener Nacht falsch eingeschätzt hatte, würde sie wie eine Närrin aussehen, die solche Gefühle eingestand.

»Und was, wenn ich nicht gekommen wäre?« Besorgte Falten zogen sich über seine Stirn.

»Aber du bist gekommen«, erklärte sie vorsichtig, immer noch bemüht, seine Reaktion einzuschätzen. »Und ich bin immer noch hier und warte.«

Stephen rückte näher. Seine Hand strich ihr die Haare aus dem Gesicht. Sein Blick suchte den ihren, sie sah dieselbe Verwirrung und Unsicherheit, die auch sie selbst empfand. Als er weiter zögerte, wandte sie ihr Gesicht ab. Sie fürchtete, einen Fehler gemacht und zu viel preisgegeben zu haben. Er legte seine Finger an ihr Kinn und drehte den Kopf sanft wieder zurück. Sein Daumen streichelte ihre Wange.

Vorsichtig setzte er ihr das Glas Kokosnusswasser an den Mund und sah zu, wie sie es in schnellen Zügen austrank. Mit seiner Hand wischte er die Tropfen süßer Flüssigkeit ab, die ihr über das Kinn rannen. Dann brach er ein Stück Naan, tauchte es in die Linsensuppe und fütterte sie damit. Seine Finger blieben einen Augenblick an ihren Lippen ruhen.

»Ich danke dir«, flüsterte er mit erstickter Stimme, »für dein Opfer.«

»Und jetzt wirst du hundert Jahre alt werden.« Amisha atmete erleichtert auf. Sie befanden sich immer noch in einem undefinierbaren Zwischenraum, sie hatten die Grenzen der Freundschaft überschritten, würden dennoch nie wirklich zusammen sein können, aber zumindest hatte sie ihm Leben und Gesundheit geschenkt. Ohne Worte hatte sie ihm gezeigt, wie viel er ihr bedeutete.

»Wie kann ich dir das nur je vergelten?«, fragte er, als die Stille andauerte.

»Stirb nicht«, antwortete sie nur, ehe sie sich in die Kissen sinken ließ und endlich gesättigt in einen tiefen Schlaf fiel.

Jaya

Siebenunddreissig

Nach der ersten Fehlgeburt blieb ich zwei Tage im Bett. Wenn ich länger liegen geblieben wäre, hätte ich mich schuldig gefühlt. Ich musste einfach etwas machen, irgendwas, damit ich mich wieder besser fühlte. Also fing ich an, jedes Buch zum Thema Fehlgeburten zu lesen, das ich finden konnte. Ich wollte so etwas nie wieder erleben. Ich sprach mit Freunden, die Medizin studiert hatten, trat einer Selbsthilfegruppe bei. Ich hatte ein Ziel, das nächste Mal sollte alles richtig verlaufen.

Patrick unterstützte mich dabei, wo er nur konnte. Er schien gut zu verstehen, dass ich etwas brauchte, das mir das Gefühl von Kontrolle gab. Ich ging davon aus, dass auch er zu dem Thema forschte und seine eigenen Schritte unternahm. Eines Nachts, nachdem ich gerade ein Buch über den weiblichen Körper ausgelesen hatte, fragte ich ihn danach.

»Nein, habe ich nicht«, erklärte er. »Wenn es sein soll, wird es klappen.«

Diese Antwort frustrierte mich tagelang. Vielleicht dachte ich, dass es ihm nicht wichtig genug sei. Vielleicht kam mir seine Gleichgültigkeit wie eine Entwertung meines eigenen Eifers vor. Als ob er meinen Schmerz nicht ernst genug nähme. Aber was auch immer der Grund war, es tat sich ein Riss zwischen uns auf.

Wie ich jetzt die Geschichte über das Opfer meiner Großmutter höre, das sie in der Nacht des Karva Chauth erbrachte, ihre Bereitschaft, Stephen ihre Liebe zu beweisen, obwohl niemand ihr eine Zukunft geben konnte, wird mir bewusst, dass, wenn uns nichts anderes bleibt, wenn es keine Antworten mehr gibt, das Vertrauen unser größter Verbündeter ist. Vielleicht hatte Patrick damals nur sein Vertrauen, vielleicht war das der einzige Weg, wie er selbst mit seinem Schmerz klarkommen konnte.

Ich klopfe bei Ravi an und warte. In meinem Kopf verschwimmen Amishas Geschichte und meine eigene Erfahrung zu einem großen Ganzen. All die Möglichkeiten, die ihr verwehrt geblieben waren, stehen dem gegenüber, was ich stets als gegeben hingenommen hatte. All ihre Sorgen stehen den Momenten gegenüber, in denen ich mir selbst einredete, dass es mich nicht kümmere. Ich sehe die Frau, die sie war, und dagegen die, die ich nicht bin.

Misha öffnet die Tür und lächelt breit. Ihr Haar ist auf einer Seite zu einem engen Zopf geflochten, die andere Seite liegt noch offen über der Schulter. In der Hand hält sie eine Bürste.

»Hallo Beti.« Ich bin froh, sie zu sehen, und nehme sie in den Arm. Hinter ihr höre ich Ravi in der Küche. »Sie haben mir ja gar nicht gesagt, dass Ihre hübsche Urenkelin heute auch hier sein wird!«, rufe ich ihm zu.

Ravi kommt zu uns, den Abwaschlappen noch in der Hand. »Meine hübsche Urenkelin wird heute auch hier sein.« Ravi lächelt, als Misha kichert.

Misha geht wieder zum Spiegel und kämmt weiter ihr Haar. Ich nehme ihr sanft die Bürste aus der Hand. »Darf ich?« Sie nickt und ich mache mich daran, die Knoten aus dem Haar zu kämmen, passe auf, nicht zu sehr zu ziehen. Dann teile ich das Haar in Strähnen und flechte daraus einen Zopf. »Also, was haben wir für heute geplant?« Ravi hatte erwähnt, dass wir uns heute eine Auszeit gönnen und das Dorf und die Umgebung ansehen wollen. Sofort hatte ich zugestimmt.

»Den Ashram.« Ich sehe ihn nur verwirrt an, also erklärt Ravi: »Das ist ein Waisenhaus. Misha und ich gehen dort oft hin. Misha möchte es dir zeigen.«

* * *

»Wenn ich mal groß bin, will ich Lehrerin werden«, erklärt Misha. Wir beide sitzen hinten in der Motorrikscha, Ravi sitzt vorne. Das Fahrzeug rumpelt über einige Steine, Misha hält meine Hand fest umschlungen.

»Das ist eine tolle Idee«, sage ich. »Was für eine Lehrerin denn?«

»Eine nette.« Ich muss lachen, das bringt mir einen verwirrt fragenden Blick ein. »Mein Lehrer schlägt uns immer mit dem Lineal auf die Handflächen, wenn wir eine Antwort falsch haben. Aber er gibt uns auch Süßigkeiten, wenn wir die richtige Antwort wissen. Also weiß ich immer die richtige Antwort.«

Schockiert von den archaischen Lehrmethoden blicke ich zu Ravi, der es aber gelassen hinnimmt. »Das Lineal ist aus Schaumgummi. Selbst mit der Kraft eines Gottes könntest du damit niemanden verletzen.«

Den Rest der Fahrt plaudern wir über dieses und jenes, Misha springt schnell von einem Thema zum nächsten. Wir reden etwa darüber, wie gerne sie mit ihren Freunden kocht, und eigentlich über jedes Detail ihres Lebens. Als wir ankommen, scheint es mir so, als ob ich ihr gesamtes Leben gehört hätte, seit sie drei Jahre alt war.

Wir halten vor einem beliebig aussehenden Gebäude, nicht anders als die meisten, aber in keinem guten Zustand. Es ist einfach geschnitten und verfügt nur über ein Stockwerk. Bräunliche Fensterscheiben sitzen in weißen Holzrahmen, die schon bessere Zeiten gesehen haben. Ich folge Ravi und Misha einige Stufen hinauf, hin zu einer klobigen Tür. Die Tür öffnet sich und nichts, was ich hier auf den Straßen gesehen oder in Büchern über Indien gelesen habe, hätte mich auf den Anblick vorbereiten können. Der Eingangsbereich hinter der Tür ist vollgestopft, ebenso wie der größere Raum, zu dem hin er sich öffnet. Über dem alten Teppichboden liegen Bettlaken ausgebreitet. Auf diesen behelfsmäßigen Schlaf- und Spielstätten tummeln sich Kleinkinder und Babys. Das Gewirr verschiedenster Laute wird von Weinen und gelegentlichem Schreien dominiert, der Gestank nach Urin und Kot greift meine Nase an. Ich bedecke Mund und Nase und versuche, das Gefühl der Übelkeit zu überwinden.

»Ravi?« Ich blicke mich im Raum um und suche nach einem Erwachsenen. »Das ist es?«

»Ja«, sagt er leise, scheint meinen Schock nachvollziehen zu können. »Für viele Kinder ist dies das einzige Zuhause.«

Das Haus besteht aus vier Zimmern, eins kleiner als das andere. In der Küche stapeln sich Reis und Linsen, die wohl den Hauptteil des Speiseplans der Kinder darstellen. Glasbehälter mit Milch stehen auf langsam schmelzenden Eisblöcken. Ich sehe nur einen kleinen Kühlschrank. Ich hatte ein ähnliches Modell in der Uni auf meinem Zimmer.

In einem Hinterraum stehen Waschutensilien und gespendete Kleidungssachen, wild und ungeordnet in eine Kiste geworfen. Die schlafenden Kinder sind mit durchgewetzten Decken zugedeckt, weinende Kleinkinder klammern sich aneinander. Stofftiere oder Puppen sucht man vergeblich. Ich sehe auch weder Kissen noch Matratzen, der Boden mit dem alten Teppich und den Bettlaken ist alles, was sie zum Schlafen haben.

»Wo sind denn die Betreuerinnen?«, frage ich leise.

»Der Tempel hat nur genug Geld, um zwei Personen zu beschäftigen.« Ravi sieht zu, wie Misha sich eine Gruppe kleiner

Kinder sucht und mit ihnen spielt. »Die Kinder werden hier abgegeben, weil die Eltern nicht genug Geld haben oder sich nicht um sie kümmern können. Viele der Kinder hier haben körperliche Leiden oder Behinderungen.«

Ein schreiendes Baby erregt meine Aufmerksamkeit. Ich schlüpfe aus meinen Schuhen und hebe das Baby in meine Arme. Er hat ein flaches Gesicht und einen kurzen Nacken, deutliche Zeichen für das Downsyndrom. Während ich den kleinen Jungen in meinen Armen schaukle, fallen mir zwei weitere Kinder auf, denen Körperteile fehlen. Dann andere, die jedes auf eigene Weise Behinderungen oder Missbildungen aufweisen.

»Die Frauen sind vollauf damit beschäftigt, die Kinder zu ernähren und sauber zu halten, so gut sie können«, erklärt Ravi. »Wenn ein Kind es schafft, sechs Jahre alt zu werden, wird es in ein Waisenhaus im Nachbardorf geschickt. Fließendes Wasser gibt es hier nur selten. Durch Einschränkungen, welche die Regierung vorgibt, läuft das Wasser nur zu bestimmten Tageszeiten. Dazu kommt, dass das Wasser oft mit Bakterien verunreinigt ist, die Bauchschmerzen und Ausschlag bei den Kindern verursachen.« Er schüttelt den Kopf. »Das sind keine leichten Zeiten.«

Wir verbringen die nächsten Stunden damit, den Pflegerinnen dabei zu helfen, die Kinder zu waschen und zu füttern. Danach spiele ich noch etwas mit den Kindern und singe ihnen Lieder vor. Ich bringe ihnen bei, wie man Plumpsack spielt, in den meisten Fällen wird aber doch nur ein wildes Fangen daraus. Nachdem wir einige Stunden hier verbracht haben, bin ich komplett erschöpft. Ich brauche eine Pause und suche Ravi, der im Hinterraum auf einem Klappstuhl sitzt.

Ich setze mich vor ihm auf den Boden und lehne mich gegen die Wand. »Nur zwei Erwachsene. Wie schaffen die das bloß?«

»Manche Menschen leben in Indien wie die Könige«, erklärt Ravi schlicht. »Aber dafür gibt es auch viele, die sich irgendwie durchschlagen müssen.« Ein Kleinkind verirrt sich in unseren Raum. Ravi sticht spielerisch mit seinem Gehstock nach ihm, bis das Kind vor Lachen schreiend wieder rausrennt. »Aber so ist das wohl in jedem Land, oder?«

»Warum kommt ihr hierher?«, frage ich, ohne weiter auf das Thema einzugehen. Er hat natürlich recht. Jeder muss seinen eigenen Weg finden und sich seinen eigenen ganz persönlichen Schwierigkeiten stellen.

Ravi schaut in den großen Raum, sucht nach Misha. Sie sitzt inmitten kleinerer Kinder und spielt ein Spiel mit ihnen. »Sie strengt sich wirklich an, sich nicht von ihrer Situation unterkriegen zu lassen«, erklärt er. »Eines Tages kam sie aber zu mir und fragte: ›Dada, warum hat Gott mich schwächer gemacht als die anderen Kinder?‹ Also habe ich sie hierhergebracht. Ich wollte ihr zeigen, dass es Kinder gibt, die noch schlimmer dran sind. Die noch weniger Glück gehabt haben.«

Mein Blick wandert zu ihr und den Kindern, mit denen sie spielt. »Deshalb haben Sie ihr auch die Geschichte erzählt, warum Gott ihr die Schienen gegeben hat. Weil sie sonst zu perfekt wäre.«

»Meinst du etwa, meine Urenkelin wäre nicht perfekt?«, fragt Ravi. Dann ruft er Misha zu, dass sie sich verabschieden soll. »In der indischen Mythologie gibt es die Sage, wenn der Mond die Sonne verdeckt, hat die Dunkelheit die Macht, dein Leben zu bedecken.« Vorsichtig richtet er sich auf und macht sich langsam auf den Weg zur Tür. »Aber wir brauchen nicht immer die Sonne, um Licht zu haben. In der Dunkelheit können wir uns nach den Sternen ausrichten. Sie spenden ihr eigenes Licht und haben ihre eigene Macht.«

»Und warum haben Sie mich hierhergebracht, Ravi?«

Er lächelt traurig. »Du hast mir erzählt, dass du nach Indien gekommen bist, um deinen Schmerzen zu entkommen. Ich habe überlegt, was deine Großmutter sagen würde, wenn sie noch hier wäre.« Er ließ den Kopf hängen. »Ich würde mir nie anmaßen wollen, für sie zu sprechen, aber …«

»Aber?«, frage ich, fordere ihn auf, fortzufahren.

Er macht eine Geste, die den Raum umspannt. »Aber vielleicht hast du heute, indem du all diesen Kindern mit ihrem Leid geholfen hast, dein eigenes ein wenig gelindert?«

Ich muss lächeln, als ich erkenne, dass er recht hat. Die wenigen Stunden, die wir hier waren, habe ich nicht ein Mal an meine Sorgen gedacht, und mein eigener Schmerz erscheint mir gleich viel geringer.

* * *

»Die Karten, bitte.« Die Frau vorne am Bus trägt eine khakifarbene kurze Hose und ein weißes Hemd. Ihre Haare hat sie unter einen Hut mit breiter Krempe gesteckt. Mit einem freundlichen Lächeln nimmt sie mein Ticket entgegen. »Willkommen. Suchen Sie sich bitte einen Platz aus, Getränke werden in wenigen Minuten serviert.«

Ich hatte Ravi gegenüber erwähnt, dass ich gerne noch mehr von der Gegend sehen würde. Daraufhin hat er mir eine geführte Tour zu den Wasserfällen von Madhya Pradesh empfohlen. Ich suche mir einen Platz weit vorne in dem klimagekühlten Bus. Einer nach dem anderen steigen weitere Passagiere dazu, bis der Bus fast voll ist. Neugierig lausche ich auf die vielen verschiedenen Dialekte und Akzente der Reisenden, die sich miteinander unterhalten.

»Willkommen.« Die Frau, die eben noch die Fahrkarten kontrolliert hat, schwingt sich die Stufen hinauf in den Bus und stellt sich vorne auf. »Ich bin Mona, und das hier«, erklärt sie mit einer Geste zu unserem Fahrer, »ist Zane, das steht kurz für Zev.« Das allgemeine Lachen lässt sie zufrieden lächeln. »Ich leite heute die Tour. Die ganze Fahrt wird voraussichtlich etwa drei Stunden dauern.« Sie erklärt kurz unsere Wahlmöglichkeiten für Getränke und Snacks. »Unser erster Halt werden die Dhuandhar-Fälle im Distrikt Jabalpur sein.«

Als der Bus sich auf die Schnellstraße einordnet, sehe ich mir durch das Fenster die Landschaft an. Die Straße führt an modernen Gebäuden vorbei in eine ländliche Gegend, dann hoch in dichte Wälder. Nach etwa dreißig Minuten Fahrt vom Stadtzentrum aus ist die Luft feucht und schwül, die Fenster sind beschlagen.

Über die Lautsprecher erklärt Mona uns Einzelheiten zur Geschichte des Bundesstaats, zuerst auf Hindi, dann auf Englisch. »Madhya Pradesh wird oft auch das Herz von Indien genannt, wegen unserer geografischen Lage mitten im Land. Der Staat hat mehr als siebzig Millionen Einwohner und ist damit der fünftgrößte Bundesstaat Indiens.« Der Bus fährt weiter in die Berge hinauf. »Während der britischen Besatzungszeit gehörte der Staat zu den ›Central Provinces and Berar‹ sowie zur ›Central India Agency‹. Nach der indischen Unabhängigkeit wurden diese Territorien dann zu dem Bundesstaat Madhya Pradesh zusammengefasst.« Trotz der guten Isolierung des Busses hören wir in der Entfernung tosendes Wasser immer lauter dröhnen, Mona muss sogar ihre Stimme heben. »Der Staat ist berühmt für seinen Ressourcenreichtum, wir haben die größten Reserven von Diamanten und Kupfer in ganz Indien. Und mehr als dreißig Prozent des Staates sind von Wald bedeckt.«

Der Bus kommt am Ziel an und zieht auf einen Parkplatz. »Wir sind hier an einem der beeindruckendsten Wasserfälle der Welt angekommen, ich bin mir sicher, dass Sie in Ihrem Leben wenig Vergleichbares zu Gesicht bekommen werden. Das Wasser hat seinen Ursprung im Fluss Narmada, der durch die weltberühmten Marble Rocks fließt und sich verschmälert, ehe er den Wasserfall hinabstürzt, den wir Dhuandhar nennen.«

Zusammen mit den anderen Touristen verlasse ich den Bus. »Das Wasser stürzt hier gut dreißig Meter hinab. Die Wasserwolke, die Sie sehen, entsteht durch den Aufprall und das Tosen ist so laut, dass man den Wasserfall noch aus weiter Entfernung hören kann.«

Die Wassermassen drängen über feucht glänzende Felsen und stürzen tosend in die Tiefe, um sich dann unten in einem wirbelnden Becken zu sammeln. Um uns herum ist die Luft feucht von aufsteigendem Spritzwasser, es scheint, als ob sich immer wieder eine Regenwolke über uns legt. An einer der Klippen sieht man einen Regenbogen durch den Wassernebel scheinen. Touristen säumen das Ufer, Eltern sitzen im weichen Gras und sehen ihren Kindern dabei zu, wie sie Steinchen werfen oder versuchen, die davonschießenden Fische zu fangen.

»Es ist hier so anders als in den Dörfern«, murmele ich.

»Indien ist ein großes Land und bietet eine Vielzahl unterschiedlicher Landschaftsformen«, erklärt Mona. Eine Gruppe Mitreisender bittet sie, ein Foto von ihnen zu machen. Sie hilft zuvorkommend und reicht dann die Kamera zurück. »Gar nicht unähnlich den Vereinigten Staaten.« Sie lächelt, als sie meinen erstaunten Blick sieht. »Ich habe an der Universität von Chicago Wirtschaft studiert.«

Ich bin beeindruckt. »Vermissen Sie Amerika?«

»Zum Teil, ja.« Weitere Mitreisende bitten sie, ein Foto zu machen, diesmal eine Familie aus England. »Aber Indien ist meine Heimat. Außerdem ist es ein gutes Gefühl, sein eigenes Unternehmen zu leiten.«

»Das ist Ihr eigenes Unternehmen?«

»Mein zweiter Bus«, erklärt sie stolz. »Für den ersten habe ich einen Kredit aufnehmen müssen. Von dem Gewinn konnte ich mir inzwischen den zweiten leisten.«

»Sehr beeindruckend.« Ich kann ihre Geschäftstüchtigkeit nur bewundern. »Darauf können Sie wirklich stolz sein.«

»Meine Familie stammt aus einem Dorf am Stadtrand.« Ihr Blick scheint in eine andere Zeit, an einen anderen Ort gerichtet. »Mein Vater war Bauer, meine Mutter eine einfache Tagelöhnerin. Es ist schön, sie glücklich zu sehen.«

»Wie ist das so?« Ich hoffe, die Fragen sind nicht zu persönlich, aber ich bin neugierig geworden. Der Unterschied zwischen den modernen Frauen und dem Weltbild, das ich in der Geschichte meiner Großmutter kennenlerne, scheint gravierend zu sein. »Also, ein eigenes Unternehmen zu gründen?«

»Schwer«, gibt sie zu, lacht dann aber. »Wenn ich gewusst hätte, wie schwer, hätte ich es vielleicht gar nicht erst versucht. Darf ich offen sein?« Ich nicke, damit sie fortfährt. »Wirtschaft in den USA zu studieren, war gleichzeitig das Beste und das Schlechteste, was mir passieren konnte. Die Ausbildung war wirklich erstklassig, aber sie gab mir ein falsches Gefühl meiner Fähigkeiten. Nach dem Abschluss dachte ich, ich könnte wirklich alles.«

»Sieht so aus, als ob das gar nicht so verkehrt war«, erwidere ich schmeichelnd.

»Ich habe viele Freundinnen, deren Geschäfte nicht so gut gelaufen sind.« Sie weist auf die Umgebung. »Indien ist ein beliebtes Reiseziel für viele Menschen. Und gerade unser Bundesstaat hat eine Vielzahl landschaftlich reizvoller Ziele. Ich denke, ich hatte einfach nur Glück, zur rechten Zeit am rechten Ort zu sein.«

Die Journalistin in mir ist fasziniert und will mehr erfahren. »Und der Aspekt, dass Sie eine Frau sind? War es dadurch leichter oder schwerer, das Unternehmen zu starten?«

»Leichter bestimmt nicht.« Sie überlegt kurz, wie sie es ausdrücken soll. »Indien ist ein Land, in dem wir immer noch danach streben, mit dem Rest der westlichen Welt mitzuhalten.

Aus dem Grund versucht man in jeglicher Hinsicht, jedem alle Möglichkeiten zu eröffnen, unabhängig vom Geschlecht. So gesehen ist es ein Land der Möglichkeiten. Ich habe meine genutzt.«

Sie lächelt freundlich und geht dann zu den anderen Mitreisenden weiter, um auch deren Fragen zu beantworten. Ich sehe ihr zu, wie sie sich unter die Touristen mischt und professionell eine Mischung aus Information und Unterhaltung bietet. Ich muss mir vorstellen, wie stolz Amisha bei diesem Anblick wäre, zu sehen, welche Fortschritte ihr Land in den Jahren seit der Unabhängigkeit gemacht hat. Den Rest des Tages genieße ich einfach, mache viele Fotos und höre den Wassermassen zu, die von den Felswänden hinabstürzen.

* * *

Ich bereite mich auf das Abendessen vor. Heute ist etwas Besonderes geplant, Ravis Familie hat mich eingeladen. Hoch erfreut über die Gelegenheit, alle kennenzulernen, habe ich natürlich sofort zugesagt. Für den Anlass trage ich ein traditionelles Punjabi-Gewand, bestehend aus einem langen Seidenhemd über einer eng anliegenden Hose. Der hellgelbe Stoff der Kleidung bietet einen angenehmen Kontrast zu meinen dunkelbraunen Haaren.

Ich schnappe mir die Tasche mit den Geschenken, die ich neben dem Bett abgestellt habe, und trete zu Ravi ins Wohnzimmer. Er nimmt mir die Tasche ab und wirft einen Blick hinein. »Alles für mich?«, fragt er gespielt aufgeregt. »Das ist aber nett. Aber ich bin eigentlich aus dem Alter für Spielsachen raus.«

»Ich hätte Ihre Familie hierher zum Essen einladen sollen«, sage ich, »statt mich aufzudrängen.«

»Vergiss nicht, dass ich dich kochen gesehen habe«, gibt Ravi zurück. »Und außerdem sagt mein Sohn, dass Misha gar nicht aufhören kann, von dir zu sprechen. Es wird ihnen eine große Ehre sein, dich zum Abendessen zu bewirten, und sei es nur, weil sie Misha damit glücklich machen.«

Die Motorrikscha fährt uns in das Dorf, in dem der Rest seiner Familie wohnt. Der Asphalt geht wieder in eine unbefestigte Straße über. Eine Ansammlung von Hütten steht etwas abseits, unweit einer Anreihung größerer Baracken. Vor jedem der Häuser sehe ich gestapelte Müllhaufen. Die Behausungen scheinen ineinander überzugehen, es gibt kaum Platz zwischen ihnen. An einer Wasserpumpe steht eine lange Schlange, alles Frauen, die je zwei Eimer zum Auffüllen mitgebracht haben.

Während sie warten, unterhalten sie sich und lachen zusammen. Die Kinder laufen frei auf der Straße umher und wirbeln beim Spielen Staub auf.

Ravi führt mich zu einer kleineren Gruppe von Baracken. »Der Wohnraum ist hier bezahlbarer.« Statt einer festen Tür hängt ein Vorhang vor dem Eingang. Ravi schiebt ihn beiseite und kündigt uns an. »Wir sind da!«

Sofort kommen zwei Männer aus dem Inneren. Beide sind traditionell gekleidet und legen ihre Hände aneinander. »Namaste, willkommen«, begrüßt mich Ravis Sohn. Er sieht aus wie eine jüngere Version seines Vaters, während Ravis Enkel Amit sehr ähnlich sieht.

In klarem, aber leicht überförmlichem Englisch begrüßt mich auch Ravis Enkel. »Wir sind Ihnen dankbar, dass Sie kommen konnten.«

»Ich bin dankbar für die Einladung.« Ich sehe mir Ravis Sohn an und versuche mir Ravi zu der Zeit vorzustellen, als meine Großmutter noch lebte. Ich lege die Hände zusammen und verbeuge mich leicht, auch vor den beiden Frauen, die aus dem Hintergrund zusehen. »Namaste. Sie haben ein wirklich schönes Haus.«

Die Wände sind aus Lehmblöcken geformt, das Dach ist mit Stroh gedeckt, der Boden aus Zement gegossen und von zerrissenen Bettlaken und einem abgenutzten Teppich bedeckt. Die Küche wird durch einen Wandvorsprung vom Wohnzimmer abgetrennt. Es gibt nur einen Stuhl, dafür liegen Kissen über den Boden verstreut. Eine kleine Öffnung führt in einen Flur, von dem zwei sich gegenüberliegende Zimmer abgehen.

»Dada Ravi spricht in höchsten Tönen von Ihnen«, sagt Ravis Schwiegertochter, die Großmutter von Misha und Amit. Ihre eigene Schwiegertochter bleibt still. »Es ist uns eine Ehre, dass Sie bei uns sind.«

Die höflichen Vorstellungen werden von einem Freudenschrei unterbrochen. Misha kommt tosend aus einem der hinteren Zimmer gerappelt, Amit folgt ihr dichtauf. Sofort wirft Misha sich in meine Arme. Ich halte sie fest, gerührt von ihrem Gefühlsausbruch und dankbar, bei ihr zu sein.

»Wir haben schon den ganzen Tag gewartet«, sagt sie. Ich drücke sie kräftig an mich und streiche ihr über das Haar. »Ich habe Mummy und Großmutter beim Kochen geholfen!«

»Ich bin schon gespannt darauf, was du für mich gekocht hast.« Mit Misha in den Armen blicke ich zu Amit, der leise an der Seite steht. »Namaste, Beta.«

»Herzlich willkommen«, sagt er in flüssigem Englisch. »Wie wäre es mit einer Hausführung?«

Ich nehme Misha bei der Hand und folge Amit, der mir ihr bescheidenes Zuhause zeigt. Außer der Küche gibt es noch drei kleine Räume. Zum Abschluss der Tour kommen wir wieder in den Hauptraum, in dem ich in einer Ecke mehr als ein Dutzend glasierte Tongefäße bemerke. Die Wand dahinter wird von einem bestickten Teppich verdeckt, der die Geschichte von Krishna zeigt.

»Meine Schwiegertochter macht sie«, erklärt Ravi, als er meinen bewundernden Blick auf den Krügen bemerkt.

»Darf ich?« Sie nickt, also streiche ich vorsichtig mit der Hand über das Tongefäß. »Sie sind wunderschön.« Jedes Gefäß ist in dunklen Schattierungen von Blau und Lila gefärbt. Sie sieht mir zu, während ich die verschiedenen Stücke hochnehme und die feinen Farbverläufe bewundere.

»Man nennt sie Gharas«, erklärt sie und zeigt auf die Wasserkrüge, von denen ich einen in der Hand halte. »Dazu mache ich noch Surahis, Kannen und Gamlas, Blumentöpfe.« Jeder von ihnen hat ein leicht anderes Design, sie zeigen Bilder von Elefanten, Vögeln und Schlangen.

»Sie trägt damit zum Unterhalt der Familie bei«, erklärt Ravi. »Sie ist eine tolle Künstlerin, oder?«

»Ja«, stimme ich zu. »Die Arbeit ist wirklich außerordentlich.«

Sie sucht den schönsten Krug hervor und reicht ihn mir. »Behalten Sie ihn«, sagt sie.

»Nein, das könnte ich nicht annehmen.« Ich reiche ihn zurück. Sie nimmt ihn nicht an, sondern drückt ihn wieder zu mir. Ich schaue hilfesuchend zu Ravi.

»Es ist ein Geschenk«, erklärt er und scheint mit dem Austausch sehr zufrieden. »Sie hat noch nie jemandem einen Krug geschenkt. Du solltest dich geehrt fühlen.«

»Vielen Dank.« Ich greife nach ihr und ziehe sie in eine Umarmung. Sie zögert und scheint überrascht, erwidert die Umarmung dann aber. »Ich werde gut auf ihn aufpassen.«

Ich folge den Frauen in die Küche, in der ein kleiner Kerosinherd brennt. Im Sitzbereich raucht Ravis Sohn eine Art selbst gerollte Zigarre, die aus einem Blatt besteht, das mich vage an Gemüse erinnert, in welches Tabak eingerollt ist. Alle anderen scheinen mit der Essensvorbereitung beschäftigt. Ich frage, ob ich helfen kann.

»Sie sind unser Gast«, sagt Ravis Schwiegertochter nur. »Bitte setzen Sie sich und genießen Sie.«

»Nach dem Essen kann ich Ihnen noch die Umgebung zeigen«, schlägt Amit vor, der zu uns tritt. »Es gibt hier viel zu sehen.«

Sie bringen die Gerichte in das Hauptzimmer, ich bestehe darauf, beim Tragen zu helfen. Misha schnappt sich einen Teller mit Vorspeisen. Vorsichtig geht sie damit in das andere Zimmer. Zweimal stolpert sie etwas, schüttelt aber den Kopf, als Amit ihr helfen will. Trotzdem folgt er ihr nahe. Sowohl ihre Mutter als auch ihre Großmutter sehen zu, wie sie es in das andere Zimmer schafft.

»Sie ist so hübsch«, sage ich.

»Danke«, gibt ihre Großmutter zurück, als Misha außer Hörweite ist. »Sie ist unser Engel, von Gott gesandt.« Sie lächelt. »Kommen Sie, gehen wir essen.«

Im Hauptraum haben sie inzwischen auf einem Bettlaken Teller und Schüsseln ausgebreitet. Die Männer sitzen im Schneidersitz, Misha hat den kleinen Stuhl bekommen. Ich setze mich neben sie und kreuze meine Beine wie die Männer. Amit lässt sich neben Ravi nieder.

Amits Mutter reicht uns das Essen und alle füllen ihre Teller. Schüsseln stehen vor uns, darin Wasser mit Minze und Ingwer. Auf einem Teller sehe ich verschiedene gedünstete Gemüse in einer Sahnesoße, dazu gibt es einen Teller voll mit warmem Naan. Ich reiße ein Stück ab und wische das Gemüse damit auf, genieße das Gemisch der verschiedenen Gewürze. »Etwas selbst gemachte Buttermilch?« Ravis Schwiegertochter hält mir ein Glas mit einem dickflüssigen weißen Getränk hin.

»Vielen Dank.« Ich nehme einen Schluck von der sämigen Flüssigkeit, die perfekt geeignet ist, die Schärfe des Essens zu mildern. »Sie schmeckt fantastisch, wie eigentlich alles. Es war wirklich sehr nett von Ihnen, mich einzuladen.«

»Es ist uns eine Ehre, wirklich.« Ravis Sohn wuschelt durch Amits Haar. »Mein Enkel sagt mir, dass Sie Journalistin sind?«

»Ja.« Ich zwinkere Misha zu, die ihre Hand in meine legt. »Ich weiß, dass Misha einmal Lehrerin werden will, aber wie sieht es mit dir aus, Amit?«

»Er sollte Journalist werden«, schlägt Misha vor. »Wie du.« Die ganze Runde lacht, während Misha mich offen anhimmelt.

»Ich habe mich noch nicht entschieden«, murmelt Amit leise und ungewöhnlich reserviert. Ravi wirft ihm einen Blick zu, sagt aber nichts.

»Sein großer Traum ist es, Arzt zu werden«, erklärt Amits Mutter. Man sieht ihr an, wie sehr sie ihren Sohn liebt. »Er will anderen Kindern helfen, denen es geht wie seiner Schwester.«

»Nein, Mummy«, unterbricht Amit mit einem Kopfschütteln. »Das ist unmöglich.« Alle schweigen. Amits Vater lässt den Kopf hängen und konzentriert sich auf sein Essen.

»Amit, warum kannst du denn kein Arzt werden?«, frage ich nach.

»Er hat nur die besten Noten, aber es ist nicht immer leicht, von einer Universität angenommen zu werden«, erklärt seine Mutter.

»Mummy, ich kann auch etwas anderes machen.« Er hantiert verlegen mit seiner Serviette und schiebt dann den halb vollen Teller beiseite. »Ich finde schon was.«

Ich muss an die junge Frau denken, die ich auf der Tour getroffen habe. Ich beschreibe, was sie mir erzählt hat, und warte auf eine Reaktion, meine unausgesprochene Frage in die Runde gerichtet.

»Indien ist ein großes Land«, erklärt Ravi. »Es gibt kaum zwei Menschen, die dieselben Erfahrungen machen, egal, ob Mann oder Frau. Jeden Tag ergeben sich neue Möglichkeiten. Daher habe ich noch Hoffnung.« Aber sein Blick zu Amit spricht Bände von der Sorge der älteren Generation, die sich eine bessere Zukunft für ihre geliebten Nachfahren wünscht.

»Was würdest du denn sonst wählen?«, frage ich Amit, als wieder alle schweigen.

»Vielleicht Journalismus?«, schlägt er vor und bringt damit wieder alle zum Lachen.

Ich erinnere mich daran, wie ich selbst den Wunsch geäußert hatte, Journalistin zu werden. Meine Mutter hat die Entscheidung zwar hinterfragt, mir aber die Ausbildung ermöglicht und finanziert und mit mir jeden Erfolg gefeiert. Eigentlich hatte ich vor den Fehlgeburten nur wenige Hindernisse im Leben gekannt. Und selbst dann, immer wenn ich mich mit einer Enttäuschung konfrontiert sah, waren meine Eltern an meiner Seite. Ich erinnere mich, wie meine Mutter mir am Telefon gestanden hat, dass sie nur will, dass ich glücklich bin. Es gibt mir einen Eindruck davon, wie es sein muss, Mutter zu sein. Wie Eltern nur das Beste für ihr Kind wollen. Ich bin mir nicht sicher, was ich noch sagen soll, und verbringe den Rest des Essens schweigend.

Amisha

Achtunddreissig

»Papa ist wieder zu Hause!«, schrie Paresh aufgeregt, als sie sich dem Haus näherten und drinnen Licht brennen sahen. Eine kurze Regenpause hatte Amisha und Bina die Chance gegeben, die Jungs auszuführen und ihnen etwas Kulfi zu spendieren. Jay und Samir rannten ihrem Bruder nach, der bereits ins Haus stürzte.

Amisha hatte Deepak lange nicht mehr gesehen, das letzte Mal noch vor Ravis Unfall. Eine neue Welle Schuldgefühle überkam sie, als sie daran dachte, was zwischen ihr und Stephen vorgefallen war. Aber ebenso wenig, wie sie die jedes Jahr wiederkehrenden Regenfälle aufhalten konnte, konnte sie ihre Gefühle unterdrücken. Da sie keine Wahl hatte, blieb ihr nichts anderes übrig, als ihr Empfinden für Stephen im Inneren zu hegen, während sie Deepak gegenüber weiter ihre Pflicht erfüllte.

Sie strich sich das Hemd glatt, versuchte, sich mit dieser simplen Bewegung Mut zu machen. Dann richtete sie sich stolz auf und folgte ihren Kindern ins Haus.

»... und dann habe ich mit Samir Cricket gespielt und gewonnen!« In den Armen seines Vaters berichtete Paresh gerade alles, was in Deepaks Abwesenheit vorgefallen war. Jay und Samir standen neben ihrem Vater und sahen glücklich zu ihm auf.

»Willkommen zurück.«

Amisha blickte ihren Ehemann an, als sähe sie ihn zum ersten Mal. Seit ihrem kurzen Zwischenspiel mit Stephen fühlte sie sich wie eine komplett andere Frau. In ihr war ein Selbstwertgefühl erwacht, sie fühlte sich ungewohnt agil und glaubte daran, ein Ziel im Leben zu haben und es umsetzen zu können, wenn auch nur für einen Moment.

Jetzt, wo Deepak wieder hier war, fragte sie sich, wie sie wieder zu einer Realität zurückkehren könnte, die von ihr verlangte, nichts als ihre traditionelle Rolle zu übernehmen. Sie stellte sich vor, allen öffentlich zu verkünden, dass sie das nicht könne und dass sie etwas anderes machen wolle, wenn man ihr die Gelegenheit gäbe. Doch genau in dem Augenblick rief Samir seinem Bruder etwas zu und riss sie damit aus ihren Gedanken. Und während sie ihre Söhne so betrachtete, war ihr sofort klar, dass sie nie wirklich würde woanders sein wollen, selbst wenn sich eine Gelegenheit dazu böte.

»Kann ich dir etwas zu essen bereiten?«, fragte sie Deepak und verfiel nahtlos in ihre Rolle.

»Ich habe schon im Zug gegessen«, antwortete Deepak, den Blick fest auf sie gerichtet. »Wo warst du?« Sein Tonfall hatte eine Schärfe, die sie nie vorher an ihm gehört hatte.

Ihre Zunge fühlte sich schwer an und sie spürte, wie sich Schweiß sammelte. Hatte er etwas herausgefunden? Aber sie wusste, dass Stephen sie nie verraten würde. »Ich war mit den Jungs unterwegs, habe ihnen Leckereien gegönnt.«

Er nahm ein Päckchen vom Sofa und warf es ihr zu. »Das ist für dich.«

Überrascht öffnete Amisha das Päckchen. Darin fand sie, ordentlich gefaltet, einen eleganten Sari, in einer Art, die sie bisher nur in Filmen gesehen hatte. »Er ist wunderschön«, sagte sie mit zitternder Stimme. »Was für einen Anlass gibt es denn?«

Er antwortete nicht, verteilte stattdessen weitere Geschenke, diesmal für die Kinder. Amisha beobachtete ihn genau, spürte, dass etwas nicht stimmte. Ihr Blick huschte durch das Haus, doch sie konnte nichts Verräterisches erkennen. Fragend blickte sie zu Bina, die aber nur mit den Schultern zuckte.

»Heißt das, deine Reise war ein Erfolg?«, fragte Amisha unsicher. »Ist das der Grund für die Geschenke?«

»Brauche ich denn einen Grund, um Geld für meine Familie auszugeben?«, gab er unwirsch zurück.

»Wir sind sehr dankbar.« Amisha hatte ihn noch nie zuvor so gesehen. Schützend zog sie die Kinder an sich. »Oder, Jungs?«

»Bina, pass auf die Kinder auf«, sagte Deepak, noch bevor die Jungen antworten konnten. »Amisha, wir sprechen im anderen Zimmer weiter.«

Amisha lächelte den Jungen zuversichtlich zu, dann folgte sie ihrem Mann und schloss die Tür hinter sich. Vom Schreibtisch nahm Deepak ein Blatt Papier und hielt es ihr hin. »So verbringst du also deine Zeit in der Schule? Du bringst den Kindern bei, ihren eigenen Tod herbeizusehnen?«

Ohne hinsehen zu müssen, wusste Amisha, dass es Neemas letzte Geschichte war. Die Geschichte über Entscheidungen. Sie hatte sie noch einmal gelesen und auf dem Schreibtisch liegen gelassen. Entsetzt sah sie, wie Deepak das Blatt in kleine Fetzen zerriss und ihr diese vor die Füße warf.

»Was hast du getan?«, schrie sie und sammelte die Teile ein.

»Wenn die Eltern herausfinden, dass du die Gedanken der Kinder mit solchem Unsinn verwirrst, dann ist das unser Ende, wir werden Ausgestoßene sein.« Seine Stimme wurde lauter, er steigerte sich in seine Wut. »Hast du überhaupt eine Vorstellung davon, was du angerichtet hast?« Auf der anderen Seite der Tür verebbten die Laute der spielenden Kinder, als Deepaks Brüllen durch das Haus hallte.

Amisha hatte inzwischen alle Teile eingesammelt und legte sie auf den Schreibtisch. »Das Mädchen war verzweifelt wegen ihrer Heirat. Sie hat versucht, mit Worten Hilfe zu finden.«

»Welches Mädchen?«, forderte Deepak zu wissen.

Amisha fühlte Übelkeit aufsteigen. »Neema.«

Sein Gesicht lief rot an vor Zorn. »Das Mädchen, das sich selbst angezündet hat.« Natürlich hatte er die Gerüchte gehört. Er wandte den Blick ab, ehe er sein Urteil sprach. »Du wirst nicht mehr an dieser Schule unterrichten.«

»Was?« Amisha hielt ihren Bauch umschlungen, seine Worte bereiteten ihr geradezu körperliche Schmerzen. »Aber die Schüler brauchen mich. Bitte, ich muss …«

»Meine Entscheidung ist getroffen.« Er wischte die Papierschnipsel in den Mülleimer. »Du wirst nicht das Wohl dieser Familie gefährden.«

* * *

Diese Nacht fand Amisha kaum Schlaf. Sie musste ständig an Stephen denken, an die Schule, daran, dass sie durch Deepaks wenige Worte alles verloren hatte. Morgens bereitete sie den Kindern ihr Frühstück und schickte sie in die Schule, als Ravi eintraf.

»Du bist früh wach«, bemerkte er. »Normalerweise ist das doch die Zeit, zu der du wild schreiend herumläufst und alle anherrschst, dass sie zu spät kommen, während die Kinder über dich lachen.«

»Normalerweise würde ich dir sagen, was du mit deinen Gedanken machen kannst, aber da du fast gestorben wärest, bin ich heute einfach nur dankbar, dass du noch hier bist, um dumme Kommentare zu machen.«

Amisha erzählte ihm nichts davon, dass sie die ganze Nacht wachgelegen und Deepaks Entscheidung hin und her gewälzt hatte. Oder wie schwer ihr Herz war bei der Vorstellung, nicht mehr an der Schule unterrichten und Stephen nicht mehr sehen zu können.

Ravi reichte Deepak seine Jacke und das Bündel mit dem Mittagessen. Amishas Ehemann zog seine Schuhe an und verließ das Haus ohne ein Wort des Abschieds. Ravi, dem die Stille aufgefallen war, wartete, bis die Tür sich hinter ihm schloss.

»Warum bist du heute nicht in der Schule?«

»Er hat die Geschichte gefunden, die Neema geschrieben hat. Ich darf nicht mehr zur Schule gehen, darf nicht mehr unterrichten«, erklärte Amisha flüsternd.

»Shrimati.« Aus seiner Stimme klang der Schmerz, den sie nicht spüren durfte. »Und nichts kann ihn umstimmen?«

»Nein.« Sie kritzelte schnell eine Nachricht für Stephen, in welcher sie die Aufgabe für die Kinder beschrieb. Sie steckte den Zettel in die Tasche mit den benoteten Geschichten der Schüler und reichte ihn Ravi. »Könntest du das bitte Stephen bringen?«

»Was soll ich ihm sagen, wenn er fragt, wo du bleibst?«

Sie hatte Stephen die letzten drei Tage nicht mehr gesehen, nicht, seit er gekommen war und ihr Wasser und Essen gereicht hatte. Jetzt fragte sie sich, ob sie ihn je wiedersehen würde. »Sag ihm …« Die Worte versagten ihr. Die Wahrheit würde Stephen nur zu deutlich zeigen, was sie beide bereits wussten. Dass sie einem anderen Mann gehörte. »Sag ihm, dass Deepak zurück ist und mich im Haus braucht.«

»Und wenn er fragt, wann du wiederkommst?« Sie erkannte Mitgefühl in Ravis Augen.

»Ich werde wiederkommen, sobald ich wiederkommen kann«, erklärte sie nur und wusste, dass es allein in Deepaks Händen lag.

Amisha stand auf der Veranda und blickte Ravi nach, wie dieser zur Schule ging. Als er außer Sicht war, trat sie zurück ins Haus und schloss die Tür.

* * *

Als Ravi zurückkehrte, brachte er einen Brief von Stephen mit. Amisha öffnete ihn mit zitternden Fingern.

> *Amisha,*
> *Ravi hat mir Deine Nachricht überbracht, aber ich fürchte, dass es mehr gibt, was er mir nicht sagt. Bis ich mehr weiß, werde ich mich an die Worte Deiner Nachricht halten. Die Kinder werden ihre Lehrerin vermissen, ebenso wie ich unsere Sprachstunden vermissen werde. Der Garten scheint so leer ohne Dein Lächeln und Dein Lachen, mit dem Du ihn belebst. Komm wieder, sobald Du kannst. Deine Klasse wird auf Dich warten, ebenso wie ich.*
> *Stephen*

Amisha hielt den Brief umschlungen und las ihn mindestens ein Dutzend Mal, ehe sie ihre Antwort schrieb. Mit gebrochenem Herzen gestand sie ihm den wahren Grund, schrieb, was sie ihm nicht persönlich sagen konnte. Zum Abschluss schrieb sie noch, dass sie ihre Schüler und ihren Tutor mehr vermissen würde, als er sich je vorstellen könnte.

Ravi überbrachte den Brief sofort. Die nächsten zwei Wochen schrieben sie einander täglich Briefe, die Ravi hin und her zustellte. Mit der Zeit wurden die Briefe immer länger, immer direkter und immer ehrlicher. Sie waren kein echter

Ersatz für ihre Gespräche, aber sie vertrieben den schlimmsten Stich aus Amishas Einsamkeit.

Sie vermisste ihn jeden Tag. In ihr tat sich ein Spalt der Leere auf. Aber wenn die Briefe ihre einzige Möglichkeit waren, seine Stimme zu vernehmen und seine Gedanken zu hören, dann war sie dankbar dafür.

Um sich zu beschäftigen, ging Amisha jeden Tag mit Paresh aus. Zwei Wochen nach Deepaks Entschluss war Amisha im Dorf unterwegs, als sie einen Tumult hörte. Die anderen Frauen eilten zum Rand des Dorfes. Männer riefen, dass man ihnen folgen solle.

»Was ist los?«, hielt Amisha einen der vorbeilaufenden Männer auf, der sich dem Pulk von Menschen anschließen wollte.

»Die Briten haben einen Gefangenen gemacht.«

Amisha hob Paresh auf den Arm und folgte der Menge bis zum Rand des Dorfes. Dort sah sie Stephen, mitten in einer großen Ansammlung. Sein Anblick versetzte ihr einen Schock. Die Horde hatte ihn umzingelt, bei ihm standen weitere Mitglieder des britischen Militärs, vor ihnen eine Gruppe indischer Männer, die mit Handschellen aneinandergebunden waren.

»Im Namen des Gesetzes des britischen Empires stehen Sie unter Arrest«, erklärte Stephen einem gebrechlichen Inder, den er festhielt. Die Soldaten legten weiteren Männern Fesseln an.

»Dies ist nicht euer Land«, gab der Mann zurück. An die versammelten Menschen gerichtet rief er anfeuernd: »Sie wollen mich einsperren, weil ich die Regeln missachte, die sie für unser Land aufstellen!«

Der Aufruhr brach schnell los, das Geschrei war laut. Die Masse brüllte Protestrufe. Einige der jüngsten Männer nahmen Steine auf und warfen sie. Als ein Stein Stephen traf, schrie Amisha ängstlich auf.

»Was ist denn passiert?«, fragte sie die Frau neben sich. Ihr Herz schlug wie wild, als die Teenager weiter mit Steinen nach den Offizieren warfen.

»Dieser Mann dort«, erklärte sie und zeigte auf denjenigen, der eben gesprochen hatte, »predigt Gandhis Worte der Freiheit. Ein Offizier hat ihn angewiesen zu schweigen, als sich eine Menge um ihn versammelte. Er wollte aber nicht aufhören, also haben sie ihn verhaftet.«

»Haben sie ihn geschlagen?« Man konnte Blut von einer klaffenden Wunde an der Stirn des Mannes sehen.

»Er hat sich gewehrt«, antwortete die Frau. »Also hat ihn einer der Offiziere mit seinem Stock geschlagen.«

Amisha fragte nicht, welcher Offizier. Sie wusste, dass Stephen in einer solchen Situation hätte eingreifen müssen, aber sie wollte nicht hören, ob es wirklich er gewesen war, der die Hand gegen einen ihrer Landsmänner erhoben hatte.

Die Soldaten schnappten sich die randalierenden Teenager und legten auch ihnen Fesseln an. Als deren Eltern jetzt in den Protest einfielen, fingen die Briten an, wahllos auf die Menschen einzuschlagen. In ihrem Versuch, die wütende Masse unter Kontrolle zu bringen, schlugen sie auf Männer wie auf Frauen ein.

»Nein«, hauchte Amisha, die Hand entsetzt vor den Mund gelegt. Sie zog Paresh eng an sich, versuchte, den Anblick vor ihm zu verbergen. Als der Aufstand eskalierte, nahm sie Paresh und wandte sich ab. In dem Moment kreuzte sich ihr Blick mit Stephens. Sie sah Verwirrung und Fragen. Sie hatte keine Antworten, also sah sie ihn nur einige Augenblicke lang an, dann verließ sie den Platz.

Neununddreissig

»Du hast ihn schon Wochen nicht gesehen«, sagte Ravi. Amisha stopfte Löcher in den Kleidern der Jungen, Bina brachte Eimer mit Wasser, um abzuwaschen. »Ist das der Grund, warum die Briefe immer schwerer werden, sodass ich eines Tages noch unter ihnen zusammenbrechen werde?«

»Wenn dein Rücken so schwach ist, dass du von Briefen zusammenbrichst, dann hast du es nicht besser verdient.« Amisha verfehlte ihr Ziel und pikste sich mit der Nadel in den Finger. Schnell steckte sie den Finger in den Mund. »Ich kann nicht zur Schule gehen. Was würde Deepak sagen?« Sie legte die Nähsachen ab. »Und wenn ich nicht mit Stephen spreche, fühle ich mich einsam und allein, auch wenn ich von Freunden und Familie umgeben bin.«

»Er bedeutet dir viel«, sagte Ravi. Es war keine Frage.

»Mehr, als gut für mich ist.«

Seit dem Tag des Aufstands hatte sie ihn nicht mehr gesehen. Andere Dorfbewohner hatten ihr berichtet, dass an dem Tag mehr als ein Dutzend Menschen verhaftet worden waren, viele von ihnen noch Teenager. Es war schwer für sie, ihn in seiner Rolle als Offizier zu sehen, obwohl sie natürlich wusste, dass auch das ein Teil von ihm war. Sie vermisste den Mann, wie sie ihn aus ihrem Garten kannte. In dem Brief nach dem Aufstand schrieb Stephen über seinen Platz in diesem Land, seine Aufgabe. Obwohl er sich nicht für seine Handlungen entschuldigte, konnte Amisha sein Bedauern erkennen.

»Als ich geheiratet habe, hat man mir nur meine Pflicht und Verantwortung erklärt.« Sie zuckte mit den Schultern und blickte aus dem Fenster. »Vielleicht ist mir nicht mehr als das erlaubt.«

»Was würdest du dir denn wünschen?«, fragte Ravi. »Mit ihm?«

»Wenn ich ein Kind wäre, könnte ich von der Zukunft träumen«, gab sie zögerlich zu. »Aber das bin ich nicht mehr. Und ich bin nicht so töricht zu glauben, dass ich mehr haben könnte, als mein Schicksal mir bereits gegeben hat.« Sie knetete ihre Hände. »Deepak ist die einzige Zukunft, die ich haben darf.«

Ehe Ravi antworten konnte, trat Deepak auch schon ein. Er hatte einige soziale Kontakte im Dorf gepflegt. Amisha wartete, bis die anderen Diener in der Küche waren, und suchte nach den richtigen Worten. »Ich war schon viele Wochen nicht mehr in der Schule. Ist es nicht langsam Zeit, dass ich wieder hingehen darf?«

»Und wozu?«, fragte Deepak abwesend. »Vikram hat mir erzählt, dass der Leutnant geht. Ich bin mir sicher, dass der neue Schulleiter jemand anderen finden wird, der deine Klasse übernimmt.«

»Was?« Amisha schwankte, ihre Hände zitterten. Sie war sich sicher, dass sie sich verhört hatte. »Wann?«

»Er wird so bald wie möglich aufbrechen.« Deepak schlug die Zeitung auf und überflog die neusten Nachrichten. »Es scheint, als ob er die Versetzung selbst beantragt hat. Man schickt ihn an die Front, in den Krieg.«

Amishas Herz setzte einen Schlag aus. Sie sah, wie Ravi sie beobachtete, wusste, dass er ihren Schmerz und Schock sah, den sie zu unterdrücken versuchte.

Deepak hingegen schien nichts mitzubekommen. »Ich bin schon zu lange von unserem Geschäft fortgeblieben. Ich habe eine Karte für den Zug heute Abend gekauft. Vielleicht magst du ja die Kinder nehmen und deine Eltern besuchen?«

»Meine Eltern?« Amisha war wie benommen. »Nein.« Sie musste Stephen sehen und mit ihm über alles sprechen. »Das geht nicht.«

»Was?«, fragte Deepak. »Warum?«

»Weil, also …« Ihr versagten die Worte.

»Die Jungs haben etwas geplant. Sie wollen heute zu uns kommen«, mischte sich Ravi ein, ehe Deepak weitere Fragen stellen konnte. »Sie sind schon sehr aufgeregt und freuen sich darauf, von meiner Frau und meinen Eltern verwöhnt zu werden.« Es stimmte, dass Ravis Eltern über die Jahre zu einer Art Ersatz-Großeltern für die Kinder geworden waren.

»Dann ein andermal«, erklärte Deepak mit Blick auf die Uhr. »Ich muss mich beeilen, um den Zug zu bekommen.«

Sobald alles gepackt war, wartete Amisha an der Tür und schaute ihm nach, wie er mit der Rikscha fortfuhr.

»Ich werde die Kinder wirklich mit zu mir nehmen, für die Nacht«, erklärte Ravi ihr leise.

»Ravi?«, fragte Amisha nur, die nicht verstand.

»Geh, frag ihn, warum«, gab dieser still zurück. »Du wirst keine Ruhe finden, wenn du es nicht tust.«

* * *

Amisha stand allein im leeren Haus, nachdem Ravi mit den Kindern aufgebrochen war. Ihr Magen rumorte. Ihr schwirrte der Kopf. Ein Gedanke jagte den anderen, einer dringender als der andere. Es kam ihr vor wie gestern, als sie Deepak das erste Mal um Erlaubnis gebeten hatte, in der Schule zu unterrichten. Ihre damalige Verzweiflung kam ihr heute trivial vor. Jetzt kämpfte sie um ihre Seele.

Die Leere verspottete sie. Alles im Schlafzimmer erinnerte sie an das kurze Zwischenspiel mit Stephen. Sie konnte ihn immer noch in der Küche vor sich sehen, wie er ihre Familie zum Abendessen besucht hatte. Egal, wohin sie sich wandte, alles erinnerte sie an ihn. Sie versuchte, jeglichen Gedanken an ihn und den Krieg auszublenden. Wenn er sein Leben im Kampf verlor, wie sollte sie dann weiterleben?

Sie wartete, bis es dunkel war, ehe sie aufbrach. Niemand sollte sie sehen. Sie würde ihn anflehen, nicht zu gehen. Schnellen Schrittes lief sie bis zu seinem Haus, dort angekommen atmete sie tief durch. Das letzte Mal, dass sie bei ihm angeklopft hatte, ging es darum, das Leben ihres Freundes zu retten. Jetzt war sie hier, um sich selbst zu retten. Ihr Magen verkrampfte sich, als sie an die Tür klopfte. Sie rief leise nach ihm, gerade als er die Tür aufmachte.

»Amisha? Was machst du denn hier?« Sein Gesichtsausdruck wurde sofort besorgt, als er das Leiden in ihrem Blick sah.

»Darf ich reinkommen?« Sie drängte sich an ihm vorbei in das kleine Haus. Es war erst kurze Zeit vor dem Hauptgebäude der Schule errichtet worden und besaß daher ähnliche Annehmlichkeiten moderner Gebäude. Sie wischte sich einige Tränen weg.

»Amisha, sag schon, was ist denn los?«, bat er sie sanft.

Sie sah das Handtuch, das er bei sich trug. »Wolltest du eben ins Bad gehen?«

Sie klammerte sich verzweifelt an Belanglosigkeiten. Alles, um das eigentliche Gespräch hinauszuzögern. Sie wollte die Wahrheit noch nicht hören. Denn sobald er es einmal ausgesprochen hatte, gäbe es kein Zurück mehr. Keinen Weg, die Schmerzen wieder aus ihrem Herzen zu nehmen.

Amisha hatte den Großteil ihres Lebens im Schatten verbracht. Sie hatte ihren Traum vom Schreiben verborgen gehalten, als ob es ein Fluch wäre, für den sie sich hätte schämen müssen. Sie hatte Deepak Söhne geschenkt und ihn damit zufriedengestellt. Aber die Geschichten in ihr wollten nicht fernbleiben. Und immer, wenn sie schrieb, gelangte sie damit in eine Welt, in der sie all das sein konnte, was ihr im echten Leben verwehrt blieb.

Dann war Stephen in ihr Leben getreten. Er bot ihr eine Freiheit, die sie sich zuvor nicht einmal hatte vorstellen können. Er schätzte ihre Worte und ermutigte sie, ihre Gedanken zum Ausdruck zu bringen. Ihr Leben lang, von Kindheit an, hatte sie immer nur tun müssen, was man von ihr erwartete. Er bot ihr eine andere Wahl. Und dafür bedeutete er ihr so unendlich viel. In der Nacht, als Ravi sich verletzte, hatte sie akzeptiert, wie sehr sie ihn brauchte. Doch jetzt hatte sie nichts mehr, um ihn zum Bleiben zu bewegen, um ihm zu zeigen, wie sehr sie ihn liebte.

Er warf das Handtuch auf den nächsten Stuhl und fuhr sich mit der Hand durch das Haar, verschränkte die Hände dann hinter dem Nacken. Sie sah, wie sehr er sich quälte, und litt mit ihm. »Ich fürchtete schon, ich hätte mir deine Stimme nur eingebildet.«

Amisha trat näher. »Sie sagen, du willst fort.«

Er schloss die Augen und drehte sich von ihr weg, unfähig, sie anzusehen. »Ich muss«, erklärte er mit stockender Stimme.

»Aber warum?«, fragte sie fordernd.

»Es ist Indien.« Er zögerte und schluckte schwer. »Ich gehöre einfach nicht hierhin. Es ist nicht mein Kampf, der hier ausgefochten wird.«

Sie erinnerte sich an die Verwirrung und den Abscheu, die sie am Tag des Aufstands in seinem Gesicht gelesen hatte. Sein Volk kämpfte gegen ihr Volk. Sie wusste, dass es nicht ewig so weitergehen konnte mit ihnen, mit Briefen und gelegentlichen Zufallstreffen. Er war jung und verdiente es, sein eigenes Leben zu leben. Sie konnte ihm keine Zukunft bieten.

»Hättest du es mir gesagt?«, fragte sie mit einer Stimme, die kaum mehr als ein Flüstern war.

»Du warst die einzige Person, von der ich nicht wusste, wie ich es ihr sagen sollte«, erklärte er mit einem erstickten Lachen. »Dich nicht sehen zu können, Tag für Tag …« Er stockte. »Aber wir wussten beide, dass es keine Wahl gibt.«

»Du könntest sterben«, sagte sie und musste ein Schluchzen unterdrücken.

»Nein.« Er trat auf sie zu, blieb aber stehen, ehe er sie berühren konnte. »Ich verspreche dir, dass ich überleben werde.«

Amisha nahm sein Wort an und klammerte sich an das Versprechen. Aber das Leben war nicht immer fair und sie wusste, dass es gut das letzte Mal sein konnte, dass sie ihn sehen würde. Sich von ihren Gefühlen abzuwenden hätte bedeutet, sein Andenken zu verraten und alles, was sie füreinander empfanden. Sie wollte nicht länger ein Leben leben, in dem andere ihr die Grenzen diktierten.

Sie griff ihren Sari über der Brust und zog ihn ab. Die Seide sank zu Boden. Jetzt stand sie vor ihm und trug nur noch Bluse und Unterrock, die sie unter dem Sari angehabt hatte.

»Stephen«, sagte sie und griff nach ihm.

Er wandte sich ihr zu, seine Augen groß bei dem Anblick, der sich ihm bot. Sie stand entblößt und verletzlich vor ihm, rief nach ihm, auf die einzige Art, die sie noch wusste. »Nein«, sagte er. Seine Hände ballten sich an der Seite zu Fäusten. »Das musst du nicht.«

»Soll ich betteln?«, fragte sie, die Arme kraftlos herabhängend.

Er bedeckte ihren Mund mit seinen Fingern. Seine Hand rutschte an ihren Nacken, nahm die Erlaubnis an, sie zu berühren. Sie stöhnte sanft auf, er zog sie eng an sich und seufzte, als er ihren Körper an seinem spürte. Sie passten so perfekt zusammen, als ob sie miteinander verschmolzen.

Als er sie küsste, öffnete sie leicht den Mund. Ihre Bewegungen passten sich seinen an, ihre Hände fuhren in sein Haar, führten seinen Kopf, während er ihren hielt. Sie konnte nicht anders, wollte ihn an sich spüren, und begann, sein Hemd aufzuknöpfen.

Amisha wusste einfach, dass Stephen verstand, wie sehr sie seinen Körper berühren musste. Ihre Finger fuhren über seine Haut, zogen ihm das Hemd aus und verloren sich in seiner Brustbehaarung. Die Härchen waren rau und weich zugleich. Sie beugte sich vor, um ihn zu küssen.

»Habe ich dir wehgetan?«, fragte sie, als Stephen scharf die Luft einzog.

»Ganz im Gegenteil.« Er zog sie wieder an sich.

Sie berührte ihn auf all die Arten, wie sie selbst geliebt werden wollte. Sie spürte, wie sein Atem sich beschleunigte, als ihre Finger über seinen Bauch tanzten. Sie genoss die Kraft seiner Arme und die zärtliche Behutsamkeit seiner Hände. Als sie seine Gürtelschnalle berührte, zögerte sie, unsicher und schüchtern. Er nahm ihre Hände und führte sie zu seinem Mund, küsste sie sanft. Dann öffnete er ihre Bluse und ihren BH, sodass sie frei unter seinen Händen lag. Sie spürte Tränen aufsteigen und sah, dass er ebenso fühlte.

Er half ihr, die letzten Kleider abzulegen, bis sie nackt vor ihm stand. Dann küsste er sie erneut. »Willst du das wirklich?«, fragte er, als er sie hochhob, bereit, sie ins Schlafzimmer zu tragen.

»Ja«, antwortete sie, diesmal vollkommen sicher. Denn in diesem einen Augenblick wollte sie nur sich selbst gehören. Nicht ihren Eltern, die sie auf die Welt gebracht und ihr Leben für sie entschieden hatten. Nicht ihrem Gemahl, an den sie weitergereicht worden war, um ihm Kinder zu gebären und seinen Haushalt zu führen. Nicht den Erwartungen, die die Gesellschaft ihr auferlegte. In dieser einen Nacht wollte sie nur sich selbst gehören.

Als er sie auf sein Bett legte, nahm sie ihn mit offenen Armen auf. Als er sanft ihre Beine auseinanderdrückte, legte sie sie um seine Hüfte und wartete bereit auf ihn. Als er sich in ihr verlor, fielen alle Schatten von ihr ab und das Licht konnte endlich scheinen.

* * *

Amisha und Stephen verbrachten den Rest der Nacht zusammen. Zweimal noch liebten sie sich in der Dunkelheit, bis sie ihn früh am Morgen mit Küssen auf den Nacken weckte. Er zog sie zu sich und ermutigte sie, seinen Körper zu erkunden. Im morgendlichen Licht war sie wieder schüchtern und schämte sich leicht. Er fuhr nur spielerisch die Schwangerschaftsstreifen nach, die ihre drei vorangehenden Geburten zurückgelassen hatten.

Danach badete sie in seiner Wanne und genoss den Luxus eines Badezimmers im Haus. Während sie sich anzog, bereitete er ihr Frühstück. Sie rührte kaum einen Bissen an.

»Amisha.« Stephen setzte sich neben sie.

»Ist das der Abschied?«, fragte sie, wobei ihr wieder die Tränen kamen.

Er war erschöpft und müde. »Ich werde versuchen, nach dem Krieg zurückzukommen.«

»Und was wird dann aus uns?«, fragte sie, besorgt um seinetwillen wie auch ihretwillen. »Ich werde auch dann noch verheiratet sein.«

»Ich weiß«, sagte er nur sanft.

Da keiner eine andere Antwort wusste, küsste sie ihn leicht. Er zog sie an sich und hielt sie fest, bis sie schließlich aufstand, ihn allein am Frühstückstisch sitzen ließ und zu ihren Kindern heimkehrte.

Vierzig

Jeder neue Tag brachte neue Müdigkeit. Nach Stephens Abreise hatte Amisha ein Schreiben bekommen, dass die Schule ihre Dienste nicht länger benötigen würde. Die Tage wurden zu Wochen und sie verbrachte mehr und mehr Zeit im Bett. Ravi und Bina blieben stets bei ihr, brachten ihr Essen und Medizin von einem traditionellen Arzt aus der Umgebung. Sechs Wochen waren vergangen, als sie sich das erste Mal übergeben musste. Sie sprang aus dem Bett und schaffte es gerade noch nach draußen, wo sie sich vor dem Badehäuschen erbrach, bis nichts mehr in ihrem Magen war. Ravi brachte ihr ein Glas Wasser und ein feuchtes Handtuch.

»Shrimati?« Ravi schien unangenehm zu sein, was er sagen wollte, also trat er näher. »Ist die Zeit gekommen, zu gratulieren?«

»Gratulieren?« Noch während sie fragte, verstand sie, was er meinte. Sie ließ sich gegen die Mauer sinken, brauchte die Unterstützung, um sich halten zu können. »Ich bin schwanger«, brachte sie stockend hervor, die Hand über den Bauch gelegt. Die Symptome passten alle. Sie hatte alles schon dreimal durchlebt und fragte sich, warum sie es nicht selbst bemerkt hatte.

»Sahib wird sich freuen?«, sagte Ravi. Eigentlich war es eine Frage und die stand brennend zwischen ihnen.

Amisha starrte ihn an. Ravi war der Einzige, der von ihren Gefühlen für Stephen wusste. »Es ist nicht sein Kind.« Glücksgefühle wogten durch sie. Sie hatte Stephen verloren, doch ein Teil von ihm würde nun immer bei ihr sein. »Als du die Kinder mit zu dir genommen hast …« Es schien wie ein ganzes Leben her, dass Amisha Stephen besucht hatte. Ihm ihren Körper gegeben hatte, nachdem ihr Herz ihm schon lange gehört hatte. »Bevor er fortging.«

»Du musst dich ausruhen«, drängte Ravi. Ihre Erklärung nahm er ohne ein Wort an und Amisha wusste, dass er ihr Geheimnis bewahren würde. »Du musst jetzt an das Kind denken.«

»Ich muss …« Sie hielt inne. Sie dachte an ihre Jungen, und die wahre Tragweite ihrer Situation wurde ihr bewusst.

»Shrimati?« Ravi stand neben ihr, überrascht, als ihr Gesicht plötzlich fahl wurde.

»Deepak darf es nie erfahren.« Sie blickte ihn an, mit großen Augen und voller Verzweiflung. »Meine Kinder … Was habe ich nur getan?« Dann fiel sie zu Boden, beide Hände schützend um das ungeborene Kind gelegt.

* * *

Amisha plante Deepaks Rückkehr bis ins kleinste Detail. Doch mit jedem Schritt wurde die Schuld schwerer, die ihr Betrug ihr auflud. Ihr blieben jedoch nicht viele Möglichkeiten. Wenn Deepak erfuhr, was sie getan hatte, würde sie auf der Straße landen, egal, ob schwanger oder nicht.

Ganz egal, wo Stephen war, sie liebte ihn immer noch. Das war der einzige Grund, den sie für den herzzerreißenden

Schmerz hatte, den sie jedes Mal empfand, wenn sie an ihn dachte. Aber in erster Linie war sie Mutter und würde es immer sein. Ihre Jungen im Stich zu lassen, käme einem Verrat an der Verantwortung gleich, die ihr der Himmel übertragen hatte. Daher wartete sie auf Deepak, um ihren Plan umzusetzen. Als er zwei Tage später eintraf, war sie bereit.

»Du bist heute sehr aktiv«, meinte Deepak, als Amisha zu ihm ins Zimmer trat. Sie hatte die Jungen früh ins Bett gesteckt und die Diener nach dem Abendessen nach Hause geschickt, auch Ravi.

»Darf ich nicht darüber glücklich sein, dass mein Ehemann wieder da ist?« Amisha setzte sich vor den kleinen Spiegel und kämmte sich die Haare.

»Das darfst du.« Deepak beobachtete sie mit einer neu gefundenen Anerkennung. Wie sie gehofft hatte, nahm er den versteckten Hinweis wahr und kam zu ihr, nahm ihr den Kamm aus der Hand. »Die Diener meinten, du wärst krank gewesen.«

»Die Diener machen sich zu viele Gedanken.«

Er schloss die Tür und drehte die Öllampe kleiner. Dann zog er sich aus, legte sich ins Bett und zeigte ihr wortlos an, dass sie ihm folgen solle. Amisha versuchte, die Erinnerungen an das letzte Mal, dass sie bei einem Mann gelegen hatte, zu unterdrücken. Jede Erinnerung an Stephen wurde in den hintersten Winkel ihres Gehirns verbannt. Sie war jetzt hier und bereit für Deepaks Berührung. Ihr ungeborenes Kind war das Geschenk, das ihr für die Nacht mit Stephen bleiben würde.

Amisha lockerte den Sari und schlüpfte zu ihm unter die Bettdecke. Sie fühlte seinen Körper kühl gegen ihre eigene Wärme. Als seine Hand von ihren Brüsten aus abwärtsglitt, schob sie sie wieder hoch. Sie konnte nicht riskieren, dass er die leichte Wölbung des Bauches entdeckte. Falls es ihm auffiel, sagte er zumindest nichts. Nur Augenblicke später war er so weit und legte sie unter sich.

»Ich bin bereit«, murmelte Amisha, als er in sie eindringen wollte.

»Wofür?«, fragte er verwirrt.

»Ein Kind. Deine Jungs brauchen etwas Kleines, das sie necken können.« Sie wartete mit angehaltenem Atem auf seine Reaktion.

Er nickte nur grinsend. Als er in sie eindrang, biss sie die Zähne zusammen und stöhnte ihren Schmerz in das Kissen. Als er sich in ihr bewegte, betete sie zu allen Göttern. Als der Samen sich ergoss, hoffte sie, dass er weit fließen würde. Hoffte, dass er das Baby treffen und mit ihm verschmelzen würde, damit das Kind auch Deepak ähnlich sähe, ihm irgendeine Art des Wiedererkennens geben würde. Damit das Kind ihn als Vater annehmen und sich niemals nach dem echten Vater sehnen würde, von dessen Existenz es nie erfahren würde.

Einundvierzig

Nach sechs Monaten Schwangerschaft nahm die Müdigkeit überhand. An diesem Morgen hatte sie sich schon zweimal übergeben. Sie knabberte einige Kekse mit Ingwerwasser und hoffte, damit die Übelkeit zurückhalten zu können. Mit einem Fuß auf dem Boden schwang sie in der Sofaschaukel vor und zurück.

»Die Jungs sind heute aber schon früh in die Schule gegangen«, sagte sie zu Ravi. Deepak hatte vor drei Tagen wieder einmal den Zug genommen. Überhaupt war er während der Schwangerschaft nur selten zu Hause gewesen, doch Amisha hatte das kaum mitbekommen. »War etwas nicht in Ordnung?«

»Sie sind heute früh aufgewacht, von deinem Stöhnen geweckt, und haben sich besonders beeilt, sich anzuziehen und zu verschwinden«, erklärte er, während er ihr Wasser nachschenkte. »Ich befürchte, sie haben das mit der Empathie noch nicht richtig begriffen.«

Amisha schaffte es, über seinen Witz zu lächeln, ehe die nächste Welle von Übelkeit sie überkam. Das Gesicht zur Grimasse verzogen, rieb sie mit der Hand über den leicht angeschwollenen Bauch. »Ich befürchte, dass ich für meine Täuschung bestraft werde.«

»Du meinst, das sei eine Bestrafung?« Ravi stellte eine Schüssel neben sie, für den Fall, dass sie sich wieder übergeben musste.

Amisha dachte an Stephen und das Kind, das sie zusammen gemacht hatten. Ihre Liebe war stark genug gewesen, um Leben zu erschaffen. Dieses Leben würde sie für immer verbinden. »Wenn dem so ist, dann nehme ich sie dankbar an. Jeder Preis ist es wert, ihn kennengelernt zu haben.«

»Dann bist du wahrhaft gesegnet, Shrimati«, bemerkte Ravi. »Denn nur wenige wissen den Wert dessen zu erkennen, was sie bereits besitzen.« Er sammelte die besudelten Kleider in einen Waschkorb. »Ich bin hinten, wenn du mich brauchst.«

»Danke, Ravi.« Amisha lehnte sich in den Kissen zurück. Bina und eine andere Dienerin waren heute krank, daher war sie die Einzige im Haus, die das Klopfen hörte. »Einen Augenblick«, rief sie laut genug, damit der Besucher sie hören konnte. Sie wischte sich schnell die Krümel von den Händen und eilte dann zur Tür.

Als sie Stephen erblickte, brach sie fast zusammen. Tränen schossen ihr in die Augen. Ihre Hand fuhr an die Brust, als ein Schmerz sie durchzuckte. »Du bist hier.« Sie streckte die Hand aus, unsicher, ob es nicht doch nur eine Halluzination war. Ihre Hand ergriff seine. Die Haare waren länger geworden, das Gesicht dünner. Aber seine Augen waren die gleichen geblieben.

»Ja, ich bin hier.« Er trat in das Haus ein und schloss die Tür hinter sich. »Deepak ist wieder auf Reisen?« Er blickte ihr tief in die Augen.

»Ja.« Amisha sog jeden Moment in sich auf. Sie konnte noch immer nicht glauben, dass er wahrlich und leibhaftig vor ihr stand. Dass es nicht nur eine Illusion war, die sich ihr Gehirn ausgedacht hatte, um ihr das Überleben zu erleichtern. »Du kannst doch nicht wirklich hier sein.«

»Doch, ich bin es, Amisha.« Stephen hielt sanft ihre Schultern und musterte ihr Gesicht. »Ist sonst jemand zu Hause?«

Als Amisha den Kopf schüttelte, zog Stephen sie an sich, in eine enge Umarmung. Sie ließ den Kopf gegen seine Brust sinken, ihre Seele sehnte sich danach, die Last zu mildern, die sie seit seiner Abreise getragen hatte. Er legte eine Hand auf ihren Hinterkopf, die andere an ihre Hüfte. Sein rasender Herzschlag hallte durch ihren Kopf. Sie musste sich anstrengen, ihr eigenes Herz zu beruhigen. Erste Tropfen fielen auf sein Hemd und schon bald flossen alle Tränen, die sich aufgestaut hatten, seit er gegangen war.

»Alles wird gut«, versuchte er sie zu beruhigen. Doch es gab nichts, was er sagen konnte, um ihren Schmerz zu lindern. Tag und Nacht hatte sie sich um ihn Sorgen gemacht, während er an fernen und unbekannten Orten kämpfte.

»Du hast mich verlassen«, weinte sie, von Erinnerungen verfolgt. »Ohne dich bin ich zerbrochen.«

»Amisha«, setzte er an, spürte dann aber die Schwellung unter ihrem Sari. »Was?« Mit fragenden Augen versuchte er ihr den Sari beiseitezuschieben.

»Nein.« Sie versuchte zurückzuweichen, doch er hielt sie fest. Sie wusste, dass er den Unterschied zu jener Nacht gespürt hatte.

»Von wem ist es?« Er starrte den gewölbten Bauch an.

Amisha musste eine Entscheidung treffen, auch wenn ihr nur eine Wahl wirklich zustand. Stephen war der einzige Mann, den sie je geliebt hatte und den sie je wollte. Vor ihm hatte sie ihr Leben akzeptiert, doch seither hatte er ihr gezeigt, wie man träumt. Er war Teil ihrer Seele, die sie jetzt zerriss.

»Deepak.«

»Nein.« Er wandte sich ab.

»Es tut mir leid«, beteuerte sie unter Tränen. Tränen, die er nicht weinen konnte. »Das Kind …«

»Verdient seinen Vater«, antwortete er für sie, niedergeschlagen.

»Ich liebe dich«, gestand Amisha ihm.

»Meine Liebe für dich spielt keine Rolle.«

»Deine Liebe ist meine Rettung«, rief sie aufgeschreckt, versuchte, den Knoten zu lösen, der ihre Kehle zuschnürte. Das Kind, das sie trug, war ein Geschenk ihrer Verbindung. Es schenkte ihr ein Teil von ihm und zwang sie gleichzeitig, ohne ihn zu leben.

»Ich muss gehen.« Er trat zurück, gab ihr die Distanz, die sie vor wenigen Momenten selbst noch gefordert hatte.

»Wohin?« Amisha wollte wissen, was er machen würde, auch wenn sie nicht bei ihm sein könnte.

»Ich weiß es nicht. Vielleicht nach Hause?« Seine Augen glitten zu Amishas Bauch. »Ich bin nur deinetwegen hier.« Stephen trat zur Tür und suchte blind nach der Klinke.

»Warte.« Sie wischte die Tränen fort und eilte in ihr Schlafzimmer. Von unter ihrem Bett zog sie den Stapel mit ihren Geschichten hervor. Ein sauberer Stoß Papier, der jedes Wort enthielt, das sie je geschrieben hatte. All die Geschichten, die ihr von Herzen gekommen waren, geschrieben in Englisch und Hindi. Vom Durchgang zu ihrem Schlafzimmer aus blickte sie ihn an. Sie wusste, dass es diesmal endgültig das letzte Mal sein würde, daher versuchte sie, sich jeden Aspekt seiner Gestalt einzuprägen, jeden Gesichtszug, jede Nuance. Mit langsamen Schritten, um das Unvermeidbare hinauszuzögern, trat sie wieder zu ihm und reichte ihm die Blätter.

»Was ist das?« Er starrte die Papiere aus feuchten Augen an.

»Meine Geschichten.«

»Nein.« Er versuchte, sie zurückzugeben, aber sie nahm sie nicht mehr an.

»Sie gehören jetzt dir, Stephen«, erklärte sie bestimmt. »Seit du gegangen bist, habe ich nicht mehr geschrieben. Nicht ein Wort. Die Worte haben mich verlassen, als ich wusste, dass du nicht mehr bei mir sein würdest.« Sie musste sich unterbrechen, um ihren Atem zu beruhigen.

»Dann komm mit mir«, bat er sie. »Werde meine Familie.«

»Dies hier ist meine Welt«, erklärte sie mit einer Bewegung um sich herum. »Meine Kinder gehören hierher, genau wie ich. Wir hatten eine wundervolle Fantasie, du und ich. In unserem Garten haben wir unsere Rosen großgezogen, uns dabei aber an den Dornen gestochen. Und nun ist das vergossene Blut alles, was von unserem Traum geblieben ist.«

Stephen ließ den Kopf hängen, ihm blieben keine Argumente mehr.

»Und dies«, erklärte sie, da sie seinen Schmerz sah, »ist ein Dorf, für das du keine Verwendung hast.«

»Amisha«, versuchte er noch einmal, seinen Schmerz zu durchbrechen, »lass uns zusammen neu anfangen.«

»Aber wo?«, fragte sie. »In deinem Land wäre ich eine Braune. In meinem Land hasst man dich. Es gibt keinen Platz für uns.« Er wollte etwas einwenden, doch sie ließ ihn nicht zu Wort kommen. »Bitte lass mich ausreden, solange ich noch kann.« Sie legte ihm die Hände auf den Arm, zog Kraft von ihm, da ihr keine mehr verblieben war. »Ich wünschte, ich könnte mein Leben mit dir verbringen. Ohne dich werde ich nie wieder wahres Glück erfahren.«

»Du wärst bei mir sicher, ich verspreche es.«

»Aber ich wäre ohne meine Kinder. Ich kann meine Liebe zu dir nicht über das Wohl meiner Kinder stellen. Mir bleibt keine Wahl, ich muss mich den Regeln beugen, die für mein Leben aufgestellt sind. Aber ich verspreche dir eins – ich werde erst wieder schreiben, wenn ich bei dir bin. Die Götter haben mich in diese Welt gesetzt, mit meinem Talent und ihren Regeln, und nun muss ich damit leben«, schwor Amisha ihm. Ihr war nichts mehr geblieben außer ihrem Zorn.

»Das Opfer kann ich nicht von dir verlangen.«

»Mein Herz ist für immer bei dir, Stephen«, erklärte sie unter Tränen. »Und ohne mein Herz habe ich keine Geschichten mehr, die sich zu erzählen lohnen.« Amisha spürte, wie die Welt ihr entglitt und sie die Balance verlor. Ihr Verlust schien größer als das Glück, das sie geteilt hatten.

Ihre Geschichten hatten es ihr stets erlaubt, sich in die Fantasie zurückzuziehen und das Ende selbst zu bestimmen. Aber für ihre eigene Geschichte konnte es nur ein mögliches Ende geben. Sie konnte nichts an dem Weg ändern, den das Schicksal vorgegeben hatte. Das grausame Schicksal, das jetzt den Preis für das Glück forderte, das sie hatte genießen dürfen. Ihnen würde nichts bleiben als die Erinnerung an eine Liebe, die sie nie wieder verspüren würden.

Stephen streichelte ihr die Wange und zog sie zu sich. Seine Hand legte sich auf ihren Bauch. »Ich würde alles darum geben, dass dieses Kind meins wäre«, flüsterte er. »Und auch, wenn es nicht meins ist, ist das Kind doch Teil von dir, und dafür wünsche ich ihm alles Glück, das das Leben bereithalten kann.« Er beugte sich herab und küsste sie sanft auf die Lippen. Dann gab er sie frei, trat aus dem Haus und ging, ohne sich noch einmal umzublicken. Er sah nicht, wie sie auf dem Boden in sich zusammensank, gebrochen und allein, nur mit dem Kind, dem einzigen Teil von ihm, der ihr verbleiben würde.

Jaya

Zweiundvierzig

Als Ravi aufhört zu sprechen, muss ich Tränen fortwischen. Wir spazieren gerade am Flussufer entlang. »Sie hat ihn so sehr geliebt.«

»Ja«, stimmt er zu, in sanfter Erinnerung. »Ihre Liebe war echt und standhaft.«

»Weiß meine Mutter davon?« Ich denke, die Antwort ist klar, aber ich muss trotzdem fragen. »Also dass Stephen ihr wahrer Vater ist?«

»Niemand hat es ihr je erzählt«, sagt Ravi leise.

»Aber warum?« Sie hätte eine vollkommene Liebe erfahren können, und doch musste sie ihr Leben leben, ohne je zu wissen, wie sehr man sie liebte. »Warum erst jetzt?«

»Ich durfte es niemandem sagen«, erklärt Ravi traurig. »Bis heute.«

»Wegen meinem Großvater?«

»Ja.«

»Aber sie hatte das Recht, es zu erfahren.« Ich bin wütend auf Gegebenheiten, die sich lange vor meiner Geburt zugetragen haben. Ich leide für meine Mutter, die um die Liebe und Unterstützung ihrer Eltern gebracht wurde. »Sie hatte einen Anspruch darauf, ihren Vater zu kennen.«

Zwei Generationen lang ruhten die Geheimnisse um die Herkunft meiner Mutter. Der Vater, den sie kannte, wollte sie nie, und der Vater, der nicht von ihr wusste, hätte sie bedingungslos geliebt. Ich trauere um die Entscheidung, die meine Großmutter hatte treffen müssen, und das Geheimnis, das meine Mutter nie erfahren hatte.

Bisher habe ich immer nur den Kummer gekannt, kein Kind zu haben, doch jetzt sehe ich das Leid meiner Mutter, die nie einen echten Vater gehabt hatte. Unser Verlust verbindet uns, auch wenn ich gerade erst zu verstehen beginne, wer meine Mutter eigentlich ist.

»Stephen wäre ein guter Vater gewesen«, sagt Ravi mit gebrochener Stimme. »Er war ein herausragender Mann.«

»Lebt er noch?«, frage ich hoffnungsvoll.

»Nein«, antwortet er leise. Enttäuschung überkommt mich. »Nicht mehr. Ich glaube, sie waren nicht dazu geschaffen, die Welt ohne einander zu beschreiten.«

Ich muss wieder Tränen zurückhalten, so ergreifend war ihre Verbindung. »Als ich überlegte, nach Indien zu reisen, hatte ich zwar gehofft, etwas über die Vergangenheit meiner Familie zu erfahren, doch ich hätte nie mit einer solchen Geschichte gerechnet.«

»Vielleicht ist sie der Grund, warum du hier bist«, schlägt Ravi vor. »Deine Großmutter hoffte, dass ich sie eines Tages ihrer Tochter erzählen würde, aber vielleicht war die Geschichte ja vielmehr für dich gedacht.«

»Vielleicht«, sage ich nur. »Wenn wir telefonieren, erzähle ich meiner Mutter schon die eine oder andere Sache aus der Geschichte.«

»Wirst du ihr alles verraten?«

»Noch nicht.« Wenn sie die Details ihrer Herkunft hört, wird sie die Unterstützung meines Vaters an ihrer Seite brauchen. »Ich werde ihr die ganze Geschichte erzählen, wenn ich wieder nach Hause komme.«

In der Entfernung sehen wir Frauen, die bis zur Hüfte im Wasser stehen und ihre Kleidung waschen. Kinder spielen in ihrer Nähe, spritzen einander nass, während sie in dem warmen Wasser baden oder davon trinken. Ich sehe Männer, die ihre Kühe zum Trinken ans Ufer führen. Wir haben den Großteil des Vormittags zusammengesessen und der Geschichte gelauscht, bis Ravi vorgeschlagen hatte, ein bisschen spazieren zu gehen.

»Pass auf, wo du hintrittst.« Er führt uns von der Uferböschung weg ins tiefere Gras. »Manchmal verstecken sich hier Schlangen.«

»Wie bitte?« Ich halte an und untersuche den Boden nach Kriechtieren. »Echte Schlangen?«

»Ja.« Unbekümmert geht Ravi weiter und klopft gelegentlich mit seinem Stab gegen die Felsbrocken.

»Aber die Menschen sind alle im Wasser.« Ich zeige zu der Menschenmenge, die sich am Fluss versammelt hat. »Da könnte doch jemand verletzt werden.«

»Unsere Frauen wissen sich zu wehren. Wenn Schlangen kommen, werden sie einfach davongejagt.« Ravi betrachtet einen Augenblick die Kinder. »Die größte Gefahr ist eigentlich, dass die Kinder die Schlange als Spielzeug nehmen könnten.«

»Sollten sie sie nicht töten?« Meine Stimme ist unbewusst höher und schriller geworden. »Sie könnten doch giftig sein!«

»Das mag stimmen, aber sind nicht wir es, die in ihren Lebensraum eindringen?« Er zeigt mit dem Stock auf den Fluss. »Wer kann wirklich sagen, wem das Land gehört? Die Schlange würde argumentieren, dass wir in ihr Heim eindringen. Das Gift wäre dann nur zur Verteidigung genutzt.«

Wie gerufen bricht der Aufschrei eines Kindes durch die Stille. Ein kleiner Junge hält eine winzige Schlange hoch, wie eine Trophäe, wirft sie dann zu seinen Freunden.

»Ich hasse Schlangen, die sollen mir bloß nicht zu nah kommen.« Ich schlinge meine Arme um mich, ein kalter Schauer läuft mir über den Rücken.

»Dann meinst du also, deine Bedürfnisse wären wichtiger als die der Schlangen?«

»Ja, eindeutig.« Ich schaue ihn herausfordernd an, mir zu widersprechen.

»Dann schlage ich vor, dass wir uns vom Wasser entfernen und eher in die Stadt gehen. Ich befürchte, wenn wir auf eine Schlange treffen, könnte dein Bild natürlicher Überlegenheit sehr darunter leiden, wenn du schreiend um dein Leben rennst.«

* * *

Zurück im Dorf empfangen uns laute Bollywood-Musik und Gelächter. Im Näherkommen sehen wir eine große Ansammlung junger Menschen, die Männer in Jeans und Hemden, die Frauen in knielangen Röcken und Blusen. Das Gelächter verebbt, als ein junger Mann in einem kunstvoll bestickten roten Hochzeitshemd und cremefarbener Hose auf einem Baby-Elefanten ins Dorf geritten kommt.

»Was ist denn da los?«, frage ich Ravi.

Die Männer holen den Reiter vom Elefanten und tragen ihn auf den Schultern bis zu einem Tisch, der nahe bei einem Zelt steht. An diesem Tisch sitzt eine einzelne Frau. Die Reihen der anderen Frauen schließen sich um sie, die Arme miteinander verbunden, um die junge Frau mit einer menschlichen Mauer von dem Reiter abzuschirmen.

»Das ist die Henna-Zeremonie«, erklärt Ravi. »Dieser Mann«, sagt er und deutet auf denjenigen, der eben noch auf dem Elefanten gesessen hat, »ist der Bräutigam. Das Mädchen am Tisch ist seine Braut.« Der Bräutigam stürzt jetzt in einem wilden Ansturm auf die Braut zu, doch die Frauen halten stand und schirmen sie weiter ab. Alles lacht und scherzt, als er nicht durchkommt und zurückgeworfen wird. »Es ist ein heiliges Ritual für die Hochzeitszeremonie. Die eigentliche Hochzeit mag zwar ein körperlicher Akt sein, doch unsere Feiern betonen die spirituellen Aspekte.«

Zu meiner eigenen Hochzeit habe ich ein traditionelles, weißes Kleid getragen, wir haben am Strand geheiratet. Ich habe nie auch nur daran gedacht, eine indische Hochzeitsfeier abzuhalten. »Inwiefern ist das Ritual heilig?«

»Die Hände der Braut werden mit Henna bemalt. Die feinen, komplizierten Muster symbolisieren die Tiefe der Liebe, die der Ehemann für seine Frau empfinden wird.« Ich sehe Freundinnen der Braut, die bei ihr am Tisch sitzen und ihre Hände und Füße bemalen. Der Bräutigam unternimmt noch einen Versuch durchzubrechen, während seine Freunde um ihn stehen und lachen. »Die Künstlerinnen verstecken die Namen des Brautpaares in den fein gemalten Linien. Der Tradition gemäß darf der Bräutigam die Ehe erst vollziehen, wenn er die Schriftzüge gefunden hat.« Ravi grinst. »Es gibt zahlreiche Legenden, die davon berichten, wie der Bräutigam bis zum Morgen verzweifelt gesucht hat.«

Die Freundinnen der Braut stimmen jetzt Lieder auf Hindi an, schon bald fallen auch die Männer mit ein. Die Hitze scheint ihnen gleich zu sein, auch wenn man schon deutliche Schweißspuren an ihren Kleidern sieht. »Worüber singen die Frauen?«, frage ich Ravi. Ich kann zwar vereinzelte Worte verstehen, aber nicht genug, um wirklich zu deuten, wovon das Lied handelt.

»Es ist eine Art Spottlied, mit dem sie sich über die Braut und ihren Verlobten und die künftigen Schwiegereltern lustig machen. Hier singen sie gerade, dass er schnell fett werden und auf ihr einschlafen wird und dass sie sich dann nicht mehr befreien kann, daher raten sie ihr, nicht zu gut zu kochen.«

Die Ansammlung wird immer größer. Eltern gesellen sich zu ihren Kindern und feiern mit. »Wer sind all die anderen Menschen?«

»Eine indische Hochzeit gilt als klein und familiär, wenn nur etwa zweihundert Menschen teilnehmen, oft hat man bis zu sechshundert Gäste.« Vor einem kleinen Lagerfeuer schneidet jetzt ein Pujari eine Kokosnuss und legt frische Blumen und ungekochten Reis daneben. »Die Kokosnuss repräsentiert die Fruchtbarkeit«, erklärt Ravi. »Die Blumen stehen für die Schönheit und der Reis für den Lebensunterhalt.« Der Pujari gießt jetzt geschmolzene Butter in das Feuer, um es weiterbrennen zu lassen.

Mit dem Sonnenuntergang kommt die Feier erst richtig in Schwung. Die Musik wird lauter, alle tanzen. Die Braut ist auch endlich beim Bräutigam. Er sagt etwas zu ihr, woraufhin sie den Kopf zurückwirft und schallend lacht.

Ich bin fast neidisch auf ihr Glück. Ihr ganzes Leben liegt noch vor ihnen und die Möglichkeiten sind grenzenlos. Bei meiner eigenen Hochzeit war ich mir auch sicher, dass nie irgendetwas zwischen uns kommen würde. Wir waren so glücklich zusammen, dass man sich Schmerz und Trauer gar nicht vorstellen konnte. Ich muss wieder an Amisha denken, an die Entscheidungen, die sie treffen musste. Wenn ich mir das junge Paar hier so ansehe, bin ich dankbar. Die Zeit, die ich mit Patrick verbracht habe, war wundervoll, wahres Glück. Und auch, wenn Kummer und Leid folgten, habe ich ihn wirklich geliebt, und ein Teil von mir ist sich sicher, dass ich ihn wohl auch für immer lieben werde.

Dreiundvierzig

Zwei Tage später ist der Jahrestag meiner ersten Fehlgeburt. Ich stehe früh auf und ziehe eins der Outfits an, die ich hier auf dem Markt gekauft habe. Ich verlasse das Haus und bin mir jedes Schrittes bewusst, als ob ich mich selbst sorgenvoll frage, ob mein Entschluss richtig war.

Am Tempel angekommen, schlüpfe ich aus den Schuhen und steige die Stufen hinauf. »Namaste.« Der Tempel ist still, außer mir sind nur einige wenige Familien anwesend.

»Willkommen.« Der Brahmane nimmt meine Opfergaben entgegen, Blumen und Früchte. »Vielen Dank. Sie werden ein langes und glückliches Leben haben.«

»Danke.« Mein Blick schweift über die Gesichter der Gottheiten. Jedes von ihnen ist beeindruckend genug, mich in seinen Bann zu ziehen.

»Suchen Sie etwas?«, fragt der Brahmane.

»Ich wollte nur fragen …« Ich halte inne, suche nach den richtigen Worten. »Nein, nicht fragen … aber vielleicht Antworten finden.« Ich verwerfe den Satz und fange neu an. »Ist das die Göttin Parvati?«

»Ja, und neben ihr Durga.« Er weist auf die nächste Statue. »Beide sind sehr mächtige Kräfte.«

Ich knie vor den Figuren der beiden Göttinnen, die in anmutiger Harmonie zusammenstehen. Ihre Augen sind wie lavendelfarbene Kristalle, die Hände golden bemalt. Ich schließe die Augen und stelle mir meine Babys vor, wie sie spielen, ihr Lachen meine Seele heilt. Ich sehe mich, wie ich sie wiege und beruhige, wenn sie weinen, und mich mit ihnen freue, wenn sie lachen. Ich hätte ihnen mehr gegeben, als ich bisher in meinem Leben je gegeben habe.

»Meine Großmutter kam schon zu diesem Tempel«, erkläre ich den schweigenden Figuren. »Ich habe sie nie kennengelernt, aber ich bin mir sicher, dass sie stärker war, als ich es je sein werde.« Ich fühle mich plötzlich so jung, vielleicht sogar etwas naiv. »Und jetzt bin ich hier und möchte selbst um ein Kind bitten«, flüstere ich. Die Tränen fallen, meine Trauer gönnt mir keine Pause. Ich senke mein Gesicht bis zu den Knien, um es vor den Blicken des Brahmanen und den Augen der Göttinnen zu verbergen. Ich verstecke mich vor der Welt und mir selbst, da ich meinen Platz immer noch nicht gefunden habe.

* * *

»Jaya?« Amit tritt zögerlich zu mir.

Ich wische schnell die Tränen fort. Es müssen Stunden vergangen sein, denn die heiligen Statuen sind inzwischen von Schatten bedeckt. »Amit? Wie geht es dir, Beta?«

»Mir geht es gut.« Auch er trägt eine Schale mit Blumen und Früchten. Dann fällt ihm mein von Tränen verschmiertes Gesicht auf. »Ist alles in Ordnung?«

»Dein Urgroßvater hat mir erzählt, dass die Tempel große Macht besitzen.« Ich wische mir noch einmal über das Gesicht und hoffe, damit die letzten Spuren meiner Tränen beseitigt zu haben. »Vielleicht hat mich das ein bisschen zu sehr bewegt.«

Ich lege ihm den Arm um die Schulter. »Aber warum bist du mitten am Tag hier? Hast du denn keine Schule?«

»Wir hatten heute früher frei.« Er wendet den Blick ab. »Darf ich Sie etwas fragen?«

»Aber natürlich, alles.« Ich gehe mit ihm in einen entfernteren Bereich des Tempels, damit wir unter uns sind.

»Glauben Sie an Wunder?« Er scheint zögerlich, doch ernsthaft interessiert an meiner Antwort. »Sie scheinen sehr intelligent zu sein.« Ich kann eine gewisse Bewunderung in seinem Blick erkennen.

»Also, zuerst einmal«, setze ich an und lächle, »erzählt dein Dada Ravi mir, dass du auch ziemlich intelligent bist. Ich glaube, in Mathe könnte ich nicht mit dir mithalten. Bester der Klasse, wie ich höre.« Das Kompliment zaubert ihm Farbe ins Gesicht. »Und ohnehin ist es nicht wichtig, woran ich glaube.« Ich weiß, das war ausweichend und nicht wirklich eine Antwort auf seine Frage. »Wichtig ist nur, woran du selbst glaubst. Glaubst du an Wunder?«

»Es geht um Misha.« Er zögert. Ich lasse ihm Zeit, es vergeht eine gute Minute, ehe er weiterspricht. »Ihre Krankheit, Polio … Die Ärzte sagen, dass man nichts für sie tun kann.« Sein Blick geht starr auf die Marmorsäulen. »Daher komme ich jeden Tag hierher und bringe Opfergaben und hoffe, dass die Götter ihr helfen können.« Seine Worte stocken wieder, ich warte geduldig. »Ich wünschte so sehr, dass sie mit uns anderen zusammen laufen und spielen könnte.«

Ich sehe mir den Jungen vor mir an. Die Umstände haben ihn schon vor seiner Zeit reifen lassen. Es ist unglaublich, welche Loyalität in seiner Familie herrscht. »Weiß dein Dada Ravi davon?«

»Ich würde nicht wollen, dass er von meinen falschen Hoffnungen erfährt.« Amits Blick ist in die Ferne gerichtet.

»Haben Sie in Amerika schon gesehen, dass Gebete mit Wundern vergolten wurden?«

»Jeden Tag gibt es neue Wunder«, erkläre ich, auch wenn ich noch nie persönlich eins gesehen habe. Und seit meinen Fehlgeburten auch nicht mehr an solche glaube. »Ist es das, was du für deine Schwester wünschst?«

»Ja«, antwortet er. Er nickt zu den Statuen. »Und ich kann nichts anderes tun als beten.«

* * *

An dem Abend gehe ich wieder zum Café. In der kleinen Telefonzelle wähle ich eine Nummer, die ich seit Langem auswendig kenne. Nervös lausche ich auf das Wartezeichen.

»Hallo?«

Patricks Stimme hört sich ebenso an wie das letzte Mal. Es muss bei ihm jetzt fast Mitternacht sein. Ich komme mir auf einmal sehr dumm vor, hatte gar nicht bedacht, dass eventuell jemand bei ihm sein könnte.

»Hallo«, antworte ich, als er noch einmal nachfragt. »Ich bin's.«

Der Klang seiner Stimme hat mich komplett aus der Spur geworfen. Damals, in der Kennenlernphase, haben wir oft die ganze Nacht geredet. Seine Stimme wurde dadurch irgendwie zu meinem Anker in stürmischen Zeiten, meiner Stütze bei großen Aufgaben. Und als ich mich dann selbst in meiner Trauer verlor, vergaß ich irgendwie auch, wie sehr er mir immer geholfen hatte.

»Jaya?« Ich höre Geräusche im Hintergrund und stelle mir vor, wie er die Kissen hochschiebt und sich gegen sie lehnt. »Da hab ich jetzt aber überhaupt nicht mit gerechnet. Ist alles in Ordnung?«

»Ja«, versichere ich schnell. »Ich weiß, es ist spät bei dir, ich hatte die Zeitverschiebung total vergessen, bis es schon klingelte.« Ich rede wirr drauflos, kann mich nicht beherrschen. »Wenn Stacey gerade da ist, tut mir das echt leid, ich kann …«

»Stacey ist nicht hier«, unterbricht mich Patrick in einem beruhigenden Tonfall. »Ich habe sie gar nicht mehr getroffen, seit ich dir von ihr erzählt habe.«

»Oh.« Ich bin überrascht und weiß nicht so recht, was ich darauf sagen soll. Ich war mir so sicher, dass sie der Anstoß dafür war, dass unsere durch Trauer zerrüttete Ehe zerbrach. Jetzt bin ich verwirrt. Ich will mehr fragen, halte mich aber zurück. Ich muss mich daran erinnern, dass wir nicht mehr das vertraute Paar sind, das alles miteinander teilt. »Das tut mir leid.«

»Wie geht es dir?« Seine Stimme ist tief und trotz der Entfernung zwischen uns kann ich seine Verwirrung raushören. »Ich habe versucht, dich zu erreichen, aber wir wurden getrennt.«

»Ich habe dich gehört, aber du konntest mich nicht hören. Ich habe auch zurückgerufen, aber …« Meine Stimme verliert sich. Jener Anruf scheint ein halbes Leben her zu sein. Zu der Zeit hatte ich gerade erst angefangen, die Geschichte meiner Großmutter zu hören, und noch keine Ahnung, was sie mir alles offenbaren würde.

»Aber du hast aufgelegt. Wegen Stacey«, sagt er in die Stille. Ich muss es nicht bestätigen, er weiß es ja bereits.

»Ich wollte eigentlich nur anrufen, um dir zu danken. Für die Zeit, die du während der Fehlgeburten an meiner Seite warst«, erkläre ich schnell. »Heute ist der Jahrestag der ersten Fehlgeburt.« Ich höre ihn Luft holen, beeile mich aber fortzufahren, damit ich alles aussprechen kann, ehe mich die Gefühle einholen. »Ich weiß, du hast versucht, für mich da zu sein. Ich konnte es damals nicht sehen, aber ich weiß es jetzt.«

»Ich vermisse dich.« Einfache Worte, doch sie überraschen mich. Das war das Letzte, was ich zu hören erwartet hatte. Ich höre, wie er den Hörer von einem Ohr zum anderen nimmt, und weiß, dass er wohl gerade die Lampe neben dem Bett einschaltet. »Ich habe dich auch damals vermisst, so sehr.«

Ungebeten keimt Hoffnung in mir auf. Auch ich vermisse ihn, er fehlt mir in meinem Leben. Amishas Geschichte hat mich daran erinnert, wie wertvoll die Liebe ist. Ich habe sie immer als selbstverständlich genommen. Als die ersten Schwierigkeiten kamen, bin ich davongelaufen. Habe mir eingebildet, dass ich allein stärker wäre. Aber seine Nähe war nie eine Last, sie war ein Segen. Zwei Leute, die so verzweifelt versucht haben, sich zu lieben und zusammen ein Leben aufzubauen. Er hat mir die Luft zum Atmen gegeben, mich glücklich gemacht.

»Ich hatte mich selbst verloren«, flüstere ich. Ich ziehe die Knie bis an die Brust und schlinge meinen freien Arm um sie. »Durch die Trauer wurde alles schwarz.«

»Es tut mir so leid, dass ich dir nicht helfen konnte«, gibt er zu. Seine Worte lockern den Schmerz, der mein Herz im Griff hatte. »Ich wollte bei dir sein, wusste aber nicht, wie ich zu dir hätte durchdringen können.« Ich kann mich nicht zurückhalten und schluchze auf, ehe ich mich wieder im Griff habe. Man hört, dass auch er Schwierigkeiten hat, seine Emotionen unter Kontrolle zu halten.

»Danke, dass du es versucht hast«, erkläre ich. »Und es tut mir leid, dass ich dir das vorher nie gesagt habe.«

»Wir sind verheiratet«, erklärt er, wobei ich mir nicht sicher bin, ob er die Zeitform aus reiner Gewohnheit benutzt. »Es war einfach mein Job.« Als ich schweige, geht er zu einem anderen Thema über. »Ich habe deine Beiträge im Blog gelesen. Sie sind mehr als beeindruckend.«

Ich muss zwischen Tränen lachen. »Du scheinst immer noch durch die rosarote Brille zu lesen«, scherze ich. Ganz egal, wie oft oder wie wenig ich meine Texte überarbeitet hatte, Patrick lobte sie immer als perfekt. »Gut, das zu wissen.«

Er fällt in mein Lachen ein, dann schweigen wir zusammen. Es gibt so viel, was ich ihm sagen will, aber ich weiß nicht, ob ich noch das Recht dazu habe. Er ist nicht mehr mein Vertrauter, dem ich wirklich alles sagen kann, einfach, weil er es sich anhören muss. Als ich mich von meiner Ehe verabschiedete, habe ich damit auch meinen besten Freund und die Liebe meines Lebens verlassen.

»Ich vermisse dich«, gebe ich zu. »Mehr, als ich gedacht hätte.«

Wenn Freunde oder Bekannte von ihrer Scheidung erzählten, musste ich mich immer fragen, wie eine so enge Verbindung so restlos zerbrechen konnte. Wie man all die Liebe vergessen konnte. Als Patrick sich von mir getrennt hat, war ich so auf das konzentriert, was uns auseinandergetrieben hat, dass ich gar nicht mehr an das gedacht habe, was uns eigentlich zusammengebracht hatte. Jetzt blüht ein kleiner Keim der Hoffnung, auch wenn die Stimme der Vernunft von mir verlangt, vorsichtig zu sein und nicht vorschnell zu handeln.

»Wann kommst du wieder?«, fragt er schließlich.

»Ich weiß noch nicht.« Mein Redakteur hat mir Aufgaben geschickt, die ich auch von hier aus bearbeiten kann. Es ist ein gutes Gefühl, wieder zu arbeiten, neben den Artikeln, die ich für das Blog schreibe. »Hier zu sein …« Ich denke wieder an Amishas Geschichte und ihren Weg. »Ich glaube, es hilft mir, wieder ganz zu werden.«

»Dann bin ich froh.« Er zögert und ich frage mich, ob er sich dieselben Sorgen macht wie ich, ob er sich auch nicht traut, mir seine intimsten Gedanken anzuvertrauen. »Ich habe gelegentlich mit deinen Eltern gesprochen«, sagt er zu meiner Überraschung. »Ich habe sie gebeten, dir nichts davon zu sagen«, fügt er schnell hinzu, ehe ich protestieren kann. »Ich wollte nur hören, wie es dir geht, ob alles in Ordnung ist.«

»Patrick«, setze ich an. Ich überlege kurz, meine Worte zu zügeln, spreche es dann aber doch aus. »Ich wünschte mir so sehr, dass diese ganzen Fehlgeburten nie geschehen wären.« Meine Stimme ist kaum noch ein Flüstern. Ich weiß, ich sollte besser schweigen, aber ich bin es müde, meine Gefühle versteckt zu halten. »Ich wollte nichts so sehr, wie eine Familie mit dir zu gründen. Ich wollte, dass wir Eltern werden.«

»Ich weiß, Kleines.« Auch aus seiner Stimme spricht Schmerz. »Das wollte ich auch, mehr als alles andere.«

Meine Tränen machen es mir unmöglich, mehr zu sagen oder aufzunehmen, also schweigt er einfach und hört mir zu, wie ich am Telefon weine. Er tröstet mich auch über Kontinente und Weltmeere hinweg und zum ersten Mal seit dem ersten Schmerz lasse ich es zu.

Vierundvierzig

Als ich am Waisenheim ankomme, ist es schon späte Nacht. Nach dem Telefonat mit Patrick habe ich lange wach gelegen, ich konnte einfach keinen Schlaf finden. Wir hatten noch Stunden geredet, über alte Erinnerungen und den Schmerz, der uns unüberwindlich vorgekommen war. Ich habe ihm verschiedene Stellen aus Ravis Geschichte erzählt. Für diese wenigen Stunden hatte es sich angefühlt, als ob nie etwas zwischen uns getreten wäre.

Jetzt steige ich die Stufen hinauf. Ich komme mir töricht vor, die Kinder zu besuchen, die wahrscheinlich schon schlafen. Leise klopfe ich an die Tür, nur einmal. Ich habe mir vorgenommen, gleich wieder zu gehen, wenn niemand aufmacht.

»Ja bitte?« Eine der Pflegerinnen, die ich das letzte Mal kennengelernt habe, öffnet mir die Tür. Ihre Augen weiten sich überrascht, als sie mich erkennt. »Shrimati, was machen Sie denn hier?« Sie winkt mich schnell rein. Der Raum ist dunkel, nur eine kleine Lampe flackert im Hinterraum. Die meisten Kinder schlafen, doch ein paar wälzen sich unruhig.

»Es tut mir leid, ich weiß, es ist schon spät«, erkläre ich mit leiser Stimme. »Ich war mir nicht sicher, wann die Kinder schlafen gehen. Ich wollte einfach nur …« Ich weiß selbst nicht, zucke mit den Schultern und stecke die Hände in meine Hosentaschen. »Ich dachte, ich könnte vielleicht etwas Zeit mit ihnen verbringen.«

Wenn die Betreuerin meinen späten Besuch seltsam findet, sagt sie zumindest nichts dazu. »Es gibt immer ein paar Kinder, die aufwachen, meist wegen Hunger.« In der kleinen Küchenzeile steht ein Topf Milch auf dem Herd. »Wenn Sie helfen wollen, könnten Sie die Milch vielleicht in die Flaschen füllen?«

»Natürlich, gerne.« Ich finde einige saubere Flaschen, die zum Trocknen auf einer Serviette stehen. »Bleiben Sie die ganze Nacht hier wach?«

»Normalerweise kommt eine Frau, die uns für die Nacht ablöst, aber sie ist krank geworden, daher übernehmen wir die Zeit in Schichten.«

Die Betreuerin arbeitet schnell und effizient. Ihre Kleidung ist überall mit Essen und Milch bespritzt. Ihre Haare hat sie in einem engen Dutt zusammengebunden, doch einzelne Strähnen sind entkommen und hängen über ihr Gesicht.

Ich habe die Flaschen gerade gefüllt, als auch schon das erste Kind schreit. Die Pflegerin will zu ihm gehen, doch ich halte sie auf. »Darf ich?« Sie nickt, also hebe ich das weinende Kind hoch, lege es in meine Arme und gebe ihm die Flasche.

Ich lehne mich mit dem Rücken an die Wand und rutsche hinab, bis ich mit dem Kind im Schoß sitze. Gierig saugt es aus der Flasche, bis kaum noch etwas übrig ist. Ein Kind, das nahebei liegt, rutscht näher an uns heran, sucht in der kalten Nacht nach Wärme. Meine Kehle schnürt sich vor Glück zu.

»Das machen Sie sehr gut.« Die Pflegerin steht in der Nähe und füttert ein anderes Kind.

»Er ist so hungrig, da fällt es gar nicht auf, wie ungeschickt ich mich anstelle.« Die Flasche ist inzwischen leer, doch der Junge nuckelt weiter. Sanft entziehe ich ihm die Flasche, damit er keine Luft einsaugt. Dann streichele ich ihm mit dem Finger über die Wange und wische einige Tropfen Milch vom Kinn. »Wie sind Sie eigentlich auf diesen Beruf gekommen? Was bringt jemanden dazu, sich um die Kinder hier zu kümmern?« Ich hebe den Jungen an meine Schulter und klopfe ihm sanft auf den Rücken, bis er rülpst. Danach entspannt er sich und sinkt zurück in den Schlaf. Vorsichtig lege ich ihn ab.

»Ich bin selbst in einem Waisenheim groß geworden.« Sie wiegt das immer noch weinende Kind in den Armen und redet beruhigend auf es ein, als die Schreie lauter werden. »Und deshalb bin ich jetzt hier.« Ich hole ihr eine neue Flasche. »Sie selbst haben keine Kinder?«

»Ist das so offensichtlich?« Eigentlich würde ich lieber das Thema wechseln, ich rede immer noch nicht gerne über meine Unfähigkeit, Mutter zu werden.

»Sie halten das Kind wie eine neue Mutter. Unsicher, aber enthusiastisch«, erklärt sie.

Ich ziehe mich in mich selbst zurück, erinnere mich an die zahllosen Bücher, die ich gelesen habe. All die Erklärungen, wie man ein wählerisches Kind beruhigt und es glücklich macht. Aber egal, wie viel man auch liest, es kann nie die Erfahrung eines echten Kindes ersetzen. Selbst hier, in diesem Raum voller Kinder, bin ich noch allein.

Ich schüttele die trüben Gedanken ab, atme einmal tief durch und beruhige mich wieder. »Haben Sie Kinder?«

»Das hier sind meine Kinder.« Sie gähnt, offensichtlich erschöpft. »Meine eigene Familie hat mich vor langer Zeit aufgegeben, ebenso, wie diese Kinder von ihren Familien aufgegeben wurden.« Ihr Blick schweift durch den Raum. »Wir haben nur einander.«

»Die Kinder haben Glück, Sie zu haben.«

»In Nächten wie dieser muss ich Ihnen da zustimmen.« Sie vollbringt das Kunststück zu lachen, während sie das Gähnen unterdrückt. »Aber erzählen Sie doch mal, warum sind Sie wirklich mitten in der Nacht hier bei uns?«

»Ich kann einfach nicht aufhören, an die Kinder zu denken, die ich selbst nie hatte. Und irgendwie bin ich dann hier gelandet«, erkläre ich freimütiger als geplant.

»Wollen Sie ein Kind adoptieren?«

»Wie bitte?« Patrick hatte das Thema Adoption zwar einmal angesprochen, aber wir haben es nie wirklich in Erwägung gezogen. In meinen Träumen kam das Kind immer aus meinem eigenen Bauch und war ein Ebenbild von mir oder Patrick. Adoption schien mir, als ob ich die Niederlage eingestehe. Und so weit war ich noch nicht. »Nein, eigentlich habe ich da noch nie dran gedacht.«

»Entschuldigen Sie mein Missverständnis.«

»Werden viele Kinder adoptiert?«

»In einem glücklichen Jahr finden eine Handvoll den Weg zu Familien.« Die Frau ruft leise nach einem der größeren Mädchen, das gerade wimmernd aufwacht. Sofort rennt das Kind zu ihr und rollte sich in ihrem Schoß zusammen. »Sie kommen einsam und allein hier an und gehen als Teil einer Familie. Es ist so schade, dass die meisten Familien erst hierherkommen, wenn sie verzweifelt sind und keinen anderen Weg mehr sehen. Dabei ist es eine ganz einzigartige Freude, eins dieser Kinder mit nach Hause zu nehmen.«

»Wie meinen Sie das?«

»Alle Eltern träumen von ihrem eigenen Kind, oder? Also einer kleinen Version von sich selbst«, erklärt sie. »Die Eltern, die hier ankommen, haben diesen Traum aufgegeben. Sie waren verzweifelt, jetzt sind sie einen Schritt weiter, resigniert. Sie können kein eigenes Kind bekommen, aber in ihren Herzen fehlt trotzdem etwas. Diese Familien kommen mit offenen Armen zu uns.«

»Aber das Kind ist dann nicht ihr Ebenbild und führt auch nicht ihre Blutlinie fort.«

»Das stimmt, aber in dem Moment macht das Kind aus dem Paar eine Familie. Und die Eltern gehen in dem Wissen, dass es ein Geschenk ist, Mutter oder Vater zu sein, egal, wie es zustande gekommen ist.« Sie trägt das eingeschlafene Mädchen zurück an ihren Platz. »Ich wünschte nur, dass es nicht nur jene wenigen Verzweifelten wären. Es kann so bereichernd sein, sein Herz einem Kind zu schenken, auch wenn es nicht von eigenem Fleisch und Blut ist.«

Ich hoffe auf ein Wunder aus meinem eigenen Körper, das nicht kommen will. Diese Kinder hier warten auf ihr eigenes Wunder, darauf, dass das Schicksal ihnen jemanden schickt, der sie liebt. Ich stelle mir vor, wie es wäre, wenn eins der Kinder meins wäre, und plötzlich fühlt sich mein Herz leicht und mein Geist befreit. Ich bleibe noch hier und helfe, bis die Sonne aufgeht und ein neuer Tag anbricht.

Amisha

Fünfundvierzig

Neun Monate und zwei Tage nach ihrem Abend mit Stephen traten bei Amisha die Wehen ein. Der Neumond warf seine Schatten über die Geburt. In den letzten Wochen hatte Amisha zwar noch ihre Pflichten gegenüber Kindern und Haushalt erfüllt, aber jeglichen Antrieb verloren. Die Wehen waren daher seltsamerweise sogar eine Art Erleichterung. Die Schmerzen, die durch ihren Unterleib zuckten, gaben ihr etwas Konkretes, an dem sie sich festhalten konnte, nach Monaten der Taubheit. Die Geburt zog sich einige Stunden. Amisha war es recht. Während der Zeit, die ihr Kind brauchte, um auf die Welt zu kommen, musste sie nicht über ihren Verlust nachdenken.

Die Schreie des Babys rissen sie aus ihrem Nebel der Benommenheit und aufgeregt sah sie der Hebamme zu, wie sie den winzigen, blutverschmierten Körper hochhob und die Nabelschnur durchtrennte.

»Es ist eine Tochter.« Die Hebamme schöpfte Wasser aus einem Eimer, um das Blut abzuwaschen. »Aber geboren in der Nacht von Amavasya?« Mit einer geübten Bewegung saugte sie den Schleim aus dem Mund des Babys und wickelte das Kind in eine Wolldecke. »Das ist ein Fluch.« Der Aberglaube war verbreitet, dass eine Tochter, die in der Nacht des Neumondes geboren wurde, der Familie nur Pech brachte.

Amisha tat die Behauptung der Frau mit einem Kopfschütteln ab. Sie war zu erschöpft, um mit der Hebamme zu diskutieren, und konnte es nicht erwarten, ihr Baby zu halten. Amisha streckte ihre Arme aus. Als man ihr ihre Tochter reichte, setzte ihr Herz einen Schlag aus. Sie blickte auf ein winziges Ebenbild von Stephen. Sofort zog sie das Kind an sich und bedeckte es mit Küssen und all der Liebe, die sie für seinen Vater bewahrt hatte.

»Du bist kein Fluch, du bist ein Segen«, flüsterte sie dem Baby ins Ohr. Still wandte sie sich an Stephen, wo dieser auch immer sein mochte. »Unsere Tochter ist geboren«, hauchte sie. Sie wünschte sich mehr als alles andere, dass er diesen Moment mit ihr teilen könnte. »Danke, dass du sie mir geschenkt hast«, fügte sie unter Tränen hinzu.

Ravi trat ein, sobald die Hebamme es erlaubte. Er stellte sich neben das Bett und sah dem Baby zu, dass nach der Milch der Mutter schrie. »Sie ist wunderschön.«

»Sie kommt nach ihrem Vater«, sagte Amisha, ohne nachzudenken. »Wir werden sie Lena nennen.«

Nachdem er die Hebamme bezahlt hatte, trat auch Deepak ein. Ravi machte sofort Platz und begann, das Zimmer sauber zu machen. Deepak starrte seine Tochter an, die bereits an Amishas Brust lag. »Aber … ihre Haut. Sie ist so hell. Heller als die Haut der Brahmanen.«

»Es ist ein Segen.« Amisha suchte nach einer plausiblen Erklärung. »Deine Mutter sagte einst zu mir, dass ein Kind mit besonders heller Haut ein Kind der Götter ist. Wir Menschen sind nur dazu da, das Kind für sie zu bewahren.« Deepak starrte das Baby weiter an, ehe er zu Amisha blickte. Sie wartete nervös, doch er nickte nur.

»Bei ihrer Hautfarbe werden die Anwärter Schlange stehen.« In Indien war helle Haut ein Statussymbol. »Das freut mich, wir werden viel Mitgift sparen.«

»Sie muss nach Amerika gehen.« Amisha nahm all ihre Kraft zusammen. »Ich möchte, dass sie an einen Bräutigam in Amerika gegeben wird.«

Nur so konnte sie ihre Schuldgefühle begleichen, ihrer Tochter ein Leben mit ihrem Vater in England zu verwehren. Sie musste Lena die Möglichkeiten sichern, die ihre Mutter nie hatte. Das sollte Amishas Geschenk an ihre Tochter sein, wie auch eine Wiedergutmachung für den Vater, den sie nie kennen würde.

»Amisha«, sagte Deepak, erstaunt über den Eifer in ihrer Stimme. »Das ist noch viele Jahre hin. Wir wissen doch noch gar nicht …«

Sie hob ihre Hand, um ihn zu unterbrechen. »Deepak, ich respektiere deinen Platz und kenne meinen, doch in diesem Fall kann ich nicht nachgeben. Gib mir dein Wort, hier und jetzt, vor dem Kind, das die Hüter des Himmels uns eben geschenkt haben. Versprich, dass du ihre Hand nicht an irgendwen geben wirst, sondern nur an jemanden, der sie nach Amerika bringt.«

Amisha wusste, dass Deepak natürlich auch ohne ihre Zustimmung oder den Willen ihrer Tochter einen Ehemann für Lena aussuchen könnte. Oft wurden solche Entscheidungen bei einer Zigarette oder bei einem Besuch im Tempel getroffen, man besprach die Details und gab sich die Hand drauf. Der Mann käme dann nach Hause und würde Frau und Tochter über die getroffene Entscheidung informieren. Danach würde der braune Zucker ausgetauscht, um die Verlobung offiziell zu machen.

»Amisha«, setzte er erneut an, blickte auf das Kind, das sie hielt.

»Versprich es mir, Deepak.« Amisha zog die Decke schützend um ihre Tochter, schützte sie auch vor Deepaks Augen. »Bitte.«

Schließlich nickte er. »Ich verspreche es, Amisha.«

»Ich danke dir.« Amisha schloss die Augen und gestattete sich endlich einzuschlafen, das Neugeborene an ihrer Seite.

* * *

Die Wochen nach Lenas Geburt vergingen ohne größere Ereignisse. Die Nächte verbrachte das Baby meist an Amishas Brust. Schon bald änderte sich Lenas Augenfarbe, von hellbraun zu grün, die Farbe der Augen ihres Vaters. Einmal sah Amisha Deepak ihre Tochter zu genau mustern, da schnappte sie sich Lena und verließ den Raum. Ihr Leben ging weiter, Deepak als Versorger und Amisha als Mutter und Herrin des Hauses.

»Amerika?«, fragte Ravi eines Tages, Monate später, als sie allein waren. »Warum Amerika, Shrimati?«

»Wenn sich hier nichts ändert, kommt sie zumindest an einen Ort, wo sie die Chance hat zu sein, wer sie sein will«, erklärte Amisha. »Wer oder was das auch immer sein mag.« Als er sie weiter fragend anblickte, versuchte sie den Gedanken genauer auszuführen. »Schau dir unser Leben an, deins und meins. Wir haben keine Rechte, treffen keine eigenen Entscheidungen. Wir haben nur den Platz, den das Schicksal uns zugedacht hat.«

»Hat der Leutnant dir davon erzählt?«, fragte Ravi.

»Ja«, gab Amisha zu. Sie erinnerte sich noch genau an das Gespräch. »In Amerika«, fuhr sie fort und gab die Erklärung wieder, die Stephen ihr gegeben hatte, »wird sie eine Wahl haben. Lena wird für sich selbst sprechen dürfen, Ravi. Ihr Schicksal wird selbst bestimmt sein.«

»Aber das andere Ende der Welt«, drängte Ravi. »Wie kannst du deine eigene Tochter so weit fortschicken?«

»Warte es nur ab«, antwortete sie lächelnd. »Dieses Kind wird zurückkommen.« Dann küsste sie das Baby auf die Stirn.

»Und was ist mit dem Leutnant? Was, wenn *er* zurückkommt?« Ravi fing an, den Boden zu fegen. Der Regen prasselte unnachgiebig hinab, die Straßen waren überschwemmt und selbst im Haus hatten sich schon Pfützen gesammelt.

»Das wird er nicht«, sagte Amisha mit betrübter Miene. Ihr Abschied war für immer gewesen. Sie fragte sich jeden Tag und jede Nacht, wo er jetzt sein mochte und wie es ihm ging. In ihrem Herzen war sie sich sicher, dass er ebenso wie sie stets auf ihre gemeinsamen Erinnerungen zurückblickte. Und kein Tag verging, an dem sie sich nicht fragte, wie es gewesen wäre, wenn ihre Liebe eine Chance auf eine gemeinsame Zukunft gehabt hätte.

»Meinst du, er hat den Krieg unbeschadet überlebt?«, fragte Ravi, fast mehr zu sich selbst. Auch wenn der Krieg sie nur indirekt betroffen hatte, war mit seinem Ende auch die Hoffnung gestiegen, dass Indien aus den Fängen der Kolonisation entkommen könnte.

»Ja, ganz sicher.« Amisha wusste, dass Stephen noch lebte. Sie konnte sich nicht vorstellen, in einer Welt ohne ihn zu leben. Das war das Einzige, was sie motivierte. Auch wenn die Umstände ihrer Geburt ein gemeinsames Leben verboten, wandelten sie doch zumindest auf derselben Erde. Sie schliefen unter denselben Sternen und wachten unter demselben Himmel. Sie spürten dieselbe Sonne auf sich hinabbrennen und ihre Nächte waren vom selben Mond beschienen. »Ich wüsste es, wenn dem nicht so wäre.«

»Ja«, stimmte Ravi zu. »Ich habe schließlich selbst gesehen, wie deine Liebe und auch ihr Verlust aussahen.« Er blickte Lena an und musste lächeln. »Und die Geburt des Geschenks, das dich zum Leben zurückgeführt hat.« Er machte sich auf zur Küche, um das Abendessen zu bereiten. »Und wenn es nur aus diesem Grund ist, bin ich überzeugt, dass er noch lebt.«

Sechsundvierzig

Wie versprochen, hatte Amisha nicht wieder geschrieben, auch ein Jahr nach Lenas Geburt noch nicht. Sie hatte keine Wörter mehr, die aus ihr herausdrängten, keine Handlungsstränge, die ihre Träume heimsuchten. Wenn sie schlief, träumte sie nur noch von Stephen.

Die Monsunzeit war gekommen und gegangen. Wie gewohnt hatte das Ende der Wassermassen die Insekten mit sich gebracht. Die Pfützen und Kanalisation boten ihnen ideale Brutplätze. Und in einem Land, in dem täglich Obdachlose am Straßenrand starben, waren Moskitos kaum mehr als ein lästiges Übel, das halt zum Alltag gehörte.

Ravi hatte über ihren Schlafstätten Moskitonetze aufgespannt. Doch halfen diese Netze wenig gegen die Stiche, die man sich in den frühen Morgenstunden oder bei Sonnenuntergang zuzog. Die Kinder kratzten sich oft, bis sie bluteten.

»Soll ich den Arzt rufen?«, fragte Ravi, während er einen alten Sari in Streifen riss, die als Waschlappen benutzt werden sollten. Amisha trug einen Eimer Wasser ins Haus, um Lena ein kühles Bad zu bereiten. Das Kind schien leicht erhöhte Temperatur zu haben.

»Sehen wir erst mal, wie sie die Nacht übersteht. Ich denke, es ist nur eine leichte Erkältung, aber heute Morgen hat sie auch gehustet.« Amisha schlug nach ihrem blanken Arm. »Autsch.« Der Eimer fiel ihr aus der Hand.

»Was ist los?«, fragte Ravi.

»Ach, nur eine blöde Mücke.« Zur Strafe trat Amisha noch auf den Quälgeist ein, um ihn auch sicher zu erledigen.

»Die Stelle schwillt schon an.« Ravi zeigte auf die gerötete Haut an ihrem Arm.

»Gut. Das ist wohl meine Strafe dafür, dass ich das miese Viech getötet habe.« Amisha lachte, nahm den Eimer auf und trug ihn schwappend ins Haus.

* * *

Das Pochen begann drei Tage nach dem Stich. Fieber und Übelkeit kamen mitten in der Nacht. Amisha stolperte zur Hintertür und schaffte es gerade noch ins Freie, ehe sie sich übergeben musste. Sie zitterte am ganzen Körper, die Zähne klapperten unkontrollierbar. »Samir«, rief sie laut, während sie zurück ins Haus krabbelte. »Samir!«

»Mama?« Noch halb schlafend blickte er sich suchend um. Als er sie am Boden liegen sah, rannte er schnell zu ihr. »Mama, was ist denn los?«

»Hol bitte Ravi«, brachte sie schwach hervor. Samir rannte sofort los. Sie schaffte es gerade noch zur Tür, um sich erneut zu übergeben. Sie erbrach sich, bis nur noch bittere Magensäure aufstieg, und würgte auch danach noch weiter.

»Shrimati«, rief Ravi erschrocken, als er sie sah. Sein Haar stand wild in alle Richtungen und er trug noch sein Nachtgewand. »Was ist passiert?«

Der Brechreiz überkam sie erneut. Ravi hielt ihr die Haare zurück und wies Samir an, Wasser zu holen. Nur Sekunden später war Amishas ältester Sohn mit dem Wasser zurück. Ravi hielt Amishas Kopf vorsichtig aufrecht und flößte ihr einige Schluck Wasser ein.

»Kleine Schlucke«, warnte er. Amisha drückte das Glas fort, doch Ravi führte es gleich wieder an ihren Mund. »Du musst trinken, Shrimati.« Sie trank die Hälfte, die andere Hälfte tropfte ihr über das Kinn. Er wischte ihr mit seinem Ärmel den Schweiß von der Stirn und das Wasser vom Kinn.

»Irgendetwas stimmt nicht«, sagte Amisha schwach und hielt sich an ihm fest. »Mein Körper fühlt sich so ...« Schmerzen durchzuckten ihren ganzen Körper. Es schien, als ob ein schweres Gewicht auf ihren Kopf drückte, ihr Blick verschwamm.

»Das wird wieder«, beruhigte Ravi sie, wobei er auch sich selbst zu überzeugen versuchte. »Als gute Mutter hast du Lenas Krankheit in dich aufgenommen und sie trifft dich jetzt doppelt.« Mithilfe von Samir trug er Amisha ins Haus, an den anderen Kindern vorbei, die noch auf dem Boden lagen. Sobald sie im Bett lag, wies er Samir an: »Wir brauchen einen Arzt, sofort!«

* * *

Nachdem der Arzt Amisha gründlich untersucht hatte, schüttete er ein gutes Dutzend Pillen aus einem Beutel und reichte sie Samir. »Es ist ein Virus. Gib ihr eine Tablette alle vier Stunden, gegen das Fieber.«

»Wie lange wird sie krank sein?«, fragte Ravi, der gegen die hintere Wand lehnte. Amisha lag in ihrem Bett und reagierte kaum auf ihre Umgebung.

»Es sollte in ein oder zwei Tagen besser werden«, antwortete der Arzt. »Sie muss viel Flüssigkeit zu sich nehmen. Der Virus kann ihr nicht schaden, aber mangelnde Flüssigkeit schon.«

Ravi suchte das Geld aus der Schublade und reichte es Samir, damit er den Arzt bezahlen konnte. »Ruft mich, wenn es schlimmer wird«, sagte der Arzt, während er zufrieden das Geld zählte. »Egal, zu welcher Zeit.«

»Schlaf, Beta«, sagte Ravi zu Samir, als der Arzt gegangen war. »Ich bleibe hier. Und morgen früh schicken wir ein Telegramm an deinen Vater.« Als Samir Einwände erheben wollte, winkte Ravi ab. »Ich wecke dich, wenn sie etwas braucht, Beta.« Er legte dem jungen Mann beruhigend eine Hand auf den Kopf. »Schlaf. Shrimati wäre sehr enttäuscht, wenn du morgen die Schule verpasst.«

Samir rieb sich die geröteten Augen. »Du weckst mich aber bestimmt?« Ravi nickte und Samir lächelte erleichtert. Dann krabbelte er zurück zwischen seine jüngeren Brüder, an die Stelle, an der Amisha sonst schlief, und zog beide eng an sich. Zum Rhythmus ihrer gleichmäßigen Atemzüge war er schnell wieder eingeschlafen, während Ravi an Amishas Seite wachte.

* * *

Deepak traf zwei Tage später ein und fand Amisha so schwach vor, dass sie sich kaum aufrecht auf einem Stuhl halten konnte. Ravi hatte sie beständig mit Zitronensorbet gefüttert. Deepak griff sie an der Schulter. »Amisha?«

»Sie ist sehr schwach«, warnte Ravi mit unterwürfiger Stimme.

»Amisha«, wiederholte Deepak und schüttelte sie an der Schulter. Ihre Augen flatterten auf, er atmete erleichtert aus. Dann nahm er das Glas Zitronensorbet und hielt es an ihre Lippen. »Du musst trinken«, sagte er. Die Flüssigkeit rann über ihr Kinn und tropfte auf ihren Schoß.

Amisha schlug langsam die Augen auf und starrte die beiden Männer an. »Du bist endlich gekommen«, flüsterte sie.

Doch in ihrem Wahn meinte sie, Stephen vor sich zu sehen. Sie nahm einen großen Schluck Sorbet und lächelte glücklich. Der Druck auf ihren Kopf war kaum zu ertragen, aber sie kämpfte dagegen an, versuchte, wach zu bleiben. »Ich dachte, ich würde dich nie wiedersehen.«

»Ich bin gekommen, sobald mich das Telegramm erreichte«, sagte Deepak.

»Hast du deine Tochter gesehen?« Begierig, Stephen das wunderschöne Kind zu zeigen, das sie zusammen gezeugt hatten, suchte sie den Raum ab. »Das war mein einziger Wunsch, jeden Tag, dass du kommen mögest, sie zu sehen.« Sie konnte Lena nicht erkennen und wandte sich flehend an Ravi. »Bitte hol das Baby.« Dann griff sie die Hand des vermeintlichen Stephen. »Sie hat dein Lächeln.«

»Shrimati.« Ravi zwang sich zu einem Lächeln und sprach, damit sie nicht weiterreden würde. »Sahib weiß, wie schön eure Tochter ist. Aber jetzt gelten seine Sorgen dir.« Er trat zu Amisha und nahm das Glas Sorbet zurück. »Ich werde dafür sorgen, dass sie den Rest zu sich nimmt, Sahib.«

»Was hat der Arzt gesagt?«, fragte Deepak. Hinter ihnen war Amisha bereits wieder eingeschlafen.

»Ein Virus. Er hat ihr Medizin gegen das Fieber gegeben und uns versichert, dass sie wieder gesund wird.« Ravi zeigte auf die Tabletten. »Ich habe sie klein gemahlen und unter das Sorbet gemischt.«

»Sorg dafür, dass sie wirklich alles isst.« Die Diagnose des Arztes hatte seine Sorgenfalten etwas geglättet. »Ich gehe zur Mühle. Wenn etwas ist, schick nach mir.«

Siebenundvierzig

Weitere drei Tage vergingen und Amishas Zustand änderte sich kaum. Ravi und Bina kümmerten sich um die Kinder, während Deepak im Dorf arbeitete. Am dritten Abend stand er an der Tür und sah zu, wie Ravi Amisha mit Naan und Kartoffeln fütterte.

»Sie isst?«, fragte Deepak vom Eingang aus.

»Nicht viel«, antwortete Ravi. »Aber mehr als bisher, was schon mal ein gutes Zeichen ist.«

»Amisha.« Deepak setzte sich zu ihr aufs Bett. Obwohl Amisha aufrecht saß, konnte sie die Augen kaum offen halten. »Ich habe etwas für dich«, sagte er laut und betont, um ihre Aufmerksamkeit zu erlangen. Seine Augen waren von tiefen Ringen unterlaufen, sein Kiefer von Sorgen gespannt.

Amisha hatte Ravi einst verraten, dass sie fürchtete, ihre Söhne würden Deepak eher als eine Art Lieblingsonkel ansehen, nicht wirklich als ihren Vater. Sie waren zwar von seinem Fleisch und Blut und freuten sich immer, wenn er nach Hause kam, aber er kannte sie nicht wirklich. Er hatte keine Ahnung, was sie sorgte oder wie man sie beruhigen konnte, wenn sie etwas bekümmerte. Er wusste nicht, was für Ziele sie hatten oder ob einer von ihnen ihm ins Familiengeschäft würde nachfolgen wollen, wie er es bei seinem Vater getan hatte. Doch diesmal hatten sich die Jungs mit ihren Sorgen und Ängsten an ihn gewandt. Und er war für sie da, so gut er konnte.

Schließlich drehte Amisha den Kopf in seine Richtung. Ihre Unterlippe hing hinab, ihre Augen schienen nichts wirklich erfassen zu können. Sie bestand nur noch aus Haut und Knochen, hatte in weniger als einer Woche gut fünf Kilo verloren. Er öffnete ihre Hand und legte ihr ein Schlüsselbund auf die Handfläche. Sie sah erst die Schlüssel verwirrt an, dann Deepak. »Was ist das?« Sie hatte Schwierigkeiten, die Worte zu formen.

»Die Schlüssel zu deiner Schule.« Deepak blickte Amisha tief in die Augen und erkannte Überraschung in der Verwirrung. Er warf einen schnellen Seitenblick zu Ravi und suchte nach den richtigen Worten. »Ich weiß, dass sie dir immer so wichtig war. Ich dachte, das gibt dir etwas, worauf du dich freuen kannst.«

»Du hast die Schule gekauft?« Amisha ließ die Schlüssel durch die Hand gleiten. Damals, als die Schule noch offen gewesen war, hatte sie dieses Schlüsselbund Tag für Tag bei Stephen gesehen. Jetzt waren die Briten abgezogen und die Schule geschlossen. »Aber wie?«

»Vikram meinte, dass die Regierung keine Verwendung dafür hat. Ich hatte gehofft, dass es dir vielleicht hilft.« Deepak schüttelte den Kopf, ihm war wohl unverständlich, wie ein Gebäude einen so großen Wert für seine Frau haben konnte. »Du schienst immer so glücklich, wenn du dort warst.«

»Das hast du bemerkt?«, flüsterte Amisha. Deepak zuckte nur mit den Schultern. Sie wollte ihn fragen, warum er nie etwas gesagt hatte. Über die Wochen, als er ihr die Schule verboten hatte, war sie sich sicher gewesen, dass sie ihren Ehemann wirklich hasste. »Und hat es dir etwas ausgemacht?«

»Wenn ich dich jetzt so sehe, von einem Virus geschlagen, dann würde ich alles dafür geben, die Zeit wieder zurückzuhaben«, antwortete Deepak ehrlich. »Dich wieder glücklich in deiner Schule zu sehen.«

Amisha musste gegen die Tränen ankämpfen. Es war das erste Mal, dass Deepak ihr in Worten gesagt oder zumindest umschrieben hatte, dass er sie liebte. Bei all den Gedanken an Stephen hatte sie ihn völlig verdrängt. Und jetzt, auch wenn sie kaum mehr waren als Fremde, versuchte er alles, um für sie da zu sein.

»Ich muss hoffentlich nicht erwähnen, dass das kein billiges Geschenk war«, scherzte Deepak, als sie nicht antwortete. »Vielleicht sollten wir erst mal nichts mehr kaufen, bis die Kinder erwachsen sind.«

»Danke«, flüsterte Amisha schließlich. Sie sah ihm nach, als er ging, und fiel dann in einen tiefen Schlaf, die Schlüssel neben sich.

* * *

Es dauerte Tage, bis Amisha genug Kraft für den Weg gesammelt hatte. Ravi blieb immer dicht bei ihr, während er sie zur Schule begleitete. Seit Ausbruch der Krankheit waren acht Tage vergangen und jeden Tag waren ihre Kräfte weiter geschwunden. Langsam und vorsichtig stieg Amisha die Treppe zu der Schule hinauf, die ihr Leben für immer verändert hatte. Mit zitternden Händen steckte sie den Schlüssel ins Schloss. Seit Stephen Indien verlassen hatte, war sie nicht mehr hier gewesen. Obwohl sie nicht weit von ihrem Haus lag, hatte sie die Schule schon als etwas aus ihrer Vergangenheit angesehen, etwas, das keine Rolle mehr in ihrem Leben spielte und das sie nie wiedersehen würde. Jetzt gehörte sie ihr. Sie konnte frei durch die Flure wandeln, ihren Garten besuchen, ohne dass jemand Fragen stellte oder sie hinauswerfen konnte. Sie gehörte ihr, ein Geschenk von ihrem Ehemann, den sie betrogen hatte.

Sie war mit ihren Gedanken in einer anderen Zeit, als sie mit Ravi zusammen eintrat. Bei einem Blick in die leeren Klassenzimmer wurden Erinnerungen wach. Ihre Schritte hallten durch die verlassenen Flure, fast so, als ob noch nie andere Menschen vor ihnen hier gewesen wären. Amisha jedoch sah die Geister all der Schüler und Schülerinnen, hörte ihre Stimmen und das Gelächter, ebenso wie die mahnenden Stimmen der Lehrer, die ihr mangelndes Interesse am Unterrichten durch Strenge und ernste Stimmen zu überdecken suchten. Amishas Finger glitten über die Tafel und spürten Kreide und Schwämme. Dann führte sie Ravi zu der Tür in den Garten.

»Kann das wahr sein?«, stieß Ravi hervor, als sie durch die Tür in den Pausenhof traten.

»Das ist das Paradies, mein Freund, und es liegt mitten in unserem Dorf.« Ihre Sandalen sanken in die weiche Erde ein. Unzählige Blüten und dicke Wurzeln wuchsen auf ihren Erinnerungen an Stephen. Hier suchten ihre Geister sie nicht heim, sie begrüßten sie und hießen sie willkommen, halfen ihr, den Schmerz des Verlustes zu vergessen und sich an den Erinnerungen an ihre Liebe zu laben. Sie sehnte sich nach der Zeit, die sie mit Stephen verbracht hatte, gemeinsam, auch wenn sie getrennt standen. In ihrem Garten tanzten sie zu lautloser Musik.

»Mir geht es nicht gut, Ravi.« Im Schatten ihrer Buche wandte sich Amisha an ihn. Die Äste des Baums streckten sich über dem unfruchtbaren Land. Sie lehnte sich gegen den Stamm und stellte sich dem, was sie bisher nicht akzeptieren wollte. »Du musst mir etwas versprechen.«

»Shrimati«, bat Ravi sie, wollte nicht mehr hören.

»Hör mich an«, befahl Amisha. Sie fürchtete das Schlimmste. Ihr Körper war schwach und ihr Geist nur selten klar, sie verbrachte mehr Zeit in der Vergangenheit als in der Gegenwart. Die Namen ihrer Söhne verschwammen und Amisha konnte ihre Gesichter nicht mehr auseinanderhalten. Sie konnte nicht benennen, was mit ihr geschah, aber es machte ihr Angst. Ihr Körper lebte, doch ihr Geist verwelkte. »Wenn ich sterbe, versprich mir, dass du meiner Tochter meine Geschichte erzählst.«

»Amisha, sag nicht so was.« Es war das erste Mal, dass er sie bei ihrem Vornamen nannte. Er musste sie davon überzeugen, dass ihr nichts Schlimmes passieren würde. Dass ihr Leben noch vor ihr lag und dass ihre Freundschaft alles überstehen würde. »Der Himmel könnte es hören und die Götter könnten dich beim Wort nehmen.«

»Der Himmel hat schon gezeigt, dass er eine dunkle Hand führt, auch wenn die Sonne jeden Tag scheint«, klagte Amisha. »Wie kannst du an ein Morgen glauben, wenn ich heute schon so viel verloren habe?« Tränen rannen ihr über die Wangen. »Dein Versprechen wird mir mehr helfen als jede Medizin. Bitte, Ravi.« Sie flehte ihn an, die Hände vor ihr gefaltet.

»Ich verspreche es, Shrimati.« Ravi ergriff ihre Hände und hielt sie fest. Sie wusste, dass er alles für sie tun würde, sie müsste es nur verlangen.

»Ich danke dir«, sagte Amisha und merkte, wie ihre Gedanken verschwammen. »Ravi?« Ihre Stimme zitterte. Sie hielt sich am Baum fest, um nicht in die Knie zu sinken.

»Soll ich den Arzt holen?«, fragte Ravi besorgt.

»Nein.« Sie schüttelte den Kopf. Er fühlte sich schwer an und egal, was sie machte, der Druck wollte einfach nicht nachlassen. Ihre Finger massierten die Schläfen, rieben über die Kopfhaut, krallten sich in die Haare und zogen in einem verzweifelten Versuch, Erleichterung zu finden. Ihre Bewegungen wurden immer hektischer und unkontrollierter, bis sie sich ein Büschel Haare ausriss.

»Halt, Shrimati, nicht!« Ravi versuchte, ihre Hände wegzuziehen. Sie wehrte sich, sehnte sich nach dem Schmerz, der sie von ihrer inneren Qual ablenkte.

»Verschwinde!«, schrie sie, ohne Ravi zu sehen. Sie versuchte, ihren Blick zu festigen, versuchte sich zu erinnern, wer Ravi war. Ein Fremder stand vor ihr. In ihrer Verzweiflung schlug sie ihm gegen Kopf und Bauch. Sie hörte Schreie, ohne zu erkennen, dass es ihre eigenen waren. Sie schlug härter und härter.

Dann lachte sie plötzlich; irgendetwas hatte ihr gesagt, dass es alles nur ein Spiel sei. »Ich schreibe nur eine Geschichte«, erkannte sie. »Und meine Kinder spielen.« Ihre drei Jungs warfen ihr den Ball zu und sie strahlte glücklich, denn es war ein wundervoller Tag und die Sonne schien hell und alles war gut.

»Stephen.« Amisha streckte die Hand aus und griff in die Luft. »Unsere Tochter ist bei dir.« Voller Freude klatschte sie in die Hände. Ihr Kopf schwang von einer Seite zur anderen, suchte nach ihren Söhnen. »Samir, Jay, kommt. Beta, bring deinen Bruder mit.« Pures Glück war ihr ins Gesicht geschrieben. »Stephen ist hier, und er wird mir helfen, wie er auch dir geholfen hat, Ravi«, erklärte Amisha mit unstetem Blick. An Stephen gewandt fügte sie hinzu: »Es tut mir so leid, dass ich dich fortgeschickt habe.«

Dann setzte der pulsierende Schmerz wieder ein und ihre Stimme versagte. Sie suchte mit den Fingern nach ihrer Zunge, doch der Druck war nicht auszuhalten. Ihr Blick wurde blind, obwohl ihre Augen offen standen. Amisha wollte etwas ergreifen, ihre Arme versagten ihr aber den Dienst. Sie versuchte zu schreien, wollte sie warnen, dass etwas nicht stimmt.

»Geh nicht!«, schrie sie.

Doch Stephen zog sich zurück und nahm Lena mit sich. Ihre Jungs wandten sich ab, um weiterzuspielen, und waren bald außer Sicht. Sie versuchte, Ravi zu greifen, konnte ihn aber nicht erreichen. Dunkelheit brach ein und sie war allein. Ihre Hand suchte einen Ast, doch die ganze Welt drehte sich, bis sie im Schutz ihrer Buche zusammenbrach.

Ravi

ACHTUNDVIERZIG

»Die Brahmanen sagen, es sei dunkle Energie.« Deepak war eben aus dem Tempel zurückgekehrt, wo er mit den Pujari gesprochen hatte. »Dämonen haben ihren Körper befallen und spielen mit ihrem Geist.« Der Arzt hatte verkündet, dass sie außerhalb weltlicher Mittel war und nur noch die Götter ihr helfen konnten. Deepaks Augen zuckten zu Amisha, die in tiefem Schlaf lag. Sie hatten ihr Arme und Beine an das Bett gebunden, damit sie sich nicht selbst verletzte. »Sie werden kommen und eine Zeremonie abhalten. Die Kinder sollten dann nicht hier sein.«

»Bina wird sie sofort zu Ihrer Schwester bringen, Sahib«, antwortete Ravi mit blank liegenden Nerven.

Ravi und Bina brachten die Kinder vor das Haus, wo sie eine Rikscha suchten. »Ich gehe nicht«, erklärte Samir, während die anderen Kinder zuschauten. Seit Beginn der Krankheit war es Samir gewesen, der regelmäßig nach seiner Mutter gesehen hatte. »Ich bleibe hier.« Sein Kinn zitterte.

»Die Brahmanen werden helfen, damit sie wieder gesund wird.« Ravi versuchte, den Jungen zu beruhigen, der schon zu viel mitgemacht hatte. Er sollte nicht noch mehr Leid sehen müssen. Und von den Dämonen wollte er ihm gar nicht erst erzählen. »Sie werden für deine Mutter beten.«

»Dann bete ich mit ihnen.« Samir verschränkte die Arme vor der schmalen Brust.

Ravi wusste, dass der Junge dasselbe wollte wie sie alle. Helfen, wo er nur konnte. Er nahm die Hand des jungen Mannes. »Die Götter werden doppelt auf die Gebete der Kinder von Shrimati hören. Aber dein Vater hat darum gebeten, dass das Haus für die Brahmanen frei sein soll. Kannst du bitte helfen?«

Als Kind hatte man Ravi beigebracht, dass der Tod nur eine Frage der Zeit war. Der Lehre zufolge lohnte es daher nicht, ihn zu fürchten oder sich gegen ihn zu sträuben. Wenn das Leben nichts als eine Strafe für die Vergehen früherer Lebzeiten und unsere Zeit auf Erden nichts als ein Martyrium war, dann bedeutete der Tod für einen Unberührbaren die Erlösung von seinem Elend und eine willkommene Rückkehr ins Nichts.

Ravi war sich nicht sicher, ob man im Tod zu den Göttern zurückkehrte. Ohnehin stellte sich die Frage, wenn die Götter existierten, wie konnten sie dann etwas wie Unberührbare dulden? Als Kind hatte Ravi seine Tanten und Onkel gesehen, die am Straßenrand dahinsiechten. Man sagte, sie würden jetzt tief schlafen. Wenn er schlafen ging, wurde die Welt ein sanfterer Ort.

Der Tod war ein Geschenk, denn wenn man tot war, musste man das Leben nicht mehr fürchten. Im Tod konnten keine Kinder hinter einem herlaufen und einen zum reinen Zeitvertreib mit Steinen bewerfen. Sie mussten nicht mehr mit den streunenden Tieren um die Essensreste kämpfen und wurden nicht mehr von den Menschen geschlagen, falls sie diese Kämpfe gewannen. Tod bedeutete Freiheit. Nie sollte man die Hand des Todes fürchten. Man sollte sie als Erlöser annehmen.

Doch all diese Lehren schienen ihm plötzlich falsch im Angesicht von Amishas Zustand. Ihre Krankheit war nichts, was man annehmen oder gar feiern sollte. Wenn sie starb, wäre das kein Geschenk der Götter. Er würde tun, was er konnte, um sie zu retten.

Endlich nickte Samir zustimmend. Bina scheuchte die Kinder in die Rikscha. Ravi blieb am Haus und blickte ihnen nach, bis sie sicher unterwegs waren. Dann wandte er sich ab und trat wieder in ihr Haus ein.

* * *

Ravi stand an die Wand gelehnt und sah den Priestern dabei zu, wie sie dreißig Schüsseln mit Ghee füllten und die Baumwolldochte entzündeten. Die Weihrauchstäbchen, die in den kleinen Bronzegefäßen abbrannten, füllten den Raum mit dicker Luft.

Die jüngeren Priester trugen Glocken, die sie ertönen ließen, während die älteren Priester ihren Gesang anstimmten. Sie riefen die Götter an, während die Flammen über den Schüsseln waberten und das Zimmer in ihren Dunstschleier hüllten. Ravi sah gepeinigt zu, wie zwei Priester ihre Glocken nahe an Amishas Kopf läuteten. Ihr Gesang wurde lauter und lauter, bis sie geradezu schrien, um die Dämonen aus ihr auszutreiben.

Der Rauch füllte Amishas geschwächte Lungen und zwang sie zu husten. »Wasser«, stöhnte sie. »Bitte, Wasser.«

Ravi eilte zur Küche, doch Deepak hob die Hand und hielt ihn auf. Ravi konnte nicht gegen Deepaks Willen vorgehen und hielt sich zurück. Doch für jedes Stäbchen, das verglühte, wurden drei neue angezündet, wodurch dem Raum allmählich jeglicher Sauerstoff entzogen wurde. Amisha schrie gequält, doch die Priester fuhren unbeirrt fort, ignorierten ihr Wimmern. Instinktiv trat Ravi vor, wollte Amisha vor den Priestern abschirmen. Er musste sie schützen, sie irgendwie sicher halten.

»Tritt zurück«, befahl Deepak.

»Aber es gibt keine Dämonen!«, schrie Ravi. Sein Herz brach angesichts der kläglichen Laute, die Amisha von sich gab. »Bitte, sie sollen aufhören!«

»Kannst du sie etwa heilen?«, rief Deepak fordernd. Ravi schwieg. Deepak nickte. »Das dachte ich mir.«

Ravi wandte sich ab, konnte es nicht mit ansehen. Ihre Schreie wurden lauter. Ravi floh aus dem Haus. In seiner Eile, von diesem Ort fortzukommen, stolperte er. Auf einmal kam ihm der Tag in Erinnerung, als sie ihn in ihr Haus eingeladen hatte. Mit hängendem Kopf blieb er liegen, keuchte, versuchte, Luft zu bekommen. Sie hatte ihn zu einem Teil ihres Lebens gemacht, hatte ihn in das Leben ihrer Kinder einbezogen, in einer Zeit, wo er selbst keinen Grund mehr zum Leben gesehen hatte. Und hatte ihm damit zum ersten Mal eine Art des Selbstwertes gegeben.

Er raffte sich auf und floh weiter, schneller als zuvor. Die Tränen brannten ihm in den Augen und blendeten ihn, doch er lief immer weiter, verzweifelt, so weit er konnte. Amisha hatte ihm dieses Leben erst ermöglicht. Und jetzt, wo sie an ihr Bett gefesselt und allem beraubt dalag, konnte er nur fortlaufen.

Neunundvierzig

Deepak hielt die Lederpeitsche am Holzgriff. »Der Ältesten des Tempels sagen, es wäre unsere letzte Hoffnung. Die dunkle Energie hält sie umfangen, wir müssen sie ihr austreiben«, erklärte er mit schnellen Worten.

Ravi starrte den Mann an, den er nicht mehr wiedererkannte. »Wir sollen sie schlagen?« Er konnte seine Abscheu nicht beherrschen. »Sie ist schwach und hilflos.«

»Stell meinen Entschluss nicht infrage!«, fuhr Deepak ihn an. »Es gibt keinen anderen Weg, die einzige andere Wahl ist der Tod. Ist es das, was du für sie willst?«

»Sie hat das nicht verdient«, argumentierte Ravi, erstaunt über sich selbst, dass er solche Widerworte fand. Aber ihm war inzwischen alles egal. Deepak könnte ihn schlagen oder rauswerfen, es kümmerte ihn nicht mehr. Er würde das nicht zulassen.

»Dies hier, Amisha in diesem Zustand, *das* verdiene ich nicht«, antwortete Deepak. Seine Worte hallten durch die stehende Luft, wie um sie zu verspotten. »Ihre Kinder verdienen ihre Mutter. Was sollen wir ohne sie machen? Du hast alle Antworten. Du meinst, das sei nicht recht. Dann sag mir: Welche andere Wahl habe ich?«

»Sie wird wieder gesund werden«, sagte Ravi stur. Aber tief in seinem Herzen glaubte er selbst nicht daran.

»Wie ich es mir dachte. Du weißt auch nicht, was wir tun sollen.« Deepak warf Ravi die Peitsche zu. Sie schlug gegen seinen Körper, fiel dann vor seinen Füßen zu Boden. »Die Priester werden sie an diese Buche binden, in ihrem Garten, und dort eine Zeremonie abhalten. Dann wirst du die Peitsche führen. Sie sagen, einmal in der Nacht und einmal am Morgen. Sie haben versprochen, dass es in einigen Tagen vorüber sein wird.«

Ravi starrte ihn ungläubig an. »Ich soll das machen?«

Deepak blickte abwesend über das Wasser, ehe er antwortete. »Was meinst du, wäre ihr am liebsten? Wer es tun sollte?« Er blinzelte und Ravi erkannte, dass auch er gegen seine Emotionen kämpfen musste. »Sie hat mir einst verraten, dass sie dir mit ihrem Leben vertrauen würde.«

»Das kann ich nicht.« Ravi zitterte am ganzen Körper.

»Gut, dann werde ich jemanden bezahlen, der es tut. Jemanden aus der Mühle.« Deepak wandte sich angewidert ab.

»Nein.« Das konnte er nicht zulassen. Von einem Fremden geprügelt wie ein Hund. »Ich werde es tun.« Er hielt die offene Hand hin.

Deepak hob die Peitsche auf und reichte sie ihm. »Sie wird bald bereit sein.«

* * *

Ravi beobachtete, wie Deepak die Frau anstarrte, die ihm vier Kinder geschenkt hatte, die an seiner Seite gestanden hatte, noch ehe er zum Mann geworden war. Im Garten der Schule banden die Brahmanen ihre Arme und Beine mit einem Seil eng an die Buche, ließen Schultern und Bauch entblößt. Ihr Kopf hing scheinbar leblos hinab, die Augen waren geschlossen.

»Wollen Sie zusehen?«, fragte Ravi Deepak. Seine Hände zitterten, obwohl er vor Hitze schwitzte. Deepak schüttelte den Kopf. In einem für ihn ungewöhnlich harten Tonfall wies Ravi ihn an: »Dann gehen Sie. Lassen Sie mich in Ruhe die Aufgabe ausführen, die Sie mir auferlegt haben.«

Seine Worte ließen Deepak zucken. Beide starrten sie die Frau an, die sie liebten. Die Frau, die ihre Leben zum Besseren gewandelt hatte und die jetzt um ihr eigenes kämpfte. Da nichts mehr zu sagen war, wandte sich Deepak ab und verließ erst den Garten, dann die Schule.

Ravi ging vor Amisha in die Knie und legte seine Hände auf ihre Füße, auch wenn sie ihm diese Form der Unterwerfung schon vor Jahren verboten hatte. »Bitte verzeih mir«, flüsterte er. Seine Tränen fielen auf ihre Füße, er wischte sie sauber, beschämt, sie damit berührt zu haben.

Langsam legte er seine Tunika ab, bis er mit nacktem Oberkörper vor ihr stand. Dann nahm er die Peitsche, den Griff in der einen Hand, den Lederstriemen in der anderen. Er ließ die Peitsche zucken und tief in das Fleisch seiner Hand einschneiden. Ein blutiger Streifen zeigte sich. Mit Präzision riss er die Peitsche zurück, bis das Leder tief in seinen eigenen Rücken schnitt. Erst dann ließ er die Peitsche vorschnellen, schwächte die Bewegung aber im letzten Moment ab, damit der Schnitt über Amishas Bauch weniger tief war. Sie schrie auf, ihr Geist konnte nicht mehr begreifen, wo der Schmerz ihres Körpers herkam.

So fuhr er fort. Der erste Schlag riss in seinen Rücken, bis Blut aus den Wunden tropfte. Mit jedem Schlag gegen seinen eigenen Körper wurde der Schmerz über die Wunden, die er ihr zufügte, geringer. Die Streifen auf seinem Rücken entzündeten sich und verschrumpelten. Und mit jedem Schlag drangen ihre markerschütternden Schreie zu ihm.

Amisha flehte ihn an, einzuhalten, ohne ihn zu erkennen. Sie bettelte um Gnade. Sie schrie, dass es ihr leidtue. Beschwor ihn, ihr zu vergeben. Zu vergeben, was immer sie auch getan haben mochte, um eine solche Strafe auf sich zu ziehen. Und mit jedem Schrei um Erbarmen schlug Ravi stärker auf sich selbst ein, sein Blick blind vor Tränen. Er hörte erst auf, als seine Hände taub wurden und sein eigenes Blut sich um ihn sammelte.

Amisha brach zusammen, endlich gestattete ihr Geist ihr eine Pause in Form von Ohnmacht. Ravi brach vor ihr auf die Knie, das Gesicht auf den Boden gepresst. Sein Körper zuckte unkontrolliert vor Leid und Schmerzen.

»Es tut mir leid«, weinte er. »Shrimati, es tut mir so leid.«

Er flehte um Vergebung dafür, dass die Hände, die sie einst in Freundschaft gehalten hatte, ihr solche Schmerzen zufügten. Dafür, dass er es gewesen war, der ihr Blut vergossen hatte. Ihr Gefährte, dem sie einst vertraut hatte und um den sie sich gekümmert hatte wie um keinen anderen. Als sich auf dem Boden vor ihm sein Blut mit ihrem vermengte, wandte sich sein Blick gen Himmel und er flehte die Götter, zu denen er nie gebetet hatte, an, seiner Freundin die Gnade eines schnellen Todes zu gewähren.

* * *

Nach der Auspeitschung blieb Amisha noch zwei volle Tage an den Baum gefesselt. Die Priester hatten darauf bestanden. Sie meinten, man müsse darauf hoffen, dass die Dämonen die Geduld verlieren und den Körper verlassen, um jemand anderen zu plagen. Als Deepak ihm befahl, die Peitsche wieder zu ergreifen, weigerte Ravi sich. »Eher werde ich mir die Hände abhacken, als dass ich das noch einmal mache.«

»Es geht nicht anders«, insistierte Deepak. »Wenn du es nicht machst, werde ich jemand anderen holen.«

»Dann soll dieser andere noch jemanden mitbringen, denn ich werde vor ihr stehen. Sie werden mich töten müssen, um an sie heranzukommen«, erklärte Ravi, der nicht länger schweigend zusehen konnte. Auch wenn er nicht viel für sie tun konnte, könnte er zumindest für Amisha sprechen, jetzt, wo sie selbst nicht mehr dazu in der Lage war. »Ihre Tage auf dieser Welt sind gezählt. Lassen wir sie in Frieden ziehen. Sie hat es verdient.«

Deepak floh zu seiner Mühle. Als Ravi am nächsten Tag nach ihm schickte, ließ Deepak den Arzt kommen. Dieser suchte Amisha auf, die immer noch am Baum hing, und überprüfte ihren Puls. Er konnte keinen finden.

Sie bereiteten das Feuer für ihre Einäscherung vor. Ravi half, die Seile von ihrem toten Körper zu lösen. Sie hoben die Leiche vorsichtig auf die hölzerne Bahre, um sie zum Feuer zu tragen. Die Holzscheite waren hoch aufgestapelt, auf denen Amishas sterbliche Reste, jetzt in einen weißen Sari gehüllt, abgelegt wurden. Deepak und Samir, der älteste Sohn, nahmen je ein brennendes Scheit und entzündeten das Feuer. Viele Menschen standen versammelt, als die Flammen aufloderten und den Körper umfingen.

* * *

Am Ende aller Riten trat Deepak hervor, öffnete die Urne und gab die Asche frei. Das feine Pulver verstreute sich über das Land, wobei die kleineren, leichteren Teilchen vom Wind erfasst und weiter und weiter getragen wurden, bis in die Wolken und hinter den Horizont, und Amisha damit endlich zu den Orten brachten, von denen sie immer nur geträumt hatte.

Jaya

Fünfzig

Wir sitzen in der frühen Morgensonne auf der Veranda. Das Dorf erwacht um uns herum. Tränen rinnen mir über die Wangen, während Ravi mir von Amishas letzten Tagen berichtet.

»Was war es?«, frage ich mit Flüsterstimme.

»Enzephalitis oder, einfacher ausgedrückt, Hirnhautentzündung. Übertragen durch den Moskito, der sie gestochen hat.« Ravi schluckt mehrmals, um seine Gefühle unter Kontrolle zu halten. Auch ich spüre, wie sehr es mich trifft. »Die Halluzinationen wurden durch Anschwellen des Gehirns verursacht.«

»All das durch einen einfachen Mückenstich?«, frage ich ungläubig.

»Falls es irgendwie beruhigt: Deine Großmutter hat den Moskito zertreten, also konnte er keinem anderen Menschen mehr schaden.« Ravi hält seinen Stock eng umklammert.

»Woher wissen Sie das mit der Enzephalitis?«

»Einige Jahre später gab es eine Epidemie. Es erkrankten so viele Leute, dass die Regierung etwas unternehmen musste.«

Ravis Stimme wird leiser. »Man empfahl uns, während der Monsunzeit drinnen zu bleiben und uns möglichst abgedeckt zu kleiden.« Er schüttelt zornig den Kopf. »Die Symptome waren dieselben.«

»Mom wusste gar nichts davon.« Mir tut es für sie leid, so viel wurde ihr verheimlicht. Sie hätte das Recht gehabt, die Geschichte zu kennen, die ihre Zukunft bestimmte.

»Nein«, bestätigt Ravi. »Dein Großvater sprach danach nur noch selten von deiner Großmutter.« Er faltet die Hände in seinem Schoß. »Es war unser großes Geheimnis. Wie wir deine Großmutter in ihren letzten Tagen behandelt haben.«

»Aber warum sollte sie geschlagen werden? Und wozu der Rauch?« Ich versuche, meine Stimme ruhig zu halten, doch schon der reine Gedanke quält mich.

»Es war eine andere Zeit, Jaya«, erklärt Ravi. Dennoch höre ich aus seiner Stimme, wie sehr er alles bedauert. »Wir wussten es nicht besser und hatten nicht viele Möglichkeiten. In unserem Land hat sich seitdem viel getan.«

»Ich wünschte, ich hätte sie kennengelernt.« Ich sehne mich nach einer Großmutter, die ich nie getroffen habe. Ich trauere über ihren Tod und quäle mich bei dem Gedanken, wie sie gestorben ist.

»Deine Großmutter wäre stolz auf dich gewesen«, sagt Ravi. Ich blicke ihn an und er führt weiter aus. »Ich bin mir sicher, dass sie in Frieden ruht, denn ihr Opfer war nicht umsonst. Du hattest ein Leben voller Möglichkeiten, nicht wahr?«

»Aber meine Mutter nicht, oder?«, frage ich nach. »Das Leid meiner Mutter fing mit dem Tod ihrer eigenen Mutter an.«

»Ja«, bestätigt er zögerlich. »Mit dem Tod ihrer Mutter hat sie so ziemlich alles verloren.«

»Ravi«, setze ich an, will ihn fragen, mehr hören. Aber er hebt nur die Hand.

»Ich muss dich noch um ein wenig Geduld bitten.« Seine runzelige Hand wischt eine Träne fort. »Ich hatte nicht angenommen, dass ihre Geschichte mich nach so langer Zeit immer noch so mitnehmen würde.« Er seufzt erschöpft auf. »Ich fürchte, ich habe mich geirrt.« Er klopft mir auf die Schulter und macht sich matt auf den Weg nach Hause.

* * *

Aufgewühlt streiche ich durch die Straßen des Dorfes. Mit jedem Schritt denke ich an meine Mutter und Großmutter und frage mich, ob sie damals wohl dieselben Wege beschritten haben. Langsam komme ich in die äußeren Bereiche des Dorfes. Ich achte nicht wirklich auf den Weg, gehe einfach vor mich hin, wahllos immer weiter.

Soweit ich zurückdenken kann, hat meine Mutter immer meditiert. Irgendwie schien sie immer am glücklichsten, wenn sie in sich selbst zurückgezogen saß, die Augen geschlossen. Sie meinte, sie habe als Kind damit angefangen. Ich wollte die Faszination immer verstehen und habe es selbst gelegentlich ausprobiert. Doch ich konnte nie die Gedanken ausblenden, die mir ständig durch den Kopf gingen. Arbeit, Schwangerschaften, irgendetwas in meinem Alltag beschäftigte mich immer zu sehr. Ich habe sie gefragt, was ihr Geheimnis ist, wie sie es schafft. Sie meinte nur, um Frieden im Moment zu finden, muss man die Kontrolle über das Leben aufgeben. Bisher konnte ich nie verstehen, was sie damit meinte. Doch jetzt frage ich mich, ob das vielleicht ihr Weg war, damit fertigzuwerden, dass sie als so kleines Kind so viel verloren hatte.

Die Enthüllungen der letzten Wochen waren überwältigend. Ich war mit der Hoffnung nach Indien gekommen, hier den Wirren meines Lebens zu entfliehen und irgendwie mit meinem Verlust zurechtzukommen. Jetzt muss ich den Verlust verarbeiten, den meine Großmutter und dadurch auch meine Mutter nach ihr hatten erleiden müssen. Amishas Geschichte hat mich in eine fremde Welt entführt, die aber zugleich auch Teil des Lebens meiner Mutter ist, wie auch meines eigenen, durch die Blutsverwandtschaft mit Amisha. Egal, wie weit Amisha und ich zeitlich voneinander getrennt gelebt haben, ohne dieses Dorf und seine verwunschene Geschichte hätte es auch mich nie gegeben.

Irgendwie führen meine Schritte mich zur Schule. Ich hole den Schlüssel aus dem Versteck und schließe die Tür auf. Auch wenn Ravi und ich in den letzten Tagen gelegentlich hier gewesen sind, sehe ich die leeren Hallen jetzt mit anderen Augen. Ich trete in den Garten, stelle mir vor, wie Amisha sich selbst sucht und stattdessen Stephen findet.

Meine Großmutter hatte nie erwartet, dass sie Liebe finden oder für ihre Geschichten geschätzt werden würde. Und doch war ihr beides gelungen, ohne auch nur das geringste Opfer dafür bringen zu müssen. Als sie vor die Wahl gestellt wurde, weigerte sie sich, ihre Söhne zu verlassen. Doch mit dem Opfer, in Indien zu bleiben, sicherte sie gleichzeitig das Versprechen, dass meine Mutter nach Amerika gehen würde. Ich sehne mich nach der Frau, deren Blut in meinen Adern fließt. Bisher habe ich nicht viel von der Kraft in mir gefunden, die Amisha ausgezeichnet hatte.

Die Worte der Pflegerin kommen mir wieder in Erinnerung. Immer wieder drängen sich Teile der Geschichte auf, die Ravi mir über die letzten Wochen erzählt hat. Überwältigt blicke ich in den Garten und frage mich, wie ich das Andenken an Amisha ehren und die Erwartungen erfüllen kann, um ihr gerecht zu werden.

* * *

Als ich abends nach Hause komme, sehe ich eine Motorrikscha, die vor meiner Tür wartet. Neugierig trete ich näher. Der Fahrgast steigt gerade aus und bezahlt den Fahrer. Als er sich zu mir umdreht, verschlägt es mir den Atem.

»Patrick?«, hauche ich. Ich sehe Bartstoppeln, sein Hemd und die Jeans sind verknittert. Er trägt eine große Reisetasche über der einen Schulter, seine Laptop-Tasche über der anderen. »Was machst du denn hier?« Ich trete die letzten Schritte auf ihn zu, will ihn umarmen, zögere aber, unsicher. Unser langes Telefonat hat mich ihm wieder nähergebracht, näher, als ich mich ihm seit der ersten Fehlgeburt gefühlt habe. Aber es ist viel zwischen uns vorgefallen, sodass ich mir nicht sicher bin, wo genau wir stehen.

»Ich bin deinetwegen hier.« Er greift meine Hand und zieht mich in seine Arme, hält mich eng umschlungen. In meinen flachen Schuhen ist der Größenunterschied zu deutlich, also stelle ich mich auf Zehenspitzen, um meinen Kopf an seine Schulter lehnen zu können. Mir fällt auf, wie sehr ich mich nach seiner Nähe gesehnt habe, ich spüre ein brennendes Gefühl der Liebe, der Erinnerung daran, was wir einst waren. »Ich hoffe, das ist in Ordnung«, sagt er in meine Haare.

»Ja.« Ich trete zurück, um ihn weiter ungläubig anzustarren. »Mehr als in Ordnung.«

Hoffnung überkommt mich, auch wenn mir klar ist, dass ein langes Telefonat nicht Jahre des Schmerzes wegwischen kann. Ich balle meine Hände zu Fäusten, um mich zurückzuhalten, ihn nicht direkt zu berühren, über seine Wangen zu streichen.

»Können wir irgendwo ungestört reden?« Er hört sich angespannt an, der Erschöpfung der langen Reise zum Trotz.

»Ja, natürlich.« Ich nicke zum Haus. »Gehen wir rein.«

Er folgt mir die Treppe hoch und wartet, während ich aufschließe. Drinnen stellt er seine Taschen hinter dem Eingang ab und schaut sich um. »Das also ist das Haus, in dem deine Mutter aufgewachsen ist?«

»Ja.« Ich fühle mich seltsam stolz auf die bescheidenen Räume. »Und hier hat meine Großmutter ihre Geschichten geschrieben.« Ich versuche, das Haus durch seine Augen zu sehen, rufe mir meine ersten Eindrücke in Erinnerung. Damals war mir das Haus wie eins unter vielen vorgekommen, jetzt sehe ich es als Wiege der Ereignisse, die das Schicksal meiner Familie bestimmt haben. »Und es ist das Haus, in dem ich lerne, wer ich selbst bin«, füge ich leise hinzu.

»Und wer ist das?«, fragt Patrick. Er kommt zu mir. Sein Blick sucht meinen, während er auf die Antwort wartet.

»Jemand, der erst alle Teile eines Puzzles zusammensetzen musste«, erkläre ich zögerlich. »Ich musste erst lernen …« Ich unterbreche mich, überlege. »Ich musste erst verstehen, wo ich herkomme. Und wer meine Mutter eigentlich ist. Ganz egal, was ich mit meinem Leben anfangen werde, ich musste mir erst einmal sicher sein, wer ich überhaupt bin.« Er nickt verständnisvoll. »Warum bist du hier, Patrick?« Ich will die ganze Wahrheit. Ich will hören, wie es in seinem Herzen aussieht, auch wenn es nur ist, um mir zu helfen, mein eigenes zu verstehen.

Er blickt kurz weg, ehe er sich traut, mir in die Augen zu sehen. »Du warst nicht die Einzige, die sich durch die Fehlgeburten verloren hat. Es war, als ob mir die Luft abgeschnürt würde«, gibt er zu. Er reibt sich mit der Hand über den Nacken, steckt sie dann schnell in seine Hosentasche. »Ich wollte dir helfen, dein Retter sein, uns beide retten. Aber es war so viel leichter, einfach zu gehen.«

»Stacey«, sage ich nur. Er nickt.

»Ich dachte, sie könnte mir helfen, den Schmerz zu vergessen. Aber das war dumm von mir.« Er streckt instinktiv die Hand nach mir aus, will meine Wange streicheln, besinnt sich dann aber eines Besseren. »Du bist alles, was ich habe. Alles, was ich brauche.« Er schluckt hart, seine Augen werden feucht. »Es tut mir so leid, dass ich gegangen bin.«

»Was ist denn passiert?«, frage ich, immer noch unsicher, ob ich es glauben soll.

»Ohne dich war es nicht einfacher«, erklärt er zögerlich. »Mir war, als ob unsere Beziehung am Ende nur noch Leid über uns brachte. Aber nachdem ich ausgezogen bin, habe ich dich vermisst. Ich habe dein Lächeln vermisst, dein Lachen. Deinen Perfektionismus, wenn du nach der idealen Formulierung gesucht hast.« Er atmet einmal tief durch. »Ich habe meine beste Freundin vermisst. Und meine Frau.«

Seine Worte wischen den letzten Rest Dunkelheit fort, der noch im Hintergrund geblieben war. Ich muss an meine Großmutter denken und die Wahl, die sie in diesem Haus getroffen hatte, ihre Entscheidung zwischen der Liebe ihres Lebens und ihrem Leben selbst. Niemand sollte je eine solche Entscheidung treffen müssen. Ich bewundere sie für ihre Entscheidung, dafür, dass sie immer das Wohl der anderen vor ihr eigenes gestellt hatte.

Patrick ist der Mann, den ich schon immer geliebt habe. Selbst in den Zeiten, in denen mein Herz gebrochen war, gehörte es immer ihm. Als ich mich selbst verloren hatte, war ich mir so sicher, auch ihn verloren zu haben. Und jetzt steht er vor mir, mit offenen Armen und liebendem Herzen. Ich kann nicht verhindern, dass mir Tränen in die Augen steigen, doch mein Herz ist von Glück erfüllt.

»Ich hoffe, das sind gute Tränen?« Er wischt mir sanft mit dem Daumen die Feuchtigkeit von den Wangen.

»Ja.« So lange habe ich ziellos geschwankt und kann kaum glauben, meinen Anker wiedergefunden zu haben. »Ich liebe dich so sehr«, flüstere ich und fühle mich dabei beschwingter, als ich mich seit Langem gefühlt habe. »Und das habe ich auch immer, selbst in der Zeit, als ich es selbst nicht mehr wusste.«

»Meine Süße.« Er küsst mich sanft auf die Lippen und alle Erinnerungen kommen zurück, an das Lachen, die Schmerzen und die Liebe. »Ich liebe dich auch.« Seine Tränen vermischen sich mit meinen. Von einem plötzlichen Verlangen überkommen, ihn nahe zu spüren, hebe ich sein Hemd an. Er löst sich einen Schritt weit, damit ich es ihm ausziehen kann. Meine Hände gleiten über seine Brust. Er versucht, auch mein Gewand zu lösen, verheddert sich aber in dem ungewohnten Verschluss am Nacken. Ich muss lachen.

»Du siehst wunderschön aus«, erklärt er, während ich ihm helfe, den Verschluss zu öffnen. Seine Hände gleiten an dem einfachen Baumwollhemd hinab, eins jener Art, wie die meisten Frauen hier im Dorf sie tragen. »Ich habe dich noch nie in so was gesehen.«

Der Verschluss ist offen, ich hebe die Arme und er zieht das Hemd über meinen Kopf. Langsam entkleiden wir einander und genießen jeden Augenblick. Seine Hand gleitet sanft über meinen Bauch, fühlt die Spuren der zu kurzen Schwangerschaften. Ich lege meine Hand auf seine und lasse meine Stirn an seine sinken, genieße den Moment der gemeinsamen Trauer. Dann treffen sich unsere Lippen wieder.

Bisher waren wir in einem Sturm gefangen, der stärker zu sein schien, als wir ertragen konnten. Unsere Segel konnten dem Wind nicht standhalten und wir wären beinahe in den Wellen ertrunken. Und als ich schon fast die Hoffnung auf ein Licht am Horizont aufgegeben hatte, fand ich die Geschichte meiner Großmutter. Ihre Sorgen und ihre unbeirrbare Zielstrebigkeit lehrten mich, dass jeder Tag wertvoll ist und dass die Liebe es wert ist, wie ein Schatz gehütet zu werden. Und dass man sich glücklich schätzen muss, wenn man einen solchen Schatz findet und behalten kann.

Er hebt mich hoch und trägt mich zum Sofa, auf dem wir mit zartem Flüstern unsere Wunden glätten und uns an unsere Liebe erinnern. Als wir endlich wieder zusammenfinden, schließe ich die Augen und halte ihn fest, dankbar, meinen Mann zurückzuhaben.

Ravi

Einundfünfzig

Zwei Monate und zwei Tage suchte Deepak nach einer neuen Frau. Er ließ in den umgebenden Dörfern verkünden, dass keine Mitgift verlangt würde. Janna half ihm dabei, die Angebote der diversen Väter zu sichten. Doch Deepak lehnte jede Frau ab, die sie ihm vorschlug. Frustriert drohte Janna ihm schließlich damit, nicht mehr zu helfen. »Amisha ist tot«, erklärte sie bissig. »Je eher du das akzeptierst, desto schneller werden deine Kinder wieder eine Mutter haben.«

Ravi spielte mit Lena, während Bina kochte, und sagte nichts. Während Deepak suchte, hatten die beiden die Erziehung der Kinder übernommen. »Wähle einfach irgendjemanden«, sagte Deepak schließlich. »Wen du wählst, ist mir egal. Stell nur sicher …« Er unterbrach sich und sah Lena zu, die mit einem Löffel auf einen Topf schlug. »Stell nur sicher, dass sie die Kinder liebt.«

Schließlich wählte Janna eine Frau aus, die aus einer reichen Familie kam, aber ein kaltes Herz hatte. Deepaks neue Frau, Oni, kümmerte sich wenig um Deepaks Kinder aus seiner ersten Ehe. Gleichwohl klagte sie oft darüber, dass sie auf Schritt und Tritt von allen Leuten im Dorf nur hörte, was für eine aufmerksame Frau Amisha gewesen sei und wie sehr sie ihre Kinder doch geliebt hatte.

»Ich lebe im Schatten einer Märtyrerin!«, schrie Oni einige Monate nach der Hochzeit. »Dabei kann diese Familie von Glück reden, jemanden wie mich zu haben.« Die Schreierei machte Lena Angst, sie fing an zu weinen. »Sei still!«, schrie Oni noch lauter. Für Oni war Lena das Ebenbild der Frau, gegen die sie bestehen musste. Als Lena nicht aufhörte, gab sie ihr eine Ohrfeige, stark genug, dass Lena hinfiel und vor Schmerzen wimmerte. Ravi eilte zu ihr, wollte das Kind trösten.

»Wage es nicht, sie anzufassen«, schrie Oni. Ravi erstarrte in der Bewegung. »Lass sie, wenn du nicht willst, dass ich sie wieder schlage!«

»Bitte«, flehte Ravi im Namen des Kindes, das noch nicht für sich selbst sprechen konnte.

»Du bittest um Gnade für das Kind, das deine Shrimati getötet hat?«

»Was?« Ravi glaubte nicht richtig gehört zu haben. »Shrimati getötet?«

»Sie ist in der Nacht von Amavasya zur Welt gekommen.«

Eine Tochter, geboren in der Nacht des völlig bedeckten Neumonds, brachte Dunkelheit über die Familie. Aber nicht Lena. Nicht das Baby, das Amisha so abgöttisch geliebt hatte. »Das ist nicht möglich.«

»Das Kind wurde unter dem Schleier der Dunkelheit geboren und Dämonen haben die Mutter geholt«, erklärte Oni. »Aber es ist klar, dass jemand wie du versuchen würde, sie zu schützen.« Oni schubste Lena gegen die Wand, sodass diese vor Angst aufheulte.

Und so begann die Tortur. Oni schlug Lena für jedes kleinste Vergehen, war nur zufrieden, wenn Lena in ihrer Gegenwart zitterte und weinte. Die Jungen waren älter, daher entgingen sie dem Zorn ihrer Stiefmutter, indem sie die meiste

Zeit in der Schule oder bei Freunden verbrachten. Doch Lena konnte nicht fliehen.

Immer wieder versuchte Ravi, Amishas Kind vor dieser Frau zu schützen. Zweimal verprügelte sie ihn an ihrer statt, doch die Schläge kümmerten ihn nicht. Immerhin waren dies auch zwei Mal, die Lena nicht geschlagen wurde. Verzweifelt wandte sich Ravi an Deepak, eines Nachts, als dieser wieder in der Stadt und bei seiner Mühle war.

»Sie tut Lena weh«, erklärte Ravi Deepak bei der ersten Gelegenheit. Seit er wieder geheiratet hatte, kam Deepak noch seltener nach Hause, manchmal war er monatelang auf Reisen. »Bitte, Sahib, das darf nicht sein«, flehte Ravi, als Deepak kaum Interesse zeigte. »Sie ist das Kind der Shrimati.«

»Und die Tochter des Leutnants«, antwortete Deepak. Vor Schock schwieg Ravi. Deepak blickte ihm tief in die Augen, dann schüttelte er den Kopf. »Du hast es also gewusst.« Deepak stieß ein bitteres Lachen aus. »Natürlich. Du hast ja immer alle ihre Geheimnisse gehütet. Oni hat Briefe gefunden, die Amisha mit dem Leutnant ausgetauscht hat. Liebesbriefe.« Er wischte sich mit der Hand über müde Augen. »Meine Frau hat mich betrogen. Und belogen.« Seine Stimme war gebrochen.

»Nein, sie …« Ravi suchte nach einer Erklärung. Er hatte die Briefe vollkommen vergessen. Selbst in ihrem Todeskampf hatte Amisha sie nicht erwähnt, also war Ravi davon ausgegangen, dass sie sie nicht aufbewahrt hatte. »Sie war ein guter Mensch. Egal, was diese Briefe sagen.«

»Lüg mich nicht an!«, brüllte Deepak. »Amisha hat mich betrogen!« Seine Augen traten hervor, sein Mund war vor Abscheu verzogen. »Oni zieht einen Bastard groß. Ich sollte ihr dankbar sein.«

»Lena ist nur ein Kind. Sie kann doch nichts dafür«, flehte Ravi ihn an, versuchte, ihn zur Einsicht zu bringen. »Ich ertrage es nicht, sie so weinen zu sehen, es ist unmenschlich.«

»Dann hör es dir nicht an.« Zorn drang aus jedem Wort. Er musterte Ravi einen Augenblick, während er einen Entschluss traf. »Oni hat sich mehr als einmal darüber beschwert, wie respektlos dein Umgang im Haus ist. Vielleicht hat jemand wie Amisha dir das durchgehen lassen, aber Oni verdient Respekt«, erklärte er und drehte Ravis Worte damit gegen ihn selbst.

»Was soll das bedeuten?«, flüsterte Ravi.

»Du wirst nicht länger in meinem Haus arbeiten.« Deepak blätterte durch die Papiere auf seinem Tisch. »Heute ist dein letzter Tag. Lena ist nicht länger dein Problem.«

Schockiert starrte Ravi ihn an. »Bitte, Sahib«, flehte er ihn an. »Ich wollte nichts Böses. Ich werde alles machen. Die Kinder …«

»Gehen dich nichts mehr an«, unterbrach Deepak ihn. »Du bist entlassen.« Ravi flehte weiter, bat um eine letzte Chance, doch Deepak wollte nichts davon hören. »Und noch eines: Wenn du je Lena oder sonst jemandem gegenüber ein Wort über ihren wahren Vater verlierst, werde ich sie im nächsten Waisenhaus aussetzen. Ich habe einen Ruf zu wahren.« Er stand auf und zog die Tür auf. »Da du so gut darin bist, Geheimnisse zu wahren, sollte dir das ja leichtfallen.«

Ravi hatte noch eine letzte Idee, eine Hoffnung blieb ihm noch. »Der Leutnant. Er wird bestimmt bereit sein, das Kind anzunehmen. Bitte, lassen Sie ihn rufen.«

Deepak schüttelte den Kopf. »Der Leutnant ist tot, er hatte einen Unfall. Vikram hat es vor einigen Wochen erfahren.«

Ravi kämpfte gegen die Verzweiflung an. Er erinnerte sich an Amishas Worte. Sie hatte Zuversicht darin gefunden, dass sie mit Stephen unter demselben Himmel wandelte. Amisha war sich so sicher gewesen, dass sie es gespürt hätte, wenn er nicht mehr unter uns weilte. Ravi fragte sich nun, ob es dem Leutnant ebenso ergangen war. Doch damit waren jetzt Lenas

Eltern beide tot und sie war allein auf dieser Welt. Mit gebrochenem Herzen blieb Ravi nichts mehr zu sagen.

Er fand Arbeit bei der Stadtverwaltung, als Straßenkehrer, der den Kot der frei laufenden Tiere einsammelte. Über die Jahre suchte er immer wieder Amishas Söhne auf, um über ihr Leben und Lenas Schicksal informiert zu bleiben. Voller Trauer berichteten sie ihm, dass Oni zwar aufgehört hatte, Lena zu schlagen, sie aber nur noch als Apasakuna bezeichnete, als böses Omen. Lena versuchte, ihr so gut wie möglich aus dem Weg zu gehen und nichts zu tun, was den Zorn ihrer Stiefmutter erregen könnte. Deepak war weiterhin meist auf Reisen. Wenn er zu Hause war, sprach er kaum mit Lena.

Bestürzt verfolgte Ravi die neusten Berichte, jede Woche. Er ermutigte die Jungen, sich in der Schule anzustrengen, und brachte ihnen Süßigkeiten zu ihrem Geburtstag oder wenn sie etwas Besonderes geschafft hatten. Es war ihm ein Leichtes, mit den Jungen in Kontakt zu bleiben, doch Lena wurden nur wenig Freiheiten zugestanden, sodass jeglicher Kontakt unmöglich war.

Die Jahre vergingen und Samir und Jay verließen Indien gen England, sie hatten Stipendien für die Universität erhalten. Sie gingen gegen Deepaks Willen. Paresh hatte den Entschluss gefasst, nach Australien zu gehen, ebenfalls gegen den Willen seines Vaters. Doch bevor er aufbrach, kam er noch einmal zu Ravi. »Es gibt zwei Heiratsanträge für Lena«, erklärte Paresh. Er war zu einem Ebenbild seines Vaters geworden, selbst seine Stimme klang wie die von Deepak. »Einer von ihnen ist ein Junge aus einem anderen Bundesstaat, der aus einer Familie von Schneidern und Näherinnen stammt. Oni findet es gut, dass Lena weit fortgeschickt wird.«

»Und was ist mit dem anderen?«, fragte Ravi.

»Der andere Antrag kommt von einem Jungen, der nach Amerika gehen wird, um dort Medizin zu studieren.« Paresh rieb seinen Nacken. »Mehr Angebote sind nicht eingegangen.«

Seit Lenas frühester Kindheit hatte Oni das Gerücht verbreitet, dass sie nur Pech bringe. Sie hatte alle Dorfbewohner gewarnt, dass sie sich besser von ihr fernhalten sollten. Sie warf dem Kind vor, am Tod der Mutter schuld zu sein, und ließ regelmäßig Pujas abhalten, um das Haus von ihrer negativen Energie zu reinigen. Sie erzählte Geschichten über seltsame Verhaltensweisen, die Lena angeblich pflegte, obwohl diese nie auch nur den geringsten Anlass für solche Kritik gegeben hatte. Doch bald glaubten die Nachbarn Oni und hielten sich von Lena fern, damit der Fluch nicht auf sie und ihre Familien oder Kinder überging. Es schien Oni eine perverse Freude zu bereiten, Lena leiden zu sehen.

»Sie hat mir gesagt, dass sie den Jungen bevorzugen würde, der Arzt werden will, aber …« Paresh traute sich nicht, weiterzusprechen.

»Aber was?«

»Aber Oni hat Nein gesagt. Die Mitgift wäre zu hoch«, erklärte Paresh schließlich. »Er ist ein begehrter Bräutigam, er wird schließlich Arzt in Amerika sein.« Ravi konnte sehen, wie sehr Paresh sich wünschte, seiner Schwester helfen zu können. »Lena hat geweint. Sie hat den Jungen kurz gesehen und sie sind sich sympathisch. Sie hat Papa angefleht, doch er wollte nicht auf sie hören. Und auch nicht auf mich, obwohl ich es versucht habe.«

Da Deepak nach Amishas Tod kaum noch zu Hause war, hatte er sich auch immer mehr von seinen Söhnen entfremdet. Dass er Onis Verhalten Lena gegenüber tolerierte, hatte die Spaltung noch beschleunigt. Ravi war froh, dass die Jungen ihm immer noch vertrauten, nachdem er schon so lange nicht mehr in ihrem Haus angestellt war. Samir und Jay hatten noch gute

Erinnerungen an Ravi und daran, dass er ihrer Mutter ein guter Freund gewesen war. Paresh war jünger, doch er vertraute dem Urteil seiner älteren Brüder und hatte mit der Zeit auch einen engen Bezug zu Ravi entwickelt.

»Papa wird die Entscheidung in einigen Tagen offiziell machen.« Pareshs Blick lag auf dem Dorf, seine Gedanken in der Menge verloren. »Wenn Lena gezwungen wird, ihr Leben mit diesem Schneider zu verbringen …« Er musste schlucken. »Sie soll glücklich werden.«

* * *

Ravi duschte in dem öffentlichen Bad, das seine Familie mit zehn weiteren Familien teilte. Er rieb sich mit Seife ab, um Körper und Haar vom Gestank seiner Arbeit zu reinigen. Er legte eine neue Tunika und Hose an. Mit einem zerbrochenen Kamm löste er die Knoten aus seinem Haar.

Er schlüpfte in ein Paar Sandalen und machte sich auf den Weg zur Mühle. Als er näher kam, erinnerte er sich an sein erstes Zusammentreffen mit Amisha. »Shrimati, wenn du mich hören kannst«, flüsterte er zu sich selbst, »dann hilf mir, deiner Tochter beizustehen.«

Die Klingel über der Tür läutete, als er eintrat. Der Verwalter hatte gewechselt, es war nicht mehr der Mann, den er vor Jahren gekannt hatte. »Ist der Sahib zu sprechen?«, fragte Ravi.

Während er wartete, wischte sich Ravi die verschwitzten Hände an seiner Hose ab. Fünf Minuten später kam der Verwalter zurück und brachte Deepak mit sich. Ravi konnte seinen Schock nicht verbergen. Deepaks Haare waren grau geworden, sein Gesicht von Falten zerfurcht, die sich durch den ständigen Stress seiner Arbeit gebildet hatten. Er hatte viel

Gewicht verloren und die Kleider hingen lose an seinem abgemagerten Körper.

»Ravi«, sagte Deepak nur. In seinem Gesicht war keine Spur mehr von dem Zorn, den er vor fünfzehn Jahren empfunden hatte. Er sah nur noch müde aus. »Es ist lange her.« Er bedeutete Ravi, ihm in sein Büro zu folgen, und bot ihm dort den Stuhl für Besucher an. »Wie geht es dir und Bina?«

»Es geht uns gut.« Ravi erwähnte nicht, dass Bina auch heute noch jeden Tag von den Kindern sprach, die ihr wie ihre eigenen gewesen waren. Er nahm allen Mut zusammen. »Ich habe die wundervollen Neuigkeiten gehört, dass Lena bald den Bund der Ehe eingehen wird.« Er hatte die Worte vorbereitet und hundert Mal in seinem Kopf geübt. »Paresh hat mir berichtet, dass seine Schwester sich wünscht, einen Jungen zu heiraten, der einmal Arzt werden wird.«

»Du sprichst mit meinem Sohn?«, fragte Deepak fordernd. Aber jegliches Feuer war in ihm erloschen. »Hast du ihm die Geschichte erzählt?«

»Nein«, versicherte Ravi. »Ich habe Sahib versprochen, nie ein Wort davon zu verraten.« Er musste die Gedanken neu sammeln und fürchtete, er habe den Start vermasselt. »Ich habe ihn zufällig getroffen und er hat mir davon erzählt, weil er sich Sorgen um seine Schwester macht.«

»Es ist ausgeschlossen, dass sie den Arzt heiratet«, erklärte Deepak. Ravis Antwort war wohl zufriedenstellend gewesen. »Oni denkt, der Schneider passt besser.«

»Aber es war Amishas Wunsch, dass ihre Tochter nach Amerika geht«, wandte Ravi ein, eine Spur strenger, als er beabsichtigt hatte. »Sahib erinnert sich gewiss an das Versprechen, das er in der Nacht von Lenas Geburt seiner Frau gegeben hat.« Ravi konnte in Deepaks Augen sehen, dass dieser sich daran erinnerte.

»Ohne es besser zu wissen, habe ich meiner Frau versprochen, das Kind eines anderen Mannes nach Amerika zu schicken«, sagte Deepak. Der Zorn kam in sein Gesicht zurück, sein Mund verzog sich. »Ich war ein Narr. Ein Kind mit braunem Haar, heller Haut und grünen Augen. Wie konnte ich Amisha nur glauben, als sie mir erklärte, dass Lena meine Tochter sei? Aber welchen Grund hätte ich gehabt, an ihr zu zweifeln?« Mit Abscheu schüttelte er den Kopf. »Es gibt keinen Grund, warum ich das Versprechen halten sollte. Lena wird den Schneiderjungen heiraten.« Er stand auf, um das Gespräch für beendet zu erklären.

»Er ist zurückgekehrt«, erklärte Ravi verzweifelt. Deepak hielt inne und sah Ravi verwirrt an. »Der Leutnant. Er liebte sie. Er hat sie gebeten, mit ihm nach England zu gehen. Hat versprochen, die Söhne wie seine eigenen zu erziehen.«

»Eine indische Frau?« Deepak ließ sich gegen den Schreibtisch sinken. »Mit einem Vertreter des Raj?«

»Ja.« Still betete Ravi um Unterstützung. »Aber Amisha hat abgelehnt. Obwohl sie wusste, dass sie sein Kind trug.« Ravi ließ einen Augenblick verstreichen, damit die Worte einsinken konnten. »Trotzdem hat sie es abgelehnt, mit ihm zu gehen.«

»Aber warum?« Deepak schien zu schwanken, die Stimme unsicher, fast flehend. »Wenn sie wusste, dass das Kind nicht von mir ist, warum sollte sie mir etwas vormachen?«

»Aus Liebe«, gab Ravi vor, bereit, für Lena zu lügen. »Sie wollte ihr Leben mit ihrem Gemahl verbringen, den sie liebte.« Ravi wählte die Worte, von denen er hoffte, dass sie Lena eine Zukunft bescheren könnten. »Shrimati hätte ihre Tochter in England zur Welt bringen können, aber sie hat sie ihrem Ehemann anvertraut. Weil sie wusste, dass dieser Lena gut behandeln würde. Nur deshalb ist sie in Indien geblieben und musste ihre Treue mit ihrem Leben bezahlen.«

* * *

Ravi stand am äußersten Rand der kleinen Versammlung. Oni hatte nicht mehr Geld für die Hochzeit ausgeben wollen, als unbedingt nötig. Die Zeremonie war in nur drei Tagen geplant worden und nur die direkte Familie wurde eingeladen. Paresh hatte Ravi zur Hochzeit eingeladen, ihn aber gewarnt, dass Oni nichts davon wusste. Ravi versprach, sich im Hintergrund zu halten. Er wollte nur sehen, wie Amishas Tochter den Bund der Ehe einging.

Der Pujari sprach die alten Worte der Zeremonie, die Lena für das Leben an ihren neuen Gemahl binden würden. Er bedeckte sie mit Rosenblättern und gesegnetem Wasser. Dann band der Pujari den Saum von Lenas Sari an das Hemd des Bräutigams und wies das Paar an, voreinander die sieben Schwüre zu zitieren, während sie das Feuer umkreisten.

Zum Abschluss der Zeremonie gab es verhaltenen Applaus. Ravi schloss die Augen und wünschte, dass seine Freundin hier sein könnte, um die Hochzeit ihrer Tochter zu sehen. Lena ging als Erstes zu Paresh, der sie eng umarmte. Er küsste seine Schwester auf die Stirn und wünschte ihr alles Glück. Durch den plötzlichen Termin der Hochzeit hatten Samir und Jay nicht mehr kommen können. Lena verbeugte sich und berührte Onis Füße, als Geste des Respekts. Oni nickte nur und trat dann zurück. Sie weigerte sich, die verhasste Stieftochter zu umarmen. Danach trat Lena zu Deepak und wiederholte die respektvolle Geste.

»Finde dein Glück«, sagte er zu der Tochter, die nicht seine eigene war. »Um deiner wahren Mutter willen.«

Lena blickte zu ihm auf und Ravi sah Tränen in ihren Augen. Sie nickte, ihre Bewegungen waren abgehackt. »Das werde ich, Papa.« Sie sah kurz zu ihrem Ehemann, der still neben ihr stand, dann zurück zu ihrem Vater. »Danke«, hauchte sie. »Für die

Hochzeit.« Sie starrte den Mann an, der sie großgezogen hatte. Ihr Kinn zitterte. »Dafür, dass ich den Mann heiraten durfte, den ich will.«

Ravi sah, wie Lenas neuer Gemahl ihre Hand in seine nahm und kurz drückte. Er musste lächeln, nur eine Generation zuvor hätte diese simple Geste für manch eine erhobene Augenbraue gesorgt. Doch dieses Zeichen der Zuneigung und Unterstützung hätte Amishas Herz lachen lassen.

Deepak nickte. Ravi sah, dass er mit seinen eigenen Emotionen kämpfen musste. Dann wandte er sich an seinen neuen Schwiegersohn. »Wenn ihr in Amerika seid, pass gut auf sie auf. Sie gehört jetzt dir.«

»Das werde ich, Papa«, antwortete Lenas Gemahl und nannte ihn respektvoll Vater. »Das verspreche ich.«

Er legte eine Hand an Lenas Rücken und führte sie zu dem Auto, das seine Familie für sie gemietet hatte. Er öffnete seiner Braut die Tür und ließ ihr den Vortritt. Als sie sich vorbeugte, um in den Wagen einzusteigen, traf ihr Blick über die Motorhaube hinweg auf Ravi. Sie hielt einen Augenblick inne, verwirrt, die Tränen über sein Gesicht strömen zu sehen. Der für sie fremde Mann hob eine Hand, um Amishas Tochter gleichzeitig zu gratulieren und sie in ihr neues Leben zu verabschieden.

Ohne sich wirklich an ihn erinnern zu können, hob auch Lena die Hand. Ihr Mann sagte etwas, das Ravi nicht hören konnte. Lena nickte, brach den Blickkontakt ab und stieg in den Wagen. Ihr Mann stieg zu ihr, dann fuhr der Wagen los. Ravi blickte ihnen nach, bis sie nicht mehr zu sehen waren. Als er sich abwandte, sah er Deepak, der ihn auch bemerkt hatte. Andächtig legte Ravi die Hände zusammen und verbeugte sich tief, um Deepak zu danken. Ohne auf eine Erwiderung zu warten, wandte er sich ab und ging heim. Amishas Wunsch für ihre Tochter war in Erfüllung gegangen.

Jaya

ZWEIUNDFÜNFZIG

Es ist kühler geworden, der Schatten der Bäume lässt es noch kälter erscheinen. Im Garten ist es leise, als ob auch die Tiere die Tragweite der Geschichte erkennen. Die Blumen wenden sich ab, die Blätter der Bäume hängen wie trauernd hinab.

»Meine Mutter war ein böses Omen«, flüstere ich, als Ravi seine Geschichte beendet. »Ihre Stiefmutter hat ihr die Schuld an Amishas Tod gegeben?« Ich muss ein Schluchzen unterdrücken. Irgendwie ergibt alles einen Sinn. Ihr ständiges Bedürfnis, jeder Regel zu folgen. Nie irgendwo aufzufallen, anzuecken, Aufsehen zu erregen. Ihre Qual, als ich die Babys verloren habe. Sie hatte sich nie getraut, anderen Menschen nahe zu kommen, aus Angst, dass ihre dunkle Energie ihnen schaden würde. Ihre ganze Kindheit hatte man ihr eingeredet, dass sie an allem schuld war, bis sie schließlich selbst daran glaubte, alles für ihren Fehler hielt, was in ihrem Leben, dem ihrer Mutter und sogar dem ihrer Tochter passiert war. »Sie glaubt bis heute, dass sie einen Fluch trägt.«

»Ja.« Er sieht abgespannt und müde aus. Seine Augen sind leer, als er an mir vorbei in die Ferne blickt. »Ihre Stiefmutter hat jeden Mann, der Interesse an ihr zeigte, gewarnt, dass sein Leben und das seiner Kinder unter ihrem Fluch stehen würde.

Von frühester Kindheit an hat sie deiner Mutter eingeredet, dass sie verflucht sei und Unglück bringe. Deepak hat sie nie korrigiert, daher hat sie es mit der Zeit wohl selbst geglaubt.« Er sinkt in sich zusammen. »Und ich konnte ihr die Wahrheit nicht sagen.«

Als Journalistin habe ich viele grausame Dinge gesehen oder gehört, die Menschen einander antun können. Schon in der Ausbildung lernt man, sich emotional zu distanzieren und dem Leser nur die Fakten zu berichten. Am Anfang meiner Laufbahn hatte ich damit meine Schwierigkeiten, doch mit der Zeit spielte sich ein Rhythmus ein. Schon bald konnte ich meine Geschichten mit einer Objektivität erzählen, um die mich viele beneideten.

Aber jetzt, wo ich höre, was man meiner eigenen Mutter angetan hat, kann ich nicht sachlich bleiben. Zorn kommt über mich. Ich wünschte, es gäbe irgendetwas, was ich tun könnte, doch die Vergangenheit ist bereits geschrieben. Es war ihr Schicksal gewesen, das Leben zu leben, von dem sie mir nie erzählen wollte. Vielleicht war ihr Schweigen die einzige Möglichkeit, wie sie die Vergangenheit bewältigen konnte.

»Warum hat Deepak ihr gesagt, dass sie nie wiederkommen soll?«

»Das weiß ich auch nicht«, gibt Ravi zu und sieht verwirrt aus. »Ich könnte mir mehrere Gründe vorstellen. Vielleicht hat Oni darauf bestanden, oder Deepak hatte Angst um seinen Ruf, falls die Geschichte je rauskäme.« Seine Stimme bricht. »Er hat mir nie davon erzählt.«

»Aber vor seinem Tod hat er nach ihr gefragt?« Ich versuche, die Handlungen meines Großvaters nachzuvollziehen.

»Vielleicht wollte er vor seinem Tod noch seine Fehler korrigieren.« Er denkt nach. »Immerhin hat er Amisha wirklich geliebt. Ich weiß nicht, ob er ihren Tod oder den Betrug je wirklich überwunden hat.« Er seufzt auf. »Und Lena war ein leichtes Ziel, dem man die Schuld geben konnte.«

»Sie hatte ein gutes Leben«, erkläre ich leise. »Mit meinem Vater.« Meine ganze Kindheit habe ich miterlebt, wie sehr meine Mutter von ihrer Vergangenheit geplagt wurde. Aber wenn man bedenkt, was hätte sein können, weiß ich, dass sie dennoch Glück gehabt hat. »Und das hat sie Ihnen zu verdanken.« Ich will noch viel mehr sagen, Ravi erklären, wie dankbar ich ihm bin, dass er für meine Mutter eingetreten ist und ihr Leben zum Besseren gewendet hat, aber er schüttelt nur den Kopf.

»Die Geschichte ist noch nicht vorbei.« Ravi hebt eine Hand. »Noch habe ich nicht alles erzählt.« Er hält seinen Stock eng umklammert. »Ich habe mein Leben lang gewartet, diese Last von meiner Seele zu nehmen. Doch jetzt, wo die Zeit gekommen ist, habe ich Angst vor der Wahrheit.« Seine Augen suchen meine, seine Furcht macht mir Angst. Ich will schon nachfragen, als er fortfährt. »Ich habe sie angelogen.«

»Wen? Und wie?«, frage ich verwirrt.

»Er ist wirklich zurückgekommen.« Ich kann seine Worte über den leichten Wind kaum vernehmen, der die Blätter der Bäume rascheln und die Blumen in Protest wiegen lässt. Tränen kullern über seine Wangen. »Nachdem Amisha ihn fortgeschickt hat, ist der Leutnant noch einmal gekommen.«

»Stephen?« Ich bin verwirrt und überrascht, versuche zu verstehen, was er meint. »Aber sie hat ihn doch abgewiesen?«

»Sie hat es nie erfahren.« Er zittert am ganzen Körper. »Drei Tage, ehe der Moskito sie stach. Er kam zum Haus und hat sie gesucht. Sie war am Fluss und ich war allein im Haus. Ich habe ihm gesagt …« Ravi scheint Schwierigkeiten zu haben, Luft zu holen. »Ich habe ihn angefleht zu gehen. Habe ihm erzählt, dass sie glücklich sei. Er hat mir geglaubt und versprochen, nie zurückzukehren.«

»Aber ich verstehe nicht«, flüstere ich. Mein Herz verkrampft sich. »Warum?«

»Wenn er nur einen Blick auf das Baby geworfen hätte, wäre ihm alles klar gewesen«, erklärt Ravi langsam. »Und er hätte seine Tochter verlangt. Und Amisha hätte zwischen ihren Söhnen und ihrer Tochter wählen müssen.« Sein Schluchzen verdrängt die Worte. »Ich dachte, ich würde ihr Leid ersparen. Und habe sie damit in ihren Tod geschickt.« Er hebt den Kopf, sieht mich an. »Nur meinetwegen hat deine Familie solches Leid erlitten.« Das Schluchzen erschüttert seinen ganzen Körper. »Es tut mir so leid«, sagt er weinend. »Sie könnte jetzt noch leben.«

Sprachlos starre ich den Mann an, der ein Leben lang diese Schuld mit sich getragen hat. Mir fehlen die Worte, meine Gedanken angemessen auszudrücken. »Aber Sie hätten doch nicht wissen können, was passieren würde.« Meine Tränen fallen für ihn. Meine Großmutter hatte schon eine Wahl treffen müssen, zu der niemand je gezwungen sein sollte, zwischen ihren Kindern und dem Mann, den sie liebte. Nicht vorzustellen, wenn sie auch noch zwischen ihren Söhnen und ihrer Tochter hätte wählen müssen. »Eine solche Entscheidung hätte sie unmöglich treffen können.« Ich kann keinem Mann Schuld geben, der sein Leben stets aufrecht gelebt und seine Freunde immer unterstützt hat, ohne je über sie zu urteilen. »Ihr Tod war eine Tragödie, aber niemandes Fehler.«

Ich senke meinen Kopf, kämpfe gegen den Schmerz, den ich selbst spüre. Aber diesen Mann trifft keine Schuld, sein einziges Vergehen war es, dass er versucht hatte zu helfen. Meine eigene Geschichte, meine Fehlgeburten, meine Flucht nach Indien, Patrick wiederzufinden, all das hat mich gelehrt, dass es im Leben nie eine Garantie gibt.

Zum ersten Mal, seit die Geschichte begann, meine ich ein Flüstern meiner Großmutter zu vernehmen. Ich halte inne und lausche, bin mir sicher, ihre Stimme zu vernehmen, die mir Mut zuspricht. Ich spüre es im Schwanken der Äste und im Erblühen der Blumen. Amisha ist unter uns. Mit sanften Worten leitet sie mich, ihrem Freund zu helfen.

»Sie waren ihr ein wahrer Freund.« Ich ergreife seine Hand. »Amisha hat Sie geliebt und Ihnen vertraut. Es würde ihr das Herz brechen zu sehen, dass Sie sich die Schuld geben. Sie tragen keine Schuld. Ebenso wenig wie meine Mutter schuld war.«

»Amishas Kinder brauchten sie. Stephen brauchte sie. Sie alle liebten sie und mussten nun ohne sie leben.« Er nimmt mein Gesicht in seine Hände. »Und dadurch musstest auch du ohne jemanden leben, der dir seine Liebe hätte zeigen können.« Er scheint nicht bereit, meine Vergebung anzunehmen. »Und dafür werde ich mein Leben lang büßen.«

Ravi erhebt sich mühselig und stützt sich schwer auf seinen Stock, als er nach Hause geht. Ich blicke ihm nach, bis er außer Sicht ist.

Den Rest des Nachmittags verbringe ich in Amishas Garten, sehe mich nur still um, erinnere mich an jedes Detail der Geschichte. Patrick verbringt den Tag damit, die Sehenswürdigkeiten der Umgebung zu besichtigen, um Ravi und mir Zeit zu geben, die Geschichte zu Ende zu bringen. Als die Schatten länger werden, verlasse ich endlich die blumenerfüllte Zuflucht meiner Großmutter. Ich halte die erstbeste Motorrikscha an und bitte den Fahrer, mich in die Stadt zu bringen. Dort angekommen suche ich sofort die vertraute Umgebung des Cafés auf. Ich wähle und warte, während es auf einem anderen Kontinent läutet.

»Hallo?« Die Stimme meiner Mutter klingt rau und verschlafen. Bei ihr muss es mitten in der Nacht sein.

»Mom«, sage ich und zögere. Später werde ich ihr irgendwann die ganze Geschichte ihrer Eltern erzählen, mit allen Details. Aber heute muss ich ihr nur sagen, was ich empfinde. »Ich habe dich so schrecklich lieb«, flüstere ich.

»Jaya?«, fragt sie, plötzlich besorgt. Ich höre, wie sie sich im Bett aufsetzt und mein Vater fragt, ob alles in Ordnung ist. »Beti?«

»Ich bin wirklich dankbar, dass ich dich habe. Für alles, was du mir gegeben hast«, erkläre ich, während die Tränen mir die Kehle zuschnüren.

Das Schicksal hat meine Mutter schon bei ihrer Geburt bestraft, ihr ein Leben ohne eine Mutter zugewiesen, die für sie da war und sie schützte und leitete. Obwohl die Trauer ihr ständiger Begleiter war, trug sie ihre Last schweigend. Sie hielt sich selbst für verflucht und ließ niemanden an sich heran. Also liebte sie mich auf die einzige Art, die sie kannte, und lebte ihr eigenes Leben in Schande.

Es ist schrecklich, dass meine Mutter ihre Kindheit vor mir verborgen halten musste. Doch weil sie es tat, reiste ich schließlich um die halbe Welt und landete in einem Zuhause, das ich sonst nie kennengelernt hätte. Und durch meine Reise nach Indien, durch das Lachen der Menschen, die blutenden Seelen der Bettler, die großartigen wie auch die traurigen Erlebnisse habe ich die wahre Geschichte meiner Mutter und Großmutter erfahren. Der Frauen, ohne die ich nicht hier wäre. Es gibt kein Regelheft, das einem erklärt, wie das Leben funktioniert. Aber wenn ich dem Beispiel der Frauen folge, die vor mir gekommen sind, dann kann ich eines Tages stolz auf mein Leben zurückblicken.

* * *

»Gott gibt dir nie mehr, als du verkraften kannst.« Diesen Spruch gibt es in Variationen in allen Sprachen und Kulturen. Als junge Journalistin habe ich einmal über das Begräbnis eines Mannes berichtet, der als Bürgermeister einer Kleinstadt

allseits beliebt war. Er war zwanzig Jahre im Amt gewesen und ließ eine Schar hingebungsvoller Wähler und einen jungen Sohn zurück. Einer der Trauergäste sprach einen ebensolchen Spruch. Da fragte die Witwe ihn: »Aber was, wenn ich es nicht verkraften kann?« Es war eine gute Frage, die niemand beantworten konnte.

Meine Großmutter liebte einen anderen Mann und brachte sein Kind zur Welt, ohne dass er das Kind je sah. Diese Vaterschaft und die Geschichte, die zu ihr gehört, hat mein Leben beeinflusst, ohne dass ich je davon wusste. Durch die Kombination bin ich definiert worden; sie schuf meine Möglichkeiten und Grenzen.

Als meine Großmutter noch jung war, griff das Schicksal ein. Sie starb, ohne ein volles Leben gelebt zu haben. Ihr Geheimnis blieb bis heute gehütet. Gehütet durch einen Mann, der ihr zu Lebzeiten ihr engster Freund gewesen war und der ihr auch über den Tod hinaus die Treue hielt. Doch mit dieser Geschichte trug er auch die Last einer Schuld, denn er glaubte, dass er ihren vorzeitigen Tod zu verantworten hätte. Eine Entscheidung, die sie schützen sollte, führte zu ihrem Untergang. Und was auch immer wir sagen, niemand wird ihm je seine Last nehmen können. Damit stellt sich aber die Frage: War es seine Entscheidung, die das Schicksal auslöste, oder war die Entscheidung nur Teil des Schicksals, dem niemand entrinnen konnte?

Ich hatte drei Fehlgeburten. Sie haben mich schwer getroffen. Mit der Zeit habe ich alles versucht, was in meiner Macht stand, um die

Umstände zu verbessern. Doch das Schicksal war stärker. Und doch lastet der Schmerz der verlorenen Kinder schwer auf mir. Ebenso wie die Frage, ob ich überhaupt eine Entscheidung treffen kann, die mein Schicksal ändert.

Das Leben ist ein Puzzle, bei dem sich die Teile ständig ändern und immer wieder ein neues Bild ergeben. So oft schon war ich mir sicher, welchen Weg ich gehen muss, nur, um dann doch einen anderen zu wählen. Mit sechzehn hatte ich einen Seelenverwandten, der mit siebzehn zu meinem Stalker wurde (nicht wirklich – aber schon ein bisschen). Die Universität, von der ich mir sicher war, dass sie sich glücklich schätzen würde, mich aufzunehmen, wies mich ab. Also musste ich eine andere wählen. Für manche Wege habe ich mich selbst entschieden, in anderen Fällen wurde mir der Umweg aufgezwungen. Und doch haben mich alle dahin geführt, wo ich heute stehe.

Das wird mein letzter Beitrag, den ich von Indien aus schreibe. Ich bin bereit, heimzukehren. Auch wenn das bedeutet, mich wieder den Schmerzen auszusetzen, vor denen ich geflohen bin. Aber ich kehre gestärkt zurück, kenne jetzt meinen Weg und verstehe ihn besser. Vielleicht ist das Leben wirklich nur eine Reihe von Entscheidungen, in die sich das Schicksal kräftig einmischt. Vielleicht muss man einfach nur akzeptieren, dass »unmöglich« einfach nur bedeutet, dass sich eine andere Tür öffnen lässt. Vielleicht bedeutet es, dass es die schwersten Zeiten des Lebens sind, in denen man seine wahre Stärke findet. Meine Dunkelheit ist nicht verschwunden, doch sie verblasst. Ich bin dankbar für alles, was ich habe, und voller Hoffnung auf das, was sein kann. Und damit verabschiede ich mich von meiner Vergangenheit und sehe, was die Zukunft bringt.

»Worüber schreibst du?«, fragt Patrick über meine Schulter.

Ich drehe mich um und sehe mehrere Taschen, vollgepackt mit Andenken aus den Läden des Dorfes. »Du warst einkaufen.«

»Ja«, gibt er kleinlaut zu. Er hält mir die Taschen hin. »Wusstest du, dass die Kinder hier ziemlich überzeugend sein können?«

»Sie haben dich ausgenommen«, scherze ich, doch meine Gedanken sind woanders. Er spürt es und stellt die Taschen ab.

»Stimmt etwas nicht?« Er legt mir die Hand an die Wange. »Seid ihr mit der Geschichte fertig?«

Ich lege meine Hand auf seine und nicke. »Es ging um meine Mutter. Und darum, was bei ihr alles passiert ist.«

Ich habe Patrick gestern Abend Ravi und seinen Urenkeln vorgestellt. Und wie erwartet hat auch er sie direkt ins Herz geschlossen, was übrigens auf Gegenseitigkeit beruht. Als er mit Amit, Misha und einigen Kindern der Nachbarschaft angefangen hat, auf der Straße mit einem Fußball zu kicken, lief mein Herz fast über vor Glück. Ein solches Gefühl hatte ich schon zu lange nicht mehr verspürt. Anscheinend kennt Ravi mich inzwischen gut genug, zumindest lehnte er sich zu mir rüber und flüsterte: »Er ist ein guter Mann, ja?« Ich nickte. »Er hat viel Glück gehabt, dich zu finden.«

»Und ich ebenso, ihn zu haben«, flüsterte ich zurück.

Jetzt wende ich mich zu Patrick um und führe meinen Gedanken weiter aus. »Ihre Kindheit … Was sie alles durchmachen musste …«, erkläre ich, ohne es richtig in Worte fassen zu können. »Es erklärt so viel.« Die ständige Distanz zwischen uns, die sie nur zu meinem Schutz aufgebaut hatte. Sie fürchtete wirklich, dass sie mir Unglück bringen würde, wenn sie mir zu nah käme. »Ravi hat mir von einer schweren Entscheidung erzählt, die er treffen musste und mit deren Auswirkungen er seitdem leben muss.« Ich reiche ihm den Computer. »Wahlmöglichkeiten. Schicksal oder freie Entscheidung?«

»Hättest du irgendwas anders gemacht?«, fragt er, nachdem er meinen Text überflogen hat.

»Ich weiß nicht. Ich hätte mir natürlich nie eine Fehlgeburt gewünscht, aber ob ich die Schwangerschaften überhaupt auf mich genommen hätte, wenn ich es vorher gewusst hätte?« Ich muss an die Jahre der Hoffnung denken, die sich langsam zur Verzweiflung gewandelt hatten. »Aber wenn ich es nicht versucht hätte, würde ich mich wohl mein Leben lang fragen, was hätte sein können.« Es ist das erste Mal, dass ich mir selbst gegenüber eingestehe, dass alles auf gewisse Weise wirklich mein eigener Entschluss war. »Und du?«

Er braucht etwas Zeit, ehe er antwortet. »Vielleicht. Es war nicht einfach, den Verlust zu verkraften.« Er streicht mir über die Wange. Ich lege meine Hand auf seine und genieße die Berührung. »Was ist mit dir passiert, damals, in unserem Appartement?«

Er meint meine Aussetzer, die Dunkelheit, die verlorene Zeit. Ich habe schon damals gesehen, dass er sich Sorgen macht. Hätte er aber gefragt, hätte ich wohl keine Antwort gehabt. »Ich glaube, es war die Trauer. Ich wusste nicht, wie ich damit klarkommen konnte, und mein Geist hat mir geholfen, indem er einfach ausgesetzt hat.« Objektiv betrachtet hört sich das ziemlich beängstigend an, aber damals war es halt einfach etwas, das passierte. »Seit ich hier bin, ist es besser, seit einiger Zeit bin ich sogar frei davon.« Ich nicke zum Computer. »Das wird wohl mein letzter Eintrag, den ich von hier aus schreibe.«

Er blickt mir in die Augen. »Du bist bereit, Indien zu verlassen?«

»Ich bin bereit, nach Hause zu gehen.« Ich nehme seine Hand. »Aber es gibt da noch etwas, was ich mit dir besprechen wollte.« Er nickt und wartet, also verbringe ich die nächste Stunde damit, ihm meine Ideen für Amit und Misha zu erklären. Und ich erzähle ihm von dem Waisenheim. »Ich würde gerne ein Kind adoptieren«, erkläre ich zögerlich. »Ich weiß, der Prozess wird seine Zeit dauern, aber …« Meine Worte verlieren sich, während ich auf seine Reaktion warte. Als er lächelt, ist es, als ob ein Gewicht von meinem Herzen genommen wird.

Er zieht mich eng an sich. »Ja«, sagt er sanft. »Lass uns unser Kind nach Hause bringen.«

Dreiundfünfzig

Ravi trifft am frühen Vormittag ein. Patrick verbringt den Tag mit Misha und Amit, die ihn ihren Eltern vorstellen wollen. Als ich die Tür öffne, scheint Ravi älter und erschöpfter, als ich ihn je gesehen habe. Dennoch lächelt er und hält mir einen Stapel Papiere hin. »Wie versprochen. Hier ist das, was dein Großvater deiner Mutter geben wollte. Du wirst verstehen, warum ich dir zuerst die Geschichte erzählen wollte.«

Ich blättere durch die Papiere und blicke ihn schockiert an. »Die Briefe von Stephen an Amisha?«

»Dein Großvater wollte, dass deine Mutter weiß, dass jemand sie geliebt und gewollt hat.« Seine Stimme bricht. »Ihm war klar, dass sie selbst nicht daran glaubt.«

Ich muss Tränen zurückhalten und klammere mich an die Briefe. »Aber warum hat er sie überhaupt behalten?«

»Ich denke, anfangs war es eine Art der Selbstkasteiung. Um ihn daran zu erinnern, wie seine Frau ihn betrogen hat.« Ravi scheint in Gedanken versunken, sein Blick wird trüb, als er zu Boden blickt. »Später bewahrte er sie aber für deine Mutter auf. Vor seinem Tod hat er mir gebeichtet, dass sich die Fehler der Vergangenheit nicht ändern lassen, er aber vielleicht auf diese Art ein wenig Wiedergutmachung leisten kann.«

Ich überfliege die Briefe. Aus ihnen sprechen Stephens bedingungslose Unterstützung und seine tiefe Sehnsucht. Seine Worte beschreiben die Liebe, die sie füreinander empfunden haben, in einer Zeit, in der sie nicht mehr als Freunde hätten sein dürfen. Doch ihre Liebe war nie deutlicher als in jener Zeit, in der sie voneinander ferngehalten wurden.

»Ich werde sie meiner Mutter geben.« Ich wische eine Träne fort, die ungewollt über meine Wange rollt. »Danke.«

Es scheint wie gestern, dass Ravi mich hier in seinem Heim aufgenommen hat, und doch ist so viel passiert seitdem. Mit seiner Geschichte hat er nicht nur mir gezeigt, wo ich herkomme und wo meine Wurzeln liegen, sondern mir auch eine Möglichkeit gegeben, meine Mutter von der Last ihrer Vergangenheit zu erlösen. Und dafür werde ich ihm ewig dankbar sein.

»Was ist denn los, Beti?«, fragt Ravi, als er sieht, wie sehr ich darum kämpfen muss, nicht die Fassung zu verlieren.

»Ich werde nach Hause gehen.« Trauer huscht über sein Gesicht, zusammen mit Resignation. »Es ist schon lange an der Zeit.«

»Mit deinem Ehemann«, bemerkt er, ehe ich mehr sagen kann. Er lächelt verständnisvoll. »Du siehst glücklich aus, seit er hier ist.«

»Das bin ich«, gebe ich zu. »Ich weiß, wie viel Glück ich habe, meine Liebe gefunden zu haben. Und dank der Geschichte meiner Großmutter weiß ich auch, wie wichtig es ist, dafür zu kämpfen.«

»Dann hat die Geschichte ihren Zweck erfüllt«, sagt er sanft. »Wann?«

»In einigen Tagen«, antworte ich. »Aber es gibt noch etwas, worum ich bitten muss. Dieses Haus …« Ich blicke mich in dem kleinen Domizil um. Die Personen, die hier gelebt haben, waren auch nur Menschen, und doch wirken ihre Geschichten und Geschicke noch lange über ihren Tod hinaus nach. Sie haben mich verändert und ich schulde ihnen Dank dafür. »Ich möchte, dass Sie mit Ihrer Familie hier einziehen.«

»Jaya, nein.« Ravi hält die Hand abwehrend hoch und schüttelt den Kopf.

»Hören Sie mir zu«, erkläre ich bestimmt. »Ich habe das Haus bereits auf Ihren Namen umschreiben lassen, ebenso wie die Schule und die Mühle.« Ich hatte schließlich die Briefe aller anderen Verwandten, die jeglichen Anspruch aufgegeben hatten. Damit kostete es nur noch ein paar hundert Dollar, den Besitz umschreiben zu lassen. »Sie haben Ihr Versprechen gehalten, Ravi. Und ich möchte, dass Sie bekommen, was meine Großmutter für Sie gewollt hätte.«

»Nach allem, was ich dir erzählt habe?« Ravi blickt ungläubig auf die Besitzurkunden. »Wie kannst du mir das anbieten?«

»Sie haben mir einst erzählt, dass meine Großmutter nicht perfekt gewesen sei, aber das Herz am richtigen Fleck hatte. Dass sie sich immer um andere gesorgt hat. Ich denke, sie würde dasselbe über Sie sagen.« Ich überlege, wie ich es ausdrücken kann. »Ich weiß, dass Sie sie nur schützen wollten. Und ich bin mir sicher, dass sie es ebenso verstanden hätte.«

»Solange sie noch lebte, war das Haus immer erfüllt von Glück und Freude.« Ravi blickt sich um, Trauer schwingt in seinen Worten mit. »Danach wurde es zu einem Mausoleum.«

»Und doch haben Sie sich hingebungsvoll darum gekümmert. Eigentlich ist es schon lange Ihr Zuhause«, erkläre ich. Ich lasse ihn gar nicht erst wieder widersprechen. »Familie wird nicht durch Blut bestimmt, sondern durch Bindungen.« Ich nehme seine Hand. »Wenn man heute meine Großmutter fragen würde, wer Ravi ist, würde sie sagen, er ist Teil unserer Familie.« Ich höre ihn schwer schlucken. »Sie können die Schule vermieten und die Mühle wieder aufmachen. Bitte, Ravi«, schließe ich ab, »sagen Sie Ja, für meine Großmutter und auch für Ihre eigene Familie. Sie würde es so wollen.«

»Das ist wahrlich ein großes Geschenk«, flüstert Ravi. Er legt die Hände zusammen und verbeugt sich. »Vielen Dank.«

»Und noch eine Sache«, füge ich zögerlich hinzu. »Ich würde gerne noch etwas vorschlagen. Es ist aber …« Ich bin mir nicht sicher, wie ich es ausdrücken soll, ohne ihn oder seine Lebensweise zu beleidigen.

»Sag es einfach, Beti«, ermutigt er mich, etwas verwirrt.

»Ich habe ein großes Apartment in New York. Und Patrick ist ein wundervoller Mensch.« Ich denke an die Vergangenheit und all die Schritte, die mich an diesen Ort gebracht haben. Zum ersten Mal seit langer Zeit freue ich mich auf die Zukunft. »Ich weiß nicht, ob ich wirklich helfen kann, aber ich würde es gerne versuchen.« Gedanken an meine Mutter und meine Kindheit machen mir Mut, weiterzusprechen. »Meine Mutter hat mir gezeigt, dass das Wichtigste, was man einem Kind geben kann, Unterstützung und Liebe sind. Und ich verspreche, beides zu geben.«

»Ähm, wem geben?«, fragt Ravi, inzwischen völlig verwirrt.

»Ihren Urenkeln«, erkläre ich schnell. »Ich hoffe, dass Sie es Misha und Amit erlauben, nach Amerika zu kommen. Misha kann dort medizinische Hilfe bekommen und beide können ihre Ausbildung dort fortsetzen. Es würde mich sehr freuen, wenn ich den beiden damit weiterhelfen könnte.«

»Jaya?«, fragt Ravi nur und beobachtet mich.

»Meine Großmutter hatte ihre Geschichten, das war ihr Talent. Es brachte sie in eine Welt, in der sie glücklich sein konnte. Dann hat sie Stephen und mit ihm die wahre Liebe gefunden.« Ich verspreche mir selbst, nie wieder die Geschenke, die das Leben mir macht, für selbstverständlich zu halten. »Die Geschichte hat mir gezeigt, dass es im Leben nicht immer darum geht, was ich sein will, sondern vielmehr, was ich sein kann. Amit und Misha haben eine Familie, in der sie geliebt werden, und dies hier ist ihr Zuhause. Aber ich wäre geehrt, wenn ich die Person sein könnte, die ihnen eine neue Welt eröffnet, selbst wenn es nur für kurze Zeit ist.«

»Du willst ihnen so viel helfen?«, fragt Ravi.

»Nein«, sage ich langsam. »Ich glaube, dass die beiden mir helfen werden.«

Epilog

Ravi

Ravi klappt die Broschüre zu, sein Herz von Stolz erfüllt. Tränen steigen ihm in die Augen, als er zu seinen Urenkeln blickt, die mit Rokie tanzen. Der Hund bellt kameradschaftlich. Sie werden nach Amerika fahren. Jaya hat Flugtickets für Amit und Misha geschickt, dazu Informationen über ein Kinderkrankenhaus in ihrer Nähe, das sich auf Orthopädie und Polio-Erkrankungen spezialisiert hat.

Ravi drückt sich die Hochglanzbroschüre an die Brust und geht mit vorsichtigen Schritten zum Hinterzimmer. Erinnerungen schwappen über ihn, kaum, dass er die Tür geöffnet hat. In diesem Zimmer hatte Amisha stets an ihren Geschichten geschrieben. Er tritt langsam ein, hat alle Zeit der Welt, als er die Tür hinter sich schließt. Er lässt seine Familie allein feiern.

»Danke«, sagt Amisha vom Fuß des Bettes aus.

Ravi starrt sie an. Über die Jahre hat er sie immer wieder vor sich gesehen, doch nie so echt und greifbar wie jetzt. »Es war deine Geschichte«, sagt Ravi sanft. Wie sehr er doch wünschte, dass seine Freundin ihre Geschichte hätte selbst erzählen können.

»Aber du hast es besser gemacht, als ich es je gekonnt hätte«, versichert Amisha ihm. Ihr Lächeln wird noch heller, als sie ihn aufzieht. »Aber du konntest nicht widerstehen, dich ein bisschen zum Helden zu machen, oder?«

»Du warst immer meine Heldin«, gesteht Ravi ihr mit leichtem Herzen. Die Last all der Jahre ist von ihm genommen. »Wie fühlst du dich jetzt?«

»Glücklich«, versichert sie, während sich wieder Tränen in seinen Augen sammeln.

»Stephen?« Seine Hoffnung wird größer, als er sie strahlen sieht.

»Ja.« Die einfache Antwort reicht. Letztendlich hat sie also doch einen Weg gefunden, mit ihrer wahren Liebe vereint zu sein. »Ich habe einige neue Geschichten geschrieben.« Sie streckt ihm eine Hand entgegen. »Magst du kommen und sie lesen?«

»Wie immer.« Ravi ergreift ihre Hand. Ihre Finger schließen sich um seine. Hand in Hand mit der Freundin seines Lebens lässt er endlich los.

Jaya

Es sind noch zwei Wochen bis zur Ankunft der Kinder. Ihr Vater, Ravis Enkel, hat mir einen Brief geschrieben und berichtet, dass die Reisepläne stehen und die Kinder bereits gepackt haben und sich freuen. Am Ende des Briefes hat er davon berichtet, wie Ravi von uns gegangen ist. Kurz nachdem sie den Brief erhalten hatten, in dem Patrick und ich ihnen Bilder von unserem Haus und der Schule geschickt haben, die wir gemeinsam mit meinen Eltern für die Kinder ausgewählt haben. Er meinte, Ravi hätte glücklich ausgesehen, als er die Broschüren für die Schule und das Krankenhaus durchblätterte. Danach war er zu Bett gegangen, sie hatten ihn am nächsten Morgen dort gefunden.

Mir kommen keine Tränen, als ich von Ravis Tod höre. Der Mann, wie ich ihn kennengelernt habe, hing an seinem Leben, um das Versprechen einzuhalten, das er seiner Freundin vor so vielen Jahren gegeben hatte. Er hatte Amishas Geschichte an mich weitergereicht und sichergestellt, dass ihre Taten nicht vergessen würden. Durch ihn habe ich einen neuen Zugang zu meiner Mutter gefunden. Wieder zu Hause habe ich viele Stunden mit ihr verbracht, ihr die Geschichte erzählt, mit ihr zusammen das Glück gefeiert und den Verlust betrauert, die zu ihrem Leben, zu unserem Leben geführt haben. Als ich ihr erzählte, dass wir planen, ein Kind zu adoptieren, hat sie mich voller Tränen in die Arme geschlossen und erklärt, dass sie es kaum erwarten kann, ihr Enkelkind zu treffen.

Ravi hat seine Aufgabe erfüllt und kann sich endlich die wohlverdiente Ruhe gestatten. Und irgendwie bin ich mir sicher, dass Amisha auf ihn gewartet hat, um den besten Freund, den sie je gehabt hatte, nach Hause zu geleiten.

DANKSAGUNG

Mark Gottlieb – ich werde immer dankbar sein für den Tag, an dem unsere Partnerschaft begann. Du bist von unschätzbarem Wert und ich habe solches Glück, mit dir arbeiten zu können. Ich freue mich auf eine lebenslange Freundschaft und viele Bücher, die wir noch zusammen schreiben werden.

Danielle Marshall – dank dir ist es immer wieder eine Freude, ein Buch herauszubringen. Dank dir habe ich an diese Geschichte geglaubt. Danke für deine weisen Worte und die Ermutigung.

Gabe und das Author Team – danke für alles, vor allem die ganze Arbeit im Hintergrund, durch die alles so nahtlos abläuft. Ich weiß es wirklich zu schätzen.

Dennelle Catlett – vielen Dank für deine Mühen, die Bücher zum Leser zu bringen. Ich bin wirklich dankbar für alles.

Tanya Farrell – es ist wundervoll, mit dir zu arbeiten. Danke für alles, was du tust, auch schon im Voraus.

Sarahlou C. – danke, meine Freundin, für dein Verständnis und dafür, dass du immer für mich da bist. Du bist die ruhige Stimme der Vernunft, wann immer ich sie am meisten brauche. Ich liebe dich wie eine Schwester. Aber trotzdem, immer noch, nein danke hinsichtlich der verrückten Urlaubsideen.

Tiffany Y. Martin – deine Einfühlsamkeit und Ideen haben dem Buch entscheidend weitergeholfen. Durch dich wird die Geschichte jedes Mal besser. Danke, es ist immer ein Vergnügen, mit dir zu arbeiten.

Nicole Pomeroy, Sara Addicott, Jane Steele und Nicole Brugger-Dethmers – vielen Dank für euren Einsatz, eure Ideen und Verbesserungsvorschläge, die das Buch erst abrunden. Eure Anregungen haben das Buch deutlich besser gemacht.

Und an alle meine Leser – vielen Dank, dass ihr meine Geschichten lest. Ich kann meine Dankbarkeit gar nicht in Worte fassen.

Printed in Poland
by Amazon Fulfillment
Poland Sp. z o.o., Wrocław

29819750R00298